H. K.

SUE GRAFTON

Tödliche Gier

Buch

Der pensionierte Arzt Dowan Purcell wird seit neun Wochen vermisst. Kein Mensch weiß, wo er sich aufhält, und Dowans Frau Crystal scheint sein spurloses Verschwinden nicht weiter zu beunruhigen. Nur seine Exfrau Fiona, eine erfolglose Innenarchitektin, will sich nicht mit der Ungewissheit abfinden. Sie beauftragt Kinsey Millhone, Licht in das Dunkel von Purcells Verschwinden zu bringen. Die Privatdetektivin versucht sich zunächst ein Bild der Menschen zu machen, die Dowan Purcell nahe standen. Schnell findet sie heraus, dass im Leben des Doktors nicht alles zum Besten stand. Seine Exfrau wollte ihn zurückhaben, nicht zuletzt, weil sie es auf sein Vermögen abgesehen hatte; mit seiner Frau Crystal hatte er Probleme, nachdem Crystals vierzehnjährige uneheliche Tochter Leila Dowan nicht nur bestohlen, sondern sich auch sonst nicht gerade als wohl erzogen erwiesen hatte; und Dowan selbst steckte in beruflichen Schwierigkeiten. In dem von ihm geleiteten Pflegeheim »Pacific Meadows« hatten die Behörden eine offizielle Untersuchung eingeleitet, weil über eine Million Dollar nicht erbrachter Leistungen unrechtmäßig abgerechnet worden waren. Dowans Kollegen behaupten, dass er das Geld in die eigene Tasche gesteckt und sich damit ins Ausland abgesetzt habe, doch diese Theorie überzeugt Kinsey Millhone nicht. Hartnäckig schnüffelt sie weiter, und was sie kurze Zeit später entdeckt, bringt sie in höchste Lebensgefahr ...

Autorin

Sue Grafton, geboren in Kentucky, verfasste Drehbücher, bevor sie ihren ersten Roman veröffentlichte. Mit ihrer witzigen und einzelgängerischen Privatdetektivin Kinsey Millhone hat sie eine der erfolgreichsten amerikanischen Krimifiguren geschaffen. Inzwischen werden ihre Bücher in achtundzwanzig Sprachen übersetzt und erreichen Millionenauflagen allein in den USA. Sie ist Präsidentin des Verbandes der *Mystery Writers of America* und lebt abwechselnd in Kentucky und im kalifornischen Santa Barbara. Sue Grafton im Internet: *suegrafton.com*

Eine Auflistung der bereits erschienenen Kinsey-Millhone-Romane finden Sie am Ende dieses Bandes.

Sue Grafton

Tödliche Gier

[P wie Panik]

Roman

Aus dem Amerikanischen
von Ariane Böckler

GOLDMANN

Die Originalausgabe erschien 2001 unter dem Titel
»P is for Peril«
bei G. P. Putnam's Sons, New York.

Umwelthinweis:
Alle bedruckten Materialien dieses Taschenbuches
sind chlorfrei und umweltschonend.

Deutsche Erstveröffentlichung November 2001

Umschlaggestaltung: Design Team München
Umschlagfoto: Imagine/Hoa Qui
Satz: deutsch-türkischer fotosatz, Berlin
Druck: GGP Media, Pößneck
Verlagsnummer: 45095
JE · Herstellung: Sebastian Strohmaier
Made in Germany
ISBN 3-442-45095-0
www.goldmann-verlag.de

1 3 5 7 9 10 8 6 4 2

Dieses Buch ist gewidmet

der Polizei von Santa Barbara
und Richard Breza, dem verstorbenen Polizeichef von Santa Barbara,

dem Sheriffbüro von Santa Barbara County,

der Dienststelle des Leichenbeschauers von Santa Barbara County

und Harriet Miller, der Bürgermeisterin von Santa Barbara.

In Dankbarkeit für ihr Können, ihren Anstand, ihre Hingabe und ihren Großmut.

Die in diesem Roman beschriebenen Figuren und Orte sind komplett der Fantasie der Autorin entsprungen und sollen keine wirklichen Personen, Orte oder Ereignisse repräsentieren. Eventuelle Irrtümer sind Folge meines mangelhaften Verständnisses. Ich bitte die Leser, so nett zu sein, mich auf derartige Fehler aufmerksam zu machen.

1

Das Haus in der Old Reservoir Road schien im letzten Bauabschnitt zu stecken. Ich sah es, sowie ich um die Kurve bog, und erkannte das unfertige Gebäude anhand von Fiona Purcells Beschreibung auf den ersten Blick. Zu meiner Rechten konnte ich einen Teil des Stausees ausmachen, nach dem die Straße benannt war. Der Brunswick Lake erstreckt sich über den Grund einer geologischen Senke und ist ein von Quellen gespeistes Gewässer, das die Stadt jahrelang mit Trinkwasser versorgt hat. Im Jahre 1953 wurde ein zweites, größeres Auffangbecken gebaut, und heute ist der Brunswick Lake kaum mehr als ein unregelmäßiges blaues Fleckchen auf der Landkarte. Schwimmen und Bootfahren sind verboten, doch zu den entsprechenden Jahreszeiten rasten Wasserzugvögel, die auf dem Weg nach Süden sind, auf seiner stillen Oberfläche. Die umstehenden Hügel sind karge, sanfte Anhöhen und ziehen sich bis zu den Bergen hin, die die nördliche Grenze des Stadtgebiets von Santa Teresa bilden.

Ich parkte meinen VW auf dem gekiesten Bankett und überquerte die zweispurige Straße. Das steil ansteigende Grundstück war noch völlig ungestaltet und bestand ausschließlich aus nacktem Lehm und Steinbrocken, zwischen denen sich vereinzeltes Unkraut angesiedelt hatte. Unten an der Straße stand ein großer Abfallcontainer, der bis zum Rand mit Bauschutt angefüllt war. Ein kleiner Schilderwald im Vorgarten verkündete die Namen des Bauunternehmers, des Malerbetriebs und des Architekten, obwohl sich Mrs. Purcell am Telefon beeilt hatte, mir zu versichern, dass sie die Pläne selbst ausgearbeitet hätte. Der Entwurf – wenn Sie ihn denn so nennen wollen – wäre auch vom Verteidigungsministerium gutgeheißen worden: eine undurchdringliche Ansammlung von Betonschachteln, die sich trutzig und schmucklos unter der matten Novembersonne auf der Anhöhe stapelten. Die Fassade war so glatt wie bei einem Bunker, ein brutaler Kontrast zu den weitläufigen Wohnhäusern im spanischen Stil auf den umliegenden Grundstücken. Irgendwo hinter dem Haus musste es eine Zufahrt geben, die zu Garagen und Stellplätzen führte, doch ich entschied mich für die Stufen, die in den kahlen Hügel gebaut worden waren. Um sechs Uhr war ich meine fünf Kilometer gejoggt, aber ich hatte mein freitagmorgendliches Krafttraining ausfallen lassen, um diesen frühen Termin einzuhalten. Jetzt war es gerade acht Uhr, und ich merkte, wie lahm ich mich die Treppen hinaufschleppte.

Hinter mir hörte ich einen Hund bellen. Sein tiefes, kehliges Kläffen hallte durch das enge Tal. Offenbar war er aufgeregt. Eine Frau rief: »Trudy! *Truuudy*!«, während der Hund weiter bellte. Sie pfiff durchdringend, und ein junger Schäferhund kam über den Hügel getollt und raste mit vollem Tempo auf mich zu. Ich blieb stehen und wappnete mich gegen einen Ansturm matschiger Pfoten, doch in der allerletzten Sekunde erklang das Pfeifen erneut, und der Hund jagte davon. Ich stieg weiter Fionas breite Betonstufen hinauf, die zweimal die Richtung wechselten, bevor ich auf der obersten Terrasse mit ihrem Portikus aus glattem Kalkstein anlangte, der dem Vordereingang Schatten spendete. Mittlerweile brannte es mir in den Schenkeln, ich schnaufte und keuchte, und mein Herz machte *Ratatatatat* wie ein Maschinengewehr. Ich hätte schwören können, dass die Luft hier oben weniger Sauerstoff enthielt, aber in Wirklichkeit hatte ich nur eine Höhe von zwei Stockwerken erklommen und wusste, dass ich mich vermutlich nicht mehr als hundert oder hundertzwanzig Meter über Meereshöhe befand. Ich drehte mich um und tat so, als bewunderte ich die Aussicht, während ich um Atem rang.

Von diesem luftigen Punkt aus konnte ich das breite, schimmernde Band des Pazifiks sehen, das sich in etwa acht Kilometer

Entfernung an die Küste heftete. Der Tag war so klar, dass ich fast die Bergketten auf den vierzig Kilometer weit vorgelagerten Inseln abzählen konnte. Hinter mir spähten Wolken über die Berggipfel, eine schnell dahinziehende dunkelgraue Decke, die ein Gewitter ankündigte. San Francisco, sechshundert Kilometer weiter nördlich gelegen, bekam dessen Auswirkungen bereits zu spüren.

Als ich endlich auf die Klingel drückte, atmete ich wieder normal und hatte mir die Angelegenheit, die ich hier besprechen wollte, noch einmal durch den Kopf gehen lassen. Fiona Purcells Exmann, Dr. Dowan Purcell, wurde seit neun Wochen vermisst. Sie hatte mir durch Boten einen dicken, gelben Umschlag mit Zeitungsausschnitten überbringen lassen, in denen es um sein Verschwinden ging. Ich setzte mich in mein Büro, den Drehstuhl zurückgekippt und die Füße in den Sauconys auf die Schreibtischkante gestützt, um die Artikel zu studieren, die sie mir geschickt hatte. Sie hatte sie chronologisch sortiert, aber sonst auf jeden Kommentar verzichtet. Ich hatte die Geschichte in den Lokalzeitungen verfolgt, aber nie damit gerechnet, selbst mit dem Fall zu tun zu bekommen. Ich fand es hilfreich, alles noch einmal in dieser gebündelten Form vor mir zu sehen.

Mir fiel auf, dass der Tenor der Berichterstattung im Lauf von neun Wochen nach den ersten zweiundsiebzig Stunden der Verblüffung in tagelange, fieberhafte Spekulationen übergegangen war und schließlich auf Dauer die Form angenommen hatte, die den aktuellen Stand der Ermittlungen wiedergab. Nichts Neues war ans Licht gekommen – nicht dass es je viel zu berichten gegeben hätte. Aus Mangel an aktuellen Informationen hatte das Interesse der Öffentlichkeit massiv abgenommen, und die Aufmerksamkeit, die die Medien der Angelegenheit widmeten, war so knapp und kühl geworden wie die kurzen Novembertage. Es liegt in der Natur des Menschen, dass wir uns nur begrenzte Zeit mit den Rätseln des Lebens beschäftigen können, bevor wir das Interesse verlieren und uns etwas anderem zuwenden. Dr. Purcell wurde seit Freitag, den 12. September, vermisst, und die langen Kolumnen, in denen anfangs über sein Verschwinden berichtet wurde, waren nun gelegentlichen Erwähnungen mit fast gebetsmühlenhaftem Ton gewichen. Die Einzelheiten wurden wiederholt, doch die Neugier hatte sich aufregenderen Ereignissen zugewandt.

Dr. Purcell war neunundsechzig Jahre alt und hatte seit 1944 als Hausarzt in Santa Teresa praktiziert. Die letzten fünfzehn Jahre hatte er sich auf Geriatrie spezialisiert. 1981 war er in den Ruhestand gegangen. Sechs Monate später war er als Verwaltungsleiter eines Pflegeheims namens Pacific Meadows zugelassen worden, das zwei Geschäftsleuten gehörte. An dem fraglichen Freitagabend hatte er Überstunden gemacht und war in seinem Büro geblieben, um Unterlagen durchzusehen, die mit dem Betrieb des Pflegeheims zusammenhingen. Laut Zeugenaussagen war es schon fast neun Uhr gewesen, als er kurz an der Rezeption stehen geblieben war und den Dienst habenden Schwestern eine gute Nacht gewünscht hatte. Zu dieser Stunde befanden sich die Heimbewohner bereits in ihren Zimmern und hatten die Türen zu den nur noch matt erleuchteten, menschenleeren Fluren geschlossen. Dr. Purcell hatte ein Weilchen mit einer alten Dame geredet, die in ihrem Rollstuhl in der Halle saß. Nach kurzem Geplauder, das ihrer Aussage nach kaum eine Minute gedauert hatte, war der Doktor durch die Vordertür in die Nacht hinausgegangen. Er holte seinen Wagen von seinem persönlichen Stellplatz an der Nordseite des Gebäudekomplexes, verließ das Gelände und fuhr in das schwarze Nichts, aus dem er nie wieder aufgetaucht war. Die Polizei von Santa Teresa und der Sheriff von Santa Teresa County hatten unzählige Stunden auf den Fall verwendet, und ich konnte keinen Weg nennen, der von den örtlichen Polizeibehörden noch nicht beschritten worden wäre.

Ich klingelte erneut. Fiona Purcell hatte mir erklärt, dass sie kurz vor der Abreise nach San Francisco stand, wo sie sich fünf Tage aufhalten wollte, um Möbel und Antiquitäten für einen Klienten ihres Innenarchitekturbüros auszusuchen. Den Unterlagen zufolge waren Fiona und der Doktor seit fünf Jahren geschieden. Ich fragte mich beiläufig, warum sie diejenige gewesen war, die mich angerufen hatte, und nicht seine derzeitige Frau Crystal.

Ich sah, wie in einer der beiden Glasscheiben, die den Eingang flankierten, ein Gesicht auftauchte. Fiona, mit einem doppelreihigen Nadelstreifenkostüm mit breitem Revers bereits reisefertig gekleidet, öffnete die Tür. Sie streckte mir eine Hand entgegen. »Ms. Millhone? Fiona Purcell. Tut mir Leid, dass Sie warten mussten. Ich war im hinteren Teil des Hauses. Bitte kommen Sie herein.«

»Danke. Sie können mich Kinsey nennen, wenn Sie wollen. Nett, Sie kennen zu lernen«, sagte ich.

Wir schüttelten uns die Hände, und ich betrat die Diele. Ihr Händedruck war lasch, was mich an Leuten, die sonst zupackend und geschäftsmäßig auftreten, stets verblüfft. Ich schätzte sie auf Ende sechzig, also fast so alt wie Dr. Purcell selbst. Sie trug die Haare dunkelbraun gefärbt und seitlich gescheitelt. Bauschig geföhnte Ponyfransen und Büschel künstlich erzeugter Locken wurden von strassbesetzten Kämmen aus dem Gesicht gehalten, ein Stil, wie ihn glamouröse Filmstars der vierziger Jahre pflegten. Fast erwartete ich schon einen Auftritt von John Agar oder Fred MacMurray – irgendeines armen, arglosen Mannes, der dieser Amazone mit ihren massiven Schulterpolstern zum Opfer fallen würde. »Wir können uns im Wohnzimmer unterhalten«, sagte sie. »Bitte entschuldigen Sie die Unordnung.«

In der Diele war bis an die hohe Decke ein Gerüst aufgebaut worden. Lose Abdecktücher schützten die Treppe und den breiten Flur, der in den hinteren Teil des Hauses führte. Auf einer Seite der Treppe stand ein Konsoltischchen mit einer stromlinienförmigen Chromlampe. Momentan schienen wir beide allein im Haus zu sein.

»Ihr Flug geht um zehn?«, fragte ich.

»Keine Sorge. Ich brauche nur acht Minuten zum Flughafen. Wir haben mindestens eine Stunde Zeit. Darf ich Ihnen einen Kaffee anbieten? Ich trinke meinen hier drin.«

»Nein danke. Ich habe heute Morgen zwei Tassen getrunken, und das ist im Allgemeinen mein Limit.«

Fiona wandte sich nach rechts, und ich folgte ihr über einen breiten Streifen nackten Zement hinweg. »Wann werden denn die Fußböden gelegt?«

»Das *sind* die Fußböden.«

Ich machte »Ah« und nahm mir vor, nicht mehr nach Dingen zu fragen, die meinen Horizont bei weitem überstiegen.

Im Inneren des Hauses herrschte der kühle, leicht feuchte Geruch nach Gips und frischer Farbe. Sämtliche Wände in Sichtweite waren strahlend weiß, die Fenster hoch und schmucklos, ohne Vorhänge oder Gardinen. Ein heimlicher Blick nach hinten ließ mich in einen auf der anderen Seite des Eingangs gelegenen, unmöblierten Raum spähen, der vermutlich das Esszimmer war und in den rhombenförmig das klare Morgenlicht einfiel. Der Widerhall unserer Schritte klang wie eine kleine Parade.

Im Wohnzimmer angelangt, wies Fiona auf einen von zwei wuchtigen, überdimensionalen Sesseln, die passend zu dem grauen Zementfußboden mit einem neutralen Stoff bezogen waren. Auf dem Boden lag ein großer Teppich mit einem dicht gewebten Gittermuster aus schwarzen Linien auf grauem Grund. Ich setzte mich gleichzeitig mit ihr und sah ihr zu, wie sie den Raum mit dem geübten Blick der Ästhetin musterte. Das Mobiliar war eindrucksvoll: helles Holz, Stahlrohr, klare geometrische Formen. Ein riesiger, runder Spiegel, der in einer verchromten Sichel ruhte, hing über dem Kamin. Auf dem Couchtisch aus facettiertem Glas stand auf einem Silbertablett eine hohe Kaffeekanne aus Silber und Elfenbein mit dazu passendem Milchkännchen und Zuckerdose. Sie schenkte sich Kaffee nach. »Sind Sie ein Fan von Art Déco?«

»Ich weiß nicht viel darüber.«

»Ich sammle schon seit Jahren. Der Teppich ist ein Da Silva Bruhns. Und das hat Wolfgang Tumpel entworfen, falls Ihnen der Name etwas sagt«, sagte sie und nickte zu dem Kaffeeservice hin.

»Schön«, murmelte ich, ohne eine Ahnung zu haben.

»Die meisten dieser Stücke sind einzigartig und wurden von Kunsthandwerkern entworfen, die zu ihrer Zeit Meister waren. Ich könnte die Namen jetzt herunterrasseln, aber ich bezweifle, dass sie Ihnen viel sagen würden, wenn Sie mit der Epoche nicht vertraut sind. Ich habe das hier als Schaukasten für meine Sammlung gebaut, aber sowie das Haus fertig ist, werde ich es vermutlich verkaufen und weiterziehen. Ich bin von Natur aus ungeduldig und viel zu unruhig, um lange hier zu bleiben.« Sie hatte ausgeprägte Gesichtszüge, schmale, bogenförmige Brauen und dunkel verschmierte Augen, unter deren inneren Winkeln sich deutliche Müdigkeitsmale abzeichneten. Sie trank einen Schluck Kaffee und nahm sich dann eine Zigarette aus einer Packung auf dem Tisch. Das Feuerzeug, das sie benutzte, war eines dieser zierlichen goldenen Modelle und gab kaum ein Geräusch von sich, als sie den Deckel aufklappte und am Zündrädchen drehte. Sie behielt das Feuerzeug in der Hand und zog tief an ihrer Zigarette, zweifellos ein Genuss für sie. Sie wandte den Kopf zur Decke und blies den Rauch in einem Strom aus. Ich konnte auf dem Nachhauseweg meinen Blazer ja ohne weiteres in die Reinigung bringen.

»Ich glaube, ich habe das nicht erwähnt, als wir uns neulich unterhalten haben«, sagte sie, »aber Dana Glazer hat mir empfohlen, mich an Sie zu wenden. Als Sie sie kannten, muss sie noch Dana Jaffe geheißen haben.«

»Tatsächlich. Woher kennen Sie sie?«

»Ich helfe ihr, ihr Haus neu einzurichten. Sie ist jetzt mit Joel Glazer verheiratet, einem von Dows Arbeitgebern. Seine erste Frau ist gestorben. Kennen Sie Joel? Er ist Teilhaber einer Firma namens Century Comprehensive, der unter anderem eine Kette von Pflegeheimen gehört.«

»Den Namen Glazer kenne ich aus der Presse, aber persönlich begegnet bin ich ihm nie«, sagte ich. Langsam begriff ich den Zweck ihres Anrufs, auch wenn ich immer noch nicht wusste, wie ich ihr helfen konnte. Dana Jaffes erster Mann Wendell war

1979 verschwunden, allerdings unter ganz anderen Umständen, als sie in diesem Fall vorlagen. Wendell Jaffe war ein aus eigener Kraft nach oben gekommener Immobilienmagnat, der sich mit einer Haftstrafe konfrontiert sah, nachdem ein betrügerisches Investmentsystem, das er ausgetüftelt hatte, aufzufliegen und seine Machenschaften ans Licht zu bringen drohte. Er täuschte seinen eigenen Tod vor, tauchte aber, kurz nachdem seine »Witwe« eine halbe Million Dollar von der Lebensversicherung kassiert hatte, quicklebendig wieder auf. Der »Pseudoselbstmord« war sein Versuch, einer unvermeidlichen Verurteilung wegen schweren Betrugs zu entgehen. Er hätte es fast geschafft, doch dann wurde er von einem früheren Bekannten in Mexiko gesehen, und ich war von der Versicherung auf ihn angesetzt worden, die ihr Geld zurückhaben wollte. Ich fragte mich, ob Fiona auch den Verdacht hegte, dass ihr Exmann eine krumme Tour abgezogen hatte.

Sie stellte ihre Kaffeetasse ab. »Haben Sie die Zeitungsartikel bekommen?«

»Der Bote hat sie mir gestern ins Büro gebracht. Ich habe sie gestern Abend durchgelesen und dann noch einmal heute Morgen. Die Polizei hat gründlich gearbeitet –«

»Oder möchte uns das zumindest weismachen.«

»Sie sind nicht zufrieden mit ihren Fortschritten?«

»Fortschritte! Was denn für Fortschritte? Dowan ist immer noch verschwunden. Ich sage Ihnen, was sie zu Wege gebracht haben: null Komma nichts. Ja, sicher, sie tun, was vordergründig von ihnen erwartet wird – geben öffentliche Kommentare ab und äußern Besorgnis –, aber das ist doch alles Schall und Rauch und bedeutet überhaupt nichts.«

Mir widerstrebte ihre Einstellung, doch ich beschloss, noch nicht gleich zu protestieren. Ich finde die Cops sagenhaft, aber warum sollte ich mich deswegen mit Fiona anlegen? Sie wollte mich engagieren, und ich war hier, um festzustellen, was ich beitragen konnte. »Was ist der letzte Stand der Dinge?«, fragte ich.

»Kein Mensch hat einen Mucks von ihm gehört, zumindest soweit ich weiß.« Sie zog noch einmal an ihrer Zigarette und streifte dann die Asche in einem schweren Aschenbecher aus Kristall ab. Ihr Lippenstift war dunkel und hatte sich in den haarfeinen Falten über ihrer Oberlippe abgesetzt. Sie hatte einen deutlichen Halbmond an der Kaffeetasse und einen ganzen Ring am Filter ihrer Zigarette hinterlassen. Ihr Schmuck war klobig: große silberne Ohrclips und ein dazu passendes Armband. Zwar war die Wirkung elegant, aber alles an ihr erinnerte an Immobiliengeschäfte und klassische Bekleidungsläden. Ich malte mir aus, dass ich, wenn ich mich näher zu ihr beugen würde, den Geruch von Mottenkugeln und Zedernholzschränken wahrnehmen würde, vermischt mit Düften aus den vierziger Jahren, Shalimar und Old Golds. In manchen Momenten strahlte sie atemberaubende, grelle Schlaglichter einer Schönheit aus, die sie mit ihrem Styling nach Kräften unterstrich. Sie senkte den Blick. »Sie wissen natürlich, dass wir geschieden sind.«

»In einem der Artikel, die Sie mir geschickt haben, war die Rede davon. Was ist mit seiner jetzigen Frau?«

»Ich habe während dieser ganzen Tortur nur ein einziges Mal mit Crystal gesprochen. Sie hat sich die größte Mühe gegeben, mich auszugrenzen. Meine Töchter halten mich auf dem Laufenden, und sie halten engen Kontakt zu ihr. Ohne die beiden hätte ich noch weniger Informationen als so, was weiß Gott nicht viel ist.«

»Sie haben zwei Töchter?«

»Stimmt. Blanche, die jüngere, und ihr Mann wohnen nur vier Straßen entfernt. Melanie, die ältere, lebt in San Francisco. Ich fahre bis Dienstag nächster Woche zu ihr.«

»Haben Sie Enkel?«

»Mel war nie verheiratet. Und Blanche erwartet in etwa drei Wochen ihr fünftes Kind.«

»Wow.«

Fiona lächelte säuerlich. »Mutterschaft ist eben ihre Art, einem richtigen Job aus dem Weg zu gehen.«

»Ein ›richtiger‹ Job kommt mir leichter vor. Ich könnte das nicht, was sie macht.«

»Sie schafft es selbst kaum. Zum Glück haben die Kinder ein überaus kompetentes Kindermädchen.«

»Wie kommen Ihre Töchter mit Crystal aus?«

»Gut, glaube ich. Aber was bleibt ihnen schließlich für eine Wahl? Wenn sie nicht nach ihrer Pfeife tanzen, sorgt sie dafür, dass sie weder ihren Vater noch ihren Halbbruder je wiedersehen. Wissen Sie, dass Dow und Crystal einen Sohn haben? Er heißt Griffith und ist gerade zwei geworden.«

»Ich erinnere mich, dass von dem Jungen gesprochen wurde. Darf ich Sie Fiona nennen?«

Sie zog noch einmal an ihrer Zigarette und legte sie in die Mulde des vor ihr stehenden Aschenbechers. »Mrs. Purcell wäre mir lieber, wenn es Ihnen nichts ausmacht.« Beim Sprechen quoll ihr Rauch aus dem Mund, den sie nachdenklich zu mustern schien.

»Ja, gut. Haben Sie eigentlich eine Theorie, was das Verschwinden Ihres Exmannes betrifft?«

»Sie sind eine der wenigen, die sich überhaupt die Mühe machen, zu fragen. Offenbar zählt meine Meinung nicht. Ich vermute, dass er in Europa oder Südamerika ist und den richtigen Augenblick dafür abwartet, wieder nach Hause zu kommen. Crystal glaubt, er sei tot – das habe ich wenigstens gehört.«

»So abwegig ist das nicht. Den Zeitungen zufolge hat es auf seinen Kreditkartenkonten keine Bewegungen gegeben. Weder er noch sein Wagen sind irgendwo gesehen worden.«

»Tja, das stimmt nicht ganz. Es gab mehrere Meldungen. Angeblich wurde er an so weit entfernten Orten wie New Orleans und Seattle gesehen. Man hat ihn beobachtet, wie er am JFK-Flughafen in ein Flugzeug gestiegen ist, und dann wieder südlich von San Diego, auf dem Weg nach Mexiko.«

»Elvis wird auch immer wieder gesehen. Das heißt aber nicht, dass er lebt und wohlauf ist.«

»Stimmt. Andererseits hat aber jemand, auf den Dows Beschreibung passt, versucht, nach Kanada einzureisen, ist aber davongegangen, als ihn der Zollbeamte nach seinem Pass gefragt hat. Der fehlt übrigens.«

»Wirklich. Das ist ja interessant. Das haben die Zeitungen nicht erwähnt. Ich nehme an, die Polizei hat das verfolgt?«

»Man kann es nur hoffen«, meinte sie. Ihr Tonfall hatte etwas Hohles. Wenn sie nur *mich* überzeugen könnte, dann würden sich ihre Aussagen vielleicht als wahr entpuppen.

»Sie sind sich sicher, dass er noch lebt?«

»Ich kann mir nichts anderes denken. Der Mann hat keine Feinde, und ich kann mir nicht vorstellen, dass er das Opfer einer ›Bluttat‹ geworden sein soll«, sagte sie und malte mit den Fingern die Anführungszeichen in die Luft. »Die Vorstellung ist absurd.«

»Weshalb?«

»Dow kann bestens auf sich selbst aufpassen, jedenfalls in physischer Hinsicht. Was er allerdings nicht beherrscht, ist, sich den Problemen in seinem Leben zu stellen. Er ist passiv. Anstatt zu kämpfen oder zu flüchten, legt er sich hin und stellt sich gewissermaßen tot. Er würde alles Mögliche anstellen, um sich nicht mit Konflikten abzugeben, vor allem solchen mit Frauen. Das geht bis zu seiner Mutter zurück, aber das ist eine ganz andere Geschichte.«

»Hat er schon mal so etwas getan?«

»Offen gestanden, ja. Das habe ich auch dem Kriminalbeamten zu erklären versucht. Vergebens, wie ich hinzufügen möchte. Dowan hat das schon zweimal gemacht. Das erste Mal waren Melanie und Blanche – lassen Sie mich nachdenken – schätzungsweise erst sechs und drei. Dowan blieb drei Wochen lang verschwunden. Er ist ohne ein Wort abgehauen und mehr oder weniger genauso wiedergekommen.«

»Wo war er gewesen?«

»Ich habe keine Ahnung. Beim zweiten Mal war es so ähnlich. Es war Jahre später, kurz bevor wir uns endgültig getrennt haben.

Am einen Tag war er noch da und am Nächsten verschwunden. Ein paar Wochen später kam er ohne ein Wort der Erklärung oder der Entschuldigung zurück. Natürlich habe ich vermutet, dass sein jüngstes Verschwinden eine Wiederholung war.«

»Was hat sein Verschwinden bei den früheren Gelegenheiten ausgelöst?«

Sie machte eine vage Geste, während der Rauch von der Spitze ihrer Zigarette aufstieg. »Ich schätze, wir hatten Probleme. Die hatten wir meistens. Auf jeden Fall sagte Dow immer wieder, er bräuchte Zeit, um seinen Kopf klar zu kriegen – was auch immer das heißen sollte. Eines Tages kurz darauf kam er einfach nicht nach Hause. Er hatte all seine Termine abgesagt, gesellschaftliche Verpflichtungen eingeschlossen, und zwar ohne mir oder sonst jemandem ein Wort zu sagen. Das Erste, was mir auffiel, war, dass er nicht zum Abendessen kam. Beim zweiten Mal war es genauso, nur dass ich nicht mehr vor Sorge außer mir war.«

»Also hat er sich beide Male ganz ähnlich verhalten wie dieses Mal?«

»Genau. Beim ersten Mal habe ich *Stunden* gebraucht, bevor ich begriff, dass er weg war. Als Arzt wurde er natürlich oft aufgehalten. Gegen Mitternacht war ich wie rasend – fast hysterisch. Ich dachte, ich würde wahnsinnig.«

»Sie haben die Polizei angerufen?«

»Ich habe jeden angerufen, der mir eingefallen ist. Dann ist am nächsten Morgen eine Nachricht mit der Post gekommen. Er schrieb, er käme irgendwann wieder nach Hause, was er ja auch getan hat. Ich war natürlich wütend, aber er wirkte völlig ungerührt. Blöd wie ich bin, habe ich ihm verziehen, und wir haben weitergemacht wie zuvor. Die Ehe lief gut – aus meiner Sicht jedenfalls gut genug. Ich dachte, er sei glücklich – bis zu dieser Geschichte mit Crystal. Womöglich hat er schon jahrelang mit ihr herumgemacht.«

»Warum sind Sie geblieben?«

»In meinen Augen war er ein guter Ehemann. So naiv war ich.

Er neigte zwar zur Distanziertheit, aber das nahm ich ihm nicht übel, jedenfalls nicht bewusst. Vielleicht habe ich einen gewissen Groll empfunden, aber das gestand ich mir nicht ein. Rückblickend ist mir klar, dass es viele Arten gibt, auf die ein Mann verschwinden kann.«

»Zum Beispiel?«

Sie zuckte die Achseln und drückte ihre Zigarette aus. »Fernsehen, Schlaf, Alkohol, Bücher, Aufputsch- oder Beruhigungsmittel. Ich spreche ganz allgemein, aber Sie wissen, worauf ich hinauswill.«

»Und in seinem Fall?«

»Dow hat sich in seiner Arbeit vergraben. Ging in aller Herrgottsfrühe hin und ist bis spät in die Nacht in seinem Büro geblieben. Was Sie über ihn wissen müssen, ist, dass er jemand ist, der Auseinandersetzungen meidet. Deshalb liebt er alte Leute – weil sie keine echten Anforderungen an ihn stellen. Dass er Arzt ist, verschafft ihm einen gewissen Status, was in seinen Augen grundsätzlich besser ist, als jemandem Rede und Antwort stehen zu müssen wie jeder normale Sterbliche.«

»Wie lange waren Sie verheiratet?«

»Fast vierzig Jahre. Wir haben uns in Syracuse kennen gelernt. Ich habe im Hauptfach Kunstgeschichte studiert, und er hatte gerade mit dem Vorstudium für Medizin begonnen. Kurz nachdem wir unsere Abschlüsse gemacht hatten, haben wir geheiratet. Dow ist dann zum Medizinstudium auf die Penn State gegangen und hat dort auch sein Praktikum und seine Assistenzzeit absolviert. Da hatten wir die Mädchen schon. Ich bin bei ihnen zu Hause geblieben, bis sie beide in der Schule waren, und dann habe ich weiterstudiert und meinen Magister in Innenarchitektur gemacht. Ich habe das Haus entworfen, das wir kurz darauf in Horton Ravine gebaut haben. Natürlich hatten wir einen Architekten, der sich um die praktische Seite gekümmert hat.«

»Das Haus gehört ihm immer noch?«

»Ja, obwohl es Crystal nicht gefällt, soweit ich gehört habe.«

»Sie haben bei der Scheidungsvereinbarung keinen Anspruch auf das Haus erhoben?«

»Ich konnte mir Hypothek und Unterhalt nicht leisten. Wenn Sie ihn von der Scheidung reden hören, wurde er geschröpft – aber das ist einzig und allein seine Sicht der Dinge. Glauben Sie mir, er ist besser weggekommen. Vermutlich hat er jemanden bestochen – den Richter oder meinen Anwalt. Sie wissen ja, wie Männer zusammenhalten, wenn es um den allmächtigen Dollar geht.«

Mir fiel auf, dass sie sich eifrig darum bemühte, meine Wahrnehmung zu beeinflussen und Punkte für ihr Lager einzuheimsen. Geschiedene versuchen irgendwie immer, sich die Sympathie ihres Gegenübers zu sichern, indem sie sich ins bestmögliche Licht rücken. In diesem Fall kam mir das merkwürdig vor, da der Anlass für meinen Besuch doch darin bestand, dass sie entschied, ob sie mich für die Suche nach ihm brauchen konnte. War sie immer noch in diesen Mann verliebt? »Es muss schwer gewesen sein, als Ihre Ehe zerbrach«, murmelte ich.

»Demütigend. Niederschmetternd. Es war dermaßen klischeehaft. Ein Arzt durchlebt die Midlife-Crisis und verlässt seine gleichaltrige Frau, um sich mit einer Hure einzulassen.«

Für die Zeitungen war es ein gefundenes Fressen gewesen, dass Crystal als Stripperin gearbeitet hatte. Trotzdem widerstrebte mir, dass Fiona das Wort »Hure« benutzte. Strippen als Broterwerb bedeutete nicht zwangsläufig eine Existenz als Prostituierte. Womöglich hatte Crystal sogar ihren Magister in psychiatrischer Sozialarbeit gemacht. »Wie hat er sie kennen gelernt?«

»Das müssten Sie sie fragen. Ehrlich gesagt hat Dow Gelüste nach … mmm … ausgefallenen Sexualpraktiken entwickelt. Mit dem Alter sank sein Hormonspiegel ab, oder seine Ängste nahmen zu. Vielleicht gingen seine Probleme auch auf seine Mutter zurück. Alles andere hängt ja auch mit seiner Beziehung zu ihr zusammen. Aus welchem Grund auch immer, als Dowan sechzig wurde, bekam er Schwierigkeiten. Er konnte nicht mehr … na ja ... er konnte ohne Stimulation keinen Verkehr mehr haben. Pornografie, Sexartikel ...«

»Die Ihnen nicht gefielen.«

»Ich fand es *ekelhaft*. Ich kann Ihnen die Praktiken gar nicht nennen, die er ausprobieren wollte – unaussprechliche Handlungen, die ich absolut indiskutabel fand. Schließlich hörte er auf, mich zu bedrängen.«

»Weil er mit ihr etwas angefangen hatte?«

»Offensichtlich. Er hat es nie zugegeben, aber ich bin mir sicher, dass er sich umgesehen hat. Ich hatte mich schon gefragt, ob er sich eine suchen würde, die bereit wäre, sich seinen perversen Wünschen zu unterwerfen. Ich war jedenfalls nicht dazu bereit, und ich wusste, dass ich ihm das auch restlos klar gemacht hatte.«

Insgeheim lechzte ich nach einem Beispiel, doch ich hielt es für klüger, (ausnahmsweise) meine große Klappe zu halten. Manchmal ist es hinderlich zu wissen, was andere Leute in ihrem Privatleben treiben – oder sich zu treiben weigern. Wenn ich Gelegenheit hätte, den Doktor eines Tages kennen zu lernen, wollte ich nicht dadurch abgelenkt werden, dass ich ihn vor meinem geistigen Auge mit einer Bio-Karotte im Hintern herumhüpfen sah. »Haben Sie die Scheidung eingereicht oder er?«

»Er. Ich wurde davon völlig überrumpelt. Ich hatte angenommen, dass er seine Bedürfnisse außerhalb unserer Ehe erfüllt bekäme und seine Familie intakt hielte. Ich hätte nie gedacht, dass er in diesem Alter noch eine Scheidung anstrengen würde. Doch ich hätte es wissen sollen. Dowan ist schwach. Nicht dass irgendjemand gern seine eigenen Fehler zugibt, aber Dow ist es schon immer zuwider gewesen, wenn auch nur der Anschein eines Versagens ruchbar wurde.«

»Soll heißen?«

»Tja«, sagte sie und senkte die Augen. Ich beobachtete, wie sie den Blick über den Fußboden wandern ließ. »Ich hege den Verdacht, dass seine Beziehung zu Crystal nicht die Seelengemeinschaft ist, die er anderen gerne vorspielen möchte. Vor ein paar

Monaten hat er erfahren, dass sie hinter seinem Rücken herumvögelt. Er würde lieber verschwinden als zugeben, dass er betrogen worden ist.«

»Hatte er eine Ahnung, wer es war?«

»Nein, aber er ging der Sache nach. Nach seinem Verschwinden hat mir Dana schließlich anvertraut, dass sie es die ganze Zeit gewusst hat. Der Typ ist Crystals persönlicher Trainer. Er heißt Clint Augustine.«

In meinem Kopf klingelte ein leises Glöckchen. Ich war mir sicher, dass ich den Namen schon einmal gehört hatte, wahrscheinlich in dem Fitness-Studio, wo ich trainiere.

»Sie glauben, er hat sich deswegen aus dem Staub gemacht?«

»Ja. Wir hatten am 10. September eine Unterhaltung – ein langes Gespräch. Das war zwei Tage, bevor er verschwunden ist. Er war entsetzlich unglücklich.«

»Hat er das gesagt?«

Ihr Zögern war unübersehbar, und sie musste mit sich ringen. »Nicht ausdrücklich, aber man ist nicht vierzig Jahre lang verheiratet, ohne zu lernen, zwischen den Zeilen zu lesen.«

»Was war der Anlass für diese Unterredung?«

»Er kam hierher.«

»Sie haben sich mit ihm getroffen«, stellte ich fest.

»Ja, schon. Auf seine Bitte hin«, erwiderte sie mit leicht abwehrendem Ton. »Dow liebt dieses Haus, genau wie das Haus in Horton Ravine. Er hat sich stets für meine Entwürfe interessiert, auch bevor unsere Beziehung sich gewandelt hatte. In letzter Zeit ist er abends öfter vorbeigekommen, um etwas mit mir zu trinken. An diesem Abend war er ganz erschöpft. Sein Gesicht war *grau* vor Sorge, und als ich ihn fragte, was los sei, sagte er, dass ihn der Arbeitsdruck wahnsinnig mache. Und Crystal war ihm keine Hilfe. Sie ist extrem narzisstisch, wie Sie noch feststellen werden, wenn Sie sie kennen lernen, wovon ich ausgehe.«

»Hat es Sie erstaunt, dass er sich Ihnen anvertraut hat – nach allem, was er Ihnen zugemutet hat?«

»Wen hat er denn sonst schon? Außerdem hat er im Grunde gar nicht über sie gesprochen, aber ich habe die Anspannung in seinen Augen gesehen. Er war in wenigen Monaten um gut zehn Jahre gealtert.«

»Sie behaupten, er hatte sowohl bei der Arbeit als auch zu Hause Probleme?«

»Allerdings. Er hat sich zwar nicht klar geäußert, aber er hat nebenbei erwähnt, er müsse einfach mal raus. Das war das Erste, woran ich denken musste, als ich erfahren habe, dass er verschwunden ist.«

»Könnte das nicht Wunschdenken gewesen sein?«

»Schon möglich«, räumte sie ein. »Ich meine, er hat keine Flugtickets aus der Tasche gezogen, aber er kam mir verzweifelt vor.«

»Können Sie sich erinnern, ob er einen speziellen Ort erwähnt hat?«

Sie legte den Kopf schief. »Ich habe mir deswegen schon das Hirn zermartert, aber mir ist ehrlich nichts eingefallen. Es war eine beiläufige Bemerkung, und ich habe mir, bis das hier passiert ist, nicht viel dabei gedacht.«

»Ich nehme an, Sie haben der Polizei davon berichtet.«

Sie zögerte erneut. »Zuerst nicht. Ich hielt sein Verschwinden für freiwillig und dachte, er würde wieder nach Hause kommen, wenn es ihm passte. Ich wollte ihn nicht in eine peinliche Lage bringen. Es ist Crystals Spezialität, diese Tortur in ein Medienspektakel zu verwandeln.«

Ich merkte, wie der Groll in mir aufstieg. »Mrs. Purcell, er ist ein bekannter Arzt und wird in der ganzen Gemeinde respektiert und geliebt. Es ist logisch, dass sein Verschwinden die Aufmerksamkeit der Medien erregt. Wenn Sie der Meinung waren, er hätte sich nur aus einer Laune heraus abgesetzt, warum haben Sie es dann nicht gesagt?«

»Ich fand, er hatte ein Recht auf seine Intimsphäre«, entgegnete sie, und ihre Wangen röteten sich leicht.

»Was ist mit all der Zeit und dem Geld, das für die Ermittlungen aufgewendet wurde? Hat Sie das überhaupt nicht gekümmert?«

»Doch, natürlich. Deshalb habe ich mich ja an die Polizei gewandt«, erklärte sie. »Nach sechs Wochen begann ich mir Sorgen zu machen. Vermutlich habe ich einen Anruf oder einen Brief erwartet, *irgendeinen* Hinweis darauf, dass ihm nichts fehlte, egal wo er war. Jetzt, wo neun Wochen vergangen sind, fand ich, es sei an der Zeit, die Sache selbst in die Hand zu nehmen.«

»Was hat Sie zu dem Glauben veranlasst, dass er sich eher bei Ihnen melden würde als bei ihr?«

»Weil Crystal diejenige ist, der er zu entkommen versucht.«

»Und jetzt haben Sie Angst, dass ihm etwas zugestoßen sein könnte.«

»Irgendwie schon. Deshalb habe ich ja letzte Woche beschlossen, mit diesem Kriminalbeamten zu sprechen. Odessa war höflich. Er hat sich Notizen gemacht, aber ich hatte den Eindruck, dass er mich nicht ernst genommen hat. Er meinte, er würde sich wieder bei mir melden, aber ich habe nichts mehr von ihm gehört. Die Polizei arbeitet natürlich an *Dutzenden* von anderen Fällen, was heißt, dass sie weder Zeit noch Leute haben, die sie für Dow abstellen können. Das habe ich auch zu Dana gesagt, und sie ist meiner Meinung. Deshalb hat sie mir Sie empfohlen.«

»Ich weiß nicht, was ich dazu sagen soll. Selbst wenn wir eine Vereinbarung treffen, kann ich genauso wenig wie die Polizei vierundzwanzig Stunden am Tag auf diese Sache verwenden. Ich habe auch noch andere Klienten.«

»Ich habe nicht gesagt, dass Sie ausschließlich für mich arbeiten müssen.«

»Trotzdem bin ich nur eine Einzelperson. Sie wären mit einer großen Agentur aus Los Angeles besser bedient – einer mit vielen Ermittlern, die ins ganze Land ausschwärmen und die Sache richtig angehen können. Womöglich müssen Sie ihn am Ende noch in Übersee suchen.«

Sie winkte mit einer Handbewegung ab. »Ich will aber keine große Agentur aus Los Angeles. Ich will jemanden von hier, der bereit ist, mir persönlich Bericht zu erstatten.«

»Aber ich könnte lediglich das Gleiche noch mal machen, was die Polizei bereits getan hat.«

»Vielleicht haben Sie ja Ideen, auf die die Polizei noch nicht gekommen ist. Immerhin haben Sie Wendell Jaffe ausfindig gemacht, nachdem ihn *jahrelang* alle für tot gehalten hatten.«

»Ich habe ihn ausfindig gemacht, aber ich musste nicht bei Null anfangen. Jemand hatte ihn in Mexiko gesehen, und deshalb konnte der Fall schließlich gelöst werden.«

Ihr Gesichtsausdruck wurde distanziert. »Sie wollen mir also nicht helfen.«

»Das sage ich nicht. Ich erwähne nur die Fakten, und die sehen nicht besonders gut aus.«

»Aber was, wenn es einen Aspekt gibt, den die Polizei noch nicht bedacht hat?«

»Was, wenn nicht?«

»Dann könnte ich mich zumindest mit dem zufrieden geben, was sie geleistet haben.«

Ich schwieg einen Augenblick und starrte auf den Fußboden. Tief in mir schrie eine kleine Stimme »Nein, nein, nein!«, während mein Mund sagte: »Einverstanden. Ich werde mein Möglichstes tun, aber ich kann Ihnen nichts versprechen.«

»Gut. Das ist wunderbar. Wir sprechen dann am Dienstag weiter. Notieren Sie sich einfach, wie viel Zeit Sie aufgewendet haben, und dann können Sie mir eine Rechnung schicken, wenn ich wieder hier bin.« Sie sah auf die Uhr und stand auf.

Ich erhob mich ebenfalls. »Ich brauche einen Vorschuss.«

»Einen Vorschuss?« Sie gab sich demonstrativ verblüfft, aber ich fragte mich, ob sie die Worte nur der Wirkung halber wiederholte. Bestimmt machte sie selbst ohne schriftliche Vereinbarung und ohne dass eine stattliche Summe den Besitzer wechselte auch keine Geschäfte. »An wie viel hatten Sie gedacht?«

»Ich berechne fünfzig die Stunde oder pauschal vierhundert am Tag, plus Spesen, also müssten fünfzehnhundert Dollar fürs Erste reichen. Wenn Sie mir Melanies Adresse geben, schicke ich Ihnen bis morgen einen Vertrag zur Unterschrift zu.« Natürlich hätte ich auch gleich einen mitbringen können, aber ich war mir nicht sicher gewesen, ob wir zu einer Einigung kommen würden.

Sie blinzelte und machte auf begriffsstutzig. »Tut mir Leid. Ich hatte mir nichts so *Förmliches* vorgestellt. Ist das in Ihrem Gewerbe so üblich?«

»Ja, allerdings.« Mir fiel auf, dass sie es nicht »Beruf« nannte, was vermuten ließ, dass sie mich mit Ladenhilfen, Schnellköchen und Laufburschen in einen Topf warf.

»Was, wenn Sie ihn nicht finden?«

»Das ist ja genau der Punkt. Wenn ich nichts finde, kommen Sie vielleicht zu dem Schluss, dass ich den Stundenlohn nicht wert war. Wenn ich den Fall annehme, bleibe ich am Ball. Ich verfolge die Spuren bis zum bitteren Ende.«

»Das will ich hoffen«, sagte sie. Sie überlegte kurz und ging dann zu einer Kommode mit Ebenholz-Intarsien hinüber. Sie nahm ihr Scheckheft heraus, kehrte zu ihrem Sessel zurück und setzte sich. »Und den Scheck soll ich ausstellen auf ...?«

»Millhone Investigations.«

Ich sah zu, wie sie hastig einen Scheck ausfüllte und ihn herausriss, wobei sie ihre Gereiztheit kaum verbarg, als sie ihn mir reichte. Mir fiel auf, dass wir Bankgenossen waren und unser Konto bei derselben Filiale der Santa Teresa City Bank hatten. »Jetzt sind Sie verstimmt«, sagte ich.

»Ich gehe nach Vertrauen. Sie offenbar nicht.«

»Ich hab's auf die harte Tour gelernt. Es ist nichts Persönliches.«

»Aha.«

Ich hielt ihr den Scheck hin. »Ich kann ihn auch gleich zurückgeben, wenn Ihnen das lieber ist.«

»Finden Sie Dow. Und ich erwarte einen lückenlosen Bericht, sobald ich wieder zurück bin.«

2

Bevor ich Fionas Haus verließ, gab sie mir Melanies Privatadresse in San Francisco sowie deren private und geschäftliche Telefonnummer. Allerdings konnte ich mir keinen Grund denken, weshalb ich Fiona dort oben anrufen sollte. Außerdem nannte sie mir Crystals Adresse und Telefonnummer in Horton Ravine. Detective Odessa, den Fiona beiläufig erwähnt hatte, hatte ich zwar nie kennen gelernt, aber ein Gespräch mit ihm stand ganz oben auf meiner Liste. Auf der Rückfahrt in die Stadt merkte ich, wie mein Magen vor Beklommenheit zu grollen begann. Ich versuchte meine Bedenken zu ergründen, indem ich sie nacheinander durchging, allerdings nicht unbedingt in der Reihenfolge ihrer Wichtigkeit.

1. Ich mochte Fiona weder besonders, noch traute ich ihr. Sie war zu den Cops nicht ganz aufrichtig gewesen, und ich glaubte auch nicht, dass sie es mir gegenüber war. Unter diesen Umständen hätte ich es vermutlich ablehnen sollen, den Auftrag anzunehmen. Schon jetzt bereute ich, dass ich so überstürzt eingewilligt hatte.
2. Ich war mir nicht sicher, ob ich in diesem Fall Ergebnisse erzielen könnte. Zu Beginn von Ermittlungen bin ich häufig unsicher, vor allem bei derartigen Fällen. Neun Wochen waren vergangen, seit man Dr. Purcell zuletzt gesehen hatte. Egal, welche Umstände zum Verschwinden eines Menschen geführt haben mögen, das Verstreichen längerer Zeitspannen wirkt sich selten günstig aus. Zeugen schmücken ihre Aussagen aus. Sie erfinden Dinge. Die Erinnerung wird nebulös. Im Zuge der Wiederholung verblasst die Wahrheit mehr und mehr, und Einzelheiten verändern sich, um den verschiedensten persönlichen Interpretationen zu genügen. Die Leute wollen hilfreich sein, was bedeutet, dass sie im Lauf der Zeit ihre Geschichten

verbrämen und Ereignisse ihren eigenen Vorlieben entsprechend einfärben. Wenn man so spät in einen Fall einsteigt, ist es nahezu ausgeschlossen, dass man noch eine entscheidende Entdeckung macht. Fiona hatte natürlich damit Recht, dass ein neuer Gesichtspunkt manchmal die Richtung von Ermittlungen völlig verändern kann. Trotzdem sagte mir meine Intuition, dass jeder Durchbruch in diesem Fall die Folge eines glücklichen Zufalls wäre, was nichts anderes hieß als reiner Dusel.

3. Das blöde Getue um den Vorschuss passte mir nicht.

Ich hielt an einem McDonald's und kaufte mir Kaffee und zwei Egg McMuffins. Ich brauchte den Trost von Junk Food ebenso wie die Nährstoffe, wenn man sie denn so nennen will. Ich aß beim Fahren und mampfte dermaßen gierig, dass ich mir in den Zeigefinger biss.

Vielleicht ist dies der geeignete Moment, um mich vorzustellen. Mein Name ist Kinsey Millhone. Ich bin amtlich zugelassene Privatdetektivin in Santa Teresa, Kalifornien, einem hundertfünfzig Kilometer nördlich von Los Angeles gelegenen Ort. Ich bin sechsunddreißig Jahre alt, zweimal geschieden, kinderlos und auch sonst ohne Anhang. Abgesehen von meinem Auto besitze ich nicht viel. Mein Büro, Millhone Investigations, besteht aus mir allein. Mit Anfang zwanzig war ich zwei Jahre lang Polizistin gewesen, und aufgrund persönlicher Schwierigkeiten, die jetzt zu mühsam zu erklären wären, wurde mir klar, dass der Polizeidienst nichts für mich war. Ich war viel zu aufsässig und stur, um mich den Dienstvorschriften mit all ihren moralischen Bestimmungen zu unterwerfen, und muss zugeben, dass ich die Regeln sehr locker ausgelegt habe. Davon abgesehen wirkte in der Uniform mit dem Gürtel mein Hintern zu breit.

Nachdem ich den einträglichen Posten bei der Stadt aufgegeben hatte, ging ich in einem Büro, das zwei Privatdetektive betrieben, in die Lehre und leistete dort die erforderliche Stundenzahl ab, um meine Zulassung beantragen zu können. Mittlerweile arbeite ich seit gut zehn Jahren allein und bin zugelassen, vereidigt und hoch versichert. Einen großen Teil des vergangenen Jahrzehnts habe ich damit verbracht, Forderungen wegen Brandstiftung und fahrlässiger Tötung gegen die California Fidelity Insurance zu bearbeiten, zuerst als reguläre Angestellte, dann als freie Mitarbeiterin. Vor drei Jahren, im Oktober 1983, trennten sich unsere Wege, und ich mietete Räume bei der Anwaltskanzlei Kingman und Ives – eine Regelung, die sich nun dem Ende zuzuneigen schien.

Schon ein Jahr lang klagte Lonnie Kingman über Platzmangel. Er hatte bereits einmal erweitert und den gesamten zweiten Stock eines Gebäudes übernommen, das ihm komplett gehörte. Nun hatte er ein zweites Haus gekauft, das in der unteren State Street lag und in das er umziehen wollte, sobald der Kaufvertrag unter Dach und Fach war. Er hatte einen Nachmieter für unsere derzeitigen Räume gefunden, und nun stellte sich nur noch die Frage, ob ich mit ihm umziehen oder mir ein eigenes Büro suchen würde. Ich bin von Natur aus Einzelgängerin, und obwohl ich Lonnie mag, ging es mir langsam auf die Nerven, in nächster Nähe zu anderen Leuten zu arbeiten. Ich ertappte mich dabei, wie ich abends und an den Wochenenden ins Büro ging und halbe Tage zu Hause arbeitete – alles nur, um ein Gefühl von Raum und Ungestörtheit zu erzeugen. Ich hatte mit einem Immobilienmakler über monatsweise mietbare Räume gesprochen und auf mehrere Kleinanzeigen geschrieben, aber bis jetzt noch nichts gesehen, das mir zugesagt hätte. Meine Ansprüche waren bescheiden: Platz für meinen Schreibtisch, einen Drehstuhl, einige Aktenschränke und ein paar künstliche Pflanzen. Zusätzlich wünschte ich mir eine kleine, aber geschmackvolle Cheftoilette. Das Problem war nur, dass alles, was mir gefiel, entweder zu groß oder zu teuer war, und alles, was meinem Budget entsprach, zu beengt, zu schäbig oder zu weit von der Innenstadt entfernt war. Ich habe häufig im Einwohneramt zu tun und lege Wert darauf, Gerichtsgebäude,

Polizeirevier und Stadtbibliothek zu Fuß erreichen zu können. Überdies war Lonnies Kanzlei ein regelrechtes Refugium, und er tritt auch als mein Anwalt auf, wenn es hart auf hart kommt, was häufig der Fall ist.

Sobald ich den Block mit den Zweihunderter-Nummern östlich vom Capillo erreicht hatte, in dem Lonnies Kanzlei lag, begann ich mit der gewohnten Such- und Schnappaktion auf der Jagd nach einem Parkplatz. Ein Nachteil des derzeitigen Gebäudes war der winzige dazugehörige Parkplatz, auf den nur zwölf Autos passten. Lonnie und sein Partner hatten jeder einen Platz, genau wie die beiden Sekretärinnen Ida Ruth Kenner und Jill Stahl. Die restlichen acht Stellflächen verteilten sich auf die sonstigen Mieter des Hauses, und so war ich gezwungen, mir woanders eine Parklücke zu suchen. Heute zwängte ich mich in ein Fleckchen am Randstein, das zwischen zwei Geschäftseinfahrten lag. Ich hätte schwören können, dass es ein fast legaler Parkplatz war, und merkte erst zu spät, dass ich doch einen Strafzettel bekommen hatte.

Ich ging die fünf Blocks zum Büro zu Fuß, stieg die zwei Treppen hinauf und betrat die Kanzlei durch eine unbeschriftete Seitentür. Dann marschierte ich den Flur entlang bis zu meinem Zimmer, schloss auf und ging hinein, wobei ich darauf achtete, Ida Ruth und Jill nicht auf mich aufmerksam zu machen, die ein Stückchen weiter weg ins Gespräch vertieft waren. Mir war klar, dass ihr Thema dasselbe sein würde, das sie seit zwei Monaten unentwegt debattierten: Lonnies Partner John Ives hatte darauf gedrungen, dass die Kanzlei seine Nichte Jeniffer als Empfangsdame einstellte, als die Stelle frei wurde. Jeniffer war achtzehn Jahre alt und hatte gerade ihren High-School-Abschluss gemacht. Es war ihr erster Job, und obwohl man ihr eine ausführliche, schriftliche Stellenbeschreibung gegeben hatte, schien ihr völlig schleierhaft zu sein, was von ihr erwartet wurde. Sie kam in T-Shirt und Minirock zur Arbeit, das lange blonde Haar offen über den Rücken fallend, mit nackten Beinen und die Füße in hölzernen Clogs. Ihre Telefonstimme war quietschvergnügt, ihre Rechtschreibung katastrophal, und sie schaffte es einfach nicht, pünktlich zu kommen. Außerdem nahm sie sich immer wieder zwei bis vier Tage frei, wenn ihre arbeitslosen Freunde loszogen und Party machten. Ida Ruth und Jill waren restlos entnervt, weil sie ihre Arbeit dann mit übernehmen mussten. Beide jammerten mir die Ohren voll, da sie offenbar Hemmungen hatten, sich bei Lonnie oder John zu beschweren. Bürotratsch hat mir nie besonders behagt, und so war dies ein weiterer Grund dafür, dass ich gute Lust hatte, mir neue Räume zu suchen. Hatte mir früher die familiäre Atmosphäre gefallen, die in der Kanzlei herrschte, so sah ich jetzt nur noch die eskalierenden Psychodramen. Jeniffer war eine Art Aschenputtel mit verkümmertem IQ. Ida Ruth und Jill verhielten sich wie die boshaften Stiefschwestern und troffen ihr gegenüber vor Freundlichkeit, nahmen aber jede Gelegenheit wahr, hinter ihrem Rücken über sie zu lästern. Ich weiß nicht genau, welche Rolle ich dabei spielte, aber ich bemühte mich, mich nicht in die Sache hineinziehen zu lassen, indem ich mich in meinem Zimmer verbarrikadierte. Zweifellos war ich auch nicht geschickter im Lösen von Konflikten als alle anderen.

Um eine Fluchtmöglichkeit zu haben, rief ich beim Polizeirevier von Santa Teresa an und fragte, ob ich Detective Odessa sprechen könne. Er war in einer Besprechung, doch die Frau, die meinen Anruf entgegennahm, sagte mir, dass er bald fertig wäre. Ich vereinbarte einen Termin für halb elf. Dann füllte ich einen vorgedruckten Vertrag aus, schob ihn in einen Express-Mail-Umschlag, den ich an Fiona unter Melanies Privatanschrift in San Francisco adressierte. Das Ganze steckte ich in meine Handtasche und setzte mich dann an den Schreibtisch, wo ich zwischen mehreren Runden Patience tiefgründige Krakel auf meine Unterlage malte. Nicht, dass ich nicht tonnenweise andere Arbeit gehabt hätte, aber ich merkte, dass mich die Daten ablenkten, die mir ständig durch den Kopf gingen. Schließlich zog ich einen Aktendeckel und einen großen Schreibblock hervor und begann mir Notizen zu machen.

Um fünf vor halb elf schloss ich meine Tür zu und ging erst zum Postamt gegenüber und dann weiter zum Polizeirevier, das vier Blocks entfernt lag. Die Morgenluft war kühl, und das blasse Sonnenlicht von vorher hatte nachgelassen, während sich der Himmel zuzog und baldigen Regen ankündigte. Die Regensaison in Santa Teresa ist unberechenbar: Früher begannen die stoßweisen Phasen massiver Niederschläge Mitte Januar und hielten mehr oder weniger bis Anfang März an. Neuerdings haben extreme Wetterbedingungen in anderen Gegenden der Welt zu sprunghaften Abweichungen geführt. Von Ende Mai bis Oktober kann man die Regenmenge zwar immer noch in Millimetern messen, aber die Wintermonate sind nun wechselhaft, und dieser November wollte offenbar einer der nassesten seit Jahren werden. Eine Kaltfront näherte sich von Alaska und kündigte sich durch einen schneidenden Wind an. Die Äste der Bäume bewegten sich ruhelos, bogen sich und knackten, während ausgetrocknete Palmwedel abbrachen und wie Besen über die Gehsteige fegten.

Die Eingangshalle des Polizeireviers wirkte im Vergleich dazu gemütlich. Zu meiner Linken saß ein kleiner Junge wartend auf einer hölzernen Bank, während sein Vater mit einem Beamten in Zivil einen Unfallbericht besprach. Ich trat an den L-förmigen Tresen, wo ein uniformierter Beamter den Kundenverkehr abwickelte, und sagte ihm, dass ich einen Termin hätte, was er telefonisch an Detective Odessas Platz weitergab. »Er kommt gleich«, versicherte er mir.

Ich wartete an Ort und Stelle und sah beiläufig zum Einwohneramt hinüber. Meine Freundin Emerald war vorzeitig in den Ruhestand gegangen, und nun hatte ich keine Verbündete mehr, die mir unter der Hand Informationen zuschob. Sie hatte zwar nie direkt gegen ihre Dienstvorschriften verstoßen, aber ein paar Mal war sie haarscharf daran vorbeigeschrammt.

Detective Odessa zog die Tür auf und steckte den Kopf herein. »Ms. Millhone?«

»Das bin ich.«

»Vince Odessa«, stellte er sich vor, und wir schüttelten uns die Hände. »Kommen Sie doch mit nach hinten.«

»Gerne.«

Er trug ein blaues Anzughemd, eine dunkle Krawatte, eine leichte Freizeithose, dunkle Socken und glänzend polierte schwarze Schuhe. Er hatte dunkle Haare, und sein Hinterkopf war so flach, als hätte er seine gesamte Säuglingszeit auf dem Rücken gelegen. Er war größer als ich, schätzungsweise einsfünfundsiebzig gegenüber meinen einsachtundsechzig. Er hielt mir die Tür auf und ließ mich vor ihm den Flur betreten. Ich blieb stehen, damit er vorangehen konnte. Er marschierte den Flur entlang und trat links durch eine Tür mit der Aufschrift ERMITTLUNGEN. Ich folgte ihm durch ein Gewirr kleiner Büros. Über die Schulter sagte er: »Shelly meinte, es ginge um Dr. Purcell.«

»Stimmt. Seine Exfrau hat mich engagiert, damit ich Nachforschungen wegen seines Verschwindens anstelle.«

Odessa sprach in neutralem Ton weiter. »Ich hatte schon das Gefühl, dass so etwas kommt. Sie war letzte Woche hier.«

»Was halten Sie von ihr?«

»Da muss ich mich auf mein Aussageverweigerungsrecht berufen. Werden Sie nach Stunden bezahlt?«

»Ich habe ihren Scheck noch nicht eingelöst. Ich hielt es für klug, erst mit Ihnen zu sprechen.«

Sein »Büro« war in einer Standardkabine untergebracht: schulterhohe graue Wände, die mit fester, synthetischer Schlingenware bezogen waren. Er setzte sich an den Schreibtisch und bot mir den einzigen anderen Stuhl innerhalb des engen Raums an. Gerahmte Fotos seiner Familie standen vor ihm: Frau, drei Töchter und ein Sohn. In einem kleinen metallenen Bücherregal hinter mir standen ordentlich aufgereiht Diensthandbücher, Lehrwerke und mehrere Gesetzesbände. Er war sauber rasiert, abgesehen von einem Streifen Stoppelhaare, die er ausgelassen haben musste, als der Rasierer über die Kerbe in seinem Kinn hüpfte. Über seine dunkelblauen Augen zogen sich energische Brauen. »Also, womit kann ich Ihnen helfen?«

»Das weiß ich nicht genau. Ich würde gern hören, was Sie wissen, falls Sie bereit sind, Ihr Wissen mit mir zu teilen.«

»Damit habe ich kein Problem«, sagte er. Er beugte sich vor und sah einen Stapel dicker Akten durch, die auf einer Seite seines Schreibtischs lagen. Dann zog er ein Ringbuch unten aus dem Stapel und legte es vor sich hin. »Hier herrscht das totale Durcheinander. Ständig heißt es, in den nächsten sechs, acht Monaten würde alles auf Computer umgestellt. Das papierlose Büro. Glauben Sie daran?«

»Es wäre schön, aber ich bezweifle es.«

»Ich auch«, sagte er. Er blätterte mehrere Seiten vor, bis er zur ursprünglichen Meldung des Vorfalls kam. »Ich bin gerade befördert worden. Da ich der Jüngste im Team bin, ist diese Sache in den Augen der anderen ein Lehrgang für mich. Schauen wir mal, was wir da haben.« Sein Blick wanderte im Zickzackkurs über die Seite. »Crystal Purcell hat am Dienstag, dem 16. September, eine Vermisstenmeldung aufgegeben, dreieinhalb Tage nachdem der Doktor abends nicht wie erwartet nach Hause gekommen ist. Ihre Angaben wurden zu Protokoll genommen. An diesem Wochenende hat es mehrere Einbrüche in Wohnhäuser gegeben, daher bin ich der Meldung erst mittags am Donnerstag, dem 18. September nachgegangen. Soweit wir feststellen konnten, war Purcell nicht in Gefahr, und sein Verschwinden hatte nichts Verdächtiges an sich.« Er hielt inne und sah mich an. »Ehrlich gesagt haben wir vermutet, er sei aus freien Stücken abgehauen. Sie wissen ja, wie es ist. In der Hälfte der Fälle taucht der Typ hinterher mit eingekniffenem Schwanz wieder auf. Dann stellt sich heraus, dass er eine Freundin hat oder mit seinen Kumpeln auf Sauftour war. Es gibt ein halbes Dutzend Erklärungen, die allesamt harmlos sind. Natürlich ist es hart für die Ehefrau, aber nichts Bedrohliches.«

Er lehnte sich auf seinem Stuhl zurück. »Eine halbe bis eine ganze Million Leute laufen jedes Jahr davon. Es ist schlimm für Familie und Freunde. Wahrscheinlich haben Sie es ja selbst schon miterlebt. Zuerst verdrängen sie. Können nicht glauben, dass ihnen jemand eine solche Schweinerei antut. Später werden sie wütend. Jedenfalls habe ich die jetzige Mrs. Purcell angerufen und einen Termin für Freitagnachmittag ausgemacht. Das war der 19. September. Offen gestanden habe ich Zeit geschunden, da ich annahm, sie würde bis dahin etwas hören.«

»Was nicht der Fall war?«

»Weder damals noch irgendwann seither. Ihrer Aussage zufolge litt er an keinerlei Krankheiten, die zu Besorgnis Anlass gegeben hätten. Weder Herzbeschwerden noch Diabetes noch irgendwelche psychischen Probleme in der Vergangenheit. Sie sagte, sie hätte ihn im Büro angerufen und mit ihm geredet – und zwar am 12. September, kurz nach dem Mittagessen. Purcell hat ihr gesagt, dass es später würde, aber es war nicht die Rede davon, dass er überhaupt nicht nach Hause käme. Am Samstagmorgen war sie völlig außer sich und hat jeden angerufen, den sie kannte – Freunde, Verwandte, seine Kollegen, Krankenhäuser, die Highway Patrol, das Leichenschauhaus – was man sich denken kann. Doch nirgends eine Spur von ihm.

Ich habe über eine Stunde lang bei ihr gesessen, in dem Haus in Horton Ravine. Sie hat noch ein zweites am Strand, wo sie die meisten Wochenenden verbringt. Ich habe die ganze Latte abgearbeitet – nach Gewohnheiten, Hobbys, Beruf und Mitgliedschaften in Country Clubs gefragt; ich habe mir sein Schlafzimmer angesehen, seine Kommode durchsucht, seine Telefonrechnungen und Kreditkartenabrechnungen studiert. Ich habe auch seine Kreditkartenkonten nach jüngsten Bewegungen abgeklopft, sein Adressbuch und seinen Kalender durchgelesen – einfach alles abgedeckt.«

»Und es hat sich nichts ergeben?«

Er hielt einen Finger in die Höhe. »Darauf komme ich gleich. Im Lauf der folgenden zwei Wochen haben wir die Post bei ihm zu Hause und im Pflegeheim durchgesehen, dafür gesorgt, dass seine eingehende Post abgefangen wird, mit seinen Arbeitgebern gesprochen, ihn in die Vermisstendatei eingegeben und sein Autokennzeichen zur Fahndung ausgeschrieben. Sie verstehen doch, dass es hier nach dem Stand der Dinge nicht um ein Verbrechen geht, also ist das alles eine reine Gefälligkeit der zuständigen Stellen. Wir tun, was wir können, aber es gibt keinerlei Indizien dafür, dass wir es mit einem Problem zu tun haben.«

»Fiona sagt, sein Pass sei verschwunden.«

Odessa lächelte mitleidig. »Das ist meiner auch – so gesehen. Nur weil seine Frau ihn nicht findet, heißt das nicht, dass er verschwunden ist. Wir haben einen aktuellen Auszug für ein Sparkonto bei der Mid-City Bank gefunden. Und der hat uns stutzig gemacht. Es hat nämlich den Anschein, als hätte er im Lauf der letzten zwei Jahre eine Reihe von Barabhebungen vorgenommen – alles in allem dreißigtausend Dollar. Der Kontostand ist allein in den letzten zehn Monaten von dreizehntausend auf dreitausend gesunken. Der letzte Umsatz auf dem Konto fiel am 29. August an. Seine Frau scheint nichts davon zu wissen.«

»Sie glauben, er hat seine Abreise vorbereitet?«

»Tja, es sieht jedenfalls schwer danach aus. Sicher, mit dreißigtausend kommt man heutzutage nicht besonders weit, aber es ist ein Anfang. Vielleicht hat er ja noch andere Konten angezapft, die wir bis jetzt nicht entdeckt haben. Es ist nicht ausgeschlossen, dass der Typ ein Spieler ist und das seine Einsätze sind. Sie behauptet zwar, er sei keiner, aber womöglich hat er sie ja darüber im Dunkeln gelassen.«

»Könnten wir nochmal auf den Pass zurückkommen? Wenn Purcell das Land verlassen hat, müsste dann nicht der Zoll einen Eintrag darüber haben?«

»Sollte man meinen. Vorausgesetzt, er hat seinen eigenen Pass benutzt. Vielleicht hat er aber seine Papiere – Führerschein, Geburtsurkunde und Pass – auch gegen einen Satz gefälschter Dokumente eingetauscht, was bedeutet, dass er unter einem anderen Namen nach Europa oder Südamerika geflogen sein könnte. Oder er ist nach Kanada gefahren, hat einen Flug gebucht und ist von dort aus weitergereist.«

»Oder er hält sich irgendwo verborgen«, sagte ich.

»Gut möglich.«

»Hätte dann nicht irgendwer sein Auto sehen müssen?«

»Nicht unbedingt. Er hätte es über eine Steilküste stürzen lassen oder damit nach Mexiko fahren und es einem Hehler verkaufen können. Parken Sie so einen Wagen mal in South Central, und Sie werden staunen, wie schnell er weg ist.«

»Was für einen Wagen?«

»Eine viertürige Mercedes-Limousine. Silberfarben. Mit persönlichen Schildern, auf denen DOCTOR P steht.«

»Die Polizei glaubt also nicht an einen unnatürlichen Tod.«

»Dazu besteht kein Grund. Schließlich haben wir auf dem Parkplatz vor dem Pflegeheim keine Blutflecken gefunden. Keine Anzeichen für einen Kampf, keine Indizien für einen Überfall und keinen Anlass zu der Vermutung, dass er gegen seinen Willen verschleppt wurde. Wir haben die Gegend abgegrast und in jedem Haus in Reichweite nachgefragt. Kein Mensch hat an diesem Abend irgendetwas gesehen oder gehört.«

»Fiona glaubt, er könnte aus freien Stücken verschwunden sein. Sind Sie derselben Meinung?«

»Mir persönlich behagt die ganze Geschichte nicht. Neun Wochen ohne einen Mucks. Man muss fast annehmen, dass irgendetwas anderes dahinter steckt. Wir gehen jetzt alles erneut durch und suchen nach etwas, das uns beim ersten Mal entgangen ist.«

»Hat Fionas Geschichte die Ermittlungen beeinflusst?«

»Inwiefern?«

»Mit ihrem ganzen Gerede davon, dass er früher schon mehrmals verschwunden ist«, sagte ich.

Odessa winkte ab. »Nichts als Gelaber. Sie behauptet, er sei früher schon abgehauen. Vielleicht ja, vielleicht nein. Ich bin mir über ihre Motive nicht ganz im Klaren.«

»Laut eigener Aussage will sie Resultate sehen.«

»Sicher, aber wer will das nicht? Wir sind Cops, keine Zauberkünstler. Wir bewirken keine Wunder.«

»Haben Sie die Geschichte geglaubt, die sie erzählt hat?«

»Ich glaube, dass er *sie* verlassen hat. Ob er tatsächlich Probleme mit der jetzigen Mrs. P. hatte, ist nicht bewiesen.« Er hielt inne. »Haben Sie Crystal schon kennen gelernt?«

Ich schüttelte den Kopf.

Odessa zog die Brauen hoch und schüttelte eine Hand, als hätte er sich verbrannt. »Sie ist eine schöne Frau. Kaum vorstellbar, dass ein Mann sie verlässt.«

»Haben Sie eine Theorie?«

»Ich doch nicht. Aus unserer Perspektive ist die Sache noch immer kein Kriminalfall. Ohne Verbrechen braucht man weder jemanden auf seine Rechte aufmerksam zu machen, noch braucht man Durchsuchungsbefehle, und das macht unsere Arbeit wesentlich einfacher. Wir sind doch nur ein paar brave Jungs, die den Angehörigen einen Gefallen tun wollen. Ich persönlich bin zwar der Ansicht, dass die Sache übel aussieht, aber das sage ich zu niemandem sonst, Sie eingeschlossen.«

Ich zeigte auf die Akte. »Darf ich mal einen Blick hineinwerfen?«

»Von mir aus gern, aber das ist Paglias Fall, und er pocht auf Geheimhaltung. Allerdings hat er nichts dagegen, wenn wir an passender Stelle den Kern der Geschichte skizzieren. In erster Linie geht es darum, den Mann zu finden, was heißt, dass wir kooperieren, wenn wir können.«

»Es stört ihn also nicht, wenn ich ein paar dieser Leute aufsuche und mit ihnen rede?«

»Sie können tun, was Sie wollen.«

Als er mich hinausbegleitete, sagte er: »Falls Sie ihn finden, sagen Sie uns Bescheid. Er kann verschwunden bleiben, wenn er will, aber es würde mir stinken, wenn ich weiter an der Sache arbeite, während er mit einer Nase voller Koks in Vegas sitzt.«

»Das glauben Sie aber nicht.«

»Nein. Und Sie auch nicht«, sagte er.

Auf dem Rückweg ins Büro machte ich einen Umweg von zwei Blocks und ging an der Bank vorbei. Ich füllte ein Einzahlungsformular aus, girierte Fionas Scheck und wartete, bis ich an der Reihe war. Am Schalter angelangt, wies ich auf die aufgedruckte Kontonummer. »Könnten Sie den Stand dieses Kontos überprüfen? Ich möchte sichergehen, dass der Scheck gedeckt ist, bevor ich ihn einzahle.« Eine weitere Lektion, die ich auf die harte Tour gelernt hatte. Ich fange nicht mit der Arbeit an, bevor ein Scheck sich als gedeckt erwiesen hat.

Barbara, die Bankangestellte, kannte mich schon seit Jahren. Ich sah ihr zu, wie sie die Kontonummer in ihre Computertastatur eintippte und dann den Bildschirm musterte. Sie drückte einmal auf die Eingabetaste. Tipp. Noch einmal. Tipp. Ich sah zu, wie ihr Blick die Zeilen entlangwanderte.

Sie sah noch einmal auf mein Einzahlungsformular und verzog das Gesicht. »Der Scheck ist gedeckt, aber es ist knapp. Wollen Sie es lieber in bar?«

»Nein, eine Gutschrift ist mir recht, aber erledigen wir es lieber, bevor der nächste Scheck kommt und sie pleite ist.«

3

Als ich ins Büro zurückkehrte, stellte ich fest, dass Jill und Ida Ruth mir einen Zettel an die Tür gehängt hatten. »Kinsey: anbei eine genaue Aufstellung mit den Tagen, an denen Jeniffer zu spät gekommen ist, etwas vermasselt hat oder unentschuldigt ferngeblieben ist. Bitte schreib weitere Vorkommnisse hinzu, von denen du weißt, unterschreib das Ganze und leg es mir wieder hin. Wir halten es für das Beste, uns als gemeinsame Front zu präsentieren. Wir meinen es ernst! Ida Ruth.«

Ich warf die Liste in den Papierkorb und rief bei Crystal Purcell in ihrem Haus in Horton Ravine an. Die Hauhälterin sagte mir, dass sie zum Strandhaus gefahren sei und das Wochenende dort verbringen wolle. Sie gab mir die Nummer, und ich wählte sie, sowie ich aufgelegt hatte. Ich hoffte, die Frau, die abnahm, würde Crystal sein, doch als ich sie namentlich zu sprechen verlangte, musste ich warten, bis sich eine zweite Frau meldete. »Hier ist Crystal«, sagte sie.

Ich stellte mich mit Namen und Beruf vor und hoffte, dass sie das Auftreten einer weiteren Person, die Nachforschungen anstellte, nicht verärgerte. Den Zeitungen zufolge hatte sie bereits den Ermittlern von der Polizei Santa Teresa und vom Sheriffbüro von Santa Teresa County Auskunft gegeben. Ich erklärte ihr, dass ich am Morgen mit Fiona gesprochen und sie mich gebeten hätte, Dr. Purcells Verschwinden zu untersuchen. »Ich weiß, dass Sie alles schon mehrmals schildern mussten, aber ich wäre Ihnen dankbar, wenn ich die Geschichte von Ihnen hören könnte, falls Sie es verkraften, sie noch einmal zu erzählen.«

Es entstand eine kurze Pause, in der ich hätte schwören können, dass sie ihre Zen-Tiefenatmung praktizierte. »Es fällt mir sehr schwer.«

»Das ist mir klar, und es tut mir Leid.«

»Wie bald?«

»Das überlasse ich Ihnen. Je früher, desto besser.«

Eine weitere Pause folgte. »Wie viel berechnen Sie ihr?«

»Fiona? Fünfzig die Stunde. Das liegt am unteren Ende der Skala. Ein Privatdetektiv aus der Großstadt bekommt das Doppelte.« Ich fragte mich kurz, warum ich glaubte, mich rechtfertigen zu müssen. Vielleicht würde sie lieber mit jemandem plaudern, dessen Dienste mehr wert waren.

»Kommen Sie um fünf Uhr vorbei. Ich wohne in der Paloma Lane.« Sie nannte mir die Hausnummer. »Wissen Sie, wo das ist?«

»Ich finde es schon. Ich werde versuchen, Sie nicht allzu lange aufzuhalten.«

»Nehmen Sie sich ruhig Zeit. Fiona bezahlt es ja.«

Um vier Uhr verließ ich das Büro und fuhr auf dem Weg zu Crystals Strandhaus an meiner Wohnung vorbei. Die zunehmende Wolkendecke hatte ein künstliches Zwielicht erzeugt, und der Geruch aufkommenden Regens durchdrang die Luft. Ich hatte im Obergeschoss Fenster offen gelassen und wollte die Wohnung vor dem drohenden Gewitter noch dicht machen. Ich parkte den Wagen vor der Tür, stieß das Tor mit seinem beruhigenden Jaulen und Quietschen auf und marschierte auf dem schmalen Betonweg um das Haupthaus herum.

Mein Domizil ist eine ehemalige Einzelgarage, die zu Wohnzwecken umgebaut worden ist. Es umfasst im Erdgeschoss ein kleines Wohnzimmer mit einer Bettcouch für Gäste im Erkerfenster, einen Einbauschreibtisch, eine Kochecke, eine aufeinander gestellte Kombination aus Waschmaschine und Trockner und ein Badezimmer. Im ersten Stock, der über eine enge Wendeltreppe erreichbar ist, habe ich einen Schlafraum mit einem großen, flachen Bett und ein zweites Badezimmer. Das Ganze ähnelt einem kleinen, aber robusten seetüchtigen Boot, da außerdem ein Bullauge in der Eingangstür, mit Teakholz getäfelte Wände und unzählige Ecken und Winkel, Verschläge und Nischen dazugehören, wo ich meine wenigen Habseligkeiten unterbringen kann. Das Beste daran ist allerdings die gute Seele, die all das möglich macht: mein Vermieter Henry Pitts. Er ist sechsundachtzig Jahre alt, sieht gut aus, ist sparsam, energisch und tüchtig. Er hat den größten Teil seines Lebens als professioneller Bäcker verbracht und bringt es auch im Ruhestand nicht fertig, seine Begeisterung für Brote, Kuchen und Torten aufzugeben. Er erzeugt nicht nur Backwaren am laufenden Band, sondern beliefert auch die Mittags- und Abendeinladungen sämtlicher alter Damen in der Umgebung. Außerdem verkauft er seine frischen Brote und Brötchen an das rustikale Lokal an der Ecke, in dem er drei bis vier Mal die Woche isst.

Am oberen Ende der Einfahrt konnte ich Henrys Garagentür offen stehen sehen. Allerdings waren beide Fahrzeuge da. Als ich im Innenhof um die Ecke bog, entdeckte ich ihn, wie er vor seinem Schlafzimmer auf der Leiter stand und gerade das letzte Sturmfenster befestigte. Er trug Shorts und ein ärmelloses T-Shirt. Seine langen Beine wirkten knorrig, und seine Bräune war nun, da der »Winter« ins Land zog, fast verblichen. Die Temperaturen in Santa Teresa fallen nie weit unter zehn Grad, aber er stammt ursprünglich aus Michigan, und auch wenn er schon seit über vierzig Jahren in Südkalifornien lebt, schreibt ihm sein nie erloschener Respekt vor den Jahreszeiten das Anbringen von Fliegengittern im Spätfrühling und von Sturmfenstern im Spätherbst vor. Das Wetter selbst kümmert ihn nicht.

Im Innenhof lagen immer noch Putzutensilien herum: der Gartenschlauch, Klumpen zerknüllten Zeitungspapiers, eine Drahtbürste, ein Eimer Essigwasser und mehrere Schwämme, die vom Ruß ganz grau waren. Henry winkte von seinem Hochstand herunter, stieg dann graziös die Leiter herab und pfiff dabei unmelodisch vor sich hin. Ich half ihm schnell beim Aufräumen, indem ich das Schmutzwasser in die Büsche goss, während er den Schlauch in einem Terrakottatopf zusammenrollte. »Du kommst aber früh«, bemerkte er.

»Ich dachte mir, ich mache lieber die Fenster zu, bevor es regnet, vorausgesetzt es regnet überhaupt«, erwiderte ich. Henry hatte schon oft beklagt, dass dem kalifornischen Wetter das Tosen und die Theatralik eines ordentlichen Gewitters im Mittleren Westen fehlten. Häufig bleibt der prognostizierte Regen ganz aus oder kommt in einer Form, die kaum genügt, um die Straßen zu benetzen. Nur ganz selten dürfen wir Donner und Blitz in voller Schönheit erleben, so wie Henry es aus seinen jungen Jahren in Michigan kennt und liebt.

»Warum hast du denn nicht angerufen? Den Weg hätte ich dir ersparen können. Wirf die Bürste in den Eimer. Ich nehme ihn dann mit rein, wenn ich ins Haus gehe.«

»Es lag auf meinem Weg. Ich habe um fünf Uhr einen Termin in der Paloma Lane, daher war ich ohnehin in diese Richtung unterwegs. Und mir ist jede Ausrede recht, um aus dem Büro zu flüchten. Für meinen Geschmack läuft dort zu viel Firlefanz ab.«

»Wie läuft's mit der Suche nach neuen Räumen?«

Ich machte eine abwägende Handbewegung, um ihm zu bedeuten, dass es nicht gut aussah. »Es wird sich schon was ergeben. Immerhin habe ich inzwischen eine neue Klientin. Zumindest bin ich mir zu neunundneunzig Prozent sicher.«

»Warum der Vorbehalt?«

»Vielleicht spielt die schlechte Stimmung im Büro mit hinein. Ich bin an dem Fall interessiert, weiß aber nicht genau, ob ich da etwas bewirken kann. Es geht um diesen Arzt, der vermisst wird.«

»Ich kann mich erinnern, dass ich davon gelesen habe. Fehlt immer noch jede Spur von ihm?«

»Allerdings. Seine Exfrau meint, die Cops würden sich nicht genug anstrengen. Offen gestanden wirkt sie auf mich wie der Typ, der andere Leute gerne nach seiner Pfeife tanzen lässt, was ich widerlich finde.«

»Du schaffst es schon.« Mit diesen Worten kehrte er zu seiner Leiter zurück, klappte sie zusammen und trug sie durch den Innenhof hinüber zur Garage. Ich sah ihm zu, wie er sich um sein 1932er Chevy Coupé schlängelte und die Leiter an die Wand hängte. Seine Garage ist mit gelochten Brettern getäfelt, auf denen der Platz für jedes Teil ordentlich mit Farbe umrissen ist. »Hast du Zeit für eine Tasse Tee?«, fragte er und kam über den Innenhof auf mich zu.

Ich sah auf die Uhr. »Jetzt nicht. Wir sehen uns später bei Rosie.«

»Ich werde eher gegen sieben als gegen sechs dort sein. Sie kommt jetzt ohnehin gleich zu mir, und ich muss vorher noch spülen. Sie hat mich um Hilfe gebeten, aber sie will nicht verraten, wobei.«

»Oh-oh.«

Er winkte ab. »Wahrscheinlich ist es etwas ganz Einfaches. Das macht mir überhaupt nichts aus. Wenn sie kommt, solange ich verschwunden bin, sag ihr, dass ich gleich wieder da bin, sowie ich mich gewaschen habe.«

Henry ging durch die Hintertür in die Küche, wo ich ihn durchs Fenster sehen konnte, wie er an der Spüle stand und seine Hände schrubbte. Er schmunzelte, als er meinen Blick auffing, und begann erneut, vor sich hin zu pfeifen.

Ich drehte mich um, als ich das Tor quietschen hörte. Kurz darauf erschien Rosie mit einer braunen Papiertüte in der Hand. Ihr gehört das ungarische Lokal, in dem Henrys älterer Bruder William jetzt Geschäftsführer ist. William und Rosie haben letztes Jahr an Thanksgiving geheiratet und leben in einer Wohnung über dem Lokal, das einen halben Block entfernt liegt. William ist siebenundachtzig Jahre alt, und obwohl Rosie vor nicht allzu langer Zeit geschworen hat, Mitte sechzig zu sein, gibt sie jetzt zu, dass sie über siebzig ist, auch wenn sie nicht genau sagt, um wie viel. Sie ist klein und großbusig und hat eine kokette Kappe roter Haare, die im Ton von Floridaorangen gefärbt sind.

Wie üblich trug Rosie ein Sackkleid, diesmal mit einem wilden Muster in Orange und Gold. Ihr Rock bauschte sich wie ein Segel im auffrischenden Wind. Ihr Gesicht leuchtete auf, als sie mich sah. »Kinsey, alles gut. Hier ist für Henry«, sagte sie und ließ mich in die Tüte spähen.

Ich erwartete schon fast, junge Kätzchen zu erblicken als ich mich darüber beugte. »Was ist denn das? Ist das Abfall?«

Rosie verlagerte das Gewicht von einem Fuß auf den anderen und wich meinem Blick aus, eine Strategie, die sie einsetzt, wenn sie ein schlechtes Gewissen hat, ihr mulmig ist oder sie einen rücksichtslos zu manipulieren versucht. »Sind von mein Schwester Klotilde Arztrechnungen für Klinik und nachher. Henry wird erklären. Ich rein gar nix davon kapiere.« Rosie ist ohne weiteres im Stande, grammatikalisch korrekt zu sprechen. Sie macht nur dann ein Gemetzel aus Wortschatz und Satzbau, wenn sie hilflos wirken und einen auf diese Art dazu verleiten will, ihr einen wahnwitzigen Gefallen zu tun. Das trifft vor allem dann zu, wenn sie mit ihren Steuern kämpft, was ihr Henry die letzten sechs Jahre ohne zu murren abgenommen hat. Jetzt sagte sie verschmitzt: »Du helfen, hoffe ich. Er soll nicht alleine machen. Ist ungerecht.«

»Warum kann William nicht mithelfen? Ich habe keinen blassen Schimmer von dem Zeug.«

»Klotilde war Henry lieber.«

»Aber sie ist *tot*«, wandte ich ein.

»Bevor sie tot, ihr war lieber«, erklärte Rosie und lächelte scheu, als wäre damit die Sache besiegelt.

Ich sparte mir weitere Einwände. Schließlich war es Henrys Entscheidung, obwohl es mich massiv ärgerte, dass sie ihn ausnutzte. Die betreffende Klotilde war Rosies stets missgelaunte ältere Schwester gewesen. Ich hatte es nie geschafft, ihren ungarischen Nachnamen auszusprechen, der von Konsonanten und seltsamen Zeichen durchsetzt war. Sie hatte jahrelang an einer unklaren degenerativen Krankheit gelitten. Seit sie Mitte fünfzig war, hatte sie im Rollstuhl gesessen, geplagt von unzähligen weiteren Leiden, die Unmengen von Medikamenten und Krankenhausaufenthalten notwendig gemacht hatten. Schließlich hatte man ihr mit Mitte siebzig empfohlen, sich ein künstliches Hüftgelenk einsetzen zu lassen. Das war im April gewesen, vor gut sieben Monaten. Obwohl die Operation erfolgreich verlaufen war, war Klotilde über die Anforderungen der Rekonvaleszenz außer sich gewesen. Sie hatte alle Versuche abgelehnt, sie auf die Beine zu stellen, die Nahrung und die Benutzung einer Bettpfanne verweigert, Katheter und Ernährungsschläuche herausgezogen, ihre Pillen nach den Schwestern geworfen und die Physiotherapie sabotiert. Nach den üblichen fünf Tagen im Krankenhaus brachte man sie in ein Pflegeheim, wo sie im Laufe der folgenden Wochen zu verfallen begann. Schließlich starb sie an Lungenentzündung,

Schluckbeschwerden, Mangelernährung und Nierenversagen. Rosie war nicht unbedingt am Boden zerstört gewesen, als sie »dahinschied«. »Hätte schon längst scheiden sollen«, erklärte sie. »Sie ist Nervensäge. So geht, wenn man sich nicht benimmt. Sie hätte tun sollen, was Doktor sagt. Hätte nie nicht Hilfe ablehnen sollen, wenn er besser weiß. Jetzt ich habe das und weiß nicht, was damit machen. Hier du nehmen.«

Nach Gewicht und Masse der Tüte zu urteilen, hatte sie ihrerseits eine Widerstandshaltung aufgebaut und die Unterlagen zu Bergen anwachsen lassen. Es würde Henry Wochen kosten, alles zu sortieren. Er kam aus seiner Hintertür und ging über den Innenhof auf uns zu, mittlerweile mit einem Flanellhemd und langen Hosen bekleidet.

»Ich muss mich beeilen«, sagte ich und stellte die Tüte auf den Boden.

Henry äugte hinein. »Ist das Abfall?«

Als ich meine Wohnung betrat, schleppte er die Tüte schon auf seine Küchentür zu und nickte mitfühlend, während Rosie zu einer ausführlichen Schilderung ihrer Notlage ansetzte.

Ich ließ meine Umhängetasche auf einen Küchenhocker fallen und drehte dann die Runde durch die Wohnung, um die Fenster zu schließen und zu sichern. Ich schaltete ein paar Lampen ein, damit mein Zuhause freundlich wirkte, wenn ich wiederkam. Anschließend ging ich nach oben und schlüpfte in einen frischen weißen Rollkragenpullover, den ich zu den Jeans trug. Ich zog meinen grauen Tweed-Blazer über, tauschte die Turnschuhe gegen schwarze Stiefel ein und musterte mich im Badezimmerspiegel. Die Wirkung war genau die erwartete: ein Tweed-Blazer mit Jeans. *Ist für mich in Ordnung,* dachte ich.

Die Paloma Lane ist eine schattige, zweispurige Straße, die zwischen dem Highway 101 und dem Pazifik verläuft und sich das Stückchen unregelmäßiges Gelände mit der Southern Pacific Railroad teilt. Trotz der Nähe zu den Güter- und Personenzügen, die zweimal täglich vorbeidonnern, werden manche Häuser dort zu Millionenbeträgen gehandelt, je nachdem, über wie viele Längenmeter das Anwesen an den Strand grenzt. Der Stil der Häuser variiert zwischen Pseudo-Cape-Cod über Pseudo-Tudor bis hin zu pseudo-mediterran und modern. Alle liegen so weit von der Bahnlinie entfernt wie möglich und so nah am Strand, wie es die Bauvorschriften des Bezirks gestatten. Crystal Purcells Grundstück war eines der wenigen ohne elektronisches Tor. Am Haus links neben ihrem hing ein diskretes »Zu verkaufen«-Schild, über dem ein Transparent mit der Aufschrift »PREIS REDUZIERT« klebte.

Crystals Haus füllte das schmale Grundstück aus. Der Bau aus Glas und Zedernholz war schätzungsweise zwölf Meter breit und umfasste drei Stockwerke, wobei jede Etage strategisch so ausgerichtet war, dass man die Nachbarhäuser nicht sah. Zur Linken schützte ein offener Carport ein silbernes Audi-Cabrio und einen neuen weißen Volvo mit einem persönlichen Nummernschild, das die Aufschrift CRYSTAL trug. Die letzte Lücke war leer. Vermutlich hatte dort Dow Purcell immer seinen Mercedes abgestellt. Zur Rechten war auf einer gekiesten Fläche, wo ich meinen leicht zerbeulten 1974er VW geparkt hatte, Platz für weitere drei Autos.

Die rückwärtige Fassade des Hauses war kahl, eine fensterlose Wand verwitternden Holzes. Auf beiden Seiten der Tür stand je eine Reihe zehn Meter hoher Fächerpalmen in gewaltigen schwarzen Töpfen. Ich trottete über den Kies zur Haustür und klingelte. Die Frau, die mir öffnete, hielt ein breites Martiniglas am Rand fest. »Sie müssen Kinsey sein«, sagte sie. »Ich bin Anica Blackburn. Die meisten sagen Nica. Möchten Sie nicht reinkommen? Crystal war gerade beim Joggen. Sie wird gleich unten sein. Ich habe ihr gesagt, dass ich Ihnen aufmache, bevor ich nach Hause fahre.« Ihr dunkles, kastanienbraunes Haar war glatt nach hinten gegelt, und die Strähnen sahen so nass aus, als käme sie frisch aus der Dusche. Irgendwie dünstete ihre nach handgemachter französischer Seife duftende Haut eine kaum merkliche feuchte Hitze aus. Ihr Körper war schlank und aufrecht. Sie trug eine schwarze Seidenbluse, frisch gebügelte Jeans und keine Schuhe. Ihre nackten Füße waren lang und elegant.

Ich trat in die Diele. Das Erdgeschoss wurde vom Eingang aus weiter und dehnte sich zu einem großen Raum aus, der die gesamte Breite des Hauses nutzte. Hohe Fenster gingen auf eine verwitterte Holzterrasse hinaus, auf der abgenutzte Segeltuchstühle standen, die zu einem Farbton irgendwo zwischen kitt und mausgrau verblichen waren. Die Böden waren aus blassem Holz und mit hellen Sisalteppichen bedeckt, die man vermutlich deshalb ausgewählt hatte, weil sie den Sand kaschierten, der vom Strand hereingetragen wurde. Alles andere in Sichtweite, von den Wänden über die Holzbalken bis zu den prallen Polstermöbeln mit ihren Bezügen aus zerknittertem Leinen, war so weiß wie Vollmilch.

Hinter der Terrasse folgte ein etwa zehn Meter breiter Streifen verkümmerten Grases. Dahinter lag im Licht des Spätnachmittags kalt und unbarmherzig der Ozean. Das Wasser war perlgrau und wurde am Horizont dunkler, wo sich Wasser und Wolkendecke trafen und zu einer düsteren Masse verschmolzen. Die Brandung schlug monoton an den Strand. Wellen liefen auf den Sand und versickerten, kamen heran, zögerten und wogten wieder zurück. Drinnen, irgendwo über mir, konnte ich erhitzte Stimmen hören.

»HALT BLOSS DIE KLAPPE! Das ist Schwachsinn. Du bist eine so fiese Nuss. ICH HASSE DICH …«

Die Entgegnung war leise und gefasst, aber offenbar wirkungslos.

Als Antwort erfolgten gekreischte Schimpfworte. Eine Tür knallte einmal zu und wurde dann erneut mit solcher Wucht zugedonnert, dass die Fenster erbebten.

Ich warf Nica einen Blick zu. Sie wandte das Gesicht nach oben und betrachtete nachdenklich die Zimmerdecke. »Leila ist das

Wochenende über zu Hause – Crystals Tochter. Sie ist vierzehn. Das ist erst das Vorgeplänkel. Glauben Sie mir, die Streitereien werden in den nächsten Stunden noch schlimmer. Bis Sonntag ist es zum totalen Krieg eskaliert, aber dann muss sie wieder ins Internat. Nächstes Wochenende fangen sie von vorne an, und so geht's dahin.« Sie bedeutete mir, ihr zu folgen, ging in den großen Raum und setzte sich aufs Sofa.

»Sie ist im Internat?«, fragte ich.

»Fitch Academy. In Malibu. Ich bin pädagogische Beraterin der Schule und sorge für die individuelle Beförderung hin und zurück. Gehört zwar nicht zu meinen Aufgaben, aber zufällig habe ich ein Haus zwei Türen weiter gemietet.« Sie hatte kräftige, geschwungene Brauen über dunklen Augen, hohe Wangenknochen mit vereinzelten Sommersprossen und einen blassen, breiten Mund, hinter dem sich makellos weiße Zähne zeigten. »Dieses spezielle Wortgefecht dreht sich darum, ob Leila bei ihrem Vater übernachtet. Vor vier Monaten war sie ganz wild auf ihn. Wenn sie das Wochenende nicht bei ihm verbringen durfte, bedachte sie jeden in ihrer Umgebung mit lauten Schreikrämpfen. Jetzt haben sich die beiden zerstritten, und sie weigert sich hinzugehen. Bis jetzt hat sie die Oberhand behalten. Aber wenn sie erst anfängt, mit den Türen zu schlagen, ist es vorbei. Damit verliert sie massenhaft Punkte und überlässt Crystal einen taktischen Vorteil.«

»Mir würde das zusetzen.«

»Wem nicht? Mädchen ihres Alters neigen von Natur aus zum Melodram, und Leila ist übernervös. Sie ist eine der intelligentesten Schülerinnen, die wir haben, aber sie macht einem schwer zu schaffen. Eigentlich tun sie das alle – abgesehen von ein paar braven Herzchen. Man weiß nie, woran man bei ihnen ist. Mir persönlich ist das lieber, obwohl es ermüdend ist.«

»Fitch ist eine reine Mädchenschule?«

»Gott sei Dank. Die Vorstellung, auch noch mit Jungen in diesem Alter zu tun zu haben, wäre mir ein Graus. Kann ich Ihnen einen Drink anbieten?«

»Lieber nicht, aber trotzdem danke.«

Sie trank ihren Martini aus, beugte sich vor und stellte das leere Glas mit einem Klicken auf den Couchtisch aus blassem Holz. »Ich habe gehört, Sie sind wegen Dowan hier.«

»Ja, und es tut mir Leid, dass ich störe. Bestimmt hat sie seit Beginn dieser Geschichte einiges durchgemacht.«

»Ihr ist klar, dass es sein muss.«

»Wie geht es ihr?«

»Ich würde sagen, akzeptabel. Die Belastung ist natürlich enorm. Die Tage ziehen sich endlos hin, und manche sind noch schlimmer als andere. Sie wartet, dass das Telefon klingelt, und hält Ausschau nach seinem Wagen. Die Gerüchte häufen sich, aber das ist auch schon alles. Bis jetzt gibt es keine echte Spur von ihm.«

»Das ist sicher hart.«

»Unglaublich. Es setzt ihr massiv zu. Wenn Griff nicht wäre, weiß ich nicht, was sie vorm Durchdrehen bewahren sollte.«

»Wo war sie denn an dem Abend, in diesem Haus oder in dem anderen in Horton Ravine?«

Nica wies auf den Boden. »An den Wochenenden sind sie meist hier. Crystal ist Sternzeichen Fische – ein Kind des Wassers. Das hier ist eher ihr Stil als dieser protzige Misthaufen, den Fiona in der Stadt gebaut hat. Waren Sie schon dort?«

»Noch nicht.«

»Nehmen Sie's mir nicht übel«, fügte sie milde hinzu. »Ich weiß ja, dass sie Ihre Klientin ist.« *Sie Ärmste* blieb unausgesprochen.

»Und was ist mit Ihnen? Wann haben Sie erfahren, dass Dow vermisst wird?«

»Also, ich wusste seit dem ersten Abend, dass etwas nicht stimmte. Ich hatte Leila wie üblich von Malibu hierher gebracht – wir kamen gegen fünf an –, und sie ist zu ihrem Dad weitergefahren. Er ist eigentlich ihr Stiefvater, aber er hat sie von klein auf mit erzogen. Jedenfalls hatte Crystal schon mit Dow telefoniert, als wir vom Internat kamen. Er wusste, dass er es nicht rechtzeitig zum Abendessen schaffen würde, und so waren wir nur zu dritt: Crystal, Rand und ich.«

»Rand?«

»Griffs Betreuer. Er ist sagenhaft. Er ist seit Griffs Geburt für den Kleinen da. Sie werden die beiden gleich kennen lernen. Rand bringt Griff immer nach seinem Bad zum Gutenachtkuss herein. Da hat er schon gegessen und ist bettfertig. Jedenfalls haben wir am zwölften ein kaltes Picknick zusammengestellt und es auf der Terrasse gegessen. Es war herrlich – ganz klar und mild für die Jahreszeit; warm genug, um es ohne Pulli auszuhalten, was hier in der Gegend ganz ungewöhnlich ist. Wir haben über dies und das geplaudert und dabei zwei Flaschen Rotwein geleert. Um Viertel vor acht hat Rand Griff genommen und ist mit ihm hinüber ins andere Haus gefahren. Es gibt ein paar Fernsehsendungen, die er gern sieht, und er wollte rechtzeitig drüben sein, um sie nicht zu verpassen.«

»Rand und das Baby wohnen in dem Haus in Horton Ravine?«

»Normalerweise nicht. Ich glaube, Crystal und Dow haben sich auf etwas Zeit in trauter Zweisamkeit gefreut. Ich war schätzungsweise bis zehn Uhr hier. Das ist zwar nicht spät, aber ich war erledigt und wollte mich nach der Woche endlich entspannen.«

»Um welche Uhrzeit hat sie Dow erwartet?«

»Irgendwann nach neun. Das war seine normale Zeit, wenn er Überstunden machte. Ich nehme an, wenn man mit einem Arzt verheiratet ist, achtet man irgendwann nicht mehr auf die Uhr. Crystal war auf der Couch eingeschlafen. Sie rief mich um drei Uhr morgens an, nachdem sie aufgewacht war und gemerkt hatte, dass er noch nicht da war. Sie dachte, er sei erst spät gekommen und ins Gästezimmer gegangen, um sie nicht zu stören. Sie sah nach, und als sie feststellte, dass er dort nicht war, hat sie die Außenbeleuchtung eingeschaltet. Sein Wagen fehlte auch.

Schließlich hat sie im Pflegeheim angerufen, wo man ihr sagte, dass er schon seit *Stunden* weg sei. Dann hat sie mich angerufen, und ich habe ihr geraten, die Polizei zu verständigen. Sie konnte aber frühestens nach zweiundsiebzig Stunden Vermisstenanzeige erstatten.«

»Was dachte sie? Wissen Sie noch, was sie gesagt hat?«

»Das Übliche. Autounfall, Herzinfarkt. Sie dachte, er sei vielleicht von der Polizei festgehalten worden.«

»Weswegen?«

»Alkohol am Steuer.«

»Er trinkt?«

»Ein bisschen. Dow trinkt immer ein paar Gläser Whiskey im Heim, wenn er Überstunden macht. Das ist seine Belohnung dafür, dass er weit über seine Pflicht hinaus Zeit aufwendet. Sie hat ihn gewarnt, danach noch zu fahren, aber er hat immer versichert, dass er sich bestens fühlt. Sie hatte Angst, er könnte von der Straße abgekommen sein.«

»Hat er Medikamente genommen?«

»He, wer nimmt in seinem Alter keine? Er ist neunundsechzig.«

»Was ist Ihnen durch den Kopf gegangen?«

Ein mattes Lächeln zog über ihre Miene. »Komisch, dass Sie das fragen. Ich habe an Fiona gedacht. Ich hatte es schon fast vergessen, aber das war es, was mir im ersten Moment in den Sinn kam, als ich davon hörte.«

»Was haben Sie über Fiona gedacht?«

»Dass sie endlich gewonnen hat. Das war ihr ganzes Sinnen und Trachten, seit er sie verlassen hat. Sie hat alles versucht, um ihn zurückzugewinnen, und alle Mittel eingesetzt.« Ich dachte, Nica würde weitersprechen, doch sie griff nach ihrem Glas, setzte es an den Mund und merkte erst zu spät, dass sie es schon ausgetrunken hatte. Sie rutschte auf der Couch ein Stück vor. »Ich muss gehen. Sagen Sie Crystal, ich bin bei mir drüben, wenn sie hier fertig ist.«

Sie stand auf und tappte zu den breiten Glastüren.

Ich sah ihr nach, wie sie die Terrasse überquerte, den Weg hinabschritt, in den Sand trat und verschwand. Aus dem hinteren Teil des Hauses hörte ich Badewasser laufen, einen Mann leise sprechen und dann ein quiekendes, kindliches Lachen, das von gefliesten Wänden widerhallte: der zweijährige Griffith mit seinem Betreuer Rand.

4

Solange ich allein war, nutzte ich die Zeit, um mich rasch im Haus umzusehen. Normalerweise ziehe ich, wenn sich die Gelegenheit ergibt, ein paar Schubladen auf, um die Post durchzusehen und vielleicht sogar einen Brief oder eine Kreditkartenabrechnung zu überfliegen. Es steckt ja so viel Information in unserer Korrespondenz, und genau deshalb sind diese lästigen Strafen für die Verletzung des Postgeheimnisses auch derart streng. Doch so sehr ich auch suchte, ich fand nichts Interessantes, also blieb mir nichts anderes übrig, als die Möbel zu bestaunen und zu versuchen, ihren Wert zu schätzen – nicht gerade eine Spezialität von mir. In der einen Ecke stand ein runder Tisch mit einer bodenlangen Tischdecke, umringt von vier Stühlen, von denen jeder ein identisches Kleidchen mit hinten gebundener Schleife trug. Ich hob einen Rock hoch und entdeckte einen gewöhnlichen Klappstuhl aus Metall. Der Tisch selbst bestand aus einer rohen Sperrholzplatte, die auf ein billiges Gestell montiert worden war. Er war eine Alltagsmetapher für vieles, was ich im Zuge meiner Arbeit zu sehen bekomme: Was oberflächlich betrachtet gut aussieht, entpuppt sich bei genauerer Betrachtung meist als Schrott.

An der Wand links von mir standen vom Boden bis zur Decke Bücherregale, an deren Mitte eine an einer Schiene befestigte Leiter stand. Bei näherem Hinsehen erkannte ich, dass die Bretter voller Liebesromane waren, verfasst von Autorinnen mit erfunden klingenden Namen. Ein frei stehender schwedischer Ofen sorgte an kalten Abenden für Wärme, ohne den Meerblick zu behindern. Ein langer, abgewinkelter Tresen trennte die High-Tech-Küche von einer Essecke, die auf den Strand hinausging. Zur Rechten gab es eine Treppe, die ich sehnsüchtig musterte. Im ersten und zweiten Stock lagen vermutlich die Schlafzimmer und vielleicht ein Arbeitszimmer, in dem sämtliche deftigen Papiere aufbewahrt wurden. Vermutlich wurde ihre gesamte Post ohnehin an den Hauptwohnsitz in Horton Ravine geschickt, was eine Erklärung dafür gewesen wäre, dass nirgends Briefe zu sehen waren.

Ich hörte, wie jemand durch das Zimmer direkt über mir ging – das gedämpfte Tappen nackter Füße auf nacktem Holz. Ohne nachzudenken blickte ich nach oben und folgte dem Geräusch. Erst jetzt merkte ich, dass es ein »Fenster« in der Decke gab – ein vielleicht neunzig mal neunzig Zentimeter großes Quadrat aus Glas oder Plexiglas, das den Blick ins Zimmer darüber freigab. Verblüfft sah ich Crystal Purcell nackt durch mein Blickfeld stolzieren. Eine halbe Minute später kam sie die Treppe herunter, nach wie vor barfuß und in ausgewaschenen Jeans, die so tief geschnitten waren, dass ihr Bauchnabel heraussah. Ihr kurzes T-Shirt war grau und hatte einen vom jahrelangen Tragen völlig ausgeleierten Kragen.

Ihr Haar, von einem noblen Salon blondiert, war ein bisschen länger als schulterlang und umrahmte ihr Gesicht in einem Gewirr weicher Locken. Ein paar Strähnen im Nacken waren noch feucht vom Duschen. Sie streckte die Hand aus und sagte: »Hallo, Kinsey. Tut mir Leid, dass Sie warten mussten. Ich war gerade beim Joggen und wollte mir erst den Schweiß und den Sand abwaschen.« Ihr Händedruck war fest, ihre Stimme sanft und ihre Art liebenswürdig, aber zurückhaltend. »Wo ist Anica? Ist sie schon weg? Ich hatte sie gebeten, Ihnen Gesellschaft zu leisten, bis ich herunterkomme.«

»Sie ist gerade erst gegangen. Sie lässt ausrichten, dass Sie sie anrufen möchten, sobald Sie Zeit haben.«

Crystal ging in die Küche und sprach in meine Richtung, während sie an den Edelstahlkühlschrank trat und eine Flasche Wein herausnahm. »Sie ist ein Geschenk des Himmels, vor allem, wenn Leila am Wochenende hier ist. Es ist so schon schlimm genug, auch ohne dass ich mir ihretwegen noch Sorgen machen muss. Anica ist pädagogische Beraterin an Leilas Privatschule.«

»Das hat sie mir erzählt. Muss schön sein, sie so in der Nähe zu haben.«

»Sie ist eine gute Freundin. Eine der wenigen, könnte ich hinzufügen. Dows Bekannte aus Horton Ravine erachten mich als nicht gesellschaftsfähig.«

Mir fiel nichts ein, was ich darauf hätte sagen können, also hielt ich den Mund. Ich trat an den Tresen, um sie nicht aus dem Blick zu verlieren. Vor mir ruhten die Reste von Griffs Abendessen. Auf dem Tablett seines Hochstuhls aus Chrom und Plastik war ein dreiteiliger Teller mit Beatrix-Potter-Motiven stehen geblieben, auf dem vor sich hin trocknende Rühreireste, Toastränder und ein Tupfer Apfelmus lagen. Ein Lätzchen hing über dem Stuhlrücken.

»Seit wann kennen Sie sie?«

»Noch gar nicht besonders lang. Seit irgendwann Anfang letzten Frühlings. Ich habe sie erst am Strand gesehen und dann am Fitch, bei einem dieser grauenhaften Elternabende. Hat sie Ihnen einen Drink angeboten?«

»Ja. Aber ich hielt es für besser, jetzt noch nichts zu trinken.«

»Wirklich? Weshalb?« Sie nahm einen Korkenzieher aus der Küchenschublade und machte sich daran, die Flasche zu öffnen, nachdem sie sich ein Glas aus dem Schrank geholt hatte.

»Ich weiß nicht. Es kommt mir unprofessionell vor. Schließlich bin ich ja geschäftlich hier.«

Nachdenklich nahm sie ein zweites Glas heraus und hielt es in die Höhe. »Sind Sie sicher? Es wird nicht gegen Sie verwendet. Wir können uns raus auf die Terrasse setzen, Wein picheln und dabei den Sonnenuntergang betrachten.«

»Ach, na gut. Warum nicht. Sie haben mich überredet.«

»Super. Ich hasse es, alleine zu trinken.« Sie hielt mir Gläser und Flasche hin. »Wenn Sie die nehmen, mache ich uns einen Teller Häppchen. Dann werden wir nicht beschwipst – oder jedenfalls nicht beschwipster, als wir wollen.«

Ich nahm die Gläser in die Hand, so dass die Stiele ein X bildeten, und steckte mir die Weinflasche in die Armbeuge. Dann durchquerte ich den großen Raum und stieß mit dem Ellbogen eine der Glastüren auf. Draußen angekommen, stellte ich alles auf den verwitterten Holztisch zwischen den beiden hölzernen Segeltuchstühlen. Der Wind, der vom Meer her blies, war feucht und roch durchdringend, wie ein Austernlikör. Ich holte tief Luft und spürte den schwachen Salzgeschmack bis in den Rachen hinab.

Die Wedel der Palmen neben dem Haus schlugen immer wieder gegen die vergrauende Hauswand und machten dabei leise Kratzgeräusche. Ich trat ans Ende der Terrasse und ließ den Blick über die Brandung schweifen. Der Strand war verlassen, während draußen auf See die weißen Lichter der Ölbohrplattformen glitzerten wie Diamanten auf schwarzem Samt. Das Wetter ließ drohende Gefahr erahnen. Ich setzte mich und verschränkte gegen die Kälte die Arme. Es dämmerte schon fast; ein allmähliches, konturloses Dunkelwerden, bei dem zwischen den dicken Wolken keine Farben sichtbar wurden. Weit draußen am Horizont konnte ich dort, wo die letzten Sonnenstrahlen auf die Wasseroberfläche fielen, silberne Flecken ausmachen. Ich hörte das entfernte Röhren eines Pendlerflugzeugs, das die Küste entlang näher kam. Durch die Terrassentüren gesehen, wirkte das Wohnzimmer sauber und gemütlich. Ich war dankbar für den Schutz, den der langärmlige Rollkragenpullover unter meinem Blazer bot. Beiläufig sah ich auf die Chardonnayflasche mit ihrem schicken schwarzsilbernen Etikett. Ich beugte mich weiter vor. Auf dem Preisschild stand »$ 65,00«, was mehr war, als ich diesen Monat für meine Telefon- und Stromrechnung zusammen bezahlt hatte.

Zwei dekorative Lampen gingen an, und Crystal kam nach wie vor barfuß heraus, in der Hand ein Tablett mit Käse und Crackern, umgeben von Trauben und Apfelschnitzen. Sie hatte einen schweren Troyer angezogen, der ihr fast bis zu den Knien ging, was ihr sehr gut stand. Sie hatte hinter sich die Tür offen gelassen und sah zu mir her. »Sie sehen aus, als frören Sie. Ich bin das Meer gewöhnt, aber Ihnen ist sicher kalt. Soll ich die Außenheizung anwerfen? Es dauert nur einen Moment. Sie können so lange den Wein einschenken, wenn Sie möchten.«

Ich tat, worum sie gebeten hatte, und sah ihr zu, wie sie sich neben eine wuchtige Propangasflasche setzte, an die ein Heizelement angeschlossen war. Ihre Finger- und Zehennägel waren im französischen Stil gestylt, so dass der Halbmond am unteren Ende des Nagels und der obere Rand weiß gefärbt waren. Es wirkte sehr natürlich, obwohl dieser Effekt sie vermutlich – genau wie die Haare – eine Stange Geld kostete und alle zwei Wochen aufgefrischt werden musste. Es war nicht schwer, sie sich beim Strippen vorzustellen. Sie drehte an einem Ventil und brachte das zischend ausströmende Gas mit einem elektrischen Zünder zum Brennen. Bald glühten die zuerst noch roten Heizspiralen fast weiß. Sie entzündete das zweite Heizelement und drehte es in unsere Richtung, so dass die Wärme in den Raum zwischen uns strömte. »Ist es so besser?«

»Wesentlich.«

»Gut. Wenn Sie etwas Wärmeres brauchen, sagen Sie es ruhig. Ich habe hier unten im Wandschrank massenhaft Pullis.«

Schweigend tranken wir unseren Wein, während ich versuchte, einen Anfang für meine Fragen zu finden. »Es freut mich, dass Sie sich die Zeit nehmen, mit mir zu sprechen.«

Sie lächelte matt. »Ich habe mir schon ein Dutzend Male überlegt, selbst einen Detektiv zu engagieren, aber ich wollte der Polizei nicht in die Quere kommen. Ich vertraue ihren Leistungen voll und ganz. Fiona offenbar nicht.«

»Es gefällt ihr, wenn sich jemand ausschließlich den Interessen der Familie widmet. Die Polizei hat noch andere Fälle, die ihrer unmittelbaren Aufmerksamkeit bedürfen.« Ich machte eine Pause. »Ich möchte gern klarstellen, dass alles, was Sie sagen, bei mir gut aufgehoben ist. Falls Sie sachdienliche Angaben machen, berichte ich ihr natürlich davon, aber sonst sage ich nichts weiter. Sie können so offen sprechen, wie Sie wollen.«

»Danke. Das hatte ich mich schon gefragt.«

»Ich nehme an, dass Sie nicht die dicksten Freundinnen sind.«

»Wohl kaum. Fiona hat alles getan, was in ihrer Macht steht, um mir das Leben zur Hölle zu machen.« Ihr Gesicht war eckig, der Mund breit. Sie hatte graue Augen, blasse Brauen und dichte schwarze Wimpern. Von Wimperntusche abgesehen schien sie wenig oder gar kein Make-up zu tragen. Ich sah ihr an, dass sie sich die Augen und wahrscheinlich auch die Nase hatte operieren lassen. Ja, im Grunde war fast alles, was ich vor mir sah, von einem Trupp munterer Chirurgen Stück für Stück irgendwie verschönert oder verbessert worden. Crystal lächelte kurz. »Hören Sie. Ich weiß, dass sie alles dafür tut, um sich selbst als Opfer in der ganzen Sache darzustellen, als die Betrogene und Genasführte. In Wirklichkeit hat sie Dow nie etwas gegeben. Es war immer nur nehmen, nehmen, nehmen. Dow war an einem Punkt angelangt, an dem ihm nichts mehr blieb. Der arme Kerl. Wenn ich nur daran denke, wie viele Stunden er gearbeitet hat, an all die Opfer, die er für sie und die Töchter gebracht hat – und wofür das alles? Jahrelang haben die drei nur die Hände aufgehalten. Vor allem Fiona. Sie hat sich immer wieder einen neuen hirnrissigen Plan einfallen lassen. Ihr aktuelles Geschäftsvorhaben ist nur ein Beispiel dafür. Innenarchitektur? Wen möchte sie denn damit für dumm verkaufen? Sie ist eine Hausfrau aus Horton Ravine, die das Geld von jemand anders ausgibt, und jetzt auf einmal redet sie von ihrem Talent und ihrem ›Blick‹ für Gestaltung. Sie hat nur eine einzige Klientin – eine Freundin von ihr namens Dana ...«

»Ist die nicht mit einem von Dows Arbeitgebern verheiratet?«

»Mit Joel Glazer, genau. Woher kennen Sie ihn?«

»Ich kenne ihn gar nicht. Ich kenne sie, oder vielmehr kannte ich sie, als sie noch mit einem anderen Mann verheiratet war.«

»Besonders intelligent kann sie nicht sein. Fiona nimmt sie nach allen Regeln der Kunst aus.«

»Wie steht's mit Dows Töchtern? Was haben Sie zu denen für ein Verhältnis?«

Crystal zuckte mit den Achseln. »Die sind ganz in Ordnung. Sie wissen nicht einmal die Hälfte von allem, was abläuft. Vermutlich hassen sie mich, aber immerhin sind sie zu höflich, um es zu sagen. Meist haben sie genug damit zu tun, ihrem Dad in den Hintern zu kriechen. Ich wette, sie haben Angst, dass er stirbt und sein ganzes Geld Griffith und mir hinterlässt, was ich auch verstehen kann. Ich würde mir an ihrer Stelle über das Gleiche den Kopf zerbrechen.«

Sie nahm ein Buttermesser und schnitt in eine Ecke Brie. Sie strich den weichen Käse auf einen Cracker und hielt ihn mir hin. Ich nahm ihn und sah ihr zu, wie sie einen zweiten für sich machte, ihn sich in den Mund warf und zu kauen begann. »Jedenfalls spielt das jetzt, wo Dow verschwunden ist, irgendwie keine Rolle mehr. Jegliche Auseinandersetzung zwischen Fiona und mir ist jetzt hinfällig geworden.«

»Haben Sie eine Ahnung, wo er ist?«

»Schön wär's. Ich habe die letzten neun Wochen kaum über etwas anderes nachgedacht.«

»Glauben Sie, dass er noch lebt?«

»Nein, eigentlich nicht, aber ich weiß es natürlich nicht sicher. Wenn ich wüsste, dass er tot ist, könnte ich wenigstens Frieden damit schließen und mich meinem eigenen Leben zuwenden.«

»Der Kriminalbeamte hat erwähnt, dass Geld fehlt. Er sagt, fast dreißigtausend Dollar seien im Lauf der letzten zwei Jahre von seinen Sparkonten abgehoben worden.«

»Das habe ich auch gehört. Ich wusste nichts davon, bis mich die Polizei darauf aufmerksam gemacht hat. Ich weiß zwar, dass er irgendwo eine hohe Geldsumme liegen hatte, aber er hat mir nie Näheres darüber anvertraut. Offenbar wurden die Auszüge für dieses Konto an ein Postfach geschickt, das ich gemietet hatte. Dowan hat mich vor einigen Monaten danach gefragt, und ich habe ihm gesagt, dass ich es gekündigt habe. Jetzt sieht es aber ganz danach aus, als hätte er dafür bezahlt und es weiterhin behalten.«

»Warum hat er Sie wohl danach gefragt, wenn er ohnehin Bescheid wusste?«

Crystal zuckte die Achseln. »Vielleicht wollte er herausfinden, wie viel ich wusste.«

»Wozu könnte er das ganze Geld gebraucht haben?«

»Ich habe keine Ahnung. Er hat immer alles mit Kreditkarten bezahlt.«

»Könnte es um Erpressung gehen?«

»Weswegen?«

»Das frage ich Sie. Haben Sie irgendeine Ahnung?«

»Sie glauben, er wird erpresst? Das ist ja lächerlich. Womit denn?«

»Wäre es nicht möglich?«

Sie starrte mich kurz an und schüttelte dann den Kopf. Offenbar fiel ihr nichts ein. »Man sollte doch meinen, dass ein Erpresser an einer Pauschalsumme interessiert wäre, nicht an läppischen dreihundert die Woche.«

»Vielleicht hat es so akzeptabler gewirkt. Es ist eine Sache, eine hohe Geldsumme zu verlangen. Aber es ist etwas ganz anderes, wenn einen jemand um Hilfe für den Lebensunterhalt angeht.«

»Ich bin mir sicher, dass er es mir gesagt hätte, wenn ihn jemand um Geld erpresst hätte. Dow hat mir alles gesagt.«

»Soweit Sie wissen.«

Sie blinzelte. »Ja, schon.«

»Außerdem hätte es ja mit Ihnen zu tun haben können.«

»Inwiefern?«

»Womöglich hat er Ihnen zuliebe Schweigegeld bezahlt, zu Ihrem Schutz.«

»Das glaube ich nicht.« Ich hätte schwören können, dass sich ihre Wangen dunkler färbten, doch in dem nachlassenden Licht war es schwer zu sagen. Auf jeden Fall zitterte ihre Hand nicht, als sie ihr Weinglas an die Lippen führte. Sie stellte das Glas auf der Terrasse ab und schob sich die aneinander gepressten Hände zwischen die Knie, als wollte sie sie wärmen.

Ich veränderte meine Taktik, da ich sie nicht aus dem Gesprächsfluss bringen wollte. »Wären Sie bereit, noch einmal zurückzudenken und mir zu erzählen, wie die vergangenen neun Wochen für Sie waren?«

Sie atmete hörbar aus. »Es war entsetzlich. Grauenhaft. Momentan bin ich wie betäubt, aber die ersten zwei oder drei Tage war ich nur vom Adrenalin getrieben, und das hat mich komplett ausgelaugt. Das Haus wimmelte von Leuten – meine Freunde, Dows Töchter, seine Freunde und Kollegen. Ich wollte eigentlich niemanden sehen, aber ich konnte nicht ablehnen. Ich hatte nicht genug Energie, um mich zu widersetzen, und so haben sie mich überrollt. Ich konnte mich kaum aufrecht halten. Eigentlich wollte ich nur dasitzen und aufs Telefon starren, zur Tür und wieder zurück marschieren, schreien oder mich betrinken. Tagelang bin ich immer wieder ins Auto gestiegen, zwischen dem Pflegeheim und zu Hause hin und her gependelt und jede denkbare Strecke abgefahren. Immer wieder fand ich mich plötzlich auf der Straße, bis ich gemerkt habe, wie dumm das von mir war. Dow konnte weiß Gott wo sein, und die Aussichten, dass ich ihn irgendwo entdecke, waren astronomisch gering.«

»War an dem Tag, als er verschwunden ist, irgendetwas merkwürdig? Irgendeine Verhaltensweise, irgendetwas, was er gesagt hat, das Ihnen rückblickend abweichend erscheint?«

Crystal schüttelte den Kopf. »Es war ein Freitag wie jeder andere. Er freute sich aufs Wochenende. Am Samstag wollte er bei einem Golfturnier im Country Club mitspielen. Nichts Besonderes, aber ihm machte es Spaß. Am Samstagabend wollten wir mit Freunden essen gehen – mit einem Paar, das kürzlich aus Colorado, wo ihnen mehrere Restaurants gehört haben, hierher gezogen ist.«

»Können Sie mir die Namen sagen?«

»Sicher. Ich gebe Ihnen eine Liste, bevor Sie gehen.«

»Und sonst hat auch niemand etwas Ungewöhnliches bemerkt?«

»Meines Wissens nicht. Sie können ja mit seinen Arbeitgebern und dem Personal des Pflegeheims sprechen. Mit den meisten von ihnen habe ich selbst schon geredet und ihnen dieselbe Frage gestellt. Die Polizei hat ihrerseits Befragungen durchgeführt. Alle haben zu helfen versucht, aber niemand scheint irgendwas zu wissen, und wenn doch, dann hat zumindest keiner etwas gesagt.«

»Hatte er Probleme bei der Arbeit?«

»Es gibt immer Probleme bei der Arbeit. Dow nimmt seinen Job sehr ernst. Er hat mit Patienten und Personal ebenso zu tun wie mit Verwaltungsaufgaben. Außerdem ist er mit sämtlichen Einstellungen und Kündigungen sowie der alljährlichen Gehaltsrevision befasst. Es läuft nie reibungslos. Das liegt in der Natur der Sache. Kürzlich hat er die Bücher eingehend überprüft. Das Steuerjahr im Pflegeheim endet am dreißigsten November, und Dow erledigt gern alles rechtzeitig.«

»Ich nehme an, er widmet dem Pflegeheim einen Großteil seiner Zeit?«

»Das stimmt. Er hat seine private Praxis vor etwa fünf Jahren aufgegeben. Abgesehen von seinem Einsatz für ein paar wohltätige Organisationen, die ihm nach wie vor am Herzen liegen, verbringt er seine Zeit in Pacific Meadows und sorgt dafür, dass der Betrieb dort läuft.«

»Lagen – liegen seine Aufgaben im medizinischen oder im verwalterischen Bereich?«

»Ich würde sagen, sowohl als auch. Er kümmert sich intensiv um die Heimbewohner. Natürlich behandelt er sie nicht, da sie für ihre medizinischen Belange ihre eigenen Hausärzte haben, aber Dow ist jeden Tag da und überwacht alles. Wissen Sie, das ist nicht immer leicht. In der Geriatrie verliert man mit der Zeit die Menschen, die man am liebsten gewonnen hat.«

»Irgendjemand Bestimmtes?«

»Äh, nein. Ich habe niemand Bestimmten gemeint«, antwortete sie, »und ich wollte damit auch nicht sagen, dass er überfordert gewesen wäre. Das war natürlich nicht der Fall. Er arbeitet schon seit Jahren mit alten Menschen. Ich möchte nur sagen, dass es ihm emotional einiges abverlangt hat.«

»Wäre denkbar, dass er sich freiwillig aus dem Staub gemacht hat?«

»Nein.«

»Sind Sie sich da sicher?«

»Absolut. Und wollen Sie wissen, warum? Wegen Griff. Der Junge ist Dows Augenstern. Wenn Dow spät nach Hause kam, ging er als Erstes in Griffs Zimmer. Dann hat er sich neben ihm aufs Bett gelegt und ihm nur beim Atmen zugesehen. Manchmal ist er dort eingeschlafen. Er würde Griff nie freiwillig verlassen.«

»Aha«, sagte ich.

»Da ist auch noch etwas anderes. Dow schreibt an einem Buch. Das ist ein Projekt, mit dem er schon seit Jahren liebäugelt. Er hat so viele Veränderungen in der Medizin miterlebt, und er weiß wirklich wunderbare Geschichten zu erzählen. Das würde er nicht einfach aufgeben.«

»Und wie steht's mit Ihnen beiden? Verstehen Sie sich gut?«

»Wir stehen uns sehr nahe. Ehrlich gesagt haben wir uns überlegt, ob wir noch ein Baby bekommen sollen, jetzt, wo Griffith zwei ist.«

»Sie sind also überzeugt, dass etwas Schlimmes passiert ist.«

»Etwas sehr Schlimmes. Ich komme nur nicht darauf, was. Wenn er verletzt oder entführt worden wäre, hätten wir mittlerweile mit Sicherheit etwas gehört.«

»Was ist mit seinen Arbeitgebern? Was können Sie mir über die beiden sagen?«

»Im Grunde weiß ich da nicht viel. Joel Glazer bin ich nur zweimal begegnet. Eine dieser Gelegenheiten war die Grundsteinlegung für den neuen Flügel von Pacific Meadows, und da hatten wir keine Zeit zu plaudern. Soweit ich weiß, haben er und Harvey Broadus ein Vermögen im Bauwesen gemacht, indem sie Seniorenwohnanlagen im Südwesten erschlossen haben. Außerdem gehören ihnen eine Kette von Wohnheimen und mehrere Pflegeheime überall in Kalifornien. Wir haben Harvey früher ab und zu bei gesellschaftlichen Anlässen gesehen, aber er steckt offenbar mitten in einer hässlichen Scheidung, daher hält er sich lieber im Hintergrund. Für meinen Geschmack ist er ein bisschen falsch, aber vielleicht kommt das nur mir so vor. Jedenfalls wusste Dow, nachdem er 1981 in den Ruhestand gegangen war, nichts mit sich anzufangen. Jeder weiß, was für ein hohes Ansehen er unter seinen Medizinerkollegen genießt. Die beiden haben ihn wegen Pacific Meadows angesprochen und ihn gebeten, die Verwaltungsaufgaben zu übernehmen.«

»Und sie kommen miteinander zurecht?«

»Soweit ich weiß schon. Ich meine, sie sehen sich ja kaum. Joel und Harvey scheinen mit Dow zufrieden zu sein, und so gehen sie ihren Weg und lassen ihn seinen gehen. Die Abrechnung besorgt eine Betriebsgesellschaft. Ich weiß, dass er anfangs Angst hatte, sie würden ihm bei der Leitung des Heims hineinreden, aber das war nicht der Fall.«

»Wie lang gehört den beiden das Heim schon?«

»Ich glaube, sie haben es 1980 gekauft. Es liegt drüben an der Dave Levine Street, direkt an der Ecke zur Nedra Lane. Sie sind sicher schon hundertmal daran vorbeigekommen. Es sieht aus wie Tara, nur ohne das Land – dicke, weiße Säulen vor dem Eingang.«

»Ach, das. Ich sehe es jedes Mal rechter Hand liegen, wenn ich von dieser Seite in die Stadt fahre. An der Strecke muss es fünf oder sechs Pflegeheime geben.«

»Das Personal spricht – bei allem Respekt – nur noch von der

›Formaldehydstraße‹. Dow wird wütend, wenn ich das nachplappere.«

»Wie haben Sie sich kennen gelernt?«

»Mom ...«

Crystal blickte durch die offene Tür ins große Zimmer. »Wir sind hier draußen.« Dann veränderte sich ihr Gesichtsausdruck, ihre Miene wurde verärgert und zugleich fassungslos. »Ach du lieber Gott.«

Ich folgte ihrem Blick.

Leila kam die Treppe in schwarzen Satinpumps heruntergepoltert, die so hohe Absätze hatten, dass sie kaum aufrecht stehen konnte. Ab und zu kamen ihre Knöchel derart ins Wanken, als ginge sie zum ersten Mal mit Schlittschuhen aufs Eis. Unter ihrer schwarzen Lederjacke trug sie ein durchsichtiges Top aus Chiffon und Spitze zu einem engen, langen Wollrock. Mit ihren vierzehn Jahren befand sie sich noch in dieser fohlenhaften Entwicklungsphase: keine nennenswerten Brüste, schmale Hüften und lange, knochige Beine. Die Länge ihres Rocks hätte nicht weniger schmeichelhaft sein können. Sie sah aus wie der Pappzylinder aus einer aufgebrauchten Rolle Küchenkrepp. Überdies hatte sie etwas Seltsames mit ihrem Haar angestellt, das kurz geschnitten und weißblond gefärbt war und in sämtliche Himmelsrichtungen abstand. Einige Strähnen waren zu Dreadlocks gedreht worden, während der Rest so faserig war wie Zuckerwatte. Sie kam an die offene Tür, blieb dort stehen und starrte uns an.

»Was soll denn das für ein Aufzug sein?«

»Das ist kein ›Aufzug‹. Was stört dich denn daran?«

»Du siehst lächerlich aus. Das stört mich.«

»Du auch. Du siehst aus wie eine Pennerin. Der Pulli hängt dir bis an die Knie.«

»Glücklicherweise gehe ich nicht aus. Und du gehst jetzt bitte nach oben und suchst dir etwas Anständiges zum Anziehen.«

»Mein Gott, dir ist immer dermaßen *wichtig*, was andere Leute denken.«

»Hör auf. Ich hab's wirklich satt, mit dir zu streiten.«

»Warum lässt du mich dann nicht in Ruhe? Ich kann mich anziehen, wie ich will. Das wirft doch kein schlechtes Licht auf dich.«

»Leila, du verlässt das Haus nicht in diesen Klamotten.«

»Toll. Dann gehe ich eben nicht. Herzlichen Dank und leck mich.«

»Wo ist dein Koffer?«, fragte Crystal geduldig, indem sie Leilas Aufforderung zur Eskalation ignorierte.

»Ich habe keinen. Ich habe dir doch gesagt, dass ich nicht hingehe. Ich möchte hier bleiben.«

»Du hast ihn letztes Mal schon nicht besucht, und ich habe ihm versprochen, dass du kommst.«

»Ich muss nicht hingehen, wenn ich nicht will. Es ist meine Entscheidung.«

»Nein, ist es nicht. Es ist meine, also hör auf zu widersprechen.«

»Warum?«

»Leila, mich ärgern diese ganzen Frechheiten, die du mir an den Kopf wirfst. Was ist denn los mit dir?«

»Ich will einfach nicht hin. Es ist langweilig. Wir sitzen nur herum und gucken Videos.«

»Das tust du doch hier auch!«

»Du hast mir versprochen, dass ich mich mit Paulie treffen darf.«

»Ich habe nichts dergleichen versprochen. Und wechsle gefälligst nicht das Thema. Paulie hat nichts damit zu tun. Lloyd ist dein Vater.«

»Ist er *nicht*! Wir sind nicht einmal verwandt. Er ist einer deiner blöden alten Exmänner.«

»*Mein einziger* Exmann. Ich bin nur einmal zuvor verheiratet gewesen«, erwiderte sie. »Warum bist du so aggressiv und ekelhaft? Lloyd vergöttert dich.«

»Na und?«

»Leila, ich warne dich.«

»Wenn er mich derart vergöttert, warum zwingt er mich dann, gegen meinen Willen zu ihm zu kommen?«

»Er zwingt dich nicht. *Ich* zwinge dich, und das ist mein letztes Wort. Los jetzt.«

»Ich gehe, wenn ich mich mit Paulie treffen darf.«

»Kommt nicht in Frage.«

»Mein Gott, du bist so fies. Ich bin dir scheißegal.«

»Genau. Ich bin nur hier, um dich zu beschimpfen und zu misshandeln. Los. Ruf den Kinderschutzbund an.«

»Wenn du Lloyd so toll findest, warum besuchst du ihn dann nicht selbst?«

Crystal schloss die Augen und rang um Beherrschung. »Wir fechten das nicht vor unserem Gast aus. Lloyd hat mit mir gemeinsam das Sorgerecht, okay? Er holt dich um sieben Uhr ab, was bedeutet, dass er bereits unterwegs ist. Ich komme am Sonntagmorgen um zehn und nehme dich wieder mit. Und jetzt geh rauf und zieh dich um. Und pack lieber deine Sachen, sonst mache ich es, und ich garantiere dir, dass dir vor meiner Wahl grausen wird.«

Leilas Miene verschloss sich, und ich sah, wie sich um ihre Nase und ihren Mund ein roter Fleck bildete, während sie gegen die Tränen kämpfte. »Du bist so was von ungerecht«, sagte sie und polterte wieder die Treppe hinauf. Sie knallte die Tür hinter sich zu, nachdem sie ihr Zimmer betreten hatte, und brüllte dann noch einmal hinter der Tür: »Fiese Nuss!«

Crystal wandte sich wieder unserem Gespräch zu und gab außer einem Kopfschütteln und kurzen Augenrollen keinen Kommentar zu Leila ab. »Dow und ich haben uns in Vegas bei gemeinsamen Freunden kennen gelernt. Als ich ihn das erste Mal gesehen habe, wusste ich gleich, dass ich ihn eines Tages heiraten würde.«

»War er nicht schon verheiratet?«

»Doch, ja. Ich meine, theoretisch schon, aber nicht *glücklich*«, sagte sie, als ob Dows Eheprobleme es rechtfertigten, dass sie auf

Fionas Territorium wilderte. »Sie haben Fiona ja kennen gelernt. Sie ist nur sechs Monate jünger als er, aber sie sieht aus, als wäre sie hundert. Sie trinkt. Sie raucht zwei Päckchen am Tag. Außerdem ist sie valiumsüchtig, was sie Ihnen wahrscheinlich nicht erzählt hat, als sie Sie engagiert hat. Dow ist letztes Frühjahr neunundsechzig geworden, aber so alt würde ihn keiner schätzen. Haben Sie mal ein Bild von ihm gesehen?«

»Es war eines in der Zeitung.«

»Ach, das war schrecklich. Ich habe ein besseres. Moment mal.«

Sie verließ die Terrasse und ging ins große Zimmer, aus dem sie kurz darauf mit einem gerahmten Farbfoto zurückkehrte. Sie setzte sich wieder auf ihren Stuhl und reichte mir das Bild. Ich musterte Dow Purcells Gesicht. Das Foto war auf dem Golfplatz aufgenommen und so zurechtgeschnitten worden, dass die anderen in seinem Vierergrüppchen kaum zu erkennen waren. Seine Haare waren weiß und kurz geschnitten und sein Gesicht hager. Er trug ein weißes Golfhemd, helle Freizeithosen und einen ledernen Golfhandschuh an der rechten Hand und war gebräunt und durchtrainiert. Den Kopf des Schlägers, den er senkrecht vor sich hielt, konnte ich nicht sehen. »Wo ist das gemacht worden?«

»Las Vegas. Auf derselben Reise. Das war im Herbst 1982. Ein Jahr später haben wir geheiratet.«

Ich gab ihr das Foto zurück. »Ist er ein Spieler?«

Sie hielt das Bild am Rahmen und musterte es ihrerseits. »Dow doch nicht. Er hat auf einem Symposium für geriatrische Medizin gesprochen. Und Vegas hat er wegen des Golfens geliebt. Er spielte nämlich das ganze Jahr hindurch und hatte Handicap fünf, also wirklich hervorragend.«

Ich registrierte ihre plötzliche Verwendung der Vergangenheitsform, beschloss aber, sie nicht darauf aufmerksam zu machen. »Spielen Sie auch?«

»Ein bisschen, aber leider miserabel. Ich spiele, um ihm Gesellschaft zu leisten, wenn er sonst niemanden hat. Es ist schön, wenn wir reisen, weil wir dann etwas zu tun haben.« Sie beugte sich vor und stellte das Bild auf den Tisch, wo sie es kurz noch einmal musterte, bevor sie sich mir wieder zuwandte. »Und was passiert jetzt?«

»Ich spreche mit jedem, der mir wichtig erscheint, und versuche herauszufinden, was los ist.«

»Da ist deine Mommy«, sagte ein Mann. Er stand in der Tür und hielt Griffith auf dem Arm, der schon bettfertig war und einen einteiligen Flanellschlafanzug mit rutschfesten Füßen und einer Windelklappe am Po trug. Sein Gesicht bildete ein perfektes Oval, seine Wangen waren dick und sein Mund eine kleine, rosafarbene Knospe. Sein helles Haar war noch nass, auf der einen Seite akkurat gescheitelt und aus dem Gesicht gekämmt. Dort, wo einige Strähnen bereits getrocknet waren, ringelten sich blonde Locken. Stumm streckte er die Ärmchen aus, und Crystal hob ihn hoch. Sie setzte ihn sich auf die Hüfte und sah ihn genau an, während sie mit hoher Stimme zu ihm sprach. »Griffie, das ist Kinsey. Kannst du ›hallo‹ sagen?«

Das Kind gab keinen Mucks von sich.

Sie nahm eine seiner Hände und winkte damit in meine Richtung. Dazu sagte sie: »Hallo. Ich teh jetz schlafi. Ich muss jetz schön Betti gehn. Nachti-Nacht.«

»Nacht-Nacht, Griffith«, sagte ich mit Fistelstimme, in dem Bemühen, mich dem Geist der Stunde anzupassen. Das war ja schlimmer, als mit einem Hund zu reden, denn dabei erwartete man wenigstens nicht, dass einem mit Fistelstimme geantwortet wurde. Ich fragte mich, ob wir den Rest des Abends wie Bugs Bunny und seine Freunde sprechen würden.

Ich sah Rand an. »Hi. Sie sind Rand? Kinsey Millhone.«

»Ach, Entschuldigung. Ich hätte Sie vorstellen sollen.«

»Nett, Sie kennen zu lernen«, sagte Rand. Er war schätzungsweise Anfang vierzig, hatte dunkle Haare, war sehr mager und trug Jeans und ein weißes T-Shirt. Ich konnte feuchte Flecken auf seiner Brust erkennen, die noch vom Baden des Kindes stammen mussten. Wie Crystal war auch er barfuß, offenbar unempfindlich gegen Kälte.

»Ich gehe jetzt lieber, damit Sie den Kleinen ins Bett bringen können.«

Rand nahm Griffith seiner Mutter ab und zog sich zurück, während er im Gehen mit dem Jungen sprach. Ich wartete, bis Crystal mir die Namen und Telefonnummern der Arbeitgeber ihres Mannes und seines besten Freundes Jacob Trigg aufgeschrieben hatte. Abschließend tauschten wir ein paar inhaltsarme Floskeln aus, und bevor ich ging, versicherte sie mir, dass ich sie jederzeit anrufen könne, falls nötig.

Auf dem Weg hinaus begegnete mir Leilas Stiefvater Lloyd, der gerade angekommen war. Er fuhr ein altes, weißes Chevy-Cabrio mit rissigem, sonnengebleichtem Dach und Flecken von Spachtelmasse an den Stellen, wo die zahlreichen Beulen und Schrammen zum Nachlackieren vorbereitet worden waren. Sein Bürstenhaarschnitt war jungenhaft, und er trug eine Brille mit übergroßen Gläsern und einem Schildpattgestell. Er besaß den Körper eines Läufers oder Radfahrers, lange, magere Beine und keine Spur von Körperfett. Sogar bei diesem kalten Wind trug er nichts als ein schwarzes Muskelshirt, Shorts und klobige Laufschuhe ohne Socken. Ich schätzte ihn auf Ende dreißig, obwohl das schwer zu sagen war, da ich nur im Vorbeigehen einen schnellen Blick auf ihn hatte werfen können. Er nickte und rief mir einen kurzen Gruß zu, während er auf die Haustür zuging. Als ich meinen Wagen anließ, fielen die ersten dicken Regentropfen.

5

Abgesehen von Henry befand sich kein Mensch in Rosies Lokal, als ich kurz nach sieben dort eintraf. Ich klappte meinen Schirm zu und lehnte ihn an die Wand neben der Tür. Die Happy-Hour-Gäste waren offenbar schon da gewesen und wieder gegangen, und die Trinker aus der Nachbarschaft waren noch nicht gekommen, um sich ihr allabendliches Quantum zu holen. Der höhlenartige Raum roch nach Rindfleisch und nasser Wolle. Mehrere Zeitungsteile bildeten eine durchweichte Fußmatte auf der Innenseite des Eingangs, und ich konnte sehen, wo die Leute mit ihren nassen Schuhen über das Linoleum getrampelt waren und dabei Schmutz und Spuren von Druckerschwärze hinterlassen hatten. Am einen Ende des Tresens lief der Fernseher, allerdings ohne Ton. Ein alter Schwarzweißfilm flackerte stumm über den Bildschirm; eine nächtliche Szene in strömendem Regen. Ein Coupé aus den vierziger Jahren raste über eine kurvenreiche Straße. Die Hände der Frau krampften sich um das Lenkrad. Eine Totale durch die Windschutzscheibe brachte einen Anhalter ins Bild, der hinter der nächsten Kurve wartete, was nichts Gutes verhieß.

Henry saß allein an einem Chrom-Resopal-Tisch zur Linken der Tür. Seinen Regenmantel hatte er über den Stuhl direkt gegenüber gehängt, und sein Schirm bildete dort, wo er gegen das Tischbein lehnte, eine Pfütze aus Regenwasser. Er hatte die braune Papiertüte mitgebracht, in der Rosie ihm die Arztrechnungen ihrer Schwester überreicht hatte. Vor ihm stand ein Glas Jack Daniel's, und eine Halbbrille saß ihm auf der Nasenspitze. Auf dem Stuhl neben ihm lag eine überdimensionale Faltmappe mit mehreren Fächern, die nach Monaten unterteilt und entsprechend etikettiert waren. Ich sah ihm zu, wie er eine Rechnung entfaltete, Datum und Rechnungsposten studierte und sie ins richtige Fach steckte, bevor er sich der nächsten zuwandte. Ich zog mir einen Stuhl heraus. »Soll ich dir helfen?«

»Klar. Einige davon sind schon zwei Jahre alt, wenn nicht noch älter.«

»Bezahlt oder unbezahlt?«

»Das habe ich noch nicht herausgefunden. Von beidem etwas, nehme ich an. Es ist chaotisch.«

»Ich kann nicht fassen, dass du dich darauf eingelassen hast, das zu übernehmen.«

»So schlimm ist es nicht.«

Ich schüttelte den Kopf und schmunzelte leise. Er ist ein Schatz, und ich weiß, dass er das Gleiche für mich tun würde, wenn ich Hilfe bräuchte. Wir saßen in freundschaftlichem Schweigen da, lasen Rechnungen und legten sie ab. »Wo ist eigentlich Rosie die ganze Zeit?«, fragte ich.

»In der Küche. Sie macht Kalbsleberpastete mit Anchovissoße.«

»Klingt interessant.«

Henry warf mir einen Blick zu.

»Na ja, *könnte* es doch sein«, sagte ich. Rosies Kochkünste waren verwegen und stammten aus Ungarn, die Namen der Gerichte waren unmöglich auszusprechen und die Speisen selbst oft zu seltsam, um genießbar zu sein. Ein Beispiel dafür ist etwa ihre Geflügelsuppe mit weißen Rosinen. Aufgrund ihres herrischen Wesens bestellen wir normalerweise, was sie uns aufdrängt, und versuchen es mit Humor zu nehmen.

Die Küchentür schwang auf, und William kam heraus. Er trug einen schicken dreiteiligen Nadelstreifenanzug und hatte sich die Abendzeitung unter den Arm geklemmt. Genau wie Henry ist er groß und schlaksig, besitzt die gleichen strahlend blauen Augen und einen üppigen Schopf weißer Haare. Die beiden sahen sich ähnlich genug, um für eineiige Zwillinge gehalten zu werden, an denen die Jahre nur ein paar geringfügige Veränderungen vorgenommen hatten. Henrys Gesicht war schmaler; William dagegen hatte ein markanteres Kinn und eine breitere Stirn. Als William am Tisch anlangte, fragte er, ob er sich dazusetzen dürfe, und Henry bedeutete ihm, sich den freien Stuhl zu nehmen.

»Guten Abend, Kinsey. Schwer an der Arbeit, wie ich sehe. Rosie kommt gleich und nimmt deine Essensbestellung auf. Du kriegst Kalbsleberpastete und Kohlrabi.«

»Jetzt machst du mir aber wirklich Angst«, sagte ich.

William schlug die Zeitung auf, nahm sich den zweiten Teil und blätterte zu den Nachrufen. Obwohl seine lebenslange Hypochondrie infolge der Heirat nachgelassen hatte, war er nach wie vor fasziniert von Menschen, deren Gebrechen sie aus dieser Welt abberufen hatten. Es ärgerte ihn, wenn in einem Nachruf nichts über die Art der tödlichen Krankheit stand. In Phasen der Depression oder Unsicherheit fiel er in seine alten Verhaltensweisen zurück, besuchte Beerdigungen wildfremder Menschen und erkundigte sich diskret bei den anderen Trauergästen nach dem Grund des Ablebens. Hauptanliegen seiner Frage war, von den ersten Anzeichen der tödlichen Krankheit zu erfahren – Sehstörungen, Schwindel, Atemnot – genau die Symptome, die er dann in der Woche darauf entwickelte. Er war nie zufrieden, bis er die wahre Geschichte erfahren hatte. »Magenbeschwerden«, erklärte er uns dann mit bedeutungsschwangerem Blick. »Wenn der gute Mann nur gleich bei den ersten Anzeichen kompetente Ärzte konsultiert hätte, könnte er womöglich heute noch leben. Das hat sein Bruder gesagt.«

»Wir müssen alle an irgendetwas sterben«, erklärte Henry dann immer unerschütterlich.

Das brachte William auf. »Jetzt sei doch nicht so pessimistisch. Ich rate ja nur zur Wachsamkeit. Auf die Botschaften des Körpers lauschen –«

»Meiner sagt: *Eines Tages stirbst du sowieso, also sieh's ein, du alter Sack.*«

Heute Abend blickte Henry diskret auf Williams Zeitung. »Irgendjemand, den wir kennen?«

William schüttelte den Kopf. »Ein paar junge Leute Anfang siebzig; nur einer davon mit Foto. Kann nicht viel später aufgenommen worden sein als 1952.« Er blinzelte auf die Seite. »Ich hoffe, wir haben nicht so schmierig ausgesehen, als wir jung waren.«

»Du mit Sicherheit«, erwiderte Henry. Er trank einen Schluck Whiskey. »Wenn du als Erster stirbst, weiß ich schon genau, welches Bild ich der Zeitung für deinen Nachruf geben werde. Und zwar das aus dem Sommer, als wir Atlantic City unsicher gemacht haben, wo du in Knickerbockern drauf bist. Du trägst einen Mittelscheitel, und es hat den Anschein, als hättest du Lippenstift aufgetragen.«

William beugte sich vor. »Er ist immer noch eifersüchtig, weil ich ihm Alice Vandermeer weggeschnappt habe. Sie konnte Jitterbug tanzen wie der Teufel und hatte Geld wie Heu.«

»Sie hatte eine Geschwulst auf der Wange, die in Farbe und Größe mit einer Traube mithalten konnte«, konterte Henry. »Ich wusste nie, wo ich hinsehen sollte, also habe ich sie ihm angedreht.«

William blätterte ein paar Seiten weiter zu den Kleinanzeigen, wo er Beschreibungen »zugelaufener« Hunde und Katzen mit den Beschreibungen der »entlaufenenen« verglich und häufig Entsprechungen fand. Während Henry und ich damit weitermachten, Klotildes Arztrechnungen zu lesen und abzulegen, unterhielt uns William damit, was derzeit alles zum Verkauf angeboten wurde. »He, hier ist etwas. Suchst du immer noch ein neues Büro? Dann hör dir das mal an: Sechsundvierzig Quadratmeter, frisch renoviert, in der Stadtmitte. Zweihundertfünfzig im Monat und ab sofort frei.«

Ich unterbrach meine Beschäftigung und reckte den Kopf zu ihm hinüber. »Du machst wohl Witze. Lass mal sehen.«

William reichte mir den Zeitungsteil und wies auf die Anzeige, die folgendermaßen lautete:

ZU VERMIETEN:
46 qm in frisch renoviertem viktorianischen Haus,
Innenstadt Nähe Gerichtsgebäude;
mit Badezimmer, separatem Eingang und eigener Veranda.
$ 250,– im Monat.
Rufen Sie nach 18 Uhr an
und verlangen Sie Richard.

Dann folgte die Telefonnummer.

Ich las die Zeilen zweimal, doch sie schienen sich nicht zu verändern. »Ich wette, es ist ein Loch. In diesen Anzeigen färben sie doch immer schön.«

»Ein Anruf kann nicht schaden.«

»Glaubst du wirklich?«

»Sicher.«

»Und wenn es schon vermietet ist?«

»Dann hat es dich auch nichts gekostet. Vielleicht hat der Typ noch andere Objekte.« William fasste in sein Uhrentäschchen und nahm eine Münze heraus, die er direkt vor mir auf den Tisch legte. »Na los.«

Ich nahm Münze und Zeitung und durchquerte das Lokal. Das Münztelefon befand sich im Vorraum, der nur matt von einem Neonschild mit Budweiser-Werbung erleuchtet wurde. Ich wählte die Nummer und las die Anzeige noch einmal durch, während ich es viermal klingeln hörte. Schließlich wurde am anderen Ende abgenommen, und ich verlangte Richard.

»Hier ist Richard.«

Ich schätzte ihn auf Anfang dreißig, aber in Telefonstimmen täuscht man sich leicht. »Ich rufe wegen der Büroräume an, die Sie in der heutigen Zeitung inseriert haben. Ist das Büro noch zu haben?« Ich merkte, dass mein Tonfall eine leicht klagende Färbung angenommen hatte.

»Schon, aber wir verlangen einen Mietvertrag für ein Jahr, die Miete für den ersten und letzten Monat im Voraus und eine Reinigungspauschale.«

»Darf ich fragen, in welcher Straße es liegt?«

»Floresta. Auf der anderen Seite vom Polizeirevier und etwa sechs Häuser weiter.«

»Und der angegebene Preis stimmt? In der Anzeige steht zweihundertfünfzig Dollar im Monat.«

»Es ist nur ein Raum. Es gibt einen Wandschrank und ein Badezimmer, aber groß ist es nicht.«

Ich stellte mir eine Telefonzelle vor. »Wäre eine Besichtigung heute Abend möglich?«

»Mein Bruder ist gerade drüben und verlegt den Teppich, und ich selbst wollte jetzt sowieso hinfahren. Wenn Sie es sich anschauen wollen, können wir uns in einer Viertelstunde dort treffen.«

Auf meiner Uhr war es halb acht. »Prima. Das schaffe ich. Wie ist die genaue Adresse?«

Er nannte sie mir. »Sie können über die Einfahrt auf den Parkplatz hinter dem Haus fahren. Dort sehen Sie ja, wo Licht brennt – es ist hinten im Erdgeschoss. Mein Bruder heißt Tommy. Der Nachname ist Hevener.«

»Ich heiße Kinsey Millhone. Herzlichen Dank. Wir sehen uns in einer Viertelstunde.«

Das Gebäude war früher zweifellos ein Einfamilienhaus gewesen – ein zweistöckiger weißer Holzbau mit Giebeln im Dach und einer Menge schnörkeliger Verzierungen. Um 19 Uhr 42 bog ich mit meinem VW in die Einfahrt ein, und meine Scheinwerfer durchschnitten die Finsternis. Ich bremste ab und spähte aus dem Fenster. Der weiße Anstrich wirkte frisch, und auf beiden Seiten befanden sich Blumenbeete. Wie hatte ich das hier übersehen können? Die Lage war ideal – einen Häuserblock entfernt von den Räumen, in denen ich jetzt war –, und der Preis hätte nicht günstiger sein können. Ich zählte zehn Parkplätze, die in dem engen, asphaltierten und auf beiden Seiten eingezäunten Hof markiert waren. Einen Platz belegte ein schwarzer Pick-up, doch alle anderen waren zu dieser Stunde leer. Gleich neben dem Hinterausgang zur Gasse stand ein großer Müllcontainer. Als ich aufblickte, sah ich die Fenster von Lonnies Büro und die Mauer, die den winzigen Parkplatz hinter seinem Haus begrenzte. Ich parkte und stieg aus, während ich versuchte, die plötzlich in mir aufwallende Hoffnung zu bezwingen. Womöglich stand das Haus ja zum Verkauf, oder es befand sich auf dem Grundstück einer ehemaligen Tankstelle, wo der Boden immer noch von Benzol und anderen Krebs erregenden Stoffen verseucht war.

Eine breite Veranda aus Redwood zog sich die gesamte Rückseite des Hauses entlang. Zu ihr gehörte eine lange Holzrampe, um Rollstuhlfahrern leichten Zugang zu ermöglichen. Ein weit ausladender Marktschirm aus hellem Segeltuch stand aufgespannt über einem Glastisch, der von vier Stühlen umstanden war. In mehreren Terrakottatöpfen waren Kräuter gepflanzt. Fast hätte ich zu hyperventilieren begonnen. Im Erdgeschoss brannte helles Licht. Ich betrat einen kleinen Flur, wo zu meiner Rechten eine Tür offen stand. Der Geruch nach frischer Farbe war stark, wurde aber von der durchdringenden Ausdünstung des nagelneuen Teppichbodens überlagert. Ich schloss die Augen, während ich ein Stoßgebet sprach, in dem ich meine Schlechtigkeit bereute und versprach, meinen üblen Lebenswandel zu ändern. Ich schlug die Augen auf, trat durch die Tür und verschlang den Raum mit einem Blick.

Das Zimmer war vier mal vier Meter groß und hatte an zwei Wänden neue Fenster mit Handkurbeln. Anstelle gewöhnlicher Vorhänge hatte man zweiteilige, weiß gestrichene Läden angebracht. An der Wand gegenüber standen zwei Türen offen, von denen die eine in ein kleines Badezimmer und die andere in einen wirklich geräumigen Wandschrank führte. Ein rothaariger Mann in Jeans, einem olivgrünen T-Shirt und schweren Arbeitsstiefeln saß auf dem Fußboden und trat gegen einen Teppichspanner, um den Teppich entlang der Fußleiste glatt zu bekommen. Der Telefonanschluss war bereits installiert worden, und der Apparat stand jetzt auf der Oberfläche eines leeren Pappkartons.

Der Teppich selbst war Nutzware aus Nylon mit einem Muster aus beigen Tupfen auf anthrazitfarbenem Hintergrund. Ich sah das Teppichmesser mit der starken, gebogenen Klinge und den Holzhammer, mit dem die Rückseite des Teppichs auf das Klebeband geschlagen wurde. In einer Ecke des Zimmers lag ein Haufen Teppichreste. Neben einem Mülleimer, der bis zum Rand mit weiteren Teppichabfällen gefüllt war, stand eine Kühltasche. Die grelle Zweihundert-Watt-Birne an der Decke machte den Raum irgendwie stickig.

»Hi, ich bin Kinsey«, sagte ich. »Ihr Bruder meinte, ich soll mich um Viertel vor acht hier mit ihm treffen. Sind Sie Tommy?«

»Genau. Richard kommt immer zu spät. Kann ich Ihnen schriftlich garantieren. Ich bin der Brave, der immer kommt, wenn er erwartet wird. Einen Moment noch bitte. Ich bin fast fertig.« Er warf mir einen Blick zu und schenkte mir ein Lächeln, das aus nichts als grünen Augen und weißen Zähnen bestand. Tiefe Furchen bildeten eine Klammer um seinen Mund. Mit seinen roten Haaren und der frischen Gesichtsfarbe übte er eine geradezu elektrisierende Wirkung aus, wie eine völlig unerwartete Technicolor-Passage in einem Schwarzweißfilm. Ich wandte den Blick ab und merkte, wie mir ein leichter Schauder über den Rücken lief. Ich hoffte, ich hatte nicht versehentlich laut gewinselt.

Ich sah ihm zu, wie er trat, hämmerte und schnitt und sich die Muskeln in seinem Rücken und seinen Schultern bei der Arbeit wölbten. Seine Arme waren von deutlich sichtbaren Venen gezeichnet und mit zartem rotem Flaum bewachsen. Eine Schweißspur lief ihm die Wange entlang. Er zuckte die Achseln und tupfte sich die eine Seite des Gesichts mit dem Ärmel ab. Dann warf er den Holzhammer beiseite, sprang auf die Beine und wischte sich mit den Handflächen hinten über die Hose. Er streckte eine Hand aus und sagte: »Wie war Ihr Name noch mal?«

»Kinsey. Und mein Nachname ist Millhone mit zwei ›l‹.«

Die Sonne hatte ihren Tribut von seinem hellen Teint gefordert und mehrere Falten in seine Stirn sowie weitere in die äußeren Winkel seiner Augen gezeichnet. Ich schätzte ihn auf Ende zwanzig, einsachtundsiebzig groß und etwa dreiundsiebzig Kilo schwer. Als ehemalige Polizistin betrachte ich Männer nach wie vor als Verdächtige, die ich womöglich später bei einer Gegenüberstellung identifizieren muss. »Darf ich mich umschauen?«

Er zuckte die Achseln. »Nur zu. Viel gibt es nicht zu sehen«, erwiderte er. »In was für einer Branche sind Sie denn?«

Ich betrat das Badezimmer, und meine Stimme hallte von den Fliesen wider. »Ich bin Privatdetektivin.«

Es gab eine Toilette und ein Waschbecken mit eingebautem Arzneischränkchen darüber, dazu eine Duschkabine aus Fiberglas mit einer Glastür in einem Aluminiumrahmen. Der Fußboden war mit weißen Keramikfliesen ausgelegt, die sich bis zur Mitte der Wand hochzogen. Darüber folgte eine geblümte Vinyltapete in Beige, Weiß und Anthrazit. Die Wirkung war frisch und altmodisch zugleich. Außerdem wäre es leicht sauber zu halten.

Ich ging zurück in den Hauptraum, trat an den Wandschrank und spähte in den einszwanzig auf einsachtzig großen Raum, der ganz mit Teppich ausgelegt war und sich in gähnender Leere sowie jungfräulichem Weiß präsentierte. Genug Platz für Aktenregale und Büromaterial. Es gab sogar einen Haken, an den ich meine Jacke hängen konnte. Ich wandte mich zum großen Zimmer zurück und ließ den Blick umherschweifen. Wenn ich meinen Schreibtisch zum Fenster hin ausrichtete, konnte ich auf die Veranda schauen. Die Fensterläden waren ideal. Wenn ein Klient vorbeikam, konnte ich den unteren Teil schließen, um ungestört zu sein, und den oberen Teil offen lassen, damit Licht hereinkam. Ich drehte an einer der Fensterkurbeln, und sie setzte sich mühelos und ohne zu knarren oder zu quietschen in Bewegung. Dann lehnte ich mich gegen das Fenstersims. »Keine Termiten, kein undichtes Dach?«

»Nein, Ma'am. Das kann ich garantieren, weil ich die Arbeiten selbst durchgeführt habe. Hier hinten ist es richtig ruhig. Sie müssten es mal bei Tag sehen. Durch die Fenster kommt eine Menge Licht. Und wenn Ihnen jemand Ärger macht, haben Sie die Cops direkt gegenüber.« Sein Akzent klang entfernt nach dem Süden.

»Zum Glück ist mein Beruf nicht so gefährlich.«

Er schob die Hände in die Vordertaschen. Sein Gesicht war infolge zu starker Sonneneinstrahlung mit Flecken gesprenkelt wie mit einer zarten Schicht Sommersprossen. Mir fiel nicht ein, was ich als Nächstes sagen sollte, und so zog sich das Schweigen hin. Tommy nahm den Faden ohne tatkräftige Unterstützung durch meine Wenigkeit wieder auf. »Das Haus war ziemlich heruntergekommen, als wir es übernommen haben. Wir haben die Installationen und die Stromleitungen erneuert, das Dach neu gedeckt und die Seitenwände mit Aluminium verkleidet. Solche Sachen eben.« Seine Stimme war so leise, dass ich mich anstrengen musste, um ihn zu verstehen.

»Es sieht gut aus. Wie lange haben Sie das Haus schon?«

»Etwa ein Jahr. Wir sind neu hier. Wir haben vor ein paar Jahren unsere Eltern verloren – sie sind alle beide gestorben. Vor allem Richard spricht sehr ungern darüber. Es ist nach wie vor ein wunder Punkt. Jedenfalls sind wir jetzt allein, mein Bruder und ich.« Er trat an die Kühlbox, klappte den Deckel auf und sah zu mir her. »Kann ich Ihnen ein Bier anbieten?«

»O nein, danke. Ich wollte gerade zu Abend essen, als mir jemand Ihr Inserat gezeigt hat. Sowie ich mit Richard gesprochen habe, fahre ich zurück und esse dort.«

»Sie wollen also nichts trinken, weil Sie noch fahren müssen«, bemerkte er und lächelte bedauernd.

»Unter anderem.«

Er wühlte durch das zerstoßene Eis, zog eine Pepsi light heraus und riss sie auf. Ich hielt eine Hand in die Höhe, jedoch nicht schnell genug, um ihn aufzuhalten. »Ehrlich, ich habe keinen Durst.«

Sein Stirnrunzeln wurde durch einen gespielt missbilligenden Tonfall aufgelockert. »Kein Bier, kein Cola. Die Dose ist jetzt aber offen. Sie können ruhig einen Schluck trinken. Sie wollen doch nicht, dass das alles vergeudet wird«, wandte er ein. Erneut hielt er mir die Pepsi hin und schwenkte die Dose lockend in meine Richtung. Ich nahm sie, um ihn nicht zu brüskieren.

Er fasste erneut in die Kühlbox und nahm eine Flasche Bass Ale heraus. Dann hebelte er den Kronkorken auf und hielt sie am Hals, während er sich auf den Fußboden setzte. Er lehnte sich gegen die Wand und streckte vor sich die Beine aus. Seine Arbeitsstiefel wirkten riesig. Er zeigte auf die leere Teppichfläche. »Nehmen Sie doch Platz. Dann haben Sie es gemütlicher.«

»Danke.« Ich wählte einen Fleck ihm gegenüber, setzte mich auf den Boden und trank höflich einen Schluck Pepsi, bevor ich die Dose absetzte.

Tommy trank einen großen Schluck Bier. Er sah aus wie ein Mann, der es gewohnt ist, bei der Arbeit zu rauchen. »Früher hab ich noch geraucht«, erklärte er, als hätte er meine Gedanken gelesen. »Es ist hart, aufzuhören, aber ich glaube, ich hab's geschafft. Rauchen Sie?«

»Früher mal.«

»Bei mir sind's jetzt sechs Monate. Ab und zu juckt's mich noch, aber dann hole ich ein paarmal tief Atem, so wie jetzt ...« Er hielt inne, um es zu demonstrieren, und sein Brustkorb weitete sich, als er die Luft hörbar durch die Nase einatmete. Dann atmete er aus. »So verschwindet die Lust auf eine Zigarette ziemlich schnell. Woher kommen Sie?«

»Ich bin von hier. War auf der Santa Teresa High.«

»Mein Bruder und ich stammen aus Texas. Aus einem kleinen Ort namens Hatchet. Schon mal davon gehört?«

Ich schüttelte den Kopf.

»Liegt gleich bei Houston. Pop war in der Ölbranche. Zum Glück hat er die Firma verkauft, bevor die Preise in den Keller sanken. Er hat sein ganzes Geld in Immobilien gesteckt. Hat Einkaufszentren gebaut, Bürogebäude, alle Arten von kommerzieller Architektur. Kalifornien ist seltsam. Die Leute hier kommen mir ganz und gar nicht so freundlich vor wie dort, wo wir herkommen. Vor allem die Frauen. Viele wirken richtig hochnäsig.«

Erneut machte sich Schweigen breit.

Er trank noch einen Schluck Bier und wischte sich mit der Handinnenfläche den Mund. »Privatdetektivin. Das ist für mich was Neues. Tragen Sie eine Pistole bei sich?«

»Gelegentlich. Nicht oft.« Ich lasse mich nicht gern aushorchen, obwohl er wahrscheinlich nur höfliche Konversation treiben wollte, bis sein Bruder auftauchte.

Er schmunzelte träge, als hätte er meine angeborene Gereiztheit gespürt. »Also, welche sind Ihnen lieber? Männer, die viel zu jung für Sie sind, oder Männer, die viel zu alt sind?«

»Darüber habe ich noch nie in dieser Form nachgedacht.«

Er drohte mir mit dem Finger. »Männer, die viel zu alt sind.«

Ich merkte, wie meine Wangen warm wurden. So alt war Dietz nun auch wieder nicht.

»Ich mag Frauen in Ihrem Alter«, sagte er und ließ seine weißen Zähne aufblitzen. »Haben Sie einen festen Freund?«

»Das geht Sie nichts an.«

Tommy lachte. »Ach, kommen Sie. Sind Sie mit jemandem zusammen?«

»Mehr oder weniger«, antwortete ich. Ich wollte es mir mit dem Typen nicht verderben, da ich entgegen aller Wahrscheinlichkeit hoffte, diesen Raum mieten zu können.

»›Mehr oder weniger.‹ Das gefällt mir. Also was von beidem?«

»Eher ›mehr‹, schätze ich.«

»Kann keine heiße Liebe sein, wenn Sie schon schätzen müssen.« Er zog die Augen zu Schlitzen zusammen, als zöge er seine Intuition zu Rate. »Wissen Sie, was ich glaube? Ich wette, Sie sind richtig schizo. Ich wette, Sie sind total sprunghaft gegenüber anderen Menschen, vor allem Männern. Hab ich Recht?«

»Nicht unbedingt. Das würde ich nicht sagen.«

»Aber Sie müssen schon eine Menge schlimme Typen getroffen haben, bei Ihrem Beruf.«

»Ich habe auch einige schlimme Frauen getroffen.«

»Das ist noch etwas, was ich mag. Schlimme Mädchen, schlimme Frauen, Aufsässige, Rebellen …« Er hob den Kopf und sah dabei auf die Uhr. »Da kommt er. Eine Viertelstunde zu spät. Darauf kann man praktisch wetten.«

Ich sah zum Fenster, als zwei Scheinwerfer über den Parkplatz schwenkten, und stand auf. Tommy trank sein Bier aus und stellte die Flasche beiseite. Eine Wagentür fiel ins Schloss, und kurz darauf betrat Richard Hevener den Raum, wobei er sich immer wieder nervös mit einem Klemmbrett seitlich gegen das Bein klopfte. Er trug Jeans und ein schwarzes T-Shirt und darüber ein Sportsakko aus geschmeidig aussehendem schwarzem Leder. Er war größer als Tommy, wesentlich stämmiger und hatte dunkle Haare. Er war der missmutigere Bruder, und er schien sich sehr ernst zu nehmen. Das würde ein schönes Stück Arbeit werden.

»Richard Hevener«, sagte er und hielt mir die Hand hin. Wir schüttelten uns die Hände, und dann wandte er sich zu Tommy. »Sieht gut aus.«

»Danke. Ich muss nur noch aufräumen, dann hau ich hier ab. Brauchst du noch irgendwas?«

Ich hörte kurz weg, während sich die beiden berieten. Aus ihren Worten schloss ich, dass es noch ein zweites Haus gab, das sie gerade renovierten, und dass Tommy in der folgenden Woche dort anfangen sollte. Seine Art hatte sich in Gegenwart seines Bruders verändert, und er stellte seine Flirtversuche ein. Als sie ihre Diskussion beendet hatten, nahm Tommy den Papierkorb mit den Teppichabfällen und machte sich auf den Weg zum Müllcontainer im hinteren Teil des Grundstücks.

»Und, was halten Sie von den Räumen?«, fragte Richard, indem er sich mir zuwandte. »Möchten Sie einen Antrag ausfüllen?« Sein Akzent und seine Redeweise erinnerten bedeutend weniger an Texas als die Tommys. Dadurch wirkte er älter und geschäftsmäßiger.

»Klar, kann ich machen«, sagte ich und bemühte mich, nicht kriecherisch zu klingen.

Er reichte mir das Klemmbrett und einen Stift. »Wir bezahlen Wasser und Müllabfuhr. Strom und Telefon bezahlen Sie selbst. Die Heizung wird anteilig und je nach Saison berechnet. Es gibt nur einen anderen Mieter, und zwar einen Steuerberater.«

»Ich kann gar nicht glauben, dass die Räume nicht schon vergeben sind.«

»Das Inserat ist gerade erst erschienen. Wir hatten schon eine Menge Anrufe. Gleich nach Ihrem noch drei. Heute Abend treffe ich mich noch mit einem anderen Interessenten.«

Ich merkte, wie meine Anspannung wuchs. Ich stützte mich aufs Fenstersims und begann, den Antrag auszufüllen. Anträge sind mühsam und verlangen Angaben, die im Grunde niemanden etwas angehen. Ich trug meine Sozialversicherungsnummer und die Nummer meines kalifornischen Führerscheins ein, umringelte »geschieden« in dem Abschnitt, in dem gefragt wurde, ob ich allein stehend, verheiratet oder geschieden war. Dann folgten Fragen nach früheren Adressen, wie lange ich dort Mieterin gewesen und warum ich ausgezogen war. Ich nannte persönliche Referenzen sowie die Bank, bei der ich mein Girokonto hatte. Ein paar Sachen erfand ich einfach. Dort, wo nach Kreditkartennummern und dem Stand dieser Konten gefragt wurde, machte ich Striche. Als ich fertig war, war Tommy schon gegangen. Ich hörte seinen Pick-up in der Einfahrt, und dann war er weg. Ich reichte Richard das Klemmbrett und sah ihm zu, wie er die Angaben überflog.

»Wenn Sie eine Anzahlung wollen, kann ich Ihnen heute Abend noch eine geben.«

»Nicht nötig. Ich erkundige mich bei Ihren Referenzen und nach Ihrer Bonität. Es kommen am Montag noch ein paar Leute.«

»Können Sie schon ungefähr sagen, wann Sie sich entscheiden werden?«

»Mitte der Woche. Geben Sie uns eine Möglichkeit, wie wir Sie erreichen können, falls ich noch eine Frage habe.«

Ich zeigte auf den Antrag. »Da stehen meine Privat- und meine Büronummer. Ich habe an beiden Anschlüssen einen Anrufbeantworter.«

»Ist das Ihre derzeitige Büroadresse?«

»Genau. Ich habe Räume bei einem Anwalt namens Lonnie Kingman gemietet. Er und mein privater Vermieter können Ihnen beide sagen, dass ich pünktlich zahle.«

»Klingt gut. Wenn ich noch Fragen habe, rufe ich Sie an. Sonst melde ich mich, wenn ich die anderen Anträge durchgegangen bin.«

»Schön. Das klingt wunderbar. Wenn Sie wollen, kann ich die ersten sechs Monate im Voraus zahlen.« Langsam klang ich regelrecht albern, unterwürfig und unsicher.

»Tatsächlich«, sagte Richard. Er musterte mich. Seine Augen waren dunkelbraun und grüblerisch. »Fünfzehnhundert Dollar, zuzüglich der hundertfünfundsiebzig für die Reinigungspauschale«, erklärte er, damit ich auch genau wusste, auf welchen Irrsinn ich mich einließ.

Ich dachte an Fionas Fünfzehnhundert-Dollar-Scheck. »Klar, kein Problem. Das könnte ich Ihnen sofort geben.«

»Ich werde es in meine Überlegungen einfließen lassen.«

6

Am Samstagmorgen schlug ich ganz automatisch eine Minute vor sechs die Augen auf. Ich blickte zum Oberlicht hinauf, das mit Regentropfen gesprenkelt war. Über die ganze Plexiglaskuppel verteilten sich winzige Lichtperlen. Die Luft, die zum Schlafzimmerfenster hereinkam, roch nach modrigem Laub, nassen Gehsteigen und den tropfenden Eukalyptusbäumen, die die nächste Straße säumten. Eigentlich ist der Geruch von Eukalyptus vom Geruch von Katzenspray fast nicht zu unterscheiden, aber daran wollte ich nicht denken. Ich stopfte mir das Kissen unter den Kopf und genoss das sichere Wissen, dass ich nicht aus dem Bett steigen und joggen gehen musste. So pflichtbewusst ich auch in puncto Sport bin – es gibt doch nichts Herrlicheres, als auszuschlafen. Ich vergrub mich unter der Decke und ignorierte die Welt, bis ich schließlich um halb neun zum Luftholen herauskam.

Als ich geduscht und mich angezogen hatte, machte ich mir eine Kanne Kaffee und verdrückte eine Schüssel Frühstücksflocken, während ich die Morgenzeitung las. Ich bezog das Bett frisch, steckte eine Ladung Wäsche in die Maschine und räumte die Wohnung ein bisschen auf. Als ich ein Kind war, hatte meine Tante

Gin darauf bestanden, dass ich samstags mein Zimmer aufräumte, bevor ich zum Spielen nach draußen ging. Da wir in einem Wohnwagen lebten, war das kein großer Aufwand, doch die Gewohnheit hat sich gehalten. Ich staubte ab, saugte und schrubbte Kloschüsseln – geistlose Arbeiten, bei denen ich gut nachdenken konnte. Abwechselnd malte ich mir in verschiedenen Varianten aus, wie ich die Möbel in meinem neuen Büro stellen könnte, und überlegte, wen ich auf meiner Suche nach Purcell als Nächsten befragen sollte. Da Fionas fünfzehnhundert Dollar nun sicher auf meinem Konto lagen, fühlte ich mich verpflichtet, das Wochenende über weiter zu ermitteln. Ich widerstand der Versuchung, nach erst einem Tag Arbeit schon eine Theorie aufzustellen, aber wenn man mich gezwungen hätte, Wetten abzuschließen, hätte ich mein Geld darauf gesetzt, dass Purcell tot war. Nach allem, was ich von ihm gehört hatte, konnte ich mir nicht vorstellen, dass er sich ohne ein Wort zu seiner Frau oder seinem Söhnchen aus dem Staub machen würde. Das erklärte zwar weder den fehlenden Pass noch die fehlenden dreißigtausend, aber beides konnte ja in nächster Zeit noch auftauchen. Derzeit bestand jedenfalls kein Grund zu der Annahme, dass sie etwas mit seinem Verschwinden zu tun hatten.

Um elf holte ich das Telefonbuch hervor, schlug die Gelben Seiten auf und suchte nach der Spalte mit den Pflegeheimen. Nach meiner Zählung gab es etwa zwanzig. Viele leisteten sich große, gerahmte Anzeigen, in denen die Annehmlichkeiten gepriesen wurden:

UMFASSENDE REHA- UND LANGZEITPFLEGE ... GROSSZÜGIGE ZIMMER IN RUHIGER UMGEBUNG ... ELEGANTER BAU MIT GESCHMACKVOLLER EINRICHTUNG ... SCHÖNES, NEUES HAUS MIT GESICHERTER GARTENANLAGE ...

Zu manchen gehörten gezeichnete Pläne, auf denen Pfeile das großartige Anwesen erläuterten, als wäre es wünschenswert, seinen Verfall in einer der besseren Wohnlagen Santa Teresas zu erleben. Die meisten Häuser hatten Namen, die vermuten ließen, dass ihre Bewohner sich weiß Gott wo sahen, aber jedenfalls nicht dort, wo sie tatsächlich waren: Cedar Creek Estates, Green Briar Villas, Horizon View, Rolling Hills, The Gardens. Sicher hielt niemand für möglich, dass man in so poetisch benannten Häusern schwach und ängstlich, verlassen, behindert, einsam, krank oder inkontinent sein könnte.

Pacific Meadows, das Pflegeheim, das Dow Purcell leitete, bot qualifizierte Pflege rund um die Uhr und konnte mit einer Kapelle und seelsorgerischem Beistand direkt auf dem Gelände aufwarten, was sicher recht hilfreich war. Außerdem war es von Medicare und Medicaid anerkannt, womit es einen entscheidenden Vorteil gegenüber manchen seiner privat abrechnenden Konkurrenten besaß. Ich beschloss, mir das Haus selbst einmal anzusehen. Das reguläre Personal würde am Wochenende vermutlich nicht da sein, was sich als günstig erweisen könnte. Vielleicht waren all die von der kleinlichen, übereifrigen Sorte zu Hause und machten genau wie ich die Wäsche.

Ich steckte ein frisches Päckchen Karteikarten in die Handtasche, schlüpfte in ein Paar Stiefel und schnappte mir meinen gelben Regenmantel und einen Schirm. Dann sperrte ich hinter mir die Tür ab und huschte zwischen den Pfützen hindurch zu meinem am Straßenrand geparkten Auto. Ich stieg an der Fahrerseite ein und erschauerte unwillkürlich vor Kälte. Der Regen hatte nach der frühmorgendlichen Pause stark zugenommen und prasselte jetzt mit dem Stakkatogeklapper fallender Nägel auf mein Wagendach. Ich ließ den Motor an und fuhr langsam los, während die Scheibenwischer majestätisch winkten.

Als ich auf den Parkplatz von Pacific Meadows fuhr, war der Himmel dunkel von Wolken, und die erleuchteten Fenster ließen das Haus heimelig und warm erscheinen. Ich wählte eine Lücke in der Nähe des Eingangs, die einem Angestellten zugeordnet gewesen war, dessen Namen man durchgestrichen hatte; schwarz auf schwarz und unmöglich zu entziffern. Ich machte den Motor aus und wartete, bis der Regenschauer nachließ, bevor ich ausstieg. Aber trotzdem musste ich auf dem halb unter Wasser stehenden Asphalt aufpassen, dass ich nicht mitten in einer Pfütze landete. Im Schutz des Haupteingangs schüttelte ich meinen Schirm aus und klopfte kurz den Regenmantel ab, bevor ich durch die Tür trat. Tropfende Regenmäntel und breitkrempige wasserdichte Hüte hingen von einer Reihe Haken. Ich hängte meinen Mantel dazu und lehnte den Schirm in die Ecke, während ich mich orientierte.

In dem breiten Flur vor mir saßen sechs ältere Leute in Rollstühlen, wie schlaffe Topfpflanzen an der Wand aufgestellt. Manche schliefen fest, während andere infolge sensorischer Deprivation dahinzudämmern schienen. Zwei waren angegurtet. Ihre Haltung war von Osteoporose gezeichnet, die ihre Knochen von innen zermürbte. Eine sehr magere Frau mit langen weißen Gliedern ließ gequält ein knochiges Bein über den Arm des Rollstuhls baumeln und bewegte sich hektisch, wie von Schmerzen getrieben.

Am anderen Ende des Flurs stapelten zwei Frauen in grünen Uniformen Bettlaken auf einen Wäschewagen, der bereits voller Schmutzwäsche war. Es roch merkwürdig – nicht direkt »schlecht«, sondern irgendwie fremdartig, eine Mischung aus gelösten Aromen – grüne Bohnen aus der Dose, Klebefilm, heißes Metall, Äthanol, Waschmittel. Keines der einzelnen Elemente war an sich ekelhaft, aber die Kombination wirkte verdorben – Parfum des Lebens, das sauer geworden war.

Zu meiner Rechten standen Gehhilfen aus Aluminium ineinander verkeilt wie Einkaufswagen vor einem Supermarkt. Das Tagesmenü hing hinter Glas an der Wand wie ein ausgestelltes Gemälde. Das samstägliche Mittagessen bestand aus Hühnchenfrikadelle, Sahnemais, Kopfsalat mit Tomate, Früchtebecher und einem Haferkeks. In meiner Welt hätten der Kopfsalat und die Tomate als Garnitur gegolten, ein dekoratives Element, das der Essende ignorierte und auf dem Teller zurückließ, damit es in den

Müll geworfen wurde. Hier erhielten Salat und Tomate so viel Bedeutung, als gehörten sie zu einer üppigen und nahrhaften Schlemmerei. Ich dachte an Pommes und einen Hamburger Royal und wäre fast aus dem Heim geflüchtet.

Glastüren führten in den Speisesaal, wo ich die Bewohner beim Essen sitzen sehen konnte. Schon beim ersten kurzen Blick fiel mir auf, dass es dreimal so viele Frauen wie Männer waren. Manche trugen Straßenkleidung, aber die meisten steckten doch in Bademänteln und Hausschuhen. Sie waren nicht direkt bettlägerig, aber infolge ihres Gesundheitszustands eingeschränkt. Viele wandten sich um, um mich anzustarren, nicht unhöflich, sondern mit einem rührenden Anflug von Erwartung. War ich zu einem Besuch gekommen? War ich gekommen, um sie nach Hause zu holen? War ich die schon lange überfällige Tochter oder Nichte von einem von ihnen, die einen Ausflug in die saubere, frische Luft vorschlagen würde? Ich ertappte mich dabei, wie ich den Blick abwandte, peinlich berührt, weil ich keinerlei persönlichen Kontakt anzubieten hatte. Verlegen sah ich wieder hin, hob eine Hand und winkte. Ein zögerlicher Reigen von Händen hob sich und erwiderte meinen Gruß. Das Lächeln der alten Leute war so lieb und nachsichtig, dass mich ein Gefühl von Dankbarkeit schmerzte.

Ich entfernte mich vom Speisesaal und durchquerte die Halle. Eine zweite Tür stand offen und gewährte Einblick in einen Aufenthaltsraum, der momentan menschenleer und mit nicht zusammenpassenden Sofas, Polstersesseln, einem Klavier, zwei Fernsehern und mehreren Beistelltischen möbliert war. Die Böden waren mit glänzendem beigefarbenem Linoleum belegt und die Wände in einem beruhigenden, blassen Blaugrün gestrichen. Die fertig gekauften Vorhänge wiesen ein abstrakt florales Muster in Gelb, Blau und Grün auf. Unzählige mit Petit point oder Kreuzstichen bestickte, gesteppte und gehäkelte Kissen lagen herum. Vielleicht hatte ein Häuflein Kirchendamen einen Handarbeitsanfall bekommen. Auf ein Kissen war quer über die Vorderseite ein Sinnspruch gestickt worden »Du bist nur so alt, wie du

DICH FÜHLST« –, ein entmutigender Gedanke, wenn ich an einige der Bewohner dachte, die ich gesehen hatte. Metallene Klappstühle standen an die Wand gelehnt, bereit, rasch aufgestellt zu werden. Alles war sauber, doch die »Dekoration« war unpersönlich, von Sparzwängen bestimmt und blieb hinter wirklich gutem Geschmack zurück.

Ich ging am Empfangstresen vorbei, der in einer kleinen Nische lag, und schlenderte den Korridor entlang, geleitet von Schildern, die auf die Dienste einer Ernährungsberaterin, die Pflegedienstleitung und eine Reihe von Beschäftigungs-, Logo- und Physiotherapeuten hinwiesen. Alle drei Türen standen offen, doch die Büros waren leer und die Lichter gedämpft. Gegenüber sah ich ein Schild mit der Aufschrift »Aufnahme«. Diese Tür war geschlossen, und ein beiläufiger Griff nach dem Knauf verriet mir, dass sie auch abgesperrt war. Nebenan lag die Patientenregistratur, die sich die Räume offenbar mit der Verwaltung teilte. Ich beschloss, hier anzufangen.

Die Deckenbeleuchtung war an, und ich trat durch die Tür. Es war niemand zu sehen. Ich wartete am Tresen und musterte beiläufig den Drahtkorb mit der eingegangenen Post. Geruhsam studierte ich meine Umgebung. Zwei Schreibtische standen Rücken an Rücken, einer davon mit einem Computer, der andere mit einer elektrischen Schreibmaschine, die leise brummte. Es gab mehrere rollbare Aktenwagen, einen Kopierer und metallene Aktenschränke an der Wand gegenüber. An einer weiteren Wand hing eine große Uhr mit einem tickenden Sekundenzeiger, den ich aus fünf Metern Entfernung hören konnte. Immer noch kein Mensch weit und breit. Ich stützte einen Ellbogen auf den Tresen und ließ die Finger in der Nähe des Postkörbchens baumeln. Indem ich die Ecken aufblätterte und den Kopf schief legte, konnte ich die meisten Absenderadressen lesen. Ganz alltägliche Rechnungen für Strom und Gas sowie einen Rasenmäh- und Gärtnerdienst und zwei braune Umschläge vom Santa Teresa Hospital, besser bekannt als St. Terry's.

»Kann ich Ihnen helfen?«

Erschrocken richtete ich mich auf und sagte: »Hallo. Guten Tag.«

Die junge Frau war aus der Tür gekommen, die die Verwaltung mit der Patientenregistratur verband. Sie trug eine Brille mit rotem Plastikgestell. Ihr Teint war rein, doch sie sah aus, als würden ihr beim geringsten Anlass Pickel in rauen Mengen ausbrechen. Ihr Haar war mittelbraun und in verschiedenen unregelmäßigen Längen geschnitten – ein Stufenschnitt, der herausgewachsen war und nun dringend nachgeschnitten werden musste. Unter ihrem grünen Kittel trug sie eine braune Polyesterhose. Der Name »Merry« sowie »Pacific Meadows« waren maschinell auf die Brusttasche über ihrem Herzen gestickt.

Sie trat an den Tresen, indem sie durch eine Schwingtür schritt, und nahm ihren Platz auf der gegenüberliegenden Seite ein. Auf den ersten Blick hätte ich sie auf Anfang dreißig geschätzt, doch ich korrigierte dies rasch um gut zehn Jahre nach unten. Sie trug eine metallene Zahnspange, in deren Drähten noch Reste ihres Mittagessens hingen. Ihr Atem roch nach Anspannung und Unzufriedenheit. Ihre Miene blieb spöttisch, doch ihre Stimme hatte einen scharfen Unterton. »Darf ich fragen, was Sie da gerade gemacht haben?«

Ich zwinkerte ihr mit einem Auge zu. »Ich habe eine Kontaktlinse verloren. Womöglich ist sie auch schon im Auto herausgefallen; ich hab's nur jetzt erst gemerkt. Ich dachte, sie wäre vielleicht in das Körbchen gefallen, aber sie ist nirgends zu sehen.«

»Soll ich Ihnen suchen helfen?«

»Machen Sie sich deswegen keine Umstände. Ich habe eine ganze Schachtel davon zu Hause.«

»Möchten Sie jemanden besuchen?«

»Ich bin beruflich hier«, erwiderte ich. Ich nahm meine Brieftasche aus der Umhängetasche, klappte sie auf und zeigte auf meine Lizenz als Privatdetektivin. »Ich bin engagiert worden, um das Verschwinden von Dr. Purcell zu untersuchen.«

Merry warf einen kurzen Blick auf meine Lizenz und hielt das briefmarkengroße Foto in die Höhe, um es mit meinem gesichtsgroßen Gesicht zu vergleichen.

»Sind Sie die Büroleiterin?«

Sie schüttelte den Kopf. »Ich helfe hier nur stundenweise an den Wochenenden aus, solange die andere Kollegin im Mutterschutz ist. Von Montag bis Freitag bin ich Mrs. Steglers Assistentin.«

»Aha. Ist ja toll. Und was gehört da alles dazu?«

»Na ja, Tippen und Ablegen. Ich nehme Anrufe entgegen und verteile die Post an alle Bewohner – was eben so anfällt.«

»Sollte ich also lieber mit Mrs. Stegler sprechen?«

»Ich glaube schon. Sie ist kommissarische Leiterin der Verwaltung. Leider ist sie erst am Montag wieder hier. Könnten Sie da noch mal kommen?«

»Wie steht's mit Mr. Glazer oder Mr. Broadus?«

»Die haben ein Büro in der Innenstadt.«

»Mann, das ist aber schade. Ich war gerade hier in der Gegend und dachte, ich schaue mal vorbei. Na ja. Da kann man wohl nichts machen.«

Ich sah, wie ihr Blick zu ihrem Computer wanderte. »Könnten Sie mich einen Moment entschuldigen?«

»Nur zu.«

Sie trat an ihren Zwölf-Zoll-Monitor mit seiner dunkelgelben Schrift auf schwarzem Hintergrund. Vermutlich erledigte sie ihre private Korrespondenz während der Arbeit. Sie drückte Tasten, bis sie das Dokument geschlossen hatte, und kehrte dann mit unsicherem Lächeln wieder an den Tresen zurück. »Haben Sie eine Visitenkarte? Dann kann ich Mrs. Stegler ausrichten, dass sie Sie anrufen soll, sobald sie kommt.«

»Das wäre prima.« Ich ließ mir Zeit, während ich in meiner Tasche nach einer Visitenkarte kramte. »Wie lange arbeiten Sie schon hier?«

»Am ersten Dezember werden es drei Monate. Ich bin noch in der Probezeit.«

Ich legte meine Karte auf den Tresen. »Gefällt Ihnen die Arbeit?«

»Es geht so einigermaßen. Sie wissen schon, es ist langweilig, aber ganz erträglich. Mrs. S. arbeitet schon seit einer Ewigkeit hier, und sie hat genau wie ich angefangen. Nicht dass ich vorhätte, so lange zu bleiben wie sie. Mir fehlen nur noch zwei Semester für meinen College-Abschluss.«

»Welches Fach?«

»Grundschullehrerin. Mein Dad sagt, man soll nicht ständig die Stelle wechseln, weil sich das im Lebenslauf schlecht macht. Als wäre man unzuverlässig, was ich noch nie war.«

»Ja, gut, aber wenn Sie sich fürs Unterrichten interessieren, hat es doch auch keinen Sinn, einen Job zu behalten, der Ihnen nicht entspricht.«

»Das habe ich auch gesagt. Außerdem ist Mrs. S. ganz schön launisch und geht mir auf die Nerven. Am einen Tag ist sie zuckersüß, als könnte sie kein Wässerchen trüben, und dann auf einmal schwenkt sie um und wird total griesgrämig. Ich meine, was hat sie denn für *Probleme*?«

»Was vermuten Sie?«

»Keine Ahnung. Sie suchen immer noch nach jemandem, der die Stelle übernehmen kann. Das stinkt ihr, aber okay. Sie findet, sie sollte befördert und nicht nur benutzt werden – so hat sie es jedenfalls ausgedrückt.«

»Wenn sie befördert würde, an wessen Stelle würde sie dann treten?«

»An die von Mrs. Delacorte. Das ist diejenige, die rausgeworfen wurde.«

Ich wahrte eine neutrale Miene. Sie langweilte sich nicht nur, sondern sie hatte auch die Grundregeln noch nicht gelernt, deren wichtigste besagt, dass man Leuten meines Schlages nie und nimmer Firmengeheimnisse anvertraut. »Ach herrje, das ist aber schade«, sagte ich. »Warum wurde sie denn rausgeworfen? Hat irgendjemand was gesagt?« Meine Lügen und Maskeraden werden meist von Floskeln wie »Ach herrje« und »Ach du liebe Zeit« begleitet.

»Sie wurde nicht direkt rausgeworfen, sondern ihr Arbeitsvertrag wurde aufgehoben.«

»Ach so. Und wann war das?«

»Zur gleichen Zeit wie bei Mrs. Bart. Die war seit Urzeiten Buchhalterin. Die Einstellungsgespräche für ihre Nachfolgerin fanden zur selben Zeit statt, als ich mich für diesen Job beworben habe.«

»Wie das?«

»Wie was?«

»Ich frage mich, wie es dazu kam, dass die Leiterin der Verwaltung und die Buchhalterin zur gleichen Zeit gekündigt wurden. War das Zufall?«

»Ganz und gar nicht«, antwortete sie. »Mrs. Bart wurde entlassen, und darüber hat sich Mrs. Delacorte aufgeregt und Stunk gemacht. Mr. Harrington hat dann gemeint, dass sie sich vielleicht auch lieber woanders eine Stelle suchen möchte, und das hat sie dann gemacht. Aber das habe ich alles nur gehört.« Sie unterbrach ihre Ausführungen, und ihre Augen hinter dem roten Plastikgestell schienen sich zu weiten. »Sie machen sich doch keine Notizen? Ich soll nämlich nicht tratschen. Da kennt Mrs. S. keine Gnade.«

Ich hielt die Hände in die Höhe. »Ich mache nur Konversation, bis der Regen nachlässt.«

Sie klopfte sich auf die Brust. »Puh! Einen Moment lang wurde ich schon ganz nervös. Ich möchte nämlich nicht, dass Sie einen falschen Eindruck bekommen. Ich meine, es ist, wie ich ihr versichert habe – ich würde nie die Privatangelegenheiten von irgendwem ausplaudern. Das ist nicht meine Art.«

»Ihre nicht und meine auch nicht«, sagte ich. »Und wer ist Mr. Harrington? Ich habe nie von ihm gehört.«

»Er arbeitet für die Betreiberfirma in Santa Maria.«

»Und er hat Sie eingestellt?«

»Sozusagen. Er hat das Gespräch mit mir am Telefon geführt,

aber erst nachdem Mrs. S. meine Bewerbung bereits gebilligt hatte. So läuft es eben hier. Man muss die Männer glauben lassen, dass sie das Sagen haben, während in Wirklichkeit wir die Fäden in der Hand halten.«

»Ich dachte, Dr. Purcell hätte sämtliche Einstellungen und Entlassungen unter sich gehabt.«

»Darüber weiß ich nichts. Ich war noch keine zwei Wochen hier, als er, Sie wissen schon, abgehauen ist oder was auch immer. Ich glaube, deshalb war ja Mr. Harrington zum Einschreiten gezwungen.«

»Wo arbeitet Mrs. Delacorte jetzt? Hat das irgendjemand erwähnt?«

»Drüben im St. Terry's. Das weiß ich, weil sie letzte Woche vorbeigekommen ist, um Mrs. S. zu besuchen. Sie hat sogar einen Superjob dort gekriegt, also kann sie echt von Glück sagen. Gekündigt zu werden kann ein wahrer Segen sein, obwohl sie sagt, dass es ihr damals nicht so vorkam.«

»Wie steht's mit Mrs. Bart?«

»Wo die jetzt arbeitet, weiß ich nicht.«

»Kannten Sie Dr. Purcell?«

»Ich weiß, wer er war, aber weiter nichts. Das da drüben ist sein Büro. Er ist einfach irgendwie verschwunden. Da läuft's mir eiskalt über den Rücken.«

»Echt unheimlich. Ich frage mich, was mit ihm passiert ist.«

»Kann man nicht wissen. Das ganze Personal ist fassungslos. Und die Patienten haben ihn vergöttert. Er hat dafür gesorgt, dass jeder an seinem Geburtstag eine Karte kriegt und solche Sachen. Er hat aus seiner eigenen Tasche dafür bezahlt, nur damit diese bedauernswerten alten Leute das Gefühl haben, dass jemand an sie denkt.«

»Hat irgendjemand eine Vermutung geäußert, was ihm zugestoßen sein könnte?«

»Am Anfang haben sie von nichts anderem geredet. Also, ich natürlich weniger, weil ich ihn kaum kannte.«

»Was könnte denn …«

Ich merkte Merry an, dass sie mit ihrem Gewissen rang, und es dauerte gut sieben Sekunden, bevor Sie-die-niemals-tratscht sich zu mir herüberbeugte. »Versprechen Sie mir, dass Sie das nicht weitersagen …«

»Keinem *einzigen* Menschen.«

Sie senkte die Stimme. »Mrs. S. glaubt, er hat das Land verlassen.«

Ich senkte auch die Stimme. »Wegen …«

»Medicare.«

»Ach ja, klar. Das hat schon mal jemand erwähnt, aber ich konnte nicht näher nachfragen. Was bedeutet das?«

»B-E-T-R-U-G. Letzten Winter hat die OIG –«

»OIG?«

»Ach, das ist das Office of Inspector General, das Aufsichtsamt. Es gehört zum Gesundheits- und Sozialministerium. Jedenfalls hat uns das OIG diese Liste gefaxt, auf der die Tabellen und Rechnungsaufstellungen stehen, die sie einsehen wollten. Mrs. S. meinte, dass sich Dr. Purcell zuerst überhaupt nichts dabei gedacht hat. Manchmal machen sie das, nur um einen auf Trab zu halten. Aber dann haben sie nochmal nachgehakt, und da wurde ihm klar, wie ernst es war. Immer wieder ist er die Daten durchgegangen, um festzustellen, wie es auf sie wirken würde. Nicht gut. Bis Oberkante Unterlippe in der Kacke, um ihre Formulierung zu gebrauchen.«

»Hat er deshalb die letzten beiden Monate ständig Überstunden gemacht?«

»Ja, schon.«

»Dann wird das Haus hier also einer Rechnungsprüfung unterzogen?«

»Allerdings. Angefangen hat es mit einer Kassenrevision. Sie wollten einen Haufen Zeug sehen, das die letzten zwei Jahre betrifft. Da hat Dr. P. als medizinischer Direktor angefangen. Ich meine, er ist medizinischer Direktor und Verwaltungsleiter, mit einem Schrägstrich dazwischen. Laut Mrs. S. muss Pacific Meadows schließen, wenn das Haus seine Finanzierung verliert. Ganz zu schweigen von den ganzen Strafen, wissen Sie, Bußgelder und Rückerstattungen. Sie meint, vielleicht setzt es sogar Haftstrafen und dazu noch die öffentliche Bloßstellung. Die Purcells sind ja so großkotzige, affige Partygänger, also können Sie sich die Schande vorstellen. Dr. P. war derjenige, an dem dabei am meisten hängen geblieben wäre. Er saß ganz schön in der Scheiße. Das sind ihre Worte, nicht meine.«

»Und was ist mit seinen Arbeitgebern?«

»Ach, die beiden haben nichts mit der praktischen Seite zu tun. Die sind ständig in ganz Kalifornien unterwegs und kümmern sich um andere Geschäfte.«

»Tja, das klingt aber beängstigend für Dr. Purcell.«

»Ich an seiner Stelle wäre gestorben.«

»Das kann ich mir denken«, sagte ich. »Wann ist das überhaupt ans Licht gekommen?«

»Ich glaube, letzten Januar, lange vor meiner Zeit. Dann sind im März diese zwei Typen vom MFCU – das ist die Kontrollstelle für Betrug an Krankenversicherungen – unangemeldet aufgetaucht. Sie hatten Unmengen von Fragen und eine Liste mit sämtlichen Patientenakten, die sie einsehen wollten. Alle haben sich ein Bein ausgerissen, sind nach ihrer Pfeife getanzt und haben sich praktisch in die Hosen gemacht. Dr. P. wurde von Unmengen von Verstößen informiert. Da geht's echt um *Tausende* von Dollar. Mindestens eine halbe Million, und das schon, wenn man nur an der Oberfläche kratzt. Womöglich entpuppt er sich als Riesenbetrüger.«

»Es wundert mich, dass das nicht in die Zeitungen gekommen ist.«

»Mrs. S. meint, sie halten es unter Verschluss, bis sie genau wissen, was sie in der Hand haben. Bis dahin sitzen sie ihm auf der Pelle, und zwar ohne Rücksicht auf Verluste.«

»Sie glaubt also, er hätte sich aus dem Staub gemacht, um einer Bestrafung zu entgehen?«

»Also, ich hätte das an seiner Stelle auf jeden Fall getan.«

»Woher wollen Sie wissen, dass er es war? Es müssen doch auch noch andere Leute Zugang zu Rechnungsunterlagen gehabt haben. Vielleicht wurde die Buchhalterin deshalb entlassen«, sagte ich.

Sie senkte den Blick und lehnte sich vor. »Sie sagen das nicht weiter, schwören Sie? Hand aufs Herz.«

Ich legte eine Hand auf mein Herz und hielt die andere in die Höhe.

»Mrs. Dorner – das ist die Chefin der Personalabteilung. Sie glaubt, Dr. P. hätte auch entführt worden sein können. Auf dem Parkplatz abgefangen, um ihn daran zu hindern, dass er den Mund aufmacht.«

Ich sagte »Wow« und setzte eine skeptische Miene auf. »Dummerweise sagt die Polizei, dass im Grunde nichts darauf hinweist.«

»Dazu gehört nicht viel. Ihm Isolierband auf den Mund klatschen, ihn in den Kofferraum werfen und losfahren«, meinte sie. »Sie hätten sein eigenes Auto benutzen können – deshalb ist es ja auch nicht gefunden worden.«

»Das klingt ziemlich plausibel«, sagte ich. Merry wandte sich ab und begann auf einmal, hektisch an der Post herumzufummeln.

Ich sah nach hinten. Eine Schwester in weißer Uniform stand in der Tür. Sie fixierte uns mit einem Blick, der schlau und einschüchternd zugleich war. Ich räusperte mich und sagte: »Also, Merry. Ich sause jetzt lieber los und halte Sie nicht länger von der Arbeit ab. Ich komme am Montag noch einmal vorbei und spreche mit Mrs. Stegler.«

»Ich richte ihr aus, dass Sie da waren.«

Die Schwester drehte sich um und sah mich an, als ich nur wenige Zentimeter von ihr entfernt durch die Tür ging. Ich unterdrückte den Drang, mich vor Widerwillen zu schütteln, nachdem ich mich umgewandt hatte, und fragte mich, wie viel sie wohl mitbekommen hatte.

Am Eingang holte ich Regenmantel und Schirm und kleidete mich wieder wetterfest ein. Als ich aus dem Pflegeheim trat, hatte der Regen bis auf ein Nieseln nachgelassen, und zarter Nebel waberte wie Rauch über den Asphalt. Von den Dachrinnen tropfte immer noch in unregelmäßigen Abständen Wasser. Ich wich einer Pfütze aus und überquerte den Parkplatz, bis ich dort anlangte, wo mein VW stand. Jetzt, mit geschärftem Blick, konnte ich erkennen, dass der frisch übermalte Name am Ende der Parklücke »P. Delacorte« lautete.

Als ich im Auto saß, riss ich das Päckchen Karteikarten auf und machte mir Notizen – ein Fakt pro Karte –, bis mein Hirn restlos alles ausgespuckt hatte.

7

Nachdem ich Pacific Meadows verlassen hatte, fuhr ich zu Kingman und Ives und ging zur Seitentür hinein. Ich betrat mein Büro, streifte den Regenmantel ab und hängte ihn an den Garderobenständer. Zu meiner Freude wirkte die Kanzlei verlassen, obwohl in den meisten Räumen Licht brannte. Die Putzkolonne, die jeden Samstagmorgen hier sauber machte, war bereits da gewesen. Die Papierkörbe waren geleert. Es duftete nach Allzweckreiniger, und auf dem rostroten Teppich konnte ich reihenweise frische Staubsaugerspuren erkennen. Die Stille war göttlich. Kurz malte ich mir mein neues Einpersonenbüro in der Floresta Street aus und fühlte mich schon jetzt im Konkurrenzkampf mit den anderen Mietinteressenten.

Ich holte die tragbare Smith-Corona heraus und stellte sie auf den Tisch. Dann setzte ich mich auf meinen Drehstuhl und zog die Akte heraus, die ich angelegt hatte. Ich sortierte die mittlerweile zusammengekommenen Notizen und fügte die Daten von den Karteikarten hinzu. Eine wichtige Rolle in meinen Überlegungen spielte Fionas Rückkehr am Dienstag. Ich sah sie bereits vor mir, die Arme verschränkt und vor Ungeduld mit einem Fuß wippend, während ich sie über den jüngsten Stand der Dinge informierte. Die Dollarzeichen würden ihr wie bunte Konfetti um den Kopf schwirren, und sie dächte: *Fünfzig Dollar die Stunde für DAS?* Meine Strategie bestand darin, die Frau zu überlisten, indem ich ihr einen tadellos aufgebauten, getippten Bericht vorlegte, der vermittelte, dass ich bedeutend mehr getan hatte, als nur herumzufahren und mit verschiedenen Leuten zu plaudern. Was mich jedoch bedrückte, war das lästige Bewusstsein der ablehnenden Haltung, die Fiona mir entgegenbringen würde. Sie missgönnte mir vermutlich jeden Cent, den ich ausgab. Selbst wenn sie ihre anfängliche Gereiztheit lediglich zu Manipulationszwecken eingesetzt hatte, fühlte ich den brennenden Peitschenhieb an meinem Hals. Ich versuchte mich nicht mit der Überlegung aufzuhalten, dass ich den Auftrag hätte ablehnen sollen, als noch Zeit dazu war.

Ich konzentrierte mich auf die anstehende Arbeit. Es kostete mich eine Stunde, einen ersten Entwurf zu verfassen. Ich tippte ihn und überarbeitete ihn dann noch zweimal. Ich hielt meine Formulierungen neutral und achtete darauf, keine Schlüsse aus dem zu ziehen, was ich bislang erfahren hatte. Außerdem ließ ich vieles von dem weg, was Crystal gesagt hatte. Ich wurde dafür bezahlt, dass ich Dow fand, nicht dafür, dass ich seine zweite Frau Fiona gegenüber bloßstellte. Als ich zu dem Schluss kam, dass das Dokument so geschliffen klang, wie es mir möglich war, tippte ich den neuen Entwurf. Dann holte ich den Taschenrechner heraus und zählte meine Stunden zusammen. Wie lange hatte ich mit Detective Odessa geredet? Ich klopfte mir mit dem Stift gegen die Schneidezähne. Im Grunde waren es höchstens zwanzig Minuten gewesen, doch ich rundete sie zu einer halben Stunde auf. Schließlich sollte Fiona ja nicht glauben, dass ich mich bei der Polizei nicht für sie eingesetzt hätte. Mal sehen. Ich hatte fast zwei Stunden bei Crystal verbracht. Dazu addierte ich eine weitere Stunde, um meinen morgendlichen Besuch in Pacific Meadows abzudecken. Ich überschlug die Zahlen. Bis jetzt hatte ich erst 175 der 1500 Dollar verdient, die sie mir vorgeschossen hatte, was hieß, dass ich ihr noch 1325 Dollar an Arbeitskraft schuldete. Bei diesem Tempo käme ich nie aus den roten Zahlen heraus. Na gut. Ich tippte die Rechnung und klemmte sie an das Original meines Berichts. Dann legte ich die Durchschläge in den Aktendeckel.

Ich stand auf, streckte mich und bekämpfte die Verspannungen im Nacken mit ein- oder zweimaligem Kopfrollen. Da ich voller Unruhe war, marschierte ich den Flur entlang und spähte dabei in die einzelnen Büroräume. Als ich an Lonnies Zimmer vorbeikam, stellte ich erstaunt fest, dass er da war. Er saß zurückgekippt auf seinem Drehstuhl, die Füße auf den Schreibtisch gestützt und eine Abschrift in der Hand. Offenbar holte er liegen gebliebene Arbeit nach, während im Büro Ruhe herrschte und die Telefone schwiegen. Statt des gewohnten Oberhemds mit Anzug trug er ein kariertes Flanellhemd und eine Jeans im Stonewashed-Look. Er war absolut konzentriert und sein ganzer Körper vollkommen regungslos. Ich sah ihm zu, wie er nach seinem Bleistift griff und einen Satz unterstrich – leises Kratzen in der Stille.

Lonnie sieht aus wie ein Boxer: Sein Körper ist kompakt und muskulös, seine Nase von Narben verdickt. Seine Haare sind dunkel und störrisch und wachsen in alle Richtungen. Ich habe schon Neugeborene gesehen, die ähnlich aussehen, mit einem Kopf voller Haare, die so dicht und unerwartet sind, dass es komisch wirkt. Er ist ein Mann von enormer Energie, meist gedopt von Vitaminen, Kaffee, Nahrungsergänzungsmitteln und Ehrgeiz. So entspannt hatte ich ihn vermutlich noch nie gesehen.

»Lonnie?« Er sah auf, lächelte und warf den Stift beiseite. »Kinsey. Komm doch rein. Ich habe mich schon gefragt, was du treibst. Ich habe dich seit Wochen nicht gesehen.«

»Nicht viel. Ich wusste gar nicht, dass du hier bist. Es war so still, dass ich dachte, ich wäre allein. Musst du noch etwas aufarbeiten?«

»Genau, aber das ist nur ein Vorwand. Marie ist verreist. Irgendeine Hinterntreter-Konferenz in San Diego. Offen gestanden bin ich lieber hier, als zu Hause zu sitzen. Nimm doch Platz«, sagte er. »Und was ist mit dir? Was führt dich an einem Samstagnachmittag ins Büro?«

»Ich habe ein paar Aufzeichnungen abgetippt, solange ich alles noch frisch im Gedächtnis habe. Ach, he, bevor ich es vergesse. Vielleicht ruft ein Mann namens Richard Hevener an, um meine Referenz zu überprüfen.«

»Worum geht es?«

»Ich glaube, ich habe neue Büroräume gefunden, aber ich warte noch ab.« Ich schilderte ihm die Lage und beschrieb ihm das frisch renovierte Einfamilienhaus mit der Redwood-Veranda. »Es ist herrlich. Klein und ruhig, und die Lage ist ideal.«

»Wenn er anruft, verspreche ich, dass ich ein Loblied auf dich singe. Ich verliere kein Wort über die klitzekleine Phase, die du im Gefängnis verbracht hast. Außerdem steht hier die Tür immer für dich offen, wenn es nicht klappt.«

»Danke. Drück mir die Daumen.«

»Kein Problem«, meinte er. »Ida Ruth hat mir erzählt, dass du wegen Dr. Purcells Verschwinden ermittelst.«

»Wo hat sie denn *das* gehört? Ich habe den Auftrag doch gestern erst angenommen.«

Lonnie schwenkte eine Hand durch die Luft. »Ida Ruth weiß alles, und darauf ist sie auch stolz. Sie hat sogar eine Freundin, die für ihn gearbeitet hat. Die derzeitigen Gerüchte besagen, dass er von zu Hause abgehauen ist. Es gibt Tage, da überlege ich mir das auch.«

»Ach, bitte. Marie würde dir wie ein Spürhund hinterhersetzen und dich zur Strecke bringen.« Seine Frau war Kampfsport-Lehrerin – Expertin dafür, jeden Gegner mit ihren nackten Füßen Größe 37 außer Gefecht zu setzen.

»Da hast du Recht. Das Problem beim Verschwinden ist natürlich, dass man es nicht einfach spontan tun kann. Nicht, wenn es einem ernst damit ist. Man muss es lange vorher planen, wenn man wirklich wegbleiben will.«

»Sollte man meinen. Ich persönlich bin ja der Meinung, dass er tot ist, aber sein Pass und dreißigtausend Dollar sind etwa zur gleichen Zeit verschwunden.«

»Dreißigtausend Dollar sind in sechs Wochen weg. Purcell ist es gewohnt, gut zu leben. Er dreht garantiert nicht jeden Penny um. In seinem Alter? Da müsste er ja verrückt sein.«

»So habe ich zuerst auch reagiert. Aber andererseits – wenn er sich in einem Dritte-Welt-Land niederließe, könnte er ganz gut davon leben, und wenn ihm das Geld ausginge, könnte er vermutlich eine kleine Praxis aufmachen, ohne dass irgendwelche Fragen gestellt werden.«

»Und warum nicht einfach bleiben, wo er ist?«

»Ah. Ich habe ganz vergessen, dir von dem Schönheitsfehler zu erzählen, auf den ich heute gestoßen bin«, sagte ich und berichtete ihm von meinem Besuch in Pacific Meadows und dem Gespräch, das ich dort mit Merry geführt hatte, der Schutzheiligen des losen Mundwerks. »Ihr zufolge sind ihm die staatlichen Betrugsermittler dicht auf den Fersen. Eine halbe Million Dollar an falschen Forderungen. Schuldig oder unschuldig – vielleicht hat er sich aus dem Staub gemacht, als er gemerkt hat, dass sie ihm unbequem werden können.«

Lonnie krümmte sich vor Ungeduld. »Jetzt aber mal halblang. Das ist ausgeschlossen. Die staatlichen Ermittler stecken doch einen Mann wie ihn nicht ins Gefängnis. Da müsste der Staatsanwalt ihm schon kriminelle Absicht nachweisen, und wie will er das machen? Mal davon abgesehen, dass die Vorschriften von Medicare jeden ehrlichen Menschen in den Wahnsinn treiben können. Du windest dich irgendwie heraus, berufst dich auf Irrtümer mit dem Abrechnungsschlüssel und auf unfähige Bürohilfen. Dann verurteilen sie dich vielleicht zu einer Strafe und machen ein paar Drohgebärden, aber jeder gute Anwalt könnte dich herauspauken. Mann, sogar ich könnte das aus dem Stand, und dabei habe ich keine Ahnung von der Materie. Als Erstes muss man mal die Jury zu Tode langweilen. Man stellt einen Haufen Tabellen und Diagramme auf und zitiert Statistiken, bis neun von zwölf eingeschlafen sind. Man zielt darauf ab, dass der alte Doc senil geworden oder ein schlechter Geschäftsmann ist.« Mit amüsiertem Schnauben hielt er inne. »Hast du von folgendem Fall gehört? Ein Typ oben in Fresno ist freigesprochen worden, weil die Jury zu dem Schluss gekommen ist, dass er zu dumm war, um eine Unterschlagung begangen zu haben. Sein eigener Anwalt hat ihn als solchen Vollidioten hingestellt, dass die Jury Mitleid bekam und den armen Blödmann vom Haken gelassen hat. Purcell ist nicht in Gefahr.«

»Ja, aber hat er das gewusst? Und was ist mit der öffentlichen Schande?«

»Heutzutage kümmert das doch keinen Menschen mehr.« Lonnie griff nach einem Stift und malte ein Kästchen auf seinen Block. »Du vergisst eines dabei. Wenn der Typ schlau ist ... sagen wir mal, er hat die Krankenversicherung um eine halbe Million Dollar erleichtert, was eher eine vorsichtige Schätzung ist. Das ist alles, was sie bis jetzt wissen. Gehen wir mal von zwei Millionen Dollar aus, nur damit es das Risiko wert ist. Ein kluger Mann macht zwei oder drei Auslandsreisen. Sucht sich ein Land aus, von dem er weiß, dass er sich auf dessen Auslieferungsgesetze verlassen kann, falls die Ermittler ihn aufspüren. Er eröffnet ein Bankkonto und zahlt Geld ein, immer wieder, bis er so viel hat, wie er braucht. Dann kann er lustig weiter betrügen, bis ihm jemand auf die Spur kommt. Wenn die Situation brenzlig wird, nimmt er das erste Flugzeug außer Landes. In dem Fall sind die dreißigtausend Dollar lediglich sein Reisebudget.«

Ich dachte an Fionas Geschichte, dass Dowan schon zweimal ohne Erklärung verschwunden war. »Gut kombiniert.« Außerdem dachte ich an die Buchhalterin, die entlassen worden war, und die Verwaltungsleiterin, die ihre Stelle aus Protest aufgegeben hatte. Vielleicht war das Dows Versuch gewesen, die Schuld jemand anders zuzuschieben. Das Telefon klingelte, und Lonnie nahm den Hörer ab. Aus seinen Bemerkungen schloss ich, dass sich Marie aus San Diego meldete. Ich winkte ihm zu und verlies leise sein Büro, damit er sein Gespräch ungestört beenden konnte.

Ich kehrte in mein Zimmer zurück und las meinen Bericht noch einmal durch. Er schien in Ordnung zu sein, aber ich hielt es für besser, ihn noch einen Tag liegen zu lassen. Ich könnte ja noch Befragungen anhängen, wenn ich mir erst darüber klar geworden war, mit wem ich als Nächstes sprechen sollte. Ich machte mir eine Liste der Möglichkeiten, auf die ich gekommen war. Purcells Arbeitgeber waren unter den ersten fünf Namen, genau wie Dows bester Freund. Ich vergewisserte mich, dass ich die nötigen Telefonnummern hatte, und beschloss dann, dass ich genug getan hatte und es an der Zeit war, nach Hause zu gehen.

Um zwei machte ich mir eine Tomatencremesuppe und ein klebriges gegrilltes Käsesandwich, das ich in den Teller tauchte und tropfend zum Mund führte. Das flüssige Rot der Suppe auf der knusprig goldenen Oberfläche des Brotes war das kulinarische Abbild eines frühen Kindheitstrosts. Tante Gin kredenzte mir diese Zusammenstellung zum ersten Mal, als ich fünf Jahre alt war und um meine Eltern trauerte, die im Mai zuvor bei einem Autounfall umgekommen waren. Das Tropfen von geschmolzenem Velveta-Käse ruft bei mir unweigerlich das merkwürdige Gefühl hervor, dass sich Kummer und Zufriedenheit auf meiner Zunge vermischen. Dieses Sandwich, muss ich gestehen, war der Höhepunkt meines Wochenendes. Darauf konzentriert sich das Leben nun einmal, wenn man wie eine Nonne lebt.

Danach tat ich das, was jeder erfahrene Detektiv getan hätte: Ich trottete die sechs Schritte ins Wohnzimmer, streifte die Schuhe ab und ließ mich auf dem Sofa nieder, wo ich mich in eine dicke, weiche Steppdecke schmiegte und ein Buch zu lesen begann. Binnen Minuten wurde ich durch ein Wurmloch in eine fiktive

Welt gesogen und reiste schneller als mit Wortgeschwindigkeit in ein Reich ohne Ton und ohne Schwerkraft.

Das Telefon klingelte mit ärgerlich schrillem Klang. Ich war wie ein Stein in einen Fluss aus Träumen abgesunken, und die Notwendigkeit, nun daraus aufzutauchen, brachte mich aus dem Konzept. Ich streckte den Arm aus und griff nach dem Telefon, das auf dem Couchtisch hinter meinem Kopf stand. Mir war gar nicht so recht bewusst, dass ich eingeschlafen war, wenn man vom Sabbern absieht, was ich im Wachzustand normalerweise nicht tue.

»Ms. Millhone?«

»Ja.« Wenn das jetzt jemand war, der mir etwas verkaufen wollte, würde ich ein ganz schlimmes Wort sagen.

»Hier ist Blanche McKee.«

Drei Sekunden verstrichen. Der Name sagte mir nichts. Ich rieb mir das Gesicht und fragte: »Wer?«

»Die Tochter von Fiona Purcell. Ich habe gehört, dass meine Mutter Sie engagiert hat. Ich wollte Ihnen nur sagen, wie erleichtert wir alle sind. Wir haben sie zu diesem Schritt gedrängt, seit Daddy verschwunden ist.«

»Ach so. Entschuldigung. Ich konnte mit Ihrem Namen nichts anfangen. Guten Tag.« Matt setzte ich mich auf und zog die Steppdecke um mich wie ein Stammesgewand.

»Guten Tag. Ich hoffe, ich störe nicht. Ich habe Sie doch nicht geweckt, oder?«

»Ganz und gar nicht«, log ich. Natürlich weiß jeder, dass man geschlafen hat, ganz egal, wie ernsthaft man auch das Gegenteil behauptet.

Offenbar hatte Blanche beschlossen, mich beim Wort zu nehmen, und fuhr fort: »Ich weiß nicht genau, was meine Mutter Ihnen erzählt hat – wahrscheinlich eine ganze Menge. Aber falls ich Sie irgendwie unterstützen kann, tue ich das natürlich gern. Hat sie meine Freundin Nancy erwähnt?«

»Ich glaube nicht. Der Name sagt mir nichts.«

»Das hatte ich befürchtet. Meine Mutter neigt zum Zynismus, wie Sie vielleicht schon gemerkt haben. Nancy ist kürzlich nach Chico gezogen, aber man kann sie jederzeit telefonisch konsultieren.«

»Nancy. Das ist gut. Ich notiere es mir.« Wer auch immer Nancy war.

»Ich nehme an, Sie werden auch wissen wollen, was ich persönlich für einen Eindruck von der Sache habe.«

»Sicher. Ich meine, irgendwann einmal. Das wäre prima.«

»Ich bin ja so froh, dass Sie das sagen, weil ich schon dachte – also, wenn Sie heute Nachmittag etwas Zeit haben, möchten Sie sich vielleicht mit mir treffen, damit ich Ihnen meine Bedenken schildern kann.«

Ich zögerte. »Ah. Na ja. Wissen Sie, im Moment bin ich eher an Fakten interessiert als an Eindrücken und Bedenken. Nehmen Sie es mir nicht übel.«

»Nein, nein. Ich wollte damit nicht sagen, dass ich keine Fakten hätte.«

»M-hm.« Ich hatte Fionas kaum verhohlene Verachtung für ihre jüngere Tochter, die vierfache und bald fünffache Mutter, nicht vergessen. Andererseits hatte aber Fiona womöglich Blanche von mir erzählt, um meine Beharrlichkeit auf die Probe zu stellen, da ich mich während unseres Treffens schon so damit gebrüstet hatte.

»Welche Uhrzeit würde Ihnen denn passen?«, fragte Blanche.

Ich artikulierte das schlimme Wort mit lautlosen Lippenbewegungen und fügte noch ein anderes ausgesuchtes Schimpfwort aus meiner umfassenden Sammlung hinzu. »Einen Moment bitte. Ich sehe mal auf meinen Terminkalender.« Ich hielt mir den Hörer auf die Brust und sah auf die Uhr. Sechs Minuten nach vier. Ich ließ die Zeit verstreichen, während ich so tat, als ginge ich meine zahlreichen Samstagnachmittagstermine durch. Ich verspürte wenig Lust, Blanche zu treffen, erst recht nicht auf Kosten eines erstklassigen Nickerchens. Es war mir zuwider, meinen

Bau zu verlassen, und ganz bestimmt hatte ich keine Lust, an einem so feuchtkalten Tag quer durch die Stadt zu düsen. Meine Wohnzimmerfenster waren von der verfrühten Novemberdämmerung bereits grau geworden, und ich konnte den Nieselregen auf die kahlen Zweige fallen sehen, die gegen die Scheiben klatschten. Ich sah erneut auf die Uhr. Sieben Minuten nach vier.

Ich konnte Blanche atmen hören, und als sie wieder zu sprechen begann, lag ein schneidender Unterton in ihrer Stimme. »Kinsey, sind Sie noch dran?«

»Ja. Also, es hat leider ganz den Anschein, als wäre ich heute schon ausgebucht. Morgen ginge es. Ich könnte um zehn Uhr bei Ihnen sein.«

»Das geht bei mir nicht, und am Montag ist es ganz ausgeschlossen. Sehen Sie denn gar keine Möglichkeit, vorbeizuschauen? Ich finde es unheimlich wichtig.«

Ich für mein Teil fand es unheimlich ärgerlich. Ich konnte Fiona schon vor mir sehen, frisch aus San Francisco zurück, wie sie auf mir herumhackte, weil ich mir nicht die Zeit genommen hatte, Blanche zu befragen. *Fünfzehnhundert Dollar, und Sie haben sich nicht mal die Mühe gemacht, mit meiner Tochter zu sprechen?* »Ich könnte gegen halb sechs bei Ihnen sein, aber nur eine halbe Stunde lang. Das ist das Äußerste.«

»Wunderbar. Das passt gut. Wir wohnen oben in der Edenside, Ecke Monterey Terrace. Hausnummer 1236. Es ist ein zweistöckiges Haus im spanischen Stil. In der Einfahrt steht ein dunkelblauer Kombi.«

Die Edenside Road gehörte zu einer kleinen Neubausiedlung, die geschickt in die Ausläufer der Hügel eingepasst worden war – fünf kurvige Straßen, von denen jede als breite Sackgasse endete. Der Bauherr war dem Gelände gefolgt und den Weg des geringsten Widerstands gegangen, indem er die fünf Straßen so in die Konturen des Hügels gebaut hatte, dass sie wie Asphaltbächlein vom höchsten Punkt herunterflossen. Ich kam langsam voran, mit nur 15 kmh, da ich alle zwölf Meter oder so wegen einer Rüttelschwelle das Tempo reduzieren musste. Die Gegend war ideal für Kinder, und ihre Anwesenheit wurde durch die Masse von Buggys, Spielhäusern, Schaukeln, Fahrrädern, Dreirädern, Big Wheels und Skateboards angezeigt, die die Gärten übersäten. Es sah aus, als sei in der Nähe ein Toys »R« Us explodiert.

Das Haus an der Ecke Edenside und Monterey Terrace war in der Tat ein zweistöckiger Bau im spanischen Haciendastil und besaß einen Vorgarten. Selbst in der zunehmenden Dunkelheit war die Dreiergarage nicht zu übersehen, die aggressiv hervorragte wie ein kämpferisch gerecktes Kinn. Vor meinen Augen ging die Niedervolt-Außenbeleuchtung an und tauchte die Vorderseite des Hauses in Licht. Verputzt war das Haus in grellem Pink, und die Dachziegel bestanden zwar aus Ton, bildeten aber eine Reihe ineinander übergehender S-Formen und stammten eindeutig aus Massenproduktion. Die ursprünglichen Tonziegel, die noch zahlreiche ältere Bauten in der Stadt zieren, weisen heute ein verwaschenes Dunkelrot auf, sind von Flechten überzogen und sehen aus wie Cs, da die Arbeiter sich früher den weichen Ton zum Formen über die Schenkel legten.

Wie angekündigt, stand ein dunkelblauer Kombi in der Einfahrt. Ich hielt am Straßenrand, stieg aus, schloss den Wagen ab und ging auf einem Weg aus geschottertem Granit auf das Haus zu. Das Gelände ringsum war gegen Dürre gefeit: nichts als Kies und Beton, hier und da aufgelockert von einzelnen Kakteen und überdimensionalen Sukkulenten. Ich drückte ein kleines Eisentor auf und überquerte den mit Platten ausgelegten Vorgarten. Ein pseudo-spanischer Brunnen verspritzte mit Hilfe einer Umwälzpumpe sein Wasser.

Ich drückte auf die Klingel. Sofort vernahm ich schrille Schreie, Hundegebell und das Getrappel von Füßen, während eine Horde kleiner Menschen um die Ehre rangelte, für mich den Butler spielen zu dürfen. Als die Tür aufging, drehte sich ein Mädchen von etwa fünf Jahren um, um den vierjährigen Jungen hinter sich zu ohrfeigen. Binnen Sekunden flogen Fäuste durch die Luft, und die Kinder kämpften mit roten Gesichtern und den Tränen nahe um die Herrschaft über den Türknauf, während sie sich gegenseitig schubsten und mit braunen, hartsohligen Schuhen traten. Unterdessen hüpften zwei hyperaktive Jack-Russell-Terrier auf und ab wie auf Sprungfedern. Dadurch fiel das Kleinkind, das als Letztes kam, auf seine Windel und begann zu schreien. Ein zweites Mädchen lief den Flur entlang in den hinteren Teil des Hauses und brüllte: »Mom!! Moommmy! Heather haut Josh, und die Hunde haben gerade Quentin umgeworfen.«

»Amanda, hab ich dir nicht gesagt, du sollst nicht quengeln? Josh kann auf sich selbst aufpassen. Und jetzt kümmere dich bitte um deinen eigenen Kram und hör auf zu petzen, sonst machst du mich wahnsinnig.«

Schwankend schleppte sich Blanche herbei. Die Kugel ihres Bauches war so groß, dass sie aussah wie ein missgebildeter Vollmond, der von unsichtbaren Gravitationskräften auf seiner Umlaufbahn gehalten wurde. Ihre Schwangerschaftskluft bestand aus Palazzohosen und einer langen Bluse mit raffinierten Knöpfen und Laschen, beides aus blasser Waschseide. Sie hatte langes blondes Haar, das ihr in feinen, glänzenden Strähnen fast bis zur Taille reichte. Ihr porzellanener Teint war blass pfirsichfarben und ihre Augen blau. Über fein geschwungenen Brauen lag eine hohe Stirn. Sie sah aus wie eine Prinzessin aus den Märchen der Brüder Grimm, wenn man davon absah, dass sie hochschwanger war.

Sie bückte sich, hob das schreiende Baby auf und setzte es sich auf die Hüfte. Dann nahm sie Heather am Arm, zerrte sie von ihrem Bruder weg und stieß sie in den Flur. »Kinder, geht raus in den Garten. Amanda macht euch ein paar Crackers mit Erdnussbutter. Ihr könnt draußen eine Kleinigkeit essen. Aber nicht zu viel! Es gibt bald Abendbrot. Und jetzt saust los. Das ist mein Ernst. Alle nach draußen!«

»Aber Mo-om, es ist *dunkel.*«

»Tja, dann macht das Licht auf der Veranda an.«

»Aber wir wollen Zeichentrickfilme sehen!«

»Jammerschade. Ihr tut, was ich sage. Und kein Gerenne«, warnte Blanche sie. Heather und Josh trampelten bereits den Flur entlang, bremsten sich aber zu schnellem Gehen, wobei sie sich gegenseitig stießen und anrempelten. Die Hunde folgten mit Gebell, während Amanda in die Küche schwenkte und ohne hörbare Einwände Crackers mit Erdnussbutter bestrich. Das kleine Mädchen, das kaum älter als sieben sein konnte, wurde bereits in die Rolle der Zweitmutter gedrängt.

Während Blanche Anordnungen erteilte, hatte sie es geschafft, das schreiende Baby zu schaukeln, und sein Geheul ließ nach. Sie wandte sich um und schleppte sich aufs Wohnzimmer zu, während ich, so gut es ging, hinter ihr dreintrottete. Überall lagen Spielsachen. Um keine Plastikteile zu zertreten, musste ich schlurfen und mir den Weg durch die Legosteine bahnen, die vor mir auf dem Fußboden lagen. Eine hölzerne Sperre sicherte die Treppen zum ersten Stock, und an einer Tür, die vermutlich in den Keller führte, war eine Hakenverriegelung angebracht worden, um zu verhindern, dass die Kleinen kopfüber in den gähnenden Abgrund stürzten. Als unerschütterliche Optimistin sagte ich: »Ihre Mutter hat von einem Kindermädchen gesprochen.«

»An den Wochenenden kommt sie nicht, und Andrew ist zurzeit verreist.«

»Was ist er denn von Beruf?«

»Anwalt. Fusionen und Übernahmen. Er ist bis Mittwoch in Chicago.«

»Wann kommt das neue Baby?«

»Theoretisch erst in drei Wochen, aber vermutlich kommt es früher. Bei allen anderen war es auch so.«

Im Wohnzimmer stand eine Spielzeugkiste offen, deren Inhalt in sämtliche Richtungen verteilt worden war: Puppen, Teddybären und ein leuchtend gelber Schulbus voller bunter Schulkinder mit runden, bemalten Köpfen. Es gab eine Holzbank, in die man mit einem Holzhammer hölzerne Stifte schlagen konnte, Buntstifte, Malbücher, Bauklötze, kleine Blechautos und eine Holzeisenbahn. Mitten im Zimmer stand ein Laufstall. Zudem sah ich ein Schaukelpferd, eine Lauflernhilfe mit Gummipuffern, einen Hochstuhl, einen Kindersitz und ein tragbares Kinderbett. Jede Wandsteckdose in Sichtweite war mit einem Plastikschutz abgedeckt. Auf keiner Fläche unterhalb von Sichthöhe lag irgendetwas, und wie als vorbeugende Maßnahme gegen ein drohendes Hochwasser waren alle zerbrechlichen Gegenstände auf ein hohes Regal geräumt worden.

Von draußen hörte ich einen durchdringenden Schrei, diesmal mit höherem Dezibelpegel als das vorherige Gekreisch im Flur. Amanda brüllte: »Mommy! Mom! Heather hat Josh vom Klettergerüst gestoßen, und jetzt läuft ihm Blut aus der Nase.«

»O Gott. Hier, halten Sie ihn mal«, sagte Blanche.

Ohne abzuwarten, gab sie das Baby an mich ab wie bei einem Vorwärtspass und watschelte in die Küche. Quentin war überraschend schwer und seine Knochen so massiv wie Stein. Er sah seiner Mutter nach und wandte seinen Blick schließlich mir zu. Obwohl Quentin der Sprache noch nicht mächtig war, sah ich, wie sich der Begriff »Monster« in seinem unterentwickelten Gehirn bildete. Das gewaltige Ausmaß seiner Zwangslage dämmerte ihm nach und nach, und er schürzte die zarten Lippen, um zu einer Runde Gebrüll anzusetzen.

»Kann ich ihn in seinen Laufstall setzen?«, rief ich.

»Nein. Das hasst er«, schrie sie zurück und ging zur Hintertür hinaus. Ein zweites Kind stimmte in das Geschrei hinter dem Haus mit ein, um gleichfalls seinen Anteil an Zuwendung einzufordern. Wie als Reaktion darauf öffnete sich Quentins Mund zu einem Schrei, der aus solcher Tiefe kam, dass er zuerst überhaupt kein Geräusch erzeugte. Der Kleine rollte seinen Körper zusammen und sammelte Kraft. Ohne Warnung schnellte er dann vor, wie ein Turmspringer bei einem Salto rückwärts. Er hätte sich womöglich meinem Griff ganz entzogen, wenn ich ihn nicht gepackt und hochgehoben hätte. »Juiie!«, sagte ich, als würden wir zwei uns köstlich amüsieren. Sein Blick sagte etwas anderes.

Ich versuchte ihn so zu schaukeln, wie Blanche es getan hatte, doch das machte alles nur noch schlimmer. Jetzt war ich nicht nur ein Monster, sondern auch noch eine Monster-Babyschaukerin, die es darauf abgesehen hatte, ihn zu Tode zu schaukeln. Ich marschierte im Kreis herum und sagte immer wieder »Na komm, na komm«, doch der Kleine wollte sich nicht beruhigen. Schließlich legte ich ihn in meiner Verzweiflung in den Laufstall und bog seine steifen Beine gewaltsam um, bis er saß. Ich drückte ihm zwei hölzerne Buchstaben und einen halben Keks in die Hand, und auf der Stelle verstummte das Gebrüll. Er steckte sich den Keks in den Mund und hieb mit dem Buchstaben P auf die Plastikpolsterung unter sich ein. Ich stand auf und klopfte mir auf die Brust, während ich in die Küche ging, um zu sehen, was los war.

Blanche kam gerade mit dem vierjährigen Josh auf der Hüfte durch die Hintertür gerast. Seine Beine hingen ihr bis über die Knie hinab. Auf der Stirn hatte er eine Beule von der Größe eines Eis, und seine Oberlippe war voller Blut. Mit einer Hand befeuchtete sie ein Geschirrtuch, öffnete das Eisfach und nahm mehrere Eiswürfel heraus, die sie in das Tuch wickelte und ihm gegen den Kopf presste. Sie trug ihn ins Wohnzimmer und ließ sich auf einen Stuhl sinken. Sowie sie sich gesetzt hatte, arbeitete er sich durch eine Lasche in ihrer Bluse und begann zu saugen. Konsterniert wandte ich den Blick ab. Ich hatte gedacht, Kinder in seinem Alter hätte man mit Hilfe eines Zwölf-Schritte-Programms längst entwöhnt. Sie wies auf einen Stuhl in der Nähe und zollte ihm nicht die geringste Aufmerksamkeit, während er weiter an ihrer rechten Brust nuckelte.

Ich warf einen Blick auf den Stuhl und entfernte ein halb aufgegessenes Sandwich mit Erdnussbutter und Gelee, bevor ich mich auf der Kante niederließ. Joshs medizinischer Notfall verlieh offenbar allen Kindern die Berechtigung, der Kälte und der Dunkelheit draußen zu entfliehen. Im Handumdrehen dröhnte ein Zeichentrickfilm aus dem Fernseher. Heather und Amanda saßen im Schneidersitz auf dem Fußboden, und Josh gesellte sich kurz darauf zu ihnen, das Geschirrtuch mit den Eiswürfeln an den Kopf gedrückt.

Ich versuchte mich auf das zu konzentrieren, was Blanche sagte, doch das Einzige, woran ich denken konnte, war, dass eine Sterilisation vermutlich sogar in meinem Alter noch sinnvoll war.

8

Ich sah auf die Uhr, eine Geste, die ihr nicht entging.

»Ich weiß, dass Sie in Eile sind, also komme ich gleich auf den Punkt. Hat meine Mutter Sie über Crystals Vergangenheit informiert?«

»Ich weiß, dass sie Stripperin war, bevor sie Ihren Vater geheiratet hat.«

»Das meine ich nicht. Hat sie erwähnt, dass Crystals vierzehnjährige Tochter unehelich ist?«

Ich wartete und fragte mich, was das für eine Rolle spielen sollte. Ich beugte mich vor, nicht aus regem Interesse, sondern weil das Pfeifen, das Geknall und die hektische Musik aus dem Fernseher laut genug waren, um einen dauerhaften Hörschaden zu verursachen. Ich sah, wie sich Blanches Lippen bewegten, und baute mir zeitverzögert die Sätze zusammen wie bei Untertiteln in einem fremdsprachigen Film.

»Ich bin mir nicht einmal sicher, ob Crystal weiß, wer der Vater ist. Dann hat sie diesen Lloyd Sowieso geheiratet und von ihm ein zweites Kind gekriegt. Der Junge kam mit achtzehn Monaten ums Leben – er ist ertrunken. Das war vor vier oder fünf Jahren.«

Ich sah sie skeptisch an. »Und Sie glauben, das hat irgendetwas mit dem Verschwinden Ihres Vaters zu tun?«

Sie wirkte verblüfft. »Na ja, eigentlich nicht, aber Sie haben doch gesagt, Sie wollten sämtliche Fakten wissen. Ich wollte Ihr Bild abrunden, damit Sie wissen, womit Sie es zu tun haben.«

»Soll heißen?« Ein Werbespot setzte ein, und der Ton wurde noch eine Stufe lauter, damit die Kleinkinder auf der anderen Straßenseite nicht die Reklame für vitaminreiche Frühstücksflocken verpassten, die wie Lakritz aussehen und schmecken sollten.

»Kommt Ihnen Crystals Verhalten denn nicht merkwürdig vor?«

Mittlerweile las ich fast nur noch von den Lippen ab, und ihre Bemerkung war akustisch völlig an mir vorbeigegangen. »Blanche, könnten wir den Fernseher leiser stellen?«

»Entschuldigung.« Sie griff nach der Fernbedienung und stellte den Ton ab. Die Stille war himmlisch. Die Kinder blieben auf der Erde sitzen, vor dem Gerät versammelt wie um ein Lagerfeuer. Wilde Szenen tanzten über den Bildschirm, in ihrer Farbigkeit so lebhaft, dass sie noch nachwirkten, als ich den Blick schon abgewandt hatte.

Blanche kehrte zu ihrer Bemerkung zurück. »Ich weiß nicht, wie Sie es empfinden, aber Crystal scheint von den Ereignissen überhaupt nicht aufgewühlt zu sein. Sie ist absolut gelassen, was in meinen Augen nicht angebracht ist.«

»Es ist doch schon neun Wochen her. Ich glaube nicht, dass irgendjemand so lang aufgewühlt sein kann. Abwehrmechanismen setzen ein. Man findet sich damit ab, oder man wird wahnsinnig.«

»Ich finde es nur interessant, dass Crystal nie an die Öffentlichkeit appelliert hat, um Informationen über Daddy zu erbitten. Sie hat nie eine Belohnung ausgesetzt. Sie hat keine Flugblätter verteilt. Es wurden keine Hellseher konsultiert …«

Das ließ mich aufmerken. »Sie glauben, ein Hellseher würde etwas helfen?«

»Es würde zumindest nicht *schaden*«, erwiderte sie. »Meine

Freundin Nancy ist geradezu unheimlich. Sie hat eine phänomenale, ganz unfassbare Gabe.«

»Sie ist Hellseherin? Hat sie sich deswegen erboten, eine telefonische Konsultation mit mir abzuhalten?«

»Sicher. Als ich meinen Brillantring verloren hatte, war sie im Stande, seinen genauen Fundort zu nennen.«

»Wie hat sie das gemacht? Da bin ich wirklich neugierig.«

»Es ist schwer zu beschreiben. Sie meinte, sie röche etwas Liebliches. Sie sah weiße Flecken und vielleicht etwas Nautisches. Sie hat zwei ... zwei Sitzungen abgehalten, ein besseres Wort fällt mir nicht ein ..., und die Bilder waren beide Male die gleichen. Dann fiel mir ein, dass ich den Ring zum letzten Mal gesehen habe, als ich ihn abgenommen habe, um mir am Waschbecken im Badezimmer die Hände zu waschen. Ich hatte diese Umgebung schon ein halbes Dutzend Mal abgesucht. Und schließlich stellte sich heraus, dass ich den Ring in die Seifenschale gelegt hatte und er in der Unterseite der Seife steckte. Und genau das war es, was sie gerochen hat.«

»Und was war das Weiße daran? War das das Waschbecken?«

»In diesem Badezimmer nicht. Da drinnen ist das Waschbecken jägergrün, aber die Seife war weiß.«

»Aha. Und was war der nautische Aspekt?«

Blanche sprach in abwehrendem Tonfall. »Man muss nicht alles wörtlich nehmen. Manche der Bilder, die sie sieht, sind metaphorisch – Sie wissen schon, assoziativ.«

»Nautisch ... das Wasser aus dem Hahn«, schlug ich vor, um mitzuspielen.

»Auf jeden Fall hat Nancy angeboten, eine Konsultation mit Crystal abzuhalten, aber sie weigert sich mitzumachen.«

»Vielleicht glaubt sie nicht an Hellseherei.«

»Aber Nancy ist sagenhaft. Ich schwöre es.«

»Wie viel verlangt sie?«

»Oh, sie will kein Geld. Normalerweise zwar schon, aber das macht sie aus purer Freundschaft zu mir.«

»Warum muss Crystal mit von der Partie sein? Kann Nancy nicht einfach eine Sitzung abhalten und dann Ihnen sagen, was sie sieht?«

»Sie muss Zugang zum Haus haben, damit sie Daddys Vibrationen wahrnehmen kann, seine seelische Energie. Ich bin mit ihr in sein Büro gegangen und habe sie auf seinem Stuhl Platz nehmen lassen. Sie sah immer wieder das Bild vor sich, wie er auf ein Haus zugeht und es durch die Vordertür betritt. Dann nichts mehr. Das muss Crystals Strandhaus sein, weil sie auch Sand sieht.«

»Könnte die Wüste sein.«

Blanche zwinkerte. »Tja, ich schätze, das könnte sein.«

»Egal, sprechen Sie weiter. Tut mir Leid, dass ich Sie unterbrochen habe.«

»Aber das war schon alles. Sie sieht eine Tür, und dann nichts mehr. Ohne Crystals Hilfe kommt Nancy nicht weiter. Wir glauben, er hat das Büro verlassen und ist wie üblich zum Strandhaus gefahren, nur dass etwas ganz Schlimmes passiert ist. Natürlich streitet Crystal das ab. Sie behauptet, er sei nie angekommen, aber dafür haben wir nur ihr Wort.«

»Sie glauben also, sie weiß, wo er ist, und verschweigt es?«

»Ja, sicher«, antwortete sie, als wundere sie sich über meine Frage. »Nancy spürt seine Anwesenheit. Sie hat den massiven Eindruck, dass er verletzt wurde. Er ist eindeutig von Finsternis umgeben. Sie sagt, er versuche, uns zu erreichen, aber etwas hielte ihn zurück.«

»Er ist am Leben?«

»Sie ist sich sicher, dass er noch lebt. Da hat sie keine Zweifel, obwohl sie sagt, dass einige sehr negative Kräfte am Werk seien. Sie sagt, er sei verängstigt, weil er nicht weiß, wo er ist. Er ist von einem bedrückenden spirituellen Bewusstsein umfangen. Sie kann seine Verwirrung spüren, aber weiter kommt sie nicht. Nancy sagt, Crystal hätte sehr viel mit Daddys Notlage zu tun. Ja, im Grunde ist sie die Verursacherin.«

»Inwiefern?«

»Na ja, sie hätte ihn bewusstlos schlagen und ihn irgendwohin fahren können.«

»Und was hätte sie mit seinem Wagen machen sollen? Das soll jetzt kein Gegenargument sein. Es ist mir wirklich schleierhaft.«

»Sie hätten zu zweit sein können. Sie hätte jemanden engagieren können. Woher soll ich das wissen? Ich sage es Ihnen nur ... nichts käme ihr gelegener, als ihn los zu sein.«

»Warum? Ich meine, sagen wir nur der Argumentation halber, dass sie ihn hat entführen lassen und er gegen seinen Willen festgehalten wird. Was ist ihr Motiv? Geld kann es nicht sein. Es ist keine Lösegeldforderung gestellt worden, und niemand hat Kontakt aufgenommen, um etwas auszuhandeln.«

Blanche lehnte sich vor. »Hören Sie. Bevor sie meinen Vater geheiratet hat, hat sie eine voreheliche Vereinbarung unterschrieben, der zufolge sie bei einer Scheidung absolut nichts bekommt.«

»Moment mal. Nicht so hastig. Sie haben mir noch nicht erklärt, wie sie profitieren will, wenn sie ihn hat entführen lassen.«

»Ich behaupte ja nicht, dass sie ihn hat entführen lassen. Ich behaupte nur, dass sie weiß, wo er ist.«

»Was hat das mit einer vorehelichen Vereinbarung zu tun?«

»Sie hatte eine Affäre.«

»Das hat Ihre Mutter auch schon erwähnt. Sie meinen Clint Augustine?«

»Genau. Jetzt will sie ihre Freiheit, aber sie will auch das Geld. Wenn sie sich scheiden lässt, kriegt sie gar nichts. Sie hat nur etwas davon, wenn Daddy stirbt.«

»Was er laut Nancy noch nicht getan hat.«

»Eben.«

»Warum sollte sie etwas so Auffälliges riskieren wie eine Affäre mit ihrem privaten Trainer? Würde sich das nicht herumsprechen?«

»Er *war* ihr privater Trainer. Jetzt ist er es nicht mehr. Als sie angefangen hat, mit ihm ins Bett zu steigen, haben sie vermutlich abgemacht, die öffentliche Seite ihrer Beziehung aufzugeben. Die Gerüchte haben trotzdem die Runde gemacht.«

»Und woher wussten Sie davon?«

»Von Mutters Freundin Dana Glazer. Sie und ihr Mann haben ein Haus in Horton Ravine. Joel ist einer von Daddys –«

»Arbeitgebern. Ja, davon habe ich gehört.«

»Das Anwesen der Glazers grenzt direkt an Daddys Grundstück. Es ist nur ein kleiner Zaun dazwischen. Sie haben ein Gästehäuschen dort hinten, und Crystal hat gefragt, ob sie es eventuell vorübergehend an einen Freund von ihr vermieten würden. Sie hat behauptet, er hätte ein Haus gekauft, das er renovieren müsse, und die Arbeiten wären erst im Frühherbst beendet. Das war im Januar. Jedenfalls benutzten die Glazers das Häuschen ohnehin nicht, und so beschlossen sie einzuwilligen. Sie haben achthundert Dollar im Monat verlangt, und der Typ hat nicht mal mit der Wimper gezuckt. Als Dana aber mitbekam, was sich abspielte, war sie entsetzt. Sie fand es absolut widerlich, und deshalb hat sie nie auch nur ein Wort zu meiner Mutter gesagt. Aus Angst, sie zu verletzen.«

»Warum hat sie es Ihnen erzählt?«

»Hat sie gar nicht. Ich habe es von einer anderen Freundin erfahren. Dana hat die Geschichte bestätigt, aber nur, weil ich sie bedrängt habe. Glauben Sie mir, ich tratsche nicht.«

»Das tun die wenigsten. Es hält die meisten aber nicht davon ab, Stuss weiterzuverbreiten. Warum hat ihn Dana nicht rausgeworfen, wenn sie die Situation so abstoßend fand?«

»Weil er einen Mietvertrag für ein halbes Jahr unterschrieben hat. Jetzt ist er ja zum Glück weg. Sie können gern mit ihr sprechen, wenn Sie mir nicht glauben. Ich meine, Dana muss es schließlich wissen. Es hat sich direkt vor ihren Augen abgespielt. Meine arme Mutter. Sie glaubt immer noch daran, dass Daddy zu ihr zurückkommt. Schlimm genug, dass er sie wegen so einer … Schnepfe verlassen hat, aber die Tatsache, dass Crystal es immer noch wild *treibt*, lässt Daddy noch dümmer dastehen.«

»Zu welchem Schluss bringt uns das?«

»Crystal will seinen Tod. Sie will ihn aus dem Weg haben«, erwiderte sie mit dem ersten Anflug von Gefühl, den ich an ihr erlebte. Ihr Mund zitterte, und sie begann hektisch zu blinzeln. Sie wandte den Blick ab, sah in den Flur hinaus und brauchte einen Moment, um sich zu fassen. Ich sah, wie sich unter der Schwangerschaftsbluse etwas in ihrem Bauch bewegte, vermutlich der Fuß des Babys. Ich begriff, warum manche Leute ganz spontan die Hand ausstrecken, um die Hand auf einen solchen Bauch zu legen. Blanche richtete ihre Äußerungen an die andere Seite des Zimmers. »Glauben Sie mir, sie hat Daddy seines Geldes wegen geheiratet. Die voreheliche Vereinbarung war nur eine Farce. Vielleicht war es ihr seinerzeit ernst damit, aber dann ist ihr Clint begegnet, und sie hat sich mit ihm eingelassen. Wie gesagt, wenn Daddy stirbt, erbt sie den größten Teil seines Nachlasses, und dann ist sie fein raus. Wenn sie sich scheiden lässt, bekommt sie nichts. So einfach ist das.«

»Blanche, Sie wissen nicht sicher, ob Ihr Vater tot ist. Keiner von uns weiß das. Sogar Ihre Freundin Nancy behauptet, dass er noch lebt.«

Blanche wandte mir ihren Blick wieder zu. Ihre blauen Augen funkelten. »Sagen Sie nicht ›*sogar* Nancy‹, als wäre sie eine Schwindlerin. Das mag ich nicht.«

»War nicht meine Absicht. Ich nehme das Wort zurück. Jedenfalls sieht sie ihn hilflos, aber lebend vor sich – zumindest haben Sie es so geschildert.«

»Aber wie lange noch? Der Mann ist fast siebzig Jahre alt. Was, wenn er gefesselt ist, was, wenn er geknebelt ist und nicht atmen kann?«

»Schon gut, schon gut. Ich will sehen, was ich tun kann, um Licht in die Sache zu bringen. Bis jetzt ist alles reine Theorie, aber ich kann Ihre Besorgnis verstehen.«

Sowie ich nach Hause kam, setzte ich mich an den Schreibtisch und begann mir Notizen zu machen, indem ich auflistete, welches Schicksal Dowan Purcell ereilt haben könnte. Ich hatte die Möglichkeit seiner Entführung ausgeschlossen, aber vielleicht irrte ich mich da. Womöglich war er ja mit Gewalt irgendwohin gebracht worden und war jetzt entweder tot (tut mir Leid, Nancy) oder wurde gegen seinen Willen festgehalten. Ich erwog andere Möglichkeiten und schrieb sie ebenso schnell hin, wie sie mir einfielen. Er konnte sich aus eigenem Antrieb aus dem Staub gemacht haben; er konnte auf der Flucht sein oder sich verstecken. Er hätte einen Unfall gehabt haben können, als er unter Alkoholeinfluss gefahren war. Falls er auf dem Grund einer Schlucht lag, würde das natürlich auch die Tatsache erklären, dass sein Mercedes nirgends gesehen worden war. Er hätte das Opfer aller möglichen tödlichen Vorfälle gewesen sein können: Aneurysma, Herzinfarkt, Schlaganfall. Wenn ja, so war unbegreiflich, dass niemand auf seine Leiche gestoßen war, aber manchmal läuft es eben so.

Und sonst? Er hätte sich ein Geheimleben aufgebaut haben und von einer Rolle in die andere geschlüpft sein können. Was noch? Aus Angst vor Schande hätte er sich umgebracht haben können. Oder, wie Blanche nahe legte, es hätte ihn jemand aus Profitgier umbringen können oder um etwas noch Schlimmeres zu vertuschen. Weitere Varianten fielen mir nicht ein. Doch, zwei. Gedächtnisverlust – obwohl mir das vorkam wie aus einem Film aus den dreißiger Jahren. Oder er hätte von einem Straßenräuber überfallen worden sein können, dem die Hand ausgerutscht war und der die Leiche dann hatte verschwinden lassen. Die einzige weitere Möglichkeit bestand darin, dass er verhaftet und ins Gefängnis geworfen worden war, aber laut Detective Odessa war Purcell in keinem einzigen EDV-System der Polizei aufgetaucht. Daraus schloss ich, dass er weder als Urheber eigener Verbrechen noch als Opfer anderer Leute identifiziert worden war.

Ich studierte meine Liste. Es gab verschiedene Variationen, denen ich nicht nachgehen konnte. Wenn Dow zum Beispiel krank geworden war, wenn er verletzt oder bei einem tödlichen Unfall umgekommen war, dann konnte ich das nicht ergründen, es sei denn, jemand kam von sich aus mit Informationen auf mich zu. Die Polizei hatte bereits die Krankenhäuser der Umgebung überprüft. Dies war einer der Fälle, in denen ich es als Kleinstadt-Detektivin (und überdies als allein arbeitende) besonders schwer hatte. Ich besaß keinen Zugang zu den Daten von Fluggesellschaften oder Einwanderungs- und Zollbehörden, und so konnte ich nicht feststellen, ob Purcell unter seinem oder (mit Hilfe eines falschen Führerscheins und eines falschen Passes) einem anderen Namen ein Flugzeug (oder einen Zug oder ein Schiff) bestiegen hatte. Falls er noch im Lande war, so konnte er dem Entdecktwerden aus dem Weg gehen, solange er weder seine Kreditkarten benutzte, noch Immobilien mietete oder kaufte, noch ein Telefon oder Gas und Strom beantragte, noch mit abgelaufenen Nummernschildern fuhr, noch sonst in irgendeiner Form Aufmerksamkeit auf sich oder sein Fahrzeug lenkte. Er konnte nicht wählen gehen, keine Arbeit annehmen, bei der er seine echte Sozialversicherungsnummer angeben musste, und er konnte kein Bankkonto eröffnen. Und auf keinen Fall konnte er als Arzt arbeiten, in dem Beruf, mit dem er sich die letzten vierzig Jahre sein Geld verdient hatte.

Wenn er sich natürlich eine falsche Identität zugelegt hatte, konnte er tun und lassen, was er wollte, solange seine Geschichte glaubwürdig und seine Papiere überzeugend waren. In diesem Fall wäre es nahezu unmöglich, ihn nach nur neun Wochen zu finden. Das war einfach nicht genug Zeit, um seinen Namen in irgendwelchen Unterlagen erscheinen zu lassen. Meine einzige Hoffnung bestand darin, mich systematisch von Freund zu Freund, von Kollege zu Arbeitgeber, von Frau zu Exfrau und von Tochter zu Tochter vorzuarbeiten und nach einem Anhaltspunkt zu suchen. Ich brauchte lediglich einen winzigen Zipfel aus dem

Gewebe seines Lebens, eine Schlinge oder einen Riss, den ich so weit aufdröseln konnte, dass er mich zu seinem momentanen Aufenthaltsort führte. Ich beschloss, mich auf die Bereiche zu konzentrieren, die ich im Griff hatte.

Der Sonntag verstrich ereignislos. Ich gab mir den Tag frei und verbrachte die Zeit damit, in meiner Wohnung herumzuräumen und kleinere Hausarbeiten zu verrichten.

Am Montagmorgen stand ich wie gewohnt auf, schlüpfte in Jogginganzug und Laufschuhe und joggte fünf Kilometer. Der Himmel war dicht bewölkt und die Brandung schmutzig braun. Der Regen hatte nachgelassen, doch die Gehsteige waren noch nass, und ich patschte durch seichte Pfützen, als ich die zweieinhalb Kilometer bis zum Badehaus lief, wo ich umkehrte. Die Regenwürmer waren herausgekrochen und lagen wie graue Fäden aus einem alten Mop über dem Gehsteig. Mein Weg war außerdem gezeichnet von Schnecken, die mit dem geballten Optimismus der Unschuldigen den Asphalt überquerten. Ich musste aufpassen, wohin ich trat, um sie nicht zu zerquetschen.

Wieder zu Hause, schnappte ich mir meine Sporttasche und fuhr zum Fitnessstudio. Ich parkte mein Auto in der einzigen freien Lücke, zwischen einem Pick-up und einem Van neuester Bauart. Schon vom Parkplatz aus konnte ich das Klirren der Geräte hören und das Knarren einer Kraftmaschine unter Maximalbelastung. Drinnen wetteiferte die Rockmusik aus den Lautsprechern mit einer morgendlichen Nachrichtenshow aus dem an die Decke montierten Fernseher. Zwei Frauen auf Steppern traten geduldig vor sich hin, während eine dritte Frau und zwei Männer flott auf Laufbändern marschierten, die auf doppelte Geschwindigkeit eingestellt waren. Alle fünf Augenpaare fixierten den Bildschirm.

Ich trug mich ein und fragte beiläufig Keith am Tresen, ob er Clint Augustine kenne. Keith ist Mitte zwanzig und hat einen dynamischen braunen Schnurrbart und einen glänzenden, rasierten Schädel.

»Sicher kenne ich Clint«, antwortete er. »Sie haben ihn wahrscheinlich hier schon gesehen. Ein großer Typ mit weißblonden Haaren. Normalerweise trainiert er morgens um fünf, wenn wir aufmachen. Manchmal kommt er auch erst später mit seinen Klienten, überwiegend verheiratete Tussis. Die sind seine Spezialität.« Keiths periodische Einnahme von Steroiden ließ ihn entsprechend seinem Konsum anschwellen und einschrumpfen. Momentan befand er sich in geschrumpftem Zustand, was ich persönlich bevorzugte. Er war einer dieser Typen mit imposantem Brustkorb und Bizeps, aber reichlich unterentwickeltem Unterkörper. Vielleicht glaubte er, dass er unter der Gürtellinie nichts trainieren musste, weil er hinter einer Theke stand.

»Ich habe gehört, er hat mit Crystal Purcell gearbeitet.«

»Ja, eine Zeit lang. Sie sind immer am Spätnachmittag gekommen. Montags, mittwochs und freitags. Ist das nicht die Frau von dem Typen, der vor kurzem verschwunden ist? Mann, das ist ja 'ne harte Sache. Da ist doch irgendwas faul.«

»Könnte sein«, sagte ich. »Na, ich muss jetzt weiter. Danke für die Info.«

»Keine Ursache.«

Ich zog meine Trainingshandschuhe an und suchte mir ein ruhiges Fleckchen. Dann streckte ich mich auf einer grauen Matte aus und begann mit den Bauchübungen: zweimal fünfzig Sit-ups, die Hände hinter dem Kopf und die gebeugten Beine auf eine Hantelbank gestützt. Ich roch Klebstoffdämpfe, die durch den asphaltgrauen Teppichboden drangen. Die Trainingsgeräte sahen aus wie komplizierte Konstruktionen, die man aus einem Technik-Baukasten für Erwachsene zusammengesetzt hatte: Metallstreben, Schrauben, Seilrollen, Winkelgelenke. Als ich mit meinen Sit-ups fertig war, begann ich mit Beincurlen, der Übung, die ich am meisten hasse. Während ich fünfzehn Wiederholungen abzählte, malte ich mir aus, wie meine Achillessehnen rissen und sich aufrollten wie Jalousien. Ich machte weiter mit Beinstrecken, was höllisch brannte, aber zumindest keine zerstörerischen Nebenwirkungen mit sich brachte. Dann Rücken, Brust und Schultern. Ich beendete mein Training mit Scottbank- und Hantelcurls und sparte mir das beste Gerät für den Schluss auf: Trizepsstrecken, meine Lieblingsübung. Als ich das Fitnessstudio verließ, war ich schweißgebadet.

Wieder zu Hause angelangt, duschte ich, zog einen Rollkragenpullover, Jeans und Stiefel an, aß eine Kleinigkeit zum Frühstück und packte mir ein Sandwich fürs Mittagessen ein. Um neun traf ich im Büro ein und rief gleich im Polizeirevier an. Detective Odessa berichtete mir, dass er eine erneute Computersuche durchgeführt und sich durch zahlreiche Listen gearbeitet hatte, auf denen die unidentifizierten Toten aus ganz Kalifornien standen. Nirgends war die Rede von einem weißen Mann in Purcells Alter. Die lokale Polizei, die Staatspolizei und die Highway Patrol wurden allwöchentlich daran erinnert, nach ihm Ausschau zu halten. Odessa hatte seine Anstrengungen ausgeweitet und die meisten medizinischen Einrichtungen in den Landkreisen der Umgebung unterrichtet, falls Purcell geistig verwirrt oder im Koma bei ihnen eingeliefert werden sollte.

Ich berichtete ihm von den Personen, mit denen ich bis jetzt gesprochen hatte. Erneut fiel mir auf, dass ich Crystal ein ganz klein wenig in Schutz nahm. Ich hätte ihm von dem unbestätigten Gerücht über ihre Affäre berichten können, beschloss aber, es für mich zu behalten, bis ich dazu kam, der Sache auf den Grund zu gehen. Am Ende unseres Gesprächs war klar, dass wir alle beide noch im Dunkeln tappten. Er schien sich darüber zu freuen, dass ich ihn auf dem Laufenden gehalten hatte, ja er reagierte sogar mit Nachsicht darauf, dass Blanche eine Hellseherin konsultieren wollte, was mich in gewisser Weise überraschte. Ich vergesse immer wieder, dass Polizeibeamte nicht zwangsläufig abgebrüht, sondern durchaus im Stande sind, solche Dinge für möglich zu halten.

Ich suchte die Telefonnummer von Jacob Trigg heraus, dessen

Namen mir Crystal genannt und den sie als Dows besten Freund bezeichnet hatte. Ich wählte, und als er sich meldete, erklärte ich ihm, wer ich war, und wir vereinbarten einen Termin für Dienstagmorgen um neun Uhr bei ihm zu Hause. Ich trug es in meinen Kalender ein und rief dann Joel Glazer unter der Büronummer an, die ich ebenfalls von Crystal hatte. Seine Sekretärin sagte mir, dass er zu Hause arbeite, und verriet mir seine Privatnummer, damit ich ihn erreichen konnte. Ich rief dort an, stellte mich vor und sagte ihm, dass mich Fiona engagiert hatte. Er zeigte sich immerhin so freundlich und hilfsbereit, dass er mir seine Adresse und einen Termin für ein Uhr am selben Nachmittag gab. Dann rief ich im Santa Teresa Hospital an, wo ich erfuhr, dass Penelope Delacorte jetzt Pflegedienstleiterin war und man sie werktags von neun bis fünf in ihrem Büro antreffen konnte. Ich notierte mir den Titel und beschloss, es später bei ihr zu versuchen, nach meinem Treffen mit Glazer. Schließlich rief ich in eigener Sache bei Richard Hevener an, wo sich ein Anrufbeantworter einschaltete. Ich hinterließ eine Nachricht, in der ich mich nach dem Stand meines Mietantrags erkundigte. In der Hoffnung, dadurch meine Chancen günstig zu beeinflussen, bemühte ich mich, besonders einnehmend zu klingen.

Um die Mittagszeit saß ich an meinem Schreibtisch und aß das Erdnussbutter-Essiggurken-Sandwich, das ich mir von zu Hause mitgebracht hatte. Um halb eins verließ ich das Haus und begann um den Block herumzumarschieren, da ich hoffte, mich so daran zu erinnern, wo ich mein Auto geparkt hatte. Ich fand den VW unangetastet an der Ecke Capillo und Olive, wesentlich näher, als ich vermutet hätte, und in entgegengesetzter Richtung. Der Himmel war nun schon den fünften Tag bedeckt, ein drückendes Grau, das sich an den Rändern kräuselte und mit gewaltigen Wolkenbergen Regen androhte.

Santa Teresa wird im Norden von den Bergen und im Süden vom Pazifik begrenzt, was seine geografische Ausdehnung einschränkt. Die westlichsten Viertel ziehen sich bis nach Colgate hinaus und die östlichsten bis Montebello, wo die Preise in die

Höhe schnellen. Horton Ravine, wohin ich unterwegs war, ist eine begüterte Enklave, erschlossen durch Landzuweisungen und Schenkungen, durch die mehrere kalifornische Gouverneure hohe Militärs sehr, sehr nobel für das Abschlachten von Menschen belohnt haben. Die so vergebenen gut hundertzwanzig Hektar wurden von reichen an noch reichere Männer weitergegeben, bis der letzte in der Familie, ein Schafzüchter namens Tobias Horton, so klug war, das Land in verkäufliche Einzelgrundstücke aufzuteilen, und damit ein Schlachtfest anderer Art veranstaltete.

Ich fuhr auf der 101 bis zur Ausfahrt La Cuesta, bog erst links ab und folgte dann der Straße nach rechts, auf die Haupteinfahrt zu, die aus zwei massiven Steinsäulen bestand, zwischen denen sich in verschnörkeltem Schmiedeeisen der Schriftzug »Horton Ravine« emporschwang. Das Gelände war üppig bewachsen, und die Stämme der Platanen und Immergrünen Eichen hatten dunkle Flecken von den jüngsten Regengüssen. Die meisten Straßen heißen »*Vía* Sowieso«. »Vía« ist spanisch und heißt »Weg« oder »Straße«. Ich passierte den Reitclub von Horton Ravine, bis ich schließlich, anderthalb Kilometer weiter, nach rechts abbog und einen Hügel hinauffuhr.

Die Glazers wohnten in der Vía Bueno (»Gute Straße«, falls ich mich anhand meines kurzen Gastspiels im Spanisch-Abendkurs recht erinnere). Das Haus war ein moderner Bau aus den sechziger Jahren, eine strahlend weiße Ansammlung abstrakter Formen, die sich aufeinander stapelten und einen architektonischen Wirrwarr bildeten. Drei schwebende Stockwerke erhoben sich in verschiedenen Winkeln auf Freiträgern, gekrönt von einem steil aufragenden Turm, der aus der Mitte dieser Masse emporwuchs. Auf allen Seiten gab es breite Terrassen und große Glasflächen, gegen die vermutlich regelmäßig Vögel prallten und so den Tod fanden. Als ich Dana Jaffe das erste Mal begegnet war, wohnte sie in einer kleinen Reihenhaussiedlung in Perdido, fünfzig Kilometer weiter südlich. Ich fragte mich, ob ihr ebenso bewusst war wie mir, wie weit sie gekommen war.

Ich parkte auf einer rondellartigen Stellfläche und ging zu den flachen, ausladenden Stufen hinüber, die zur Haustür hinaufführten. Mehrere Minuten verstrichen, bevor sie die Tür aufmachte. Ich hätte schwören können, dass sie die gleiche Kluft trug, in der ich sie bei unserer ersten Begegnung gesehen hatte: ausgebleichte Jeans und ein simples weißes T-Shirt. Ihre Haare waren immer noch honigfarben, nur dass jetzt silberne Fäden, so fein wie Seidenfasern, in ihnen zu sehen waren. Sie hatte sie stufig schneiden lassen, und jede Strähne fiel an ihren Platz, wenn sie den Kopf bewegte. Ihre Augen waren khaki- oder haselnussbraun und zeigten unter den weichen, flaumigen Brauen manchmal grüne, meist aber braune Reflexe. Das Einnehmendste an ihrem Gesicht war ihr Mund. Sie hatte einen leichten Überbiss, der ihre Lippen voll und üppig wirken ließ.

»Hallo, Kinsey«, begrüßte sie mich. »Joel hat gesagt, dass Sie vorbeischauen würden. Kommen Sie doch rein. Ich nehme Ihnen das ab.«

»Ein schönes Haus«, sagte ich, während ich eintrat, den Regenmantel abstreifte und ihn ihr reichte. Bis sie ihn in den Wandschrank gehängt hatte, hatte ich Zeit zu staunen. Das Innere war wie das einer Kathedrale, ein weiter Raum, der von einer Gewölbedecke zehn Meter weiter oben gekrönt wurde. Brücken und Laufstege verbanden die verschiedenen Ebenen des Hauses, und breite Streifen von Sonnenlicht zeichneten geometrische Muster auf den glatten Steinboden.

Dana trat zu mir und sagte: »Fiona hat Ihnen wahrscheinlich erzählt, dass wir das Haus umgestalten.«

»Sie hat es erwähnt«, bestätigte ich. »Außerdem hat sie gesagt, dass Sie mich ihr empfohlen hätten. Das war nett von Ihnen.«

»Gern geschehen. Ich gestehe, dass ich Sie damals nicht mochte, aber Sie haben einen ehrlichen Eindruck gemacht und sich wie ein kleiner Terrier hinter die Suche nach Wendell geklemmt. Ihr Freund Mac Voorhies von der California Fidelity schreibt Ihnen das Verdienst zu, dass ich das Geld behalten durfte.«

»Das ist ja eine interessante Neuigkeit. Ich hatte als Letztes nur gehört, dass sie die Sache noch debattiert haben. Es freut mich, dass es geklappt hat. Wie gut kannten Sie Dow?«

»Ich bin ihm wegen Joel gelegentlich begegnet, aber wir sind nie Freunde geworden. Ich habe Fiona erst nach ihrer Scheidung kennen gelernt und stehe daher eher auf ihrer Seite. Ich bin zwar höflich, wenn er mir über den Weg läuft, aber das ist auch alles. Joel telefoniert gerade. Ich führe Sie in sein Arbeitszimmer hinauf, sobald er fertig ist. Möchten Sie sich ein bisschen umsehen?«

»Das wäre prima.«

»Wir machen es Stück für Stück. Nicht gerade mein Fall. Fiona und ich wollten eigentlich alles auf einmal erledigen ... eine komplette Installation, was wesentlich wirkungsvoller und viel amüsanter wäre, aber Joel hat ein Machtwort gesprochen, und jetzt gehen wir eben abschnittsweise vor. Das ist das Wohnzimmer, wie man sieht ...«

Sie rasselte die Räume herunter, während ich ihr folgte. »Wintergarten, Fernsehraum, Speisezimmer. Die Küche ist hier. Joels Arbeitszimmer liegt oben in dem Teil, den wir das Krähennest nennen.«

Die Räume befanden sich eindeutig in einem Umwälzungsprozess. Die Böden waren mit Orientteppichen bedeckt, die für einen Palast ausgereicht hätten, und den gedämpften Farben sowie den ausgefeilten Mustern nach zu urteilen waren sie auch ziemlich alt. Die Möbel, vermutlich noch von der verstorbenen Mrs. Glazer ausgesucht, schienen fast ausnahmslos antik zu sein. Darunter waren massive Schränke und das eine oder andere Stück aus poliertem Mahagoni. Die wenigen Polstermöbel waren mit weißem Leinen bezogen und hatten deutliche, klare Linien. Mehrere Stoffmuster hingen über Stühle drapiert, und fünf Zentimeter breite Muster für Wandfarben waren an mehreren Stellen an die Wände geklebt worden. Einige der Polsterstoffe hatte ich nicht mehr gesehen, seit mich Tante Gin in meiner Jugend zu ihren

Freundinnen mitgenommen hatte. Dschungelmuster, falsch aussehendes Leopardenfell, Bananenstauden, Bambus, Zickzack- und Winkelmuster in Orange- und Gelbtönen. Die zur Wahl stehende Wandfarbe war jenes giftige Grün, das die meisten Badezimmer der dreißiger Jahre zierte, wenn sie nicht in dieser ach so modernen Mischung aus Pink und Schwarz ausgestaltet worden waren.

»Sie hat einen mit Haifischleder bezogenen Ruhlmann-Schreibtisch für diese Wand gefunden und einen André-Groult-Spiegel. Wir sind völlig begeistert davon.«

»Das kann ich mir vorstellen«, murmelte ich. Mir war klar, dass es Häuser gab, wo Fionas Art-Déco-Vorliebe nicht völlig fehl am Platze wäre, aber ich konnte mir um alles in der Welt nicht vorstellen, wie diese kühlen, eleganten Räume aussehen würden, wenn sie in schwarzem Lack, Plastik, Leder, Email, gemasertem Ahorn und Chrom neu eingerichtet wären.

Dana plauderte weiter. »Joels Frau ist vor vier Jahren gestorben. Er hat zweiundzwanzig Jahre hier mit ihr gelebt. Eigentlich würde ich am liebsten alles umbauen, aber er sieht keinen Sinn darin.«

Gut für ihn, dachte ich. »Wie geht's Michael?« Ich wagte es nicht, nach ihrem jüngeren Sohn Brian zu fragen, weil er das letzte Mal, als ich ihn gesehen hatte, erneut unterwegs ins Gefängnis gewesen war.

»Ihm und Brendon geht's gut. Juliet ist gegangen. Anscheinend hatte sie genug von Ehe und Mutterschaft.«

»Ein Jammer.«

»Tja«, sagte sie abrupt. »Dann will ich mal sehen, ob Joel zu Ende telefoniert hat.«

Ich begriff, dass ihr genauso viel daran lag wie mir, das Thema Brian zu vermeiden. Sie trat an eine Sprechanlage im Esszimmer und drückte einen Knopf, der offenbar ein Klingelzeichen in Joels Arbeitszimmer auslöste. »Schätzchen, hast du jetzt Zeit?«, fragte sie, und ich vernahm seine dumpfe Antwort.

Lächelnd drehte sie sich um. »Er sagt, Sie können gleich raufkommen. Ich bringe Sie zum Aufzug. Vielleicht können wir noch plaudern, wenn Sie Ihr Gespräch mit ihm beendet haben.«

»Das wäre nett.«

9

Joel Glazers Arbeitszimmer lag im zweiten Stock und stellte sich als geräumiges, luftiges Turmdomizil mit Fenstern nach allen vier Seiten heraus. Es gab weder Vorhänge noch Gardinen, aber dafür schmale Jalousien, die bis an den oberen Rand der Fenster aufgezogen waren, um maximalen Lichteinfall zu gestatten. Die Aussicht war in jede Richtung spektakulär: Meer, Küste, Berge und die westlichen Ausläufer von Horton Ravine. Die dichte Wolkendecke verbreitete Düsternis über der Landschaft und ließ zugleich das Tiefblau der Berge und das Dunkelgrün der Vegetation intensiver wirken.

Anstelle eines Schreibtischs benutzte er einen schweren Refektoriumstisch. Sämtliche anderen Möbelstücke waren Antiquitäten, abgesehen von dem zwei Meter langen, nach Maß mit rostfarbenem Samt bezogenen Sofa, das an den Kanten mit weißen Paspeln verziert war. Wie in den unteren Räumen lag auch hier ein überdimensionaler Orientteppich, schätzungsweise fünf mal sieben Meter groß. Aufgrund der weiten Fensterflächen hingen kaum Bilder an den Wänden. Unterhalb der Fenstersimse waren Bücherregale und Aktenschränke eingebaut. Der Raum war nicht nur makellos, sondern es herrschte auch strenge Ordnung – alles befand sich exakt an seinem Platz. Die Kanten der Papiere und Unterlagen auf dem Schreibtisch waren aufeinander ausgerichtet, Bleistifte und Federhalter lagen parallel zur Schreibtischauflage.

Joel Glazer erhob sich, um mich zu begrüßen, und wir schüttelten uns die Hände. Sein Aussehen verblüffte mich. Ich war so von Dana Jaffes Schönheit fasziniert, dass ich erwartet hatte, ihr

Partner werde ebenso gut aussehen. Ich reagierte auf Joel so ähnlich wie damals, als ich zum ersten Mal Fotos von Jackie Kennedy und Aristoteles Onassis sah – die Prinzessin und der Frosch. Joel war Mitte sechzig, hatte eine hohe Stirn mit zurückweichendem Haaransatz, und sein einst blondes Haar hatte entlang der Schläfen einen gelblichen Grauton angenommen. Hinter seiner randlosen Brille lagen braune Augen mit tiefen Falten an den äußeren Winkeln. Auch um seinen Mund zogen sich tiefe Linien. Als er aufstand und auf mich zukam, sah ich, dass er kleiner war als ich, vermutlich nur einsdreiundsechzig. Er war korpulent, und seine Schultern waren auf eine Weise hochgezogen, die mich daran erinnerte, dass ich auf meine Kalziumzufuhr achten musste. Sein Lächeln ließ eine Lücke zwischen den vorderen Schneidezähnen erkennen, die verfärbt und leicht schief waren. Er trug ein frisches weißes Anzughemd mit protzigen Manschettenknöpfen, und die Anzugjacke hing ordentlich über der Stuhllehne. Ich roch das zarte Zitrusaroma seines Rasierwassers. »Schön, Sie kennen zu lernen, Miss Millhone. Setzen Sie sich doch. Ich habe gehört, meine Frau und Sie kennen sich schon von früher.«

Ich setzte mich auf einen braunledernen Ohrensessel, der perfekt zu den Creme-, Beige-, Rost- und Brauntönen des Teppichs passte. »Das ist ganz schön lange her«, sagte ich. Ich wusste nicht, wie viel ihm Dana über ihr Vorleben erzählt hatte, und der größte Teil der Geschichte erschien mir zu kompliziert, um ihn in einem Gespräch zusammenzufassen.

Er setzte sich wieder auf seinen Stuhl und legte die rechte Hand auf den Schreibtisch vor sich. Am Mittelfinger trug er einen Siegelring, der im Licht glitzerte. »Egal. Sie sind ja jetzt wegen Dow hier. Fiona hat uns erzählt, dass sie Sie engagiert hat, damit Sie ihn finden. Ich sage Ihnen, was ich weiß, aber ich bin mir nicht sicher, ob das viel helfen wird.«

»Das verstehe ich«, sagte ich. »Könnten wir mit Pacific Meadows beginnen? Ich habe gehört, dass es Probleme bei der Abrechnung mit Medicare gegeben hat.«

»Einzig und allein meine Schuld. Ich mache mir selbst Vorwürfe deswegen. Ich hätte ganz inoffiziell die geschäftliche Seite im Auge behalten sollen. Harvey Broadus und ich – ich weiß nicht, ob Sie meinen Partner schon kennen gelernt haben ...«

Ich schüttelte den Kopf und ließ ihn weiterreden.

»In den letzten sechs Monaten hatten wir Unmengen von Projekten in Arbeit. Wir sind schon seit Jahren Geschäftspartner. Ich komme aus dem Geschäfts- und Finanzwesen und er aus der Immobilien- und Baubranche – die ideale Kombination. Wir sind uns vor fünfzehn Jahren auf dem Golfplatz begegnet und haben beschlossen, als Partner Seniorenresidenzen, Pflegeheime und Wohnanlagen zu bauen. Unser beider Eltern waren damals schon tot, aber der Bedarf an angenehmen Häusern und qualifizierter Pflege für die ältere Generation war etwas, nach dem wir beide angestrengt und nicht immer mit Erfolg gesucht hatten. Na ja, um es kurz zu machen, haben wir jetzt eine eindrucksvolle Kette von Lang- und Kurzpflegeheimen aufgebaut. Pacific Meadows haben wir 1980 gekauft. Damals war es schäbig und schlecht geführt. Wir erkannten das Potenzial, aber das Haus machte am laufenden Band Verluste. Wir haben fast eine Million Dollar in Renovierung und Modernisierung gesteckt, einschließlich des neuen Flügels. Kurz darauf haben wir die Verpachtungsvereinbarung mit Genesis Financial Management Services abgeschlossen. Irgendjemand – ich weiß nicht mehr, wer – hat Genesis Dow als möglichen Leiter der Verwaltung vorgeschlagen. Ich kannte ihn privat und konnte auf jeden Fall seinen guten Ruf unter Medizinern bestätigen. Er hatte gerade seine Praxis als Hausarzt aufgegeben und suchte nach einer neuen Aufgabe. Es sah nach einer Regelung aus, die allen Beteiligten gerecht werden würde.«

»Und was ist passiert?«

»Wenn ich das nur wüsste. Harvey und ich sind oft verreist und fahren kreuz und quer durch Kalifornien. Wahrscheinlich haben wir uns mehr zugetraut, als gut war, aber Harvey ist wie ich – wir blühen beide erst unter Druck richtig auf.« Das Telefon auf seinem Schreibtisch begann zu läuten. Er warf einen kurzen Blick darauf.

»Müssen Sie rangehen?«

»Dana nimmt das Gespräch entgegen. Ich sollte lieber noch einen Schritt zurückgehen und Sie zumindest oberflächlich darüber aufklären, wie dieses Geschäft läuft. Im Grunde haben wir es nämlich mit drei getrennten Einheiten zu tun. Harvey und mir gehört das Anwesen über Century Comprehensive, eine Firma, die wir 1971 gegründet haben. Mit Anwesen meine ich jetzt den Grund und das Haus, in dem Pacific Meadows untergebracht ist. Das Pflegeheim wird, wie ich schon erwähnt habe, von Genesis betrieben. Sie haben die Gebäude von uns gemietet. Außerdem erledigen sie die gesamte Abrechnung: Verbindlichkeiten und Außenstände, das Ausstellen von Rechnungen an Medicare und Medicaid sowie DME-Ankäufe – das sind langlebige medizinische Gebrauchsgüter, falls Sie sich fragen. Genesis agiert unter einer Dachgesellschaft namens Millennium Health Care. Millennium ist in staatlichem Besitz und daher gesetzlich verpflichtet, Informationen über finanzielle Angelegenheiten an die Sozialversicherung weiterzugeben. Damit meine ich Aufstellungen der Aktiva, Verbindlichkeiten und die Rendite aus Eigenkapital. Ein staatlich geprüfter Buchhalter muss diese Zahlen überprüfen. Vor zehn, fünfzehn Jahren befanden sich Eigentümer und Betreiber oft noch in Personalunion, aber die Zeiten haben sich geändert. Von Gesetzes wegen müssen diese Funktionen jetzt klar getrennt sein. Es ist wie ein gegenseitiges Kontrollsystem, und alle bleiben anständig und ehrlich.«

»Und wo stand dabei Dr. Purcell?«

»Ich komme gleich auf ihn zu sprechen. Unter der Betreibergesellschaft steht Dow – oder wer eben seinen Posten einnimmt. Er ist für die medizinische Verwaltung der Einrichtung verantwortlich, für die alltäglichen praktischen Entscheidungen. Und genau da ist er womöglich in die Bredouille geraten.«

»Sie sind alle drei Geschäftspartner?«

»Eigentlich nicht. Dow spricht zwar so von uns, aber im Grunde stimmt es nicht. Für Laien ist es die einfachste Erklärung für unser Verhältnis. Aber wir könnten gar keine Partnerschaft mit Dow oder der Betreibergesellschaft eingehen, der die Einrichtung untersteht. Glauben Sie mir, die Regierung reagiert ziemlich sauer auf jede Abmachung, die nicht das Ergebnis ellenlanger Verhandlungen ist – anders ausgedrückt müssen es zwei separate Parteien sein, die keine geheimen Absprachen miteinander treffen. Dow könnte ja wohl kaum unvoreingenommene Entscheidungen über Abrechnungsmodalitäten treffen, wenn er selbst davon profitieren würde. Worauf Sie vermutlich hinauswollen, ist die Tatsache, dass er Anteile an Millennium Health Care gekauft hat, einer Kette, von der wir auch Aktien halten. Das macht uns natürlich in gewisser Weise zu Partnern. Wir sind alle in derselben Branche, nämlich dem Dienst an den Senioren in unserer Gemeinde. Freilich hatten wir kein wirkliches Mitspracherecht in der Sache, aber Harvey und ich dachten beide, Pacific Meadows wäre die ideale Wirkungsstätte für einen Mann mit Dows Erfahrung und Renommee. Jetzt wird mir klar, dass er vielleicht doch keinen ganz so guten Sinn fürs Geschäftliche hatte, wie ich zuvor angenommen hatte. Das erste Mal haben wir letzten Mai von dieser Geschichte mit Medicare gehört. Damals dachte ich – und ich bin nach wie vor davon überzeugt –, dass sich sämtliche Unstimmigkeiten als simple Irrtümer der Buchhaltung entpuppen würden, eine Häufung von Übertragungsfehlern, kein bewusstes Aufblähen der Zahlen in betrügerischer Absicht. Dow Purcell ist ein zu anständiger Mann, um sich zu solchen Gaunereien hinreißen zu lassen. Meine Vermutung geht eher dahin, dass er sich entweder nicht ganz darüber im Klaren war, wie Medicaid funktioniert, oder ihm gegenüber all diesem kleinkrämerischen Unsinn, den einem die Bürokratie aufhalst, der Geduldsfaden gerissen ist. Das kann ich ihm nicht zum Vorwurf machen. Als Arzt gilt sein erster Gedanke natürlich stets dem Wohlbefinden seiner Patienten. Vielleicht hat er rebelliert, als er den unsinnigen Aufwand an Papierkrieg sah, der erstklassige Pflege behinderte, oder schlimmer noch, vielleicht war er der Meinung, die Regierung hätte nicht das Recht, ihm Vorschriften zu machen.«

»Sie glauben also, er könnte die Vorschriften ein wenig zu lax ausgelegt haben?«

»Jedenfalls ist mir diese Erklärung lieber als die, die der Ermittler von der Kontrollbehörde offenbar vorzieht. Noch nahe liegender wäre, dass er leichtsinnig war und Rechnungen unterzeichnet hat, die er genauer unter die Lupe hätte nehmen sollen. Die Vorstellung, dass Dowan bewusst die Regierung betrogen haben soll, ist für mich unfassbar.«

»Nehmen wir trotzdem mal an, er hat es getan. Dann verstehe ich immer noch nicht, inwiefern er davon profitiert haben könnte. Wenn Medicare und Medicaid zu hohe Summen in Rechnung gestellt bekommen, werden diese Beträge dann nicht an die Betreibergesellschaft bezahlt? Es fällt doch eigentlich unter deren Zuständigkeit, oder nicht?«

»Eindeutig. Aber Lieferanten von außen, wie zum Beispiel Rettungsdienste und Firmen für Klinikbedarf, könnten Tausende von Dollar für nie erbrachte Leistungen oder nie gelieferte Waren oder auch Güter, die mit stark überhöhten Preisen ausgezeichnet wurden, kassieren. Wenn jemand in Dows Position mit ihnen gemeinsame Sache gemacht hat, könnten solche Absprachen enorme Gewinne für die beteiligten Firmen bedeuten. Dafür würde er eine Belohnung erhalten – Schmiergelder, die dann eventuell unter Kollegenrabatt oder Empfehlungsprämie firmieren. Jetzt, wo die HCFA – entschuldigen Sie die ganzen Abkürzungen, das ist die Behörde für die Finanzierung von Krankenkosten, die die Arbeit von Medicare und Medicaid überwacht –«

»Langsam wird's kompliziert«, sagte ich.

»Ziemlich. Auf jeden Fall besteht die HCFA nun, nachdem sie sich eingeschaltet hat, auf Unterlagen über jede dieser Transaktionen, einschließlich des Pachtvertrags. Und da kommen dann wir ins Spiel.«

»Sie glauben jedenfalls nicht, dass er wirklich schuldig ist.«

»Nein. Aber es sieht nicht gut für ihn aus.«

»Sie glauben, er ist verschwunden, um die Schande zu vermeiden?«

»Möglich«, sagte er. »Wenn er nicht fähig oder nicht bereit war, sich den Vorwürfen zu stellen. Ich weiß auch nicht, wie er mit der Bloßstellung zurechtkommen soll, wenn sie beschließen, einen Prozess anzustrengen. Ich weiß nicht, wie irgendjemand von uns damit zurechtkäme. Er steckt in massiven Schwierigkeiten. Ich möchte ihn aber auch nicht als Feigling abstempeln.«

»Wann haben Sie ihn zuletzt gesehen? Können Sie sich noch erinnern, bei welcher Gelegenheit das war?«

»Natürlich. Am 12. September, dem Tag, an dem er verschwunden ist. Ich bin mit ihm Mittag essen gegangen.«

»Das wusste ich nicht. War das auf seinen Wunsch oder auf Ihren?«

»Auf seinen. Er hat angerufen und mich gebeten, mich mit ihm zu treffen. Natürlich habe ich Ja gesagt. Da wusste ich schon von seinen Problemen. Ich hatte noch etwas anderes dort in der Gegend zu erledigen, und so haben wir uns in einem kleinen Lokal getroffen, das von Pacific Meadows aus leicht zu Fuß zu erreichen ist. Eine kleine Kneipe namens Dickens, ein nachgemachter englischer Pub. Es ist ruhig dort und man ist ungestört, und ich wusste, dass ihm das entgegenkommen würde.«

»Hat er über die Probleme mit Medicare gesprochen?«

»Nicht direkt. Er hat ein bisschen um die anstehenden Ermittlungen herumgeredet. Er war eindeutig bestürzt und schien sich vergewissern zu wollen, dass Harvey und ich zu seiner Verteidigung antreten würden. Ich tat mein Möglichstes, um ihn zu beruhigen, aber ich sagte ihm auch, dass ich nichts Zweifelhaftes decken würde. Ich will nicht wichtigtuerisch klingen, aber falls sich die Anschuldigungen als zutreffend erweisen, dann ist Dows

Handlungsweise nicht nur unethisch, sondern auch illegal. Sosehr ich den Mann mag und bewundere, werde ich ihn dann auf keinen Fall schützen, selbst wenn ich könnte.«

»Aber warum sollte er so etwas riskieren? Noch dazu in seinem Alter und seiner Position. Ausgeschlossen, dass er das Geld gebraucht hat.«

»Da bin ich mir nicht so sicher. Dow hat zwar immer gut verdient, aber Crystal kostet ihn ein Vermögen. Er muss zwei Häuser unterhalten – Sie wissen sicher, dass er Crystal auf ihr Drängen hin das Strandhaus gekauft hat. Nichts war ihr gut genug, sie musste die Hütte unbedingt haben. Dazu muss er Fionas Unterhalt bezahlen, was gelinde gesagt eine Belastung ist. Crystal reist gern, und zwar mit Stil – das heißt Flüge erster Klasse –, und zu allem Überfluss noch die Unterkunft für Griffiths Betreuer. Sie ist der Typ Frau, der darauf besteht, an Geburtstagen, Jahrestagen, Weihnachten und am Valentinstag beschenkt zu werden – da erwartet sie Schmuck, und zwar keinen von der billigen Sorte. Darauf pocht sie. Dana hat die Theorie, dass sie persönliches Vermögen anhäufen will, für den Fall, dass es hart auf hart kommt.«

Das Telefon klingelte erneut. Diesmal blinzelte er nicht einmal, und so fuhr ich fort. »Sie glauben, sie hat ihn seines Geldes wegen geheiratet?«

Er erwog die Frage kurz und schüttelte dann den Kopf. »Das würde ich nicht sagen. Ich glaube, sie liebt ihn aufrichtig, aber sie ist ihr Leben lang arm gewesen. Sie will sich absichern, für den Fall, dass ihm etwas zustößt.«

»Was halten Sie von den Gerüchten, dass sie eine außereheliche Affäre hatte?«

»Da müssten Sie Dana fragen. Sie war ja diejenige, die diese merkwürdigen Vorgänge beobachtet hat. Ich möchte mich nicht dazu äußern.«

»Hat Dr. Purcell irgendetwas gesagt, das darauf hingewiesen hätte, dass er sich absetzen wollte?«

Joel schüttelte den Kopf. »Ich kann mich an nichts dergleichen erinnern. Ist das die Richtung, in die die Polizei tendiert?«

»Tja, sie können es nicht ausschließen. Offenbar fehlen sein Pass und eine hohe Geldsumme.«

Joel starrte mich an, als versuchte er das zu verarbeiten. »Wenn er sich abgesetzt hätte, müsste er aber bis ans Ende seiner Tage auf der Flucht bleiben.«

»Vielleicht ist das nicht so schlimm wie die Alternative. Nach dem, was Sie sagen, war er verzweifelt.«

»Genau. Es war ein Albtraum für ihn, dass er womöglich strafrechtlich belangt würde.«

»Ich habe mit einem Anwalt gesprochen, der meinte, dass es gar nicht so schlimm kommen würde. Er müsste vermutlich das Geld erstatten, aber keine Haftstrafe antreten.«

»Das sah er anders. Er war zutiefst deprimiert. Die Regierung greift immer härter durch. Er wusste, dass sie womöglich beschließen würden, an ihm ein Exempel zu statuieren. Es geht in erster Linie um den Gesichtsverlust, und ich bin mir sicher, dass er den nicht verkraftet hätte.« Er hielt inne und schob vier Stifte von einer Seite des Tisches auf die andere.

Ich sah, wie sein Blick abschweifte. »Was geht Ihnen durch den Kopf?«

Er schüttelte den Kopf. »Etwas, das ich noch nie jemandem anvertraut habe. Nachdem ich ihn an diesem Tag gesehen habe, habe ich mich gefragt, ob er … ob er mit dem Gedanken spielte, sich umzubringen. Er hat zwar versucht, seine Hoffnungslosigkeit zu kaschieren, aber vielleicht war es doch zu viel. Er war sich nicht sicher, ob Crystal zu ihm stehen würde, wenn der Skandal erst einmal ans Licht käme. Man muss sich fragen, wie verzweifelt er war und wie weit er zu gehen bereit war, um sich Erleichterung zu verschaffen. Ich hätte ihn fragen sollen, wie es ihm geht. Ich hätte tun sollen, was ich konnte, um ihn zu beruhigen, aber ich habe es nicht getan.«

»Joel?«

Wir wandten uns beide um und sahen Dana in der Tür stehen.

»Harvey ist auf Leitung zwei. Er ruft jetzt schon das zweite Mal an.«

»Tut mir Leid. Ich gehe lieber ran.«

»Klar, nur zu. Danke, dass Sie mir Ihre Zeit geopfert haben. Vielleicht möchte ich Ihnen ein andermal noch ein paar Fragen stellen.«

»Jederzeit«, sagte er. Er stand mit mir auf, und wir schüttelten uns über dem Schreibtisch die Hände. Als ich an der Tür ankam, hielt er bereits den Telefonhörer in der Hand.

Dana brachte mich zum Aufzug, in den genau zwei Personen passten, da seine Innenmaße etwa denen einer durchschnittlichen Telefonzelle entsprachen. In der Zeit, die er brauchte, hätte ich auch die Treppen hinunterlaufen können. Während des langsamen, surrenden Abwärtsgleitens fragte ich: »Was ist das für eine Geschichte mit Clint Augustine?«

»Ganz einfach. In den sechs Monaten, die Augustine unser Gästehaus gemietet hatte, ist Crystal, sowie Dow zur Arbeit gegangen war, aus ihrer Hintertür gekommen und durch die Bäume in Clints Häuschen geschlichen. Sie blieb immer etwa eine Stunde und schlich sich dann wieder nach Hause. In der Zwischenzeit hat Rand auf das Baby aufgepasst und mit ihm endlose Spaziergänge durch Horton Ravine unternommen. Es wurde zum Lieblingsthema des ganzen Viertels.«

»Könnte es dafür nicht auch eine andere Erkärung geben?«

Dana warf mir ein müdes Lächeln zu, als sie mir meinen Regenmantel reichte. »Vielleicht haben sie ja zusammen Tee getrunken.«

Das Santa Teresa Hospital – St. Terrys – liegt im Nordwesten der Stadt, einem Viertel, das einst aus offenem Ackerland, ertragreichen Weinbergen, Molkereien und Ställen bestand, allesamt mit fantastischer Aussicht auf die Berge am nördlichen Stadtrand. Frühe Schwarzweißfotografien der Gegend zeigen breite, staubige Straßen und eine Barackensiedlung zwischen lange schon eingeebneten Zitrushainen und Walnussbäumen. Es ist eine Welt, die seltsam kahl und flach wirkt; unbebautes Land, auf dem Pampasgras und Strandkiefern wachsen, die geradezu unterentwickelt aussehen. Ein paar schmucklose Bauten aus dieser Zeit stehen noch, wie antike Raritäten unter die modernen Häuser geschmuggelt. Der Rest – Kirchen, das einstige Landgericht, die hölzernen Wohnhäuser, der Klamottenladen, die alte Mission, der Straßenbahnschuppen und zahlreiche schicke dreistöckige Hotels – war von mehreren Erdbeben und Feuersbrünsten, dem Abrissteam der Natur, eingeebnet worden.

Es war noch nicht ganz zwei Uhr, als ich in einer Seitenstraße parkte und die anderthalb Blocks zum Haupteingang des St. Terrys marschierte. Der Wind hatte aufgefrischt, und die Bäume wirkten ruhelos und bewegten sich ungelenk. Immer wieder stoben kleine Schauer von den oberen Zweigen herunter. Die Luft an sich wirkte grau, und ich war froh, als ich durch die gläsernen Schiebetüren, die sich beim Näherkommen öffneten, in die Halle der Klinik treten konnte. Zu meiner Linken lag die Cafeteria, in der einige wenige Klinikangestellte und Besucher saßen. An der Information ließ ich mir den Weg zum Büro der Pflegedienstleiterin erklären. Ich kam an einer Damentoilette vorbei und machte einen kurzen Abstecher, bevor ich meinen Weg fortsetzte.

Ich fand Penelope Delacorte in einem kleinen Einzelbüro, dessen Fenster zur Straße hinausging. Die hellen Leuchtstoffröhren an der Decke bildeten einen scharfen Kontrast zu der Düsternis draußen. Sie saß an ihrem Schreibtisch und fuhr mit einem Bleistift die Zeilen auf einer kopierten Aktennotiz nach. Als ich an den Türrahmen klopfte, beäugte sie mich über den Rand einer Halbbrille mit Schildpattgestell. Sie war Anfang fünfzig und befand sich in jener Phase, wo sie noch nicht endgültig entschieden hatte, ob sie ihr ergrauendes Haar färben sollte. Ich sah sie in einer Auseinandersetzung mit ihrem Friseur vor mir, bei der sie sich unsicher war, ob sie eine haltbare oder eine auswaschbare Tönung wählen sollte. Vermutlich stritten sie sich auch über den Schnitt, wobei Penelope an dem schulterlangen Pagenkopf festhielt, den sie wahrscheinlich schon seit Jahren trug. Ihr Pony war zu kurz, und ich fragte mich, ob sie ihn zwischen den Terminen selbst schnitt. Sie setzte ihre Brille ab und legte sie beiseite. »Ja?«

»Sind Sie Mrs. Delacorte?«

»Ja.« Sie wirkte auf der Hut, als könnte ich ihr womöglich eine einstweilige Verfügung zustellen.

»Kinsey Millhone«, stellte ich mich vor. »Ich bin Privatdetektivin hier am Ort und wurde engagiert, um das Verschwinden von Dr. Purcell zu untersuchen. Haben Sie einen Moment Zeit für mich?«

Ohne groß ermuntert worden zu sein, hatte ich ihr Büro betreten, meine Regenkluft abgestreift und mich auf den Stuhl vor ihrem Schreibtisch gesetzt. Meine Umhängetasche und den Regenmantel ließ ich in einem Haufen zu meinen Füßen liegen.

Penelope Delacorte stand auf und schloss die Tür zu ihrem Büro. Meine Anwesenheit schien ihr unangenehm zu sein. Sie war fast einsachtzig groß, schlank und konservativ gekleidet: ein marineblaues Mantelkleid mit kleinen Messingknöpfen die Vorderseite hinauf. Ihre flachen marineblauen Pumps waren schlicht und sahen leicht orthopädisch aus, als wären sie für Senkfüße oder zu starke Einwärtsdrehung verschrieben worden.

Sie setzte sich und legte die Hände in den Schoß. »Ich weiß nicht, was ich Ihnen sagen kann. Ich war schon weg, als er ... verschwunden ist.«

»Wie lange haben Sie für Pacific Meadows gearbeitet?«

»Ich war die letzten acht Jahre dort Verwaltungsleiterin, bis zum 23. August. Die letzten siebenundvierzig Monate dieses Zeitraums habe ich mit Dr. Purcell zusammengearbeitet.« Ihre Stimme wirkte wie ihre Art sehr kontrolliert, als hätte sie ihre innere Skala auf »freundlich« gestellt.

»Ich dachte, er sei der Verwaltungsleiter gewesen.«

»Sein Titel war medizinischer Direktor Schrägstrich Verwaltungsleiter. Ich war stellvertretende Verwaltungsleiterin; insofern haben Sie wohl Recht.«

»Können Sie mir sagen, warum Sie gegangen sind?«

»Genesis, die Betreibergesellschaft, die Pacific Meadows kontrolliert, hat eine Mitteilung erhalten, der zufolge Medicare eine rigorose Prüfung unserer Unterlagen durchführen wollte.«

Ich hob die Hand. »Was hat sie dazu veranlasst? Haben Sie irgendeine Ahnung?«

»Vermutlich eine Beschwerde.«

»Von?«

»Einem der Patienten, einem Vormund, einem verärgerten Mitarbeiter. Ich weiß nicht genau, wer es war, aber sie schienen sich ihrer Sache völlig sicher zu sein. Offenbar verdächtigte man die Klinik einiger Verstöße, angefangen damit, dass wir unsere Lieferanten zu hoch bezahlten, bis dahin, dass wir falsche oder überzogene Rechnungen für erwiesene Dienstleistungen ausstellten. Dr. Purcell geriet in Panik und hat der Buchhalterin Tina Bart Vorwürfe gemacht, was absurd und unfair war. Ms. Bart hat schon vor meiner Zeit für Pacific Meadows gearbeitet und machte ihre Arbeit tadellos. Ich habe mich für sie eingesetzt. Ich wollte nicht zulassen, dass sie alles ihr in die Schuhe schieben. Sie hat ja nicht die Entscheidungen getroffen. Sie hat nicht einmal die Rechnungen beglichen; das hat Genesis getan. Sie hat Bestellungen weitergeleitet und die Rechnungen für Unterkunft und Verpflegung für jeden Bewohner erstellt, eingeschlossen allgemeine Versorgung und Therapie – alles außer Medikamente. Die liefen über Medicare, Medicaid, HMO, private Versicherungen und Zahlungen aus eigener Tasche. Dieselben Daten gingen auch über meinen Tisch. Sie hat die Papiere nicht *erstellt*. Sie hat nur weitergeleitet, was sie bekommen hat.«

»Warum wird Genesis nicht für das Problem verantwortlich gemacht, wenn sie die Rechnungen bezahlen?«

»Wir liefern ihnen die Angaben. Sie machen sich normalerweise nicht die Mühe, die Daten zu überprüfen, und Ms. Bart auch nicht.«

»Aber sie wurde trotzdem rausgeworfen.«

»Ja, allerdings, und ich habe am gleichen Tag meine Kündigung eingereicht. Ich war fest entschlossen, eine Beschwerde bei der Aufsichtsstelle für Arbeitsverhältnisse einzureichen.«

»Wie hat man dort reagiert?«

»Ich bin nie so weit gekommen. Ich habe es mir anders überlegt und beschlossen, es sein zu lassen. Tina Bart wollte kein großes Aufsehen. Ihr war genauso unwohl wie mir bei dem Gedanken, die Aufmerksamkeit auf Dr. Purcells Lage zu lenken.«

»Seine Lage?«

»Na ja, schon. Wir mögen ihn alle. Er ist ein liebenswerter Mensch und ein wunderbarer Arzt. Wenn er keinen Kopf für die geschäftliche Seite hatte, dann war das in unseren Augen kein sträfliches Vergehen. Das gebe ich ganz offen zu. Er kannte sich einfach nicht mit den zahlreichen Vorschriften von Medicare aus – welche Artikel man in Rechnung stellen kann und welche automatisch abgelehnt würden, Teilzahlungen, welche Beträge man abziehen durfte und welche Dienstleistungen anhand einer Gebührenordnung abgerechnet werden konnten. Ich sage Ihnen, es ist enorm kompliziert. Wenn Sie nur einen einzigen Fehler machen – wehe, Sie schreiben eine Nummer an die falsche Stelle oder lassen auch nur ein Kästchen frei –, dann kommt das Formular postwendend zurück, meistens ohne einen Hinweis darauf, wo Sie sich vertan haben.«

»Aber Dr. Purcell hat doch nicht die Rechnungen gestellt.«

»Natürlich nicht, aber es war seine Aufgabe, die TARs nachzuprüfen –«

»Die TARs?«

»Das sind die Berechtigungsanträge auf eine Behandlung. Außerdem war er verantwortlich für die Überprüfung von CPT-Nummern und die Bewilligung von Kosten für sämtliche Nebenleistungen oder DMEs. Ich muss betonen, dass er stets überaus bemüht und ausgesprochen offen für Neuerungen war, wenn es um Pflege und Wohl der Patienten ging –«

»Sie brauchen sich nicht so anzustrengen, um den Mann in Schutz zu nehmen«, sagte ich. »Ich glaube Ihnen ja. Jedenfalls höre ich aus Ihren Worten heraus, dass er, was die praktische Geschäftsführung anging, inkompetent war.«

»Wohl schon, auch wenn mir das Wort etwas zu stark erscheint.«

»Bekamen Glazer und Broadus denn nicht mit, was vor sich ging?«

»Es war ja nicht ihr Haus. Sie hatten zwar das Anwesen vom vorherigen Besitzer gekauft, umfassende Renovierungsmaßnahmen durchgeführt und den neuen Flügel finanziert und gebaut, doch alles Weitere war Aufgabe von Genesis und Dr. Purcell. Bitte verstehen Sie, dass dies nur meine Privatmeinung ist, aber ich habe im Laufe meiner Berufstätigkeit schon mit vielen Ärzten zusammengearbeitet. Je besser jemand als Arzt ist, desto schlechter kennt er sich mit geschäftlichen Angelegenheiten aus – so kommt es mir zumindest vor. Den meisten Ärzten, die ich kenne, fällt es schwer, sich das einzugestehen. Sie sind es gewöhnt, Halbgötter zu sein. Ihr Urteil wird selten in Frage gestellt. Sie sind sich der Grenzen, die ihnen gesetzt sind, nicht bewusst, und so kommen sie leicht ins Schleudern. Sie mögen sich ja in der Medizin auskennen, haben aber oft nicht ein Quäntchen gesunden Menschenverstand, was den Umgang mit Geld betrifft. Na, ich wollte nicht abschweifen. Ich habe nur zu erklären versucht, wie Dr. Purcell sich in diesen Schlamassel hineinmanövriert haben könnte.«

»Haben Sie ihm das nicht erklärt?«

»Mehrere Male. Er schien mir zuzuhören und meiner Meinung zu sein, doch die Irrtümer häuften sich trotzdem weiter.«

»Aber wenn Sie den Verdacht hatten, dass er versagte, hätten Sie dann nicht selbst zur Betreibergesellschaft gehen können?«

»Über seinen Kopf hinweg? Nicht, wenn ich meinen Job behalten wollte.«

»Den Sie ohnehin verloren haben.«

Mrs. Delacorte presste die Lippen zusammen, und die Farbe stieg ihr in die Wangen. »Ich fühlte mich gezwungen, zu kündigen, als Ms. Bart entlassen wurde.«

»Glauben Sie, dass Dr. Purcell die Regierung absichtlich betrogen hat?«

»Das bezweifle ich. Ich wüsste nicht, wie er davon hätte profitieren sollen – es sei denn, er hatte eine geheime Abmachung mit Genesis oder den vielen Lieferanten. Der springende Punkt ist doch, dass Dr. Purcell vor Ort war. Genesis war nicht da und ebenso wenig Mr. Glazer oder Mr. Broadus. Es war seine Aufgabe, und letztlich wird er zur Verantwortung gezogen.«

»Was glauben Sie, was ihm zugestoßen ist?«

»Das kann ich nicht beantworten. Da war ich schon weg.«

»Mir ist immer noch nicht klar, warum Sie keine Beschwerde eingereicht haben. Wenn Tina Bart unter gesetzwidrigen Umständen entlassen wurde, würde das doch eine legitime Klage rechtfertigen, oder nicht?«

Sie schwieg, und ich sah ihr an, wie sie mit ihrer Antwort rang. »Ich schätze, wir hatten beide keine Lust, uns auf eine öffentliche Auseinandersetzung einzulassen.«

»Mit wem?«

»Mit irgendwem«, erwiderte sie. »Die Beschäftigungsmöglichkeiten in Santa Teresa sind begrenzt. Gerüchte sprechen sich rasch herum, vor allem in Medizinerkreisen. Obwohl es viele Ärzte gibt, haben wir nur drei Krankenhäuser. Stellen auf meinem Niveau sind schwer zu finden. Ich bin hier tief verwurzelt, nachdem ich schon fast dreißig Jahre hier lebe. Ich kann es mir nicht leisten, als Unruhestifterin oder Querulantin eingestuft zu werden. Das mag Ihnen jetzt feige erscheinen, aber ich bin Witwe und muss meine betagte Mutter unterstützen. Ich glaube, nun habe ich Ihnen alles gesagt, was ich weiß, also wenn Sie mich jetzt bitte entschuldigen wollen ...« Sie begann, sich an den Papieren auf ihrem Schreibtisch zu schaffen zu machen, indem sie einen

Stapel hochhob und auf die Kanten stieß, damit die Blätter akkurat aufeinander lagen. Auf ihrem Hals hatten sich wie ein moralischer Ausschlag rote Flecken gebildet.

»Nur noch eines. Wo ist Tina Bart untergekommen?«

»Sie sind doch Detektivin. Finden Sie's raus.«

10

Als ich ins Büro zurückkam, fand ich einen Zettel vor, auf den Jeniffer geschrieben hatte: »Richard Heaven hat angeruhfen. Bitte zurückruhfen.« Ich merkte richtig, wie ich Herzklopfen bekam, als ich den Flur zu meinem Büro entlangging und die Tür aufschloss. Ich hatte frühestens am Mittwoch damit gerechnet, dass er sich meldete. Ich warf meine Umhängetasche auf den Stuhl und riss den Hörer vom Telefon. Zweimal wurde ich falsch verbunden, bis ich merkte, dass Jeniffer die letzten beiden Ziffern der so mühsam aufnotierten Nummer vertauscht hatte. Beim dritten Versuch erreichte ich Richard und sagte: »Richard, hallo. Hier ist Kinsey Millhone. Ich sollte Sie zurückrufen.«

»Ach ja. Nett, dass Sie sich gleich melden. Wie geht's?«

»Gut. Was gibt's?«

»Ähm, na ja, hören Sie. Ich habe mir sämtliche anderen Bewerber angesehen, und keiner davon hat etwas getaugt. Nichts als Blindgänger. Sie können die Räume haben, wenn Sie wollen.«

»Ehrlich? Das ist ja toll. Das freut mich wirklich. Wann kann ich einziehen?«

»Ich fahre jetzt gleich rüber. Wenn Sie ein paar Minuten Zeit haben, könnten Sie mir dort vielleicht einen Scheck vorbeibringen. Das wären $1675 einschließlich Reinigungspauschale, ausgestellt auf Hevener Properties.«

»Klar, kann ich machen. Ich bin gleich auf der anderen Seite der Gasse. Von dem Haus, in dem ich jetzt mein Büro habe, kann ich direkt auf Ihres schauen.«

»Das wusste ich nicht. Kommen Sie doch einfach vorbei, und sobald der Mietvertrag unterzeichnet ist, gebe ich Ihnen den Schlüssel.« Wie vielen anderen schien es auch ihm unangenehm zu sein, über Geld zu sprechen, und ich fragte mich, wie viel Erfahrung er mit dem Verhältnis zwischen Mieter und Vermieter hatte.

»Wann?«

»In zehn, fünfzehn Minuten?«

»Bis dann. Und danke.«

Sowie ich aufgelegt hatte, führte ich einen kleinen Freudentanz auf, und meine Gedanken eilten bereits zu den praktischen Umzugsvorbereitungen. Zum Glück hatte ich in den drei Jahren, seit ich bei Kingman und Ives gelandet war, nie ganz ausgepackt, und das würde mir Zeit sparen. Schreibtisch, Stuhl, Bettcouch und der falsche Ficus. Das würde ruckzuck gehen. Ich konnte auf meinem eigenen Parkplatz fünf Meter vor der Bürotür parken. Ich konnte am Tisch auf der Holzveranda zu Mittag essen ...

Ich öffnete die Schranktür, hievte die obersten zwei Kisten heraus und suchte darin nach meinem Maßband, das ich ganz unten in der zweiten Kiste fand. Es war eines dieser stabilen Metalldinger, die so schnell zurückschnurren, dass sie einem den kleinen Finger absägen, wenn man nicht aufpasst. Ich steckte es in meine Umhängetasche, schnappte mir Schreibblock und Stift, vergewisserte mich, dass der Anrufbeantworter eingeschaltet war, schlüpfte in meinen Regenmantel und marschierte zu meinem nagelneuen Domizil hinüber. Mir war nach Hüpfen zu Mute, und ich fragte mich, ob Kinder das heutzutage überhaupt noch taten.

Ich empfand bereits enormen Besitzerstolz, als ich vom hinteren Teil des Grundstücks aus die Einfahrt entlangtrottete. Obwohl ich den Bungalow von Lonnies Büro aus sehen konnte, musste ich halb um den Block, bevor ich die Gasse erreichte, die den Weg zum Haus abkürzte. Der gesamte Bungalow war hell erleuchtet, und indem ich ein einziges Mal in die Höhe hüpfte, konnte ich einen kurzen Blick auf den Steuerberater werfen, der das vordere Büro belegte. Ich würde mich bei ihm vorstellen müssen, wenn die Zeit es erlaubte. Ich bog um die Ecke und bemerkte eine gesetzt wirkende dunkelblaue Limousine, die vermutlich dem Steuerberater gehörte. Tommys schwarzer Pick-up stand zwei Lücken weiter.

Als ich das Haus durch die Hintertür betreten hatte, streifte ich mir die Füße sorgfältig an der zottigen Fußmatte ab, die zu diesem Zweck dort lag. Die Tür zum hinteren Büro stand offen, und ich roch frische Farbe. Ich spähte hinein und entdeckte Tommy auf allen vieren, wie er gerade mit einem Pinsel und einer Dose weißer Latexfarbe den Fußleisten den letzten Schliff gab. Er warf mir ein kurzes Lächeln zu und setzte seine Arbeit fort. Er trug einen khakigrünen Overall, und erneut faszinierte mich seine lebhafte Ausstrahlung. Bei Tag glitzerten in seinem Haar Kupferreflexe, und die vielen hellen Sommersprossen verliehen seinem Teint Frische.

»Hi«, sagte ich. »Wie geht's?«

»Bestens. Ich dachte, ich mache das hier lieber fertig, solange ich dazu komme. Ich habe gehört, Sie sind die neue Mieterin.«

»Tja, es sieht ganz danach aus. Richard meinte, er würde sich hier mit mir treffen, um das Schriftliche zu erledigen.« Es hatte etwas Einnehmendes, dass sich seine Aufmerksamkeit auf die vor ihm liegende Arbeit richtete. So konnte ich seine Schultern bestaunen und den weichen roten Flaum auf seinen Unterarmen, wo er die Ärmel hochgekrempelt hatte. Ich sah die Falten an seinen Gelenken, wo ihm noch eine dünne Schicht weißer Farbe an der Haut klebte. Die Haare in seinem Nacken hätten geschnitten werden müssen und ringelten sich wild durcheinander.

Er sah über die Schulter zu mir her. »Ich dachte schon, Sie seien wieder gegangen, weil Sie so still sind da hinten.«

»Ich bin noch da.« Ich trat ans Fenster, nur um etwas zu tun. »Die Veranda ist toll.« Ehrlich, inzwischen fragte ich mich schon, ob er eine Freundin hatte.

»Die habe ich selbst gebaut. Ich habe mir überlegt, ob ich ein Spalier anbringen soll, aber dann kam es mir übertrieben vor.«

»So, wie es jetzt ist, ist es schön. Ist das Redwood?«

»Ja, allerdings. Rein und pur. Ich mag keine billigen Materialien. Richard schimpft zwar immer, aber ich glaube, am Ende sparen wir dabei Geld. Bei was Billigem muss man doch im Endeffekt alles zweimal machen.«

Ich wusste nicht, was ich dem hätte hinzufügen sollen. Ich kurbelte das Fenster auf und wieder zu. Beiläufig nahm ich den Telefonhörer ab. Das Freizeichen ertönte.

»Müssen Sie telefonieren?«

»Ich wollte nur wissen, ob es funktioniert. Ich werde mich wohl an die Telefongesellschaft wenden und es auf mich anmelden müssen.«

»Wie geht's Ihrem Freund?«

»Gut.«

Eine weitere Gesprächspause entstand, während Tommy den Pinsel in die Dose tunkte. »Hoffentlich behandelt er Sie gut.«

»Offen gestanden ist er verreist.« Ich krümmte mich innerlich, als ich das sagte, weil es wie eine Einladung klang.

»Was ist er von Beruf? Ein piekfeiner Anwalt?«

»Er ist Privatdetektiv wie ich. Halb im Ruhestand. Er war eine Zeit lang wegen einer Knieoperation außer Gefecht.« In Gedanken begann ich zu schielen. So wie ich Dietz beschrieb, klang er wie ein alter Knacker, der kaum noch laufen konnte. In Wirklichkeit war Dietz schon so lange weg, dass es geradezu lächerlich war, wenn ich ihn als meinen Freund bezeichnete.

»Klingt alt.«

»Ist er nicht. Er ist erst dreiundfünfzig.«

Tommy lächelte. »Sehen Sie? Ich wusste doch, dass Sie der Typ sind, der auf Ältere steht. Wie alt sind Sie – fünfunddreißig?«

»Sechsunddreißig.«

»Ich bin achtundzwanzig, in meinen Augen das beste Alter für einen Mann«, erwiderte er. Dann hob er leicht den Kopf. »Da kommt Richard.«

»Wie machen Sie das? Ich habe ihn nicht auf den Parkplatz fahren hören.«

»Radar«, sagte er. Er stand auf, blieb einen Moment lang stehen und ließ den Blick kritisch die Fußleiste entlangschweifen. »Hab ich irgendwelche Flecken übersehen?«

»Soweit ich erkennen kann, nicht.«

Tommy legte den Deckel der Farbdose auf und drückte ihn an den Rändern fest, damit er hielt.

Richard erschien in der Tür. Er trug einen langen schwarzen Regenmantel, dessen Gürtel er am Rücken zusammengebunden hatte. Er war nicht halb so anziehend wie sein Bruder und mit Sicherheit nicht so freundlich, und er begegnete meinem Blick nur mit beiläufigem Blinzeln. »Ich dachte, du hättest heute etwas anderes zu tun«, sagte er zu Tommy.

»Ja, schon, aber ich wollte das hier fertig machen. Ich lasse nicht gern eine Arbeit liegen, bis ich genau weiß, dass sie ordentlich gemacht ist.« Tommy sprach die Sätze, ohne seinen Bruder anzusehen.

Irgendetwas Gereiztes hing zwischen ihnen in der Luft, aber ich konnte nicht ausmachen, was es war. Sie behandelten einander kühl, als wäre ihre momentane Unterhaltung Teil eines längeren Streits. Tommy ging ins Bad, und ich konnte hören, wie er das Wasser laufen ließ, um seinen Pinsel zu säubern. Kurz darauf kam er wieder heraus und begann seine Werkzeuge zusammenzusuchen. Es kam mir vor wie eine Wiederholung des ersten Abends, an dem ich die Räume gesehen hatte, abgesehen davon, dass keiner von beiden sprach.

»Dann stelle ich Ihnen mal den Scheck aus«, sagte ich, indem ich versuchte, einen wärmeren Ton einzubringen. Ich fasste nach meiner Tasche, holte Scheckheft und Stift heraus und lehnte mich gegen die Wand, während ich das Datum eintrug. »Hevener Properties, Inc.?«, fragte ich.

»Genau.« Richard stand mit den Händen in den Taschen seines Regenmantels da und sah mir beiläufig zu, während ich die Summe eintrug. Als Tommy auf die Tür zuging, bekam ich mit, wie die beiden einen Blick wechselten. Tommys Blick wanderte zu mir, und er lächelte mir hastig zu, bevor er durch die Tür verschwand.

Ich nahm den Scheck heraus und reichte ihn Richard, der seinerseits den Mietvertrag aus der Innentasche seines Regenmantels zog. Er hatte die betreffenden Stellen bereits ausgefüllt. Ich begann mir das Kleingedruckte durchzulesen, während Richard mich musterte.

»Ich hoffe, er belästigt Sie nicht.«

»Wer – Tommy? Überhaupt nicht. Wir haben über die Veranda geplaudert. Außerdem wollte ich ein paar Sachen ausmessen, weil ich gern Regale einbauen würde.«

»Natürlich. Ist alles zu Ihrer Zufriedenheit?«

»Bestens. Er hat es prima hingekriegt.«

»Wann ziehen Sie ein?«

»Ich hoffe, Anfang nächster Woche.«

»Gut. Hier ist meine Karte. Ich bin nämlich derjenige, den Sie anrufen sollten, wenn Sie irgendetwas brauchen.«

Ich wandte meine Aufmerksamkeit dem Mietvertrag zu und las ihn Zeile für Zeile. Er kam mir völlig normal vor, ohne Tricks, ohne versteckte Fallen, ohne ungewöhnliche Einschränkungen.

Richard sah mir beim Lesen zu. »Was für Fälle bearbeiten Sie?«

»Eigentlich alles. Es wechselt. Momentan untersuche ich das Verschwinden eines Arztes, der seit fast zehn Wochen unauffindbar ist. Im Januar habe ich einen vermissten Erben aufgespürt.«

»Überwiegend lokale Fälle?«

»In erster Linie schon. Manchmal arbeite ich auch außerhalb Kaliforniens, aber die Klienten kommt es normalerweise billiger, wenn sie einen Ermittler in ihrer eigenen Gegend engagieren. Dann müssen sie nämlich keine Reisespesen bezahlen – und die können sich summieren.« Ich kritzelte meinen Namen unten auf den Vertrag, reichte ihm ein Exemplar und behielt das andere für meine Unterlagen. »Ich sage das immer wieder, aber der Beruf ist wesentlich langweiliger, als man meint. Ermittlungen über die persönlichen Verhältnisse einer Person oder Akten im Einwohneramt durchforsten. Früher habe ich mal für eine Versicherung gearbeitet und Fälle von Brandstiftung und fahrlässiger Tötung untersucht, aber ich arbeite lieber allein.« Da ich nicht unzuverlässig wirken wollte, verschwieg ich die Tatsache, dass mir die California Fidelity den Stuhl vor die Tür gestellt hatte. Ich hoffte, er würde nicht nachhaken, weil ich ihn nicht schon gleich zu Beginn anlügen wollte.

»Tja. Dann gebe ich Ihnen mal lieber den Schlüssel.« Er kramte in seiner Manteltasche herum, zog ein Bund heraus und ging zehn oder fünfzehn Schlüssel durch, bis er den richtigen gefunden hatte. Er machte ihn los und ließ ihn in meine Handfläche fallen. »Vielleicht lassen Sie sich einen zweiten machen, falls Sie den hier mal verlieren.«

»Mach ich. Danke.« Ich zog mein Bund hervor und hängte den Schlüssel zu meiner bescheidenen Sammlung.

Nachdem er gegangen war, zog ich das Maßband heraus und begann den Raum zu vermessen: den Abstand zwischen den Fenstern, die Tiefe des Wandschranks, den Abstand zur Tür. Ich machte mir eine grobe Skizze auf meinem Block, setzte mich mitten auf den Teppich und tippte mir mit dem Stift an die Lippe, während ich den Raum studierte. Mit dem Geruch nach neuem Teppich und frischer Farbe wirkte das Büro so sauber und geleckt wie ein Neuwagen. Draußen vor dem Fenster war der trübe Tag zu sehen, aber hier drinnen herrschte eine Atmosphäre des Neubeginns.

Ich wollte gerade zusammenpacken, als das Telefon klingelte. Vor Schreck machte ich einen Satz und starrte dann den Apparat an. Es musste jemand sein, der Richard oder Tommy sprechen wollte; es konnte nicht für mich sein. Beim fünften Klingeln nahm ich zögernd ab. »Hallo?«

Wieder der schleppende Akzent. »Hey, ich bin's. Ist mein Bruder noch da?«

»Er ist gerade gegangen.«

»Ich dachte mir, wir zwei könnten vielleicht zusammen was trinken gehen.« Seine Stimme klang leise und verführerisch durchs Telefon. Ich konnte hören, dass er lächelte und sich die Sprechmuschel dicht vor die Lippen hielt.

»Warum?«

»Warum?« Sein Lachen kam perlend durch den Hörer. »Was glauben Sie, warum?«

»Gibt es Probleme zwischen Ihnen und Richard?«

»Wie zum Beispiel?«

»Ich weiß nicht. Ich hatte den Eindruck, es passte ihm nicht, dass Sie mit mir gesprochen haben. Na ja, und jetzt fragen Sie mich, ob ich mit Ihnen etwas trinken gehe, aber ich bin mir nicht sicher, ob das so klug wäre.«

»Sie sind die Mieterin. Er ist streng. Aber trotzdem geht ihn das einen feuchten Kehricht an.«

»Ich möchte Sie nicht in Schwierigkeiten bringen.«

Er lachte. »Keine Sorge. Ich kann selbst auf mich aufpassen.«

»So habe ich es nicht gemeint. Ich will keinen Ärger verursachen.«

»Ich hab's Ihnen doch gesagt. Es ist kein Problem. Und jetzt hören Sie schon auf, sich vor der Frage zu drücken, und lassen Sie sich auf ein Glas Wein einladen.«

»Es ist erst vier Uhr.«

»Und?«

»Ich muss noch arbeiten.«

»Wann sind Sie fertig?«

»Vermutlich erst gegen sechs.«

»Gut. Dann gehen wir gleich essen.«

»Kein Essen. Auf einen Drink. Und zwar nur einen«, sagte ich.

»Sie bestimmen. Sagen Sie, wo Sie hinwollen, und ich komme.«

Ich überlegte kurz und entschied, ihm Rosie's zu nennen, das nicht zu den meistbesuchten Lokalen gehörte. Die ganze Sache kam mir ein bisschen heimlichtuerisch vor, so als sollte uns Richard möglichst nicht zusammen sehen. Trotzdem wusste ich nicht, was dabei sein sollte, mit Tommy etwas trinken zu gehen. »Es gibt da ein Lokal gleich beim Strand«, sagte ich und gab ihm Rosie's Adresse. »Wissen Sie, wo das ist?«

»Ich finde es.«

»Ich verspäte mich vielleicht.«

»Ich warte.«

Nachdem ich aufgelegt hatte, fragte ich mich, ob ich einen Fehler gemacht hatte. Es ist nicht besonders klug, das Berufliche mit dem Privaten zu vermischen. Er war jetzt mein Vermieter, und wenn irgendetwas schief ging, konnte ich mir neue Räume suchen. Andererseits war ich aber auch mit Lonnie Kingman befreundet, und das hatte keinerlei Probleme ausgelöst. Die Vorstellung, Tommy wiederzusehen, heiterte mich auf. Wenn ich Glück hatte, entpuppte er sich als Blödmann, und ich würde höflich jeden weiteren Kontakt ablehnen.

Doch zuvor musste ich mich noch einmal mit Dow Purcell befassen. Ich würde ganz an den Anfang zurückkehren – nämlich zu Pacific Meadows und dem Abend, als er spurlos verschwunden war.

Diesmal war der Parkplatz von Pacific Meadows voll. Ich manövrierte meinen VW in die allerletzte Lücke auf der linken Seite, indem ich ihn an die Hecke quetschte. Dann schloss ich den Wagen ab und patschte durch seichte Pfützen zum Haupteingang. Der Wind blies mir in den Rücken, und meine Lederstiefel hatten Wasserflecken, bis ich endlich im Trockenen angelangt war. Ich lehnte den Schirm gegen die Wand und hängte den Regenmantel an einen Haken. Heute roch es nach Tomatensoße, Nelken, feuchten Wollsocken, Blumentopferde und Babypuder. Ich las mir das Abendmenü durch, das neben der Doppeltür zum Speisesaal an der Wand hing. Gegrilltes Rippenstück, gebackene Bohnen, Mischgemüse aus Brokkoli und Blumenkohl (das war endlich mal ein Knüller) und zum Nachtisch Götterspeise mit Obstsalat. Ich hoffte, es wäre Kirsch, zweifellos der Lieblingsgeschmack jeder Altersgruppe. Da heute Werktag war, waren mehr Bewohner in der Halle unterwegs.

Der Aufenthaltsraum war fast voll. Man hatte die Vorhänge zugezogen, und der Raum wirkte gemütlicher. Ein Grüppchen sah sich eine Nachrichtensendung an und ein zweites einen Schwarzweißfilm mit Ida Lupino und George Raft. In der Ecke gegenüber führte eine Frau mittleren Alters sechs ältere Bewohnerinnen durch ein Gymnastikprogramm, das sich darin erschöpfte, dass sie die Arme hoben und mit den Füßen auf der Stelle traten, während sie auf ihren Klappstühlen sitzen blieben. Der menschliche Körper ist für Bewegung gemacht, und diese paar Frauen taten immer noch, was sie konnten, um sich fit zu halten. Ein Hoch auf sie.

Ich nickte der Frau an der Rezeption zu und tat so, als ginge ich hier ständig ein und aus. Ohne aufgehalten zu werden, marschierte ich weiter zur Verwaltung, wo ich Merry antraf, wie sie gerade eine Patience legte. Schuldbewusst sah sie auf, schob die Karten zusammen und warf sie hastig in ihre Schreibtischschublade. »Hi. Wie geht's?«, sagte sie. Ich sah ihr an, dass sie sich an mein Gesicht erinnerte, aber nicht an meinen Namen.

»Kinsey Millhone«, sagte ich. »Ich dachte, ich schaue mal vorbei und frage, ob Mrs. Stegler da ist. Ich hoffe, sie hat noch nicht für heute Schluss gemacht.«

Merry zeigte nach rechts, wo soeben eine Frau mit einer Gartenschere und einem Büschel kahler, brauner Efeuranken aus dem hinteren Büro kam. »Jetzt sieht es schon besser aus«, sagte sie. »Dr. P. hat mir nie erlaubt, mich um seine Pflanzen zu kümmern, als er noch da war.« Es brachte sie ein wenig aus dem Konzept, mich zu sehen, doch sie ging weiter bis zum Papierkorb und warf ihre Pflanzenabfälle hinein.

Ihr Haar war oben auf dem Kopf buschig und um die Ohren herum kurz geschnitten. Sie trug einen zu großen braunen Blazer, ein Hemd mit Krawatte und eine maskuline Hose. In der Brusttasche ihrer Jacke bauschte sich ein Einstecktüchlein aus goldfarbener Seide. Die Kappen ihrer braunen Halbschuhe spähten unter den unförmigen Hosenbeinen hervor. In der Länge hätte sie gut fünf Zentimeter mehr haben können.

»Mrs. Stegler? Mein Name ist Kinsey Millhone. Ich bin gekommen, weil ich hoffe, dass Sie mir ein paar Angaben über Dr. Purcell machen können.«

Sie zog ein Papiertaschentuch aus der Schachtel auf Merrys Schreibtisch und wischte sich sorgfältig die Hände ab, bevor sie mir schließlich die Rechte zum Schütteln entgegenstreckte. »Merry hat mir erzählt, dass Sie am Samstag schon mal da waren. Ich bin mir nicht sicher, ob ich Ihnen helfen kann. Ich spreche aus Prinzip nicht ohne seine ausdrückliche Erlaubnis über meinen Arbeitgeber.«

»Das verstehe ich«, sagte ich. »Ich erwarte auch nicht, dass Sie ein Vertrauensverhältnis verletzen. Kennen Sie Fiona Purcell?«

»Natürlich. Dr. Purcells erste Frau. Wir kennen uns schon seit vielen Jahren.«

»Sie hat mich engagiert, weil sie hofft, dass ich ihn ausfindig machen kann. Ich bin sogar auf ihren Vorschlag hin hier. Sie meinte, ein Gespräch mit Ihnen wäre der logische Einstieg.«

Mrs. Stegler schüttelte den Kopf. »Es tut mir Leid, aber als der Doktor an diesem Abend das Haus verlassen hat, war ich schon weg«, sagte sie fast trotzig. Ich merkte ihr an, dass es sie freute, nichts zu diesem Thema beitragen zu können.

»Haben Sie an diesem Tag mit ihm gesprochen?«

Mrs. Stegler warf mir einen bezeichnenden Blick zu und gab mir mit den Augen zu verstehen, dass Merry jedes Wort aufsog, das wir wechselten. »Möchten Sie nicht mit in sein Büro kommen? Wir können uns dort unterhalten.«

Sie hielt die in den Tresen eingebaute Schwenktür auf, und ich ging hindurch. Ihre Augen waren so klein und rund wie die eines Papageis, ein blasses, wässriges Blau mit einem schwarzen Ring um die Iris. Als wir das hintere Büro betraten, sagte sie zu Merry: »Bitte sorgen Sie dafür, dass wir nicht gestört werden.«

Merry antwortete: »Ja, Ma'am«, und rollte zu niemand Bestimmtem die Augen.

Ich für meinen Teil war neugierig darauf, Dr. Purcells Büro zu sehen, das klein und ordentlich war: Schreibtisch, Drehstuhl, zwei gepolsterte Besucherstühle sowie ein Regal mit medizinischen Fachbüchern und verschiedenen Gesundheitshandbüchern. Am Rand seines Schreibtischs stand der frisch geschorene Efeu, der aussah wie ein Cockerspaniel mit Sommerfrisur. Ich hätte viel dafür gegeben, seine Schreibtischschubladen durchsuchen zu können, aber die Aussichten darauf waren mager.

Es war klar, dass Mrs. Stegler es für unpassend hielt, sich an seinen Schreibtisch zu setzen. Sie hockte sich auf die Kante eines der beiden Besucherstühle, und ich nahm den anderen, wodurch wir fast Knie an Knie da saßen. Sie rutschte mit ihrem Stuhl zurück, schlug die Beine übereinander und entblößte dadurch einen Streifen weißes, haarloses Schienbein oberhalb des Randes ihrer Wollsocke.

»Ich hoffe, das befremdet Sie nicht, aber ich muss Ihnen sagen, dass ich Klatsch unerträglich finde«, begann ich. »Obwohl ich Detektivin bin, ermutige ich nie jemanden dazu, aus dem Nähkästchen zu plaudern oder einen Vertrauensbruch zu begehen – erst recht nicht in einer Angelegenheit wie dieser.«

Sie sah mich mit einem Hauch von Misstrauen an. Vielleicht roch sie den Schwindel, vielleicht auch nicht. »Da sind wir uns einig.«

»Ich wäre Ihnen dankbar, wenn Sie mir alles über seinen letzten Tag hier sagen könnten.«

»Das habe ich alles schon der Polizei geschildert. Mehr als einmal, könnte ich hinzufügen.«

»Ich hoffe, Sie schildern es mir noch ein weiteres Mal. Detective Odessa hat mir erzählt, dass Sie sehr hilfsbereit waren.«

Sie spähte beklommen auf meine Umhängetasche, die neben meinem Stuhl auf der Erde stand. »Sie nehmen das doch nicht etwa auf.«

Ich beugte mich vor, packte die Tasche und hielt sie ihr offen hin, damit sie ihren Inhalt inspizieren konnte. Das Einzige, was entfernt wie ein Recorder aussah, war mein amtlicher, geheimer Tamponbehälter aus Plastik mit seinem enorm leistungsfähigen Richtmikrofon.

»Und Sie zitieren mich auch nicht aus dem Zusammenhang heraus?«

»Ich zitiere Sie überhaupt nicht.«

Sie schwieg und starrte auf ihren Schoß herab. Schließlich sagte sie: »Ich bin schon seit Jahren geschieden.«

Sie schwieg erneut, und ich ließ das Thema ohne einen Kommentar meinerseits oder weitere Ausführungen ihrerseits im Raum stehen. Ich merkte ihr an, dass sie mit den Worten rang. Auf einmal verzerrte sich ihr Gesicht, und ihre Lippen schienen von unsichtbaren Schnüren nach innen gezogen zu werden. Sie begann zu sprechen, doch ihre Stimme war so gepresst und rau, dass ich kaum verstehen konnte, was sie sagte. »Dr. Purcell ... war der Mensch ..., der mir am nächsten stand. Ich kann gar nicht fassen, dass er weg ist. Ich bin am folgenden Montagmorgen zur Arbeit gekommen, und da tuschelten schon alle, dass er ... vermisst wird. Ich war schockiert. Er war ... so ein netter Mann ... ich habe ihn so bewundert ... Wenn ich gewusst hätte, dass dies das letzte Mal sein würde, das ich ihn sehe, hätte ich ihm ... meinen herzlichsten Dank ausgesprochen ... für die vielen, vielen ... Freundlichkeiten, die er mir erwiesen hat.« Sie holte erneut tief Atem und strahlte die Art von Kummer aus, die man nicht in Worte fassen kann. Nach einer halben Minute schien sie sich wieder gefasst zu haben, wenn auch nur mit Mühe. Sie zog das Einstecktuch aus der Brusttasche und schnäuzte sich geräuschvoll. Die Seide schien wenig saugfähig zu sein. Sie faltete die Hände im Schoß und knautschte den Stoffklumpen zwischen den Fingern. Ich sah, wie ihr erst eine und dann eine zweite Träne in den Schoß fiel, wie langsames Tropfen aus einer Dusche, die nicht richtig zugedreht worden ist.

Mir fiel auf, dass sie abgesehen von Blanche die Erste war, die eine echte emotionale Reaktion auf sein Verschwinden gezeigt hatte. Ich beugte mich vor und umfasste ihre kalten Hände. »Ich weiß, dass das schwer für Sie ist. Lassen Sie sich Zeit.«

Sie holte tief Atem. »Verzeihung. Es tut mir Leid. Ich sollte Sie nicht so belasten. Ich hoffe nur einfach, dass er in Sicherheit ist. Mir ist egal, was er getan hat.« Sie hielt inne und drückte sich das Tüchlein gegen die Lippen. Dann holte sie erneut tief Atem. »Es geht schon wieder. Mir fehlt nichts. Ich weiß nicht, was über mich gekommen ist. Entschuldigen Sie vielmals.«

»Ich kann es verstehen. Nach allem, was ich gehört habe, muss er ein wunderbarer Mensch gewesen sein. Ich bin nur hier, um zu helfen. Das müssen Sie mir glauben. Ich bin nicht gekommen, um Ärger zu machen.«

»Was wollen Sie?«

»Erzählen Sie mir einfach, was Sie wissen.«

Sie zögerte, da ihre Abneigung gegen Klatsch zu tief saß, um sie auf einen Schlag fallen zu lassen. Doch schließlich musste sie beschlossen haben, mir zu vertrauen, da sie noch einmal tief Luft holte und sich öffnete. »An diesem letzten Tag, da wirkte er bekümmert. Ich glaube, er hat sich Sorgen gemacht ... Na ja, das ist ja wohl logisch. Mrs. Purcell ... entschuldigen Sie, die Erste, also Fiona ... kam vorbei, um ihn zu sprechen, aber da war er gerade beim Mittagessen. Sie wartete eine Weile, da sie dachte, er käme bald wieder, und dann hat sie ihm eine Nachricht hinterlassen. Als er zurückkam, hat er den Rest des Tages in seinem Büro gearbeitet. Ich weiß noch, dass er ein Glas Whiskey auf dem Schreibtisch stehen hatte. Das war schon später am Tag.«

»Ist er zum Abendessen auch weggegangen?«

»Ich glaube nicht. Er aß meist ziemlich spät oder hat das Abendessen ganz ausfallen lassen. Oft hat er abends am Schreibtisch eine Kleinigkeit zu sich genommen ... Crackers oder Obst ... vor allem, wenn seine Frau ausging und nicht kochte. Als ich an seine Tür klopfte, um ihm Gute Nacht zu sagen, saß er einfach nur da.«

»Hatte er Papiere vor sich liegen? Unterlagen oder Patientenakten?«

»Muss er wohl. Ich habe nicht darauf geachtet. Es lag nicht in seiner Natur, untätig zu sein. Das weiß ich.«

»Haben Sie sich unterhalten?«

»Nur die üblichen Floskeln. Nichts von Bedeutung.«

»Irgendwelche Anrufe oder Besucher?«

Sie schüttelte den Kopf. »Nicht dass ich wüsste. Als ich am Montag darauf zur Arbeit kam, war sein Büro leer, was höchst ungewöhnlich war. Er war immer schon um sieben Uhr da, vor allen anderen. Da hatten die Gerüchte bereits zu kursieren begonnen. Irgendjemand – ich habe vergessen, wer – hat behauptet, dass er am Freitagabend gar nicht nach Hause gefahren sei. Zuerst gaben wir nicht viel darauf. Doch dann begannen sich alle den Kopf darüber zu zerbrechen, ob er einen Unfall gehabt hatte oder krank geworden war. Als die Polizei erschien, bekamen wir es mit der Angst zu tun, aber wir rechneten immer noch damit, dass er in ein oder zwei Tagen gefunden würde. Ich habe wieder und wieder darüber nachgedacht, aber sonst gibt es absolut nichts zu berichten.«

»Habe ich nicht in der Zeitung gelesen, dass er an diesem Abend kurz mit einer alten Dame geplaudert hat, die in der Halle saß?«

»Das muss Mrs. Curtsinger gewesen sein. Ruby. Sie wohnt schon seit 1975 hier. Ich lasse Sie von Merry zu ihrem Zimmer führen. Aber ich möchte nicht, dass Sie sie aufregen.«

»Ich verspreche, dass ich das nicht tun werde.«

11

Merry begleitete mich den Flur hinab. Ich sah, wie die Essenswagen herangerollt wurden, ihre vertikalen Stellflächen voller Menütabletts für diejenigen, die lieber in ihren Zimmern aßen. Es war noch nicht einmal fünf Uhr, und ich vermutete, der Zweck der frühen Abendessenszeit war, alle drei Mahlzeiten eines Tages in einer langen Schicht unterzubringen.

»Erinnern Sie sich noch an die Schwester, die da stand, als Sie am Samstag gegangen sind?«, fragte Merry. »Sie heißt Pepper Gray. Jedenfalls hat sie angefangen, einen ganzen Haufen Fragen über Sie zu stellen. Ich habe aber nichts ausgeplaudert, sondern nur gesagt, dass Sie heute wieder kämen, um mit Mrs. S. zu sprechen. Sie hat mich ziemlich zur Schnecke gemacht und gemeint, ich solle mit niemandem über die Klinik sprechen. Ich war stinksauer. Sie hat überhaupt nicht das Recht, so mit mir zu reden. Sie arbeitet ja nicht mal in meiner Abteilung.«

»Was glauben Sie, was sie mitbekommen hat?«

»Ganz egal. Es geht sie nichts an. Ich fand nur, Sie sollten darüber Bescheid wissen, falls wir ihr begegnen.«

Wir bogen links ab und kamen am Personal-Aufenthaltsraum, dem Zentrallager und einer Reihe von Patientenzimmern vorbei. Viele Türen waren geschlossen und außen mit Grußkarten oder getrockneten Blumenkränzen geschmückt. Manchmal sah man die Namen der Bewohner in Folienbuchstaben dort stehen, fröhlich von einer Mini-Wäscheleine aus Geschenkband oder Schnur herabhängend. Durch die offen stehenden Türen konnte ich kurze Blicke auf Einzelbetten mit geblümten Tagesdecken und Reihen von Familienfotos auf Kommoden werfen. Jeder Raum war in einem anderen Farbschema eingerichtet, und jeder ging auf einen schmalen Garten hinaus, in dem blühende Büsche unter den ersten Tropfen eines prasselnden Regengusses erzitterten. Wir kamen an einer alten Frau vorbei, die mit ihrer Gehhilfe den Flur hinabstapfte. Sie ging mit schnellem Schritt, und als sie an der Ecke ankam, bog sie mit solchem Elan ab, dass sie fast seitlich umgekippt wäre. Merry streckte eine Hand aus und stützte sie. Die Frau ging in die Kurve, machte einen weiten Bogen und wankte dann weiter.

Ruby Curtsinger saß auf einem Polstersessel neben einer gläsernen Schiebetür, deren eine Hälfte aufgezogen war, um einen Hauch feuchter Frischluft hereinzulassen. Die Füße hatte sie auf einen Schemel gelegt. Direkt vor der Tür hing ein Vogelhäuschen von der Dachrinne, auf dessen Rand kleine braune Vögel hockten. Eine weitere Reihe Vögel saß wie Wäscheklammern auf dem Stützarm. Ruby war eine winzige, verschrumpelte Frau mit einem kleinen, knochigen Gesicht und Armen wie dünne Stöckchen. Ihr weißes Haar war schütter, doch es sah aus, als hätte sie es erst kürzlich waschen und legen lassen. Sie wandte uns ein blaues Augenpaar zu und lächelte, so dass man die vielen Zahnlücken in ihrem Unterkiefer sah. Merry machte uns miteinander bekannt und erklärte, was ich wollte, bevor sie sich zurückzog.

»Sie sollten lieber mit Charles sprechen«, begann Ruby. »Er hat Dr. Purcell noch gesehen, nachdem ich ihm schon gute Nacht gesagt hatte.«

»Ich glaube nicht, dass ich schon von Charles gehört habe.«

»Er ist Pfleger im Nachtdienst. Vermutlich schwirrt er irgendwo hier herum. Er kommt gern früher zur Arbeit, damit er noch bei Mrs. Thornton und ein paar der anderen Mädels vorbeischauen kann. Sie spielen Gin-Rommé um Pennys – da sollten Sie sie mal johlen hören. Wenn ich nicht schlafen kann, läute ich nach ihm, und dann setzt er mich in meinen Stuhl und fährt mich den Flur hinauf und hinunter. Manchmal gehe ich in den Personal-Aufenthaltsraum und spiele Schummeln mit ihm. Der Mann spielt einfach leidenschaftlich gern Karten. Ich esse immer hier in meinem Zimmer. Im Speisesaal gibt es Leute, die mir nicht besonders behagen. Eine Frau kaut mit offenem Mund. Das will ich nicht vor mir sehen, wenn ich esse. Es ist ekelhaft.

An dem Abend, nach dem Sie fragen – als ich den Doktor zum letzten Mal gesehen habe –, habe ich wie üblich meine Pillen genommen, aber nichts wollte helfen. Ich läutete nach Charles, und er meinte, er nähme mich auf die wilde Krötentour mit. So nennt er das. In Wirklichkeit wollte er rauchen, also hat er mich in der Halle abgestellt und ist hinausgegangen. Deshalb habe ich nämlich dort gesessen – damit Charles heimlich eine Zigarette rauchen konnte. Er versucht aufzuhören, und anscheinend bildet er sich ein, wenn niemand weiß, was er tut, dann zählt es nicht. Dr. Purcell erlaubt nämlich niemandem, hier drinnen zu rauchen. Er meint, es hätten ohnehin schon genug Leute Probleme mit dem Atmen. Das ist ein Thema, über das wir an diesem Abend gesprochen haben.«

»Um wie viel Uhr war das?«

»Fünf vor neun oder so. Wir haben nicht lange geplaudert.«

»Können Sie sich noch an etwas anderes erinnern?«

»Er sagte mir, dass ich schön sei. Das sagt er immer zu mir, obwohl ich manchmal denke, dass er ein kleines bisschen schwindelt. Ich habe nach seinem Jungen gefragt. Mir fällt jetzt nicht ein, wie er heißt.«

»Griffith.«

»Genau. Der Doktor hat seine Frau etwa einmal die Woche mit dem Kleinen zu uns zu Besuch kommen lassen. Natürlich hat sie ihn kein einziges Mal mehr gebracht, seit sein Daddy verschwunden ist. Mir ist aufgefallen, dass die Füße des Kleinen kaum je den Boden berührt haben. Sie haben ihn überall hingetragen, und wenn er etwas wollte, hat er darauf gezeigt und gegrunzt. Ich habe zum Doktor gesagt: ›Er wird nie sprechen lernen, solange Sie ihn so behandeln‹, und er hat mir aus vollem Herzen zugestimmt. Und dann haben wir übers Wetter geredet. Es war ein herrlicher Abend. Kam einem vor wie im Frühling, und ich glaube, der Mond war fast voll. Er ging durch diese Tür, und danach habe ich ihn nie wieder gesehen.«

»Können Sie sagen, in was für einer Stimmung er war? Wütend? Traurig?«

Sie legte sich den Zeigefinger an die Wange und ließ es sich durch den Kopf gehen. Die Arthritis hatte den Daumen an dieser Hand verkrümmt, bis er einen schmerzhaft aussehenden Haken bildete, der senkrecht zu ihrer Hand abstand. »Zerstreut, würde ich sagen. Ich musste ihn zweimal fragen, ob er einen Ausflug für uns organisieren könnte. Das Essen hier ist gut. Ich möchte mich ja nicht beklagen, aber auswärts essen macht Spaß und hebt bei uns allen die Laune. Jede kleine Abwechslung ist ja so wichtig.«

Eine Latina in OP-Kleidung erschien an der Tür. »Ich habe Ihr Essenstablett hier, Miss Curtsinger. Möchten Sie vor dem Fernseher essen, damit Sie Ihre Sendung sehen können? Sie beginnt in fünf Minuten, und Sie wollen doch nicht den Anfang verpassen. Das ist der beste Teil, haben Sie gesagt.« Sie ging zu Rubys Stuhl hinüber und stellte das Tablett auf einen kleinen Rolltisch, den sie nahe zu ihr hinschob. Sie nahm den Aludeckel ab und enthüllte das Rippenstück vom Grill mit all seinen Beilagen. Die Götterspeise war grün, und in ihren glühenden Tiefen leuchteten Spuren von Obstsalat.

»Danke«, sagte Ruby und lächelte dann mich an. »Kommen Sie mich noch mal besuchen? Ich plaudere gern mit Ihnen.«

»Ich werde tun, was ich kann. Wissen Sie was – nächstes Mal bringe ich Ihnen einen Hamburger Royal mit Käse mit.«

»Und einen Big Mac. In diesen Werbespots im Fernsehen sehen die immer so gut aus.«

»Das sind sie tatsächlich, glauben Sie mir. Davon bringe ich Ihnen auch einen mit.«

Ich ging den Flur hinunter bis zum Personal-Aufenthaltsraum, steckte den Kopf hinein und sagte: »Ich suche Charles.«

Der Mann, den ich mit der Abendzeitung am Tisch sitzen sah, war Mitte fünfzig und trug OP-Kluft wie die Frau, die die Tabletts verteilte. Seine Haut war von einem weichen Nussbraun, seine Schultern schmal und die Arme unbehaart und mager. Er legte die Zeitung beiseite und stand höflich auf, um sich vorzustellen. »Charles Biedler«, sagte er. »Womit kann ich Ihnen helfen?«

Ich erklärte, wer ich war und was ich wollte und wiederholte kurz in groben Zügen, was mir Ruby Curtsinger soeben anvertraut hatte. »Ich weiß, dass Sie diese Fragen schon einmal beantwortet haben, aber es würde mir wirklich weiterhelfen, wenn Sie mir sagen würden, woran Sie sich erinnern.«

»Ich könnte Ihnen zeigen, wo er geparkt hatte und wo ich an diesem Abend stand.«

»Das wäre prima«, sagte ich. Er nahm einen zusammengefalteten Zeitungsteil und nahm ihn mit, als wir auf den Eingang zusteuerten. Ich blieb kurz stehen, um mir Schirm und Regenmantel zu schnappen, und hielt mir dann den Mantel über den Kopf wie ein gelbes Plastikzelt. Charles benutzte seine Zeitung als Regenschutz, und so eilten wir hinaus, gebückt im Regen, der in Böen gegen uns prasselte. Charles blieb am Ende des Gehwegs stehen und wies auf die Autos. »Sehen Sie den kleinen blauen VW? Genau dort hatte der Doktor seinen Platz. Ich habe gesehen, wie er über den Asphalt ging, und dann ist er ins Auto gestiegen und hier vorbei davongefahren.«

»Sie haben niemand sonst gesehen?«

»Nein, aber diese Ecke des Parkplatzes ist um neun Uhr natürlich dunkler als jetzt. Es war ein warmer Abend. Ich war in Hemdsärmeln wie heute, nur ohne die Gänsehaut. Ich habe mit ihm geredet wie immer, wissen Sie, ihm eine Bemerkung zugerufen, und er hat etwas erwidert, ein paar Scherze eben.«

»Und es war nichts Ungewöhnliches dabei?«

»Soweit ich mich erinnere, nicht.«

»Ich versuche, die Szene so zu sehen wie Sie. Ruby hat gesagt, er hatte seine Anzugjacke über dem Arm. Hatte er sonst noch etwas dabei?«

»Ich glaube nicht. Falls doch, so kann ich mich nicht erinnern.«

»Wie steht's mit seinen Autoschlüsseln?«

»Die muss er wohl in der Hand gehabt haben. Ich kann mich nicht erinnern, dass er in die Hosentasche gefasst hätte.«

»Er hat also das Auto aufgesperrt und was dann?«

»Danach kann ich mich an nichts weiter erinnern.«

»Ging die Innenbeleuchtung an?«

»Möglich. Nachdem er eingestiegen war, blieb er eine Weile sitzen, und dann ließ er den Motor an und wendete, damit er vorne hinausfahren konnte.«

»Machte er das immer so?«

Charles zwinkerte und schüttelte den Kopf. »Meistens.«

Seine Zeitung war schon fast durchweicht, und ich wusste, dass es höchste Zeit war, sich unter das Vordach zu stellen.

»Gehen wir doch lieber ins Trockene», sagte ich.

Wir kehrten zum Eingang zurück und blieben vor der Tür erneut stehen.

»War da sonst noch etwas?«, wollte ich wissen. »Irgendwas, auch wenn es Ihnen banal erscheint.«

»Er rief mir keinen Gute-Nacht-Gruß zu, wie er es normalerweise tat, wenn er vorbeifuhr. Als Letztes hat er immer gewinkt und mir mit dem Finger gedroht, eine Art Neckerei, weil ich ihm doch gesagt hatte, ich hätte zu rauchen aufgehört.«

»War das Wagenfenster heruntergedreht?«

»Das kann ich nicht sicher sagen.«

»Und Sie haben niemanden bei ihm im Wagen gesehen?«

Charles schüttelte den Kopf.

»Sind Sie sicher?«

»Ziemlich. Und offen gestanden ist das dann so in etwa alles, woran ich mich erinnere.«

»Tja, danke, dass Sie mir Ihre Zeit geopfert haben. Wenn Ihnen noch irgendwas einfällt, würden Sie mich dann anrufen?« Ich zog eine Visitenkarte aus der Tasche und gab sie ihm. »Sie können mich unter dieser Nummer erreichen. Wenn ich nicht da bin, schaltet sich der Anrufbeantworter ein.«

Als ich unter dem Vordach heraustrat und über den Parkplatz ging, drehte ich mich um und winkte. Charles stand immer noch da und starrte mir nach.

Ich blieb eine Weile im Wagen sitzen und dachte über die Tatsache nach, dass ich genau dort parkte, wo Dow Purcell am Abend des 12. September geparkt hatte. Ich musterte die Umgebung, indem ich den Kopf langsam um 180 Grad drehte. Was war ihm zugestoßen? Der Regen klopfte unaufhörlich auf mein Wagendach wie das ruhelose Trommeln von Fingern auf einer

Tischplatte. Er war nicht überfallen worden. Er war in sein Auto gestiegen, hatte eine Weile dort gesessen ... und was getan? Ich ließ den Wagen an, fuhr rückwärts aus der Parklücke heraus und in Richtung Dave Levine Street, wie Purcell es getan hatte. Ich warf einen Blick zurück zum Haus. Charles war weg. Der Gehweg war leer, und der Regen, der vor dem Licht herunterprasselte, ließ den Eingang düster wirken.

Ich bog rechts ab und musterte die Straße rechts und links von mir. Es war eine Wohngegend. Das St. Terry's Hospital lag nur vier Blocks entfernt. Es gab Ärztehäuser in der nächsten Umgebung, Mietshäuser und ein paar Einfamilienhäuser, aber nicht viel mehr. Keine Bars oder Restaurants, wo er angehalten haben könnte, um etwas zu trinken. Ab der nächsten Kreuzung war es unmöglich zu erraten, wohin er gefahren sein mochte.

Ich fuhr zum Büro zurück und war um halb sechs bereits dabei, eine Rohfassung der nächsten Folge meines Berichts zu schreiben. Es war mir eine Hilfe, dass ich gezwungen war, alles noch einmal in erzählender Form darzulegen. Ich hatte weitere vier Stunden gearbeitet, die ich vom Rest des Vorschusses abzog, wonach ich noch $ 1125 an Diensten abzuleisten hatte. Ich merkte, wie mir das Unbehagen durch die Knochen zog. Ich wusste nicht mehr als zu Beginn und war dem Aufenthaltsort von Dr. Purcell vermutlich keinen Deut näher gekommen. Ich hatte nicht einmal einen Plan, eine kluge Strategie, anhand der ich weiter vorgehen wollte. Was konnte ich noch tun? Fiona wollte Ergebnisse sehen. Ich war zwar nicht untätig gewesen, kam aber nicht weiter. Ich sah auf die Uhr. Zwei Minuten nach sechs. Ich sprang auf. Schon jetzt war ich zu spät dran für meine Verabredung bei Rosie's, doch das konnte ich nicht mehr ändern. Ich stopfte den Bericht in die Handtasche, da ich hoffte, später noch daran arbeiten zu können, falls nötig.

Auf den regennassen Straßen herrschte starker Verkehr. Während ich an einer roten Ampel stand, drehte ich den Rückspiegel zu mir her, um mein Aussehen zu überprüfen. Ich trage selten Make-up, daher sah ich aus wie immer: fahl im Schein der Straßenlampen, die Haare ein dichter, brauner Schopf. In Jeans und Rollkragenpullover fühlte ich mich alles andere als glamourös, aber es half ja nichts. Ich hatte keine Zeit, nach Hause zu fahren und etwas anderes anzuziehen. Was auch? Ich habe nichts anderes. Das sind die Sachen, die ich trage.

Ich parkte vor meiner Wohnung und legte die Hälfte des Weges zu Rosie's im Laufschritt zurück. Dort angelangt, stieß ich die Tür auf, stellte meinen Schirm ab und hängte den Regenmantel auf. Nachdem das Lokal am Freitagabend des Wetters wegen fast leer gewesen war, war es heute proppenvoll. Sowohl Musikbox als auch Fernseher liefen in voller Lautstärke – die Sendung *Monday Night Football* hatte einen lautstarken Trupp Sportfans an der Bar versammelt. Der Zigarettenqualm war dicht und alle Nischen besetzt. Ich sah William mit einem Tablett auf Schulterhöhe aus der Küche kommen, während Rosie im Akkord Bierflaschen aufmachte. Ich musterte die Menge und fragte mich, ob ich es geschafft hatte, vor Tommy Hevener einzutreffen, als ich merkte, wie mich etwas am Ärmel zupfte. Ich blickte nach unten, und da saß er und schaute aus der ersten Nische rechts zu mir hinauf.

O Mann.

Er war frisch rasiert und hatte sich umgezogen. Nun trug er ein weißes Anzughemd und einen himmelblauen Wollpullover mit rundem Ausschnitt. Er sagte etwas, das ich nicht verstand. Ich beugte mich näher zu ihm und nahm den Duft von Aqua Velva wahr. Als er den Satz wiederholte, löste seine Stimme in meinem Ohr einen erregenden Schauder aus, der mir durch den ganzen Körper lief. »Verschwinden wir von hier«, sagte er. Er stand auf und nahm seinen Regenmantel vom Sitz gegenüber.

Ich nickte und begann mich wieder in Richtung Tür zu schieben. Ich spürte, wie er mir folgte, eine Hand auf meinen Rücken gelegt. Die Geste drückte eine Vertrautheit aus, gegen die ich hätte protestieren sollen, doch ich tat es nicht. Am Eingang blieben wir stehen, während ich Schirm und Mantel zusammensuchte. Er schlüpfte in seinen Regenmantel und schlug den Kragen hoch. »Wohin?«, fragte er.

»Einen Block weiter gibt es noch ein Lokal. Emile's-at-the-Beach. Wir können zu Fuß hingehen.«

Sein Schirm war größer, und so spannte er ihn auf und hielt ihn mir über den Kopf, als wir in den prasselnden Regen hinaustraten. Ich umfasste den Griff etwa einen Zentimeter oberhalb seiner Hand, und wir bewegten uns mit dem seltsamen Gang vorwärts, den man annimmt, wenn man im Tandem marschiert. Der Regen kam derart heftig herunter, dass das Wasser wie Sprühnebel durch den Schirmstoff drang. Ein Auto kam vorbei und löste einen Wasserschwall aus, der klatschend vor uns auftraf.

Tommy blieb stehen. »Das ist doch Wahnsinn. Ich habe den Wagen gleich hier.« Er zog die Schlüssel heraus und schloss die Beifahrertür eines neuen, knallroten Porsches auf, der ein persönliches Nummernschild mit der Aufschrift HEVENER 2 trug. Ich schob mich vom Gehsteig ins Wageninnere, was bei dem tief liegenden Chassis und den Strömen von Regenwasser, die durch den Rinnstein strömten, weiß Gott kein leichtes Manöver war. Er schloss die Beifahrertür und ging dann vorn um den Wagen herum auf seine Seite. Das Innere war mit cremefarbenem Leder ausgestattet, und es roch so erdig und satt wie in einem Raum voller Sattelzeug.

»Wo ist denn Ihr Pick-up?«

»Der ist fürs Geschäftliche. Das hier ist Vergnügen. Sie sehen toll aus. Ich habe Sie schon vermisst.«

Auf der kurzen Fahrt zu Emile's plauderten wir über nichts Besonderes. Tommy ließ mich vor der Tür aussteigen. Ich ging hinein und besorgte Plätze für uns, während er parkte. Wir bekamen einen Tisch für zwei Personen direkt am Fenster in einem schmalen Nebenzimmer. Es roch nach sautiertem Knoblauch und Zwiebeln, Brathuhn und Marinarasoße. Die Atmosphäre war intim, da wegen des Regens nur die Hälfte aller Tische belegt war. Man hörte gedämpfte Gespräche und das gelegentliche Klappern von Besteck. Votivkerzen erhellten den dämmrigen Raum mit Lichtkreisen. Der Kellner brachte uns zwei Speisekarten, und nach kurzer Beratung bestellte Tommy eine Flasche kalifornischen Chardonnay. Während wir auf den Wein warteten, saß er da, spielte mit einer Gabel und zog Pfluglinien über die Ränder einer Papierserviette. Seine Uhr war aus Weißgold, und er trug ein goldenes Namensarmband, dessen schwere Glieder auf seiner frischen Haut glitzerten. »Ich habe mir Ihren Mietantrag noch mal durchgelesen. Sie sind geschieden.«

Ich hielt zwei Finger in die Höhe.

»Ich war nie verheiratet«, sagte er. »Bin zu unstet.«

»Irgendwie haben flatterhafte Männer eine Schwäche für mich.«

»Vielleicht werden Sie sich noch über mich wundern. Wo lebt Ihre Familie?«

»Meine Eltern kamen bei einem Autounfall ums Leben, als ich fünf Jahre alt war. Ich wurde von der Schwester meiner Mutter aufgezogen, meiner Tante Gin. Sie ist jetzt auch schon tot.«

»Keine Geschwister?«

Ich schüttelte den Kopf.

»Und was ist mit den Ehemännern? Wer waren die?«

»Der erste war Polizist ... ich habe ihn kennen gelernt, als ich Polizeianwärterin war ...«

»Sie waren bei der Polizei?«

»Zwei Jahre lang.«

»Und der zweite?«

»Der war Musiker. Sehr begabt. Nicht so gut in puncto Treue, aber in anderer Hinsicht war er nett. Er konnte kochen und Klavier spielen.«

»Fähigkeiten, die ich bewundere. Und wo ist er jetzt?«

»Ich habe keine Ahnung. Sie haben erwähnt, dass Ihre Eltern tot sind?«

»Es ist seltsam, eine erwachsene Waise zu sein, aber auch wieder nicht so schlimm, wie man glauben könnte. Was war Ihr Vater von Beruf?«

»Briefträger. Meine Eltern waren schon fünfzehn Jahre verheiratet, bevor ich kam.«

»Dann hatten Sie ja nur fünf Jahre zusammen als Familie.«

»Das stimmt wohl. So habe ich es noch gar nicht gesehen.«

»Armes Ding.«

»Jeder ist arm. So ist das Leben«, sagte ich.

Der Kellner kam mit unserem Chardonnay, und wir sahen ihm höflich zu, als er sich durch das Ritual arbeitete, zuerst den Korken herauszuziehen, dann einen Probeschluck zu kredenzen und zu guter Letzt zwei Gläser einzuschenken. Wir hatten noch keinen Blick in die Speisekarte geworfen, und so gewährte er uns ein paar Minuten, um zu entscheiden, was wir wollten. Schließlich bestellte ich mir Brathuhn und Tommy die Pasta puttanesca. Vorher teilten wir uns einen Salat. Als die Hauptgerichte kamen, sagte Tommy: »Erzählen Sie mir von Ihrem Freund. Wie stehen Sie zu ihm?«

Ich ließ die Gabel sinken und hatte das Gefühl, Dietz verteidigen zu müssen. »Warum soll ich mit Ihnen über ihn reden?«

»Seien Sie nicht so widerborstig. Ich wüsste eben gern, was hier läuft. Zwischen uns.«

»Gar nichts. Wir essen zusammen.«

»Ich glaube, es steckt mehr dahinter.«

»Tatsächlich. Und das wäre?«

»Ich habe keine Ahnung. Deshalb frage ich ja Sie.«

»Was tun wir eigentlich hier – unsere Beziehung definieren? Ich kenne Sie seit einer Stunde.«

Er lächelte träge. Meine Ungehobeltheit, die ich offenbar nicht zügeln konnte, schien ihm nichts auszumachen. »Ich glaube, es sind eher zwei Stunden als eine. Ich habe Sie schon zweimal in den Mieträumen gesehen und dann jetzt.« Er trank den Wein in seinem Glas aus und schenkte sich nach, nachdem er mein Glas aufgefüllt hatte. Seine Augen waren wirklich von einem ganz außergewöhnlichen Grün.

»Tja, also ich kenne Sie noch nicht lang genug«, sagte ich. »Außerdem sind Sie zu jung.«

Er zog die Augenbrauen hoch, und ich merkte, wie ich rot wurde.

»Was hat Sie veranlasst, nach Santa Teresa zu ziehen?«, fragte ich.

»Sie wechseln das Thema.«

»Ich lasse mich nicht gern drängen.«

»Reden wir lieber über Sex. Erzählen Sie mir, was Sie im Bett mögen, falls es sich je ergibt.«

Ich lachte. »Reden wir über die Grundschule. Ich habe meine gehasst. Wie fanden Sie Ihre?«

»Gut. Hat Spaß gemacht. Ich war zwei Jahre hintereinander Anführer des Sicherheitsteams. Später war ich auf vier verschiedenen Colleges, habe aber keinen Abschluss gemacht. Vielleicht versuche ich es eines Tages noch mal. Ich hätte gern mein Zeugnis.«

»Ich war zwei Semester auf dem Junior College, aber es hat mir überhaupt nicht gefallen. Ich habe Spanisch für Erwachsene genommen und alles wieder vergessen außer ›*ola*‹ und ›*buenos dias*‹.«

»Können Sie kochen?«

»Nein, aber ich bin sauber und ordentlich.«

»Ich auch. Mein Bruder ist ein Schwein. Sie kämen nie drauf, wenn Sie ihn so sehen. Er zieht sich ganz anständig an, aber sein Auto ist chaotisch.«

»Bei mir stehen Dosen mit Motoröl auf dem Rücksitz.«

»Gehört zu Ihrer Arbeit«, sagte er nachsichtig.

In dieser Art plauderten wir weiter, und ich merkte, dass mir sein Gesicht gefiel. Außerdem war ich mir seines schlanken und muskulösen Körpers sehr deutlich bewusst. Ich fragte mich, wo Dietz heute Abend wohl war. Jedenfalls nicht in Reichweite, also spielte es ohnehin keine Rolle, oder? Mir gefallen nur wenige Männer, allerdings nicht unbedingt deshalb, weil ich ihnen gegenüber wählerisch wäre. Ich lege großen Wert auf meinen Selbstschutz, und deshalb kommen nur solche in Frage, die – ja, was eigentlich sind? Mir fiel nicht ein, was es war, das es manchen Männern ermöglichte, meine Abwehr zu durchbrechen. Chemie vermutlich. Ich konzentrierte mich darauf, mein Hühnchen zu zerteilen und eine Gabel Kartoffelpüree zu probieren. Das rangiert auf meiner Geschmacksskala ganz oben – gleich hinter Erdnussbutter.

Tommy berührte meine Hand. »Wohin sind Sie denn jetzt abgetaucht?«

Ich sah auf und stellte fest, dass er mich anstarrte. Ich entzog ihm meine Finger. »Ist das hier eine Verabredung?«

»Ja.«

»Ich verabrede mich nämlich nicht.«

»Das sehe ich Ihnen an.«

»Das ist mein Ernst«, erwiderte ich. »Ich beherrsche diese Frau-trifft-Mann-Kiste nicht.«

»Müssten Sie aber eigentlich. Sie waren zweimal verheiratet, und jetzt haben Sie diesen anderen Freund an der Angel.«

»Ich hatte auch noch andere Männer dazwischen. Das bedeutet nicht, dass ich mich dabei geschickt anstelle.«

»Sie machen es prima. Ich mag Sie. Sie brauchen sich nicht dumm zu stellen. Kopf hoch.«

Kleinlaut sagte ich: »Okay.«

Als wir das Restaurant um neun Uhr verließen, glänzten die Straßen immer noch vom Regen, der inzwischen aufgehört hatte. Ich sah seinen Porsche auf der anderen Straßenseite stehen. Der Spielplatz lag im Dunkeln, und die Boote im Jachthafen weiter hinten wirkten wie wippende Lichtpunkte. Ich wartete, bis er den Wagen aufgesperrt hatte und mich einsteigen ließ. Als er den Motor angelassen hatte, sagte er: »Ich möchte Ihnen gern etwas zeigen. Es ist ja noch früh. Einverstanden?«

Er fuhr los und wendete auf dem Cabana Boulevard. Wir fuhren nach Westen, passierten den Jachthafen zu unserer Linken und das Santa Teresa City College zur Rechten. Dann ging es auf der Sea Shore den Hügel hinauf und an der nächsten großen

Kreuzung links. Ohne dass es mir jemand gesagt hätte, wusste ich, dass wir auf dem Weg nach Horton Ravine waren. Er lächelte mir zu. »Ich will Ihnen das Haus zeigen.«

»Was ist mit Richard? Hätte er nichts dagegen?«

»Er ist heute Abend zum Pokern nach Bell Garden gefahren.«

»Was, wenn er verliert und nach Hause kommt?«

»Er kommt erst am frühen Morgen, egal, was passiert.«

Wir fuhren durch die Steinsäulen, die die hintere Einfahrt nach Horton Ravine kennzeichneten. Die Straße war breit und dunkel. Viele Anwesen auf beiden Seiten waren nicht eingezäunt und wirkten wie einfache, ländliche Umgebung: Weiden und Ställe und Lichter, die aus den Häusern durch die Bäume blinkten. Die Route, die er gewählt hatte, war kurvenreich, und ich vermutete, dass es seine Absicht war, Leistung und Straßenlage des Porsches zu demonstrieren. Endlich bog er rechts ab, auf eine kurze Einfahrt, die in einem halbmondförmigen Parkplatz endete. Im Vorbeifahren konnte ich einen Blick auf das Haus werfen: verputzte Mauern, massive Linien, rotes Ziegeldach. Sämtliche Bogen und Balkone waren theatralisch mit Außenlampen beleuchtet. Er griff nach der Fernbedienung für die Garagentür, drückte einen Knopf und schwenkte dann in die offene Vierer-Garage. Der höhlenartige Raum war makellos: frische, weiße Trockenmauern, die nach dem Gipsüberzug rochen. Drei Stellplätze waren frei. Ich vermutete, dass Richard einen ebenso neuen und schicken Sportwagen fuhr wie Tommy. Ich öffnete auf meiner Seite die Tür und verließ den Wagen, während Tommy auf der anderen Seite ausstieg und nach seinen Hausschlüsseln kramte. Ich sah weder Regale noch Werkzeuge noch gestapeltes Gerümpel; weder Liegestühle noch Pappkartons mit der Aufschrift WEIHNACHTEN ETC. Er ging mir in den Geräteraum neben der Küche voraus. Die Anzeige auf dem Schaltbrett der Alarmanlage war dunkel. Zur Linken gab es eine Personalwohnung mit Duschbad und zur Rechten eine Waschküche. Auf den Arbeitsflächen in der Küche lagen stapelweise Werbebroschüren, Kataloge und Prospekte. Auf einem zweiten Stapel sammelten sich Gebrauchsanweisungen für den Anrufbeantworter, die Mikrowelle und die Küchenmaschine, die offensichtlich noch nie benutzt worden war. Die Böden waren mit rotbraunen mexikanischen Platten ausgelegt, die versiegelt und auf Hochglanz poliert worden waren. Tommy warf seine Schlüssel auf den glänzenden, weiß gefliesten Tresen. »Na, wie finden Sie es?«

»Keine Alarmanlage? Das erscheint mir seltsam in einem so großen Haus.«

»Typisch Polizistin. Wir haben eine installiert, aber sie ist nicht angeschlossen. Als wir eingezogen sind, hat Richard sie so oft ausgelöst, dass die Betreiberfirma angefangen hat, uns fünfzig Dollar pro Fehlalarm zu berechnen, und die Cops sich geweigert haben zu kommen. Dann dachten wir uns, was soll's?«

»Wollen wir hoffen, dass die Einbrecher nichts davon gehört haben.«

»Wir sind versichert. Kommen Sie, dann mache ich die Zehn-Cent-Tour mit Ihnen.«

Er ging mit mir durch das Haus und blieb hier und da stehen, um mich über ihre Einrichtungspläne zu informieren. Auf der ersten Ebene zogen sich Eichenböden aus breiten Brettern durch Wohnzimmer, Esszimmer, Fernsehzimmer, holzgetäfeltes Herrenzimmer und zwei Gästezimmer. Die obere Etage war komplett mit cremefarbenem Wollteppichboden ausgelegt: zwei große Schlafzimmer, jedes mit eigenem Bad, ein Fitnessraum und genug Schrankplatz für zehn. Das Haus wirkte wie ein Musterhaus in einem nagelneuen Wohngebiet, von Möbeln und Schnickschnack abgesehen. Einige der Räume standen leer, und die, in denen Möbel standen, wirkten trotzdem leer. Mir fiel auf, dass sich Tommy genau wie ich nicht mit vielen Dingen belastete – keine Kinder, keine Haustiere, keine Pflanzen. Im Fernsehzimmer gab es eine komplett ausgestattete Bar mit Spüle, zu viel schwarzes Leder und einen Großbildfernseher für Sportveranstaltungen. Ich sah weder Bilder noch Bücher, aber vielleicht waren die alle noch verpackt.

In den Schlafzimmern war unübersehbar, dass sie ganze Einrichtungen aus den Ausstellungsräumen eines Möbelhauses gekauft hatten. Alles passte zusammen: helles Holz in Tommys Zimmer – der »moderne« Stil. In Richards Schlafzimmer waren Kopfteil, Kommode, Schrank und die beiden Nachttische schwer und dunkel, und die Möbel wirkten mit ihren schmiedeeisernen Beschlägen entfernt spanisch. Alles war perfekt geputzt, was vermutlich bedeutete, dass jede Woche eine Putzbrigade mit drei Leuten anrückte.

Wir machten einen kompletten Rundgang und landeten schließlich wieder in der Küche. Uns war allen beiden bewusst, dass geraume Zeit vergangen war. Trotz seiner vorherigen Lässigkeit schien Tommy genau wie ich daran zu denken, dass Richard jeden Moment angefahren kommen könnte. Es war zwar erst in einigen Stunden mit ihm zu rechnen, aber ich konnte seine Gegenwart wie einen Geist in jedem Raum spüren. Tommy hatte kein Wort mehr über die abweisende Art seines Bruders verloren, und ich wollte auch nicht fragen. Die Spannungen zwischen ihnen mussten ja nicht unbedingt mit mir zu tun haben.

Schließlich sagte Tommy in einem Anflug von Wagemut: »Möchten Sie etwas trinken?«

»Ich glaube nicht, danke. Ich muss noch arbeiten. Und danke für den Rundgang. Das Haus ist wirklich großartig.«

»Wir müssen noch einiges daran machen, aber uns gefällt's. Sie müssten es mal bei Tag sehen. Die Gartenanlage ist herrlich.« Er sah auf die Uhr. »Jetzt bringe ich Sie lieber nach Hause.«

Ich nahm meine Umhängetasche und folgte ihm. Während er das Haus abschloss, wartete ich im Wagen. Im begrenzten Raum des Porsches wurde mir das Knistern zwischen uns bewusst. Wir plauderten auf der Fahrt, aber angesichts meiner Schwäche für ihn war das nur aufgesetzt. Er fand einen Parkplatz in der Nähe von Rosie's, einen halben Block von meiner Wohnung entfernt. Er parkte ein und kam dann erneut um den Wagen herum, um mich aussteigen zu lassen. Zur Unterstützung bot er mir seine

Hand an, und ich wand mich mit so viel Anmut heraus, wie ich aufbringen konnte. Eigentlich müssten Sportwagen serienmäßig mit Schleudersitzen ausgestattet sein.

Der Kneipenlärm aus Rosie's war gedämpft, doch ich spürte den Kontrast zwischen dem rauen Getöse da drinnen und der Ruhe dort, wo wir standen. Der restliche Regen tropfte aus den umstehenden Bäumen, und das Wasser gurgelte durch die Rinnsteine wie ein städtischer Bach. Einen Augenblick lang standen wir da, und keiner von uns wusste, wie er sich verabschieden sollte. Tommy fasste wie beiläufig herüber und rückte die Metallschnalle vorn an meinem Regenmantel zurecht. »Sie sollen ja nicht nass werden. Kann ich Sie nach Hause begleiten?«

»Ich wohne gleich da vorn. Man kann das Haus von hier aus fast sehen.«

Er lächelte. »Ich weiß. Ich habe die Adresse aus Ihrem Antrag und bin vorhin dort vorbeigefahren. Sieht nett aus.«

»Sie sind neugierig.«

»Wenn's um Sie geht«, meinte er.

Er lächelte erneut, und ich ertappte mich dabei, wie ich wegsah. Wir sagten beide zugleich »also« und mussten lachen. Ich ging ein paar Schritte zurück und sah ihm zu, wie er die Tür öffnete und sich unters Lenkrad schob. Er schlug die Wagentür zu, und kurz darauf erwachte der Motor zum Leben. Die Scheinwerfer leuchteten auf, und er fuhr röhrend davon. Ich drehte mich um und ging bis zur Ecke, während das Geräusch seines Autos am Ende des Blocks verklang. Ich muss gestehen, dass sich mein Höschen warm und ein ganz klein wenig feucht anfühlte.

12

Der Dienstagmorgen begann in einem Dunst aus Dampf und Nebel. Ich widmete mich meinen gewohnten morgendlichen Verrichtungen, darunter ein so dynamischer Dauerlauf, dass ich hinterher rote Wangen hatte und schwitzte. Nach dem Frühstück arbeitete ich eine Zeit lang zu Hause und gab meinem Bericht für Fiona den letzten Schliff. Vielleicht würden ja all diese ordentlich getippten Seiten vor ihren Augen als Fortschritt bestehen können. Dies war eines der wenigen Male in meinem Leben, wo ich für möglich hielt, dass ich scheitern könnte, und ich hatte Angst. Ich sah Fionas Rückkehr mit der gleichen Begeisterung entgegen, mit der ich als Kind auf meine alljährliche Typhusimpfung gewartet hatte.

Fünf Minuten nach halb zehn verließ ich die Wohnung. Da sich der Sturm vorübergehend gelegt hatte, waren breite Streifen blauen Himmels zwischen den Wolken aufgetaucht. Das Gras leuchtete auf einmal smaragdgrün, und die Blätter an sämtlichen Bäumen waren glänzend und frisch. Mein Termin bei Dow Purcells bestem Freund Jacob Trigg war für zehn Uhr vereinbart. Ich hatte einen Stadtplan studiert und seine Adresse in Horton Ravine ausfindig gemacht. Ich fuhr auf dem Cabana Boulevard nach Osten und den Hügel hinauf, der sich vom Strand ins Inland zog. Dann bog ich nach links in den Promontory Drive ein und folgte ihm die Steilküste entlang, die parallel zum Strand verlief. Schließlich bog ich erneut links ab und fuhr durch die Hintereinfahrt nach Horton Ravine hinein. Tommy kam mir in den Sinn, und ich lächelte mit einem dämlichen Strahlen im Gesicht, das mir selbst peinlich war.

Anderthalb Kilometer weiter entdeckte ich die Straße, die ich suchte. Ich bog in einem Gewirr kurviger Straßen nach rechts ab und fuhr den Hügel hinauf. Wasser rauschte wie ein Sturzbach den Straßenrand hinab, und Geröllstreifen, die sich wie komplette Kieswege ausnahmen, waren auf die Straße gespült worden. Ein Baum mit flachen Wurzeln war umgekippt und hatte einen Halbmond aus Erde mitgerissen. Trotz der zahlreichen Häuser in der Umgebung beeilte sich Mutter Natur nach Kräften, ihr Territorium zurückzuerobern.

Ich spähte nach rechts, um im Vorbeifahren die Nummern auf

den Briefkästen abzulesen. Schließlich entdeckte ich die Hausnummer, die mir Jacob Trigg gegeben hatte. Die riesigen Tore aus schwarzem Schmiedeeisen standen offen, und ich fuhr einen gewundenen Weg zwischen niedrigen Steinmauern bergauf. Am oberen Ende der sanften Anhöhe angekommen sah ich sanft gewelltes Gelände vor mir, das sich in alle Richtungen erstreckte. Das zweistöckige Haus wirkte italienisch. Es war elegant und schlicht und hatte symmetrisch angeordnete Fenster und eine kleine Veranda mit kreisrunder Balustrade.

Ich parkte und stieg aus. Sämtliche Fenster im Erdgeschoss waren beunruhigend dunkel. Es gab keine Klingel, und niemand reagierte auf mein wiederholtes Klopfen. Ich drehte eine Runde um das Haus und hielt Ausschau nach Lichtern oder anderen Spuren der Bewohner. Alles war still, abgesehen davon, dass gelegentlich Wasser vom Dach tropfte. Hatte Trigg mich versetzt? Ich versuchte mich zu orientieren. Der förmlich angelegte Garten breitete sich rechts und links des Hauses aus, doch nirgends war ein Gärtner zu sehen. Vermutlich war es zu nass, um sinnvolle Arbeiten zu verrichten.

Ich ging die abschüssige Rasenfläche hinab und hoffte dabei, jemandem zu begegnen, der mir sagen könnte, ob Trigg zu Hause war. Die nächsten fünf Minuten spazierte ich durch patschnasses Gras über das Anwesen. Am Ende einer Reihe von Zierbirnen sah ich ein Gewächshaus mit angrenzendem kleinem Schuppen. Daneben stand ein elektrischer Golfwagen. Ich suchte mir einen Weg dorthin, quer durch den Matsch, der an den Sohlen meiner Stiefel saugte.

Ich sah einen Mann im Schuppen an einer hohen Bank arbeiten. Trotz der Kälte trug er Khakishorts und verdreckte Joggingschuhe. Er hatte an beiden Beinen Schienen, die den Eindruck erweckten, als hätte man sie ihm mit Schrauben rechts und links in die Knie gebohrt. An seinen Waden waren Anzeichen von Muskelatrophie zu erkennen. Neben ihm an die Arbeitsfläche gelehnt stand ein Paar Krücken. Die Schirmmütze, die er trug, bedeckte einen Schopf grauer Haare. Auf der Redwoodfläche vor ihm lagen fünf oder sechs mickrig aussehende Pflanzen in verschiedenen Stadien des Eingehens.

Ich blieb in der Tür stehen und wartete, dass er mich bemerkte, bevor ich eintrat. Hinter der Tür auf der anderen Seite ging es ins Gewächshaus, doch das steile Glasdach war von meinem Standpunkt aus nicht zu sehen. Die meisten Seitenfenster waren undurchsichtig weiß, doch an manchen Stellen war das Glas klar und ließ hellere Lichtquadrate durchscheinen. Die Luft war warm und roch nach Lehm und Torfmoos. »Hallo. Entschuldigen Sie die Störung, aber sind Sie Mr. Trigg?«

Er sah kaum auf. »Bin ich. Was kann ich für Sie tun?«

»Ich bin Kinsey Millhone.«

Er wandte sich um und sah mich verständnislos an, während sich zwischen seinen Augen eine Falte bildete. Sein Schnurrbart war eisengrau und seine Brauen eine unordentliche Mischung aus schwarzen und grauen Haaren. Ich schätzte ihn auf Anfang sechzig. Er hatte eine rote Nase, dicke Hängebacken und einen breiten Brustkorb, der nach vorn und unten in einen stattlichen Bauch überging.

»Ich hatte gehofft, Sie könnten mir ein paar Fragen über Dr. Purcell beantworten«, erklärte ich.

Seine Verwirrung schien sich zu legen. »Ach, entschuldigen Sie. Ich hatte ganz vergessen, dass Sie kommen, sonst hätte ich im Haus gewartet.«

»Ich hätte noch einmal anrufen und Sie erinnern sollen. Danke, dass Sie mir Ihre Zeit opfern.«

»Hoffentlich kann ich Ihnen helfen«, sagte er. »Alle nennen mich Trigg, also können Sie sich die Mühe mit dem ›Mister‹ auch sparen. Passt irgendwie nicht.« Er lehnte sich gegen die Arbeitsplatte aus rohem Redwood und verteilte einen kleinen Spritzer Spülmittel in einem von zwei Eimern Wasser, die nebeneinander standen. Dann griff er nach dem Zweig eines Miniatur-Rosenstrauchs, der voller Spinnweben hing, legte die Hand auf die Erde am unteren Ende der Pflanze, drehte sie um und tunkte sie ins Wasser. »Es erstaunt mich, dass Sie mich gefunden haben. Meine Tochter wohnt bei mir, aber sie ist heute Morgen nicht da.«

»Tja, ich bin eine ganze Weile herumspaziert. Zum Glück haben Sie kein frei laufendes Rudel auf Angriff trainierter Hunde.«

»Die Kameraden sind momentan unter Verschluss«, erwiderte er spontan.

Ich hoffte sehr, dass das ein Beispiel für seinen trockenen Humor war. Schwer zu sagen, da sein Tonfall und seine Miene sich nicht veränderten.

»Falls Sie sich wundern, was ich hier treibe: Ich bin kein gelernter Gartenbauexperte. Meine Tochter hat einen Betrieb, der sich um die Pflanzen der Bewohner von Horton Ravine kümmert. Sie beliefert auch ein paar Hotels – das Edgewater, das Montebello Inn und noch andere in dieser Kategorie. Nur lebende Pflanzen, keine Schnittblumen. Ich glaube, sie engagieren jemand anders für die großen, prächtigen Blumenarrangements. Sie bringt mir die kränklichen Ableger, und ich pflege sie, bis sie wieder gesund sind.« Er richtete den tropfenden Rosenstrauch auf und tauchte ihn in den Eimer mit klarem Wasser. Dann zog er ihn heraus, schüttelte ihn aus und studierte die Wirkung. »Dieses kleine Kerlchen leidet an einem Befall von Spinnmilben. Die blöden Dinger sind nur einen halben Millimeter lang, aber sehen Sie sich bloß mal den Schaden an. Früher hatte der Strauch gesundes Laub, und jetzt ist es nur noch ein nackter Zweig. Ich werde ihn in Quarantäne halten. Wir haben auch oft mit Wurzelfäule zu tun. Die Leute gießen zu viel, weil sie sich zwischen Susans Besuchen nützlich machen wollen. Kennen Sie sich mit Pflanzen aus?«

»Nicht besonders. Früher hatte ich ein Seemoos, aber das habe ich irgendwann weggeworfen.«

»Die stinken wie ungewaschene Füße«, sagte er mit einem Kopfschütteln. Er stellte den Rosenstrauch beiseite und griff nach einer Maispflanze in einem Terrakottatopf. Ich sah ihm zu, wie er mit einem Schwamm einen dunkelgrauen, pulvrigen Belag von den Blättern wischte. »Rußiger Schimmel«, erklärte er, als ob ich gefragt hätte. »Schlichtes altes Seifenwasser nützt bei vielen von diesen Geschichten. Ich habe zwar nichts gegen systemische Gifte, aber bei so was wie Blattläusen versuche ich es lieber zuerst mit einem Kontaktpestizid. Malathion oder Nikotinsulfat, was auch nichts anderes ist als Black Flag-40. Ich schätze, ich bin konservativ. Susan ist manchmal anderer Meinung, aber gegenüber meinen Erfolgen verpuffen ihre Argumente.«

»Sie sind ein alter Freund von Dr. Purcell?«, sagte ich.

»Seit gut zwanzig Jahren. Ich war Patient bei ihm. Er hat in dem Prozess, der auf meinen Autounfall folgte, zu meinen Gunsten ausgesagt.«

»Das war, bevor er in die Geriatrie gewechselt hat?«

»Das will ich hoffen.«

Ich schmunzelte. »Was waren Sie von Beruf?«

»Ich war Vertreter – Pharmareferent. Ich habe die drei umliegenden Bezirke bereist und Ärzte in ihren Praxen aufgesucht. Dow habe ich kennen gelernt, als er noch seine Praxis in der Nähe des St. Terry's hatte.«

»Sie müssen gut verdient haben. Dieses Anwesen ist beeindruckend.«

»Das war das Schmerzensgeld auch. Nicht, dass es mich entschädigen würde. Früher habe ich gejoggt und Tennis gespielt. Man nimmt seinen Körper als etwas Selbstverständliches hin, bis er einen im Stich lässt. Verteufelte Sache, aber ich habe doch mehr Glück gehabt als mancher andere.« Er hielt inne und spähte zu mir herüber. »Sie haben ja schon mit Crystal gesprochen. Sie hat mich angerufen und mir gesagt, dass Sie sich vermutlich bei mir melden würden. Wie kommen Sie denn bis jetzt voran?«

»Es ist frustrierend. Ich habe eine Menge Leute getroffen, und das Einzige, was ich zu hören bekam, sind Theorien, aber was ich brauche, sind Fakten.«

Seine zerzausten Augenbrauen trafen sich in der Mitte und kräuselten sich. »Ich fürchte, ich kann die allgemeine Verwirrung nur steigern. Ich habe über Dow nachgedacht und mir einiges noch mal durch den Kopf gehen lassen. Die Polizei hat mich in der ersten Woche nach seinem Verschwinden befragt, aber ich war ebenso ratlos wie alle anderen.«

»Wie oft haben Sie ihn gesehen?«

»Ein oder zweimal die Woche. Er ist auf dem Weg nach Pacific Meadows ab und zu morgens zum Kaffee gekommen. Ich weiß, dass Frauen denken, Männer sprächen nicht über persönliche Dinge ... Sie stellen sich vor, es ginge eher um Sport, Autos und Politik. Dow und ich, wir waren da anders, vielleicht, weil er miterlebt hat, wie viel Kummer und Schmerzen ich durchmachen musste. Ohne zu jammern, möchte ich hinzufügen. Er war ein Mann, der seine Meinung für sich behielt, und ich glaube, das schätzte er auch an anderen. Er war nur acht Jahre älter als ich, aber ich habe ihn wie einen Vater gesehen. Ich konnte ihm ohne Hemmungen alles erzählen. Wir haben ein sehr vertrautes Verhältnis aufgebaut, und mit der Zeit hat auch er sich mir offenbart.«

»Die Menschen bewundern ihn.«

»Das ist auch angebracht. Er ist ein guter Mensch ... oder war einer. Ich weiß überhaupt nicht, wie wir von ihm sprechen sollen. In der Gegenwart, hoffe ich, aber das werden wir noch sehen. Crystal hat mir erzählt, dass Fiona Sie engagiert hat.«

»Das stimmt. Fiona ist derzeit geschäftlich in San Francisco, aber sie kommt heute Nachmittag wieder. Ich forsche herum, rede mit so vielen Leuten, wie ich kann, und hoffe, sie auf diese Art davon zu überzeugen, dass ihr Geld gut angelegt ist.«

»Darüber würde ich mir nicht den Kopf zerbrechen. Fiona kann man es nur schwer recht machen«, sagte er. »Wer steht außer mir noch auf Ihrer Liste?«

»Also, ich habe mit einem seiner beiden Arbeitgeber gesprochen ...«

»Mit welchem?«

»Joel Glazer. Zu Harvey Broadus hatte ich noch keinen Kontakt. Außerdem habe ich einige Personen im Pflegeheim befragt und seine Tochter Blanche, aber nicht Melanie.«

Seine Augenbrauen fuhren bei Nennung dieses Namens in die Höhe, aber er gab keinen Kommentar ab. »Wie steht's mit Lloyd Muscoe, Crystals Exmann? Haben Sie den gesprochen?«

»Der Gedanke ist mir noch gar nicht gekommen, aber das könnte ich machen. Ich habe ihn am Freitagnachmittag bei Crystal gesehen, als er Leila abgeholt hat. Was hat er denn mit der Sache zu tun?«

»Wer weiß? Vor etwa vier Monaten hat Dow erwähnt, dass er zu Lloyd gefahren ist, um mit ihm zu sprechen. Ich habe vermutet, dass es etwas mit Leila zu tun hatte, aber vielleicht war das falsch. Sie wissen ja, dass Leila kurz bei Lloyd gewohnt hat. Sie hat überall herumgeprahlt, sie sei alt genug, um selbst zu entscheiden. Crystal wurde es leid, mit ihr zu streiten, und so ist Leila zu Lloyd gezogen. Sie hat die achte Klasse in einer öffentlichen Schule dort oben angefangen, aber kaum war sie zwei Monate dort, brach sie völlig aus. Ihre Noten wurden schlechter, sie schwänzte die Schule, trank Alkohol und nahm Drogen. Dow sprach ein Machtwort, und dann sind sie eingeschritten und haben sie nach Fitch geschickt. Jetzt wird sie streng kontrolliert, und das macht sie Dow zum Vorwurf. Sie sieht ihn als Tyrannen – wobei ein Tyrann für sie jeder ist, der ihr nicht ihren Willen lässt.«

»Ich glaube, sie ist auch wütend auf Lloyd. Als ich dort war, hat sie es abgelehnt, ihn zu besuchen, aber Crystal bestand darauf.«

»Ich kann mir gut vorstellen, dass sie wütend auf ihn ist. Sie findet, es sei seine Aufgabe, sie dort rauszuholen. Weigert sich, ihr eigenes Verhalten zu hinterfragen. In dem Alter glaubt man immer, es sei die Schuld der anderen.«

»Was ist passiert, als Dow Lloyd aufgesucht hat? Haben sie sich gestritten?«

»Meines Wissens nicht, aber falls Lloyd die Absicht hatte, Dow etwas anzutun, dann ist er verschlagen genug, sich nicht vorher in die Karten schauen zu lassen, indem er aggressiv wird.«

Ich fasste in meine Tasche und zog einen alten Umschlag heraus, auf dem ich etwas notieren konnte. »Würden Sie mir seine Adresse geben?«

»Die weiß ich nicht auswendig. Aber ich kann Ihnen sagen, wo es ist. Großes Haus, gelbe Schindeln, geneigtes Dach. Direkt an der Ecke Missile und Olivio. Lloyd hat die kleine Gartenwohnung hinten auf dem Grundstück gemietet.«

»Ich glaube, ich kenne das Haus«, sagte ich. »Er und Crystal kommen ganz gut miteinander aus, oder?«

»Mehr oder weniger. Sie kriecht immer noch vor ihm. Crystal stand seit jeher unter Lloyds Fuchtel.«

»Wie das?«

»Er hat von ihren Einkünften gelebt, als sie in Las Vegas gestrippt hat. Sie hatten eine dieser hitzigen Beziehungen voller Besäufnisse und Streitereien. Am Schluss hat einer von beiden immer die Polizei gerufen und Zeter und Mordio geschrien. Crystal ließ Lloyd festnehmen, aber ehe man sich versah, überlegte sie es sich anders und lehnte es ab, Anzeige zu erstatten. Er bezichtigte sie, ihn angegriffen und geschlagen zu haben, doch dann fielen sie sich in die Arme und versöhnten sich wieder. Eine uralte Geschichte. Nachdem sie Dow kennen gelernt hatte, gab sie alles auf und zog mit dem Mädchen nach Santa Teresa. Ich vermute, sie sah Dow als ihren Ausweg, was er in gewisser Weise auch war. Das Problem war nur, dass Lloyd ihr nachlief. Er war stinkwütend – konnte es nicht fassen, dass sie ihn nach allem, was sie zusammen durchgemacht hatten, verlassen wollte. Wahrscheinlich wollte er einfach nicht glauben, dass er die Oberhand verloren hatte.«

»Woher wissen Sie das alles?«

»Ich habe es von Dow gehört«, antwortete er. »Ich glaube, er hatte Angst, Lloyd könnte einen Weg finden, seine Vorherrschaft zurückzugewinnen. Crystal wirkt stark, aber Lloyd gegenüber wird sie von ihrem schlechten Gewissen beherrscht. Er steht auf dem Standpunkt, sie sei ihm einiges schuldig, weil sie sein Leben restlos auf den Kopf gestellt hat.«

»Arbeitet er denn nicht?«

»Kann man nicht so nennen. Er war eine Weile beim Bau, aber dann hat er behauptet, er hätte sich den Rücken verletzt. Er lebt von der Unfallentschädigung, bis das Geld ausgeht. So stellt er es sich jedenfalls vor. Warum soll er sich anstrengen, wenn er kriegen kann, was er will, indem er jemand anders manipuliert?«

»Aber Crystal hat sich doch jetzt sicher von ihm gelöst.«

»Eine Frau wie sie löst sich nie von einem Mann.«

Ich steckte den Umschlag ein und versuchte, mir andere Fragen einfallen zu lassen, die ich ihm stellen könnte. »Was war mit dem Buch, an dem Dow geschrieben hat? Das war der eine Grund, der Crystal zu der Überzeugung gebracht hat, dass ihm etwas zugestoßen ist. Sie meint, er würde sich nicht einfach aus dem Staub machen: in erster Linie wegen Griffith und zweitens wegen des Buches, an dem er gearbeitet hat.«

Ein bekümmerter Ausdruck zog über Triggs Gesicht. »Als er angefangen hat, war er Feuer und Flamme für das Projekt, doch es hat sich als wesentlich schwieriger erwiesen, als er gedacht hatte. Ich würde sagen, er war eher entmutigt als begeistert. Außerdem hat er sich über Fiona aufgeregt. Sie bedrängte ihn andauernd um Geld. Er wusste, wie überzeugt sie davon war, dass er zu ihr zurückkehren werde, und das belastete ihn ungemein. Deshalb war er ja dort hinauf unterwegs.«

»Was meinen Sie mit ›dort hinauf‹?«

»Er wollte mit Fiona sprechen, um die Lage zu klären.«

»An dem Abend, als er verschwunden ist?«

»Das hat er mir jedenfalls erzählt. Wir haben an diesem Freitag zusammen gefrühstückt, und er berichtete, sie habe auf einem Treffen bestanden. Sie bestand immer auf irgendetwas. Sie ist eine Landplage, wenn ich das mal so deutlich aussprechen darf. Damals habe ich Dow gesagt, was ich schon seit jeher denke: Sie wird bis in alle Ewigkeit Forderungen an ihn stellen. Sie konnte ihn zwar nicht daran hindern, sie zu verlassen, aber sie kann ihn auf alle Fälle zur Kasse bitten.«

»Wie in aller Welt konnte sie sich jemals einbilden, er werde Crystal verlassen und zu ihr zurückkommen?«

»Ach, laut seinen Schilderungen hat sie das alles schon geplant. Sie meint, sie sei die Einzige, die ihn verstünde, in guten wie in schlechten Zeiten. Ich vermute, sie hat vor allem ›schlecht‹ betont.«

»Fiona hat mir erzählt, dass Dow schon zweimal zuvor verschwunden ist. Haben Sie eine Ahnung, wohin?«

»Sanatorium. Er hat mir erzählt, er ginge in eine Entzugsklinik.«

»Alkohol?«

»Genau. Er wollte nicht, dass es sich herumspräche, weil er glaubte, seine Patienten würden das Vertrauen zu ihm verlieren, wenn sie wüssten, dass er seine Trinkerei nicht im Griff hatte.«

»Ich habe aus mehreren unabhängigen Quellen erfahren, dass er wieder am Trinken war.«

»Vermutlich Fionas Werk. Sie hätte jeden Mann in den Alkohol getrieben.«

»Wäre nicht denkbar, dass er wieder in eine Entzugsklinik gegangen ist?«

»Ich hoffe es. Das hoffe ich wirklich, aber andererseits sollte man meinen, dass er das mittlerweile irgendjemandem mitgeteilt hätte.«

»Fiona behauptet, er hätte damals auch zu niemandem ein Wort gesagt.«

»Das stimmt nicht ganz. Er hat es mir erzählt.«

»Was wissen Sie über die Geschichte mit Pacific Meadows?«

Trigg schüttelte den Kopf. »Nicht viel. Ich weiß nur, dass es nicht gut aussah. Ich habe ihm geraten, einen Anwalt zu engagieren, aber er meinte, damit wolle er noch ein bisschen warten. Er hatte so seine Vermutungen über das, was da vor sich ging, aber er wollte der Sache erst selbst nachgehen, bevor er weitere Schritte unternahm.«

»Jemand hat mir erzählt, er hätte befürchtet, Crystal werde ihn eiskalt im Regen stehen lassen, wenn der Ärger öffentlich bekannt würde.«

Trigg warf seinen Schwamm in einen Eimer. »Vielleicht hat Fiona genau darauf gesetzt«, meinte er.

Um fünf vor halb zwölf betrat ich das Büro und stieß dort auf Jeniffer, die sich in einem Rock, der so kurz war, dass die zwei runden Halbkugeln ihres Hinterteils unten herausschauten, über eine Schublade beugte. Ihre Beine waren lang und nackt und von den vielen Tagen, die sie krankfeierte, um mit ihren Kumpanen an den Strand zu gehen, tiefbraun. »Jeniffer, Sie sollten wirklich längere Röcke tragen. Man hat ja schon freie Sicht auf Ihr Höschen«, sagte ich.

Ruckartig fuhr sie hoch und zupfte verlegen an ihrem Rocksaum. Wenigstens besaß sie den Anstand, betreten dreinzusehen. In ihren hölzernen Clogs trappelte sie zum Schreibtisch zurück. Sie setzte sich und entblößte dabei so viel nackten Oberschenkel, dass ich unwillkürlich den Blick abwandte.

»Irgendwelche Nachrichten?«, fragte ich.

»Nur eine. Mrs. Purcell hat gesagt, dass sie wieder da ist und Sie um zwei Uhr erwartet.«

»Wann? Heute oder morgen?«

»Oh.«

»Keine Sorge. Das finde ich schon heraus. Sonst noch was?«

»Das hier ist gekommen«, sagte sie und reichte mir einen Eilbrief. Ich machte ihn auf. Darin lag der Vertrag, den Fiona unterzeichnet und zurückgeschickt hatte. Mist. Es war mir jetzt schon zuwider, ihr verpflichtet zu sein.

»Außerdem ist eine Frau gekommen, die Sie sprechen möchte. Ich habe sie in Ihr Büro geführt und ihr eine Tasse Kaffee gebracht.«

Das ließ mich aufmerken. »Sie haben Sie *allein* in meinem Büro sitzen lassen?«

»Ich muss arbeiten. Ich konnte nicht *dableiben.*«

»Woher wollen Sie wissen, dass sie nicht gerade meinen Schreibtisch durchsucht?«, fragte ich, da ich wusste, dass ich genau das tun würde, wenn ich an ihrer Stelle wäre.

»Ich glaube nicht, dass sie das tun würde. Sie macht einen netten Eindruck.«

Ich merkte, wie mein Wutpegel in den roten Bereich schoss. »Ich mache auch einen netten Eindruck. Das will nicht viel heißen. Wie lange ist sie schon da drinnen?« Fairerweise muss ich gestehen, dass ich vermutlich meine Gefühle gegenüber Fiona auf sie projizierte, aber ich war einfach stinksauer.

Jeniffer verzog die Miene, um zu demonstrieren, dass sie wirklich angestrengt nachdachte. »Nicht lang. Zwanzig Minuten. Vielleicht ein bisschen länger.«

»Ist es wenigstens eine Frau, die ich kenne?«

»Ich *glaube* schon«, sagte sie vage. »Sie heißt Mariah Sowieso. Ich dachte mir nur, dass sie es da hinten gemütlicher hätte, als wenn sie hier vorn auf Sie warten muss.«

»Jeniffer, in dieser langen Zeit könnte sie mir alles geklaut haben, was ich besitze.«

»Das sagten Sie schon. Es tut mir Leid.«

»Die Entschuldigung können Sie sich sparen. Machen Sie das nie wieder.« Ich ging den Flur entlang und sah zu ihr zurück. »Und kaufen Sie sich eine Strumpfhose«, fauchte ich. Als ich an Ida Ruths Schreibtisch vorbeikam, wich diese meinem Blick absichtlich aus. Zweifellos freute sie sich diebisch darüber, dass ich zum Opfer von Jeniffers anhaltender Unfähigkeit geworden war.

Die Tür zu meinem Büro war geschlossen. Ich trat schnell ein und sah eine Frau auf dem Besucherstuhl sitzen. Sie hatte ihren leeren Kaffeebecher am Rand des Schreibtischs vor sich abgestellt. Als ich dessen Fläche musterte, hätte ich schwören können, dass meine Akten ein ganz klein wenig durcheinander waren. Ich sah sie fragend an, und sie erwiderte meinen Blick mit Augen, die so ausdruckslos und blau waren wie die einer Siamkatze.

Sie konnte nicht älter als sechsundzwanzig sein, trotzdem waren ihre Haare von einem verblüffenden Silbergrau, das glänzte wie Zinn. Sie trug sehr wenig Make-up, aber ihr Hautton wirkte warm im Kontrast zu dem frostigen Haar, das sie zurückgekämmt und hinter die Ohren geklemmt trug. Sie hatte fein geschnittene Kieferknochen, eine kräftige Nase, ein markantes Kinn und zart gefiederte Brauen. Der Rock ihres korrekten grauen Kostüms war kurz, und die dünne schwarze Strumpfhose unterstrich ihre wohl geformten Knie, wo sich auf einem davon die Spuren einer alten Narbe abzeichneten. Links neben ihrem Stuhl stand ein schwarzer Aktenkoffer auf der Erde. Sie wirkte wie eine teure Anwältin aus einer erfolgreichen Kanzlei. Vielleicht wollte mich jemand verklagen.

Argwöhnisch ging ich um meinen Schreibtisch herum und setzte mich. Sie streifte lässig die Jacke ab und hängte sie über die Stuhllehne, damit sie nicht verknitterte. Aus der Form ihrer Schultern und Oberarme schloss ich, dass sie wesentlich härter trainierte als ich.

»Ich bin Mariah Talbot«, stellte sie sich vor. Das schwarze Seidentop raschelte leise, als sie über den Tisch fasste, um mir die Hand zu schütteln. Sie hatte lange ovale Fingernägel, die in einem neutralen Ton lackiert waren. Die Wirkung war elegant. Diese Person hatte überhaupt nichts Grelles an sich. Das Auffälligste war eine knotige weiße Narbe, vermutlich eine Verbrennung, an der Außenseite ihres rechten Unterarms.

»Sind wir verabredet?«, fragte ich, außer Stande, meinen gereizten Unterton zu verbergen.

»Nein, aber ich bin in einer Angelegenheit gekommen, die Sie sicher interessieren wird«, sagte sie ungerührt. Ich konnte so missmutig sein, wie ich wollte, davon würde *sie* sich nicht stören lassen. Das Bild, das sie ausstrahlte, sprach von Gelassenheit,

Kompetenz, Tüchtigkeit und Entschlossenheit. Wenn sie überhaupt je lächelte, so wurde ihr Gesicht davon kaum weicher.

»Worum geht's?«

Sie beugte sich vor und legte ihre Visitenkarte direkt vor mir auf den Tisch. Darauf stand: MARIAH TALBOT, ABTEILUNG FÜR SONDERERMITTLUNGEN, GUARDIAN CASUALTY INSURANCE. Darunter folgten eine Adresse und eine Telefonnummer, die ich mir nicht näher ansah. Das Logo war ein vierblättriges Kleeblatt, dessen vier Schleifen jeweils mit *Haus*, *Auto*, *Leben* und *Gesundheit* beschriftet waren. »Wir müssen uns über Ihren Vermieter unterhalten.«

»Henry?«

»Richard Hevener.«

Ich weiß nicht, was ich erwartet hatte, aber das jedenfalls nicht. »Was ist mit ihm?«

»Es mag Ihnen unbekannt sein, aber Richard und Tommy sind zweieiige Zwillinge.«

»Tatsächlich?«, sagte ich, während ich mir dachte: *Das interessiert doch keine Sau.*

»Es gibt noch etwas, das Ihnen unbekannt sein dürfte. Richard und Tommy haben 1983 in Texas ihre Eltern ermordet.«

Ich merkte, wie sich meine Lippen leicht voneinander lösten, wie zur Vorbereitung auf die Pointe in einem Witz.

Die Kombination aus den blauen Augen und den silbernen Haaren war faszinierend, und ich konnte kaum den Blick von ihr abwenden. Sie fuhr fort, ohne ihre nonchalante Art abzulegen: »Sie haben jemanden angeheuert, der ins Haus eingebrochen ist. Soweit wir wissen, war geplant, dass der Einbrecher den Safe aufbohrt und sich mit einer großen Geldsumme sowie Schmuck im Wert von fast einer Million Dollar aus dem Staub macht. Brenda, die Mutter der Zwillinge, war die ältere von zwei Töchtern einer ungeheuer reichen texanischen Familie namens Atcheson. Brenda hat eine sagenhafte Schmucksammlung geerbt, die sie testamentarisch ihrer einzigen Schwester Karen vermacht hat.

Es handelt sich um Stücke, die seit Jahren innerhalb der Familie weitergereicht werden.«

Sie griff in ihre Aktentasche und zog einen dicken braunen Faltordner heraus. Sie entnahm ihm einen gelben Hefter und reichte ihn mir. »Das sind die Zeitungsausschnitte und je eine Kopie der beiden Testamente.«

Ich schlug den Hefter auf und besah mir die beiden ersten Ausschnitte, datiert vom 15., 22. und 29. Januar 1983. In allen drei Artikeln waren Richard und Tommy abgebildet, die ernst und in sich gekehrt dreinsahen und von ihrem Anwalt in seinem dreiteiligen Anzug begleitet wurden. Die Überschriften besagten, dass die beiden im Zuge der andauernden Ermittlungen über den Mord an Jared und Brenda Hevener befragt wurden. Weitere Artikel berichteten über den Fortgang der Untersuchung im Laufe eines Jahres. Ich nahm mir nicht die Zeit, die Testamente zu lesen.

Mariah Talbot fuhr fort. »Sicher ist Ihnen aufgefallen, dass der Name ihrer Tante Karen in einigen der Artikel auftaucht. Der Einbrecher war ein Kleinkrimineller namens Casey Stonehart, der bereits sechsmal wegen verschiedener Vergehen in Haft gewesen war, angefangen von Bagatelldiebstahl bis hin zu Brandstiftung, einer kleinen Spezialität von ihm. Wir glauben, dass er den Safe mit Hilfe der Kombination geöffnet hat, die die Brüder ihm genannt haben. Dann hat er die Rauchmelder abmontiert und ein Feuer gelegt, das das Verbrechen verdecken sollte. Offenbar – aber das ist nur eine Vermutung – war ausgemacht, dass er den größten Teil des Schmucks bekommt, für den er einen Hehler an der Hand gehabt hätte. Die Jungs hätten das Bargeld und vielleicht ein paar ausgesuchte Stücke genommen, und später eine Schadensmeldung über das Haus, den Hausrat, den Schmuck und alles andere, womit sie durchkommen konnten, an die Versicherung geschickt. Ach ja, und die Autos. Zwei Mercedes-Benz wurden durch die Feuersbrunst zerstört. Mr. und Mrs. Hevener wurden gefesselt und geknebelt im Schlafzimmerschrank gefunden. Sie sind an Rauchvergiftung gestorben, was immerhin nicht ganz so schlimm ist, wie bei lebendigem Leib zu verbrennen – die Glücklichen. Keiner der Zwillinge war auch nur in der Gegend. Ja, wundersamerweise waren sie alle beide verreist und besaßen unerschütterliche Alibis«, sagte sie. »Stonehart, der Typ, der die Drecksarbeit gemacht hat, ist kurz danach verschwunden. Vermutlich ist er tot und liegt irgendwo verscharrt, aber dafür haben wir keine Beweise. Er wird seither vermisst, also können wir davon ausgehen, dass sie ihn aus dem Weg geräumt haben. Ein Komplize ist immer die Schwachstelle bei solchen Geschichten.«

»Könnte er sich nicht versteckt halten?«

»Wenn dem so wäre, hätte er sich zumindest bei seiner Familie gemeldet. Sie sind allesamt Schnorrer und Versager, aber loyal bis ins Letzte. Es würde sie nicht stören, was er getan hat.«

»Woher wollen Sie wissen, dass ihre Loyalität sich nicht auch darauf erstreckt, zu verschweigen, wo er steckt?«

»Der Sheriff lässt die Post überwachen und das Telefon abhören. Glauben Sie mir, die Funkstille war hundertprozentig. Der Typ hat massive Abhängigkeitsprobleme. Wenn er noch am Leben wäre, könnte er die Trennung nicht aushalten.«

Ich räusperte mich. »Wann war das noch mal?« Ich wusste, dass sie es mir bereits gesagt hatte, aber ich konnte mich nur mit Mühe konzentrieren.

»1983. In Hatchet, Texas. Es hat nicht lange gedauert, bis der Verdacht auf die Zwillinge fiel, aber sie waren extrem schlau. Es gab kaum etwas, was auf ihre Rolle in der Sache hingewiesen hätte ... das heißt, über das Offensichtliche hinaus. Finanziell haben sie natürlich abgesahnt. Für sie muss es besser gewesen sein als ein Sechser im Lotto. Allem Anschein nach hatte es kein böses Blut zwischen ihnen und ihren Eltern gegeben, keine öffentlichen Streitigkeiten, keine Erhöhungen von Versicherungssummen in den vorangegangenen Monaten. Außerdem gab es nur sehr wenig, was sie in Verbindung zu Casey Stonehart brachte. Keine Unterlagen der Telefongesellschaft, die Gespräche zwischen den

Zwillingen und ihm nachgewiesen hätten. Die Bankkonten zeigten keine ungewöhnlichen Abhebungen, die auf eine Anzahlung für Caseys Dienste hätten schließen lassen. Der Typ war derart asozial, dass er nicht mal ein Konto hatte. Er hat sein Geld in der Matratze aufbewahrt: die Dormilux Federkern Spar- und Kreditbank. Die drei gingen auf dieselbe High School. Casey war ein Jahr unter den Heveners, aber es gab keine offenkundige Verbindung zwischen ihnen. Sie haben also nicht in der gleichen Liga Bowling gespielt oder sich abends in der Kneipe getroffen.«

Alles, was ich je für Tommy empfunden hatte, hatte sich in Luft aufgelöst. »Was ist mit dem Testament der Eltern? Gibt's da irgendwas Interessantes?«

Mariah schüttelte den Kopf. »Keinerlei Veränderungen, seit das Dokument nach der Geburt der Zwillinge niedergelegt worden war. Der Anwalt war in dieser Hinsicht ein bisschen nachlässig. Die Zwillinge waren volljährig geworden, und man hätte entsprechende Anpassungen vornehmen müssen. Ihre Tante Karen war immer noch als Vormund eingetragen, für den Fall, dass den Eltern etwas zustieße.«

»Wie sind die Cops auf die beiden gekommen?«

»Zuerst einmal sind sie alle beide schlechte Schauspieler. Sie haben zwar eine gute Show abgezogen, aber die Gefühle waren komplett geheuchelt, nichts als Krokodilstränen. Damals haben sie noch zu Hause gelebt. Tommy war einer dieser ewigen College-Studenten. Das war seine Art, sich zu weigern, erwachsen zu werden und endlich auf eigenen Beinen zu stehen. Richard machte gern auf ›Unternehmer‹, was bedeutet, dass er sich Geld borgte und es hinauswarf, sobald er es in Händen hielt. Jared hatte restlos die Nase voll von ihnen. Er betrachtete sie als Schmarotzer und war es leid. Brenda auch. Das hörten wir später von engen Freunden der Eltern.«

»Ich nehme an, die Brüder wurden angeklagt?«

Mariah schüttelte den Kopf. »Die Polizei konnte nicht genügend Beweise zusammenschustern, um den Staatsanwalt zu überzeugen. Natürlich hat sich die Versicherung quer gestellt, als es ans Bezahlen ging, aber die Zwillinge haben Klage erhoben und ihre Leistung erzwungen. Da man sie weder verhaftet noch eines Verbrechens angeklagt oder verurteilt hat, blieb der Guardian Unfallversicherung nichts anderes übrig, als zu zahlen.«

»Wie viel?«

»Zweihundertfünfzigtausend an Lebensversicherung für jeden. Die Summen für Haus und Autos beliefen sich auf etwas über eine Dreiviertelmillion Dollar. Das Ganze passierte in Texas, vergessen Sie das nicht. Da liegen die Immobilienwerte ganz anders, als Sie es hier gewohnt sind. Außerdem hat es Jared trotz allen Geschäftssinns nie geschafft, große Reichtümer anzuhäufen. Viele seiner Unternehmungen liefen vermutlich unter der Hand, aber das spielt keine Rolle. Na, jedenfalls kommt zur Versicherungssumme noch das Bargeld aus dem Safe – ungefähr noch einmal hundert Riesen – und außerdem der Schmuck. Da können Sie sich ausrechnen, dass sie gut weggekommen sind. Die Guardian Unfallversicherung und Karen Atcheson, die Tante der Jungen, haben vor, eine Zivilklage einzureichen, um ihre Verluste wieder gutzumachen. Wir sind überzeugt davon, dass die Zwillinge den Schmuck noch haben, und wir hoffen, dass wir zu unserem Recht kommen werden. Ich wurde damit beauftragt, die Voruntersuchung durchzuführen.«

»Warum jetzt, wenn der Mord schon drei Jahre zurückliegt? Ich weiß, dass die Beweisführung in einem Zivilprozess leichter ist, aber Sie müssen trotzdem alles logisch aufgebaut haben.«

»Es hat sich jemand gemeldet ... ein Informant ... ganz unter dem Siegel der Verschwiegenheit. Es war ein Brandstifter, ein Profi, der zweimal mit Casey gesprochen hat – einmal vor dem Feuer und einmal direkt danach. Es war sein Fachwissen, auf das sich Casey verlassen hat, weil die Sache wesentlich größer war als alles andere, was er in seiner jämmerlichen Laufbahn angestellt hat.«

»Was hat der Brandstifter dafür bekommen?«

»Einen Teil von Caseys Beute. Als der Brandstifter das mit den Morden erfuhr, wollte er nichts mehr mit der Sache zu tun haben. Er hatte Angst vor einer Mordanklage oder, schlimmer noch, dass ihn die Brüder umbringen würden. Jetzt hat er sich dazu durchgerungen, das Richtige zu tun, und deshalb glauben wir, dass wir ganz gute Chancen haben.«

»Warum geht er nicht zur Polizei und lässt die die Sache übernehmen?«

»Macht er ja, sowie die Guardian Unfallversicherung die Beweise liefert.«

Ich schob den Hefter beiseite. »Und was führt Sie hierher?«

Mariah schmunzelte vor sich hin, als amüsiere sie sich insgeheim. »Ich habe herumgeschnüffelt. Es hat den Anschein, als ob ihnen das Geld ausginge und die Jungs sich gegenseitig nervten. Wir setzen darauf, dass sie finanzielle Probleme haben. Deshalb hat Richard ja beschlossen, Ihnen die Räume zu vermieten, falls Sie nicht schon selbst darauf gekommen sind. Sie haben ihm sechs Monate Miete im Voraus versprochen, und er brauchte die Kohle.«

»Wie haben Sie denn das herausgefunden?«

»Wir haben einen anderen Bewerber getürkt, einen Schriftsteller, der angeblich ein Arbeitszimmer außer Haus suchte. Das Geld ist die Erklärung, die Richard genannt hat, als er ihn ablehnte. Auf jeden Fall könnten sich die Reibereien zwischen den Brüdern zu unseren Gunsten auswirken. Ich hoffe die ganze Zeit, dass einer von ihnen die Nerven verliert und den anderen verpfeift. Wir sind ihnen jetzt seit drei Jahren auf den Fersen, und so dicht wie jetzt waren wir noch nie dran.«

»Und was hat das alles mit mir zu tun?«

»Wir würden Sie gern engagieren, damit Sie etwas für uns erledigen.«

»Und das wäre?«

»Wir möchten, dass Sie beiläufig den Namen eines Hehlers in Los Angeles erwähnen. Er hat ein Juweliergeschäft. Sein Laden macht oberflächlich betrachtet einen legalen Eindruck, aber in Wirklichkeit ist er ein Hehler. Er handelt mit gestohlener Ware, wenn Qualität und Quantität ausreichen, um das Risiko lohnend erscheinen zu lassen. Jetzt, wo ihnen das Geld ausgeht, könnten die Jungs ja vielleicht versucht sein, sich an den Schmuck zu halten, den sie unserer Vermutung nach bis jetzt nicht angerührt haben.«

»Aber über einen Hehler bekommen sie nicht annähernd so viel, wie die Sachen wirklich wert sind.«

»Was haben sie schon für eine Wahl?«

»Wären sie nicht besser bedient, wenn sie versuchten, ein paar der Stücke durch Christie's oder Sotheby's versteigern zu lassen?«

»Christie's oder Sotheby's würden einen Herkunftsnachweis fordern – einen Beweis dafür, dass der Schmuck wirklich ihnen gehört –, und den können sie nicht liefern. Womöglich versuchen sie auch, die Sachen an einen Privatmann zu verkaufen, was ein weiterer Grund dafür ist, warum wir jetzt unser Tempo beschleunigen.«

»Ich erwähne also diesen Juwelier, und wie geht's dann weiter?«

»Wir warten ab, ob sie den Köder schlucken, und dann schnappen wir sie. Der Staatsanwalt in Houston hat schon mit dem Büro des hiesigen Staatsanwalts gesprochen, und sie sind zum Eingreifen bereit. Wenn wir erst wissen, dass der Schmuck im Haus ist, beantragen wir einen Durchsuchungsbefehl und gehen rein.«

»Auf welcher Grundlage?«

»Wir haben den Hehler, und der Hehler hat dann zumindest einen Teil des Schmucks. Die Zwillinge werden ihre liebe Mühe haben, das zu erklären.«

»Und wenn sie keinen Kontakt zu ihm aufnehmen?«

»Dann haben wir noch einen anderen Plan, den ich jetzt lieber nicht erläutern möchte. In der Zwischenzeit würden Sie vielleicht gern den Schmuck sehen.« Sie fasste erneut in ihren Aktenkoffer und zog diesmal eine braune Mappe heraus, in der eine Reihe von Polaroidfotos und Schriftstücke steckten, die wie Schätzungen aussahen. Sie sortierte den Stapel durch, legte ein Bild nach dem anderen vor mir auf die Schreibtischkante und rasselte den Bestand herunter. »Eine mehrreihige Halskette mit Brillanten, Schätzwert 120000 Dollar. Ein Art-Déco-Armband mit Brillanten und Saphiren – das hat einen Schätzwert von 24000 Dollar. Ein Brillantring mit einem Stein von 7,63 Karat im Wert von 64000 Dollar. Und sehen Sie sich das an: ein Armband mit 86 nach Größe gestaffelten Brillanten. Das liegt irgendwo zwischen 43000 und 51000 Dollar. Entschuldigen Sie die Fotos. Das sind nur Polaroids. Die guten Schätzfotos zirkulieren gerade durch Südkalifornien.« Sie legte den Rest der Bilder hin und zählte Preise auf wie ein Firmenvertreter beim Klinkenputzen.

»Was macht Sie so sicher, dass die beiden den Schmuck noch haben?«

»Die Vermutung ist begründet«, erwiderte sie. »Wir wissen, dass sie bei einem hier ansässigen Schlosser einen Safe gekauft haben. Wir gehen davon aus, dass sie den in ihrem Haus eingebaut haben, damit jeder von ihnen den anderen im Auge behalten kann. Das Problem ist nur, dass wir keine legale Möglichkeit haben, das Haus zu betreten.«

»Komisch, dass Sie das sagen. Ich war gestern Abend dort.«

»Wie haben Sie denn das geschafft?«

»Richard war aus. Tommy hat mich mitgenommen und herumgeführt.«

»Sie haben nicht zufällig den Safe gesehen?«

»Leider nein. Sie haben kaum Möbel und keine Bilder an der Wand. Eines kann ich Ihnen sagen – die Alarmanlage ist außer Betrieb. Tommy hat mir erzählt, dass Richard sie so oft ausgelöst hat, dass sie sie schließlich abgeschaltet haben. Jetzt ist sie nur noch Deko.«

»Interessant. Das muss ich mir durch den Kopf gehen lassen. Wann sehen Sie ihn wieder?«

»Überhaupt nicht! Nach allem, was Sie mir erzählt haben?«

»Jammerschade. Wir könnten Ihre Hilfe wirklich gebrauchen. Tommy hat sich schon öfter für eine Frau interessiert, aber Richard hat der Sache jedes Mal einen Riegel vorgeschoben. Er fürchtet den Hang seines Brüderchens zum Plaudern. Ich glaube allerdings nicht, dass Richard klar ist, was für eine Bedrohung Sie sind.«

»*Ich* soll eine Bedrohung sein?«

»Aber sicher. Tommy stellt Ihnen nach, und das gibt Ihnen Macht – nicht viel, aber genug. Zum Beispiel haben Sie Zugang zum Haus.«

»Ich habe nicht vor, dort drinnen herumzuschnüffeln. Außerdem habe ich keinerlei Veranlassung, noch einmal durch das Haus zu spazieren. Und selbst wenn ich den Safe fände, hätte ich nicht die leiseste Ahnung, wie man ihn öffnet.«

»Das erwarten wir auch nicht von Ihnen. Wir wollen nur wissen, wo er steht, und das kann ja nicht so schwer sein. Wenn wir erst einmal den Durchsuchungsbefehl haben, wollen wir nicht, dass die Jungs die Beweise beiseite schaffen.«

Ich überlegte kurz. »Ich tue aber nichts Illegales.«

Mariah lächelte. »Ach, kommen Sie. Soweit wir gehört haben, sind Sie durchaus bereit, ein Auge zuzudrücken, wenn es Ihnen in den Kram passt.«

Ich starrte sie an. »Sie haben sich Informationen über meine Vergangenheit beschafft?«

»Wir mussten doch wissen, mit wem wir es zu tun haben. Das Einzige, was wir von Ihnen verlangen, ist, den Namen des Hehlers zu erwähnen.«

»Das gefällt mir nicht. Es ist zu riskant.«

»No risk, no fun. Geht es nicht genau darum?«

»Für Sie vielleicht.«

»Ich habe Ihnen doch gesagt, dass wir Sie für Ihren Einsatz bezahlen wollen.«

»Es geht nicht um Geld. Ich will mich nicht prostituieren.«

»Soll heißen?«

»Ich mache nicht die Beine breit, damit Sie diese Typen schnappen können. Ich bin eine begeisterte Anhängerin der Gerechtigkeit, aber ich opfere mich nicht, um die zwei überführen zu können.«

»Wir verlangen doch nicht, dass Sie mit ihm ins Bett gehen. Was Sie in Ihrem Privatleben machen, ist einzig und allein Ihre Entscheidung.« Sie schloss den Mund, ein Schachzug, den ich selbst schon oft angewandt habe, da man es dadurch dem anderen überlässt, selbst eine Lösung zu finden.

Ich griff nach einem Bleistift, tippte damit auf die Schreibtischplatte und ließ die Finger an ihm auf und ab gleiten, während ich ihn mehrmals um die eigene Achse drehte. »Ich werde es mir überlegen und sage Ihnen dann Bescheid.«

»Lassen Sie sich nicht zu viel Zeit.« Sie legte mir einen Zettel auf den Tisch, auf dem ein Name und eine Adresse standen. »Das ist der Juwelier. Ich überlasse es Ihnen, wie Sie die Information an den Mann bringen. Sie können uns Zeitaufwand und Benzinkosten in Rechnung stellen. Sollten Sie zu dem Schluss kommen, dass Sie uns nicht helfen können, dann ist es eben so. Jedenfalls verlassen wir uns darauf, dass Sie den Mund halten.«

Ich nahm den Zettel und las den Namen. »Haben Sie eine Nummer, unter der ich Sie erreichen kann?«

»Ich bin ständig unterwegs. Im Notfall können Sie die Nummer auf meiner Karte anwählen, aber ich halte es für besser, wenn ich Sie anrufe. Ich melde mich in etwa einem Tag, um zu hören, wie es steht. Bis dahin möchte ich auf keinen Fall, dass die Jungs von meiner Anwesenheit hier erfahren. Ich bin den beiden seit Jahren auf den Fersen, und mit meinen grauen Haaren bin ich nicht gerade unauffällig. Wenn sie erfahren, dass wir uns unterhalten haben, sitzen Sie in der Klemme, also passen Sie auf.«

13

Nachdem ich mir den Termin von Fiona hatte bestätigen lassen, fuhr ich um Viertel vor zwei erneut die Old Reservoir Road entlang. Der Himmel war stahlgrau, und die blauen Flecken vom Morgen waren wieder von dichten Wolken bedeckt. Ich warf einen Blick nach rechts und betrachtete den Brunswick Lake. Windböen hüpften wie Steine über die Wasseroberfläche, und die Bäume am Ufer warfen ihre zerzausten Köpfe hin und her. Ich parkte wie beim ersten Mal am Rand der zweispurigen Straße und griff nach meiner Umhängetasche und dem braunen Umschlag, in dem mein Bericht steckte. Dann sah ich zum Haus hinauf, das in den Hügel gegraben war, als müsste es einem Angriff widerstehen. Vier Tage waren vergangen, aber durch das Übermaß an Regen spross überall auf dem Grundstück frisches Unkraut.

Ich freute mich nicht auf die Begegnung, aber das hier war immer noch angenehmer, als über Richard und Tommy Hevener nachdenken zu müssen. Dieses Problem steckte mir im Hals wie ein Knochen. Mein erster Impuls war gewesen, die neuen Büroräume wieder abzustoßen und so sämtliche Verbindungen zu kappen, aber (schäbig wie ich bin) war es mir zuwider, mich von mehr als sechzehnhundert Dollar zu verabschieden. Die Lage war heikel. Von der Moral einmal abgesehen, *kann* es nicht gesellschaftlich korrekt sein, mit zwei eiskalten Killern Umgang zu pflegen. Aber wie kam ich aus meinem Vertrag mit ihnen heraus? Selbst in Kalifornien war Etikette überaus wichtig. War man höflich? Gestand man die Gründe ein, aus denen man die Geschäftsbeziehung abbrach? Ich dachte an das sanfte Leuchten in Tommys Augen und stellte mir dann vor, wie er seiner Mutter die Hände fesselte, bevor das Haus in Brand gesteckt wurde. Wenn er mich wieder anrief, sollte ich dann den Mord an seinen Eltern erwähnen oder einfach eine Ausrede erfinden? Ich wollte die Sache schnell hinter mich bringen. Brach ich aber jeglichen Kontakt ab, weigerte ich mich wiederum, Mariah Talbot zu helfen. Ich schreckte nur selten vor einem Risiko zurück und war – wie sie so schonungslos bemerkt hatte – durchaus bereit, ein Auge zuzudrücken, wenn es mir in den Kram passte.

Als ich meine Wagentür abschloss, sah ich Trudy, die Deutsche Schäferhündin, die mir bei meinem letzten Besuch schon begegnet war. Sie kam die Straße heraufgerast, ein unternehmungslustiges Jungtier, vermutlich kaum ein Jahr alt und begeistert davon, in der kühlen Novemberluft draußen zu sein. Sie hockte sich hin, um ein paar Tropfen abzulassen, senkte dann die Schnauze auf die Erde und verfolgte die unregelmäßige Spur eines Tierchens, das zuvor hier vorbeigekommen war – Kaninchen oder Beutelratte oder vielleicht ein watschelnder Waschbär. Die Hundebesitzerin folgte auf dem Fuße und behielt den Weg der Hündin im Blick, für den Fall, dass sie auf etwas stieß, das größer war als sie selbst. Als ich die Stufen zu Fionas Vordereingang erklommen hatte, waren Frau und Hund bereits außer Sichtweite. Henry und Rosie lagen mir ständig damit in den Ohren, dass ich mir auch einen Hund anschaffen sollte, aber mir leuchtete der Sinn nicht ein. Warum soll ich Verantwortung für ein Wesen übernehmen, das nicht einmal eine Spültoilette benutzen kann?

Fiona musste mich erwartet haben, da ich die Klingel kaum berührt hatte, als sie schon die Tür aufmachte. Ihr neueste Kluft bestand aus einer langärmligen Crêpe-de-Chine-Bluse, die wie eine Eisenhower-Jacke aus der Nachkriegszeit geschnitten und in der Taille gegürtet war. Ihr schwarzer Wollrock war röhrenförmig, endete in der Mitte der Wade und entblößte so die unattraktivste Partie des weiblichen Beines. Dazu trug sie hochhackige, klobige Schuhe mit mehreren Riemchen am Knöchel. Auf ihren braun gefärbten Locken saß eine Abart des Schiffchens des U. S. Women's Army Corps aus Samt mit Pailletten. Ich roch Zigaretten und Shalimar und fühlte mich urplötzlich an den Topf Mum-Deocreme erinnert, aus dem meine Tante immer eine Portion entnommen und mit den Fingerspitzen unter den Achseln verrieben hatte.

»Sie hätten auch draußen in der Einfahrt parken können, anstatt all die Treppen hochzusteigen«, empfing mich Fiona. Der Inhalt war harmlos, aber ihr Ton so vorwurfsvoll, als würde sie am liebsten einen Streit mit mir anfangen.

»Ich brauche das Training«, sagte ich, indem ich den Köder verweigerte.

Als sie von der Tür wegtrat, rückte sie ihre Uhr zurecht und blickte verstohlen nach unten, um zu sehen, ob ich zu spät kam. Wie immer war ich superpünktlich und dachte *Ha-ha-du-kriegst-mich-nicht*, als ich ihr ins Haus folgte.

In der Diele stand immer noch das Malergerüst, und Abdeckmaterial bedeckte den Boden wie eine dünne Schneeschicht aus Segeltuch. Seit unserem Treffen am Freitag war nichts angerührt worden, und ich vermutete, dass sie den Handwerkern nicht zutraute, ohne sie weiterzuarbeiten. Vielleicht war den Malern aber auch selbst klar gewesen, dass sie besser nicht in ihrer Abwesenheit weitermachten. Sie war der Typ, der sie alles noch einmal streichen ließe, sobald sie zur Tür hereinkam. Ich konnte sehen, dass die Wand nach wie vor in drei verschiedenen Weißschattierungen gestrichen war.

Als ich ihr den braunen Umschlag hinhielt, hätte man meinen können, ich böte ihr auf einem Tablett eine Wanze an.

»Was ist das?«, fragte sie misstrauisch.

»Sie sagten, Sie wollten einen Bericht.«

Sie öffnete den Umschlag und beäugte die Blätter. »Na dann danke. Ich weiß es zu schätzen«, sagte sie und tat meine Mühen mit einem Blick ab. »Ich hoffe, es macht Ihnen nichts aus, wenn wir im Schlafzimmer reden. Ich würde gern auspacken.«

»Ist mir recht.« In Wirklichkeit war ich neugierig darauf, den Rest des Hauses zu sehen.

»Der Rückflug war mörderisch – eine dieser Obstkisten mit dreißig Sitzen, die in der Luft umhertorkeln. Das Auf-und-Ab hat mich weniger gestört als das Hin-und-Her. Ich dachte schon, ich käme nie nach Hause.«

»Vermutlich noch Wind nach dem Sturm.«

»Ich fliege nie wieder mit einer dieser kleinen Maschinen. Da fahre ich lieber mit dem Zug, auch wenn es einen halben Tag dauert.«

Sie griff nach einem Kosmetikkoffer, den sie in der Diele stehen hatte. Den größeren Koffer würdigte sie kaum eines Blickes. »Nehmen Sie den für mich mit.«

Ich nahm den Hartschalenkoffer und fühlte mich wie ein Packesel, als ich ihr die Treppe hinauf folgte. Das Teil war richtig schwer. Ich sah ihre Beine vor mir, während sie die Stufen erklomm. Sie trug Strümpfe mit Naht. Bei ihrem Hang zu den vierziger Jahren wunderte es mich, dass sie sich keine Striche auf die nackten Beine zeichnete, wie es die Frauen in der Zeit der Rationierungen im Zweiten Weltkrieg getan hatten. Wir bogen am Treppenabsatz nach links ab und betraten ein großes, ganz in Weiß gehaltenes Schlafzimmer, in dem eine breite Glasfront zur Straße hinausging. Ich stellte den Koffer ab. Während Fiona mit dem Kosmetikkoffer ins Bad ging, trat ich ans Fenster und ließ den Blick auf mich wirken.

Die Küste war völlig in Nebel gehüllt. In der Ferne erhoben sich Gewitterwolken wie dräuende Gebirge. Die Hügel waren in sattes Grün getaucht, da die Flora mit einem plötzlichen Ausbruch neuen Wachstums auf den Regen reagiert hatte. Unter dem bedeckten Himmel war der Brunswick Lake silbern geworden, und seine Oberfläche wirkte so glatt und fleckig wie ein antiker Spiegel. Ich wandte mich um. Fionas Himmelbett stand so, dass sie eine gute Sicht auf alles hatte: Die Sonne ging zu ihrer Linken auf und zu ihrer Rechten unter. Ich versuchte mir vorzustellen, wie es wäre, in einem so großen Raum zu schlafen. Am einen Ende des Zimmers stand eine Doppeltür offen und gab den Blick auf ein Schrankzimmer frei, das so geräumig war wie meine ganze obere Etage. Am anderen Ende gab es einen Kamin mit Sesseln und einem flachen Couchtisch davor. Ich malte mir aus, wie Fiona und Dow an den Abenden, wenn er vorbeikam, hier gemeinsam etwas tranken. Ich fragte mich, ob sie je zusammen ins Bett gegangen waren, nur um der alten Zeiten willen.

Fiona kam aus dem Badezimmer und trat ans Bett, wo bereits ein zweiter Hartschalenkoffer aufgeklappt auf der makellosen Tagesdecke lag. Nach und nach nahm sie die Kleidungsstücke heraus, die sie mit solcher Sorgfalt gepackt hatte. »Fangen Sie doch einfach ganz vorne an und erzählen Sie mir alles.«

Ich eröffnete den Vortrag mit einem improvisierten Potpourri aus Befragungen und legte meinen Bericht in einer Reihe herrlich formulierter Zusammenfassungen der Ereignisse dar. Ich begann mit Detective Odessa, blendete nahtlos zu meinem Besuch bei Crystal Purcell über und fuhr dann mit Pacific Meadows fort, was mir Anlass gab, die Schwierigkeiten zu erläutern, mit denen Dow Purcell konfrontiert war. Ich hatte mich noch gar nicht richtig warm geredet, als es zu einem Missklang kam, der mein Selbstvertrauen untergrub. Fiona war die ganze Zeit zwischen Bett und Schrankzimmer hin und her gewandert, in der Hand Blusen und Röcke, die sie auf lauter identische, gepolsterte Kleiderbügel aus weißem Satin hängte. »Folgen Sie mir lieber«, sagte sie. »Sonst höre ich Sie nicht, und dann müssen Sie alles zweimal sagen. Meine Ohren sind nach wie vor verstopft – noch ein Grund, den Zug zu nehmen.«

Ich trat zum Schrankzimmer und setzte mein Programm fort. »Jedenfalls bin ich am Samstagnachmittag zu Blanche gefahren, kurz nachdem sie angerufen hatte …«

Fiona drehte sich zu mir um. »Sie sind zu Blanche gefahren? Warum in aller Welt haben Sie denn das getan?«

»Sie hat mich zu Hause angerufen. Ich hatte den Eindruck, dass Sie bereits mit ihr gesprochen hatten.«

»Ich habe nichts dergleichen getan, und ich finde es unglaublich, dass Sie einen solchen Schritt unternehmen, ohne mich zu fragen. Niemand darf ohne meine ausdrückliche Zustimmung in die Sache hineingezogen werden. Ich bezahle Sie für Ihre Zeit. Wenn ich gewollt hätte, dass Sie Blanche aufsuchen, hätte ich Ihnen ihre Nummer gegeben.«

»Ich dachte, das hätten Sie.«

»Ich habe Ihnen Melanies Nummer gegeben, nicht die von Blanche. Wie viel haben Sie ihr gesagt?«

»Das weiß ich wirklich nicht mehr. Ehrlich, es tut mir Leid, aber sie machte den Eindruck, als wüsste sie alles über mich, und so habe ich angenommen, sie hätte mit Ihnen oder Melanie gesprochen. Sie meinte, sie seien alle beide sehr erleichtert, weil sie Sie, seit ihr Vater verschwunden ist, gedrängt hätten, jemanden zu engagieren.«

»Das spielt keine Rolle. Ich informiere die Mädchen, wenn es mir angebracht erscheint, aber ich finde es unpassend, wenn Sie das tun. Ist das klar?«

»Aber sicher«, sagte ich verletzt. Nachdem ich Richard Hevener die ganzen 1500 Dollar gegeben hatte, die ich von Fiona erhalten hatte, verfügte ich nun nicht mehr über die Mittel, ihr die Anzahlung zu erstatten. Wenn ich fünfzig Dollar für die Zeit abzog, die ich mit Trigg zugebracht hatte, dann schuldete ich ihr jetzt 1075 Dollar an Arbeit, und mir war bewusst, dass ich außer Stande wäre, ihr die Summe zurückzuzahlen, wenn ich das Geld nicht von meinem Sparbuch abheben wollte.

»Bitte berichten Sie weiter«, murmelte sie und fuhr mit ihren Verrichtungen fort.

Die Kränkung ließ heftige Wut in mir aufwallen, und ich musste mir die Zunge blutig beißen, um ihr nicht zu sagen, was sie mich mal konnte. Dieser Entschluss hielt so lange an, bis ich den Mund aufmachte. »Wissen Sie was? So amüsant es auch ist, ich habe langsam die Nase voll davon, mir Ihre Unverschämtheiten anzuhören. Ich habe mir dieses Wochenende den Arsch aufgerissen, und wenn Ihnen meine Methoden nicht passen, dann können wir das Ganze auch lassen.«

Zum zweiten Mal binnen Minuten war es mir gelungen, sie zu

verblüffen und aus dem Konzept zu bringen. Sie wirkte richtig perplex und lenkte so schnell ein, wie es ihr möglich war. »Das habe ich nicht gemeint. Es tut mir Leid, wenn ich Sie beleidigt habe. Das war nicht meine Absicht.«

Es gibt nichts Effektiveres als eine Entschuldigung, um mich von meinem hohen Ross herunterzuholen. Ich lenkte ebenso schnell ein wie sie, und so verbrachten wir die nächsten Minuten damit, uns gegenseitig die zerzausten Federn zu glätten, bevor wir weitermachten.

Schließlich fragte Fiona mich nach meinem Schlachtplan. Als ob ich einen gehabt hätte.

»Wie wollen Sie die Suche nach Dow angehen?«

»Ah«, sagte ich. »Na ja. Es gibt noch ein paar andere Leute, mit denen ich sprechen möchte, und dann sehen wir ja, wo wir stehen.« In Wirklichkeit war ich ratlos.

Ihre Augen blitzten kurz auf, und ich dachte schon, sie werde mich zu einer konkreten Antwort drängen, doch sie schien es sich anders zu überlegen.

»Zwei Fragen noch«, sagte ich. »Jemand hat die Vermutung geäußert, Dow könnte die beiden Male, die er früher verschwunden ist, eine Alkohol-Entzugsklinik aufgesucht haben. Wäre denkbar, dass er stattdessen das Land verlassen hat?«

Sie zögerte. »Was macht das schon für einen Unterschied?«

»Lonnie Kingman hat die Frage aufgeworfen. Das ist der Anwalt, bei dem ich einen Büroraum gemietet habe. Er hielt es für möglich, dass Dowan zur Vorbereitung seiner Flucht Geld auf ausländische Bankkonten eingezahlt haben könnte.«

»Der Gedanke ist mir nie gekommen.«

»Mir auch nicht, aber als wir uns das erste Mal getroffen haben, schienen Sie zu glauben, dass er in Europa oder Südamerika sei.«

»Ja, schon, aber ich kann mir nicht vorstellen, dass er so etwas jahrelang im Voraus plant.«

»Haben Sie sich je seinen Pass angesehen?«

»Natürlich nicht. Was sollte ich dazu für eine Veranlassung haben?«

»War nur eine Idee«, sagte ich. »Vielleicht fehlt der Pass ja deshalb – er hat ihn an sich genommen, damit niemand nachsehen kann, wo er bei diesen beiden ersten Fahrten gewesen ist.«

»Sie haben zwei Fragen erwähnt.«

Ich wartete, bis sie Blickkontakt zu mir aufnahm. »Warum haben Sie mir nicht erzählt, dass er an dem Abend seines Verschwindens auf dem Weg hierher war?«

Beiläufig legte sie sich eine Hand an die Kehle. Die Geste war schützend, als wollte sie einen Messerstich gegen die Halsschlagader abwehren. »Er ist doch nicht gekommen. Ich hielt es für ein Missverständnis und versuchte am nächsten Tag, ihn im Büro zu erreichen, aber da war er ja schon weg.«

»Warum wollte er herkommen?«

»Ich weiß nicht, inwiefern das von Belang sein soll, nachdem er gar nicht aufgetaucht ist.«

»War an diesem Abend noch jemand anders bei Ihnen im Haus?«, erkundigte ich mich.

»Um meine Angaben zu bestätigen?«

»Das wäre doch schön, finden Sie nicht?«

»Da kann ich Ihnen leider nicht helfen. Das hier ist eine kleine Stadt. Die Leute tratschen. Ich habe ja nicht einmal erlaubt, dass er seinen Wagen auf der Stellfläche parkt. Ich ließ ihn immer in die leere Garage fahren. Niemand wusste von seinen Besuchen.«

»Zumindest niemand, dem Sie es erzählt hätten.« Ich bekam Gewissensbisse, sowie ich es ausgesprochen hatte, denn ihr Blick war der einer Verratenen.

»Er hat mir geschworen, es Crystal nicht zu sagen. Er meinte, es würde sie nur verletzen, und das wollte keiner von uns.«

»Ich behaupte ja nicht, dass er es Crystal erzählt hätte. Es war jemand anders.«

»Trigg.«

»Ja«, sagte ich. Schließlich war es ihr Geld. Sie hatte ein Recht, es zu erfahren. Ich habe nur wenige Skrupel, und die sind noch dazu willkürlich. »Und was ist mit Lloyd Muscoe? Hat Dow je mit Ihnen über ihn gesprochen?«

»Ein bisschen. Sie mochten sich nicht und gingen sich so weit wie möglich aus dem Weg. Zuerst waren es Revierkämpfe – wie bei rivalisierenden Affen. Crystal hat das sicher genossen. Später drehten sich die Spannungen zwischen ihnen mehr um Leilas Beziehung zu Lloyd.«

»Ich habe gehört, dass Dow meinte, Lloyd habe einen schlechten Einfluss auf das Mädchen.«

»Ich kenne Lloyd im Grunde kaum und möchte das Thema deshalb nur ungern erörtern.«

»Ach, versuchen Sie's doch. Ich bin sicher, Ihnen fällt etwas ein.«

»Zum Beispiel ist er gewöhnlich.«

»Zum Glück ist das in Kalifornien kein Verbrechen, sonst säße ich selbst hinter Gittern.«

»Sie wissen ganz genau, was ich meine. Die beiden bezahlen einen Haufen Geld, um Leila auf diese Privatschule zu schicken. Nur verstehe ich den Sinn der Sache nicht, wenn sie dann die Hälfte ihrer Wochenenden mit jemandem wie ihm verbringt.«

»Aber Lloyd ist der einzige Vater, den sie je hatte. Bestimmt hält Crystal es für wichtig, dass Leila die Beziehung zu ihm aufrechterhält.«

»*Wenn* das ihr Motiv ist. Vielleicht will sie einfach die Zeit für sich haben. Leilas Benehmen sprengt jede Norm für ihr Alter. Es steht außer Frage, dass das Mädchen schwer gestört ist. Ich wette, Lloyd hat sich über Dows Einmischung geärgert. Anstatt Ihre Zeit mit Blanche zu verbringen, hätten Sie lieber mit ihm sprechen sollen.«

Trigg hatte mir erzählt, dass Lloyd in der kleinen Gartenwohnung hinter dem Haus mit den gelben Schindeln an der Ecke Missile und Olivio wohnte. Ich parkte davor und ging zu Fuß die schmale Einfahrt entlang. Ungepflegte Hecken wuchsen von beiden Seiten in den Weg hinein und bildeten nasse Laubwände, aus denen vereinzelte Schauer tropften, als ich vorbeiging. Auf dem Rasen am Ende der Einfahrt stand ein 1952er Chevrolet. Ein paar durchweichte Blätter klebten auf der Motorhaube, aber abgesehen davon wirkte der Wagen sauber und gepflegt. Der Garten war verwildert, und das kleine, hölzerne Häuschen hätte früher einmal ein Gärtnerschuppen gewesen sein können. Ich stieg die zwei flachen Holztreppen zur Veranda hinauf und klopfte am Rahmen der Fliegentür.

Niemand reagierte auf mein Klopfen. Ich nahm mir die Zeit, das Häuschen einmal zu umrunden, von einem Fenster zum anderen zu gehen und hineinzuspähen. Es gab vier kleine Räume – Wohnzimmer, Küche und zwei winzige Schlafzimmer mit einem Bad dazwischen –, und alle waren völlig leer. Ich kehrte zur Vordertür zurück und zog die Fliegentür auf. Ich drehte am Türknauf. Die Tür gab unter meiner Berührung nach und schwang auf. Ich drehte mich um und musterte das Haupthaus, aber niemand schien meinen Blick zu erwidern. Ich betrat das Gartenhaus, und meine Schritte hallten von den kahlen, verputzten Wänden wider.

Die Räume rochen modrig. Die Böden waren mit abgetretenem Linoleum ausgelegt, dessen Muster schon verblichen war. Im ersten Schlafzimmer hatte irgendjemand Kleiderbügel verstreut. Im Schrank war nichts. Im zweiten Schlafzimmer lag eine Doppelmatratze auf dem Fußboden, und als ich die Schranktür öffnete, entdeckte ich ganz hinten hineingestopft zwei Bündel zusammengerolltes Bettzeug. Das Fenster in diesem Zimmer stand einen Spalt weit offen, eine Einzelheit, die ich nicht bemerkt hatte, als ich das Häuschen umrundet hatte. Vielleicht stieg Lloyd ab und zu noch zum Übernachten hier ein. Jeder konnte sich die Hecken entlang zum hinteren Teil des Grundstücks schleichen und das Häuschen betreten, ohne gesehen zu werden. Auch im Badezimmer war nichts außer einer Badewanne mit Klauenfüßen und einer Toilette mit Rostflecken. In der Küche standen mehrere Schränke offen. Auf der Arbeitsfläche stand ein Becher aus einem Imbisslokal, in dem noch die Überreste irgendeines Getränks schwammen. Es roch nach Bourbon mit Cola oder etwas ähnlich Widerlichem. Ich zog sämtliche Küchenschubladen auf. Als unerschütterliche Optimistin hoffe ich stets auf irgendeinen Hinweis, vorzugsweise einen ausgerissenen Zettel mit einer Nachsendeadresse.

Ich drehte noch eine Runde, die sich aber als ebenso unergiebig wie die erste erwies. Dann zog ich die Tür hinter mir zu und spazierte durch den Garten zu der breiten Veranda an der Rückseite des Haupthauses. Die Hintertür bestand zur Hälfte aus Glas, und ich konnte eine alte Frau in einem Hauskleid sehen, die sich um eine Horde Katzen kümmerte. Nach meiner Zählung waren es sieben: eine schwarze, zwei grau getigerte, eine orange getigerte und eine weiße Perserkatze mit langen Haaren, die so groß war wie ein Mops. Ich klopfte ans Fenster. Die alte Frau blickte mit finsterer Miene auf, um mir zu verstehen zu geben, dass ihr meine Anwesenheit bewusst war.

Sie war groß und hager, und ihre weißen Haare waren zu dünnen Zöpfen geflochten, die sie sich um den Kopf geschlungen hatte. Offenbar war sie gerade dabei, ihre Brut zu füttern, da die Tiere sich aufmerksam um sie scharten, sich an ihren Beinen rieben und die Mäuler zu Schreien öffneten, die ich durch das Glas nicht hören konnte. Ich sah, wie sie sie zurechtwies, vermutlich mit einem langen Sermon darüber, wie verwöhnt sie alle seien. Dann stellte sie ihnen die Schüsseln auf den Boden. Sämtliche Katzen machten sich darüber her, die sieben Köpfe gebeugt wie die von Betenden. Die Frau trat an die Hintertür und öffnete sie. Der Geruch von Katzenstreu wallte durch den Spalt heraus.

»Nicht zu vermieten«, erklärte sie mit lauter Stimme. »Ich habe Sie durch das Häuschen schleichen sehen, aber es ist nicht zu haben. Das nächste Mal könnten Sie fragen, bevor Sie einfach eindringen.« Ihr Gebiss saß locker, und sie schob es mit einer Art Kaubewegung zwischen zwei Sätzen zurecht.

»Tut mir Leid. Ich wusste nicht, dass jemand hier ist.«

»Das ist doch wohl offensichtlich«, erwiderte sie. »Die letzten sechzehn Jahre habe ich es für zweihundert Dollar im Monat vermietet. Nichts als Gesindel ist eingezogen. Ständig haben die Mieter gewechselt, und manche von ihnen waren nicht besser als Penner. Paulie hat mich schließlich darauf aufmerksam gemacht, dass ich zu diesem Preis keine anderen finden würde. Jetzt verlange ich achthundertfünfzig, und die Bude bleibt leer. Toller Aufstieg.«

»Ich suche Lloyd Muscoe. Hat er nicht hier gewohnt?«

»Hat er, ja. Zweimal hat er die Miete zu spät gezahlt und einmal überhaupt nicht, also habe ich ihn rausgeschmissen.«

»Recht so.« Wo hatte ich nur den Namen *Paulie* schon mal gehört? In Crystals Streit mit Leila im Strandhaus, als ich sie dort aufgesucht hatte. »Paul ist Ihr Enkel?«

»Meine Enkelin, und ihr Name ist *Pauline*. Ich habe sie seit dem Tag aufgezogen, als ihre betrunkene Mutter sie vor meiner Tür abgesetzt hat. Damals war sie sechs Jahre alt.«

»Ist sie nicht mit Leila befreundet?«

»Mit wem?«

»Mit Lloyds Tochter Leila.«

»Nicht mehr. Leilas Mutter hat der Sache einen Riegel vorgeschoben. Meinte, Paulie sei zu wild. Wenn Sie mich fragen, ist dieser Lloyd der Wilde. Dachte, er könnte mich übers Ohr hauen, weil ich alt und taub bin, aber da hat er sich geschnitten. Ich habe ihn eiskalt vor die Tür gesetzt und einen Marshall kommen lassen, damit er auch wirklich verschwindet, ohne Ärger zu machen. Typen wie er könnten leicht auf die Idee kommen, die Wohnung zu verwüsten, wenn sie nicht ihren Willen kriegen.«

»Irgendeine Ahnung, wohin er gezogen ist?«

»Nein, und es ist mir auch egal. Sind Sie da, um Schulden bei ihm einzutreiben?«

»Ich bin Privatdetektivin.«

»In was für Schwierigkeiten steckt er denn?«

»In gar keinen, soweit ich weiß. Ich muss ihn nur sprechen.«

»Da kann ich Ihnen nicht helfen. Ich glaube, er ist noch irgendwo hier im Ort, aber mehr weiß ich nicht. Ich kann ihm nicht einmal seine Rechnungen nachschicken, also muss ich sie in den Müll werfen. Ein gut aussehender Mann, aber unzuverlässig ohne Ende.«

»Das habe ich auch schon gehört. Trotzdem vielen Dank.«

»Keine Ursache«, sagte sie und schloss die Tür.

Ich setzte mich ins Auto und erwog meine Möglichkeiten. Das Einfachste wäre, Crystal zu fragen, wohin Lloyd gezogen war. Da die beiden sich das Sorgerecht für Leila teilten, nahm ich an, dass sie es wüsste. Ich ließ den Motor an und fuhr nach Horton Ravine.

Dr. Purcells Haus stand auf einem üppig bewachsenen, waldigen Hügel, von dem aus man ein kleines Stück Meerblick erhaschen konnte, wenn man sich auf die Zehenspitzen stellte. Das Haus selbst war nichts Besonderes, auch wenn Fiona noch so mit ihrem Talent für Entwürfe prahlte. Wie es ihre Art war, hatte sie eine Schachtel auf die nächste gestellt, eine Ebene auf die andere, bis zu dem flachen Betondach. Ein glänzender Pool erstreckte sich vor dem Bau und lieferte ein Spiegelbild des Hauses, falls man es beim ersten Blick übersehen haben sollte. Der Stil war zwar futuristisch, aber trotzdem merkwürdig altmodisch und von Architekten abgeschaut, die begabter waren als sie. Zweifellos entsprach es nicht Crystals Geschmack, und ich konnte verstehen, warum es ihr Unbehagen verschaffte, hier leben zu müssen. Bei ihrer Liebe zu dem aus Glas und Holz erbauten Strandhaus im Cape-Cod-Stil musste sie sich hier wie im Gefängnis gefühlt haben. Der weiße Volvo und das Audi-Cabrio standen in der Einfahrt, daneben ein flotter, kleiner schwarzer Jaguar, den ich noch nie gesehen hatte.

Als ich klingelte, hörte ich nichts, doch binnen einer Minute erschien Crystal an der Tür. Sie trug Stiefel, eine schwarze Wollhose und einen schweren schwarzen Wollpullover. Ihr Haar plusterte sich wie Gefieder um ihr Gesicht, die einzelnen, stufig geschnittenen Strähnen völlig durcheinander. »Gut. Gott sei Dank. Vielleicht können Sie uns helfen. Nica, es ist Kinsey! Kommen Sie rein«, sagte sie mit gequälter Miene zu mir.

Ich trat ins Haus. »Was ist denn los?«

»Anica ist gerade aus Fitch gekommen«, antwortete sie. »Leila hat das Gelände ohne Erlaubnis verlassen, und wir versuchen sie zu finden, bevor sie sich alles versaut. Sie fliegt von der Schule, sobald sie merken, dass sie weg ist. Machen Sie sich meinetwegen keine Gedanken. Ich verliere nur die Nerven. Rand ist mit Griff in den Zoo gegangen.«

Anica kam aus dem Wohnzimmer. Sie trug marineblaue Hosen und einen roten Blazer mit einem in Gold gestickten Fitch-Academy-Wappen auf der Brusttasche. Ihre Bluse war maßgeschneidert und blütenweiß, und ihre Füße steckten in flachen marineblauen Pumps. Sie gab sich unkompliziert und brachte trotz Crystals Verzweiflung ein breites Lächeln zu Stande. »Wieder mal mitten ins Chaos geplatzt. Hallo, Kinsey. Schön, Sie wiederzusehen. Wie geht's?« Sie streckte eine Hand aus, die ich ergriff und schüttelte.

»Gut. Das mit Leila tut mir Leid. Glauben Sie, dass sie auf dem Weg hierher ist?«

»Hoffen wir's«, meinte Crystal, während sie auf die Küche zusteuerte. »Ich mache Kaffee, und dann können wir uns überlegen, was wir tun. Sie weiß, dass sie nicht per Anhalter fahren soll. Ich habe es ihr ausdrücklich verboten ...«

»Deswegen hat sie es vermutlich getan«, sagte Anica.

»Ich wäre schon krank vor Sorge, wenn ich nicht so wütend auf sie wäre. Wie trinken Sie Ihren Kaffee, Kinsey?«

»Am liebsten schwarz.«

Während Anica und ich ihr in die Küche folgten, musterte ich kurz das Wohnzimmer zu meiner Rechten. Das Innere des Hauses war seltsam: Steinböden, kahle weiße Wände, keine Fensterbehänge, alles eckig und voller kaltem Licht – eindeutig Fionas Handschrift. Darüber hatte Crystal ihren eigenen Geschmack zur Geltung gebracht: verschiedene abgenutzte Orientteppiche lagen nebeneinander wie Teile eines Puzzles, dazu durchgesessene Polstermöbel mit auswechselbaren Bezügen aus verblichenem Chintz. Die Holztische und die gepolsterten Stühle waren antikweiß, die Sitzpolster grün-weiß kariert. Einige Einzelstücke waren aus Bugholz: voluminöse, gerundete Stühle, deren Sitzflächen aus Zweigen geflochten waren. Es gab eine weiß lackierte schmiedeeiserne Liege, auf der sich übergroße Kissen in nicht zusammenpassenden Farben stapelten. Bücherstöße lagen auf dem Couchtisch, und Blumenvasen standen willkürlich verteilt herum. Die Wirkung war gemütlich und lässig, ein Haus, in dem Kinder herumtoben konnten, ohne viel zu ruinieren, da alles schon von vornherein ruiniert aussah.

In der Küche zeigten sich ähnliche Veränderungen. Ich konnte Fionas schmucklosen Ansatz erkennen: kalte, stromlinienförmige Flächen und abgerundete Art-Déco-Ecken. Crystal hatte Schränke mit Glastüren und eine kleine Vitrine einbauen lassen, in der ihre Sammlung ausgewählter Porzellanteller zu sehen war. Der Raum wirkte altmodisch, eine Küche, in der eine Oma gern Pfirsiche und Tomaten eingekocht hätte. Die Geräte wirkten allerdings nagelneu. Der Herd war ein Viking mit sechs Kochstellen. Ich zählte zwei Spülmaschinen, vier Backöfen und eine Kochinsel mit einer Platte aus geflecktem grauem Granit. Getrocknete Kräuter hingen von den Dachsparren, und es gab ein Gestell für Kupfertöpfe und -pfannen. Am anderen Ende des Raums befand sich ein Kamin aus roten Ziegeln, der den Eindruck machte, als sei er nach Fionas Auszug eingebaut worden. Zu rustikal für ihren Geschmack.

Nica hockte sich auf einen der Barhocker, die in einer Reihe an der Kochinsel standen, während Crystal Tassen und Untertassen aus dem nächstgelegenen Schrank nahm und erklärte: »Sie kann sich auf einen Tritt in den Hintern gefasst machen. Ich schwöre, dass sie monatelang Hausarrest kriegt. Um wie viel Uhr ist sie abgehauen?«

»Muss gegen Viertel nach neun gewesen sein«, antwortete Nica. »Sie ist um neun zum Sportunterricht angetreten, hat dann aber behauptet, Menstruationsbeschwerden zu haben, und den Sanitätsraum aufgesucht. Um zehn hatte sie einen Termin bei mir. Als sie zu dem nicht erschienen ist, habe ich ihre Zimmergenossin Amy ausfindig gemacht, die mir erzählt hat, dass sie Leila gesehen habe, wie sie mit dem Rucksack das Gelände verlassen hat.«

Crystal sah auf die Uhr. »Wo zum Teufel kann sie sein?«

»Ich hoffe nur, Amy ist so schlau, gegenüber der Schulleitung den Mund zu halten«, sagte Nica.

»Haben Sie etwas dagegen, wenn ich mal in Leilas Zimmer schaue?«, fragte ich. »Vielleicht finde ich irgendeinen Hinweis darauf, wo sie sein könnte.«

»Gehen Sie nur rauf«, sagte Crystal. »Es ist die zweite Tür rechts im ersten Stock.«

Ich ging nach oben. Die Tür zu Leilas Zimmer war geschlossen, aber nicht abgesperrt, und so trat ich ein. Ich blieb kurz stehen und musterte den Raum, der mit Rüschen und in Pastellfarben eingerichtet war. Ein Musterbeispiel für Wunschdenken. Sie befand sich in jenem Stadium der Reife (oder des Mangels daran), in dem Poster von halbnackten Rockstars dicht an dicht neben den Plüschtieren aus ihrer Kindheit hingen. Jede Fläche war mit Nippes zugestellt. Das meiste davon sah aus wie die Dinge, die sich Mädchen im Teenageralter gegenseitig schenken: Becher mit witzigen Sprüchen, Figürchen, Modeschmuck, Eau de Toilette. Ihre Pinnwand war eine Collage aus alten Eintrittskarten, Konzertprogrammen und bunten Schnappschüssen: Jugendliche bei einem Cheerleader-Treffen, Mädchen, die witzige Grimassen schnitten, Jungen beim Biertrinken, Kiffen und anderen gesunden Beschäftigungen. Für ein Mädchen, das behauptete, keine Freunde zu haben, besaß sie eine erstaunliche Sammlung von Souvenirs. Der Boden war von benutzten Kleidungsstücken übersät; weitere hingen über den Stühlen, der Schranktür, der Sitzecke in der Fensternische und auf den beiden Sesselchen.

Ich nahm eine rasche, aber gründliche Durchsuchung der Schubladen vor. Ihre Unterwäsche lag ohnehin bereits zum größten Teil auf dem Fußboden, was mir die Arbeit erleichterte. Dann machte ich mich über ihren Schrank her – er war voll gestopft mit alten Brettspielen, Sportgeräten und Teilen ihrer Sommergarderobe. Ich ließ mich auf alle viere herab und suchte den Raum ab, indem ich unter Stühle, das Bett und eine Kommode spähte. Die einzige interessante Entdeckung, die ich machte, war die schmale Metallkassette, die zwischen Matratze und Sprungfedern versteckt war. Ich schüttelte sie, vernahm aber nur ganz leise Geräusche. Vermutlich ihr Drogenvorrat. Ich hatte nicht genug Zeit, um das Schloss zu knacken. Mir war wohler, weil ich gesucht hatte, auch wenn mir der Streifzug nichts eingebracht hatte.

Auf dem Rückweg in die Küche blieb ich in der Diele stehen, um den Terminkalender der Familie zu studieren, der aufgeschlagen auf einem Tischchen lag. Er umfasste auf jeder Seite einen vollständigen Monat und war mit einer Reihe von Fotos illustriert, auf denen Hunde in Kinderkleidung abgebildet waren. Das Novemberbild zeigte einen Cockerspaniel in einem marineblauen Matrosenanzug. Der Hund hatte große braune Augen und schien sich fast zu Tode zu schämen.

Jedem Tag war ein eigener Kasten zugeordnet, ein Quadrat von knapp vier Zentimetern Seitenlänge. Ich sah, dass verschiedene Personen Notizen über gesellschaftliche Ereignisse und andere Unternehmungen hineingeschrieben hatten. Aus der Handschrift und der Art der eingetragenen Termine schloss ich, dass Leilas Schrift die überdimensionale mit den Druckbuchstaben war – abgewinkelte *T*s und kringelige *I*s. Crystal hatte eine elegante Schreibschrift und benutzte rote Tinte. Und von Rand musste das Gekritzel mit dem blauen Kugelschreiber stammen. Die persönlichen Gedächtnisstützen umfassten Verabredungen, Tennisstunden, Zahnarzt- und andere Arzttermine sowie die wöchentliche Spielgruppe für Griff. Der Audi war Anfang des Monats beim

Kundendienst gewesen. An den Rändern waren verschiedene Telefonnummern notiert worden. Entsprechende Bemerkungen an jedem zweiten Wochenende wiesen auf Leilas Heimkehr aus dem Internat hin. Offenbar wurde sie dieses Wochenende nicht erwartet, vielleicht weil sie das vorherige schon bei Crystal verbracht hatte.

Hinter mir waren Crystal und Nica darin vertieft, in Leilas Abwesenheit über sie zu schimpfen. Ich blätterte drei Monate zurück, zu Juli und August, wo mir eine vierte Handschrift auffiel: kühne Blockbuchstaben in Schwarz. Die (so mutmaßte ich) stammten wohl von Dr. Purcell, dessen Gegenwart bis Montag, den 8. September erkennbar war, also vier Tage vor seinem Verschwinden. Er hatte sich zwei Vorstandssitzungen, ein Ärztesymposion an der Universität von Los Angeles und einen Golftermin im Country Club notiert. Keine dieser Eintragungen schien bedeutsam zu sein, und außerdem nahm ich an, dass die Polizei allem nachgegangen war.

»Ich bin es ein für allemal leid mit ihr«, sagte Crystal gerade. »Ich weiß nicht, warum ich mich überhaupt noch aufrege. Das ist doch genau das, was sie will.«

»Wahrscheinlich ist sie auf dem Weg zu Lloyd. Es wäre doch typisch für Leila, schnurstracks zu ihm zu laufen.«

»Großartig. Soll er sich um sie kümmern. Ich hab's satt. Wenn sie nicht bald auftaucht, verständige ich die Polizei. Ich brauche nur zu erklären, dass sie eine schwer erziehbare Minderjährige ist, dann ist sie erledigt.«

»Was soll denn das bringen?«, fragte Anica. »Ich weiß ja, dass du wütend bist, aber wenn du sie den Behörden übergibst, wirst du das bitter bereuen.«

»*Sie* ist diejenige, die es bitter bereuen wird. Das hier hat doch schon wieder mit Paulie zu tun. Da wette ich Dollars gegen Doughnuts.«

»Reg dich nicht wegen Paulie auf. Das ist doch zwecklos.«

Ich nahm den Kalender und trat an die Kochinsel hinüber, wo

ich mir meine Kaffeetasse holte. »Darf ich Sie in Bezug hierauf etwas fragen?«

Crystal sah zerstreut zu mir herüber. »Was wollen Sie denn wissen?«

Ich legte den Kalender auf die Arbeitsfläche und tippte auf die Seite. »Ich nehme an, dass Leila nicht jedes Wochenende nach Hause kommt.«

»Meistens schon. Normalerweise wechselt sie mit den Besuchen zwischen Lloyd und mir ab, aber es kommt auch mal was dazwischen.«

»Was zum Beispiel?«

Crystal blickte auf den Kalender und wies auf das zweite Juliwochenende. »An dem Wochenende war sie von ihrer Freundin Sherry nach Hause eingeladen worden, nach Malibu Colony. Sherrys Vater ist in der Filmbranche und führt die Mädchen zu den ganzen großen Premieren aus.«

Ich wies auf das Wochenende des 12. September, an dem Dow Purcell verschwunden war. »Und an dem hier?«

»Das Gleiche, nur bei einer anderen Freundin. Emilys Familie besitzt Pferde. Sie haben eine Ranch bei Point Dume. Leila reitet für ihr Leben gern. Aber dieses Wochenende wurde abgesagt – ich glaube, Emily wurde krank –, und Leila war dann doch drüben bei Lloyd. Warum fragen Sie?«

Ich zuckte die Achseln und blätterte durch die Monate zurück. Leilas Gewohnheiten schienen wechselhaft zu sein, aber es hatte den Anschein, als führe sie im Durchschnitt einmal im Monat mit zu einer Schulfreundin. »Ich halte es für möglich, dass sie den Campus mit einer ihrer Klassenkameradinnen von Fitch verlassen haben könnte.«

»Möglich ist das wohl schon, aber ich bezweifle es. Die meisten ihrer Freundinnen bereiten sich aufs College vor. Sie würden nie riskieren, hinausgeworfen zu werden.« Sie wandte sich zu Nica. »Was meinst du?«

»Es kann nicht schaden, sich zu erkundigen. Mir ist das auch in den Sinn gekommen, daher habe ich gleich die Telefonliste der Schule mitgebracht, falls wir jemanden von den anderen Eltern anrufen müssen.« Sie fasste in die große dunkelblaue Tasche zu ihren Füßen und zog ein spiralgebundenes Adressbuch mit einem großen Logo der Schule auf dem Deckel heraus. »Soll ich die mal durchchecken und schauen, was dabei herauskommt?«

»Warte einen Moment. Lass es mich erst noch mal bei Lloyd versuchen.« Crystal ging zum Telefontisch und nahm den Hörer ab. Dann wählte sie sieben Ziffern, lauschte kurz und legte wieder auf. »Er meldet sich immer noch nicht. Leilas Stiefvater«, fügte sie erklärend hinzu.

»Ich weiß. Ich habe ihn bei meinem ersten Besuch im Strandhaus gesehen.«

»Ich versuche ihn zu erreichen, seit Nica gekommen ist. Er ist garantiert zu Hause. Nur sind ihm ständig Geldeintreiber auf den Fersen, deshalb geht er oft nicht ans Telefon. Ich habe ihm sechsmal auf den Anrufbeantworter gesprochen, also muss er wissen, dass es wichtig ist. Man sollte eigentlich erwarten können, dass er zurückruft.«

»Hören Sie, ich brauche ohnehin einen Vorwand, um mit ihm zu reden. Lassen Sie doch mich zu ihm fahren und nachsehen, ob Leila dort ist. Wenn nicht, kann ich anfangen, die Straßen abzusuchen.«

»Das ist keine schlechte Idee. Nica und ich können hier bleiben, falls sie beschließt, zu Hause aufzutauchen.« Crystal fasste nach einem Stift, kritzelte ein paar Nummern auf einen Notizblock und riss das Blatt ab. »Das sind meine Nummern und Lloyds Adresse und Telefonnummer.«

»Sie haben zwei Anschlüsse?«

»Genau. Der hier ist privat und der andere geschäftlich.«

Ich zeigte auf die erste Nummer. »Vielleicht könnten Sie diese Leitung frei halten. Sie können ja die andere benutzen, um bei ein paar von Leilas Freundinnen nachzufragen.«

»Wenn Sie Lloyd antreffen, können Sie ihm sagen, dass ich es satt habe, die ganze Last allein zu tragen. Es ist höchste Zeit, dass er seinen gerechten Anteil daran übernimmt.«

Auf dem Weg zu meinem Wagen ging mir die Frage durch den Kopf, wie Kinder geschiedener Eltern eigentlich das ganze Gezänk verkraften.

14

Lloyd wohnte in einer Straße namens Gramercy Lane, die sich an den Ausläufern der Hügel entlangschlängelte. Es war eine dieser Straßen, auf denen man nur stoß-und ruckweise vorankommt. Ich sah auf meinen Stadtplan von Santa Teresa und suchte die richtigen Koordinaten. Irgendwo müsste ich auf die Gramercy einbiegen und dann anhand der Hausnummern herausfinden, in welcher Höhe ich mich befand und wo Lloyds Haus lag. Ich ließ den Stadtplan aufgeschlagen auf dem Beifahrersitz liegen, während ich den Zündschlüssel umdrehte. Der Regen wurde wieder stärker, überdimensionale Tropfen, die auf meine Motorhaube prallten wie Kieselsteine, die von einer unasphaltierten Straße auffliegen. Ich schaltete die Scheibenwischer ein und sah auf die Uhr. Es war Viertel nach drei. Da die Novembertage kurz waren und der Regen düstere Stimmung verbreitete, hatte man den Eindruck, als setzte bereits nachmittags um vier die Dämmerung ein. Eigentlich wäre ich in diesem Augenblick lieber nach Hause gefahren, als in der Stadt herumzukurven und einen ausgerissenen Teenager zu suchen.

Ich rauschte durch das steinerne Tor, das die vordere Einfahrt nach Horton Ravine markierte, und folgte der kurvigen Straße nach rechts. An der ersten roten Ampel sah ich erneut auf den Stadtplan, indem ich den Kopf schief legte. Die Gramercy Lane, oder zumindest Teile derselben, lagen innerhalb eines Radius von drei Kilometern vom Haus der Purcells in Ravine entfernt. Falls Leila von Malibu aus in nördlicher Richtung per Anhalter auf der 101 gefahren war, hätte sie wahrscheinlich darum gebeten, an der Little Pony Road aussteigen zu können, also eine Ausfahrt weiter südlich. Die Ampel schaltete um, und ich fädelte mich auf der äußersten rechten Spur in den in südlicher Richtung fließenden Verkehrsstrom ein. Bis zur Little Pony Road waren es keine zwei Kilometer.

Bei dem Gedanken, dass Leila per Anhalter fuhr, krampfte sich mir der Magen zusammen. Zwar war durchaus denkbar, dass ein anständiger Mitbürger sie mitnahm, doch bestand ebenso die Möglichkeit, dass sie sich verkalkulierte. Nicht jeder Fahrer auf der Straße trägt die besten Absichten im Herzen. Mit ihren vierzehn Jahren fühlte sie sich noch unbesiegbar. Für sie waren Überfall, Vergewaltigung, Körperverletzung und Mord Dinge, von denen sie in der Zeitung las, falls sie überhaupt eine las. *Perversion* und *Exhibitionismus* waren Wörter auf einer Vokabelliste ihrer Schule, keine bösartigen Verhaltensweisen, die irgendetwas mit ihr selbst zu tun haben könnten. Ich hoffte, ihre Schutzengel waren zur Stelle.

Ich nahm die Ausfahrt Little Pony Road. An deren oberem Ende bog ich links ab und hielt auf die Berge zu, während ich beide Seiten der vierspurigen Straße absuchte. Meine Scheibenwischer schnurrten fröhlich vor sich hin und verteilten die Schmutzschicht links und rechts über die Scheibe. Ich kam an einem Pärchen vorbei, das sich unter einem Schirm aneinander drängte. Sie gingen auf meiner Straßenseite und kehrten mir den Rücken zu. Ich suchte nach Leila allein, und so beachtete ich sie zunächst nicht weiter, obwohl ich ihnen ansah, dass sie noch sehr jung waren. Erst als ich an ihnen vorbeigefahren war und im Seitenspiegel einen zweiten Blick auf sie geworfen hatte, erkannte ich Leilas watteartiges, weißblondes Haar und ihre langen Fohlenbeine. Der Junge an ihrer Seite war groß und mager und trug einen Rucksack, dessen Riemen er ungeschickt über die Schultern seiner schwarzen Lederjacke geschlungen hatte. Alle beide trugen Jeans und Wanderstiefel und hatten die Köpfe gegen den Regen gebeugt. Ich hätte schwören können, dass sie sich einen Joint teilten. Ich bremste ab und hielt direkt vor ihnen am Straßenrand. Im Seitenspiegel sah ich, wie Leila stutzte und dann etwas auf den Boden warf und darauf trat. Als sie an meinem Wagen vorbeikamen, beugte ich mich hinüber und kurbelte das Fenster auf der Beifahrerseite herunter.

»Kann ich euch mitnehmen?«

Leile beugte sich vor und blickte an ihrer Begleitung vorbei. Als sie mich sah, zeichnete sich auf ihrer Miene ein verwirrter Ausdruck ab, der Erkennen ohne Kontext signalisierte. Sie wusste, dass sie mich kannte, aber ihr fiel nicht ein, woher. Der Junge neben ihr richtete einen Blick voller Feindseligkeit und Verachtung auf mich. Ich musterte den glatten Teint, das regennasse, schlaffe braune Haar und das schlichte weiße T-Shirt unter der offenen Lederjacke. Voller Verblüffung starrte ich auf die beiden Brüste, da ich die Person für männlich gehalten hatte. Das musste Paulie sein. Ich konnte sehen, dass sie eine Schönheit werden würde, obwohl sie momentan ungepflegt war und aus jeder Pore ihres mageren Körpers Trotz versprühte. Sie war nicht hübsch im landläufigen Sinne, aber sie hatte eine animalische, authentische Ausstrahlung: große dunkle Augen und Wangenknochen, die infolge schlechter Ernährung scharf hervortraten. Ein Fotograf mit den richtigen Instinkten könnte mit dem Bild kämpferischer Erotik, das sie vermittelte, ein Vermögen verdienen.

Ich konzentrierte mich wieder auf Leila. »Hallo. Ich bin Kinsey Millhone. Wir haben uns letzten Freitag im Strandhaus kennen gelernt. Ich komme gerade von deiner Mom. Sie macht sich Sorgen um dich. Du hättest ihr sagen sollen, dass du das Internat verlässt.«

»Mir fehlt nichts, aber richten Sie ihr meinen Dank für ihre Anteilnahme aus.« Leilas Ton war sarkastisch. Ihre Respektlosigkeit sollte ihre Freundin beeindrucken, aber die Frechheit war schwer aufrechtzuerhalten, solange ihr das Regenwasser übers Gesicht lief. Zwei Haarsträhnen klebten ihr auf der Wange, und ihre Wimperntusche war zu wässriger Tinte zerronnen.

»Ich finde, das solltest du ihr selbst sagen. Sie muss wissen, dass dir nichts fehlt.«

Leila und Paulie wechselten einen Blick. Paulie flüsterte Leila ganz leise etwas zu; Verschwörerinnen, die versuchten, das Beste daraus zu machen, dass sie erwischt worden waren. Paulie ließ den Rucksack von der Schulter gleiten und reichte ihn Leila. Nach ein paar gemurmelten Worten marschierte Paulie in einem Tempo, das Lässigkeit vermitteln sollte, los in Richtung Highway.

Leila beugte sich näher an das halb offene Fenster. Ihre Augen waren dick mit Eyeliner umrandet und oben mit türkisblauem Lidschatten geschminkt. Sie hatte dunkelbraunen Lippenstift aufgetragen, eine Schattierung, die für ihren zarten blonden Typ viel zu hart war. »Sie können mich nicht zwingen, nach Hause zu gehen.«

»Ich bin nicht hier, um dich zu *irgend*was zu zwingen«, sagte ich. »Aber vielleicht möchtest du ja gern ins Trockene.«

»Okay, aber nur, wenn Sie versprechen, Mom nicht zu sagen, wer bei mir war.«

»Ich nehme an, das war Paulie.«

Leila sagte nichts, was ich als Bestätigung auffasste.

»Na los. Steig ein. Ich setze dich bei deinem Dad ab.«

Sie überlegte kurz, dann zog sie die Wagentür auf, ließ sich auf den Beifahrersitz gleiten und stopfte den Rucksack in den beengten Raum zu ihren Füßen. Ihr Haar war schon so oft gebleicht worden, dass es synthetisch wirkte. Nach wie vor war es in dieser seltsamen Mischung aus Rastalocken und Büscheln frisiert, die die Schulleitung sicher entsetzt die Hände ringen ließ. Aber vielleicht war Fitch ja progressiv, ein Internat, das es den Schülerinnen gestattete, sich durch ein ausgefallenes Erscheinungsbild und merkwürdiges Benehmen »selbst auszudrücken«. In der von Körperwärme erhitzten Enge des Wageninneren roch ich Eau de Marihuana und das weibliche Moschusaroma von Unterwäsche, die ein paar Tage zu lange getragen worden ist.

Ich warf einen Blick über die Schulter, beobachtete den Verkehrsfluss hinter mir und scherte auf die Straße ein, sowie die vorbeifahrenden Autos weg waren. Im Rückspiegel konnte ich Paulies davonmarschierende Gestalt sehen, mittlerweile auf das Format eines Spielzeugsoldaten geschrumpft. »Wie alt ist Paulie?«

»Sechzehn.«

»Ich habe gehört, dass sie deiner Mutter nicht besonders behagt. Wo liegt denn das Problem?«

»Mom behagt überhaupt nichts, was ich mache.«

»Warum hast du ohne Erlaubnis das Internat verlassen?«

»Woher haben Sie gewusst, wo ich bin?«, fragte sie zurück und umging so die Frage nach ihrer Schwänzerei.

»Deine Mutter hat es vermutet. Wenn wir an einem Telefon vorbeikommen, möchte ich, dass du sie anrufst und ihr sagst, wo du bist. Sie ist ganz krank vor Sorge.« Ich erwähnte nicht, dass sie außerdem tierisch sauer war.

»Warum übernehmen Sie das nicht? Sie drehen doch eh gleich um und reden mit ihr.«

»Allerdings tue ich das. Du bist minderjährig. Ich habe nicht vor, dein schlechtes Benehmen zu unterstützen.« Schweigend fuhren wir einen Block weiter. Dann sagte ich: »Ich verstehe nicht, was dich so nervt.«

»Ich hasse Fitch. Das nervt mich, falls es Sie überhaupt etwas angeht.«

»Ich dachte, sie hätten dich nach Fitch geschickt, weil du in der staatlichen Schule Mist gebaut hast.«

»Dort war es auch zum Kotzen. Nichts als Spinner und Unterbelichtete. Die waren alle dermaßen doof – ich hab mich zu Tode gelangweilt. Der Unterricht war ein Witz. Ich hab was Besseres zu tun.«

An der Kreuzung überquerten wir die State Street und fuhren in ein Wohnviertel namens South Rockingham. »Und was passt dir an Fitch nicht?«

»Die anderen Mädchen sind alle derartige *Snobs*. Das Einzige, was sie interessiert, ist, wie viel Geld ihre Fettsäcke von Vätern verdienen.«

»Ich dachte, du hättest Freundinnen.«

»Nee, hab ich nicht.«

»Was ist mit Sherry?«

Leila warf mir einen Seitenblick zu. »Was soll mit ihr sein?«

»Es würde mich nur interessieren, wie es dir bei ihr in Malibu gefallen hat.«

»Gut. Es war lustig.«

»Und Emily?«

»Warum stellen Sie mir diese ganzen Fragen?«

»Deine Mom meinte, das Reiten bei ihr zu Hause hätte dir Spaß gemacht.«

»Emily ist in Ordnung. Sie ist nicht so schlimm wie manche andere.«

»Was habt ihr sonst noch unternommen?«

»Nichts. Käsesandwiches gegrillt.«

Der Zeiger an meinem Lügenmeter schnellte in den roten Bereich. Ich hatte in Leilas Alter wesentlich besser gelogen. »Weißt du, was ich glaube? Ich wette, du hast beide Besuche sausen lassen und das Wochenende mit Paulie verbracht.«

»Ha ha ha«, machte sie.

»Komm schon. Gib's zu. Was spielt das schon für eine Rolle?«

»Ich muss Ihnen keine Antwort geben, wenn ich nicht will.«

»Leila, du hast mich gebeten, den Mund zu halten. Als Gegenleistung könntest du mir wenigstens die Wahrheit sagen.«

»Und was, wenn ich mich mit Paulie getroffen habe? Was ist schon groß dabei?«

»Was ist mit all den anderen Wochenenden, an denen du angeblich bei Schulfreundinnen warst?«

Wieder verstocktes Schweigen. Ich versuchte es auf andere Weise. »Wie habt ihr euch kennen gelernt?«

»In der Besserungsanstalt.«

»Du warst in der Besserungsanstalt? Wann war das?«

»Letztes Jahr im Juli. Ein paar von uns wurden festgenommen.«

»Weswegen?«

»Die Cops haben was von Rumtreiberei und unbefugtem Betreten gesagt, aber das war Schwachsinn. Wir haben überhaupt nichts gemacht außer Rumsitzen.«

»Wo war das?«

»Keine Ahnung«, sagte sie gereizt. »Das war so ein mit Brettern vernageltes altes Haus.«

»Um welche Uhrzeit?«

»Was sind Sie, der Staatsanwalt? Es war spät, ungefähr zwei Uhr morgens. Die Hälfte der Leute ist davongerannt. Die Cops waren alle total durchgeknallt und haben den Rest von uns festgenommen. Mom und Dow sind gekommen und haben mich abgeholt. Sie waren stinksauer.«

»Und was war mit Paulie? War sie mit dem Gesetz in Konflikt geraten?«

»Sie sind gerade an der Straße meines Vaters vorbeigefahren«, sagte Leila.

Ich bremste ab, bog in die nächste Einfahrt und stieß rückwärts wieder heraus. Dann fuhr ich den halben Block bis zur Gramercy und bog links ab. Dieser Abschnitt war nur ein paar hundert Meter lang, ein Wirrwarr aus billigen Häuschen, die vielleicht früher als Unterkünfte für Wanderpflücker in den umliegenden Avocadoplantagen gedient hatten. Die Straße war hier ungepflastert, und es gab keine Gehsteige. Ich konnte bis zum Ende nur eine einzige Straßenlampe entdecken. Leila wies auf ein verwittertes Haus mit einem steilen Satteldach, das auf einem kleinen Erdhügel stand. Es war der einzige Bau seiner Art – ein bodenständiges Holzhäuschen unter lauter Hütten. Ich bog in die Einfahrt und stellte den Motor aus. »Möchtest du nachsehen, ob er da ist? Ich würde gern mit ihm sprechen.«

»Worüber?«

»Über Dr. Purcell, falls du nichts dagegen hast.«

Leila stieß die Tür auf und griff nach ihrem Rucksack, den ich ihr mit einer Hand wieder entriss. »Lass den mal bei mir. Ich bringe ihn gerne rein, falls Lloyd da ist.«

»Warum kann ich ihn nicht mitnehmen?«

»Versicherung. Ich möchte nicht riskieren, dass du mir ausbüxt. Du hast auch so schon genug Ärger am Hals.«

Sie seufzte genervt, tat aber wie geheißen. Ich beschloss, die Wucht zu ignorieren, mit der sie die Beifahrertür zuknallte. Ich sah ihr nach, wie sie den Kiesweg entlang zum Haus ging. Regenwasser kam die Anhöhe herabgeströmt und drückte die langen Halme des ungemähten Grases platt. Leila war inzwischen an der Veranda angelangt, die lediglich von einem schmalen, umgekehrten V aus Holz geschützt wurde. Sie klopfte an die Tür, schlang sich fröstelnd die Arme um den Oberkörper und sah zu mir her, während sie wartete, dass er aufmachte. Das Haus kam mir finster vor. Sie klopfte erneut. Dann trat sie an eines der vorderen Fenster, wölbte die Hände und spähte hinein. Nach erneutem ergebnislosem Klopfen kam sie zum Auto zurückgepatscht und stieg wieder ein. »Wahrscheinlich kommt er gleich. Ich weiß, wo er den Schlüssel versteckt, also kann ich ja hier auf ihn warten.«

»Gut. Ich warte mit dir. Wir zwei können ja hier im Auto ein bisschen plaudern, bis er kommt.«

Dieser Vorschlag schien die Kleine nicht zu begeistern. Sie trat mit ihren verdreckten Wanderstiefeln gegen den Rucksack. »Ich will aber rein. Ich muss pinkeln.«

»Gute Idee. Ich auch.«

Wir stiegen aus. Ich schloss den Wagen ab und folgte ihr den Weg entlang. Am Haus angekommen, schob Leila einen Topf verwelkter Geranien beiseite und fischte den Hausschlüssel aus seinem wahnsinnig originellen Versteck. Ich wartete, während sie die Tür aufschloss.

»Hat er das gemietet?«

»M-m. Er passt für einen Freund auf das Haus auf. Irgendein

Typ, der nach Florida gefahren ist. Aber er kommt nächste Woche wieder.«

Das Innere des Hauses bestand im Grunde nur aus einem einzigen großen Raum. Die Dachschräge zog sich weit hinauf. Zur Rechten führte eine schmale Treppe auf eine Schlafgalerie. Im unten gelegenen Wohnzimmer standen plumpe Holzmöbel mit imitierten indianischen Decken darüber. Der Holzboden war nackt. Ich konnte hören, wie unter meinen Schuhsohlen der Schmutz knirschte. Ein dickbauchiger, alter schwarzer Ofen verströmte einen Geruch nach kalter Asche. Weiter hinten grenzte eine Theke den Raum zur Küche ab, die schon von hier aus schmutzig aussah.

Ich sah das Telefon auf einem kleinen Abstelltisch stehen. »Willst du deine Mom anrufen oder soll ich das tun?«

»Machen Sie's. Ich gehe aufs Klo, und keine Sorge – ich laufe nicht davon.«

Während sie die sanitären Einrichtungen nutzte, erledigte ich den obligatorischen Anruf bei Crystal. Vorübergehend an mein Ehrenwort gebunden, erwähnte ich Paulie nicht. »Ich bleibe hier, bis Lloyd nach Hause kommt. Wenn es zu spät wird, versuche ich Leila dazu zu überreden, mit zu Ihnen zu fahren.«

»Offen gestanden bin ich so wütend auf sie, dass ich sie gar nicht sehen will. Aber ich beruhige mich gleich, wenn ich erst mal was getrunken habe. Anica ruft in der Schule an. Ich habe keine Ahnung, was sie denen erzählen will. Es geschähe Leila recht, wenn sie suspendiert oder rausgeworfen würde.«

»Verstanden«, sagte ich. »Ich halte Sie über unsere weiteren Schritte auf dem Laufenden. Wünschen Sie mir Glück.«

Ich hörte die Toilettenspülung, und Leila kam aus dem winzigen Badezimmer unter der Treppe.

»Was hat sie gesagt?«

»Nicht viel. Sie ist nicht gerade hoch erfreut über dich.«

Leila ging zu dem klobigen Sofa hinüber. Indem sie mich ignorierte, machte sie ihren Rucksack auf und zog ein Reißverschlusstäschchen mit Schminksachen hervor. Sie entnahm ihm eine Puderdose und klappte sie auf, um ihr Gesicht zu studieren. Sie wischte sich die verschmierte Wimperntusche ab und beäugte sich dann genauer. »Scheiße. Ein widerlicher Pickel«, sagte sie und steckte den Puder weg. Sie griff nach der Fernbedienung und schaltete den Fernseher ein. Mit einem Seitenblick auf mich stellte sie den Ton ab.

»In deinem Alter war ich genau wie du«, sagte ich.

»Toll. Darf ich rauchen?«

»Nein.«

»Warum nicht? Das sind nur Nelkenzigaretten.«

»Nerv mich nicht, Leila. Hier stinkt es schon ohne Nelkenrauch schlimm genug. Erzähl mir was von Dow. Und sei nicht gleich eingeschnappt. Der Scheiß geht mir langsam auf den Wecker.«

»Also, was wollen Sie denn eigentlich wissen?«

»Wann hast du ihn zuletzt gesehen?«

»An so was kann ich mich nicht erinnern.«

»Pass auf, ich helf dir. Der 12. September war ein Freitag. Emily war krank und hat dir abgesagt, also musst du zu Hause gewesen sein. Warst du im Strandhaus?«

»M-m. Ich war hier.«

»Weißt du noch, was du an dem Abend gemacht hast?«

»Wahrscheinlich ein Video geguckt. Das mach ich meistens. Wieso?«

»Ich wüsste gern, wann du das letzte Mal mit Dow gesprochen hast.«

»Woher soll ich das wissen? Ich versuche, möglichst überhaupt nicht mit ihm zu sprechen.«

»Ab und zu müsst ihr doch etwas reden. Schließlich ist er dein Stiefvater.«

»Ich weiß, wer er ist«, sagte sie. »Ich dachte, man dürfte Minderjährige nicht verhören, wenn kein Elternteil dabei ist.«

»Das trifft nur zu, wenn du von der Polizei festgenommen wirst.«

»Und was sind Sie?«

»Privatdetektivin. Phillip Marlowe in Frauenkleidung.« Ihrer Miene nach zu schließen hielt sie Phillip Marlowe für eine Rockband, aber sie war klug genug, sich in diesem Punkt nicht zu verraten. »Wie alt warst du, als Dow und deine Mom geheiratet haben?«

»Elf.«

»Magst du ihn?«

»Er ist in Ordnung.«

»Kommt ihr miteinander aus?«

»Mittelprächtig. Er ist alt. Er hat ein Gebiss. Sein Atem stinkt nach Moder, und er hat ein paar voll bescheuerte Regeln: ›Ich will, dass du um zehn zu Hause und im Bett bist. Ich will nicht, dass du morgens so lange schläfst. Hilf deiner Mutter mit deinem Bruder‹«, zählte sie auf, indem sie ihn nachäffte. »Ich hab zu ihm gesagt: ›Hey, dafür ist doch Rand da. Ich bin nicht ihr blödes Dienstmädchen.‹ Meine Noten müssen super sein, sonst darf ich wochenlang nicht weg. Er erlaubt mir nicht mal eine eigene Telefonleitung.«

»Dieser Mistkerl«, sagte ich. »Was glaubst du, wo er ist?«

»In Kanada.«

»Interessant. Wie kommst du darauf?«

Sie starrte auf den Fernseher und zappte von einem Sender zum nächsten.

»Leila?«

»Was?«

»Ich habe gefragt, warum du glaubst, dass er in Kanada ist.«

»Weil er ein Arsch ist«, antwortete sie. »Das Einzige, was ihm jemals wichtig war, war gut dazustehen. Ich habe gehört, wie er mit einer Frau am Telefon geredet hat. Ich glaube, vor etwa sechs Monaten sind irgendwelche Leute in das Pflegeheim gekommen und haben Finanzunterlagen und einen Haufen Patientenakten mitgenommen. Er hatte total Schiss. Was auch immer dahinter gesteckt hat, ich schätze jedenfalls, dass sie ihn dafür ins Gefängnis hätten bringen können. Deshalb glaube ich, dass er abgehauen ist.«

»Mit wem hat er am Telefon geredet?«

»Das weiß ich nicht. Er hat ihren Namen nicht genannt, und ich habe ihre Stimme nicht erkannt. Außerdem hat er genau in dem Moment gemerkt, dass ich in der Leitung bin, also hat er gewartet, bis ich aufgelegt hatte, bevor er noch irgendwas gesagt hat.«

»Du hast gelauscht?«

»Ich war oben in meinem Zimmer und wollte telefonieren. Woher sollte ich wissen, dass er in der Leitung ist?«

»Wann war das?«

»Etwa zwei Wochen, bevor er abgehauen ist.«

»Hast du das der Polizei erzählt?«

»Es hat keiner gefragt, und außerdem ist es nur eine Vermutung. Kann ich das jetzt anschauen?«

»Sicher.«

Sie drückte erneut auf die Stumm-Taste, und der Ton kehrte dröhnend zurück. MTV.

Ich ging ins Badezimmer, das gar nicht so schäbig war, wie ich vermutet hatte, und schloss die Tür. Es hatte den Anschein, als hätte sich Lloyd in gewissem Maße darum bemüht, Waschbecken und Badewanne sauber zu halten. Das Wasser in der Toilette wurde von irgendwelchem durchdringend riechenden Zeug, das im Tank hing, permanent blau gefärbt. Nachdem ich gepinkelt und hinuntergespült hatte, spähte ich ins Medizinschränkchen und durchwühlte seinen Wäschekorb.

Als ich in den Hauptraum zurückkam, war Leila schon in diesem hypnotischen Zustand versunken, den Fernsehen auslöst. Im Häuschen wurde es dunkel. Ich schaltete ein paar Lampen ein. Da sie mich absolut nicht beachtete, nutzte ich den Augenblick, um den Schreibtisch und den Inhalt der Schubladen zu durchsuchen. Das meiste schien aus dem Krempel des anderen Typen zu bestehen. Ich suchte nach nichts Bestimmtem, aber ich konnte einfach dem Drang nicht widerstehen, meine Nase in Dinge zu stecken, die mich nichts angingen. Ich blätterte durch eine Hand voll von Lloyds Rechnungen, die allesamt überfällig waren. Ruhelos wanderte ich in die Küche. Der Kühlschrank gab nicht viel her, aber die Speisekammer war sogar besser bestückt als meine. Nudeln, Gläser mit Soße, Dosensuppen, Gewürze, Erdnussbutter und diese merkwürdigen orangefarbenen Käsemakkaroni aus der Schachtel, die nur Kinder und Hunde essen. Ich langweilte mich und bekam langsam Hunger.

Ich ging durchs große Zimmer, stieg die Treppe zur Schlafgalerie hinauf und spähte über das Geländer. Unten konnte ich Leila sehen, die immer noch in die flackernden Bilder auf dem Bildschirm vertieft war. Ich fand es unfassbar, dass sie mich einfach nach Belieben herumschnüffeln ließ. Lloyds Bett war ungemacht. Auf dem Nachttisch stand ein gerahmtes Foto von Lloyd und Leila im Format 18 mal 27. Ich nahm es und betrachtete es. Es musste auf einer Geburtstagsfeier aufgenommen worden sein. Die beiden saßen an einem Küchentisch, vor ihnen eine wabbelig aussehende Schokoladentorte, die mit Kerzen geschmückt war. Lloyd und Leila hatten die Köpfe zusammengesteckt, grinsten und schnitten für den Fotografen Grimassen. Lloyds rechtes Ohr war gepierct. Ein frisch ausgepacktes Geschenk war zu sehen, und Lloyd hielt sich einen von einem Paar goldener Ohrringe ans Ohr – ein winziger, tanzender Schädel mit gekreuzten Knochen – offenbar ein Geschenk von ihr. Schwer zu sagen, wie lange das her war – Leilas Frisur nach zu urteilen vermutlich irgendwann im letzten Jahr.

Eine Durchsuchung der Kommodenschubladen ergab nichts weiter als ein umfangreiches Sortiment an bunten Boxershorts. Ich drehte mich um und musterte meine Umgebung. Auf einem Stativ vor dem Fenster stand ein Teleskop. Das interessierte mich. Ich ging hinüber und studierte den Ausblick zuerst mit bloßem Auge, um mich an der Umgebung zu orientieren. In diesem Viertel kannte ich mich nicht aus, und so hatte ich keine Ahnung, was

Lloyd von hier aus sehen konnte. Verblüfft stellte ich fest, dass seine derzeitige Behausung direkt gegenüber von Fiona Purcells Anwesen auf der anderen Seite des Stausees lag. Durch den Dunst aus Nebel und Regen konnte ich die schmucklosen Umrisse ihres Hauses erkennen, das aus dem entfernten Hügel herausragte wie eine Festung. Lloyds Blick war auf die Berge gerichtet, während Fionas Aussicht sich in die entgegengesetzte Richtung erstreckte und das Meer mit den vierzig Kilometer weit draußen liegenden Inseln umfasste. Ich bückte mich zum Okular des Teleskops und blickte durch die Linse. Alles war schwarz. Ich nahm die Linsenabdeckung ab, was die Sicht bedeutend verbesserte, obwohl ich zuerst lediglich die Oberfläche meines eigenen Auges sehen konnte. Die Landschaft war nichts als ein weites, gähnendes Farbengewirr; sämtliche Objekte waren durch die Vergrößerung verzerrt.

Ich hob das Gesicht und tastete nach der Schärfeneinstellung. Dann spähte ich erneut durch die Linse und drehte an dem Rädchen. Auf einmal wurde das Ufer gestochen scharf. Ich konnte Kratzspuren in einem Felsblock erkennen, die sich in deutlichem Kontrast abhoben. Es wirkte, als stünde er nur einen halben Meter von mir entfernt. Das Wasser im Stausee war durch den Aufprall der Regentropfen gekräuselt, und der Himmel spiegelte sich wie getriebenes Silber in seiner Oberfläche. Als ich zu meiner Rechten eine Bewegung wahrnahm, verschob ich das Teleskop um Haaresbreite.

Da war Trudy, die Schäferhündin, und bellte einen Stock an – eine dieser hirnlosen Verhaltensweisen, die Hunde offenbar glücklich machen. Ich sah, wie sie das Maul auf und zu klappte wie eine Hundemarionette. Die Begeisterung, mit der sie bellte, ließ ihren gesamten Leib erzittern, doch das Geräusch wurde durch das Fensterglas zu einem kaum hörbaren Widerhall gedämpft. Ihre Beine und Pfoten waren voller Schlamm, und ich sah deutlich, wie die Regentropfen auf ihr Fell prallten. Hinter ihr war ein breiter Trampelpfad durchs Unterholz getreten worden, und ich konnte weiße Flecken ausmachen, wo in Bodenhöhe eine Reihe junger Triebe abgeknickt worden war. Vielleicht war ein Bootsanhänger hier ans Ufer gerollt worden, um ein Motorboot zu Wasser zu lassen. In der Ferne hörte ich Trudys Besitzerin pfeifen, gefolgt von ihrem hörbaren Ruf: »Trudy! *Truuudy*!«

Trudy blickte bedauernd über die Schulter, hin- und hergerissen zwischen ihrer neuesten Obsession und dem Bedürfnis zu gehorchen. Der Gehorsam siegte. Sie hopste die Anhöhe hinauf und verschwand hinter der Kuppe. Ich hob den Blick zu Fionas Haus, wo nacheinander die Lichter angingen, vermutlich von einem Timer gesteuert. Ich zoomte auf ihr Schlafzimmerfenster, konnte dort aber keine Bewegung feststellen. Seltsam davon berührt, dass sie scheinbar ganz nahe wohnte, hätte ich fast eine Hand ausgestreckt, um eine Fensterscheibe zu berühren. Mit dem Auto lag ihr Haus zweieinhalb Kilometer entfernt, wenn man den langen Weg nahm. Ihre Seite des Stausees war gesprenkelt von teuren Villen, während diese Seite schäbig war: holzverschalte Häuser, die vermietet wurden und keinen nennenswerten Marktwert hatten. Ich fragte mich, ob Lloyd klar war, wessen Haus er da ins Visier genommen hatte. Ich überlegte, ob er wohl in ihr Schlafzimmerfenster glotzte und ihr abends beim Ausziehen zusah.

Ich wechselte ein weiteres Mal die Blickrichtung und fühlte mich dabei wie ein Vogel, der über die Seeoberfläche gleitet. Schließlich hielt ich am schmalen Ende des Stausees inne, wo sich die Vegetation dicht bis ans Ufer zog. An einem Zaunpfosten hing ein Schild, und ich konnte die größer geschriebene Zeile entziffern: Schwimmen und Bootfahren waren verboten. Das Licht wurde rasch dämmriger, und ich merkte, wie ich mich anstrengte. Ich hob den Blick und starrte in die zunehmende Dunkelheit. Was hatte ich gesehen?

Ich schloss die Augen, und als ich sie wieder öffnete, merkte ich, wie sich meine Wahrnehmung verschob. Der Wandel war plötzlich, wie bei dem Test, durch den man feststellt, welches Auge dominant ist. Man bedeckt das linke Auge mit der Handfläche und starrt auf den rechten Zeigefinger, den man in Armeslänge vor das Auge hält. Dann nimmt man die Hand vom linken Auge und bedeckt stattdessen das rechte. Wenn man durch das dominante Auge blickt, bleibt die Ausrichtung des Fingers gegenüber dem Hintergrund konstant. Benutzt man aber das nicht dominante Auge, scheint der Finger zu einer Seite zu hüpfen. In Wirklichkeit ändert sich natürlich nichts. Der Finger bleibt, wo er war, doch das Gehirn registriert eine Veränderung. Beklommenheit wallte in mir auf, und ich bekam Herzklopfen.

Ich wandte mich um und trottete die Stufen hinab. Leila tauchte lang genug aus ihrer Trance auf, um mich anzusehen. Sie lag ausgestreckt auf dem Sofa. Ihre strumpfsockigen Füße ruhten auf der Armlehne, und ihre Wanderstiefel standen auf dem Boden.

»Ich muss ein paar Minuten weg. Kommst du alleine klar?«, fragte ich.

»Ich bin ständig alleine hier«, erwiderte sie beleidigt.

»Prima. Ich brauche nicht lange, aber ich wäre froh, wenn du hierbleiben würdest, bis ich zurückkomme. Einverstanden?«

»Yeah.« Sie wandte ihre Aufmerksamkeit wieder dem Fernseher zu und zappte durch mehrere Programme, bis sie sich schließlich für einen alten *Tom-und-Jerry*-Zeichentrickfilm entschied.

Ich schloss die Haustür hinter mir und tappte vorsichtig den matschigen Weg entlang zum Auto. Das Licht schwand nach und nach vom Himmel, und die Temperatur fiel. Der Regen war zwar nicht stark, aber trotzdem lästig. Ich schloss den Wagen auf und setzte mich hinters Steuer. Dann fasste ich hinüber und klappte das Handschuhfach auf. Ich nahm meine Taschenlampe heraus und drückte auf den Knopf, um erfreut festzustellen, dass die Batterie noch frisch war. Ich schaltete die Lampe wieder aus, legte sie auf den Beifahrersitz, ließ den Wagen an und stieß rückwärts aus Lloyds kurzer Einfahrt. Ich wendete und fuhr in Richtung Hauptstraße. An der Kreuzung bog ich rechts ab, fuhr knapp einen Kilometer, bog an der Old Reservoir Road erneut rechts ab und begann den kurvenreichen Anstieg. Die Biegungen waren mir zwar mittlerweile vertraut, doch ich fuhr mit klopfendem Herzen und wünschte, ich wäre noch einmal pinkeln gegangen, bevor ich das Haus verließ. Angst wirkt massiv harntreibend.

Vor mir kam Fionas Haus in Sicht, und ich hielt am Straßenrand an. Ich packte die Taschenlampe, stieg aus und marschierte zu Fuß weiter. Hier draußen war es noch hell genug, dass ich sehen konnte, wohin ich trat. Ich erklomm den nassen, grasbewachsenen Hügel, der mich vom Wasser trennte, wobei mir die Füße immer dann abrutschten, wenn ich am wenigsten damit rechnete. Auf der Hügelkuppe blieb ich einen Moment lang stehen und blickte über den Stausee hinweg zu dem Häuschen, in dem Lloyd momentan logierte. Die Lichter in dessen Innerem ließen es wie eine Kapelle wirken, die auf dem Hügel gegenüber thronte. Ich hoffte, Leila würde sich nicht aus dem Staub machen, während ich mich hier durch die Finsternis kämpfte.

Die andere Seite des Hügels hinabzusteigen war noch heikler, und ich merkte, wie ich den Halt verlor und mir halb schlitternd, halb rutschend den Weg bahnen musste. Unten angekommen, schaltete ich die Taschenlampe ein. Um mich herum war es kalt und still, und die Luft roch faulig. Unten am Ufer wirkte das Wasser schwarz und zeigte keinerlei Anzeichen irgendeiner Strömung. An manchen Stellen konnte ich Trudys Pfotenabdrücke ausmachen. Ich leuchtete mit dem Strahl der Taschenlampe über den Hügel hinter mir und konnte den Felsblock, den ich gesehen hatte, ebenso ausmachen wie den Trampelpfad mit den abgebrochenen jungen Trieben. Ich blieb stehen, wo ich war, und folgte mit dem Blick der Anhöhe bis ganz nach oben. Von meinem Standpunkt aus war die Straße nicht zu sehen. Ich richtete den Lichtstrahl auf das schlickige Wasser und suchte nach seichten Stellen. Offenbar fiel der Seeboden abrupt ab, doch ich erkannte die Rundung einer verchromten Stoßstange, die matt glänzte wie ein vergrabener Schatz. Ich konnte zwar das Nummernschild nicht lesen, aber ich wusste, dass ich vor mir das Heck von Dow Purcells Mercedes sah, der tief ins Wasser gesunken war.

15

Eine nächtliche Unfallszene ist so trostlos und grell wie ein Volksfest. Mittlerweile war es ganz dunkel geworden, und es ging auf acht Uhr. Die mobile Spurensicherung und eine Ford-Limousine standen am Straßenrand, flankiert von zwei Streifenwagen. Ihre blau-roten Leuchtbalken blinkten, und die Funkgeräte gaben zwischen stoßweisem Rauschen durchdringendes Kreischen von sich. Zwei uniformierte Beamte standen beieinander und unterhielten sich, während der Kollege in der Zentrale wie ein Marktschreier eine monotone Litanei von leichteren und schwereren Delikten verkündete, die gerade anfielen: Beschwerden über Lärm, ein Anruf, in dem eine häusliche Auseinandersetzung in einem anderen Stadtteil gemeldet wurde, ein Voyeur und ein Betrunkener, der in aller Öffentlichkeit auf die Straße urinierte. Santa Teresa ist eine Stadt mit fünfundachtzigtausend Einwohnern, in der mehr Eigentums- als Gewaltdelikte vorkommen.

Fünf Minuten, nachdem ich den versunkenen Mercedes entdeckt hatte, war ich den Hügel hinauf und auf der anderen Seite wieder zur Straße herabgestiegen. Ich hatte sie überquert und Fionas Treppen im Eilschritt erklommen, indem ich zwei auf einmal nahm und nicht zum Luftholen innehielt, bis ich oben angelangt war. Ich hämmerte gegen ihre Haustür und drückte gleichzeitig auf die Klingel, während ich innerlich darum flehte, dass sie aufmachte. Ich hatte den Schauplatz nur widerwillig unbewacht verlassen, aber ich musste ja die Polizei verständigen. Ich klingelte erneut. Da ich Fionas Haus durch Lloyds Fenster auf der anderen Seite des Sees beobachtet hatte, kam ich rasch zu der Überzeugung, dass sie noch irgendwo unterwegs war. Ich trottete ums Haus herum zu dessen Rückseite, wo die Einfahrt von der oberhalb gelegenen Straße auf das Anwesen führte. Auf Fionas Parkplatz standen keine Autos, und sämtliche drei Garagentüren waren heruntergelassen und abgesperrt.

Fionas nächste Nachbarn wohnten direkt gegenüber. Ich wusste, dass es ätzend werden würde, einfach auf gut Glück an Türen zu klopfen. Es war zwar noch nicht spät, aber dunkel. Jeder kannte Geschichten über Eindringlinge, die sich mittels einer List Zutritt zum Haus ihres Opfers verschafften. Aber was hatte ich schon für eine Wahl, wenn ich nicht ins Auto steigen und herumfahren wollte, bis ich eine Telefonzelle fand? Ich klingelte und redete dabei unablässig vor mich hin: *Komm schon, komm schon, sei zu Hause, hilf mir weiter.* Ich spähte durch die schmalen Glasfenster an den Seiten, die mir einen verkürzten Blick in die Diele gestatteten. Ich sah eine Gestalt in der Küche umhergehen, vermutlich bei der Zubereitung des Abendessens. Die Frau trat in den Flur und kam auf die Haustür zu. Ich winkte und versuchte wie eine gesetzestreue Bürgerin zu wirken und nicht wie eine abgebrühte, hinterhältige Wahnsinnige voller Mordlust. Sie war mittleren Alters, trug Pullover und Hosen und hatte eine Schürze um die Taille gebunden. Falls mein plötzliches Auftauchen sie beunruhigte, so ließ sie es sich zumindest nicht anmerken. Sie schaltete das Licht auf der Veranda an und musterte mich bedächtig.

Ich sprach laut und hoffte, dass sie mich durch das Glas hören konnte. »Ich bin eine Bekannte von Fiona. Sie ist nicht da, und ich muss dringend bei Ihnen telefonieren.«

Ich sah, wie ihr Blick zu Fionas Haus wanderte, während sie die Bitte verarbeitete. Sie vergewisserte sich, dass die Sicherungskette vorgelegt war, und öffnete die Tür einen Spalt weit. Ich weiß nicht mehr, wie ich ihr die Lage erklärte, aber ich muss überzeugend geklungen haben, da sie mich ohne Widerrede einließ und zum Telefon führte.

Wenige Minuten später kam der erste schwarz-weiße Streifenwagen die Straße hochgerast.

Inzwischen waren zwei Stunden vergangen, und die Nachbarn aus vielen der umliegenden Häuser hatten sich auf der Straße verteilt. Sie standen in Grüppchen unter dem mageren Schutz ihrer

Regenschirme und unterhielten sich in gedämpften und abgehackten Wortschwällen, während der Regen weiter herunterprasselte. Offenbar hatte sich herumgesprochen, dass der Wagen des Doktors gefunden worden war. Unter gewöhnlichen Umständen bekamen sie vermutlich nur selten Gelegenheit, sich zu treffen. Keines der Häuser hier oben stand dicht beim nächsten, und da viele der Bewohner tagsüber bei der Arbeit waren, nahm ich an, dass sich ihre Wege kaum je kreuzten. Sie bildeten ein buntes Häuflein und sahen aus, als hätten sie in Eile ihre Mäntel und Gummistiefel angezogen. Geduldig wartend standen sie da, ihre Nachtwache wie ein Ritual, eine Gemeinschaft der Betroffenen, die sich auf dieser beispiellosen Versammlung berieten. Ein provisorischer Zaun aus Plastikkegeln und Polizeiband hinderte sie am Näherkommen. Nicht, dass von ihrem Standort aus viel zu sehen gewesen wäre. Die Straße ging in Richtung Stadt und lag selbst im Dunkeln, da keine Straßenlampen in der Nähe waren. In der entgegengesetzten Richtung hörte der Asphalt nach und nach auf. Hinter der letzten Sackgasse sah man nur noch schwarze, dräuende Hügel, unbebautes Land, zusammengehalten von Salbei und Gestrüpp.

Ich saß im Auto und war vor Kälte ganz verspannt. Immer wieder ließ ich den Motor an, damit ich Heizung und Scheibenwischer laufen lassen konnte, obwohl mich das monotone *Schrapp-Schrapp-Schrapp-Schrapp* fast einschlafen ließ. Zu meiner Rechten stieg der Hügel im Dreißig-Grad-Winkel etwa hundert Meter weit an, bevor er einen Kamm bildete und auf der anderen Seite zum See absank. Vom Ufer her glänzten gespenstisch die Scheinwerfer und ließen die wenigen verkrüppelten Bäume, die sich über den Kamm zogen, wie Silhouetten erscheinen. Immer wieder wurde das Licht von Schatten durchbrochen, die die Polizisten bei ihrer Arbeit warfen. Ich hatte kurz mit Odessa gesprochen, als er am See angekommen war. Er hatte mich zum Bleiben aufgefordert und gemeint, sie würden einen Taucher ins Wasser schicken, der das Innere des Wagens untersuchen sollte, bevor sie ihn aus dem See zögen. Er war den langen Abhang hinauf verschwunden, und ich hatte mich ins Warten gefügt.

Irgendwann war Leila erschienen, begleitet von ihrem Stiefvater Lloyd, der nach Hause gekommen war, während ich gerade Dows Wagen ausfindig gemacht hatte. Sie standen auf der einen Seite unter einem schwarzen Schirm und hielten Abstand zu den Nachbarn. Ich vermutete, dass die beiden von den Lichtern angelockt worden und in Lloyds Auto gestiegen waren. Ausnahmsweise schien Leila einmal etwas anderes zu empfinden als Langeweile oder Verachtung. Mit ihrer dicken schwarzen Wimperntusche und dem vielen Lidschatten sah sie aus wie ein verlassenes Kind, großäugig und ernst. Sie erschauerte unwillkürlich. Ich wusste, dass ich eigentlich hinübergehen und mich Lloyd hätte vorstellen sollen, aber ich konnte mich nicht dazu durchringen. Ein Stück weit die Straße hinunter entdeckte ich zwei Übertragungsteams, das eine von KWST-TV und das andere von KEST-TV. Die blonde Reporterin von KEST zeichnete bereits Filmausschnitte und Interviews für die Elf-Uhr-Nachrichten auf. Sie stand unter einem großen schwarzen Regenschirm und sprach mit einem der Nachbarn. Ich konnte keine anderen Reporter sehen, aber zweifellos schwirrten sie hier irgendwo herum.

Ich verstellte den Rückspiegel und verfolgte, wie in der Kurve ein Paar Scheinwerfer in Sicht kam. Ich hoffte auf Fiona, doch der Wagen entpuppte sich als Crystals weißer Volvo. Sie bremste ab und wartete, bis ein Grüppchen von Leuten sich von der Straße getrollt und vor ihr Platz gemacht hatte. Dann fuhr sie an den Straßenrand und parkte direkt vor mir.

Ich nahm meinen Regenmantel vom Rücksitz und hielt ihn mir über den Kopf, als ich die Geborgenheit des VWs aufgab und vorsichtig die Straße entlang zu Crystals Wagen stapfte. Sie wandte sich um, entdeckte mich und drehte ihr Fenster herunter. Ihr Gesicht wirkte abgespannt, und sie hatte die Haare im Nacken zu einem unordentlichen Knoten gebunden. Die schwarze Hose und der Pulli von vorher waren verschwunden. Sie sah aus, als hätte sie sich überstürzt angezogen, und trug jetzt Jeans und ein graues, sportliches Sweatshirt mit dem Namen unseres Fitnessstudios. »Ich war schon in Bademantel und Hausschuhen, als der Polizist bei mir geklingelt hat«, erklärte sie. »Er hätte mich gleich im Streifenwagen mitgenommen, aber ich wollte selbst mobil sein. Was hat sich denn ergeben?«

»Nicht viel. Hier stehen so viele Leute herum, dass es schlimmer zugeht als auf einem Filmset. Wo ist denn Anica?«

»Sie musste zurück ins Internat. Steigen Sie doch ein.«

»Danke.« Ich zog die Tür auf und setzte mich auf den Beifahrersitz. Hinter mir war Griffiths angeschnallter Kindersitz zu sehen, seine Umgebung geziert von Kekskrümeln und zerbrochenen Brezelchen. Eine Nuckelflasche mit Apfelsaft hatte an der Stelle, wo meine Hand lag, einen klebrigen Fleck hinterlassen. Vor mir im Fußraum lag ein pinkfarbenes Eichhörnchen aus Plüsch. Ich sah förmlich vor mir, wie er den Schnuller, die Flasche, die Knabbersachen und die Plüschtiere, einen ganzen Wirbelsturm von Dingen durch die Gegend warf, um seine Anwesenheit kundzutun. Die Luft im Wagen roch nach Blumen und Gewürzen, Crystals Eau de Toilette.

»Wie fühlen Sie sich?«, fragte ich.

»Wie betäubt.«

Völlig unvermittelt sagte ich: »Der Wagen könnte auch leer sein.«

»Hoffen wir's.« Sie verstellte den Rückspiegel in ihre Richtung und fuhr sich mit dem Fingerknöchel unter den Augen entlang, wo der Eyeliner verschmiert war. Dann schob sie den Spiegel wieder zurück und ließ sich im Sitz heruntersinken. Sie lehnte den Kopf zurück und schloss die Augen. Im Profil konnte ich die Unregelmäßigkeiten ihrer Züge erkennen. Ihre Nase war zu spitz und der Unterkiefer zu schmal für die Breite der Stirn. Gut zurechtgemacht wirkte sie einschüchternder als im Moment. »Wann sind Sie hierher gekommen?«, fragte sie, als spräche sie im Schlaf.

»Vor Stunden. Um sechs.«

»Sie meinten, ich bräuchte mich nicht zu beeilen. Ich habe gerade ferngesehen, als der Polizist gekommen ist.«

»Sie können von Glück sagen. Ich bin am Verhungern. Ich habe kein Abendessen bekommen und knabbere gleich meinen Arm an.«

Crystal fasste zum Handschuhfach herüber und klappte es auf. »Versuchen Sie's damit.« Sie zog einen zerdrückten Hershey-Riegel heraus und reichte ihn mir. »Wie wurde denn der Wagen gefunden?«

»Ich habe ihn entdeckt und die Polizei verständigt. Die Cops sind jetzt da drüben und treiben Gott weiß was.« Ich schälte die äußere Verpackung ab und zog das weiße Papier innen herunter. Der Geruch der Schokolade stieg nach oben wie Dampf. Ich zerbrach den Riegel in makellose Teile und legte mir eines davon auf die Zunge. Fast konnte ich den eingeprägten Buchstaben *H* lesen, als ich mir das schmelzende Schokoladenquadrat gegen den Gaumen drückte.

»Woher wussten Sie, dass es sein Auto ist?«

»Von dem persönlichen Nummernschild.«

Wir schwiegen. Crystal schaltete das Radio ein, überlegte es sich dann aber anders und stellte es wieder aus. Der Regen machte auf dem Dach leise Trommelgeräusche, die Besen eines Schlagzeugers auf den Becken. Die Atmosphäre war merkwürdig intim. Wir befanden uns beide außerhalb unseres gewohnten Terrains, eingeengt durch die unvertraute Situation und ortsgebunden durch das Warten. »Ich nehme an, sie haben den Wagen noch nicht aus dem Wasser gezogen«, sagte sie schließlich.

»Sie warten auf den Abschleppwagen. Odessa meinte, er würde uns Bescheid sagen, sobald es etwas Neues gibt.« Ich aß ein *E*, steckte den Rest des Hershey-Riegels in meine Umhängetasche und verschränkte die Arme – ein vergeblicher Versuch, warm zu werden.

Crystal gab ein Geräusch von sich, das halb Seufzer und halb etwas anderes war: Anspannung, Ungeduld, schlichte Erschöpfung. »Ich wusste, dass er tot ist. Das ist die einzige Erklärung, die überhaupt einleuchtend war. Ich habe Ihnen doch gesagt, dass er nicht einfach davonspaziert und Griff allein lässt.«

»Crystal, sie haben den Wagen bis jetzt noch nicht herausgezogen. Wir wissen nicht, ob er darin sitzt.«

»Er ist dort. Leila dreht garantiert durch.«

»Wie das? Sie mag ihn doch gar nicht.«

»Natürlich nicht. Sie hat ihn wie Dreck behandelt. Wie soll sie damit je Frieden schließen?«

Ich zögerte, wollte aber unbedingt mehr hören. Crystal war verletzlicher, als ich sie je erlebt hatte. Vielleicht war das meine einzige Gelegenheit. »Worüber ist sie denn so aufgebracht?«

»Das ist zu kompliziert zu erklären.«

»Nichts ist zu kompliziert, falls er tot ist.«

Crystal richtete sich auf und wandte sich um. »Warum soll ich Ihnen das erzählen? Sie arbeiten doch nicht für mich.«

»Ich arbeite auch nicht gegen Sie. Was belastet Leila denn so?«

»Warum soll Sie das etwas angehen?«

»Tut es eigentlich nicht, wenn Sie so wollen, aber es wird mit Sicherheit schlimmer werden.«

»Das ist mir auch klar«, erwiderte sie. Nach einer langen Pause fuhr sie fort: »Leila hatte schon einige traumatische Erlebnisse. Sie braucht Hilfe, um damit klarzukommen.«

»Sie geht zu einem Psychiater?«

»Schon seit Jahren. Zuerst dreimal die Woche. Jetzt nur noch zweimal im Monat an den Wochenenden, wenn sie vom Internat nach Hause kommt.«

»Er vergibt an den Wochenenden Termine?«

»Es ist eine Frau.«

»Entschuldigung. Ich hätte nicht gedacht, dass Psychiater so entgegenkommend sind.«

»Diese schon. Sie geht unglaublich geschickt mit Jugendlichen um. Leila war zuvor schon bei vier anderen Therapeuten, und ich war mit meiner Weisheit am Ende.«

»Wie haben Sie diese Therapeutin gefunden?«

»Da hatten wir ausnahmsweise einmal Glück. Charlotte Friedman ist eine alte Freundin von Anica. Ihr Mann ist in den Ruhestand gegangen, und sie sind aus Boston hierhergezogen.«

»Was für ein Trauma ist es denn? Ich habe es immer noch nicht begriffen.«

Crystal schien mit sich zu ringen. Sie starrte vor sich hin, und als sie wieder zu sprechen begann, war ihr Tonfall so ausdruckslos und fern wie der Klang einer alten Schellackplatte. »Ich hatte einen kleinen Jungen, der ertrunken ist. Natürlich hat das uns allen zugesetzt. Es war der Anfang vom Ende, was Lloyd und mich betraf. Es gibt Dinge, von denen man sich nie erholt. Der Tod eines Kindes gehört dazu.«

»Wie ist das passiert?«

»Er hieß Jordie. Mein Süßer. Er war achtzehn Monate alt. Eines Abends war ich bei der Arbeit und habe ihn bei der Nachbarin gelassen. Sie hat telefoniert, und Jordie ist zur Fliegentür hinausgetappt und in den Pool gefallen. Bis sie ihn gefunden und die Sanitäter gerufen hatte, konnte er schon nicht mehr wiederbelebt werden.«

»Das tut mir Leid.«

»Ich dachte, ich würde sterben, aber für Leila war es noch schlimmer. Kinder sind auf Verluste nicht vorbereitet. Sie verstehen es nicht, und es ist schwer, den Tod in Worte zu fassen, die sie nachvollziehen können. Ich bin nie religiös gewesen. Und ich wollte ihr kein Märchen erzählen, erst recht keines, das ich selbst nicht glaube. Dr. Friedman sagt, wenn sie mit dem Tod eines Geschwisterchens konfrontiert werden, klinken sich manche Kinder einfach aus. Sie tun so, als sei nichts passiert. Andere, wie Leila, fangen an, über die Stränge zu schlagen. Sie ist schwierig. Sie haben es ja selbst gesehen. Aufsässig. Leicht reizbar. Ich habe mit Charlotte gesprochen – natürlich mit Leilas Erlaubnis. Charlotte meint, Leilas Benehmen sei ihre Art, sich zu distanzieren, eine Barriere zwischen sich und der Welt zu errichten, die sie als tückisch empfindet. Wenn ihr an niemandem etwas liegt, kann sie nicht verletzt werden. Auf jeden Fall weiß ich, dass ich sie schützen will. Ich habe noch keine Ahnung, wie ich ihr das hier beibringen soll.«

»Sie ist hier. Haben Sie sie denn nicht mit Lloyd dort drüben stehen sehen?«

Crystal schoss abrupt in die Höhe. »Das wusste ich nicht. Wo denn?«

»Auf der anderen Straßenseite, etwa drei Autos weiter hinten. Zumindest standen sie vor einiger Zeit noch dort.«

»Dann schaue ich mal lieber, wie es ihr geht.« Crystal fasste um ihren Sitz herum und zog einen großen schwarzen Schirm heraus, der auf dem Boden gelegen hatte. Sie machte die Wagentür einen Spalt weit auf, steckte den Schirm hinaus und drückte auf die automatische Entriegelung, wodurch er sich schlagartig zu voller Größe aufspannte.

»Danke für den Schokoriegel. Sie haben mir das Leben gerettet.«

»Gern geschehen.«

Der Abschleppwagen erschien und tauchte mit seinen Scheinwerfern die Straße bis zur nächsten Kurve in Licht. Ich öffnete die Tür auf meiner Seite, hängte mir den Regenmantel über den Kopf und stieg aus. Ich schlug die Tür zu, drehte mich um und sah zu, wie der Beifahrer aus dem Abschleppwagen sprang. Crystal marschierte an ihm vorbei, als er die Straße wieder ein Stück hinaufging, während der Fahrer sein Gefährt wendete und begann, den Hügel hochzufahren. Die schweren Reifen kamen ins Rutschen und mahlten zwei Rinnen ins Gras. Der Fahrer warf einen Blick nach hinten, eine Hand am Lenkrad. Sein Kollege pfiff scharf und gab ihm mit wedelnden Armen zu verstehen, wie steil der Anstiegswinkel war. Die blonde Reporterin entdeckte Crystal und machte Anstalten, sich ihr in den Weg zu stellen. Crystal schüttelte den Kopf und winkte ab.

Ich ging zurück zu meinem Auto und drehte den Schlüssel in

der Zündung. Der Regen war mittlerweile in ein eisiges Nieseln übergegangen, das die Schaulustigen ganz allmählich durchnässte. Die Innentemperatur war gefallen, seit ich gegangen war, und das lauwarme Lüftchen, das die Heizung zu Stande brachte, nutzte weniger als mein Atem. Ich sah zu, wie der Abschleppwagen seitlich abrutschte und dann schwerfällig rückwärts den Hügel hinauffuhr. Ich konnte mir nicht vorstellen, wie sie es schaffen wollten, den Mercedes aus dem Wasser und die durchweichte Anhöhe hinaufzuziehen.

Ich wandte mich um und blickte über den Rücksitz nach draußen, um zu sehen, was Crystal machte. Sie war bei Leila angelangt, die mit Lloyd am Straßenrand stand. Lloyd hatte einen Arm um sie gelegt, doch sowie Leila Crystal sah, flüchtete sie sich in die Umarmung ihrer Mutter. Crystal hielt sie fest und wiegte sie, während sie das Gesicht in Leilas Haaren barg. Kurz darauf begannen die drei, sich zu beratschlagen. Leila sah todunglücklich drein, Lloyd abwesend. Worum es auch ging, es stand fest, dass Crystal die Oberhand behielt. Mutter und Tochter kamen auf dem Rückweg zu ihrem Kombi an meinem VW vorbei. Crystal redete ernst auf Leila ein, die lautlos weinte. Ich sah ihr zu, wie sie ihre Tochter auf den Beifahrersitz bugsierte und dann ums Heck des Wagens herumging und sich hinters Steuer setzte.

Ich verstellte erneut den Rückspiegel und behielt Lloyd im Auge, der mit gebeugtem Kopf und in den Taschen vergrabenen Händen unterwegs zu seinem eigenen Auto war. Vielleicht standen die beiden in Konkurrenz zueinander und jeder spielte den guten Elternteil. Leila war der Preis, und Lloyd hatte sich gezwungen gesehen, diese Runde verloren zu geben. Spiegelverkehrt sah ich, wie er sich eine Zigarette ansteckte, und kurz darauf konnte ich riechen, wie der Rauch durch die feuchte Nachtluft zog. Beiläufig fragte ich mich, wie weit ich in die Dunkelheit stapfen müsste, um pinkeln zu können, ohne wegen Erregung öffentlichen Ärgernisses verhaftet zu werden.

Detective Odessa tauchte in seiner Wasser abweisenden Kapuzenjacke auf dem Kamm des Hügels auf und trat den Abstieg an, seine Schritte ebenso zaghaft, wie es meine gewesen waren. Er entdeckte den VW und begann in meine Richtung zu stapfen. Ich beugte mich hinüber und kurbelte das Fenster ein paar Zentimeter herunter. Als er am Wagen anlangte, bückte er sich und spähte herein. Regentropfen hatten sich auf der glänzenden Oberfläche seiner Jacke angesammelt, und das Wasser lief in Rinnsalen an den Nähten entlang. Seine Nase war ein wenig zu lang, und irgendetwas an ihrer Form verhinderte, dass er richtig gut aussah. Er wies auf die Arbeitsbeleuchtung auf der anderen Seite des Hügels. »Ich möchte Sie mit Detective Paglia bekannt machen. Er hat die Leitung bei diesem Fall.«

»Gern«, sagte ich. Ich drehte das Fenster hoch und stellte den Motor ab. Dann stieg ich aus und schlüpfte schnell in meinen Regenmantel, bevor ich ihm den Hügel hinauf folgte. Wir kämpften uns gemeinsam bergauf, und Odessa hielt sich sowohl des eigenen Gleichgewichts wegen als auch zu meiner Stütze an meinem Arm fest.

»Wie kommen Sie voran?«

»Es ist eine haarige Sache«, antwortete er. »Ich habe gesehen, dass Crystal da ist. Ich habe einen Kollegen zu ihr nach Hause geschickt, weil ich fand, sie sollte wissen, was sich hier abspielt.«

»Und was ist mit Fiona? Hat irgendjemand was von ihr gehört?«

»Nein. Wir haben die Tochter verständigt, aber sie kann nicht weg, bis das Kindermädchen vom Essen zurückkommt.«

»Weiß sie, wo ihre Mutter ist?«

»Nicht auf Anhieb. Sie meinte, sie würde ein paar Leute anrufen und versuchen, sie auf die Art zu finden. Wenn nicht, müssen wir eben warten und hoffen, dass sie nach Hause kommt.«

Wir stiegen die letzten paar Meter den Hügel hinauf, blieben stehen und blickten dann gemeinsam auf den See hinab. Das Licht der Scheinwerfer hatte jegliche Farbe aus der Szenerie gewaschen. Dampf stieg wie Rauch an den Stellen auf, wo der Regen auf die heißen Metallteile traf. Zahlreiche Menschen standen in Grüppchen herum und warteten offenbar auf weitere Techniker oder Gerätschaften. Ich konnte ein unheimliches grünes Leuchten unter der Wasseroberfläche ausmachen, während die Suche in der Tiefe fortgesetzt wurde. Durch den Einfallswinkel des Scheinwerferlichts blinkte das Heck des Mercedes seltsam schräg auf. »Ist er im Wagen?«

»Wissen wir noch nicht. Wir haben einen Taucher ins Wasser geschickt. Der Grund fällt steil auf sieben Meter ab … noch fünf oder sechs Meter weiter draußen. Der Wagen ist an einem Felsblock hängen geblieben, sonst läge er jetzt unten am Seeboden, und wir hätten Pech gehabt.«

Der Taucher kam in seinem dunkelblauen Neoprenanzug mit Kapuze an die Oberfläche, eine Sauerstoffflasche auf den Rücken geschnallt. Er nahm das Mundstück heraus und ließ es herabbaumeln, während er an Land watete. An seinen Flossen klebten Algen. Er zog die Gesichtsmaske ab und ließ sie wie einen Hut auf dem Kopf sitzen. Am Ufer angelangt, wurde er von zwei Männern in Regenmänteln in Empfang genommen, die seinem gestenreichen Bericht lauschten.

Unterdessen war der Abschleppwagen in Reichweite des Ufers angelangt. Zwei Männer in Hüftstiefeln und gelbem Regenzeug waren ins Wasser gestiegen, um die Bergungsmaßnahmen vorzubereiten. Einer befestigte gerade eine Kette an der Achse des Mercedes. Auf einmal verschätzte sich der andere und rutschte in tieferes Wasser ab, wobei sich sein Regenmantel um ihn blähte wie ein Schlauchboot, aus dem die Luft entweicht. Er schlug um sich und fluchte, während sein Partner vor unterdrücktem Lachen schnaubte und durchs Wasser auf ihn zu watete, um ihm eine Hand zu reichen.

Odessa nickte in Richtung des Tauchers. »Das sind Paglia und der Gerichtsmediziner.«

»Hab ich mir schon gedacht.«

Wie auf ein Stichwort drehte sich der zweite Detective um und entdeckte Odessa und mich. Er entschuldigte sich und ging über den bereits von Fußspuren übersäten, weichen Boden auf uns zu. Der tagelange Regen hatte sämtliche Reifenabdrücke ausgelöscht, doch der vermutete Weg des Wagens war abgeklärt und untersucht worden. Als er bei uns anlangte, streckte Detective Paglia die Hand aus. »Ms. Millhone. Jim Paglia. Con Dolan hat mir schon von Ihnen erzählt.« Seine Stimme war tief und unmoduliert. Ich schätzte ihn auf Mitte fünfzig. Sein Schädel war glatt rasiert, und auf seiner sommersprossigen Stirn zeichnete sich ein Gitterwerk aus senkrechten und waagerechten Linien ab.

Wir schüttelten uns die Hände und tauschten Höflichkeitsfloskeln aus. Lieutenant Dolan war Leiter der Mordkommission gewesen, bis er sich infolge eines Herzinfarkts gezwungen sah, in Frühpension zu gehen. »Wie geht's Dolan denn so?«

»So lala. Ganz gut, aber nicht berauschend. Die Arbeit fehlt ihm.« Paglias Brauen waren schwarze Schnörkel, die sich an den Außenseiten nach oben schwangen wie ein Paar Flügel. Er trug eine kleine Brille mit ovalen Gläsern in einem dünnen Metallgestell. Falls ihn die Regentropfen ärgerten, die auf die Gläser fielen, so ließ er sich das zumindest nicht anmerken. Er hatte ein Zigarillo mit einem weißen Plastikmundstück geraucht, das offenbar vom Regen ausgelöscht worden war. Nun nahm er es aus dem Mund und blickte auf das Plastikteil. »Sie haben uns einen Riesengefallen getan. Wie sind Sie denn auf die Idee gekommen, hier nachzusehen?«

Odessa berührte mich am Ärmel. »Reden Sie nur weiter. Ich bin gleich wieder da.«

Ich sah, wie er zu dem Taucher hinüberging und außer Hörweite der Umstehenden ein Gespräch mit ihm begann. Ich wandte meine Aufmerksamkeit Detective Paglia zu, dessen Blick sich erbarmungslos in meinen bohrte. Ich vermutete, dass er ein ehemaliger Militär war, ein Mann, der Sterben und Tod aus nächster Nähe erlebt und womöglich selbst eine nicht zu knappe Dosis davon verabreicht hatte. Seine Art wirkte freundlich ohne das lästige Hindernis irgendwelcher zu Grunde liegender Herzlichkeit. Wenn er umgänglich war, so war dies ein Zug, den er erworben hatte, indem er die Regeln für »umgängliches Verhalten«, die er bei seinen Mitmenschen beobachtete, genauestens befolgte. Wenn er höflich war, dann deshalb, weil er mit Höflichkeit meist das bekam, was er wollte, in seinem Fall also Unterstützung, Information, Kooperation und Respekt. Als Berufsverbrecher wäre ich vor diesem Mann auf der Hut gewesen. Jedenfalls achtete ich – angesichts meines früheren Hangs zu Lügen, Einbrüchen und Bagatelldiebstahl – darauf, meine Antwort sorgfältig zu formulieren. Ich nahm zwar nicht an, dass er mich irgendeines Vergehens verdächtigte, wollte aber offen und ehrlich wirken, was mir nicht schwer fiel, da ich in diesem Fall (ausnahmsweise) die Wahrheit anzubieten hatte. »Ich weiß nicht, wie ich es beschreiben soll. Ich war oben bei Lloyd. Das ist Crystals Exmann.«

»Leilas Stiefvater.«

»Genau. Heute Morgen hat sie das Internat ohne Erlaubnis verlassen, und Crystal hat vermutet, dass sie zu ihm unterwegs wäre. Ich versprach Crystal, mich auf die Suche nach ihr zu machen, und fing an, die Gegend dort bei der Little Pony Road und der 101 abzufahren. Sie muss per Anhalter gefahren sein, weil ich sie dort am Straßenrand aufgegabelt habe. Ich habe sie dazu überredet, sich von mir zu Lloyd bringen zu lassen. Bei unserer Ankunft war er nicht da, aber sie hat die Haustür mit einem Ersatzschlüssel aufgesperrt. Sein Haus ist das mit dem steilen Dach«, erklärte ich und zeigte auf die andere Seite des Sees. Unter der Last von Paglias Blick klang meine Stimme unaufrichtig, und ich ertappte mich dabei, wie ich ein paar unwesentliche Details hinzufügte. »Na ja, eigentlich ist es gar nicht seines. Er hütet das Haus nur für einen Freund, der momentan in Florida ist. Jedenfalls bin ich durchs Haus geschlendert, während wir auf ihn gewartet haben. Leila hat ferngesehen, und ich bin auf die Galerie gestiegen. Dort habe ich das Teleskop entdeckt und mir gedacht, es könnte interessant sein, mal durchzuschauen. Ich war erstaunt, als ich gemerkt habe, wo ich bin. Mir war nicht bewusst gewesen, dass dieser Teil von Gramercy direkt gegenüber von Fionas Haus liegt.«

»Sie glauben, es gibt einen Zusammenhang?«

»Zwischen Lloyd und Fiona? Das weiß ich nicht, aber ich bezweifle es. Ich habe nie auch nur die geringste Andeutung in diese Richtung gehört.«

Er zog eine Altoids-Dose hervor, schob den Deckel auf und legte die erloschene Kippe hinein. Ich sah, dass er den Boden der Dose mit Asche gefüllt hatte, offenbar seine Art, eine Verschmutzung des Tatorts zu vermeiden. Er steckte die Dose wieder ein und fixierte mich mit seinen grauen Augen.

»Halten Sie das hier für den Schauplatz eines Verbrechens?«, fragte ich.

»Selbstmord ist ein Verbrechen«, gab er zurück. »Erzählen Sie weiter.« Seine unteren Zähne waren in der Mitte ineinander verkeilt und hatten Flecken an den Rändern. Es war das Einzige an ihm, das er nicht unter Kontrolle zu haben schien.

»Als ich durch das Teleskop geschaut habe, habe ich den Hund gesehen – es ist ein Schäferhund namens Trudy. Ich erkannte ihn wieder von meinen zwei Besuchen bei Fiona, er war immer hier drüben und hat sich die Seele aus dem Leib gebellt.«

»Hunde können Leichen auch unter Wasser riechen«, sagte Paglia. Es war die erste Information, die er mir gegeben hatte.

»Tatsächlich. Das wusste ich nicht. Ich habe Trudy zwar angemerkt, dass sie aufgeregt war, aber ich hatte keine Ahnung, warum. Abgesehen von Trudy habe ich noch Schrammen an dem Felsen auf halber Höhe des Hügels entdeckt.« Erneut zeigte ich mit dem Finger, wie eine Fünftklässlerin, die ein Referat hält. »Außerdem wurde die Vegetation beschädigt; es sind einige junge Triebe abgeknickt. Zuerst dachte ich, jemand müsse einen Anhänger rückwärts herunterrangiert haben, um ein Boot zu Wasser zu lassen, doch dann habe ich das Schild entdeckt, und mir wurde klar, dass Schwimmen und Bootfahren natürlich verboten sind.«

Er musterte mich wie beiläufig und mit einem Gesichtsausdruck, der aufgesetzte Freundlichkeit vermittelte. »Mir ist trotzdem nicht klar, wie Sie den Zusammenhang hergestellt haben.«

»Es passte eben auf einmal alles zusammen. Dr. Purcell war zuletzt am Pflegeheim gesehen worden. Ich hatte erfahren, dass er auf dem Weg hierher war, um Fiona zu besuchen, also habe ich –«

»Wer hat Ihnen denn das gesagt?«

»Ein Freund von Purcell, ein Mann namens Jacob Trigg. Dow hat ihm erzählt, dass er an diesem Abend eine Verabredung mit ihr hatte.«

»Haben Sie mit ihr darüber gesprochen?«

»Na ja, *gefragt* habe ich sie schon. Ich war sauer. Schließlich arbeite ich für sie. Sie hätte es mir gleich sagen sollen, als ich den Auftrag angenommen habe.«

»Und was hat sie geantwortet?«

»Sie behauptet, er sei nicht aufgetaucht, und nennt es ein ›Missverständnis‹. Ich habe daraus geschlossen, dass er sie versetzt hat und ihr das zu peinlich war, um es zuzugeben.«

»Ein Jammer, dass sie uns das nicht verraten hat. Wir hätten die Anwohner befragen können. Vielleicht hätte ja jemand das Auto gehört. Aber wer erinnert sich über neun Wochen später schon an so was?«

Hinter ihm hörte ich das hohe Jaulen eines Getriebes und ein Rumpeln, als sich das Seil um die Trommel des Abschleppwagens wand und den Mercedes aus dem See zog. Wasser strömte aus den offenen Fenstern, von der Unterseite und aus den Radbefestigungen. Daneben stand der Transporter des Gerichtsmediziners mit geöffneten Heckklappen im Gras. Sein Assistent und ein uniformierter Polizist zogen eine lange Metallkiste heraus, in der ich den rostfreien Stahlsarg erkannte, der für den Transport von Wasserleichen vorgesehen war.

»Kinsey«, sagte Paglia.

Ich wandte ihm den Blick zu. Mir war kalt.

»Der Taucher sagt, es sitzt jemand auf dem Fahrersitz.«

Der Mercedes hing jetzt vornüber geneigt da, die Schnauze voran und drei der vier Fenster offen. Seewasser strömte aus jeder Ritze und Rinne, rann durch den Unterboden und troff auf Erdreich, das ohnehin bereits von tagelangem Regen durchweicht war. Ich sah zu und unterdrückte meine Gefühle, während das Fahrzeug ein Stück weit die Anhöhe hinaufgezogen wurde und Wasser aus sich ergoss wie ein Tank, der plötzlich leckgeschlagen ist. Das Fenster auf der Fahrerseite war zerschmettert. Die untere Hälfte stellte ein Labyrinth aus krakeliertem Glas dar, während im oberen Teil ein Stück fehlte. Auf dem Fahrersitz konnte ich eine entfernt menschlich aussehende Gestalt erkennen, amorph, aufgebläht und schleimig, das Gesicht dem Fenster zugewandt, wie um den Ausblick zu betrachten. Nach Wochen im Wasser war das einst lebendige Fleisch blutleer und perlweiß gebleicht. Er trug nach wie vor seine Anzugjacke, doch das war alles, was ich von meinem Standort aus sehen konnte. Ich drehte mich abrupt um und stieß unwillkürlich einen Laut aus. Der Klebstoff, der die Knochen des Toten zusammenhielt, war aufgeweicht und hatte sich gelöst, so dass sein Leib schwammig und undefinierbar wirkte. Die Augenhöhlen waren von farbloser Gelatine überzogen, der Mund stand offen, und der Kiefer war schlaff. Seine Lippen hatten sich zu einem letzten O der Freude oder des Erstaunens geöffnet – vielleicht auch zu einem zornigen Aufschrei.

»Ich bin dann im Auto«, sagte ich.

Paglia hörte mich nicht. Er ging auf den Mercedes zu. Das Spurensicherungsteam trat zur Seite. Aus den Augenwinkeln nahm ich die Blitze wahr, als die Polizeifotografin mit ihrer Arbeit begann. Ich konnte nicht länger zusehen. Ich konnte hier nicht mehr bleiben. Diese Leute waren den Anblick des Todes gewohnt, sie waren geübt in seinen Gerüchen, seinen Posen und der speziellen Haltung von Leibern in ihrer letzten Verbeugung vor dem Leben. Normalerweise gelingt es mir, angesichts solcher Szenarien nach dem ersten Aufwallen von Ekel eine gleichgültige Haltung einzunehmen. Doch hier schaffte ich es nicht, da ich das Gefühl nicht abschütteln konnte, etwas Bösem gegenüberzustehen. Vorausgesetzt, es handelte sich um Purcells Leiche, dann hatte er entweder Selbstmord begangen oder war ermordet worden. Es war ausgeschlossen, dass er aus Versehen diesen Hügel hinauf- und in den See hinabgefahren sein könnte.

16

Als ich in meine Wohnung zurückkam, war es schon nach zehn Uhr. Die Spurensicherung war nach wie vor am Stausee zugange, obwohl ich mir nicht vorstellen konnte, was es noch zu tun gab. Ich hatte eine Weile zugesehen und dann beschlossen, nach Hause zu fahren. Zu Abend gegessen hatte ich nichts. Ja, soweit ich mich erinnerte, hatte ich auch kein Mittagessen gehabt. Der Hunger hatte sich mindestens zweimal im Laufe des Abends gemeldet und wieder gelegt und war nun endgültig geschwunden, um mir an seiner statt bohrende Kopfschmerzen zu bescheren. Ich war aufgedreht und erschöpft zugleich, eine seltsame Mischung.

Zum Glück war wenigstens der Regen weitergezogen und die Temperatur gestiegen. Die Straßen schienen zu rauchen, da der Dampf in Schwaden nach oben stieg. Die Gehsteige waren nach wie vor nass, und von den Zweigen der Bäume tropfte das Wasser so leise wie Schnee. In den Rinnsteinen gurgelten muntere, von Schutt umgeleitete Minibäche auf ihrem Weg in den Abfluss und durch die Kanalisation ins Meer. Nach und nach zog Nebel auf und ließ die Welt gedämpft und diesig erscheinen. Mein Viertel sah ungewohnt aus, eine von Dunstschwaden verfremdete Landschaft. Alle Tiefen waren auf zwei Dimensionen abgeflacht, die nackten Zweige kaum mehr als mit Tinte gezogene Linien, die auf einem Blatt Papier verliefen. In meiner Wohnung herrschte Finsternis. Ich hatte das Haus um zehn Uhr morgens verlassen, vor gut zwölf Stunden, und so war ich nicht auf die Idee gekommen, mir ein paar Lampen einzuschalten. Bevor ich aufschloss, hielt ich kurz inne. Henrys Küchenfenster war hell erleuchtet und bildete ein kleines, gelbes Viereck in dem dichter werdenden Nebel. Ich steckte die Schlüssel in die Tasche und überquerte den gepflasterten Innenhof.

Ich spähte durch den oberen Teil seiner Hintertür. Er saß am Tisch, vor einem Wust von Papieren: stapelweise Arztrechnungen, Kopien von Schecks und Quittungen, alles in einzelne Häufchen sortiert. Er hatte seinen Bademantel an, ein zerschlissenes Teil aus blauem Flanell, unter dem ein blau-weiß gestreifter Schlafanzug hervorsah, dessen Hosenbeine über die abgetragenen Lederhausschuhe fielen. Auf den Boden neben seinen Füßen hatte er einen Papierkorb und den braunen Faltordner gestellt, den er benutzte, um Klotildes Rechnungen zu ordnen. Die Einkaufstüte mit Papieren, die Rosie ihm gegeben hatte, stand auf einem Stuhl und schien immer noch halb voll zu sein. Als ich kam, fuhr er sich gerade mit der Hand durchs Haar, mit dem Effekt, dass die Strähnen danach in drei Himmelsrichtungen abstanden. Er griff nach seinem Glas Jack Daniel's und trank einen Schluck. Als er merkte, dass das Eis schon lange geschmolzen war, runzelte er die Stirn. Dann stand er auf, ging zur Spüle und schüttete den wässrigen Inhalt des Glases hinein.

Ich rief »Henry« und klopfte gegen die Scheibe. Er blickte herüber, von der Störung ungerührt, und bedeutete mir mit Gesten, einzutreten. Ich drehte am Knauf und zeigte darauf: »Die Tür ist abgeschlossen.«

Er öffnete mir. Während ich den Regenmantel auszog und über eine Stuhllehne hängte, machte er den Kühlschrank auf und nahm eine Hand voll Eiswürfel heraus, die er in sein Glas fallen ließ, bevor er frischen Whiskey darüber goss. Ich roch den Duft seiner nachmittäglichen Bäckerei – irgendetwas mit Zimt, Mandelaroma, Butter und Hefe.

Der Papierkrieg auf dem Tisch wirkte aus der Nähe noch

schlimmer. »Sieht ja putzig aus. Wie läuft's denn? Ich traue mich kaum zu fragen.«

»Grauenhaft. Einfach schrecklich. Die Zahlen sind völlig unsinnig. Ich komme nicht dahinter, wer wem was schuldet oder was davon bereits bezahlt ist. Ich hatte sie schon nach Datum sortiert, doch das hat sich als sinnlos erwiesen. Jetzt sortiere ich sie nach Arzt, Klinik und Maßnahme. Damit komme ich weiter. Ich weiß nicht, wie andere Leute je bei so was durchblicken. Es ist der blanke Hohn.«

»Ich habe dir doch gesagt, du sollst die Finger davon lassen.«

»Ich weiß, aber ich habe meine Hilfe versprochen, und ich hasse es, mein Wort zu brechen.«

»Ach, sei kein solcher Schlappschwanz und bring ihr den verdammten Kram zurück.«

»Und was soll sie dann damit anfangen?«

»Das kriegt sie schon hin, oder sie kann es William aufhalsen. Klotilde war schließlich *seine* Schwägerin. Warum sollst du dich damit herumplagen?«

»Sie tut mir Leid. Klotilde war ihre einzige Schwester, und das ist bestimmt hart für sie.«

»Sie *mochte* Klotilde nicht einmal. Sie haben kaum miteinander geredet, und wenn, dann haben sie sich gestritten.«

»Sei nicht so streng mit ihr. Rosie hat ein gutes Herz«, erwiderte er. Nachdem er gelästert hatte, bekam er jetzt Schuldgefühle, weil er sich hinter ihrem Rücken beklagt hatte. Ich sah dem guten Mann an, dass Einwände bei ihm alles nur noch schlimmer machen würden.

In Gedanken rollte ich die Augen. »Fürs Erste lasse ich dich vom Haken, aber ich gebe nicht auf.«

Henry setzte sich an den Tisch. »Und was ist mit dir? Du siehst erledigt aus.«

»Bin ich auch.« Ich hob einen Stapel Arztrechnungen vom Stuhl und stand dann ratlos da, weil ich nicht wusste, was ich mit ihnen anfangen sollte.

Henry sprang auf. »Komm, lass mich die nehmen.« Er reichte mir sein Glas, während er die Papiere auf die eine Seite schob und auf dem Tisch Platz machte. Dann nahm er die Einkaufstüte und stellte sie zu dem Faltordner auf den Boden. Schließlich nahm er mir die Papiere aus der Hand und legte sie dazu.

Ich dankte ihm und trank einen Schluck Jack Daniel's, der mir durch Kehle und Magen glühte wie ein plötzlicher Anfall von Sodbrennen. Ich spürte, wie meine Anspannung nachließ, und merkte allzu spät, wie übermüdet ich war. Mein Kopf hatte begonnen, im gleichen Rhythmus wie mein Puls zu schlagen. *Ka-womm, ka-womm.* Ich gab Henry das Glas zurück und ließ mich auf den Stuhl sinken, den er gerade freigeräumt hatte.

»Was ist denn los?«

»Wir haben Dr. Purcells Wagen und seine Leiche gefunden – vorausgesetzt, er ist es. Ich kann eigentlich noch gar nichts darüber sagen. Lass mir ein paar Minuten, um mich zu sammeln.«

»Soll ich dir einen Drink machen?«

»Ich glaube nicht, aber wenn du Tylenol da hast, hätte ich gern ungefähr vierzig Stück, am liebsten die extrastarken.«

»Ich habe etwas Besseres. Bleib, wo du bist.«

»Kein Problem. Ich bin sowieso bewegungsunfähig. Gleich erzähle ich dir alles, wenn ich nicht vorher umkippe.«

Ich verschränkte die Arme vor mir auf dem Tisch und legte den Kopf darauf. Sofort merkte ich, wie mein Körper schlaff wurde. Das war die Position, die wir im Kindergarten immer vor unserem Nickerchen eingenommen hatten, und sie bedeutet nach wie vor den Gipfel der Entspannung für mich. Im Alter von fünf Jahren lernte ich, im Tiefschlaf zu versinken, sowie mein Kopf auf den Armen auftraf. Zehn Minuten später wachte ich regelmäßig wieder auf. Dann prickelten die Nervenenden in meinen Fingern infolge der mangelnden Durchblutung, und meine Wangen brannten von Träumen.

Ich hörte, wie Henry zum Kühlschrank ging und Behälter auf die Arbeitsfläche stellte. Ich lauschte dem friedlichen Klappern von Gläsern und Besteck. Es war, als läge ich im Krankenbett und hörte heimelige Geräusche aus dem Nebenraum dringen. Ich musste erneut kurz eingedöst sein – es war das gleiche flüchtige Ausblenden der Aufmerksamkeit, das einen von der Landstraße abkommen lässt, wenn es einen am Steuer überfällt. Der Ton erlosch und kehrte wieder zurück, ein kurzes Abgleiten in die Bewusstlosigkeit. »Was machst du eigentlich?«, murmelte ich, ohne den Kopf zu heben.

»Ich mache dir ein Sandwich.« Henrys Stimme schien von sehr weit her zu kommen. »Roastbeef mit roter Zwiebel, die ich hauchdünn geschnitten habe.«

Ich stützte den Kopf auf eine Faust und sah ihm zu, wie er zwei dicke Scheiben selbst gebackenes Brot nebeneinander legte und sie großzügig mit Mayonnaise, würzigem braunem Senf und Meerrettich bestrich. »Das ist zwar ziemlich brutal, aber du brauchst etwas Deftiges. Möbelt dich auf.« Er schnitt das Sandwich in zwei Hälften und legte es mit einem Zweig Petersilie neben einer Garnitur aus Gewürzgurken, Oliven und Pepperoncini auf einen Teller.

Er stellte den Teller vor mich hin und kehrte zum Kühlschrank zurück. Dort öffnete er das Eisfach und nahm einen Bierkrug heraus, der so kalt war, dass sich auf der Stelle Raureif auf dem Glas bildete, als es auf Luft traf. Er machte eine Flasche Bier auf und schenkte es langsam an der Seite des Kruges entlang ein, um keinen Schaum entstehen zu lassen. Schließlich nahm er sein Whiskeyglas und setzte sich mir gegenüber.

Ich biss von dem Sandwich ab. Der Meerrettich war so scharf, dass er mir die Tränen in die Augen trieb. Beißende Dämpfe wallten durch meine Nebenhöhlen, bis mir auch die Nase zu laufen begann. »Hmm. Das ist sagenhaft. Nicht zu fassen, wie gut das schmeckt. Du bist ein Genie.« Ich hielt inne und benutzte meine Papierserviette zum Schnäuzen. Das Roastbeef war saftig, und seine kalte Zartheit bildete den idealen Kontrast zur Schärfe, Salzigkeit und Säure der Beilagen. Zwischendurch trank ich immer wieder einen Schluck kaltes Bier, das prickelte und sprudelte und nach Hopfen schmeckte. Das Leben bestand nur noch aus seinen vier Grundelementen: Luft, Essen, ein Getränk und ein guter Freund. Ich stopfte den letzten Happen des Sandwichs in den Mund, leckte mir den Senf von den Fingern und stöhnte dankbar auf. Dann holte ich langsam und tief Atem und stellte fest, dass meine Kopfschmerzen verschwunden waren. »Besser.«

»Dachte mir schon, dass das helfen würde. Und jetzt erzähl mir von Doktor Purcell.«

Ich schilderte Henry in groben Zügen die Ereignisse, die zu meiner Entdeckung geführt hatten. Er weiß, wie ich denke, und so konnte ich mir die banalen Einzelheiten schenken. Intuition besteht in erster Linie aus dem plötzlichen Sprung, den der Verstand macht, wenn zwei Elemente verschmelzen. Manchmal ergibt sich die Verbindung durch Herumprobieren; manchmal taucht die ausschlaggebende Frage auch ganz plötzlich und im Widerspruch zu allen bisherigen Überlegungen auf, und die Lösung wird sichtbar. »Ich habe weniger den Wagen entdeckt als vielmehr die Spuren, die er auf seinem Weg den Hügel hinunter hinterlassen hat.«

»Das wäre dann also das Ende dieses Auftrags.«

»Ich nehme es an, aber ich habe noch nicht mit Fiona gesprochen.«

»Und was jetzt?«

»Das Übliche. Dr. Yee macht morgen früh die Autopsie. Ich weiß nicht, wie viel sie dabei herausfinden, angesichts des Zustands der Leiche. Das Fahrzeug war wahrscheinlich seit dem Abend, als er verschwunden ist, dort im Wasser. Sowie die Obduktion abgeschlossen ist, werden sie vermutlich die sterblichen Überreste verbrennen.«

»Tut mir Leid, das zu hören. Wirklich ein Jammer.«

»Es ist vermutlich noch schlimmer, wenn die Fragen unbeantwortet bleiben. Wenigstens weiß seine Familie jetzt Bescheid und kann ihr Leben weiterführen.«

In dieser Form plauderten wir weiter und spannen unsere Reaktionen und Spekulationen aus, bis das Thema erschöpft war. Henry nahm meinen Teller und trug ihn zur Spüle.

»Das kann ich doch machen«, sagte ich.

»Bleib sitzen.« Er ließ heißes Wasser ins Becken laufen und griff nach einem Geschirrschwamm mit Spülmittel im Griff. Er seifte den Teller ein, spülte ihn mit klarem Wasser und stellte ihn ins Abtropfgestell. »Übrigens habe ich heute Abend einen Freund von dir getroffen.«

»Tatsächlich. Wen denn?«

Er stellte das Schneidbrett in die Spüle und räumte die Zutaten weg. »Tommy Hevener war bei Rosie's. Natürlich war er auf der Suche nach dir, aber wir haben dann doch ein bisschen geplaudert. Er macht einen netten Eindruck und ist eindeutig hin und weg von dir. Er hat eine Menge Fragen über dich gestellt.«

»Ich hätte auch eine Menge Fragen über ihn. Das ist der Teil meines Tages, von dem ich dir noch nicht erzählt habe.«

Mit der Hand auf der Kühlschranktür hielt er inne. »Der Ton gefällt mir aber gar nicht.«

»Alles Weitere wird dir auch nicht gefallen.« Ich wartete, bis er an den Tisch zurückkehrte und sich setzte.

»Was?«, fragte er mit solchem Unbehagen, als wollte er lieber gar nichts hören.

»Ich habe erfahren, dass Tommy Hevener und sein Bruder unten in Texas einen Ganoven angeheuert haben, der ins Haus ihrer Eltern einbrechen und die Wertsachen stehlen sollte, darunter Schmuck im Wert von einer Million. Der Einbrecher hat sämtliche Anweisungen befolgt und anschließend das Haus in Brand gesteckt, um seine Spuren zu verwischen. Was die Jungs allerdings zu erwähnen versäumten, war, dass Mom und Dad gefesselt und geknebelt im Wandschrank saßen. Sie sind an Rauchvergiftung gestorben, während um sie herum das Haus abbrannte.«

Henry blinzelte. »Nein.«

»Doch.«

»Das kann ja wohl nicht wahr sein.«

»Ist es aber«, bekräftigte ich. »Die Versicherungsdetektivin – eine Frau namens Mariah Talbot – ist heute Morgen in mein Büro gekommen und hat mir die Ausschnitte aus der *Hatchet Daily News Gazette* gezeigt oder wie zum Teufel das Blatt heißt. Ich habe die Unterlagen im Büro gelassen, sonst könntest du sie dir selbst ansehen.«

»Aber wenn das stimmt, warum sind die beiden dann auf freiem Fuß?«

»Es gab nie genug Beweise, und da die Brüder nie vor Gericht gestellt wurden, konnten sie auch noch die Feuerversicherung, die Lebensversicherung und die Erbschaft kassieren. Alles in allem haben sie etwa zwei Millionen Dollar abgesahnt. Ihre Tante und die Versicherungsgesellschaft bereiten eine Zivilklage vor und hoffen so retten zu können, was noch an Werten übrig ist.«

»Aber woher wollen sie wissen, dass nicht der Einbrecher der Verantwortliche war? Vielleicht hat er die Eltern überrascht, da er dachte, sie seien weg, als er in das Haus eingebrochen ist. Vielleicht war er derjenige, der sie gefesselt und geknebelt hat.«

»Dummerweise hat man seither von dem Einbrecher nichts mehr gehört. Man spekuliert, dass sie ihn auch umgebracht haben.«

»Aber sicher kann man das nicht wissen.«

»Deshalb haben sie ja die Ermittlungen wieder aufgenommen. Kürzlich hat sich ein Informant gemeldet, und jetzt plant die Guardian Casualty auf Grundlage dieser neuen Erkenntnisse vorzugehen.«

»Ich kann es nicht glauben.«

»Ich habe genauso reagiert, bis ich die Artikel gesehen habe. Weißt du, was mich echt fertig macht? Als ich Tommy zum ersten Mal gesehen habe, hat er mir *erzählt*, dass seine Eltern bei einem Unfall umgekommen seien. Er wollte nicht, dass ich es Richard gegenüber erwähne, weil sein Bruder in Bezug auf dieses Thema immer noch ›empfindlich‹ sei. Ich dachte, ach Gott, diese armen, netten Typen. Noch dazu sind mir meine eigenen Eltern eingefallen, und ich habe Mitleid mit den beiden gekriegt. Es widert mich wirklich an, wenn ich daran denke, wie schnell ich darauf reingefallen bin. So ein Schwachsinn. Der Zeitung zufolge haben sie sogar eine hohe Belohnung – hunderttausend Dollar – ausgesetzt, für ›Informationen, die zu Festnahme und Verurteilung des oder der Mörder von Jared und Brenda Hevener führen‹. Warum haben sie nicht gleich ein paar Millionen angeboten? Sie laufen ohnehin keine Gefahr, zahlen zu müssen, solange nicht der eine den anderen verpfeift.«

»Wie kannst du da mit ihnen eine Geschäftsbeziehung anfangen?«

»Darauf komme ich gleich. Ich habe einen Mietvertrag für ein Jahr unterzeichnet und für sechs Monate im Voraus bezahlt, einschließlich einer Reinigungspauschale. Wir wollen doch diese Kleinigkeit nicht vergessen. Und jetzt habe ich keine Ahnung, wie ich da herauskomme. Ich wäre zwar bereit, das Geld sausen zu lassen, aber es kotzt mich an.«

»Lass Lonnie die Sache regeln. Er weiß, wie man das anpacken muss.«

»Gute Idee«, sagte ich. »Aber nicht, dass es damit schon erledigt wäre.«

»Warum nicht?«

»Mariah glaubt, der Schmuck müsse noch irgendwo in ihrem großen, protzigen Haus liegen. Sie hofft, dass ich den Safe ausfindig machen kann, damit die Polizei einen Durchsuchungsbefehl bekommt. Sie meint, die Heveners stünden kurz vor der Pleite. Sie haben mit Geld nur so um sich geworfen, und jetzt sind sie praktisch bankrott. Sie hofft, dass sie versuchen werden, wenigstens einen Teil der Beute zu verkaufen. Da sie für den Verlust einen Versicherungsanspruch geltend gemacht und hartnäckig jegliches Wissen über den Verbleib der Wertsachen geleugnet haben, sähe das nicht gut aus. Wenn sie sie dazu bringt, sich zu verraten, kommen die Cops mit einem Haftbefehl für die beiden.«

»Warum sollten sie einen Verkauf riskieren? Sie sind doch nicht dumm.«

»Bis jetzt nicht, aber sie geraten langsam in eine ausweglose Lage.«

»Und wie will sie sie dazu bringen? Das kann ich mir überhaupt nicht vorstellen.«

»Ah. Will sie gar nicht. Sie will, dass ich es tue.« Ich zog den Zettel aus der Handtasche. »Sie hat mir den Namen eines Hehlers in Los Angeles gegeben und mich gebeten, den Brüdern die Information zuzuspielen.«

Henry nahm mir den Zettel ab, auf den sie den Namen des Juweliers geschrieben hatte. »Cyril Lambrou ist ein Pfandleiher?«

»Ein Juwelier. Sie sagt, er führe ein mehr oder weniger legales Geschäft, handele aber gelegentlich auch mit gestohlener Ware, wenn die Sachen lohnend erscheinen. In diesem Fall eine klare Sache. Sie hat mir die Polaroidfotos gezeigt – Ringe, Armbänder, Halsketten. Herrlich. Echt schöne Stücke.«

»Und warum kann sie ihnen die Information nicht selbst zuspielen?«

»Weil sie sie kennen und nie darauf reinfallen würden.«

»Aber warum du?«

Henrys Ton wurde langsam streitlustig, und ich spürte, wie mir die Hitze ins Gesicht stieg. »Weil Tommy sich für mich interessiert.«

»Na und?«

»Mariah ist schlau. Sie hat sich über mich informiert und weiß, dass ich hin und wieder die Regeln überschreite.«

»Geht es hier nicht darum, jemanden zu einer Straftat zu verleiten?«

»Inwiefern soll das Verleiten sein? Ich erwähne einen Mann, der Schmuck ankauft. Wenn sie nicht schuldig sind, haben sie ja gar nichts zu verkaufen. Verleiten ist, wenn die Cops jemanden dazu anstiften, die Gesetze zu brechen. Ich ermuntere sie nicht zum Stehlen. Das haben sie bereits getan.«

»Aber sie werden den Braten riechen. Du erwähnst einen Juwelier. Sie versetzen das Zeug, und kurz darauf werden sie verhaftet und ins Gefängnis geworfen? Das kann nicht dein Ernst sein.«

»Dann ist es zu spät. Dann sitzen sie bereits hinter Gittern.«

»Und wenn sie eine Kaution stellen? Sowie sie rauskommen, machen sie sich auf die Suche nach dir.«

»Ach komm, Henry. Halt mich nicht für ganz bescheuert. Ich platze ja nicht damit heraus und sage: ›He, hat vielleicht irgendjemand gestohlenen Schmuck, den er an diesen Kerl verhökern will?‹ Ich lasse mir eine Geschichte einfallen, etwas Plausibles.«

»Wie zum Beispiel?«

»Ich weiß es nicht. Den Teil habe ich mir noch nicht ausgedacht.«

Grimmig lehnte sich Henry zurück und starrte mich an. »Wie oft haben wir schon ein derartiges Gespräch geführt? Du kommst mit einem hirnrissigen Plan an. Ich bestürme dich, die Finger davon zu lassen, aber du ziehst los und tust es. Du findest jedes Mal eine Ausrede, um dein Verhalten als vernünftig hinzustellen.«

»Das tut jeder.«

»Um so schlimmer«, entgegnete er. »Ich sage es dir einmal, und ich schwöre, dann erwähne ich es nie wieder. Lass es sein. Misch dich nicht ein. Es ist nicht deine Sache.«

»Ich habe nicht gesagt, dass ich es tue.«

»Wie willst du überhaupt den Safe finden? Dazu musst du ja ins Haus kommen.«

»Tommy ist schon einmal mit mir hinaufgefahren. Ich brauche ihn nur zu überreden, mich noch einmal mitzunehmen.«

»Was er auch tun wird – in der Hoffnung, dir an die Wäsche gehen zu können.«

»Damit werde ich schon fertig.«

»Aber warum willst du das Risiko eingehen? Ich finde, du solltest mit keinem der beiden allein sein.«

»Ich möchte ja nicht leichtfertig klingen, aber ich habe schon wesentlich Schlimmeres mit wesentlich weniger Rechtfertigung getan.«

»Allerdings.«

»Henry, ich verspreche dir, dass ich nichts überstürze. Ich habe mir noch nicht mal überlegt, was ich sage ... du weißt schon, vorausgesetzt, ich nehme den Auftrag an.«

»Warum willst du dir das antun? Du kannst dein Geld auch auf andere Weise verdienen.«

»Hier geht es nicht um Geld. Ich finde nur, dass niemand ungestraft mit Mord davonkommen darf.«

»Das ist doch nicht deine Aufgabe. Wenn die Polizei genügend Beweise hätte, wären die Heveners schon damals festgenommen und verurteilt worden. Es gab eben keine Beweise. So funktionieren die Gesetze. Halt du dich da raus. Bitte.«

»Weißt du was? Die Sache reizt mich aus genau demselben Grund, aus dem es dich reizt, Rosie zu helfen. Weil du nicht widerstehen kannst. Pass auf, wir machen es so: Du willst, dass ich mich da raushalte? Dann halt du dich aus Rosies Angelegenheiten raus, und wir sind quitt.«

»Es ist weder illegal noch gefährlich, einer kleinen alten Dame dabei zu helfen, die Arztrechnungen ihrer Schwester zu bezahlen.«

Da hatte er Recht, aber ich weigerte mich, es einzusehen. »Hör auf. Es reicht. Lassen wir die Streiterei. Du kümmerst dich um dein Leben und ich mich um meines.«

»Du hast Recht. Es geht mich nichts an. Tu, was du willst.«

»Spiel nicht den Beleidigten. Darum geht es nicht. Ich glaube nur, du machst dir zu viele Sorgen.«

»Und du nicht genug!«

Es war drei Minuten nach elf, als ich Henrys Haus verließ und zu meiner Wohnung hinüberging. Wir hatten einen oberflächlichen Versuch unternommen, unsere Differenzen beizulegen, doch es war nichts gelöst worden. Mir war beklommen und niedergeschlagen zu Mute und ihm vermutlich auch. Ich schloss die Tür auf, ging hinein und legte meine Tasche ab. Dann stellte ich den Fernseher an und schaltete das Nachrichtenmagazin auf KEST ein, das jetzt gerade gesendet wurde. Ich hatte die Anmoderation zu der Geschichte verpasst, aber ich kam gerade rechtzeitig zum aktuellen Beitrag: »... der silberne Mercedes-Benz, der heute Abend aus dem Brunswick Lake geborgen wurde, ist zweifelsfrei als das Fahrzeug des bekannten ortsansässigen Arztes Dowan Purcell identifiziert worden, der seit dem 12. September vermisst wird. Detective Paglia von der Polizei Santa Teresa wollte nicht bestätigen ...« Zu dem Kommentar der Reporterin kamen mehrere Bilder: eine Ansicht des Hügels neben dem Stausee, ein Bild von Crystals Ankunft mit dem Auto, ein Passbild von Dr. Purcell, gefolgt von einer Aufnahme des Hauses der Familie in Horton Ravine. Die Moderatorin fuhr mit einer Geschichte über eine Katze fort, die in einem Rohr stecken geblieben war. Neuneinhalb quälende Wochen waren auf weniger als eine Minute reduziert worden. Vermutlich brächten die Zuschauer mehr Mitgefühl für die Katze auf.

Es klopfte an der Tür. Ich nahm an, es wäre Henry, der sich entschuldigen wollte. Doch stattdessen stand Tommy Hevener vor mir auf der Veranda. »Hey. Wo sind Sie denn gewesen? Ich habe vor ein paar Stunden bei Ihnen angerufen, aber da war nur der Anrufbeantworter. Ich dachte, wir würden uns bei Rosie's sehen.«

»Henry hat mir erzählt, dass er Sie getroffen hat.«

»Ja, wir haben uns nett unterhalten. Er ist ein prima alter Knabe.«

»Hören Sie. Ich habe einen harten Tag hinter mir. In einem Fall, den ich bearbeite, hat sich etwas Neues ergeben.«

»Möchten Sie darüber reden? Ich bin ein guter Zuhörer.«

»Ich glaube nicht. Danke für das Angebot, aber ich bin völlig erledigt und möchte jetzt lieber ins Bett.«

»Verstanden. Kein Problem. Rufen Sie mich morgen an. Ich will Sie wiedersehen.«

»Okay, mach ich.«

»Passen Sie auf sich auf.«

»Ja, Sie auch«, sagte ich. Sowie ich die Tür geschlossen hatte, begann mir das Herz hektisch bis zum Hals zu schlagen. Ich schob den Riegel vor und lehnte mich gegen die Wand, um abzuwarten, bis ich ihn davongehen hörte. Draußen wurde ein Auto angelassen, und ich lauschte, während das Motorengeräusch die Straße hinab verklang.

Ich weiß nicht, wie ich in dieser Nacht Schlaf fand. Ich hatte keine emotionale Beziehung zu Dow Purcell gehabt, doch der Anblick dieses Toten auf dem Vordersitz des Autos hatte mich erschüttert. Ich war schon oft mit dem Tod in Kontakt gekommen, aber irgendwie bekam ich das Bild dieses vierrädrigen silbernen Sargs mit seinem gräulichen Inhalt nicht mehr aus dem Kopf. Immer wieder ließ ich den Augenblick Revue passieren – die zischenden Scheinwerfer im Regen, das Geräusch des Wassers, das von der Unterseite des Wagens troff, der Geruch von Lehm und zertretenem Gras, gefolgt von der Momentaufnahme der Leiche in ihrer formlosen Ruhestellung, die Augen zum Fenster gewandt, der Mund vor Erstaunen aufgerissen. Ich glaubte nicht, dass es lange dauern würde, den Toten zu identifizieren, höchstens einen halben Tag. Mehr Zeit würde es in Anspruch nehmen, den Wagen zu untersuchen und eine Theorie darüber zu entwickeln, wie er in den See gekommen war. Außerdem stellte sich die Frage, ob Purcell schon tot oder noch am Leben gewesen war, als er ins Wasser fuhr. Erneut sah ich sein Gesicht vor mir, das O des Mundes, die blicklosen Augen …

Ich rang bewusst darum, auf andere Gedanken zu kommen, und konzentrierte mich auf das Problem mit Tommy und Richard Hevener. Trotz meiner sturen und streitlustigen Haltung hatte ich Henrys Einwände durchaus eingesehen und gewusst, dass sie richtig waren. Ich stecke andauernd die Nase in Dinge, die mich nichts angehen, oft mit Konsequenzen, die gravierender (und potenziell tödlicher) sind, als ich einzugestehen bereit bin. Ich war in keiner Weise dazu verpflichtet, Mariah Talbot oder der Guardian Casualty Insurance zu helfen – also warum begab ich mich in die Schusslinie? Die »Jungs« waren nicht mein Problem. Mariah hatte ja sogar angedeutet, dass sie noch einen zweiten Plan hatte, falls ich ihr nicht helfen wollte. Auf jeden Fall musste ich einen Weg finden, den Mietvertrag aufzulösen und mein Geld wiederzubekommen, aber vielleicht konnte ja Lonnie den Brüdern einen so bissigen Brief schreiben, dass sie darum betteln würden, mich loszuwerden. Was den Mord an ihren Eltern anging, so musste ich eben daran glauben, dass das Gesetz sie über kurz oder lang einholen würde. Sosehr es mich auch betrübte, die Rache wäre nicht mein. Ach, verdammt.

17

Den größten Teil des Mittwochs verbrachte ich damit, allen möglichen Kleinkram zu erledigen. Morgens um sechs schaffte ich es, zwischen zwei Wolkenbrüchen einen Fünf-Kilometer-Lauf zu absolvieren und anschließend ins Fitnessstudio zu gehen. Danach war ich nach Hause zurückgekehrt, hatte sauber gemacht und gefrühstückt und war gegen Viertel nach neun im Büro eingetroffen. Den größten Teil des Tages beschäftigte ich mich damit, liegen gebliebene Post aufzuarbeiten, darunter mehrere Rechnungen, die ich mit dem gewohnten Triumphgefühl bezahlte. Es ist mir ein Genuss, meine Gläubiger zufrieden zu stellen.

Zweimal setzte ich mich an die Schreibmaschine, um meinen Abschlussbericht für Fiona zu verfassen, da ich es für klug hielt, ihn ihr so schnell wie möglich zu schicken. Nachdem ich ihr aber erst vor einem Tag einen Bericht und eine Rechnung ausgehändigt hatte, mangelte es mir sowohl an dämlichen Einfällen als auch an Bargeld. Außerdem fürchtete ich, es könnte mir als schlechter Stil angekreidet werden, wenn ich ihr die Zeit in Rechnung stellte, die ich damit verbracht hatte, darauf zu warten, dass die Polizei Dow aus dem Wasser zog. Da ich ihre 1500 Dollar den berüchtigten Brüdern Hevener in den Rachen geworfen hatte, würde ich die 1075 Dollar, die ich ihr noch schuldete, von meinem Girokonto abheben müssen, das momentan einen Stand von 422 Dollar aufwies. Ich hatte zwar genug Geld auf dem Sparbuch, aber keine Lust, es anzugreifen. Außerdem gab ich mich immer noch der Wunschvorstellung hin, dass Fiona aus Dankbarkeit für die Schnelligkeit und Tüchtigkeit, mit der ich ihren Auftrag ausgeführt hatte, auf die restliche Summe verzichten würde. Sie hatte mich engagiert, damit ich Dow suchte, und ich hatte ihn früher gefunden, als jede von uns beiden erwartet hätte – wenn auch nicht ganz in dem Zustand, der wünschenswert gewesen wäre. Ganz klar, dass ich auf ein Schulterklopfen in Form von 1075 Dollar hoffte. Ha, ha, ha, toller Witz.

Ich überlegte, ob ich Crystal anrufen sollte, um ihr mein Beileid auszusprechen, konnte mich aber nicht dazu durchringen. Ich war keine Freundin der Familie, und so fürchtete ich, dass man mir morbide Neugier unterstellen würde, was natürlich auch zutraf.

Gleich nach dem Mittagessen machte ich mich über die Unterlagen her, die mir Mariah Talbot dagelassen hatte. Ich las beide Testamente durch und arbeitete mich durch genug Juristenjargon, um zu kapieren, dass der Atcheson-Schmuck an Brendas Schwester Karen vererbt werden sollte. Dann überflog ich noch einmal die Zeitungsausschnitte. Hatchet in Texas lag etwa hundert Kilometer von Houston entfernt und hatte 2800 Einwohner. In der gesamten Geschichte des Ortes hatte es nur einen einzigen anderen Mord gegeben, und das war 1906 gewesen, als eine Frau ein Scheit Feuerholz genommen und ihrem schlafenden Mann den Schädel eingeschlagen hatte. Sie hatte ihn mit sechs Hieben getötet, nachdem er sich einmal zu oft betrunken und ihr die Zähne ausgeschlagen, blaue Augen verpasst und die Nase gebrochen hatte. Froh über sein Ableben, hatte sie das Holzscheit ins Feuer geworfen und sich eine Kanne Tee gekocht.

Der Tod von Jared und Brenda Hevener hatte bis Amarillo, wo Brenda geboren und aufgewachsen war, Schlagzeilen gemacht. Der Zeitung zufolge wurden die Leichen am Tag nach dem Brand in den Trümmern entdeckt. Das Feuer war heftig und rasant gewesen, von Brandbeschleunigern angefacht und von trockenen Winden unterstützt. Die freiwillige Feuerwehr war morgens um 1.06 Uhr alarmiert worden und binnen siebzehn Minuten am Brandort eingetroffen. Da war das Haus bereits vollständig von Flammen eingeschlossen, und ihre Bemühungen beschränkten sich vorrangig darauf, zu verhindern, dass sich das Feuer auf benachbarte Anwesen ausdehnte. Rasch wurde den Nachbarn klar, dass niemand etwas über den Verbleib der Heveners wusste. Zuerst kam die Befürchtung auf, dass alle vier Familienmitglieder im Schlaf überrascht worden und in den Flammen umgekommen seien, doch dann stellte sich heraus, dass Tommy Hevener zu Besuch bei Freunden in San Antonio gewesen war. Es gelang ihm, seinen Bruder Richard ausfindig zu machen, der in Südfrankreich Urlaub machte.

Die ersten Zeitungsberichte äußerten sich schockiert über die Todesfälle und sprachen den Söhnen ihr Mitgefühl aus, da alle annahmen, dass der Verlust entsetzlich für sie war. Lange biografische Artikel über Brenda und Jared erschienen: ihre gemeinnützige Arbeit, sein Aufstieg in der Geschäftswelt. Die Teilnahme an der Beerdigung war überwältigend. Zeitungsfotos zeigten den Trauerzug, der sich über mehrere Häuserblocks erstreckte. Fotos vom Friedhof zeigten die beiden von Blumen umgebenen Särge und Richard mit gesenktem Kopf, während Tommy mit düsterer und verzweifelter Miene in das offene Grab starrte. Mariah war von ihren Schauspielkünsten nicht beeindruckt gewesen, aber ich konnte sehen, wie leicht man ihren Kummer als von Herzen kommend hatte interpretieren können.

Binnen Tagen hatte man Zeitschaltuhr und Brandbeschleuniger gefunden und zu Casey Stonehart zurückverfolgt. Casey war dreiundzwanzig Jahre alt und eindeutig nicht der Hellste, da er die Sachen in einem Ort gekauft hatte, der nur fünfundzwanzig Kilometer entfernt lag. Bei seinem bewegten Vorstrafenregister und seinem fragwürdigen IQ war es nicht schwer, darauf zu kommen, dass er mit jemand anders im Bunde stand. Es lag auf der Hand, dass er nicht klug genug war, um den Anschlag allein geplant und ausgeführt zu haben. Im Laufe der nächsten sechs Monate veränderte sich der Ton der Berichterstattung, während die allgemeine Skepsis zunahm und die laufenden Ermittlungen sich der Möglichkeit zuwandten, dass die beiden Söhne mit der Sache zu tun hatten. Von den beiden kamen nun empörte Dementis und lautstarke Bekundungen ihrer Unschuld. Polizei und Branddirektor reagierten mit einer Reihe sorgfältig formulierter Erklärungen darauf, da sie unbedingt eine Klage vermeiden wollten, falls sich ihre Verdächtigungen als haltlos erweisen sollten. Die Geschichte blieb wochenlang aktuell und lief dann langsam aus. Mit schöner Regelmäßigkeit wurde über den neuesten Stand der Ermittlungen berichtet, doch der größte Teil der späteren Artikel war kaum mehr als ein endloses Wiederkäuen der ersten Meldungen. Casey Stonehart gab über die gelegentliche Frage nach seinem Aufenthaltsort hinaus nur sehr wenig Stoff für Zeitungskolumnen her.

Indem ich zwischen den Zeilen las, erkannte ich, wie sich die bürokratischen Spannungen nach und nach häuften. Der Sheriff wurde der Pfuscherei bezichtigt. Man übte entsprechenden Druck aus, bis er sich zum Rücktritt gezwungen sah. Obwohl eine zweite, noch gründlichere Untersuchung eingeleitet wurde, kamen keine neuen Beweise ans Licht. Gegen Casey Stonehart wurde in Abwesenheit förmlich Anklage erhoben, aber Richard und Tommy Hevener schafften es, einer offiziellen Beschuldigung zu entgehen. In zwei kurzen Zeitungsausschnitten wurde ein Jahr später von der Klage berichtet, die sie gegen die Guardian Casualty eingereicht hatten, da sie verschiedene Versicherungsleistungen beanspruchten. Weitere sechs Monate später wurde kurz berichtet, dass die Testamente für gültig erklärt und der Nachlass abschließend geregelt worden sei. Eine deprimierende Kette von Ereignissen. Ich blätterte die Artikel erneut durch, um mich zu vergewissern, dass ich nichts übersehen hatte.

Die Geschichte machte mich nervös. Ich merkte, wie der maskierte Rächer in mir sich rüstete, bereit, auszuziehen, um für Gerechtigkeit zu sorgen und altes Unrecht wieder gutzumachen. Überdies hatten mich Henrys Vorwürfe gefährlich dicht an meinem wunden Punkt getroffen. Ich gebe ja zu, dass ich (manchmal) waghalsig und ungestüm bin, voller Ungeduld gegenüber dem System und genervt von der Notwendigkeit, mich an Regeln zu halten. Es ist unzutreffend, dass ich nicht für Recht und Ordnung wäre, denn das bin ich. Es ärgert mich nur, dass die Bösen so viele Rechte zugestanden bekommen, während ihre Opfer so wenige haben. Verbrecher durch alle Instanzen zu verfolgen kostet nicht nur ein Vermögen, sondern bietet auch keinerlei Garantie für rechtliche Abhilfe. Und selbst wenn man von einem Erfolg ausgeht, macht eine hart erkämpfte Verurteilung die Toten nicht wieder lebendig. Doch obwohl mir praktische Überlegungen zuwider waren, hatte ich mich in diesem Fall zu Henrys Standpunkt durchgerungen. Ausnahmsweise würde ich mich einmal um meinen eigenen Kram kümmern.

Kurz vor drei verließ ich das Büro und ging zur Bank. Zu meinem Glück war der Scheck, den ich Hevener Properties ausgestellt hatte, noch nicht eingelöst worden. Vielleicht sammelte er Mietschecks und zahlte sie in regelmäßigen Abständen auf einmal ein, statt einen nach dem anderen. Ich ließ den Scheck sperren, kehrte ins Büro zurück und schrieb Richard einen kurzen, bedauernden Brief, in dem ich erklärte, dass sich die Umstände geändert hätten und ich nun doch keine Räume von ihm mieten wollte. Angesichts meiner Unterschrift auf dem Mietvertrag konnte er mich zwar vor das Gericht für Bagatellklagen zitieren, doch ich glaubte nicht, dass er das tun würde. In seiner Lage war es ihm doch sicher lieber, juristische Verwicklungen zu vermeiden. Um halb sechs schloss ich meine Tür zu. Auf dem Nachhauseweg fuhr ich an der Hauptpost vorbei und warf den Brief in den Außenbriefkasten. Zwölf Minuten später kam ich bei meiner Wohnung an. Mir war leichter ums Herz als den ganzen ersten Teil des Tages.

Bevor ich die Haustür aufschloss, ging ich über den Innenhof zu Henry hinüber. Ich wollte ihm sagen, dass ich mir seine Worte zu Herzen genommen hatte. Ich würde jede Beteiligung meinerseits bestreiten und ihm das alleinige Verdienst zuschreiben, das seltene Auftreten von Vernunft bei mir ausgelöst zu haben. In seiner Küche brannte Licht. Ich klopfte gegen die Scheibe und rechnete damit, ihn aus dem Flur in die Küche kommen zu sehen. Doch er war nirgends zu entdecken; ich hörte weder sein Klavier, noch konnte ich andere Anzeichen irgendwelcher Aktivitäten wahrnehmen. Allerdings erschnupperte ich den verführerischen Duft eines seiner Schmorgerichte aus dem Backofen und nahm daher an, dass er nicht weit sein konnte.

Ich trottete zu meiner Wohnung zurück und ging hinein. Drinnen schaltete ich die Schreibtischlampe an und legte meine Umhängetasche auf einen Küchenhocker. Dann sammelte ich die Post zusammen, die durch den Schlitz geworfen und quer über den Fußboden verstreut worden war. Es war nichts als Reklame, und so warf ich den ganzen Schund in den Müll. Das Lämpchen an meinem Anrufbeantworter blinkte munter. Ich drückte die Abspieltaste.

Tommy Hevener.

»Hey. Ich bin's. Ich musste an Sie denken. Vielleicht erwische ich Sie ja später. Rufen Sie mich doch zurück, wenn Sie heimkommen.«

Ich drückte auf »Löschen« und wünschte, ich könnte das Gleiche mit Tommy tun.

Schließlich ging ich in die Küche. Die Dose Tomatensuppe vom Samstag war meine Letzte gewesen, daher wusste ich bereits, dass nichts Essbares im Haus war. Brav durchsuchte ich meine Küchenregale und den Kühlschrank. Ehrlich gesagt habe ich noch nie ein Rezept gelesen, für das man zwei Plastiktütchen Sojasoße, eine halbe Tasse Olivenöl, Frühstücksflocken, Sardellenpaste, Ahornsirup und sechs gummiartige Karotten braucht, die mit etwas bewachsen sind, das wie Haare aussieht. Eine pfiffige Hauswirtschafterin hätte aus genau diesen Zutaten bestimmt ein nahrhaftes Gericht gezaubert, aber ich muss zugeben, dass ich ratlos war. Also schnappte ich mir erneut meine Tasche und verließ das Haus. Abendessen bei Rosie – was für eine nette Abwechslung.

Die Nachtluft war diesig und roch nach Keller. Es hatte jetzt sechs Tage hintereinander fast ständig geregnet. Der Reiz des Neuen war verflogen, und diejenigen, die sich anfänglich über den Regen gefreut hatten, verfluchten nun seine Hartnäckigkeit. Der Boden war gesättigt, und die Bäche quollen über, rauschende Wasserläufe, die Schutt mit sich führten. Wenn nun nicht ein paar trockene Tage folgten, würden die Sturzbäche über ihre Ufer treten und die tief gelegenen Gebiete überfluten. Bereits jetzt gab es Nebenstraßen, die mit Matsch und Steinen überzogen waren und auf denen wabernde Wasserschichten das Fahren gefährlich machten.

Wenn man die schwankende Besucherfrequenz bei Rosie's bedachte, dann wimmelte es an der Bar von Gästen. Die Happy-Hour-Kundschaft würde allerdings nach sieben Uhr verschwunden sein, sobald die Getränkepreise anzogen. Der Geräuschpegel war auf einen schrillen, durchdringenden Ton gestiegen, der die zunehmende Reizbarkeit der Anwesenden widerzuspiegeln schien. Die Leute hatten genug von Regenmänteln, Gummistiefeln und Schimmelsporen, die ihre Allergien in Form von Niesanfällen und verstopften Nebenhöhlen aufflammen ließen.

Ich stellte meinen Schirm neben die Eingangstür, schlüpfte aus dem Regenmantel und schüttelte einen Teil des Wassers von ihm ab, bevor ich ihn aufhängte. Aus reiner Höflichkeit vollzog ich demonstrativ das sinnlose Ritual, mir die Füße abzustreifen. Als ich durch die Innentür trat, entdeckte ich Tommy Hevener, der ganz allein an einem Tisch im vorderen Teil saß. Leise Wut wallte in mir auf, da ich mich in die Ecke gedrängt fühlte. Wie schaffte ich ihn nur wieder aus meinem Leben? Er trank einen Martini und hatte das breite Glas gerade an die Lippen gesetzt, als er mich sah. Ich blieb wie angewurzelt stehen – ein Sekundenbruchteil der Unentschiedenheit –, da die zweite Person, die ich sah, Mariah Talbot war, die in einer Nische ziemlich weit hinten saß. Das Adrenalin fuhr mir durch den Körper wie eine Dosis Speed. Ihr verräterisches silbergraues Haar war unter einer dunklen, zottigen Perücke verborgen, und die blauen Augen hatte sie mit einer Brille mit Plastikgestell und Strassapplikationen maskiert. Der Regenmantel, den sie trug, ließ ihren Körper gedrungen wirken. Wenn man nicht hinter die Fassade und auf die zarten Knochen ihres Gesichts blickte, machte sie einen ungepflegten und schäbigen Eindruck – eine Frau, die in einer so großen Menschenmenge nicht auffallen würde. Tommy konnte zwar keinesfalls damit rechnen, sie hier zu sehen, aber womöglich erkannte er sie, falls er in ihre Richtung blickte. Ein so klassisches Äußeres wie das ihre lässt sich fast nicht verbergen. Sowie Mariah und ich Blickkontakt aufgenommen hatten, rutschte sie aus ihrer Nische und setzte sich auf den Platz auf der anderen Seite des Tisches, mit dem Rücken zu uns. Ich hoffte, der Schreck über ihre Anwesenheit hatte sich nicht auf meiner Miene abgezeichnet, aber ich konnte nicht beurteilen, inwieweit ich mein Erstaunen hatte verbergen können. Mein Blick wanderte zu Tommy hinüber. Sein Gesichtsausdruck war fragend, so als hätte er meine Verwunderung gespürt. Er drehte sich auf seinem Stuhl um und musterte den hinteren Teil des Lokals. Spontan ging ich hinüber und setzte mich an seinen Tisch. Ich berührte seine Hand. »Tut mir Leid, dass ich gestern Abend so unfreundlich war.«

Sein Blick kehrte zu mir zurück, und er lächelte. »Keine Sorge. War meine Schuld.« Der leichte texanische Akzent, den ich noch vor ein oder zwei Tagen so anziehend gefunden hatte, kam mir jetzt nur noch affektiert vor. Er trug einen Kaschmirpullover in einem weichen, fedrigen Grau, der seine leuchtende Haarfarbe und das Grün seiner Augen betonte. Er intensivierte den Blickkontakt und umfasste meine Hand mit der seinen. Er hob meine Finger an und drückte mir einen Kuss in die rechte Handfläche. Fast wäre ich erschauert – nicht vor Erregung, sondern vor Grauen. Was früher verführerisch gewirkt hatte, war jetzt nur noch eine billige Masche. Er wusste, dass er gut aussah, und er machte auf schüchterner Junge vom Land, um seine Attraktivität zu unterstreichen. Ich wusste zu viel über ihn, und die Kraft seiner Sexualität schien mir nichts als Manipulation zu sein. Ein kurzer Rückblick machte mir klar, dass er vom ersten Moment unseres Kennenlernens an daran gearbeitet hatte, zu dominieren, angefangen bei meiner Ablehnung, ein Bier mit ihm zu trinken. Er hatte mir stattdessen eine Pepsi light angeboten und die Dose aufgerissen, bevor ich ablehnen konnte. Ich war den Weg des geringsten Widerstands gegangen, und er hatte die Oberhand behalten. Danach waren alle Übergänge glatt und gut eingeübt gewesen. Er hatte sich mein Mitgefühl gesichert, indem er den Tod seiner Eltern angesprochen und darauf die Bemerkung hatte folgen lassen, dass die Frauen in Kalifornien so hochnäsig seien. Auf der Stelle hatte ich begonnen, ihm das Gegenteil beweisen zu wollen. Auch sein nächster Schachzug war geschickt gewesen: *»Welche sind Ihnen lieber? Männer, die viel zu jung für Sie sind, oder Männer, die viel zu alt sind?«* Nicht zu fassen, dass ich mich so leicht hatte einwickeln lassen.

Aus den Augenwinkeln sah ich Mariah die Nische verlassen und sich auf den Weg zur Toilette machen. Ich stützte das Kinn auf die Hand. »Haben Sie Zeit zum Abendessen? Wir könnten noch mal zu Emile's gehen oder es woanders versuchen.«

»Besorgen Sie mir erst noch einen Drink, dann können wir darüber reden.«

Ich zeigte auf sein Glas. »Was trinken Sie denn?«

»Wodka Martini.« Er hob das Glas und ließ sich die grüne Olive auf die wartende Zunge purzeln.

Ich nahm sein Glas und stand auf. »Bin gleich wieder da.« Als ich an ihm vorbeiging, streckte er einen Arm aus, um mich zu stoppen. Ich starrte auf sein Gesicht hinab, das er zu mir hochgereckt hielt. Ich konnte sein Rasierwasser riechen. Und ich spürte seine heiße, besitzergreifende Hand auf meinem Po. Ich wand mich aus seinem Griff, beugte mich zu ihm und sagte gelassen: »Nicht frech werden.«

Seine Stimme war tief und voller Selbstvertrauen. »Ich bin aber frech. Ich dachte, das gefiele Ihnen an mir.«

»Verlassen Sie sich nicht darauf.«

Ich ging hinüber an die Bar, wo William Bier zapfte und Drinks mixte. Ich bestellte zwei Wodka Martinis, und wir wechselten ein paar nichts sagende Floskeln, während ich ihm zusah, wie er einen Strahl Wodka in einen silbernen Shaker goss und einen winzigen Spritzer Wermut dazugab. Schließlich stellte er zwei eisgekühlte Martinigläser auf den Tresen.

»Könntest du mir einen Gefallen tun? Würdest du die Gläser dem Mann in dem grauen Pullover bringen, wenn du dazu kommst? Sag ihm, ich bin auf dem Klo und komme gleich zurück. Er kann seinen ja schon trinken. Ich trinke meinen dann, wenn ich zurückkomme.«

»Das tu ich doch gerne für dich«, sagte William. Er legte zwei Deckchen auf ein Tablett, stellte auf jedes ein Glas und kam hinter dem Tresen hervor.

Ich bahnte mir den Weg zur Damentoilette und drückte die Tür auf. Der Raum roch nach Scheuermittel und hatte nur eine Kabine. Aus trauriger Erfahrung wusste ich, dass die hölzerne Klobrille einen Riss hatte und zwickte, wenn man sich darauf setzte. Mariah stand am Becken und rückte ihre Perücke zurecht. Abgesehen vom Waschbecken gab es lediglich einen großen Abfalleimer mit Plastiktüte und ein vergittertes Fenster, das auf einen engen Hinterhof hinausging. Aus der Nähe sah ich, dass Mariah unter dem Regenmantel einen wuchtigen Strickpullover, eine schlabberige, blau bedruckte Hose und darunter eine Art dick machende Polsterung in der Taille trug. Die Birkenstockschuhe und die weißen Socken gaben ihrem Aufzug den letzten Schliff. Todschick.

»Na, wie finden Sie's?«, fragte sie.

»Die Verkleidung ist mau. Ich habe Sie einmal im Leben gesehen und habe Sie erkannt, sowie ich das Lokal betreten habe.«

Sie nahm einen grobzinkigen Kamm aus der Handtasche und hob die obersten Schichten ihrer Perücke an, um ihr mehr Höhe zu verschaffen. »Mist. Das Ding hat mich ein Vermögen gekostet, und dabei ist es nicht mal echtes Haar.«

»Was *machen* Sie überhaupt hier? Wissen Sie eigentlich, wie haarscharf Sie fast aufgeflogen wären?«

»Als ob mir das nicht klar wäre. Ich und meine tollen Ideen«, erwiderte sie. »Ich habe versucht, Sie anzurufen, aber ich habe nur Ihren Anrufbeantworter erreicht und wollte keine Nachricht hinterlassen. Das ist nämlich unklug. Man weiß ja nie, wer dabei ist, wenn die Dinger abgehört werden. Ich wollte das Risiko nicht eingehen, dass Tommy meine Stimme hört. Ich dachte, es wäre leichter, Sie hier zu treffen. Ich komme rein, wähne mich in Sicherheit, und dann sitzt er da. Mir wäre fast das Herz stehen geblieben.«

»Mir auch. Wieso hat er Sie nicht gesehen?«

»Fragen Sie nicht. Es war reiner Dusel, schätze ich. Er hat an seinem Regenmantel herumgefummelt, und ich habe so getan, als hätte ich eine Freundin entdeckt, und bin auf eine Nische im hinteren Teil zugesteuert. Dort habe ich eine Viertelstunde lang gesessen und meine Flucht durch die Küche geplant. Dann habe ich zufällig aufgeblickt und Sie hereinkommen sehen. Wie gut stehen die Chancen darauf, dass Sie ihn hier rausschleusen können?«

»Ich tue, was ich kann, aber die Sache gefällt mir nicht. Gestern Abend ist er vor meiner Wohnung aufgekreuzt. Ich habe es zwar geschafft, ihn abzuwimmeln, aber er ist hartnäckig. Eigentlich will ich ihn loswerden, und jetzt muss ich ihm schöntun, um Sie zu decken.«

»Das Leben ist hart.« Sie schob ein paar Strähnen ihrer künstlichen Haare zurecht und lächelte sich selbst zu. »Es gibt auch gute Neuigkeiten. Sämtliche Kreditkarten der beiden sind restlos ausgereizt. Jeder von ihnen besitzt sechs bis acht Karten, und die unbezahlten Beträge kosten achtzehn Prozent Zinsen. Sie leisten ihre Mindestzahlungen, um sich über Wasser zu halten. Luxusuhren, Luxusautos. Die Hypothek für diese Monstrosität, die sie ihr Zuhause nennen, beläuft sich auf fünfzehn Riesen im Monat. Die beiden stecken mit den Eiern im Schraubstock, und mittlerweile spüren sie den Druck.«

»Sie sind völlig pleite?«

»In Kürze, wenn sie sich nicht schnell etwas einfallen lassen.« Ihr Blick begegnete meinem im Spiegel. Die Kombination aus der Perücke und ihrer Kluft ließ sie derb wirken, ganz anders als die kühle Karrierefrau, die sie in meinem Büro gegeben hatte, als sie ihre Unterlagen vor mir ausgebreitet hatte. Vielleicht war sie doch wandlungsfähiger, als ich ihr zugetraut hätte. »Vermutlich sind Sie noch nicht dazu gekommen, Tommy von dem Hehler zu erzählen.«

»Ich werde es auch nicht tun. Da kann ich Ihnen wirklich nicht helfen. Tut mir Leid.«

»Machen Sie sich keinen Stress.« Sie steckte den grobzinkigen Kamm wieder ein, wandte sich um und lehnte sich gegen das Waschbecken, um mich zu mustern. »Ich kriege die Ärsche mit oder ohne Ihre Hilfe.«

»Wodurch ist die Sache denn so persönlich geworden?«

»Mord ist immer persönlich. Es stört mich, wenn solche Typen ungestraft davonspazieren. Abgesehen davon hat mir die Guardian eine dicke, fette Prämie versprochen, wenn ich den Fall kläre.« Ihre Augen waren hinter der Brille von einem klaren und eiskalten Blau. Sie nickte zur Tür hin. »Gehen Sie lieber wieder raus. Der edle Prinz wartet.«

Ich verließ die Toilette und trat in das vom vielen Alkohol verursachte Getöse hinaus. Rauch waberte durch den höhlenartigen Raum. Ich fühlte mich, als wäre ich eine Stunde lang weg gewesen, doch ein kurzer Blick auf die Uhr verriet mir, dass nicht einmal zehn Minuten vergangen waren. Ich drängte mich durch die Menge und kehrte an den Tisch zurück, wo Tommy wartete. Henry hatte sich zu ihm gesetzt und trank sein gewohntes Glas Jack Daniel's auf Eis. Seine Ellbogen ruhten auf einem großen braunen Umschlag, und ich fragte mich, ob er vorhatte, später noch zu arbeiten. Vorübergehend stieg Hoffnung in mir auf. Seine Anwesenheit würde mir zumindest irgendwelche Vertraulichkeiten ersparen.

Ich setzte mich. »Hi, Henry. Ich habe vorhin bei dir geklopft, aber offenbar konnte ich nicht zu dir durchdringen.« Ich klang viel zu munter, aber ich konnte es nicht ändern.

»Ich war kurz auf dem Markt, weil ich frische Petersilie für meinen Schmortopf gebraucht habe.«

»Henrys Schmortöpfe sind legendär«, sagte ich in Tommys Richtung, obwohl ich ihm nicht in die Augen sehen konnte. Ich hob das Martiniglas, trank einen Schluck und brachte das wackelige Glas beim Absetzen wieder ins Gleichgewicht. Ich leckte mir den Wodka von der Hand, der über den Rand geschwappt war.

Henry sah zu mir herüber, und wir wechselten einen raschen Blick. Ich wusste, was er im Schilde führte. Er wollte mich beschützen. Er hatte nicht die leiseste Absicht, mich unbeaufsichtigt Umgang mit dem Feind haben zu lassen. Er ließ die Augen nachdenklich auf sein Glas sinken und sagte: »Ach, übrigens, ich habe mich wegen dieser Angelegenheit erkundigt, nach der du mich gefragt hast.«

»Ah«, sagte ich und dachte: *Angelegenheit*? Was für eine *Angelegenheit* denn?

»Du solltest es mal bei Cyril Lambrou im Klinger Building versuchen, gleich bei der Spring Street im Zentrum von Los Angeles. Die Frau, mit der ich gesprochen habe, hat ihm einen Teil des antiken Schmucks ihrer Mutter verkauft. Es waren Sachen, die sie kaum je getragen hat, und sie hatte es satt, die exorbitanten Versicherungsprämien zu bezahlen.«

Ich hatte das Gefühl, als würde ich mich von meinem Körper lösen. Es war nicht zu fassen, dass er das tat. Ich hatte Mariahs Plan eine Absage erteilt, und jetzt legte er hier den Köder aus. Henry hatte die erste Lüge seines Lebens erzählt, und das meinetwegen. Ich wusste, warum er das tat. Wenn der Name des Juweliers von ihm stammte, wie konnte man dann später mich dafür verantwortlich machen, wenn das Geschäft schief ging? Henry und Tommy hatten den vergangenen Abend gemeinsam verbracht. Sicher vertraute Tommy ihm. Jeder vertraute Henry, weil er die Wahrheit sagte und ein grundanständiger Kerl war.

»Das kann ich nachfühlen«, erwiderte ich. »Ich zahle auch ein Vermögen für die Versicherung, dabei könnte ich das Geld gut gebrauchen.« Meine Stimme klang hohl. Ich zog meine Hand unter der von Tommy hervor, eigentlich in der Absicht, mein Glas zu heben und noch einen Schluck von meinem Martini zu trinken, doch dann merkte ich, dass ich viel zu sehr zitterte, um das Glas an die Lippen zu führen. Ich schob mir die Finger unter den Oberschenkel. Selbst durch die Jeans konnte ich spüren, wie kalt sie waren.

Unterdessen machte Henry so gekonnt weiter wie ein mit allen Wassern gewaschener Betrüger gegenüber einem leichten Opfer. »Ich habe den Knaben selbst angerufen und ihm den Diamanten beschrieben. Er wollte sich zwar am Telefon nicht festlegen, aber er schien interessiert zu sein. Ich weiß ja, dass du den Ring nicht *verschenken* willst, aber du musst auch realistisch sein. Den wahren Wert kriegst du natürlich nie, aber er klingt großzügiger als so manch anderer. Ich glaube, er hätte ihn gern für seine Privatsammlung, also könnte es einen Versuch wert sein.«

Ich versuchte mir aus seinen Angaben die Lügengeschichte zusammenzureimen, die er sich ausgedacht haben musste. Es lief darauf hinaus, dass ich den teuren Brillantring meiner Mutter besaß und Bargeld brauchte. Offenbar hatte ich ihn zu Rate gezogen, und er hatte sich umgehört. So weit, so gut, aber der Trick bei einer geschickten Lüge besteht darin, es nicht zu weit zu treiben. Ich fand, wir könnten noch ein oder zwei Runden anhängen, aber dann müssten wir zu einem anderen Thema übergehen. Wenn man eine Lüge zu breit auswalzt, kann sie einem zum Verhängnis werden.

Mein Mund war trocken. *Wie viel?* Ich räusperte mich und versuchte es noch mal. »Wie viel? Hat er dir irgendeinen Betrag genannt?«

»Zwischen acht- und zehntausend. Er meint, es kommt auf den Stein an und ob er glaubt, dass es einen Sekundärmarkt gibt, aber er hat versprochen, fair zu sein.«

»Der Ring ist fünfmal so viel wert«, wandte ich indigniert ein. Natürlich wusste ich, dass der Ring imaginär war, aber er besaß trotzdem Affektionswert. Unter diesen Umständen kamen mir acht- oder zehntausend vor wie Peanuts.

Henry zuckte die Achseln. »Hör dich um, wenn du willst. Es gibt noch andere Juweliere in dem Gebäude, aber er meinte, es sei allemal besser, wenn du Bescheid weißt.«

»Mag sein. Das sehen wir noch.«

Tommys Miene hatte sich nicht verändert. Er schien höflich zuzuhören, nicht mehr und nicht weniger interessiert, als es jeder x-beliebige Mann gewesen wäre.

Ich merkte, wie mir der Schweiß den Rücken hinab bis ins Kreuz lief. Ich zeigte auf den Umschlag und fragte: »Und was ist da drin?«

»Ach. Gut, dass du mich daran erinnerst. Ich habe ein Geschenk für dich.« Er reichte mir den Umschlag und sah erwartungsvoll zu, als ich die Klammer löste und die Klappe zurückschlug. Drinnen lag, ordentlich von einer Büroklammer zusammengehalten, eine Hand voll Rechnungen, vermutlich von Klotilde.

»Okay, ich beiße an. Aber was soll das sein?«

»Sieh's dir selbst an. Mach eine davon auf.«

Ich streifte die Büroklammer ab und nahm die erste Rechnung in die Hand, die aus einer langen Liste einzeln aufgeführter Posten bestand, von denen die meisten medizinische Hilfsmittel waren:

Bürste, Haare	\$ 1,00
Steri-Strips, 3 m 1/4 × 3	\$ 1,22
Steri-Strips, 3 m 1/4 × 3	\$ 1,22
Unterlagen, Polymer 23 × 36	\$ 3,35
Spritze, Einweg steril	\$ 0,14
Spritze, Einweg steril	\$ 0,14
Spritze, Einweg steril	\$ 0,14
Katheter, Allzweck Davol	\$ 1,59
Babylotion	\$ 1,62
urolog. Spülsystem	\$ 2,69
Becher, Gebiss	\$ 0,14

Alles in allem waren es etwa dreißig Posten. Die Gesamtsumme belief sich auf 99,10 Dollar. Keiner der Posten kam mir abwegig vor. Ich warf einen Blick auf die nächste Abrechnung, eine Auflistung von therapeutischen Übungsstunden und physiotherapeutischen Sitzungen, insgesamt 130 Minuten, die sich auf die letzten Tage im Juli verteilten. Jedes aufgeführte Datum war mit den Initialen *pg* abgezeichnet, für die Therapeutin, die die Behandlung verabreicht hatte.

Verwirrt sah ich Henry an.

»Der ganze Stapel stammt von ihr«, sagte er. »Ich habe die Unterlagen heute Morgen gefunden und dachte mir, sie könnten dich interessieren. Sieh noch mal hin.«

Ich griff nach der nächsten Rechnung. Diese war für den Einsatz eines mobilen Röntgengeräts, den Transport des mobilen Röntgengeräts und zwei Röntgenuntersuchungen, eine des Handgelenks und eine der Hand. Sie belief sich auf \$ 108,50. Ich blickte auf den oberen Rand des Formulars und blätterte dann zu den ersten beiden zurück. Alle drei waren von Pacific Meadows ausgestellt worden. »Ich wusste nicht, dass sie Patientin in Pacific Meadows war.«

»Ich auch nicht. Ich habe Rosie die Rechnungen gezeigt, und sie meinte, Klotilde sei letztes Frühjahr dort aufgenommen worden. Pacific Meadows war nur eine von mehreren Einrichtungen, in denen sie in den letzten paar Jahren Patientin war. Ich weiß nicht, ob du je groß darauf geachtet hast, aber sie war ständig wegen irgendwas im Krankenhaus – ein Sturz, Lungenentzündung, die Staphylokokkeninfektion, die sie sich eingefangen hatte. Bei Medicare wurden ihr nur soundsoviel Tage zugestanden – ich glaube, hundert pro Krankheit. Sie war so übellaunig und ekelhaft, dass sich mehrere Einrichtungen geweigert haben, sie aufzunehmen. Sie haben einfach behauptet, es sei kein Platz frei. Kannst du mir folgen?«

»Bis jetzt schon.«

»Sieh dir mal die Daten an, an denen die Leistungen erbracht wurden.«

»Juli und August.«

Henry beugte sich näher zu mir. »Sie ist im April gestorben. Da war sie also schon monatelang tot.«

Einen Augenblick lang ließ ich die Neuigkeit auf mich wirken. Dies war der erste greifbare Nachweis unlauterer finanzieller Machenschaften, den ich gesehen hatte. Aber wie hatten sie das hingekriegt? Klotilde musste etwa zur gleichen Zeit gestorben sein, wie die Buchprüfung in Pacific Meadows durchgeführt worden war. Laut Merry war eine große Anzahl von Patientenakten zur Durchsicht angefordert worden. Vielleicht war ihre nicht dabei gewesen. Ich versuchte mir in Erinnerung zu rufen, wie lange es gewöhnlich dauerte, bis der Sozialversicherung Mitteilung von einem Todesfall gemacht wird. Soweit ich mich erinnerte, wurde der Totenschein in der Leichenhalle ausgefüllt und anschließend zum zuständigen Standesamt geschickt, das wiederum das Original ans Einwohneramt des Bezirks weiterreichte. Danach wurde der Totenschein nach Sacramento geschickt, wo man ihn archivierte und die Daten der Sozialversicherung meldete.

»Henry, das ist ja sagenhaft. Ob man der Sache wohl irgendwie auf den Grund gehen kann?« Natürlich spielte ich mit dem Gedanken, Merry zu überreden, ein bisschen für mich herumzuschnüffeln. Ich müsste allerdings bis zum kommenden Wochenende warten, wenn sie wieder dort aushalf. Ich hielt es nicht für besonders klug, sie während ihrer normalen Arbeitszeit an einem Werktag darauf anzusprechen, wenn Mrs. Stegler daneben stand. Plan B bestand darin, eventuell selbst eine kleine Suchaktion zu veranstalten, vorausgesetzt ich fand heraus, wonach ich Ausschau halten musste. Ich blickte auf und stellte fest, dass sowohl Tommy als auch Henry mich anstarrten. »Tut mir Leid. Ich habe mir gerade überlegt, wie ich an die Sache herangehen soll.«

Offenbar hatte Tommy beschlossen, dass er jetzt lange genug höflich gewesen war. Seine Hand schloss sich über meiner. Sein Griff war fest und hinderte mich daran, mich unauffällig zu befreien. »He, Henry. Ist mir echt unangenehm, zu stören, aber diese junge Frau hier hat versprochen, mich zum Essen auszuführen. Wir wollten nur kurz was trinken, bevor wir rüber zu Emile's gehen.«

»Tja, und ich sollte mal nach meinem Schmortopf sehen, bevor alles anbrennt«, meinte Henry. Er warf mir beim Aufstehen einen Blick zu. Ich wusste, dass er mich nicht allein lassen wollte, aber er traute sich nicht, hartnäckig zu bleiben. Bei der Aussicht auf sein Verschwinden ergriff mich die gleiche Verzweiflung, die ich empfunden hatte, als ich fünf war und meine Tante mich zu meinem ersten Tag in der Grundschule gebracht hatte. Alles war bestens gewesen, solange sie noch da war und mit den anderen Eltern plauderte, aber sowie sie ging, bekam ich eine Panikattacke. Und jetzt spürte ich das gleiche Aufwallen von Angst, das alles in den Hintergrund treten ließ außer meiner Sehnsucht nach ihr. Henry und Tommy wechselten ein paar Floskeln, und ehe ich mich versah, war Henry verschwunden. Ich musste hier weg. Ich versuchte meine Hand wegzuziehen, aber Tommy fasste nur noch fester zu.

Ich tippte auf den Umschlag. »Wissen Sie was? Ich muss mir dringend diese Unterlagen anschauen. Wir müssen das Essen verschieben. Ich hoffe, es macht Ihnen nichts aus.«

Tommy machte es etwas aus. Ich sah, wie sein Lächeln schwand. »Sie brechen ein Versprechen.«

»Vielleicht morgen Abend. Jetzt habe ich zu tun.« Ich wusste, dass es nicht klug war, mich mit diesem Mann anzulegen, aber der Gedanke an einen Abend mit ihm allein war unerträglich. Mariah musste ja wohl inzwischen weg sein, und falls nicht, so war das ihr Problem.

Er fing an, mir die Finger zu reiben. Der Kontakt war etwas rauer als unbedingt nötig. Die Reibung wurde unangenehm, doch das schien ihm nicht aufzufallen. »Weshalb der plötzliche Sinneswandel?«

»Bitte lassen Sie meine Hand los.«

Er starrte mich an. »Hat Ihnen jemand etwas über mich erzählt?«

Ich merkte, wie sich mein Kiefer verkrampfte. »Was gibt's denn zu erzählen, Tommy? Haben Sie etwas zu verbergen?«

»Nein. Natürlich nicht, aber manche Leute denken sich Sachen aus.«

»Also ich nicht. Wenn ich sage, dass ich zu tun habe, dann können Sie mir das glauben.«

Er drückte meine Finger ein letztes Mal und gab meine Hand frei. »Dann lasse ich Sie wohl lieber gehen. Soll ich Sie morgen anrufen? Oder, was noch besser wäre, Sie rufen mich an.«

»Okay.«

Wir standen beide zugleich auf. Ich wartete, während Tommy in seinen Regenmantel schlüpfte, nach seinem Schirm griff und den Verschluss aufschnappen ließ. Als wir am Eingang ankamen, holte ich meinerseits Regenmantel und Schirm. Tommy hielt mir die Tür auf. Ich brachte die Verabschiedung schnell hinter mich, während ich darum rang, meinen Fluchttrieb zu beherrschen. Ich trottete auf meine Wohnung zu, während er in entgegengesetzte Richtung zu seinem Auto ging. Ich zwang mich zum Schlenderschritt, obwohl ich am liebsten gerannt wäre, um so viel Abstand wie möglich zwischen ihn und mich zu legen.

18

Ich betrat meine Wohnung und sperrte hinter mir die Tür ab. Tommy jagte mir kalte Schauer über den Rücken. Ich ging von einem Fenster zum anderen, schloss die Schnappriegel und zog die Jalousien vor, damit niemand hereinsehen konnte. Ich entspannte mich erst, als jede vorhandene Schließvorrichtung verriegelt war. Dann setzte ich mich an den Schreibtisch und suchte Mariah Talbots Visitenkarte, die ich in die Handtasche gesteckt hatte. Mir war unwohl wegen meiner Verbindung zu ihr. Der Verdacht, den Tommy mir gegenüber ausgesprochen hatte, war geradezu unheimlich gewesen. Ich malte mir aus, wie er meine Tasche durchwühlte, sobald ich ihm den Rücken zugewandt hatte, und dabei auf ihre Karte stieß. Menschen wie er, die einen zwanghaften Kontrollfimmel haben, brauchen die permanente Versicherung, dass ihnen keine auch noch so kleine Einzelheit entgangen ist. Ich prägte mir die Telefonnummer ein und zerschnitt die Karte in kleine Stückchen. Mit Unbehagen musste ich daran denken, dass er nach wie vor meinen Mietantrag in Händen hielt, in dem mehr über mich stand, als mir lieb war. Er würde nie ohne weiteres glauben, dass ich mich in erster Linie für Fakten interessierte, die mit Dow Purcell zu tun hatten. Seiner Denkweise nach musste alles, womit ich mich befasste, etwas mit ihm zu tun haben. Narzissmus und Paranoia sind zwei Seiten desselben pervertierten Gefühls der Selbstüberhebung. In der unheimlichen Art aller Psychopathen hatte er meine jüngst erst aufgekommene Angst vor ihm gewittert. Garantiert fragte er sich, wer oder was meinen Sinneswandel bewirkt hatte.

Ich griff zum Telefon und wählte Mariahs texanische Vorwahl sowie die Nummer von ihrer Karte. Mir war klar, dass ich sie nicht erreichen würde, aber zumindest konnte ich sie auf Band um einen Rückruf bitten. Ich musste daran denken, wie geschickt Henry den Namen des Hehlers ins Gespräch gebracht hatte. Er hatte so gut gelogen wie ich und mit der gleichen Kunstfertigkeit. Jetzt blieb nur die Frage, ob Tommy etwas mit der Information anfangen würde.

Mariahs Anrufbeantworter schaltete sich ein. »Hallo, hier spricht Mariah Talbot. Sie sind verbunden mit dem Büro der Guardian Casualty Insurance in Houston, Texas. Meine normale Arbeitszeit ist Montag bis Freitag von acht Uhr dreißig bis siebzehn Uhr dreißig. Falls Sie zu einem anderen Zeitpunkt anrufen, hinterlassen Sie mir bitte eine Nachricht und nennen Sie Namen, Uhrzeit und eine Nummer, unter der ich Sie zurückrufen kann. Ich höre mein Band regelmäßig ab und melde mich so bald wie möglich bei Ihnen. Vielen Dank.«

»Hi, Mariah«, begann ich. »Hier ist Kinsey. Wir müssen uns unterhalten. Bitte rufen Sie mich unter meiner Büronummer an. Wenn Sie mich nicht erreichen, hinterlassen Sie mir zehn Sekunden Schweigen auf Band. Anschließend hören Sie einfach Ihre Nachrichten ab. Ich rufe Sie dann an und schlage einen Ort und einen Termin vor, an dem wir uns treffen können. Danke.« Ich ertappte mich dabei, dass ich mich beim Sprechen tief über den Apparat beugte und mit der Hand die Sprechmuschel abschirmte. Was stellte ich mir denn vor? Dass sich Tommy Hevener mit einem tragbaren Abhörgerät an die Außenmauer presste? Na ja, irgendwie schon. Und ich nannte *ihn* paranoid.

Nachdem ich den Anruf bei Mariah erledigt hatte, wandte ich meine Aufmerksamkeit den Rechnungen zu, die mir Henry gegeben hatte, und vertiefte mich in die traute Sicherheit der vor mir liegenden Aufgabe. Die erste Rechnung auf dem Stapel trug die Überschrift »Medicare-Übersichtsmitteilung«, und weiter unten folgte die Zeile »Dies ist eine Übersicht der am 29. 8. 86 bearbeiteten Anträge«. Wenn ich ihre Patientenakte in die Finger bekäme, könnte ich in Erfahrung bringen, weswegen die Ärzte sie behandelt hatten. Ich wusste von manchen ihrer Krankheiten, aber ich wollte sehen, welche Medikamente und Hilfsmittel für sie angefordert worden waren. Dann konnte ich die tatsächlichen Bestellungen mit den Posten vergleichen, die Medicare in Rechnung gestellt worden waren. Beim Durchblättern fand ich ein Formular mit Erläuterungen zu medizinischen Leistungen, Abrechnungen mit Kodenummern, Kästchen für Arbeitgeberanteile und abzugsfähige Posten, Rechnungen sowie mehrere Auflistungen der täglichen Behandlungen – meiner Vermutung nach Physiotherapie. Eine Diagnose wurde nie erwähnt, doch in der ersten Augusthälfte beliefen sich allein die Ausgaben für Medikamente auf 410,95 Dollar. Hunderte zusätzlicher Posten, viele davon geringfügig, waren Medicare in den Monaten seit ihrem Tod in Rechnung gestellt worden. Natürlich konnte dies ein Irrtum sein, eine Verwechslung, aufgrund deren Güter und Dienstleistungen versehentlich über die falsche Patientenkodenummer abgerechnet wurden. Andererseits erschien jedoch überall Klotildes Familienname mit seiner ausgefallenen, undurchschaubaren ungarischen Schreibweise, also konnte man die Sache kaum damit erklären, dass jemand einen »Smith« oder »Jones« falsch eingetragen oder einen »Johnson« mit einem anderen verwechselt hatte, dessen Vorname mit dem gleichen Buchstaben begann. Am hilfreichsten war mir die Tatsache, dass zwar die Nummer der Anträge wechselte, aber Klotildes Medicare-Nummer ihr von einem Formular zum nächsten folgte. Ich notierte mir die Angaben auf einem Zettel, faltete ihn und steckte ihn in meine Jeanstasche. Ich fragte mich, ob ihre Unterlagen wohl nach wie vor in Pacific Meadows aufbewahrt wurden. Höchstwahrscheinlich schon, dachte ich mir. Sie war im April gestorben, und ich nahm an, das Haus würde ihre Akte mindestens ein Jahr lang im Archiv aufbewahren, bevor man sie einlagerte.

Ich wartete bis halb zehn und vertrieb mir die Zeit mit verschiedenen Verrichtungen im Haushalt. Eine Toilettenschüssel zu schrubben kann wunderbar beruhigen, wenn der Angstpegel steigt. Ich schrubbte erst Waschbecken und Wanne und kroch dann auf dem Badezimmerfußboden herum und wischte mit demselben feuchten Schwamm die Fliesen ab. Ich saugte, wischte Staub und startete einen Waschgang. Von Zeit zu Zeit sah ich auf die Uhr und versuchte abzuschätzen, wann die Bewohner von Pacific Meadows wohl zur Nachtruhe gebettet würden. Schließlich tauschte ich meine Sauconys gegen schwarze Turnschuhe und schlüpfte in eine schwarze Windjacke, die sich besser für Nachtarbeit eignete als mein gelber Regenmantel. Ich machte Haus- und Autoschlüssel aus der größeren Sammlung an meinem Schlüsselbund los, nahm Führerschein und etwas Bargeld aus der Brieftasche und schob beides in die Jeans. Als Letztes steckte ich ein kleines Etui ein, in dem meine Dietriche sind. Dieser spezielle Satz wurde von einem kriminellen Freund von mir gestaltet, der seine Freizeit im Gefängnis damit verbracht hatte, ein Sortiment Dietriche anzufertigen, die aussahen wie ein Maniküreset. Zwischen einzelnen Einbrüchen konnte ich mir also die Nagelhäutchen entfernen und die Nägel feilen. Der einzige andere Gegenstand, den ich mitnahm, war eine flache Taschenlampe vom Format einer Spielkarte, die ohne weiteres in meinen BH passte. Auf dem Weg zum Pflegeheim machte ich einen Umweg zum Drive-through-Schalter von McDonald's, wo ich mir eine Tüte Hamburger, zwei Cola und zwei große Portionen Pommes frites besorgte.

Als ich am Pacific Meadows ankam, war der Parkplatz fast leer. Die Tagschicht war schon weg, und die Nachtschicht arbeitete mit stark reduziertem Personal. Ich parkte mein Auto auf einem unbeleuchteten Teil, nahm die Tüte mit dem Fast Food und schloss die Tür hinter mir ab. Der Regen gab sich unentschlossen und hing direkt nördlich von uns über der Bergkette. Unterdessen war uns zwischen den einzelnen Güssen eine Pause gegönnt worden, die lang genug war, um das Pflaster an manchen Stellen trocknen zu lassen. Als ich über den Asphalt ging, musterte ich erneut den Grundriss des Gebäudes und versuchte die Lage von Ruby Curtsingers Zimmer zu bestimmen. Ich wusste, dass ein Vogelhäuschen vor ihrer Schiebetür hing, und ich hoffte, es als Bezugspunkt ausmachen zu können. Gerade hatte ich die Hausecke erreicht, als hinter mir ein Wagen auf den Parkplatz bog.

Verstohlen trat ich in den schützenden Schatten eines Wacholderbusches, während der Fahrer seinen Wagen in eine Lücke in der Mitte der Reihe manövrierte. Der Wagen war klassisch, lang, mit stumpfer Schnauze und sanft gerundeten Kotflügeln. Marke und Modell konnte ich nicht auf den ersten Blick benennen. Die Karosserie wirkte wie aus den vierziger Jahren, der Lack war cremefarben und die vordere Stoßstange eine klobige Angelegenheit aus auf Hochglanz poliertem Chrom. Vier Türen, kein Trittbrett, vier strahlende Weißwandreifen, keine Kühlerfigur. Der Mann, der ausstieg, war ebenso schick wie das Auto. Er warf eine brennende Zigarette beiseite, die ich kurz auf dem Asphalt blinken sah, bevor die Feuchtigkeit sie auslöschte. Er trug einen hellen Regenmantel über einem dunklen, dreiteiligen Anzug und schwarze Budapester mit Absätzen, die beim Gehen laut klackten. Als er an dem beleuchteten Eingang anlangte, konnte ich seinen dichten Schnurrbart und einen üppigen, silbernen Haarschopf sehen. Dann verschwand er aus meinem Blickfeld. Als ich mir sicher war, dass er weg war, ging ich auf dem Weg, der an dem schmalen Garten entlang verlief, weiter zur Rückseite des Gebäudes.

Die meisten Patientenzimmer waren dunkel und die Vorhänge fest vor die gläsernen Schiebetüren gezogen. Ich schloss die Augen und versuchte mir die Lage von Rubys Zimmer im Verhältnis zu denen ihrer Nachbarn vor Augen zu führen – schwierig, da ich sie erst einmal besucht hatte. Ich suchte nach dem Vogelhäuschen, das ihre Dachtraufe geziert hatte, und hoffte, dass das Pflegeheim nicht jedem Bewohner eines spendiert hatte. Vor mir stand eine der gläsernen Schiebetüren leicht offen, und ich konnte das flackernde Licht eines Fernsehers sehen. Draußen war ein leeres Vogelhäuschen zu erkennen, das wie eine kleine Laterne von einem dünnen Draht hing. Ich beugte mich näher zur Fliegentür. »Ruby? Sind Sie da drinnen?«

Ihr Rollstuhl stand keinen Meter weit weg. Sie beugte sich vor und spähte durch die Fliegentür zu mir heraus. Sie schien eine

Weile zu brauchen, bevor sie begriffen hatte, wer ich war. »Sie sind die Freundin von Merry. Tut mir Leid, aber Ihren Namen weiß ich nicht mehr.«

»Kinsey«, sagte ich und hielt die Tüte in die Höhe. »Ich habe Ihnen etwas mitgebracht.«

Sie entriegelte die Fliegentür und winkte mich hinein. Ihr knochiges Gesicht leuchtete auf. Ich schob die Fliegentür auf und trat ins Zimmer. Sie zeigte auf die Tüte. »Was ist da drin?«

Ich hielt sie ihr offen hin, und sie spähte hinein, während ich ihr den Inhalt erläuterte. »Zwei Big Mäcs, zwei Hamburger Royal mit Käse, zwei Cola, zwei Portionen Pommes und mehrere Päckchen Ketchup und Salz. Ich dachte mir, Sie brauchen das.« Ich reichte ihr die Tüte. »Das Zeug ist vermutlich kalt. Dafür muss ich mich entschuldigen.«

»Ich habe eine Mikrowelle.«

»Ehrlich? Prima. Ich hoffe, Sie haben Hunger.«

»Und wie.« Sie stellte sich die Tüte auf den Schoß und rollte zu einer niedrigen Kommode hinüber. Obendrauf standen ein elektrischer Wasserkocher und eine Mikrowelle von der Größe eines Brotkastens. Sie stellte die Tüte hinein und schaltete das Gerät ein. Über die Schulter sagte sie: »Schauen Sie mal, ob die Luft rein ist.«

Ich ging hinüber zu der Tür zum Flur, die bereits für die Nacht geschlossen war, drehte am Knauf und öffnete sie einen Spalt weit. Im Flur war es dämmrig. Am anderen Ende erstrahlte das Schwesternzimmer wie eine glühende Lichtoase. Mit dem Rücken zu mir stand dort der Herr, den ich erst vor wenigen Minuten hatte das Haus betreten sehen. Vielleicht ein Verwandter, der zu später Stunde noch einen Besuch machte. Die Tür gegenüber von Rubys Zimmer flog abrupt auf, und heraus kam eine Schwester in einer schicken weißen Uniform und einem gestärkten weißen Käppi, weißen Strümpfen und weißen Schuhen mit Kreppsohlen, die Krampfadern verhüten sollten. Ich hätte nicht gedacht, dass sich Krankenschwestern heutzutage noch so kleideten. Die paar, die ich bisher gesehen hatte, trugen Straßenkleidung oder weiße Hosenanzüge aus maschinenwaschbaren Synthetikfasern. Es war Pepper Gray, die bissige Schwester, die bei meinem ersten Besuch das Gespräch zwischen Merry und mir belauscht hatte. Sie hatte ein Stethoskop um den Hals hängen und zog eine besorgte Miene, während sie auf die Uhr sah. Dann wandte sie sich in Richtung Dienstzimmer und marschierte rasch den Flur hinab.

Hinter mir machte Rubys Mikrowelle »ping«. Ich zuckte zusammen und schloss hastig die Tür zum Flur. Es gab keinen Schlüssel, und ich hoffte, die billigen, berauschenden Düfte des Junk-Foods würden nicht das Personal aufscheuchen. Ruby nahm die Tüte aus der Mikrowelle und fuhr zu ihrem Platz neben der gläsernen Schiebetür zurück. Sie schob den Servierwagen zwischen uns und wies auf einen Stuhl. Ich wollte ihr eigentlich nichts wegessen, aber ich hatte wirklich mehr mitgebracht, als sie verdrücken konnte, und war selbst am Verhungern. Die Gesellschaft schien sie anzuregen, und so mampfte sie ihren Hamburger Royal fast so schnell hinunter wie ich. Wir stießen beide leise Schnupperlaute aus, als wir uns über die Big Mäcs und die Pommes hermachten.

»Ich hoffe, Ihr Herz setzt nicht aus«, sagte ich und trank einen Schluck Cola.

»Wen juckt's? Auf meiner Karte steht, dass ich nicht wiederbelebt werden will, also könnte ich in Frieden ruhen.« Sie hielt ihren Big Mäc in die Höhe, beglückt vom Anblick der Säfte, die aus dessen Unterseite tropften. Sie leckte sich einen Klecks Spezialsoße aus dem Mundwinkel. »Zwar nicht so groß wie die im Fernsehen, aber trotzdem gut.«

»Ich könnte mich totessen an den Dingern. Und wie geht's Ihnen immer so?«

Sie bewegte den Kopf bedächtig hin und her: mittelprächtig also. »Ich habe gehört, dass der Wagen des Doktors gefunden wurde, also habe ich mir schon gedacht, dass Sie vielleicht vorbeikommen würden. Ich habe den ganzen Tag nach Ihnen Ausschau gehalten.«

»Es hat eine Weile gedauert, bis ich mich aufgerafft habe. Wie kommen denn die Leute hier mit der Neuigkeit zurecht?«

»Manche hat es getroffen, aber ich glaube, überrascht sind die wenigsten von uns. War er der Tote?«

»Weiß ich noch nicht. Ich nehme es aber an. Die Autopsie ist heute vorgenommen worden.« Ich schilderte ihr die ganze Geschichte und fügte ein paar der ekligeren Details hinzu, die sie offenbar genoss. Dann bat ich: »Sagen Sie mir etwas über die Leute von der Nachtschicht. Gehen sie nachts oft auf Kontrollgänge?«

»Nicht oft, nein. Wenn ich im Rollstuhl den Flur hinauf- und hinunterfahre, sehe ich sie am Schreibtisch sitzen und plaudern oder Papierkram erledigen. Manche trinken Kaffee oder sehen im Personalaufenthaltsraum fern. Nachts herrscht meist Ruhe, wenn nicht gerade jemand stirbt.«

»Wie viele sind es insgesamt?«

Ruby zählte im Kopf nach. »Sieben, wenn Sie die Sanitäter, die Schwestern und die Schwesternhelferinnen zusammenzählen.«

»Machen sie regelmäßige Runden, um nach den Patienten zu sehen?«

»In der Hälfte der Fälle kommen sie ja nicht mal, wenn wir nach ihnen läuten. Warum? Wollen Sie den Laden ausspionieren?«

»Allerdings.« Ich hielt inne, um mir den Mund abzuwischen und die Papierserviette sowie die Verpackungen auf meinem Schoß zusammenzuknüllen. »Offen gestanden müsste ich einen Blick in ein paar Akten werfen. Glauben Sie, dass sie die Unterlagen unter Verschluss halten?«

Ruby schüttelte den Kopf und schob sich einen Happen Hamburger in die Backe, damit sie antworten konnte. »Kaum jemand will Unterlagen aus dem Altenheim stehlen.«

»Würden Sie für mich Schmiere stehen? Ich könnte ein bisschen Hilfe gebrauchen.«

Sie zögerte und wirkte auf einmal wesentlich kleinlauter. »Ach du liebe Zeit. Ich weiß nicht, ob ich das könnte. Ich bin nicht gut im Schnüffeln. Das konnte ich schon als Kind nicht besonders.«

»Ruby, dazu braucht man Übung. Sie können nicht erwarten, dass Sie gut sind, wenn Sie nicht bereit sind, sich anzustrengen.«

Ihr ohnehin schon winziger Körper schien zu schrumpfen. »Ich werd's versuchen, aber ich glaube nicht, dass ich es besonders gut machen werde.«

»Ich bin sicher, Sie kriegen das wunderbar hin.«

Kurz darauf sah ich durch ihre einen Spalt breit geöffnete Tür zu, wie sie den Flur zum Schwesternzimmer um die Ecke entlangfuhr. Ihre einzige Aufgabe – abgesehen davon, mit dem Personal zu plaudern – bestand darin, ihren Rollstuhl so zu parken, dass sie sich umsehen und im Auge behalten konnte, ob jemand das Büro betrat, während ich dort herumwühlte. Der Korridor war so angelegt, dass ich hineingehen konnte, ohne gesehen zu werden, aber ich hatte Angst, dass eine der Schwestern womöglich nach einer Patientenakte suchen würde, die ihr nicht vorlag. Es war zwar unwahrscheinlich, aber ich hätte keinerlei Entschuldigung vorzubringen, falls jemand hereinplatzen sollte.

Ich ließ genug Zeit verstreichen, damit Ruby zum Schwesternzimmer gelangen konnte, und schlich mich dann aus ihrem Zimmer. Ich zog die Tür hinter mir zu, bog rechts ab und marschierte den Flur entlang, als hätte ich hier ganz regulär zu tun. Ich kam am Aufenthaltsraum vorbei, am Eingang und am Speisesaal. Die Türen zum Aufenthaltsraum und zum Speisesaal standen offen, doch alle Lichter waren gelöscht. Ich blieb stehen und lehnte mich gegen die Wand. Wie ein Tier auf der Jagd schloss ich die Augen, nahm die Gerüche auf und entschlüsselte die Geheimnisse, die in der Luft hingen. Dies war die Welt der Alten: Zimtschnecken, Fichtennadelduft, frisch gebügelte Baumwolle und Gardenien.

Am Verwaltungsbüro angelangt, holte ich tief Luft und drehte am Türknauf. Abgesperrt. Ich erwog, meine Dietriche einzusetzen, doch mir war unwohl bei der Aussicht, mich fünfzehn Minuten hier aufzuhalten und mit verschiedensten Spezialdietrichen, Drehwerkzeugen und verbogenen Drähten herumzuprobieren. Es musste doch eine geschicktere Methode dafür geben. Ich nahm den gleichen Weg zurück und ging zum Empfang, der zu dieser Stunde verlassen in der matt erleuchteten Raumnische lag. Ich trat hinter den Tresen und durchsuchte eine Schublade nach der anderen. Dabei hielt ich die Ohren gespitzt und lauschte auf eventuelle Warnlaute, die darauf hinweisen könnten, dass sich jemand näherte. In der untersten Schublade fand ich einen Metallkasten, der sich ohne weiteres öffnen ließ. Darin befand sich ein Einsatz mit mehreren Fächern, in denen verschiedene Schlüssel lagen, allesamt ordentlich etikettiert und beschriftet. Hip hip hurra. Das war ja wirklich aufregender als eine Schnitzeljagd. Um ganz sicher zu gehen, nahm ich drei mit: den für die Verwaltung, den für die Aufnahme und den fürs Patientenarchiv. Ich legte den Deckel wieder auf den Kasten, schob die Schublade zu und huschte den Flur hinab.

Ich begann mit der Verwaltung. Meine Hände zitterten leicht, etwa 1,2 auf der Richter-Skala, aber ansonsten kam ich gut zurecht. Drinnen angelangt, wollte ich es nicht riskieren, Licht anzumachen, obwohl die Tür massiv war. Meine größte Sorge war, dass jemand auf den seitlich gelegenen Parkplatz fahren und sich fragen könnte, warum die Fenster zu dieser Uhrzeit erleuchtet waren. Ich fasste unter mein T-Shirt und nahm die flache Taschenlampe aus ihrem Versteck im BH. Als ich darauf drückte, fühlte sich das Plastik warm an, und der Lichtstrahl, der herauskam, war mickrig, aber für meine Zwecke ausreichend. Ich nahm mir einen Moment Zeit, um mich neu zu orientieren. Ich hatte dieses Büro bereits einmal bei Tag gesehen und besaß ein ganz gutes Gefühl dafür, wie der Raum aufgeteilt war.

Gegenüber dem Tresen stand Merrys Schreibtisch, Rücken an Rücken mit einem zweiten gleicher Machart. Außerdem gab es mehrere rollbare Aktenwagen, einen Kopierer und eine Reihe metallener Aktenschränke an der Wand gegenüber. Merrys Computerbildschirm war dunkel, doch ein kleiner, bernsteinfarbener Punkt pulsierte darauf regelmäßig wie ein Herz. In der Finsternis konnte ich die große Wanduhr zwar nicht sehen, aber ich hörte das unbeirrbare *Klick, Klick, Klick,* das der Sekundenzeiger auf seinem Weg ums Ziffernblatt von sich gab. Zu meiner Rechten lag die Tür zu Dr. Purcells Büro, wo ich meine Unterhaltung mit Mrs. Stegler geführt hatte. Zur Linken befand sich die Tür, die dieses Büro mit dem Patientenarchiv verband. Ich richtete den Lichtstrahl auf meine Armbanduhr. Es war 10.22 Uhr.

Vorsichtig drehte ich am Knauf der Tür zum Patientenarchiv. Sie war unverschlossen. Oh, was für ein Glückstag. Ich ließ den Lichtstrahl durch den Raum gleiten, der gähnend weit und finster dalag und mit vier Schreibtischen, einem Arbeitstisch, einigen Stühlen und einem Kopiergerät möbliert war. Außen herum waren Aktenschränke eingebaut, und an der Wand gegenüber sah ich eine zweite Tür. Ich ging hin, drehte am Knauf und stellte hocherfreut fest, dass auch diese Tür unverschlossen war. Ich steckte den Kopf hindurch. Eine schnelle Musterung des Raumes dahinter sagte mir, dass ich hiermit Zugang zur Aufnahme hatte. Alle drei Räume waren durch eine Reihe von innen gelegenen Türen miteinander verbunden. Sicher waren die Angestellten im Patientenarchiv, die Sekretärinnen und die Damen am Empfang froh darüber, dass sie so leicht von einer Abteilung in die nächste gehen konnten, ohne den Außenkorridor benutzen zu müssen. Meine Laune wurde von Minute zu Minute besser.

Ich ging wieder zurück ins Patientenarchiv und konzentrierte mich auf das, was anlag, nämlich in diesem dicht gepackten Lager mit ärztlichen Unterlagen Klotildes Papiere zu finden. Ich ließ meinen Minilichtstrahl wandern und leuchtete die Schubladenfronten nach Hinweisen auf das hiesige Ablagesystem ab. Ich hatte auf ein so grundlegendes Ordnungsprinzip wie *A, B, C* gehofft. Pech gehabt. Ich zog die erste Schublade auf und starrte auf die endlosen Reihen mit Dokumenten. Die Unterlagen schienen nach einem Zahlensystem sortiert zu sein – einer sechsstelligen

Nummer. Ich nahm fünfzehn Akten heraus, die ich willkürlich wählte, und suchte nach dem Grundprinzip, das diese speziellen Unterlagen miteinander verband. Keiner der fünfzehn Patienten hatte mit den anderen Alter, Geschlecht, Diagnose oder behandelnden Arzt gemeinsam. Ich stand da und starrte. Ich blätterte vor und zurück. Ich konnte kein Muster erkennen. Ich zog die Schublade darunter auf. Immer noch kein Patientenname in Sicht. Ich machte mit der untersten Schublade weiter und studierte zehn weitere Akten, doch es wollte mir nicht gelingen, das ausschlaggebende Kriterium zu finden, das sie alle verband. Die Erkennungsnummern waren vollkommen durcheinander: 698727 ... 363427 ... 134627. Ich versuchte es an einer Schublade zwei Schränke weiter. Wie konnte ich hoffen, Klotildes Akte zu finden, wenn in diesen Schubladen Tausende lagern mussten? Ich suchte nach einem gemeinsamen Nenner: 500773 ... 509673 ... 604073. Peinlicherweise muss ich zugeben, dass es ziemlich lange dauerte, bis ich das Element erkannte, das jede einzelne Serie von Akten verband, aber schließlich dämmerte mir, dass sie anhand der letzten zwei Ziffern in der Nummernreihe gruppiert waren.

Ich zog den Zettel heraus, auf den ich Klotildes Medicare-Nummer notiert hatte. Er schien in keinerlei Zusammenhang zu den Nummern auf den Akten zu stehen, die offenbar jedem Patienten bei der Aufnahme zugeteilt wurden. Ich merkte, wie meine Frustration wuchs. Es ärgert mich wirklich tierisch, wenn meine illegalen Bemühungen sich auch noch als fruchtlos entpuppen. Irgendwo in diesem Raum musste es doch eine Patientenliste in alphabetischer Reihenfolge geben. Sonst konnte kein Mensch diese ganzen Akten im Griff behalten. Ich schloss die Schubladen und ging den Raum ab. Der Strahl aus meiner Taschenlampe hatte jene Besorgnis erregende gelbliche Färbung angenommen, die darauf schließen lässt, dass die Batterie gleich den Geist aufgibt.

Ich schaute aus dem Fenster. Auf dem Parkplatz schien sich

nichts zu regen. Ich trat an den Lichtschalter und schaltete das verdammte Ding ein. Dann machte ich eine langsame visuelle Bestandsaufnahme, indem ich mich im Kreis drehte, um jeden Aspekt des Raumes aufzunehmen. Neben der Tür entdeckte ich ein Buch, das etwa dreißig mal fünfunddreißig Zentimeter maß, einen massiven Einband hatte und etwas enthielt, was wie Computerausdrucke in einer Dicke von acht bis zehn Zentimetern aussah. Ich ging hin und schlug es auf. Dem Himmel sei Dank. Das war das große Patientenverzeichnis, und zu meinem Segen war es alphabetisch angelegt. Ich suchte Klotildes unaussprechlichen Nachnamen, notierte mir ihre Erkennungsnummer und machte mich erneut an die Arbeit. Ich ließ das Licht an und dachte mir, *zum Teufel damit.* Ich begann eine neue Suche, indem ich ihre Unterlagen diesmal nach den letzten zwei Ziffern ihrer Patientennummer suchte. Binnen Minuten hatte ich sie gefunden, ihre Akte aus der Schublade genommen und sie mir vorn in die Unterhose geschoben.

Ich machte das Licht aus und kehrte in die Verwaltung zurück. Gerade wollte ich mich auf den Flur hinausschleichen, als mir folgender Gedanke kam: *Wenn die Wahrheit je ans Licht kommen sollte, müssten die Leute, die wegen Betrugs ermittelten, Klotildes Akten hier im Haus finden. »Vorn in meiner Unterhose« würde vor Gericht keinen Bestand haben. Hatte ich die Dokumente erst einmal aus dieser Einrichtung entfernt, wären die Indizien manipuliert und der Beweis für Dows Schuld oder Unschuld damit irreparabel beschädigt worden.*

Ach, Mist.

Ich sauste wieder zurück ins Patientenarchiv, wo ich den Ordner auf den nächstgelegenen Schreibtisch legte. Die Blätter waren in umgekehrter chronologischer Reihenfolge sortiert: die jüngsten Eintragungen zuerst, dann Seite für Seite zurück bis zum Aufnahmeformular. Ich bog die Stifte hoch und entfernte die Metallklammer. Mein Herz hämmerte vor Panik und Ungeduld. Ich hob den Deckel des Kopierers an, legte das erste Blatt ein und drückte den Knopf. Surrend begann sich das Gerät aufzuwärmen. Quälend langsam suchte sich der Lichtbalken seinen Weg über die Daten und wieder zurück. Die fertige Kopie erschien langsam auf der Ablage zu meiner Linken. Ich hob den Deckel an und tauschte das erste Blatt gegen das zweite aus. Wenigstens gab es jetzt genug Licht, um zu sehen. Viele der Anmerkungen der Ärzte waren nur knapp, und ich erkannte, wo die Betrüger sich die Lücken zu Nutze machen könnten. Abgesehen von ärztlichen Behandlungen – wer könnte schon zurückverfolgen, ob die Patientin tatsächlich Steri-Strips oder eine Flasche Babylotion erhalten hatte? Während eine Seite nach der anderen herauskam, glühte der Lichtbalken genau lang genug, dass ich die nächste Seite einlegen konnte. Was würde ich tun, wenn plötzlich jemand hereinkäme? Zusätzlich zum Kopfzerbrechen darüber musste ich jetzt noch fürchten, womöglich auf Dauer sterilisiert zu werden.

Sechzehn Minuten später hatte ich alles abgelichtet. Ich strich den Stoß Kopien glatt und schob ihn mir noch warm in die Unterhose. Ich sortierte die Blätter wieder in die Akte ein, bog die Stifte zurecht, schob die Klammer auf die Stifte, bog sie darüber und machte sie fest. Und jetzt? Ich konnte die Unterlagen nicht mitnehmen, ich konnte mich aber auch nicht darauf verlassen, dass nicht später jemand kam und sie vernichtete. Ich ging wieder an die Schublade, in der ich Klotildes Akte gefunden hatte. Die letzten beiden Ziffern ihrer sechsstelligen Patientennummer waren 44. Ich übersprang eine Reihe Schubladen und schob ihre Akte stattdessen zwischen die Kennnummern, die auf 54 endeten. So wüsste ich, wo sie steckte, und jeder Archivmitarbeiter würde schlicht und einfach feststellen, dass ihre Akte verschwunden war. Es war zwar denkbar, dass jemand an ihrem neuen Ablageort auf die Akte stoßen würde, aber das Risiko musste ich eingehen.

Ich verließ das Archiv, schloss die Tür hinter mir und kehrte ins Hauptbüro zurück, wo der pulsierende Punkt auf Merrys

Bildschirm überraschend viel Beleuchtung bot. Mittlerweile war ich an die Dunkelheit gewöhnt und konnte das Ziffernblatt der Uhr erkennen. 11.34 Uhr. Zeit zu verschwinden. Ich trat durch die Schwingtür am Tresen und hatte gerade die Tür zum Flur erreicht, als ich Schritte näher kommen hörte. Ich erstarrte und versuchte, nicht in Panik auszubrechen. Das tappende Geräusch hartsohliger Schuhe war leise, aber unüberhörbar. Es musste sich herumgesprochen haben, dass im Archiv Licht brannte, weil eindeutig jemand in diese Richtung unterwegs war, um nach dem Rechten zu sehen. Ich wollte zwar nicht glauben, dass tatsächlich jemand in das Büro kommen würde, aber der Vorsicht halber zog ich mich eilig hinter die Schwingtür zurück und suchte meine Umgebung nach dem einfachsten Versteck ab. Ich ging zu Merrys Arbeitsplatz hinüber, zog ihren Drehstuhl heraus und kroch in den Fußraum unter ihrem Schreibtisch. Dort hockte ich dann auf einem Gewirr dicker Stromkabel, den Kopf unnatürlich abgebogen, um nicht gegen die Unterseite von Merrys Stiftschublade zu stoßen. Die Ecken von Klotildes Unterlagen piekten mich in Bauch und Brust und machten ein seltsam knisterndes Geräusch, als ich die Beine anzog und die Arme um die Knie legte.

Und dann ging die Tür auf.

Ich wartete darauf, dass das Licht anginge, doch der Raum blieb dunkel. Ich hatte keine Ahnung, ob irgendwelche Teile meines Körpers noch sichtbar waren, aber ich musste eben darauf vertrauen, dass derjenige, der hereingekommen war, bald wieder hinausgehen würde. Einen Moment später öffnete sich die Tür ein zweites Mal, und ein zweiter Jemand kam herein. Ich hörte einen geflüsterten Wortwechsel, eine kleine Unstimmigkeit, und dann das Geräusch der Schwingtür, als erst der eine und dann der andere den Bereich betrat, wo ich (wie ich hoffte) verborgen war. Wer waren diese beiden? Vielleicht war dies der Auftakt zu einem lustigen Einbrechertreffen, und wir wollten alle drei aus unterschiedlichen, aber unlauteren Motiven Akten stehlen. Sie mussten ja Schlimmes im Schilde führen, sonst hätten sie wohl das Licht angemacht.

Nach mehrfachem Gescharre mit den Füßen standen die beiden plötzlich direkt vor Merrys Schreibtisch. Das matte Licht des Computermonitors glühte sanft. Ich schloss die Augen wie ein Kind. Wenn ich die beiden nicht sehen konnte, konnten sie mich vielleicht auch nicht sehen. Ich hörte ein Rascheln, als jemand einen Mantel ablegte, ihn über Merrys Stuhllehne hängte und den Stuhl wegschob. Als ich die Augen wieder aufschlug, konnte ich ein paar Männerhosenbeine erkennen und die Rückseite seiner Absätze. Ich hätte schwören können, dass es der Typ mit dem silbergrauen Haarschopf war, den ich auf dem Parkplatz beobachtet hatte. Jetzt stand er Fußspitze an Fußspitze mit einer Frau, deren geisterhaft weiße Strümpfe und vernünftige dicksohlige Schuhe ich kurz zuvor gesehen hatte. Pepper Gray.

Ich hörte einen Wirrwarr undeutlichen Geflüsters, ein heiseres Stöhnen, Proteste seinerseits und vertrauliches Drängen ihrerseits. Dann vernahm ich das leise, aber unverwechselbare Geräusch eines Reißverschlusses, der aufgezogen wurde. Fast hätte ich vor Schreck aufgeschrien. Sie wollten Doktor spielen, und ich saß im Sprechzimmer fest! Er lehnte sich nach hinten gegen den Schreibtisch – ich konnte sehen, wie er mit den Fingern die Kante umfasste, um sich abzustützen. Unterdessen ließ sie sich auf die Knie sinken und machte sich an ihm ans Werk. Seine Proteste erstarben nach und nach, während sich seine Atmung beschleunigte. Er hatte offenbar einen Hang zu Krankenschwestern, und sie erregte vermutlich das Risiko, erwischt zu werden.

Ich tat mein Bestes, um mich abzulenken. Ich versuchte, erbauliche Dinge zu denken und mich in einen zenartigen Zustand zu erheben. Schließlich war ich selbst an der Zwangslage schuld, in der ich mich befand. Ich beschloss, nie wieder irgendwo einzubrechen. Ich fasste den Entschluss, meine Sünden zu bereuen. Nicht, dass ich nicht bereits sozusagen eine ordentliche Stange dafür löhnte. Für jemanden, der so wenig Sex bekommt wie ich, war dies wirklich eine ausgesprochen grausame und ausgefallene Strafe. Pepper war nur einen Meter von mir entfernt und freudig mit der prallen Männlichkeit des Knaben beschäftigt, wie es in Romanen mit Unmengen solcher Szenen immer euphemistisch heißt. Ich muss Ihnen sagen, dass das Sexualleben anderer Leute nicht gerade rasend faszinierend ist. Zum einen wirkt ein Mann, der »Pepper, oh Pep« stöhnt, nicht besonders romantisch auf mich. Außerdem brauchte er ewig, und ich machte mir langsam Sorgen, dass sich ihr Kiefer aushängen könnte wie bei einer Schlange. Sie begann, mit der Kehle leise, ermunternde Geräusche zu machen. Fast fühlte ich mich versucht, mit einzustimmen. Unter dem Tisch hervor gab sogar der Überspannungsschutz ein begeistertes kleines Piepen von sich, das ihn anzuregen schien. Seine Artikulation war undeutlich, doch die Laute wurden schneller und nahmen an Tonhöhe zu. Schließlich ächzte er, als hätte er sich die Finger in der Tür eingeklemmt und versuchte, nicht zu schreien.

Alle drei sanken wir erschöpft nach hinten, und ich betete darum, dass wir nicht noch die Zigarette danach abwarten müssten. Zehn weitere Minuten verstrichen, bis sie sich wieder gefasst hatten. Nach einer geflüsterten Diskussion wurde beschlossen, dass sie zuerst hinausgehen und er dann in angemessenem Abstand folgen sollte. Als ich endlich aus meinem Versteck gekrochen kam, war ich gereizt und verspannt und hatte einen Knick im Hals. Das war das letzte Mal, dass ich Ruby bitten würde, für mich Schmiere zu stehen.

19

Es war halb eins, als ich zum zweiten Mal an diesem Abend meine Wohnung betrat. Ich hatte die Schlüssel an den Empfang zurückgebracht und war schnurstracks zum Haupteingang hinausmarschiert, die gestohlenen Unterlagen an mich gepresst wie ein papierenes Bruchband. Als ich auf dem Parkplatz ankam, war der Oldtimer verschwunden. Ich trottete über den Asphalt in die finstere Ecke, wo ich meinen VW abgestellt hatte. Bevor ich mich hinters Lenkrad setzte, zerrte ich die entwendeten Aktenkopien heraus und schob sie unter den Sitz. Nach der achtlosen Behandlung durch meine Schenkel und Rippen waren die Seiten zerfleddert und hatten Eselsohren. Ich ließ den Motor an und legte den Rückwärtsgang ein.

Wieder in meiner Wohnung angekommen, ging ich alle Räume aufmerksam ab und vergewisserte mich, dass sämtliche Türen und Fenster noch genauso verschlossen waren wie zuvor. Tommy Hevener verschwand nie ganz aus meinen Gedanken. Es juckte mich zwar in den Fingern, Klotildes ärztliche Unterlagen zu studieren, doch fürs Erste ließ ich es sein. Stattdessen setzte ich mich an den Schreibtisch und übertrug ein paar neue Informationshäppchen auf meine Karteikarten. Es war seltsam, die Mutmaßungen über Purcell jetzt wieder zu lesen, wo ich das Ende seiner traurigen Geschichte kannte. Ich hegte keinerlei Zweifel daran, dass der Tote im Wagen er gewesen war. Theoretisch konnte ich mir zwar vorstellen, dass er die Leiche eines anderen dort platziert hatte, doch in Wirklichkeit ging das nicht so leicht, erst recht nicht bei einem Tod durch Ertrinken, der klare Merkmale hinterlässt. Es würde nicht lange dauern, bis der Gerichtsmediziner sein Zahnschema und seine Fingerabdrücke verglichen und eine eindeutige Identifizierung vorgenommen hatte.

Ich legte die Karten nebeneinander hin, indem ich sie erst chronologisch anordnete und dann in der Reihenfolge, wie ich die Befragungen vorgenommen hatte. Dafür wurde ich zwar nicht bezahlt, aber schließlich war ich auch nicht offiziell entlassen worden. Beiläufig mischte ich die Karten, nur um der Wirkung willen. Die Geschichte blieb stets die Gleiche. Ob er nun durch eigene oder fremde Hand umgekommen war, Dow Purcell war tot, und das Leben, das er hinterlassen hatte, war ein Durcheinander. Drei Fragen plagten mich. Wo war sein Pass, und wo waren die dreißigtausend Dollar geblieben? Dazu kam noch die geringfügige, aber beunruhigende Sache mit dem Postfach. Wenn Dow dafür bezahlt hatte, um es zu seinem persönlichen Gebrauch beizubehalten, warum hatte er dann Crystal gefragt, ob sie es noch gemietet hatte?

Um neun Uhr am nächsten Morgen rief ich bei Fiona an. Natürlich erreichte ich sie nicht. Ich hinterließ ihr eine Nachricht und sagte ihr, dass ich hoffte, die fehlenden dreißigtausend Dollar aufzutreiben, und ließ – vielleicht zutreffenderweise – durchblicken, dass jemand aus Crystals Haushalt für den Diebstahl verantwortlich sein könnte. Ich schlug vor, noch ein paar Stunden mehr Arbeit zu investieren, wenn sie die Ausgabe billigte. Ich hoffte, sie würde die Gelegenheit nutzen, Crystal oder jemanden, der dieser nahe stand, zu belasten. Falls nicht, würde ich der Sache vermutlich aus persönlichem Interesse nachgehen. Nicht alles in dieser Branche dreht sich um die Kohle.

Es war noch nicht ganz Mittag, als ich meinen Terminkalender abarbeitete und die Anrufe vom Vortag erwiderte. Jeniffer hatte sich krank gemeldet, was bedeutete, dass sie mit ihren Kumpanen nach Los Angeles verduftet war, um ihre Lieblingsband live zu hören. Sie hatte Jill versichert, sie habe die Post am Tag zuvor auf dem Nachhauseweg beim Postamt eingeworfen. Nicht, dass ich daran gezweifelt hätte. Ich war einfach neugierig, als ich mich auf ihren Stuhl setzte und ihren Schreibtisch durchsuchte. Ich fand etwas, das verdächtig nach den gesammelten Briefen der letzten Woche aussah, auf einem Haufen in der untersten Schublade, darunter die Schecks für meine Rechnungen, allesamt freigestempelt und bereit zum Abschicken. Postwendend verpetzte ich sie bei Ida Ruth, die einen heiligen Eid darauf schwor, es Lonnie und John zu erzählen und dafür zu sorgen, dass sie in hohem Bogen flog.

Unterdessen packte ich den Packen Briefe in eine Kiste und brachte alles selbst zum Postamt. Ich fragte mich, wie schnell Richard Hevener meinen Brief bekäme und was er tun würde, wenn ihm aufging, dass er meinen Scheck nicht einlösen konnte. Wie traurig für ihn. Er hätte ihn eben gleich an dem Tag einzahlen sollen, als ich ihn ihm gegeben hatte. Vom Postamt aus spazierte ich zum Polizeirevier, wo ich Detective Odessa zu treffen hoffte, bevor er zum Mittagessen ging. Offenbar waren er und ein zweiter Detective fünf Minuten, bevor ich eintraf, zu Fuß weggegangen. Ich fragte den Dienst habenden Beamten, ob er irgendeine Ahnung hätte, wo die beiden sein könnten. »Vermutlich im Del Mar. Da gehen sie öfter hin. Falls nicht, versuchen Sie's am Selbstbedienungsfenster vom Arcade. Manchmal holen sie sich dort Sandwiches und essen sie am Schreibtisch.«

Ich legte eine Visitenkarte vor ihn hin. »Danke. Wenn ich ihn nicht erwische, würden Sie ihn dann bitten, dass er mich anruft?«

»Na klar.«

Ich zog den Reißverschluss meiner Windjacke hoch und trabte die Außentreppe zur Straße hinunter. Als ich den Wetterbericht in der Morgenzeitung gelesen hatte, hatte das Satellitenfoto einen dichten, weißen Strudel gezeigt, was hieß, dass eine neue Gewitterfront auf die Küste zukam. Vorhergesagt waren tief hängende Wolken und Nebel für den Vormittag sowie eine vierzigprozentige Regenwahrscheinlichkeit am Nachmittag. Die Temperaturen bewegten sich um die dreizehn Grad. Bald würden sämtliche Einheimischen gereizt und bösartig werden, deprimiert von der bitteren Kälte und dem bewölkten Himmel.

Im Del Mar war keine Spur von Odessa, und so marschierte ich den halben Block zum Arcade, einem Sandwichlokal mit einem winzigen Gastraum, der aus einem Tresen, drei Marmortischchen und ein paar Drahtgitterstühlen bestand. Das Selbstbedienungsfenster lag auf der anderen Seite des Gebäudes, wo man unter einer schwarz-weiß gestreiften Markise zwei Picknicktische und vier Holzbänke aufgestellt hatte. Detective Odessa beugte sich über ein rotes Plastiktablett mit einem gigantischen, in Papier gehüllten Hamburger und einem Berg Pommes. Der Polizist auf der anderen Seite des Tisches war Jonah Robb. Das lief ja besser, als ich mir hätte träumen lassen.

Ich hatte Jonah zum ersten Mal vor vier Jahren getroffen, als er in der Vermisstenabteilung arbeitete und ich auf der Suche nach jemandem war. Seitdem war er zur Mordkommission versetzt, zum Lieutenant befördert und zum Gruppenleiter ernannt worden, womit er im Prinzip Paglias Vorgesetzter war. Als wir uns kennen lernten, war Jonahs Mehrphasenehe gerade in einer ihrer Ruhe-Phasen, und wir hatten uns eine Saison lang in meiner Wonder-Woman-Bettwäsche vergnügt. Schon bald war seine Frau Camilla mit den beiden gemeinsamen Töchtern im Schlepptau zurückgekehrt. Als ich ihm das nächste Mal begegnete, erzählte er mir, dass sie eine Stelle als Gerichtsangestellte angenommen habe, ein beruflicher Aufstieg, der ein jähes Ende fand, als sie ihn erneut verließ. Diesmal hatte sie sich von einem anderen schwängern lassen. Der mutmaßliche Vater setzte sich ab und ließ die arme Camilla allein. Selbstverständlich nahm Jonah sie auf, und meinen letzten Informationen zufolge hatte er alle Hände voll zu tun, um seine gemischte Nachkommenschaft zu versorgen. Schon seit Beginn unserer Beziehung war das Ganze für meinen Geschmack zu melodramatisch gewesen, und so war ich schließlich ausgestiegen. Allerdings hatte ich noch nicht den Punkt erreicht, an dem ich ihm ohne einen Funken Verlegenheit hätte begegnen können.

Vince Odessa sah mich und winkte.

»Hi, Jungs«, sagte ich.

Jonah drehte sich auf der Bank um und wir begrüßten einander demonstrativ mit freundlicher Distanziertheit im Tonfall und ohne direkten Blickkontakt. Wir schüttelten uns die Hände, wie man es mit dem Pastor seiner Kirche tun würde. »Wie geht's?«, fragte er.

»Gut. Was macht das Baby?«, erkundigte ich mich. »Es muss jetzt – wie alt? – schon vier Monate sein, oder?«

»Er ist sagenhaft. Am vierten Juli ist er geboren, genau nach

Plan. Hat zehn Pfund und zweihundert Gramm gewogen. Ein richtiges Monstrum.«

»Wow. Und wie habt ihr ihn getauft?«

»Banner.«

»Ah. Wie in der Nationalhymne.«

Jonah zögerte. »Woher weißt du das? Camilla hat sich den Namen einfallen lassen, aber du bist die Erste, die es kapiert hat.«

»War nur eine Vermutung ins Blaue hinein.«

Odessa machte eine Geste. »Setzen Sie sich. Möchten Sie auch etwas essen?«

Sofort schob mir Jonah sein Plastiktablett hin. »Da. Du kannst die Hälfte von meinem haben. Camilla traktiert mich ständig, ich soll Diät halten. Ich habe in den letzten Monaten ihrer Schwangerschaft garantiert sieben Kilo zugenommen. Sie hat ihr Übergewicht sofort wieder verloren, aber ich schaffe es irgendwie nicht.« Die Speckrolle, die er an seiner Seite umfasste, bildete zwischen Daumen und Zeigefinger eine eindrucksvolle Wurst.

Ich stand direkt neben ihm und hätte es für zu auffällig gehalten, wenn ich um den Tisch herumgegangen und mich neben Odessa gesetzt hätte, also nahm ich neben Jonah auf der Bank Platz. Ich musterte Jonahs Sandwich, das diagonal zerteilt war: Speck, Salat und Tomate mit einer Lage Guacamole zwischen den Mayonnaiseschichten. Ich gab eine Schneespur Salz darüber. Nie würde ich eine Gelegenheit auslassen, meinen Nieren einen kleinen Nervenkitzel zu verschaffen.

»Was liegt denn an?«, wollte Odessa wissen. Er erwischte mich mit einem Mund voll Sandwich, und während ich noch damit kämpfte, meinen Gaumen freizuschaufeln, wandte er sich schon wieder dem Gespräch mit Jonah zu. »Wir haben gerade über Purcell gesprochen. Jonah war bei der Autopsie dabei.«

»Soweit man es eine Autopsie nennen kann. Dr. Yee sagt, aufgrund des Zustands der Leiche kann er weder biochemische noch biophysikalische Tests durchführen. Grob betrachtet hat es den Anschein, als sei er an einem einzelnen, aufgesetzten Kopfschuss gestorben. Wir haben die Waffe auf dem Vordersitz gefunden. Eine Charter Arms Bulldog .357 Mag, aus der nur eine Kugel abgefeuert wurde. Die Patronenhülse war noch im Rohr. Yee meint, er war mit 99,9-prozentiger Wahrscheinlichkeit tot, als er ins Wasser sank.«

»War die Pistole seine?«, fragte ich.

Jonah wischte sich den Mund und zerknüllte anschließend die Papierserviette. »Er hat sie gekauft, bevor er und Fiona sich getrennt haben. Crystal wollte nicht, dass er sie im Haus aufbewahrte, wegen des Kleinen. Sie glaubt, er habe sie in seinem Schreibtisch im Büro oder im Handschuhfach seines Wagens liegen gehabt.«

»Wir versuchen herauszufinden, wie er überhaupt zum Stausee raufgekommen ist«, sagte Odessa.

Ich hob die Hand. »Er war mit Fiona verabredet. Sie behauptet, er sei nicht aufgetaucht, aber sie könnte auch lügen.«

Odessa nickte fröhlich mit vollem Mund. »Glauben Sie bloß nicht, es sei unserer Aufmerksamkeit entgangen, dass wir den Typen praktisch in ihrem Vorgarten gefunden haben.«

»Und jetzt pass auf: Sie ist die einzige Begünstigte seiner Lebensversicherungspolice. Das war Teil der Scheidungsvereinbarung. Wir haben es nachgeprüft«, erklärte Jonah.

»Wie viel?«

»Eine Million.«

»Mir würde das reichen«, sagte Odessa.

»Riskant, den Mann so nah beim Haus umzubringen«, bemerkte ich.

»Vielleicht ist das gerade das Schöne daran«, meinte Jonah. »Es könnte ja auch jemand anders gewesen sein. Hat ihn unter irgendeinem Vorwand dort raufgelockt und ihm eine Kugel in den Kopf geschossen.«

Odessa verzog das Gesicht. »Und wie willst du ihn dort raufkriegen?«

»Indem ich mit ihm im Wagen fahre«, antwortete Jonah. »Du

rufst an und verabredest dich mit ihm, sagst, du willst dich an einem ruhigen Ort mit ihm treffen und etwas besprechen, aber er soll dich abholen.«

»Unter welchem Vorwand?«

»Wozu ein Vorwand?«, warf ich ein. »Der Täter setzt sich auf den Rücksitz und zieht irgendwann die Pistole.«

»Und dann? Wie kommt er in der Finsternis die Straße wieder runter?«

»Zu Fuß«, sagte Jonah. »So weit ist das nicht.«

»Und was, wenn er gesehen wird?«, fragte ich. »Dann hat er jemanden, der ihn mit dem Tatort in Verbindung bringen kann.«

»Es hätten auch zwei sein können«, meinte Odessa. »Der eine trifft sich dort oben mit ihm und macht ihn kalt, während der andere in einem Auto wartet, das ein Stück weit die Straße runter parkt.«

»Aber erhöht ein Komplize nicht das Risiko?«

»Kommt auf den Komplizen an.«

Jonah trank einen Schluck von seiner Cola. Er hielt mir den Becher hin, und ich nahm auch einen Schluck. Wir schwiegen einen Moment und dachten über das soeben Besprochene nach.

Ich brach das Schweigen. »Andererseits hatte Purcell aber Ärger mit dem FBI und war von gesellschaftlicher Ächtung bedroht. Sicher hat er an Selbstmord gedacht. Hättet ihr das an seiner Stelle nicht auch getan?«

»Wohl schon«, räumte Jonah ein. Die Aussicht schien ihn zu betrüben. »Die Kollegen sind immer noch mit dem Mercedes beschäftigt. Er hatte seine Mohairdecke über den Schoß gebreitet, und eine leere Whiskeyflasche lag vor dem Beifahrersitz. Die Scheinwerfer waren aus. Der Schlüssel steckte in der Zündung, die eingeschaltet war. Das Radio war aus. Ausweise, seine Brieftasche, all das trug er am Körper, einschließlich seiner Uhr, die übrigens nach wie vor läuft. Das verdammte Ding geht nach all den Wochen nicht mal eine Sekunde nach.«

Das ließ Odessa aufmerken. »Was für eine Marke ist das? Eine

Wahnsinnswerbung. Wir sollten uns mit dem Hersteller in Verbindung setzen.«

»Breitling, wasserdicht bis auf hundertzwanzig Meter.«

»Kannst du dich noch an die Anzeige mit dem Füller erinnern?«, fragte Odessa.

»Das war ein Kugelschreiber.«

»Ja? Ich meine den, der auch unter Wasser schreibt. Wie hieß der gleich?«

»Wen juckt das schon?«

Odessa grinste verlegen und sagte: »Entschuldigung. Was gibt's noch?«

»Nicht viel. Das gehärtete Glas im Fenster auf der Fahrerseite war gesprungen, wo die Kugel hindurchgegangen ist – ein Teil vom Glas fehlte, aber das meiste war intakt. Ich habe zwei Kollegen mit einem Metalldetektor rübergeschickt und hoffe, sie finden sie. Das Fenster auf der Beifahrerseite und die beiden hinteren waren offen, vermutlich damit das Wasser schneller hineinströmt.«

Odessa knüllte seine Papierserviette zusammen und warf sie auf den Papierkorb zu, wo sie auf den Rand auftraf und außen herabfiel. »Ich bin nicht von Selbstmord überzeugt. Es ist nicht stichhaltig.«

»Ich bin achtzig zu zwanzig dagegen, und zwar aus mehreren Gründen«, erklärte Jonah.

»Wie zum Beispiel?«, hakte ich nach.

Jonah verschränkte die Arme. »Nehmen wir mal an, er hat sich selbst erschossen, nur rein theoretisch. Wie hat er es dann geschafft, den Wagen zu versenken? Und warum hat er sich überhaupt die Mühe gemacht?«

»Vielleicht war es ihm peinlich«, meinte Odessa. »Er hat sich geschämt, weil er sich umgebracht hat, und hat gehofft, so zu verschwinden.«

»Um seiner Familie die Sauerei zu ersparen«, ergänzte Jonah.

»Sicher, warum nicht?«

»Vielleicht zahlt die Lebensversicherung bei Selbstmord nicht«, mutmaßte Odessa.

»Na und? Fiona kann sowieso nicht kassieren, bevor die Leiche gefunden ist. Sowie das geschieht, steht auch die Todesursache fest. Ein Kopfschuss und die Waffe daneben auf dem Sitz?«

»Da könnte was dran sein. Kein Mensch würde glauben, dass sich der Mann aus Versehen in die Schläfe geschossen hat.«

Jonah sah genervt drein. »Tut mir Leid, wenn ich dich desillusionieren muss, aber die Versicherungspolice enthält keine Selbstmordklausel. Ich habe nachgesehen.«

»Noch mal zurück zu dem Fenster auf der Fahrerseite. Warum das zulassen, wenn alle anderen offen sind?«

»Um das Geräusch des Schusses zu dämpfen«, sagte ich.

»Ja, aber was soll ihn das kümmern? Ich meine, was juckt es ihn, wenn jemand hört, wie die Pistole losgeht? Er weiß, dass er ein toter Mann ist, also was spielt das für eine Rolle?«

»Dämpft ohnehin nicht viel, wenn die anderen drei Fenster offen stehen«, fügte Odessa hinzu.

»Genau«, sagte Jonah. »Irgendetwas an der Sache stimmt nicht. Mir gefällt die Doppelung nicht. Sich erschießen und anschließend ertränken? Finde ich ein bisschen viel.«

»Die wenigsten Selbstmörder ertränken sich«, meinte Odessa. »Es ist zu brutal. Selbst wenn du sterben willst, hast du den überwältigenden Drang, aufzutauchen und nach Luft zu schnappen. Ist zu schwer zu kontrollieren.«

»Virginia Woolf hat es so gemacht«, sagte ich. »Sie hat sich Steine in die Taschen gesteckt und ist ins Wasser gegangen.«

»Aber warum sich die doppelte Mühe machen? Das stört mich.«

»Das tun sie doch andauernd«, sagte Odessa. »Sie nehmen eine Überdosis Pillen und stecken den Kopf in eine Plastiktüte. Sie mischen Wodka und Valium und schneiden sich dann die Pulsadern auf. Wenn das eine nicht hinhaut, kann man sich aufs andere verlassen.«

Jonah schüttelte den Kopf. »Ich versuche es mir nur vorzustellen. Wie soll das in dem Fall abgelaufen sein? Er dreht drei Fenster auf, legt sich eine Decke auf den Schoß, holt seine Pistole heraus, setzt sie sich an die Schläfe und drückt ab. Währenddessen läuft der Motor, er hat einen Gang eingelegt und den Fuß auf der Bremse. Peng. Der Fuß gleitet vom Bremspedal, und das Auto rollt den Hügel hinunter und in den See. Das ist zu kompliziert. Kommt mir vor wie Overkill.«

»War's ja auch«, sagte Odessa.

»Noch etwas. Die Whiskeyflasche gefällt mir nicht. Das ist melodramatisch. Wenn der Typ sich umbringen will, wozu braucht er dann einen Drink?«

»Um seine Nerven zu beruhigen?«, schlug ich vor.

»Nee, man braucht doch keine Entschuldigung, um zu trinken«, wandte Odessa ein. »Man trinkt, weil man es mag, und was gibt's schon für eine bessere Gelegenheit? Sich selbst zuprosten, bevor man abtritt. Bon voyage und so weiter.«

»Ja, aber nach allem, was ich über ihn gehört habe, ist er ein völlig geradliniger Typ. Es ist irgendwie nicht sein Stil, diese ganze ausgeklügelte Inszenierung.«

»Er hat getrunken«, sagte ich. »Ein Freund von ihm hat mir erzählt, dass er, als er früher schon mal verschwunden ist, in einer Klinik war und einen Entzug gemacht hat. Ich vermute, im letzten halben Jahr hat er wieder angefangen.«

»An seiner Stelle hätte ich mir einen hübschen kleinen Cocktail aus richtig feinen Drogen zusammengestellt. Er hatte doch garantiert Zugang zu allem, was das Herz begehrt. Vicodin, Codein, Percocet, Halcion ...«

»Da hätte ich Angst vor Verstopfung«, sagte ich zu niemand Bestimmtem.

Jonah war immer noch zum Debattieren aufgelegt. »Drogen dauern zu lange. Er weiß genug über menschliche Anatomie, um die Sache richtig zu erledigen. Bei dem Weg, den die Kugel genommen hat, kann ich euch sagen, dass das das Ende war.«

»Trotzdem eine ziemliche Sauerei für einen so konservativen Mann«, wandte ich ein. »Ich habe ihn zwar nur kurz gesehen, aber er trug doch Anzug, Oberhemd und Krawatte.«

»Und den Sicherheitsgurt«, fügte Jonah hinzu.

»An seiner Ehe war aber nichts konservativ. Ein Showgirl aus Las Vegas? Das ist ziemlich ausgefallen«, meinte Odessa.

»Vielleicht gar nicht so abwegig, wie du denkst. Fiona behauptet, er hätte Probleme mit Impotenz gehabt und sich mit Sex-Hilfsmitteln und Pornografie und dergleichen beschäftigt. Sie fand es widerlich. Sie meint, sie habe sich geweigert, noch mit ihm zu schlafen, und dann ist er losgezogen und hat Crystal aufgetan.« Ich steckte mir den Rest des Sandwichs in den Mund und griff nach einem von Odessas Pommes.

»Es stört mich, dass kein Brief da ist«, sagte Jonah. »Der Typ mag ja verzweifelt gewesen sein, aber er ist nicht boshaft. Stellt euch mal vor, der Wagen wird nie gefunden. Warum alle im Ungewissen lassen? Der Typ will sich umbringen. Er braucht doch nur zu sagen: ›Tut mir Leid, Leute, aber das war's. Ich halt's nicht mehr aus und mach mich aus dem Staub.‹ Und warum sich die Mühe machen, den Wagen auf den Seegrund zu versenken? Was soll das für einen Sinn haben?«

»Okay«, fuhr Jonah fort. »Wie wär's, wenn wir die Sache mal umgekehrt angehen? Sagen wir, jemand hat ihm die Arbeit abgenommen. Du erschießt ihn bei geschlossenen Fenstern, um das Geräusch zu dämpfen. Dann machst du drei davon auf, damit der Wagen schnell sinkt. Du willst nicht, dass sich unter dem Dach eine Luftblase bildet, weil dann das ganze Teil oben treiben könnte. Die Tat wäre nicht so schwer durchzuführen. Du legst den Knaben um, steigst aus, machst die Handbremse los, versetzt dem Wagen einen Schubs und schickst ihn fröhlich auf den Weg.«

»Womit wir wieder da angekommen wären, wo wir angefangen haben«, entgegnete Odessa. »Wenn wir es als Mord betrachten, ist das Versenken des Autos wesentlich logischer.«

»Der Mörder nimmt an, dass das Auto sieben Meter tief unten liegt und nicht gefunden wird«, sagte ich.

»Genau. Jetzt wird die Geschichte heiß. Der Wagen wird gefunden, und jetzt ist der Täter gezwungen, mit etwas fertig zu werden, womit er nie gerechnet hat.«

»Falls ihr ein Motiv sucht: Ich habe gerüchteweise gehört, dass Crystal eine Affäre hatte«, warf ich ein.

»Mit wem?«

»Mit ihrem privaten Trainer. Ein Typ, mit dem sie bis vor acht oder zehn Monaten gearbeitet hat.«

Odessa sah auf die Uhr. »He, ich muss los. Ich habe Shelly versprochen, etwas zu besorgen.« Er stand auf und nahm sein Plastiktablett und auch das von Jonah. Jonah erbot sich zu helfen, doch Odessa war bereits am Selbstbedienungsfenster und stellte die Tabletts dort ab. »Wir sehen uns dann im Revier.«

»Ich muss auch weg. Gehst du in die Richtung?«

»Klar, wenn's dir recht ist«, antwortete ich. Ich nahm meine Umhängetasche, und wir gingen ein Weilchen schweigend dahin. »Und wie läuft's wirklich?«

»Besser, als du glaubst«, erwiderte er.

»Gut. Das freut mich zu hören. Ich hoffe, es ist das Richtige für dich.«

»Übrigens, was ich nie gesagt habe: Für die Zeit, die wir damals zusammen waren, bin ich dir echt dankbar. Du hast mir geholfen, einen klaren Kopf zu behalten. Ohne dich hätte ich es nie geschafft.«

»Ich habe dich nicht als Sozialfall gesehen«, sagte ich.

»So fühle ich mich aber: verflucht dankbar.«

»Tja, das bin ich auch.« Ich nahm einen Moment lang seinen Arm, überlegte es mir aber gleich wieder anders. Ich nahm die Hand weg und tat so, als müsste ich mir die Tasche höher auf die Schulter schieben. »Weißt du, ich stehe nach wie vor in Fionas Diensten und bin ihr noch ein paar Stunden schuldig.«

»Soll heißen?«

»Ich wollte es eigentlich mit Odessa abklären, aber es ist vermutlich besser, wenn ich mit dir spreche. Ich bin gestern Abend meine Notizen durchgegangen und wüsste gern über Dows Pass und die fehlenden dreißigtausend Dollar Bescheid. Wenn ich Fiona ihr Einverständnis abringen kann, würde es dich dann stören, wenn ich der Sache nachgehe?«

»Kommt darauf an. Was hast du denn vor?«

»Weiß ich noch nicht genau. Zuerst einmal hat Crystal ein Postfach erwähnt. Es war früher ihres, aber sie behauptet, sie hätte die Miete dafür nicht weiter bezahlt. Sie nahm an, Dow habe es behalten, um Bankauszüge dorthin umzuleiten, aber ich frage mich, ob das stimmt.«

Er musterte mich einen Augenblick. »Ich kann dich nicht daran hindern.«

»Das weiß ich, aber ich will niemandem auf die Füße treten.«

»Dann versau's nicht. Und wenn du irgendwas rauskriegst, will ich, dass du sofort zu mir kommst. Und kein Rumpfuschen an Beweismitteln.«

»Ich würde doch nie an Beweismitteln herumpfuschen«, sagte ich verschnupft.

»M-m. Und du würdest diesbezüglich auch nicht lügen.«

»Na ja, dich würde ich nicht anlügen.«

Wir blieben an der Ecke stehen und warteten auf grünes Licht. Ich warf einen verstohlenen Blick auf sein Gesicht, das in entspanntem Zustand müde wirkte. »Glaubst du wirklich, dass er ermordet wurde?«

»Ich finde, wir sollten von dieser Annahme ausgehen, bis wir etwas anderes hören.«

Ich fuhr wieder ins Büro. Fiona hatte mir eine Nachricht hinterlassen, der zufolge sie zwei Stunden bewilligte, aber nicht mehr. Ich setzte mich auf den Drehstuhl, legte die Füße auf den Schreibtisch und drehte mich ein bisschen, während ich aufs Telefon starrte. Ich hatte zwar keine große Lust, Crystal mitten in der momentanen Krise anzurufen, aber mir blieb keine andere Wahl. Wenn Crystal wegen Dow verstört war, müsste ich mich eben durchkämpfen. Ich griff zum Hörer, bevor mir der Mut schwand. Zuerst wählte ich die Nummer des Strandhauses, da ich annahm, sie werde sich in das Haus zurückziehen, das sie am liebsten mochte. Nach dem zweiten Klingeln meldete sich Anica.

»Anica, hier ist Kinsey. Ich dachte, Sie wären schon wieder in Fitch.«

»War ich, aber dann hat heute Morgen Detective Paglia angerufen, um Crystal mitzuteilen, dass der Tote als Dow identifiziert worden ist. Sie hat dann mich verständigt, und ich bin gleich raufgefahren. Ich habe dort gesagt, ich würde bis Ende nächster Woche Urlaub nehmen. Das hat Priorität. Wir bleiben bis Sonntag hier, und dann fahren wir ins andere Haus und sortieren Dows Sachen aus.«

»Wie geht es ihr?« Ich konnte leises Gemurmel im Hintergrund hören und bekam den Eindruck, dass Crystal in der Nähe sein könnte.

Anica senkte die Stimme. »Sie ist völlig fertig. Ich glaube, es ist das Endgültige, was ihr so zusetzt. Rand sagt, sie sei einfach zusammengebrochen, als sie es gehört hat. Sie hat zwar immer geschworen, dass ihm etwas zugestoßen sein müsse, aber bestimmt hat sie trotzdem die ganze Zeit innerlich gefleht, dass sie sich irrt.«

»Und was ist mit Leila? Wie verkraftet sie es?«

»Ach, Sie kennen sie ja. Sie war oben in ihrem Zimmer und hat sich in voller Lautstärke Musik angehört und alle zum Wahnsinn getrieben. Sie und Crystal haben dann zu streiten angefangen, also habe ich schließlich Lloyd angerufen und ihn gebeten, sie abzuholen und für den Rest des Tages mit zu sich zu nehmen. Die Stille ist himmlisch.«

»Was ist mit der Beerdigung? Will sie einen Gottesdienst abhalten lassen?«

»Sie spricht von Samstag, wenn sie es schafft. Sie muss vorher die Anzeige in die Zeitung setzen lassen und einen Geistlichen organisieren. Dow war nicht religiös, daher soll es eher eine Art Gedenken für ihn werden. Ich habe gerade in der Leichenhalle angerufen, und sie meinten, sie würden dafür sorgen, dass er abgeholt wird. Sie lässt ihn einäschern ... nicht, dass sie viele Wahlmöglichkeiten hätte.«

»Wohl nicht.«

»Was ist eigentlich passiert? Detective Paglia hat es zwar nicht gesagt, aber ich vermute, er ist ertrunken.«

Ich merkte, wie mein Herz einen Satz machte. »Ah. Das weiß ich nicht. Ich habe noch nichts Definitives gehört. Wahrscheinlich arbeiten sie noch an der Feststellung der Todesursache. Kann ich solange irgendwie helfen?« Die Frage klang sogar in meinen von Lügen verdorbenen Ohren falsch, aber ich musste sie von diesem Thema abbringen.

»Momentan nicht, aber trotzdem danke. Ich glaube, ich muss jetzt Schluss machen, aber ich sage Crystal, dass Sie angerufen haben.«

»Wo ich Sie gerade am Apparat habe, würde ich Sie gern noch etwas fragen. Crystal hat ein Postfach erwähnt, das sie hier in der Stadt gemietet hatte. Ich bräuchte die Nummer und die Anschrift.«

»Einen Moment bitte.« Anica legte eine Handfläche über die Sprechmuschel, und ich hörte ihr gedämpftes Gespräch mit jemandem im Hintergrund. Es erinnerte mich an die Tage, die ich als Kind im öffentlichen Schwimmbad verbracht hatte. Wenn ich aus dem Wasser auftauchte, waren meine Ohren zu, und alles klang genauso. Manchmal dauerte es Stunden, bis das winzige Rinnsal heißen Wassers meinen Gehörgang wieder freigab.

Anica nahm die Hand weg. »Postfach 505. Sie sagt, es sei im Mail & More drüben im Laguna Plaza. Aber berichten Sie ihr auf jeden Fall, was Sie herausfinden.«

»Ja, sicher.«

Ich hatte den Hörer gerade aufgelegt, da klingelte das Telefon.

Mariah Talbot sagte: »Hi. Können Sie offen sprechen, oder sollen wir uns irgendwo treffen?«

»Es passt schon. Das Telefon ist sicher. Dieser ganze Mantel- und Degenquatsch kommt mir blöd vor, aber ich kann nicht anders. Danke, dass Sie zurückrufen.« Ich nahm einen Stift und begann auf einen Schmierzettel zu kritzeln ... einen Degen, von dessen Spitze Blut tropfte, und einen Galgen mit Schlinge, eine meiner Spezialitäten. Mich auf Gekritzel zu konzentrieren hilft mir manchmal dabei, meine Gedanken zu artikulieren.

»Was ist los?«

»Also, die Lage ist folgendermaßen.« Ich schilderte ihr das Gespräch vom Vorabend bei Rosie's, wo Henry den Köder über den Juwelier in L.A. ausgelegt hatte.

»Glauben Sie, Tommy hat es ihm abgekauft?«

»Keine Ahnung. Ich dachte nur, ich sage es Ihnen, denn als wir uns das letzte Mal gesprochen haben, habe ich ja abgelehnt, Ihnen zu helfen. Jetzt ist es doch passiert, aber nur weil Henry eingesprungen ist und es übernommen hat.«

»Ganz schön cool von ihm. Wenn der Tipp von ihm stammt, kommt Tommy nie auf die Idee, dass er aufs Kreuz gelegt wird.«

»Es ist trotzdem reichlich riskant.«

»Nicht besonders. Sie brauchen dringend Geld, und ihr Anwesen ist bis zum Gehtnichtmehr belastet. Der Schmuck ist ihr einziges Vermögen. Sie müssen ihn verkaufen, wenn sie überleben wollen«, erwiderte sie. »Übrigens, wo sind Sie und der edle Prinz denn gelandet? Doch hoffentlich nicht im Schlafzimmer.«

»Weiß Gott nicht«, entgegnete ich. »Ich habe unser gemeinsames Abendessen abgesagt, was ihm gar nicht gepasst hat. Er hat zwar so getan, als sähe er es ein, aber er war stinksauer. Wenn ich nur wüsste, wie ich den Kerl loskriege, ohne ihn in Rage zu bringen.«

»Oh, viel Glück. Der lässt Sie nie so ohne weiteres ziehen. Tommy ist ein Egomane. Er lässt Sie sitzen, nicht Sie ihn.«

»Er ist wie eine Spinne. Er lauert mir auf. Jedes Mal, wenn ich irgendwohin gehe, kommt er angekrochen. Langsam geht er mir wirklich auf die Nerven.«

»Tja, was wollen Sie anderes erwarten? Die Typen sind alle beide nicht ganz dicht. Wenn Sie Richard mal ausrasten sehen wollen, fragen Sie ihn nach Buddy und dem Fahrrad.«

»Warum? Was hat's damit auf sich?«

»Es ist eine Geschichte, die ich gehört habe, als ich Nachforschungen über die beiden angestellt habe. Dieser Buddy schwört, dass sie schon im zarten Alter von zehn Jahren missgünstige kleine Arschlöcher waren, die sich ständig gegenseitig an den Kragen gingen. Jared fand, es sei an der Zeit, dass sie teilen lernten, und so hat er ihnen ein Fahrrad geschenkt und erklärt, dass sie sich abwechseln müssten. Richard hielt nichts davon, sich abzuwechseln, also hat er das Fahrrad irgendwo versteckt und seinem Vater weisgemacht, es sei gestohlen worden. Wochenlang hat er es verborgen gehalten, um damit fahren zu können, wann immer er Lust hatte.«

»Hat ihr Vater das nicht herausgekriegt?«

»Nein, aber Tommy. Sie hatten einen gemeinsamen Freund – Buddy –, der Richard mit dem Fahrrad gesehen hatte. Buddy sagt, Richard hätte ihn ständig verprügelt und ihm einmal sogar die Nase gebrochen, also hat Buddy bei Tommy gepetzt, um es ihm heimzuzahlen. Tommy hat gewartet, bis Richard mal weg war. Dann hat er das Fahrrad genommen und es von einer Brücke geworfen.«

»Und damit ist er ungestraft davongekommen?«

»Richard hat es auf der Stelle erraten, aber was konnte er schon tun? Er ist immer noch sauer deswegen. Der Punkt bei den beiden ist, dass jeder lieber etwas verloren gibt, als dem anderen seine Hälfte zu gönnen. Einmal ist es mit einem Mädchen passiert, und die war hinterher tot.«

»Sie heitern mich ja wirklich auf.« Ich schrieb »ENDE« auf den Schmierzettel und versah die Buchstaben im Stil von Gang-Grafitti mit drei Dimensionen. »Zum Glück steige ich jetzt aus der Sache aus. Ich habe Sie nur angerufen, um Ihnen Bescheid zu sagen, falls einer der beiden aktiv wird.«

»Kommen Sie. Sie können mich doch jetzt nicht im Stich lassen, wo es schon halb geschafft ist. Was ist mit dem Safe? Sie müssen noch so lange mitmachen, bis Sie wissen, wo er ist.«

»Suchen Sie ihn selbst. Ich verabschiede mich aus der Geschichte.«

»Denken Sie nur daran, was für ein gutes Gefühl es ist, wenn wir die beiden endlich zur Strecke gebracht haben.«

»Was soll der Stuss mit dem ›wir‹? Es ist nicht mein Problem, sondern einzig und allein Ihres.«

Mariah lachte. »Ich weiß, aber ich hoffe immer noch, dass ich Sie überreden kann.«

»Nein danke. Es war nett, mit Ihnen zu arbeiten. Hat wirklich Spaß gemacht«, sagte ich und legte auf. Ich hob den Blick von meiner Zeichnung und sah Richard Hevener in einem schwarzen Regenmantel und schwarzen Cowboystiefeln vor der Tür stehen.

Ich spürte das eisig-heiße Brennen eines schweren Sonnenbrandes, eine glühende Hitze auf meiner Haut, die mich bis auf die Knochen frösteln ließ. Ich hatte keine Ahnung, wie lange er schon dastand, und konnte mich um nichts auf der Welt daran erinnern, ob ich seinen oder Tommys Namen in den letzten Momenten des Gesprächs erwähnt hatte. Den von Mariah glaubte ich allerdings nicht genannt zu haben.

Ich sagte »Hallo« und versuchte gelassen zu klingen.

»Was soll das?« Er zog einen Umschlag aus der Tasche und warf ihn in Richtung Schreibtisch. Mein Brief segelte durch die Luft und landete direkt vor mir.

Ich merkte, wie mein Herz zu pochen begann. »Es ist mir wirklich sehr unangenehm. Wahrscheinlich hätte ich anrufen sollen, aber es war mir irgendwie so peinlich.«

»Und was steckt dahinter?«

»Nichts. Es klappt nur einfach nicht.«

»›Es klappt nur einfach nicht.‹ Einfach so.«

»Ich weiß nicht, was ich sonst sagen soll. Ich will die Räume nicht. Erst dachte ich, ich würde sie wollen, aber jetzt will ich sie nicht mehr.«

»Sie haben einen Mietvertrag unterschrieben.«

»Das weiß ich, und ich bedauere die Unannehmlichkeiten –«

»Es geht nicht um Unannehmlichkeiten. Wir haben eine Abmachung.« Sein Ton war lässig, aber unerbittlich.

»Was wollen Sie von mir?«

»Ich will, dass Sie die Bedingungen des Vertrags erfüllen, den Sie unterschrieben haben.«

»Wissen Sie was? Reden Sie doch mal mit meinem Anwalt darüber. Er heißt Lonnie Kingman und hat sein Büro ein paar Türen weiter.«

Ida Ruth erschien hinter ihm im Flur. »Alles in Ordnung?«

Richard warf ihr einen Blick zu und sah dann wieder mich an. »Alles bestens«, sagte er. »Bestimmt finden wir die ideale Lösung für unser kleines Problem.«

Er verließ rückwärts den Raum. Ich sah, wie er sich in Ida Ruths Richtung wandte und darauf achtete, sie im Vorbeigehen nicht zu berühren. Er verschwand aus meinem Blickfeld, aber Ida Ruth starrte ihm weiter nach. »Was ist denn mit dem los? Ist der verrückt oder was? Wirkt reichlich daneben.«

»Wenn du wüsstest. Falls er wieder auftaucht, ruf die Polizei.«

Ich schloss mich in meinem Büro ein, wählte Mariahs Nummer in Texas und hinterließ erneut eine Nachricht auf ihrem Anrufbeantworter. Ich wusste zwar nicht, wie bald sie sich wieder melden würde, aber die Richtung, die die Geschichte nahm, gefiel mir überhaupt nicht.

20

Ich fuhr auf der 101 in nördlicher Richtung bis zur Ausfahrt Little Pony Road, eine Strecke von fünf, sechs Kilometern, auf der wenig Verkehr herrschte. Dabei ließ ich mir das Telefongespräch mit Mariah noch einmal durch den Kopf gehen, das lässige Geplauder zu Lasten der Hevener-Jungs. Ich war mir fast sicher, dass ich mich nicht verraten hatte. Nun hatte ich zwar keine Ahnung, was Richard mir zugedacht hatte, aber ich nahm an, dass seine »ideale Lösung« irgendwo auf einem Kontinuum zwischen dem Gericht für Bagatellsachen und meinem Tod lag. Ich schaute immer wieder in den Rückspiegel und unterzog jedes Auto, das auf gleiche Höhe mit meinem kam, einer kurzen Musterung.

Laguna Plaza ist ein alterndes, L-förmiges Einkaufszentrum, das zwar wesentlich schicker ist als so manches andere, aber nicht zu vergleichen mit den gewaltigen Geschäftsarenen, die heutzutage gebaut werden. Kein verglastes Atrium, in dem ausgewachsene Bäume stehen, keine Gourmet-Gassen, kein erster oder zweiter Stock mit Rolltreppen dazwischen. Ich parkte den VW in einer Lücke direkt vor dem Mail & More, einem Unternehmen, das private Postfächer zur Miete, Postannahme und -nachsendung, Kopiergeräte, die Dienste eines Notars, nach Vorlage gedruckte Visitenkarten, Gummistempel und Zugang an sieben Tagen die Woche sowie rund um die Uhr anbot.

Der Innenraum war in zwei große Flächen aufgeteilt, jede mit eigenem Eingang und voneinander durch eine Glaswand und eine abschließbare Glastür getrennt. Zu dem rechts gelegenen Raum gehörten ein Tresen, die Kopiergeräte, Büroartikel und eine Angestellte, die beim Verpacken und Verschicken mithalf. Durch eine offene Tür in der Rückwand konnte ich reihenweise flache Pappschachteln in verschiedensten Größen stehen sehen, zahlreiche Rollen Luftpolsterfolie, Einwickelpapier und Behälter mit Styroporkügelchen zum Auffüllen.

Die Angestellte war weg, doch sie hatte eine Nachricht auf dem Tresen hinterlassen. WEGEN PRIVATEM NOTFALL GESCHLOSSEN. BITTE ENTSCHULDIGEN SIE DIE UMSTÄNDE. BIN MONTAG WIEDER DA. TIFFANY. Falls sie irgendwie Ähnlichkeit mit Jeniffer hatte, bestand der private Notfall aus einem Solariumsbesuch und einer Pediküre. Ich gab Dinge wie »Juhuu« und »Hallo« von mir, um mich abzusichern, während ich mir die Freiheit nahm, um den Tresen herumzugehen und den Raum dahinter zu inspizieren. Keine Menschenseele weit und breit. Ich kehrte nach vorn zurück und blieb reichlich verärgert einen Moment lang stehen. Jeder konnte hier hereinspazieren und die Büromaterialien stehlen. Was, wenn ich ein Paket aufzugeben hatte oder dringend einen Notar brauchte?

Ich ging zu der Glaswand hinüber und spähte in den Raum daneben: ein regelrechter Zellenblock aus Postfächern, nummeriert und mit gläsernen Vorderseiten, vom Boden bis auf Kopfhöhe, dazu ein Schlitz an der Wand gegenüber, in den man Briefe und kleine Päckchen werfen konnte. Das war der Teil, der rund um die Uhr geöffnet hatte. Ich schritt durch die Glastür und folgte den Nummern, bis ich Fach 505 gefunden hatte – fünfte Reihe, fünftes Fach von oben. Ich beugte mich vor und blickte durch das winzige Fenster aus facettiertem Glas. Es war keine Post zu sehen, aber ich konnte einen Teil des Raumes dahinter ausmachen, wo ein Mann die Reihen entlangging und aus einem Stapel in der Hand Briefe einsortierte. Als er in meiner Reihe ankam, klopfte ich ans Fenster von 505.

Der Mann bückte sich, bis sein Gesicht auf gleicher Höhe mit meinem war.

»Kann ich Sie sprechen?«, fragte ich. »Ich brauche jemanden, der mir hilft.«

Er zeigte nach rechts. »Gehen Sie zum Einwurfschlitz.«

Wir bewegten uns beide in dieselbe Richtung, er auf seiner Seite der Fächer und ich auf meiner. Der Schlitz lag auf Brusthöhe. Diesmal lehnte ich mich dagegen und konnte sehen, wie sich die

Post in dem Behälter darunter stapelte. Der Mann war wesentlich größer als ich, und der Unterschied zwang ihn nicht nur, sich zu bücken, sondern auch den Kopf in einem unnatürlichen Winkel abzuknicken. »Was liegt denn an?«, fragte er.

Ich zog eine Visitenkarte heraus und schob sie durch den Schlitz, damit er lesen konnte, wer ich war. »Ich brauche Angaben über die Person, die Postfach 505 gemietet hat.«

Er nahm meine Karte und studierte sie. »Wozu?«

»Ermittlungen in einem Mordfall.«

»Haben Sie einen richterlichen Befehl?«

»Nein, habe ich nicht. Wenn ich einen hätte, bräuchte ich nicht zu fragen.«

Er schob mir die Karte wieder hin. »Fragen Sie Tiffany. Das ist ihre Abteilung.«

Ihre *Abteilung*? Sie waren doch nur zu zweit. Was redete er denn da? »Sie ist weg, und auf dem Zettel steht, dass sie erst am Montag wieder da ist.«

»Dann müssen Sie Montag wiederkommen.«

»Geht nicht. Da muss ich vor Gericht aussagen. Es dauert doch nur einen Augenblick«, bat ich. »Bitte, bitte, bitte?«

Er gab sich genervt. »Was wollen Sie denn?«

»Ich muss nur einen Blick auf den Mietvertrag werfen und nachsehen, wer der Mieter ist.«

»Warum?«

»Weil die Witwe des Mannes vermutet, er hätte sich unter dieser Adresse pornografisches Material schicken lassen, was ich aber nicht glaube. Das Einzige, was ich wissen will, ist, wer das Formular ausgefüllt hat.«

»Das soll ich aber eigentlich nicht.«

»Könnten Sie nicht eine Ausnahme machen? Es könnte wirklich unheimlich hilfreich sein. Denken Sie nur, wie viel Kummer der Frau erspart bliebe.«

Ich sah, wie er auf den Boden starrte. Ich schätzte ihn auf vierzig, viel zu alt für diese Art von Arbeit. Ich konnte mir seinen

Konflikt ausmalen. Einerseits gab es Vorschriften, obwohl ich für mein Teil bezweifelte, dass es irgendwelche Regeln bezüglich meiner Bitte gab. Er war nicht im öffentlichen Dienst, und für seinen Job wurde keine Sicherheitsüberprüfung verlangt. Leitender Postsortierer. Er konnte von Glück sagen, wenn er pro Stunde fünfzig Cents mehr als den Mindestlohn bekam.

»Ich habe erst vorhin mit der Polizei gesprochen und gesagt, dass ich das vorhabe, und sie meinten, es sei in Ordnung.«

Keine Reaktion.

»Ich gebe Ihnen zwanzig Dollar.«

»Warten Sie dort.«

Er verschwand eine Zeit lang, die mir endlos erschien. Ich zog die zwanzig aus meiner Brieftasche, faltete sie längs, bog sie um und ließ sie auf dem Rand des Einwurfschlitzes balancieren, da ich fürchtete, er könne moralisch heikel sein und vor direkter Hand-zu-Hand-Bestechung zurückschrecken. Während ich wartete, stand ich mit dem Rücken zur Wand da und behielt den Eingang im Blick. Kurz malte ich mir aus, wie Richard Hevener mit seinem Sportwagen durch das Glasfenster donnerte und mich an die Wand quetschte. In Filmen sprangen die Leute immer aus dem Weg führerloser Züge, die sich in Bahnhöfe bohrten, warfen sich zur Seite, wenn Jumbo-Jets in Flughäfen knallten oder Busse wild wurden und auf den Gehsteig rasten. Wie bereitete man sich im richtigen Leben auf einen solchen Sprung vor?

»Lady?«

Ich sah mich um. Der Mann war zurückgekehrt, und der Zwanziger, den ich im Schlitz hatte stecken lassen, war verschwunden. Er hatte den Mietvertrag bei sich, hielt ihn aber hinter seinem Rücken. Offenbar war ihm nicht wohl dabei, ihn herauszugeben. Ich wartete, bis sein Gesicht auf einer Ebene mit meinem war, und versuchte ihm ein paar einfache Fragen zu stellen, nur um ihn in Stimmung zu bringen. Das nennt man das Vorspiel der Privatdetektive. »Wie läuft das ab? Jemand kommt her und bezahlt die Gebühr fürs nächste Jahr?«

»So in etwa. Man kann es auch per Post erledigen. Wir legen eine Nachricht in das Fach, wenn die jährliche Gebühr fällig wird.«

»Die Mieter bezahlen bar?«

»Oder mit einem persönlichen Scheck. So oder so.«

»Also sehen Sie denjenigen, der das Postfach gemietet hat, womöglich nie?«

»Die meisten von ihnen bekommen wir nie zu Gesicht. Es ist uns egal, wer sie sind, solange sie die Summe bezahlen, wenn sie fällig ist. Mir ist aufgefallen, dass sich manche Mieter schickes Briefpapier haben drucken lassen und so tun, als wäre das hier ihr Firmensitz und bestünde aus ganzen Bürofluchten. Es ist lächerlich, aber uns ist das offen gestanden gleichgültig.«

»Kann ich mir denken. Würden Sie das Formular durch den Schlitz schieben, damit ich es besser sehen kann? Es sind wirklich legale Ermittlungen. Ganz im Ernst.«

»Nee. Ich will nicht, dass Sie es anfassen. Sie dürfen es sich dreißig Sekunden lang anschauen, aber mehr kann ich nicht tun.«

»Toll.« In was für einer Welt leben wir eigentlich? Man besticht einen Typen mit zwanzig Dollar, und er hat immer noch *Skrupel*?

Er hielt die Karte auf seiner Seite in die Höhe, schräg, damit ich sie sehen konnte. Er sah auf die Uhr und zählte die Sekunden. Tolle Sache. Natürlich wusste dieser Knabe nicht, dass ich als Kind mein größtes Talent bei einem Spiel bewiesen hatte, das auf Geburtstagspartys gespielt wurde und bei dem die Mutter des Geburtstagskindes eine Reihe von Dingen auf ein Tablett legte, das sie dann mit einem Geschirrtuch abdeckte. Sämtliche kleinen Gäste scharten sich um sie. Dann hob Mrs. Mom das Geschirrtuch dreißig Sekunden lang an, und wir durften alle gucken und uns die Sachen einprägen. Ich gewann das Spiel jedes Mal, vor allem weil es immer dasselbe fade Zeug war. Eine Haarspange, ein Löffel, ein Q-Tipp, ein Wattebällchen. Ich nutzte meine dreißig Sekunden, um mir eventuelle neue oder unerwartete Gegenstände zu merken. Das einzig Traurige an diesem Wettbewerb war der Preis selbst, meist ein Plastikröhrchen mit Seifenblasenflüssigkeit und dem Blasring am Deckel.

Der Mietvertrag war absolut simpel, und ich entnahm ihm die wichtigen Daten in den ersten zwei Sekunden. Die Unterschrift unten auf der Seite schien die von Dow zu sein, aber die Angaben in den Zeilen darüber hatte nicht er geschrieben. Die Druckschrift stammte von Leila, die abgewinkelten *T*s und kringeligen *I*s eingeschlossen. So, so, so.

»Eine Winzigkeit noch«, sagte ich. »Würden Sie bitte auf Ihren Finger spucken und damit über die Unterschrift fahren?«

»Warum?«

Der Kerl war schlimmer als ein Vierjähriger. »Weil ich wissen möchte, ob sie mit einem Füller oder einem Kopierer gemacht wurde.«

Stirnrunzelnd leckte er an seinem Zeigefinger und rieb über die Unterschrift. Die Tinte verschmierte nicht. »Hm«, sagte er.

»Wie heißen Sie?«

»Ed.«

»Tja, Ed. Ihre Unterstützung hat mir echt weitergeholfen. Vielen Dank dafür.«

Ich kehrte zum Auto zurück, blieb einen Moment lang sitzen und überlegte, was das bedeutete. Rückblickend musste ich den Schluss ziehen, dass Leila das Schreiben, in dem es um die Verlängerung der Postfachmiete und die Zahlung der Jahresgebühr ging, abgefangen hatte. Crystal hatte mir erzählt, dass die Auszüge der Mid-City Bank an das Postfach geleitet wurden. Höchstwahrscheinlich hatte Leila die Bank verständigt, vielleicht indem sie den Wunsch auf Briefpapier von Pacific Meadows getippt und Purcells Unterschrift gefälscht und darum gebeten hatte, dass die Kontoauszüge ans Postfach 505 geschickt würden. Ich ließ den Blick über die Ladenfront schweifen und musste daran denken, wie leicht sie bei Mail & More vorbeigehen konnte, wenn sie vom Internat nach Hause kam.

Ich ließ den Wagen an, fuhr aus der Parklücke und rollte zur Ausfahrt. Als ich an der Straße ankam, sah ich, dass die Zweigstelle Laguna Plaza der Mid-City Bank an der Ecke gegenüber lag. Selbst aus dieser Entfernung konnte ich den Bankautomaten sehen, den sie benutzt hatte, um das Konto abzuräumen. Im Grunde brauchte sie nur die Servicekarte und die PIN-Nummer für das Konto, was Dow vermutlich beides zu Hause in seinem Schreibtisch liegen hatte.

Wie versprochen rief ich gleich bei meiner Rückkehr ins Büro Jonah an.

»Lieutenant Robb.«

»Hier ist Kinsey. Wenn du meine Methoden nicht hinterfragst, sage ich dir, was ich herausgefunden habe. Ich schwöre dir, dass ich nichts durcheinander gebracht habe. Ich habe alles so gelassen, wie es war.«

»Lass hören.«

Ich schilderte meinen Besuch bei Mail & More und legte dabei großen Nachdruck auf Leilas Benehmen, während ich meines herunterspielte.

Jonah sagte nicht viel, doch ich merkte, dass er sich Notizen machte. »Sag mir bitte genau, wo dieses Postfach ist.«

»Bei Mail & More im Laguna Plaza. Die Nummer ist 505.«

»Ich gehe der Sache nach«, sagte er. »Ganz schön verschlagen.«

»Und wie«, bestätigte ich in der Annahme, dass er Leila meinte.

»Irgendeine Ahnung, wo sie jetzt ist?«

»Ich habe gehört, dass sie oben bei Lloyd ist, aber vielleicht sollte ich noch mal nachfragen. Leila hat eine Freundin namens Paulie, ein Mädchen, das schon ziemlich viel Ärger gehabt hat. Ich könnte mir vorstellen, dass die beiden womöglich ausreißen wollen. Vielleicht wäre es ganz interessant, Paulies Vorgeschichte nachzugehen und in Erfahrung zu bringen, was sie angestellt hat.«

Er versicherte mir, er werde das abklären, und ich legte auf.

Schon jetzt bekam ich Schuldgefühle. Es hätte Crystal gerade noch gefehlt, wenn ihre eigene Tochter wegen schweren Diebstahls vor Gericht gestellt würde.

Ich setzte mich wieder ins Auto und fuhr zu Lloyd hinauf. Ich musste ihn ohnehin ein paar Dinge fragen, und das würde mir einen Vorwand liefern. Falls Leila zum Durchbrennen entschlossen war, konnte ich zwar nicht viel dagegen tun, aber es konnte nicht schaden, sie im Auge zu behalten.

Als ich auf Lloyds Haus zufuhr, sah ich, dass Licht brannte. Ich hielt vor der Einfahrt, stellte den VW ab und stieg aus. Lloyd arbeitete in der kleinen, frei stehenden Garage. Er hatte die Motorhaube seines Cabrios hochgeklappt, und seine Hände waren ölverschmiert. Er blickte mir ausdruckslos entgegen, als wäre mein Auftauchen vor seinem Haus etwas ganz Alltägliches. Ich hatte keine Ahnung, was er mit dem Innenleben des Motors vorhatte – zweifellos etwas Männliches. Er trug abgeschnittene Jeans, ein abgetragenes Sweatshirt und Gummilatschen. An einem seiner Brillengläser hing ein Schmutzfleck. Den Ohrring mit dem Schädel und den gekreuzten Knochen trug er nicht mehr.

»Sie sind Millhone«, bemerkte er, zu sich selbst genauso wie zu mir.

»Und Sie Lloyd Muscoe.«

»Schön, dass wir das geklärt haben.«

»Ich war gerade in der Gegend und dachte, ich schaue mal vorbei. Ich hoffe, es macht Ihnen nichts aus. Ist Leila da?«

Er schmunzelte verhalten vor sich hin. »Kommt darauf an, was Sie wollen.«

Ich musterte den entblößten Motor, der aussah, als bestünde er nur aus Teilen, die explodieren konnten. Immerhin hatte ich gelernt, selbst zu tanken. Das war mein großer automobilistischer Triumph. »Was fehlt dem Wagen?«

»Nichts Konkretes, außer dass er alt und verbraucht ist. Ich wechsle das Öl, setze neue Zündkerzen ein und so weiter.«

»Ein bisschen aufmotzen.«

»Sozusagen. Ich fahre in zwei Tagen weg.« Er fasste hinein und zog ein kleines, knotiges Ding heraus, das er mit einem Lappen sauber wischte, bevor er es wieder hineinsteckte. Dann rückte er weiter unten an den lebenswichtigen Organen irgendetwas zurecht.

»Wohin?«

»Vegas. Ich habe mir überlegt, Crystal zu fragen, ob ich Leila mitnehmen darf. Was meinen Sie?« Er zog mich nicht zu Rate, sondern machte nur Konversation, während er mit seiner Arbeit fortfuhr.

»Ich kann mir nicht vorstellen, dass sie zustimmt.«

»Das weiß man bei ihr nie. Sie hat die Nase voll von Leilas Problemen.«

»Das heißt aber nicht, dass sie sie rauswirft«, entgegnete ich. Ich wartete einen Moment, und als er nichts sagte, fuhr ich fort. »Glauben Sie, es täte Leila gut, sie schon wieder woandershin zu bringen?«

»Wenigstens hat sie sich drüben in Vegas benommen. Sie hasst diese Schule, auf die sie geht. Ein Haufen verwöhnter, reicher Debütantinnen. Nichts als rausgeworfenes Geld.«

»Sie scheint alles zu hassen.«

Er schüttelte den Kopf. »Sie braucht eine starke Hand, weiter nichts. Jemanden wie mich, der ihr nicht jeden Scheiß durchgehen lässt.«

»Grenzen und Regeln.«

»Genau was ich sage.«

»Die bekommt sie auf Fitch, aber bis jetzt hat es nichts geholfen.«

»Zu viel Zuckerbrot. Nicht genug Peitsche.«

»Was meint Leila dazu?«

Er beäugte mich scharf. »Das tut nichts zur Sache. Sie ist eigensinnig und faul. Wenn man sie entscheiden ließe, würde sie nur herumliegen und fernsehen. Crystal hat sich zu sehr darum bemüht, ihre beste Freundin zu sein. So läuft das aber nicht. Jugendliche brauchen Eltern, keinen Kumpel.«

Ich hielt den Mund. Crystal würde sie nicht mitfahren lassen, aber ich war nicht gekommen, um mich mit ihm zu streiten.

Sein Tonfall wurde sarkastisch. »Möchten Sie mir eigentlich irgendwann erzählen, was Sie hierher führt?«

»Sicher. Kann ich machen«, sagte ich. »Soweit ich weiß, ist Purcell vor etwa vier Monaten hierher gekommen, um mit Ihnen zu reden. Ich wüsste gern, weshalb.«

»Er hatte das Gerücht gehört, dass Crystal eine Affäre hätte, und er dachte, ich sei der Betreffende. Jammerschade, dass ich kein Geständnis ablegen konnte. Es hätte mir eine gewisse Befriedigung verschafft, ihm das ins Gesicht zu schleudern.«

»Aber Sie waren es nicht.«

»Leider nein.«

»Wie lang waren Sie mit ihr verheiratet?«

»Sechs Jahre.«

»Schlechte Jahre? Gute?«

»Ich hielt sie für gut, aber man sagt ja immer, der Ehemann ist der Letzte, der davon erfährt.«

»Ich habe gehört, Ihre Beziehung war turbulent.«

Er hielt inne, lehnte sich an den Kotflügel und wischte sich die Hände ab. »Zwischen uns stimmte die Chemie. Stein und Feuerstein. Wenn wir aufeinander trafen, flogen die Funken. Was ist dagegen einzuwenden?«

»Zwischen ihr und Purcell flogen keine Funken?«

»Soll das ein Witz sein? Soweit ich gehört habe, stand er auf perverse Spielchen. Das muss der Schock ihres Lebens gewesen sein. Da heiratet sie diesen Typen, weil sie glaubt, er sei die Erfüllung all ihrer Träume. Und dann stellt sich heraus, dass er säuft wie ein Fisch und keinen hochkriegt, wenn sie keine hochhackigen Stiefel trägt und ihm den Hintern mit einer Peitsche versohlt. Da wundert es mich nicht, dass sie ihn betrogen hat. Ich hab ihr vielleicht mal ein paar gewischt, aber so Zeug hab ich nie getrieben.«

»War sie Ihnen treu?«

»Soweit ich weiß. In dem Punkt lasse ich mir keine Sperenzchen bieten.«

»Wie kamen Sie mit Purcell aus?«

»Wenn man in Betracht zieht, dass er sich meine Frau geschnappt hat, recht gut.«

»Wissen Sie noch, wo Sie waren?«

Er schmunzelte und schüttelte den Kopf. »An dem Abend, als er baden ging? Das habe ich bereits durchgekaut. Die Cops waren gestern hier.«

»Was haben Sie ihnen erzählt?«

»Das Gleiche, was ich Ihnen erzähle. Ich habe an dem Freitag gearbeitet, am Abend des zwölften. Ich hatte einen Job als Taxifahrer – das steht auch in den Firmenbüchern. Leila war mit ihrer Freundin Paulie hier und hat Videos geguckt. Crystal hat sie wie üblich am Sonntagmorgen abgeholt. Sie können sie selbst fragen, wenn Sie mir nicht glauben.«

Ich musterte ihn einen Moment lang. »Was ist denn mit dem Ohrring passiert?«

»Den habe ich wegen eines Vorstellungsgespräches vor ein paar Monaten rausgenommen. Ich wollte nicht, dass mich der Typ für einen Schwulen hält.«

»Haben Sie den Job bekommen?«

»Nein.«

»Gehen Sie deshalb zurück nach Vegas, um Ihr Glück noch mal zu versuchen?«

»Wissen Sie, was meine Theorie ist? Wenn's schlecht läuft, denk an den letzten Ort, wo du glücklich warst, und geh dort wieder hin.«

In einem Anfall von schlechtem Gewissen widmete ich den ganzen Freitag anderen Klienten. Es kam zwar nichts Aufregendes dabei heraus, aber zumindest konnte ich meine Rechnungen bezahlen.

Der Gedenkgottesdienst für Dr. Dowan Purcell fand am Samstagnachmittag um zwei Uhr in der Presbyterianischen Kapelle in der West Glen Road in Montebello statt. Ich zog mein schwarzes Allzweckkleid und flache schwarze Schuhe an und fand mich um Viertel vor zwei dort ein. Die Kirche war eng und hatte hohe, steinerne Mauern, eine Balkendecke und fünfzig Bänke, die in zwei Abteilungen von je fünfundzwanzig unterteilt waren. Draußen herrschte feuchtes, graues Wetter, und die sechs Buntglasfenster, die scharlachrot und tiefblau gefärbt waren, dämpften den Lichteinfall zu einem matten Schein. Ich weiß nicht viel über den presbyterianischen Glauben, aber allein die Atmosphäre genügte schon, um mich von der Prädestinationslehre abzuschrecken.

Obwohl nur geladene Trauergäste anwesend waren, war eine ziemlich große Gruppe zusammengekommen, die die Kapelle restlos füllte. Crystals Freunde saßen auf der einen Seite und die Fionas auf der anderen. Manchen fiel die Entscheidung leicht. So nahmen zum Beispiel Dana und Joel ohne Zögern ihre Plätze ein und gingen Dows zweiter Frau aus Verbundenheit mit der ersten demonstrativ aus dem Weg. Die, die ich für gemeinsame Bekannte hielt, schienen unschlüssig und berieten sich verstohlen, bevor sie in eine Bank rutschten. Während die Nachzügler ihre Plätze einnahmen, arbeitete sich eine unsichtbare Organistin (oder war es ein Mann?) durch einen Reigen schmerzvoller Melodien, eine Art Hitparade der Totenklagen. Ich nutzte die Zeit, um über die Kürze des Lebens zu sinnieren und mich zu fragen, ob Richard Hevener vorhatte, meines vorzeitig zu beenden. Mariah hatte bei ihrem Rückruf nicht übermäßig besorgt gewirkt. Ihre Theorie war, dass die Heveners so kurz nach dem ersten nicht schon wieder einen Mord riskieren würden. Trost war mir das keiner.

Crystal hatte alles in Eile arrangiert, und das merkte man. Ich nehme an, die Planung einer Trauerfeier ist so ähnlich wie die jedes anderen gesellschaftlichen Ereignisses. Manche Leute haben ein Gespür dafür und manche nicht. Was dieses Begängnis hier merkwürdig machte, war das Fehlen eines Sargs, einer Urne sowie von Blumengestecken. In der Zeitungsanzeige war darum gebeten worden, anstelle von Blumen in Dr. Purcells Namen etwas für einen guten Zweck zu spenden. Und man hatte nicht einmal ein Foto von ihm aufgestellt.

In Sachen Sitzordnung war ich mit mir im Widerstreit. Zwar hatte mich Crystal eingeladen, aber da ich theoretisch nach wie vor in Fionas Diensten stand, fühlte ich mich beruflich verpflichtet, mich auf ihre Seite der Kirche zu setzen. Ich hatte mich für den Gangplatz in der letzten Bank entschieden, von wo aus ich einen Panoramablick hatte. Fionas ältere Tochter Melanie war aus San Francisco gekommen und geleitete ihre Mutter so feierlich den Mittelgang hinab wie ein Vater, der seine Tochter zum Traualtar führt. Fiona war – wenig erstaunlich – schwarz gekleidet: ein zweiteiliges Wollkostüm mit großen Knöpfen aus Bergkristall an der Jacke und einem wadenlangen Rock. Ihre Locken hatte sie unter einem schwarzsamtenen Glockenhut gebändigt. Dazu trug sie einen Schleier, der mich an die Maske des Lone Ranger erinnerte. Ich sah, wie sie sich ein Taschentuch an den Mund drückte, aber vielleicht tupfte sie sich eher den Lippenstift ab, als dass sie mit den Tränen rang. Melanies Haar war dunkel wie das ihrer Mutter, doch sie hatte eine reichlich strenge Frisur: mit Henna getönt und stumpf geschnitten, dazu ein dichter, unnachgiebiger Pony. Sie war größer und kräftiger und trug einen nüchternen anthrazitfarbenen Hosenanzug und schwarze Stiefeletten.

Blanche folgte ihnen in einem voluminösen Umstandszelt den Gang entlang. Sie bewegte sich langsam und umarmte mit beiden Händen ihren Bauch, als müsste sie ihn an Ort und Stelle halten. Sie ging so vorsichtig wie jemand, dessen Suppe aus dem Teller zu schwappen droht. Ihr Mann Andrew begleitete sie, seine Schritte den ihren angepasst. Die Kinder hatten sie zu Hause gelassen – eine Gnade für uns alle.

Mrs. Stegler von Pacific Meadows setzte sich direkt vor mich: braunes Kostüm, braune Schnürhalbschuhe und der rote Lockenschopf. Dazu kamen zahlreiche Ärzte in dunklen Anzügen und einige ältere Leute, in denen ich Dr. Purcells frühere geriatrische Patienten vermutete.

Auf der anderen Seite des Gangs wurden Crystal und Leila zu ihren Plätzen in der ersten Bank links geleitet. Crystal trug ein schlichtes schwarzes Etuikleid, und ihre zerzauste blonde Mähne verlieh ihr eine Ausstrahlung von eleganter Unordnung. Sie sah müde aus, ihr Gesicht wirkte verhärmt, und sie hatte dunkle Ringe unter den Augen. Leila hatte das Exotische zugunsten des Ausgefallenen aufgegeben: ein hautenges Top aus schwarzem Latex zu einem schwarzen, mit Pailletten bestickten Rock. Ihr kurzes weißblondes Haar stand ihr vom Kopf ab, als wäre es elektrisch aufgeladen. Jacob Trigg trug Sakko und Krawatte und schwang sich an seinen Krücken in die Kirche. Er rutschte auf einen hinten gelegenen Platz auf Fionas Seite. Anica Blackburn erschien und lächelte mir kurz zu, bevor sie sich in die Bank gegenüber meiner setzte. Man hörte das gewohnte Rascheln und Murmeln, unterbrochen von gelegentlichem Husten. Ich sah in mein Programm und fragte mich, wie Crystal es geschafft hatte, es so schnell drucken zu lassen. Alles in allem waren verschiedene Kirchenlieder vorgesehen, dazu ein Lobgesang, zwei Gebete, eine Solistin, die das Ave Maria singen würde, schließlich eine Trauerrede und zwei weitere Kirchenlieder.

Eine Nachzüglerin kam herein, eine Frau mit mittelblonden Haaren, die ich verspätet als Pepper Gray erkannte, meine Lieblingsschwester. Ich sah ihr zu, wie sie sich aus dem Mantel wand und auf Zehenspitzen den halben Mittelgang entlangschlich, wo sie stehen blieb, während ein Mann sich erhob, um sie in die Bank zu lassen. Sie ging, als trüge sie immer noch Schuhe mit Kreppsohlen.

Der Pfarrer trat in einem Talar auf, der dem eines Richters ähnelte. Begleitet wurde er von seinem geistlichen Vollstreckungsbeamten, der den Standardsatz aus dem Gerichtssaal intonierte: »Erheben Sie sich.« Wir stellten uns hin und sangen. Während alle die Köpfe gebeugt hielten, beschäftigte ich mich in Gedanken mit dem Zustand meiner Strumpfhose und meiner widerspenstigen Seele. Es ist mir ein Rätsel, warum Strumpfhosen nicht so geschnitten werden können, dass sie bleiben, wo sie sind. Was den Zustand meiner Seele betraf, so war die religiöse Unterweisung meiner frühen Jahre bestenfalls als lückenhaft zu bezeichnen, da sie aus aufeinander folgenden Verweisen aus verschiedenen Sonntagsschulen bestand. Meine Tante Gin hatte nie geheiratet und besaß keinen eigenen Nachwuchs. Nachdem ich durch den Tod meiner Eltern so plötzlich in ihre Obhut gekommen war, wurde sie von einem Tag auf den anderen ohne jede Erfahrung in die Elternrolle gedrängt und legte die Regeln nach Bedarf fest. Von Anfang an litt sie unter der irrigen Überzeugung, dass man Kindern die Wahrheit sagen soll, und so wurde ich mit ausführlichen und schonungslosen Antworten auf die einfachsten Fragen traktiert, wobei die nach der Herkunft der Babys meine früheste war.

Meine unseligste Sonntagsschulerfahrung machte ich am ersten Weihnachtsfest unter ihren Fittichen, als ich fünfeinhalb Jahre alt war. Sie muss sich wohl verpflichtet gefühlt haben, mich einer religiösen Lehre auszusetzen, und so brachte sie mich in die Baptistenkirche, die einen Block von unserem Wohnwagenpark entfernt lag. Die Lesung drehte sich an diesem Sonntagmorgen um Maria und Josef, und ich war auf der Stelle gegen sie eingenommen. Soweit ich es überblickte, war das arme Jesuskind einem Paar Penner geboren worden, die so dämlich waren, es in einem Stall zur Welt zu bringen. Als meine Sonntagsschullehrerin Mrs. Nevely meinen kleinen Klassenkameraden erklärte, wie es zugegangen war, dass Maria »ein Kind erwartete«, war ich offenbar die Einzige unter den Anwesenden, die wusste, wie weit sie daneben lag. Meine Hand schoss in die Höhe. Sie rief mich auf, erfreut über meinen Eifer, einen Beitrag zu leisten. Ich kann mich noch gut an die Veränderung erinnern, die über ihre Miene zog, als ich die Grundzüge der Empfängnis skizzierte, wie sie mir Tante Gin erklärt hatte.

Als Tante Gin mich abholen kam, hatte man mich auf die Bordsteinkante gesetzt, mir einen Zettel ans Kleid gesteckt und mir eingeschärft, dass ich kein Wort sprechen durfte, bis sie kam. Zum Glück gab sie mir nicht die Schuld. Sie machte mir ein »Sammich« mit Weißbrot und Butter, gefüllt mit halbierten Wiener Würstchen aus der Dose. Ich setzte mich auf die Treppe vor dem Wohnwagen und verspeiste mein rustikales Mittagessen. Während ich in ihrem winzigen Vorgarten mit mir selbst Krocket spielte, rief Tante Gin alle ihre Freundinnen an, sprach mit gedämpfter Stimme und lachte ziemlich viel. Ich wusste, dass ich sie glücklich gemacht hatte, auch wenn mir nicht klar war, womit.

Als der Geistliche schließlich auf die Kanzel trat, gab er genau die Art von allgemein gültigen Kommentaren ab, die auf jeden Verstorbenen passen, wenn er nicht gerade ein völlig verkommenes Subjekt gewesen ist. Schließlich war der Gottesdienst vorüber, und die Leute verließen die Kirche. Ich blieb in der Nähe der Tür, da ich hoffte, Fiona zu erwischen, bevor sie verschwand. Ich wollte einen Termin vereinbaren, um in einem Gespräch die Modalitäten unserer Beziehung zu klären. Endlich sah ich sie. Sie stützte sich schwer auf ihre Tochter, die an ihrer Seite ging. Melanie muss gewusst haben, wer ich war, da sie mir einen warnenden Blick zuwarf, während sie ihre Mutter die Stufen hinunter und zum Parkplatz führte.

Anica berührte mich am Arm. »Kommen Sie noch mit zum Haus? Wir erwarten ein paar Gäste.«

»Sind Sie sicher, dass das in Ordnung ist? Ich möchte mich nicht aufdrängen.«

»Kommen Sie ruhig. Crystal hat mir aufgetragen, Sie zu fragen. Wir sind im Strandhaus.«

»Ich komme gern.«

»Gut. Dann bis später.«

Langsam leerte sich der Parkplatz. Die Menge zerstreute sich wie vor einem Kino, und manche Leute unterhielten sich noch, während schon die Autos an ihnen vorbeiglitten. Ich kehrte zu meinem VW zurück und reihte mich in den dünner werdenden

Strom ein. Die Wolkendecke war ein bisschen aufgerissen, und ein blasser Hauch Sonne sickerte hindurch.

Das Strandhaus lag nur drei Kilometer von der Kirche entfernt. Ich muss eine der Letzten gewesen sein, die eintrafen, da das Kiesbankett in der Paloma Lane komplett mit teuren Wagen zugeparkt war. Ich schnappte mir die erste Lücke, die ich sah, schloss mein Auto ab und ging den Rest des Weges zu Fuß. Ich spürte, dass der Zwickel meiner Strumpfhose mittlerweile zur Mitte des Schenkels gewandert war. Ich ließ ihn wieder hochrutschen, indem ich einen kleinen Hopser machte. Am liebsten hätte ich mir die Dinger vom Leib gerissen und in die Büsche geworfen.

Als ich in Crystals Einfahrt trat, stand dort der gleiche Oldtimer, den ich vor Pacific Meadows gesehen hatte. Vorsichtig blieb ich stehen und sah mich um, um sicherzugehen, dass mich niemand beobachtete. Die gesamte rückwärtige Fassade von Crystals Strandhaus war fensterlos und die Straße hinter mir momentan unbefahren. Ich umkreiste den Wagen und studierte das Emblem des Herstellers, das am rechten vorderen Kotflügel angebracht war. Ein Kaiser Manhattan. Nie gehört. Alle vier Türen waren versperrt, und ein rascher Blick auf Vorder- und Rücksitze ergab nichts Interessantes.

Die Haustür stand offen, und die nach außen dringenden Geräusche unterschieden sich nicht von denen einer normalen Cocktailparty. Es liegt in der Natur des Todes, dass er die Bindungen zwischen Angehörigen und Freunden neu definiert. Die Überlebenden versammeln sich und nutzen Essen und Trinken als einen Balsam, der dem Verlust entgegenwirken soll. Meist wird gelacht. Ich bin mir nicht ganz sicher, warum, aber ich vermute, es ist ein unabdingbarer Bestandteil des Heilungsprozesses, der Talisman der Trauernden.

Es waren ungefähr sechzig Personen da, von denen ich die meisten bereits in der Kirche gesehen hatte. Die Glastüren zur Terrasse standen offen, und ich konnte das unablässige Rauschen der Brandung dahinter hören. Ein Herr in einem kurzen weißen

Jäckchen kam mit einem Tablett an mir vorbei und blieb stehen, um mir ein Glas Champagner anzubieten. Ich dankte ihm und nahm eines. Dann suchte ich mir einen Platz neben der Treppe und nippte an meinem Champagner, während ich den Mann mit dem Schnurrbart und dem dichten silbergrauen Haar suchte.

Jacob Trigg kam hinter mir herein und blieb genau wie ich am Rand der Menschenmenge stehen. Viele Trauergäste waren bereits in angeregte Gespräche vertieft, und die Vorstellung, in eines der bestehenden Kleeblätter einzubrechen, war beängstigend.

»Kennen Sie diese Leute?«, fragte mich Trigg.

»Nein, Sie?«

»Ein paar. Ich habe gehört, dass Sie diejenige waren, die Dow gefunden hat.«

»Ja, und es tut mir Leid, dass er tot ist. Ich hatte gehofft, er hätte sich nach Südamerika abgesetzt.«

»Ich auch.« Triggs Lächeln war düster.

»Hat Dow je erwähnt, dass von seinem Sparbuch Geld fehlte?«

»Ich weiß zumindest, dass er es bemerkt hat. Der Leiter der Bank ist misstrauisch geworden und hat ihm eine Kopie des Auszugs und eine Anfrage dazu geschickt. Dow hat sich bei ihm bedankt, erklärt, dass er wisse, worum es sich handele, und er sich darum kümmern werde. In Wirklichkeit hörte er das erste Mal davon. Zuerst dachte er, es müsse Crystal sein, da die Auszüge an ihr Postfach umgeleitet wurden.«

»Hat er sie gefragt?«

»Nicht nach dem Geld, aber nach dem Postfach. Sie hat ihm gesagt, sie habe es ein Jahr zuvor schon gekündigt. Er wollte sie nicht weiter bedrängen, bevor er selbst Nachforschungen angestellt hatte. Es musste ja eigentlich jemand aus seinem Haushalt sein, denn wer sonst hätte schon Zugang zu der Servicekarte und der PIN-Nummer für dieses Konto gehabt?«

»Wen hat er verdächtigt?«

»Crystal oder Leila, obwohl es auch Rand gewesen sein könnte. Mehr Möglichkeiten gab es im Grunde nicht, aber er wollte kein Wort sagen, bevor er es sicher wusste. Er und Crystal hatten sich schon so oft wegen Leila gestritten, dass sie damit gedroht hat, ihn zu verlassen. Wenn er ein Problem mit Leila gehabt hätte, hätte er es selbst geklärt. Aber wenn es um Rand ging, war Crystal genauso unbeugsam. Warum sich diesen Stress antun? Auch da hätte es jede Menge Ärger gegeben.«

»Wie das?«

»Rand ist der Einzige, dem sie Griff anvertraut hat. Wo wäre ohne Rand ihre Freiheit geblieben? Dow saß in der Zwickmühle, egal wie es auch ausging.«

»Warum hat er das Konto nicht aufgelöst?«

»Ich bin sicher, das hat er getan.«

»Hat er je herausgekriegt, wer es war?«

»Wenn ja, so hat er es mir nicht gesagt.«

»Jammerschade. Nachdem sein Pass fehlt, haben die Cops vermutet, er hätte sich eventuell freiwillig aus dem Staub gemacht. Ich wüsste gern, warum Crystal die Polizei nicht informiert hat.«

»Vielleicht wusste sie es nicht. Womöglich kam er zu dem Schluss, dass es ihm zu riskant war, der Sache nachzugehen.«

»Er hätte jemanden mit dreißigtausend Dollar davonziehen lassen?«

»Dad?«

Wir wandten uns beide um. Eine Frau, deren dicker blonder Zopf ihr fast bis zur Taille reichte, stand hinter uns. Sie war Mitte vierzig, ungeschminkt und trug einen langen Baumwollpullover, einen Bauernrock und Sandalen. Sie sah wie die Sorte Frau aus, die sich nie die Beine rasiert, aber ich wollte nicht nachsehen. Immerhin war sie klug genug, um eine Strumpfhose anzuziehen, und dafür gab ich ihr Pluspunkte. Meine sackte schon wieder ab. Jeden Moment konnte sie mir bis auf die Knie rutschen, und ich würde zu hoppeln anfangen und winzige Trippelschritte machen müssen, wohin ich auch ging.

»Das ist meine Tochter Susan.«

»Schön, Sie kennen zu lernen«, sagte ich. Wir schüttelten uns die Hände und plauderten noch ein Weilchen zu dritt, bevor sie ihn am Arm nahm.

»Ich hoffe, es macht Ihnen nichts aus, wenn wir gehen. Das ist alles ein bisschen viel für meinen Geschmack«, sagte sie.

»Sie glaubt, ich sei müde, und das stimmt auch«, gestand Trigg. »Wir sprechen uns ein andermal wieder.«

»Das hoffe ich.«

21

Sobald sie gegangen waren, stellte ich mein Glas ab und suchte mir die nächste Toilette. Die Tür war zu. Ich drehte am Knauf und merkte, dass sie abgeschlossen war. Ich lehnte mich an die Wand und wartete, um auch garantiert die Erste in dieser Einpersonenschlange zu sein. Ich hörte die Toilettenspülung und dann Wasser, das ins Waschbecken lief. Kurz darauf ging die Tür auf, und der Mann mit dem Schnurrbart und den silbergrauen Haaren kam heraus. Er lächelte mir höflich zu und ging ins Wohnzimmer.

Ich schloss mich in der Toilette ein und bediente mich der sanitären Anlagen. Nachdem ich meine Strumpfhose so weit wie möglich nach oben gezogen hatte, ging ich hinaus und suchte mir einen Platz auf der Treppe, auf der dritten Stufe von oben – der ideale Aussichtspunkt, um die Versammlung zu betrachten. Rand drehte mit Griff auf der Hüfte die Runden. Griff trug einen himmelblauen Matrosenanzug, und Rand gab Griffs imaginären Monolog wieder, als wäre das Kind die Puppe eines Bauchredners. Leila hatte ich noch nicht gesehen, doch ich vermutete, dass sie irgendwo im Haus war. Crystal hätte es nie hingenommen, wenn sie das Begängnis boykottiert hätte.

Der Partyservice war gerade damit fertig geworden, ein kaltes Buffet anzurichten. Es gab Hühnerbrüstchen ohne Knochen, drei Arten Salat, eingelegten Spargel, Teufelseier und Körbe mit frischen Brötchen. Die Leute standen in Grüppchen in der Nähe des Tischs, und jeder hielt sich zurück, um nicht der Erste zu sein, der zugriff. Normalerweise wäre ich schon lange wieder gegangen, aber ich wollte etwas über den Mann mit dem silbergrauen Haar in Erfahrung bringen. Ich sah ihn ins große Zimmer zurückkommen, diesmal in Gesellschaft einer ausgezehrten Brünetten, die in der einen Hand ein Weinglas hielt und sich mit dem anderen Arm bei ihm untergehakt hatte. Sie trug einen schwarzen, langärmligen Body unter einer hautengen schwarzen Lederhose mit einem breiten silbernen Gürtel. Ihre Aufmachung hätte sich besser dafür geeignet, an Straßenecken männliche Kunden abzuschleppen, als eine Trauerfeier zu besuchen. Ihr Körper war nicht *ganz* perfekt genug, um einer so gnadenlosen Enthüllung standzuhalten. Ihr Liposuktionist hätte noch einen halben Liter Fett aus jedem Oberschenkel absaugen sollen.

Sie wirkte wachsam, und ihr Blick wanderte unruhig durch den Raum. Wenn je ein Lächeln auf ihrem Gesicht erschien, dann war es unsicher und reichte nie bis an die Augen. Ich weiß zwar nicht, ob ich an solches Gerede glaube, aber ihre »Aura« war dunkel. Fast konnte ich das Magnetfeld sehen, das sie umgab. Sie war angriffslustig, kampfbereit. Worum wurde hier gespielt? Der Mann schien einige Leute zu kennen. Locker und lässig plauderte er erst mit der einen Gruppe und dann mit der anderen, während sie sich an seinen Arm klammerte. Im Gegensatz zu ihrer vulgären Aufmachung trug er einen gut geschnittenen Anzug in konservativem Dunkelblau, dazu ein hellblaues Hemd und eine Ton-in-Ton gemusterte hellblaue Krawatte. Ich schätzte ihn auf Ende fünfzig. Er war einer dieser Männer, die sich gut halten: fit und durchtrainiert. Er musste Arzt sein. Ich konnte mir nicht denken, was er sonst um Mitternacht in Pacific Meadows zu suchen gehabt hätte, abgesehen von dem Spontansex mit Pepper Gray.

Er murmelte der Frau etwas zu, stellte sich in die Schlange vor dem Buffet und nahm sich einen Teller und ein in eine Serviette gewickeltes Besteck. Obwohl sie sich hinter ihm anstellte, sprachen sie nichts miteinander. Ich sah zu, wie er seinen Teller voll häufte, während sie sich ein Häppchen Salat und vier Stangen Spargel nahm. Er setzte sich auf den einzigen freien Platz auf der Couch, stellte sein Weinglas und den Teller auf den Couchtisch aus hellem Holz und begann zu essen. Als sie sich zu ihm setzen wollte, war kein Platz mehr frei. Sie blieb einen Augenblick stehen und hoffte offensichtlich darauf, dass er beiseite rutschen und eine Lücke für sie schaffen würde. Doch er schien sich auf sein Essen zu konzentrieren, und so sah sie sich gezwungen, ein Stück weiter weg allein auf einem Stuhl Platz zu nehmen. Sie beschäftigte sich mit ihrem Teller, um ihre Verlegenheit zu überspielen, obwohl es außer mir niemand zu bemerken schien. Der Kellner kam mit einer Flasche Chardonnay vorbei. Sie sah mit scharfem Blick zu ihm auf und hielt ihm ihr Glas hin, das er großzügig füllte.

Ich spürte eine Bewegung hinter mir, und als ich aufblickte, sah ich Anica am Kopf der Treppe. Sie blieb einen Moment stehen, um über das Geländer zu spähen. Wie gewohnt war sie mit geschmackvollem Understatement gekleidet: eine langärmlige weiße Seidenbluse, eine weite schwarze Wollhose mit eingenähter Falte und schwarze Slipper aus handschuhweichem Leder. Ihr kastanienbraunes Haar war mit Schaumfestiger behandelt und türmte sich vorn in einer hohen Rolle über der Stirn, während die Seiten in langen Entenschwänzen nach hinten gekämmt waren. »Guter Sitzplatz. Haben Sie schon etwas gegessen?«

»Ich hab's vor, wenn die Schlange sich aufgelöst hat. Ich habe mir ein paar Leute angesehen. Wer ist der Mann mit den silbergrauen Haaren und dem dunkelblauen Anzug dort auf der Couch?«

Sie folgte meinem Blick. »Das ist Harvey Broadus. Er und Joel teilen sich wohl die Honneurs. Joel und Dana sind nämlich in den Country Club gefahren, wo Fiona Hof hält. Harvey ist hierher gekommen. So kann man ihnen nicht vorwerfen, eine von beiden zu bevorzugen.«

»Wer ist die Frau in der Lederhose?«

»Celine, Harveys Frau seit über zwanzig Jahren. Er hat sie vor acht Monaten verlassen, aber jetzt ist er reumütig zu ihr zurückgekehrt.«

»Ach, genau. Crystal hat erwähnt, dass er mitten in einer ekelhaften Scheidung gesteckt hat.«

»›Hat‹ ist richtig. Ich vermute, die Rechnung wurde zu hoch. Er ist zu dem Schluss gekommen, dass er besser damit fährt, wenn er bei ihr bleibt, statt sein ganzes Vermögen rausrücken zu müssen. Er ist ein Trottel, aber manchmal tut er mir Leid. Sie säuft wie ein Loch. Die meiste Zeit steht sie entweder kurz vor einem Aufenthalt in der Betty-Ford-Klinik oder kommt gerade dorther. Und die restliche Zeit verbringt sie in irgendwelchen Luxusbädern – La Costa oder The Golden Door. Nur das Beste für unser Mädchen.«

»Sind verheiratete Menschen denn nie glücklich?«

»O doch. Sie sind nur nicht oft mit der Person glücklich, mit der sie verheiratet sind.« Ich sah, wie ihr Blick abschweifte. »Oh-oh. Jetzt muss ich aber nach unten. Wir sprechen uns später noch.«

Anica schlüpfte an mir vorbei und stieg die Treppe hinab. Ich blickte zur Haustür, wo Pepper Gray erschienen war. Anica hatte sie entdeckt und ging ihr entgegen. Die beiden tauschten höfliche Küsschen aus. Anica nahm ihr den Mantel ab und winkte dem Kellner, der mit seinem Tablett voller Champagnergläser in ihre Richtung schwenkte. Ohne ihre weiße Kappe und die Uniform wirkte Pepper weicher und hübscher, weniger wie eine Frau, die außereheliche erste Hilfe praktiziert. Ich blickte auf meinen silberhaarigen Freund herab und fragte mich, ob er sie im gleichen Moment entdeckt hatte wie ich. Pepper trat ins große Zimmer. Sie mussten sich der Gegenwart des jeweils anderen bewusst sein, aber keiner von beiden zeigte es – kein Nicken des Erkennens, kein irgendwie gearteter Gruß.

Celine sah auf, und ihr Körper wurde steif. Die Gabel voller Essen stockte über ihrem Teller. Anica nahm Pepper am Arm und führte sie durch die Glastür auf die Terrasse hinaus. Celines Kopf schien sich mitzudrehen, und ihr Blick war glasig und starr. Sie beobachtete Pepper mit der gleichen Vorsicht wie ein Kaninchen einen Fuchs in Sichtweite. Entweder wusste sie, dass ihr Mann fremdging, oder ihr Radar war phänomenal. Vermutlich ein bisschen von beidem. Es gehörte nicht viel dazu, sich auszumalen, wie die Dynamik funktionierte. Er betrog sie als Ausgleich dafür, dass sie zu viel trank, und sie trank zu viel, um sich darüber hinwegzutrösten, dass er sie betrog. Vor meinen Augen stand sie auf und verließ den Raum.

Ich wartete auf der Treppe, bis die Desserts am einen Ende des Tischs aufgestellt worden waren, und reihte mich dann in die Schlange am Buffet ein, die beträchtlich geschrumpft war. Ich war zwar nicht besonders hungrig, aber gerade war ein Platz neben Harvey Broadus frei geworden, und das wollte ich ausnutzen. Hastig belud ich meinen Teller und ging zur Couch hinüber. Er sah auf, als ich mich näherte. Schöne blaue Augen.

»Sitzt hier jemand?«

»Nein, nur zu. Ich hole mir gleich Nachtisch, dann können Sie auf meinen Platz aufpassen.«

»Klar, kein Problem.«

Während er weg war, kam eine Frau in Partyservice-Uniform und sammelte stehen gelassene Teller ein. Ich konzentrierte mich auf das Essen, das wirklich fantastisch war, und aß mit der gewohnten animalischen Hingabe, wobei ich mir Mühe gab, nicht zu schnüffeln, zu rülpsen oder mich zu bekleckern. Broadus kehrte mit seinem Dessertteller und einem frischen Glas Wein zurück. »Ich dachte mir, den könnten Sie vielleicht brauchen«, sagte er und stellte den Wein neben mir auf den Couchtisch.

»Danke. Ich wollte mich schon auf die Suche nach dem Mann mit dem Chardonnay machen.«

Broadus hielt mir die Hand hin. »Harvey Broadus.«

»Kinsey Millhone«, sagte ich, und wir schüttelten uns die Hände. Ich musterte seine Nachtischauswahl: ein Brownie, ein Stück frischer Obstkuchen und ein dickes Stück Kokosnusstorte. »Sieht ja gut aus.«

»Ich habe eine Schwäche für Süßes.« Er setzte sich wieder, balancierte den Teller auf einem Knie und fing mit der Kokosnusstorte an. »Ich habe Sie vorhin schon gesehen, als Sie auf der Treppe saßen.«

»Ich mag keine großen Partys, und außerdem kenne ich keinen Menschen. Und Sie? Sind Sie mit Crystal oder mit Dow befreundet?«

»Mit beiden. Ich hatte geschäftlich mit Dow zu tun.«

»Pacific Meadows?«

»Genau. Und was machen Sie beruflich?« Er ging zu dem Brownie über und machte kurzen Prozess damit.

»In erster Linie Recherchen«, antwortete ich. Ich nahm einen großen Bissen von meinem Brötchen, damit ich das nicht weiter ausführen musste.

»Ein trauriger Tag«, sagte er. »Das mit Dow geht mir furchtbar nahe, obwohl es mich nicht gewundert hat. Er war entsetzlich beklommen und deprimiert in den Wochen vor seinem Verschwinden.«

Na prima. Bei der Trauerfeier über den Toten tratschen. Wie spaßig. »Der arme Mann«, sagte ich. »Weswegen denn?«

»Das möchte ich nicht näher erläutern ... sagen wir einfach, er hat das Pflegeheim in einem chaotischen Zustand hinterlassen.«

»Davon hat mir jemand erzählt. Es hatte irgendwas mit Medicare zu tun, oder?« Ich aß eine Gabel voll Salat, während er sich über den Obstkuchen hermachte.

»Davon haben Sie gehört?«

Ich nickte. »Aus verschiedenen Quellen.«

»Dann hat es sich wohl herumgesprochen. Sehr bedauerlich.«

»Was steckt denn dahinter?«

»Wir nehmen an, es war ein gutgläubiger Irrtum, aber genau erfahren wir es womöglich nie.«

»Ärzte können manchmal richtige Trottel sein, wenn's ums Geschäftliche geht«, sagte ich, indem ich Penelope Delacorte nachäffte.

»Wem sagen Sie das. Wir waren schockiert.«

»Ich verstehe nur nicht, was sich abgespielt hat. Ich meine, soweit ich es begriffen habe, stellt das Pflegeheim seine Rechnungen gar nicht selbst. Ich dachte, es gäbe eine Betreibergesellschaft, die das erledigt.«

Er nickte. »Genesis Financial Management Services. Sie haben ihr Büro in der Stadt. Joel und ich – kennen Sie Joel?«

»Ich bin ihm einmal begegnet. Und ich kenne seine Frau.«

»Dana ist toll. Ich bin ganz begeistert von ihr. Joel und mir gehört die Einrichtung über eine Firma namens Century Comprehensive, die sich in erster Linie mit Grundstückserschließungen befasst, obwohl wir auch mit anderen Projekten zu tun haben. Genesis hat das Gelände von uns geleast. Außerdem erledigen sie das gesamte Rechnungswesen: Verbindlichkeiten und Außenstände, Medicare, Medicaid und dergleichen.«

»Und inwiefern hat Dow gepfuscht?«

»Das versuchen wir ja gerade herauszufinden.«

»Ich dachte nämlich, wissen Sie ... dass von Gesetzes wegen Ihre Firma und die Betreibergesellschaft völlig getrennte Unternehmen sein müssen.«

»Stimmt. Aber Genesis kann sich nur auf die Daten stützen, die von Pacific Meadows kommen. Niemand von der Betreibergesellschaft ist vor Ort. Wenn Dow Rechnungsbeträge abgesegnet und weitergeleitet hat, dann hat ihm Genesis das abgenommen.«

»Er hätte ihnen also erzählen können, was er wollte.«

»Hätte er und hat er.«

»Wie ist man ihm auf die Spur gekommen?«

»Das wissen wir nicht. Vielleicht war es ein Vormund oder ein Angehöriger eines Patienten, dem die Unstimmigkeiten aufgefallen sind und der sich telefonisch beschwert hat.«

»Was, bei Ihnen?«

»Bei Medicare.«

»Es hat ihn also jemand verpetzt. Pech für ihn. Und dann sind die Buchprüfer auf den Plan getreten und der Sache nachgegangen.«

»Das vermuten wir. Momentan wissen wir nicht, was sie in Händen haben.«

»Was, wenn sich herausstellt, dass er es gar nicht war?«

»Sein Ruf ist trotzdem ruiniert. In einem Ort von dieser Größe ist es fast unmöglich, seinen guten Namen wieder herzustellen, wenn man erst einmal durch Gerüchte beschädigt ist. Die Leute bleiben zwar höflich, aber es ist der Todesstoß.«

»Dann sah aus Dows Perspektive wohl alles hoffnungslos aus, ganz egal, wie es ausging.«

»Mehr oder weniger.«

»Was, wenn sich herausstellt, dass er unschuldig war?«, fragte ich erneut.

»Es bleibt so oder so an uns hängen.« Er sah auf die Uhr, stellte seinen Teller beiseite und stand auf. »Tja, jetzt muss ich mal nach meiner Frau suchen. War nett, mit Ihnen zu plaudern, Kinsey. Ich hoffe, unsere Wege kreuzen sich in glücklicheren Zeiten mal wieder.«

»Das hoffe ich auch«, sagte ich und hob mein Weinglas. »Danke für den Wein.«

»Gern geschehen.«

Ich sah ihm nach, wie er den Raum durchquerte und nach Celine Ausschau hielt.

So ein Lügenbeutel. Joel Glazer hatte an dem Tag, als ich mit ihm gesprochen hatte, mit Broadus telefoniert. Ich hatte sein Büro noch nicht mal richtig verlassen, als Broadus schon über meinen Besuch informiert worden war. Was er mir jetzt über ihre geschäftlichen Probleme erzählt hatte, war fast Wort für Wort die gleiche Geschichte, die ich auch von Joel gehört hatte.

Als ich in meine Wohnung zurückkam, klingelte das Telefon. Zweimal. Dreimal. Ich schloss auf, ging hinein und schnappte mir den Hörer, bevor sich der Anrufbeantworter einschaltete. Tommy Hevener. Sowie ich seine Stimme hörte, wurde mir klar, dass ich erst hätte horchen sollen, wer dran war.

»Hey, Babe«, sagte er. »Ich bin's.« Sein Tonfall war vertraulich und selbstsicher zugleich, als hätte ich den ganzen Tag voller Hoffnung darauf gewartet, von ihm zu hören. Der Klang seiner Stimme versetzte mir einen Adrenalinstoß, der mich hecheln ließ wie ein Hund. Ich musste mir bewusst in Erinnerung rufen, dass ich ihn zwar nicht sehen wollte, aber womöglich seine Hilfe dabei brauchte, Richard zu beruhigen.

Ich ignorierte seine verführerische Masche und sagte: »Hi. Wie geht's?« Ganz lässig und unaufgeregt.

»Was haben Sie denn mit Richard angestellt? Er ist stocksauer auf Sie.«

Mein Magen schlug einen Salto. »Ich weiß, und das tut mir auch Leid. Ich habe ein schrecklich schlechtes Gewissen deswegen.«

»Was ist denn passiert?«

»Ah. Was ist passiert. Na ja.« *Denk, denk, denk, denk, denk.* Die Lüge glitt mir von den Lippen. »Lonnie wollte, dass ich hier im Büro bleibe, und hat mir einen Rabatt von fünfzig Prozent auf die Miete angeboten.«

»Warum haben Sie das nicht einfach gesagt? Das hätte Richard doch verstanden.«

»Ich kam überhaupt nicht dazu. Er war dermaßen wütend, dass ich nicht mit ihm verhandeln konnte.«

»Warum haben Sie es nicht mir gesagt? Wir hätten uns etwas einfallen lassen können. Herrgott, und zu allem Überfluss hat er jetzt auch noch erfahren, dass Sie den Scheck haben sperren lassen. Sie hätten ihn sehen sollen. Er hat gebrüllt wie ein Wahnsinniger. Sie haben ja keine Ahnung, wozu er im Stande ist, wenn er in diesen Zustand verfällt.«

Ich glaubte Richards Fähigkeiten zu kennen. »Können Sie nicht bei ihm ein gutes Wort für mich einlegen?«

»Das habe ich ja versucht. Ich dachte, wenn ich Ihre Version der Geschichte erführe, könnte ich ihn zur Vernunft bringen. Sie haben ziemlich großen Mist gebaut.«

»Da haben Sie Recht. Ich weiß schon, aber irgendwie habe ich ihm doch erklärt ... ich dachte, wenn ich ihm einen Brief schriebe, wäre es weniger peinlich, als wenn ich es ihm persönlich sage.«

»Großer Fehler. Das hat ihn erst richtig auf die Palme gebracht.«

»Das ist mir jetzt auch klar. Was glauben Sie, was als Nächstes passiert?«

»Schwer zu sagen. Vielleicht flaut alles einfach ab. Hoffen wir's mal«, sagte er. »So, jetzt aber genug von Richard geredet. Wann können wir uns treffen? Sie haben mir gefehlt.« Sein Ton klang neckisch, doch das war nur Fassade. Ich konnte mich ihm entweder gleich ergeben, oder er würde mich bearbeiten, bis ich es tat. Ich spürte, wie sich ein langsamer, hartnäckiger Zorn in mir aufbaute. Ich versuchte zwar, einen ruhigen Ton zu bewahren, doch ich wusste, dass er das, was ich ihm zu sagen hatte, nicht akzeptieren würde. »Hören Sie, ich glaube nicht, dass aus uns beiden etwas wird. Es ist an der Zeit loszulassen.«

Tödliches Schweigen drang durch den Hörer. Ich konnte ihn atmen hören und ließ das Schweigen andauern. Schließlich sagte er: »Das ist Ihr Schema, was? Sich zu distanzieren. Sie können niemanden an sich heranlassen.«

»Mag sein. Durchaus nahe liegend. Ich kann verstehen, dass es auf Sie so wirkt.«

»Ich weiß, dass Sie verletzt worden sind, und das tut mir Leid, aber geben Sie mir doch eine Chance. Erteilen Sie mir keine Abfuhr. Ich habe etwas Besseres verdient.«

»Finde ich auch. Sie haben etwas Besseres verdient. Ich wünsche Ihnen ehrlich alles Gute, und es tut mir Leid, dass es nicht geklappt hat.«

»Können wir nicht mal darüber reden?«

»Darin sehe ich keinen Sinn.«

»Sie sehen darin keinen *Sinn*? Was zum Teufel soll das?«

»Ich will mich nicht streiten. Es tut mir Leid, wenn ich Ihnen falsche Hoffnungen gemacht habe –«

»Was glaubst du eigentlich, wer du bist, dass du meinst, du könntest so mit mir reden? Du warst doch diejenige, die mich angemacht hat.«

»Ich lege jetzt auf. Wiederhören.«

»Nicht so schnell, verflucht noch mal. Erst hast du meinen Bruder ausgetrickst, und ich habe dich in Schutz genommen, und jetzt bildest du dir ein, du könntest im nächsten Moment die gleiche Schweinerei mit mir machen? Du bist ja nicht ganz dicht.«

»Gut. Wunderbar. Lassen wir es dabei bewenden.« Ich legte den Hörer auf. Nachträglich begann mein Herz zu pochen wie ein Basketball beim Dribbeln. Ich stand da und wartete.

Das Telefon klingelte, und obwohl ich damit gerechnet hatte, zuckte ich zusammen. Zweimal. Dreimal. Viermal. Der Anrufbeantworter schaltete sich ein. Ich hörte meine Ansage, dann legte er auf. Dreißig Sekunden verstrichen. Das Telefon klingelte erneut. Ich hob den Hörer, drückte auf die Gabel und brach so die Verbindung ab. Dann stellte ich die Klingel aus und zog obendrein noch den Telefonstecker heraus.

Ich setzte mich an den Schreibtisch und holte ein paarmal tief Luft. Ich würde nicht zulassen, dass mir dieser Kerl das Leben schwer machte. Falls nötig, würde ich Lonnie fragen, ob wir eine einstweilige Verfügung gegen ihn erwirken könnten, laut derer er sich mir nicht mehr nähern durfte. Bis dahin musste ich allerdings einen Weg finden, ihn aus meinen Gedanken zu verdrängen.

Ich holte die Karteikarten heraus und machte mir zahlreiche neue Notizen, die einige Leerstellen füllten. Wie bei einer Tarotsitzung legte ich mehrere Karten aus, um noch einmal über sie nachzudenken. Joel Glazer, Harvey Broadus und Pacific Meadows bildeten einen Halbkreis. Mit diesen Karten standen zwei weitere in direkter Verbindung: Penelope Delacorte, die stellvertretende Verwaltungsleiterin, und Tina Bart, die Buchhalterin, die man gefeuert hatte. Joel Glazer und Harvey Broadus hatten sich große Mühe gegeben, alles so darzustellen, dass Dow die Schuld an dem Medicare-Skandal trug, der unter der Oberfläche brodelte. Das Einzige, was nicht dazu passte, war die Notiz über die Liaison zwischen Broadus und der munteren Oberschwester, die ihm zu Diensten war.

Ich kehrte noch einmal zur Karte von Tina Bart zurück. Wohin war sie gegangen? Penelope Delacorte wusste es mit Sicherheit, aber sie würde es mir nicht verraten. Aus einem Impuls heraus bückte ich mich, zog die unterste Schublade auf, holte das Telefonbuch hervor und schlug es bei den Bs auf. Im Zweifelsfall, sagte ich mir, kann man doch ebenso gut mit dem Nächstliegenden anfangen. Fünf *Barts* waren vermerkt, aber weder eine *Tina* noch ein *T.* Es gab einen Eintrag ohne Adresse für *C. Bart*, möglicherweise die Abkürzung für *Christine* oder *Christina*. Allein stehende Frauen lassen sich oft mit solchen Namenskürzeln eintragen, um die wüsten Stöhner abzuwehren, die willkürlich irgendwelche Nummern wählen, während sie an ihren Hosen zupfen. Ich steckte das Telefon wieder ein und wählte die unter C. Bart angegebene Nummer. Nach dem zweiten Klingeln schaltete sich ein Anrufbeantworter ein. Die Stimme am anderen Ende gehörte zu einem dieser mechanischen Butler, einem computergenerierten Roboter, der sprach, als hauste er in einer Blechbüchse. »Bitte hinterlassen Sie eine Nachricht.« Die Verwendung dieses Pseudomannes war ein weiteres bei weiblichen Singles beliebtes Hilfsmittel, da sich damit die Illusion erzeugen lässt, es sei ein Mann im Haus. Ich griff nach dem Polk-Verzeichnis und suchte nach der unter C. Bart verzeichneten Telefonnummer. Das Polk-Verzeichnis, auch als »das Kreuzundquer« bekannt, listet Adressen und Telefonnummern auf zwei verschiedene Arten auf. Im Gegensatz zum altbekannten Telefonbuch, das seine Daten alphabetisch nach Namen sortiert hat, enthält das Kreuzundquer einen Teil, in dem alles nach Straßen, und einen zweiten, in dem alles nach Nummern geordnet ist. Wenn Sie also nur eine Telefonnummer ohne Adresse haben, können Sie die Nummer im Polk nachschlagen, und schon finden Sie die dazugehörige Straße und Hausnummer sowie den Namen desjenigen, der dort wohnt. Und wenn Sie nur eine Adresse haben, können Sie den Namen des Bewohners mitsamt der Telefonnummer erfahren – vorausgesetzt, die Nummer ist nicht geheim. In diesem Fall fand ich C. Bart unter einer Adresse in der Dave Levine Street, nicht weit von Pacific Meadows. Penelope Delacorte hatte mir gesagt, dass Tina Bart bereits in Pacific Meadows gearbeitet hatte, als sie dort anfing. Es war höchste Zeit herauszufinden, wie viel sie wusste.

Bevor ich die Wohnung verließ, suchte ich meine alte Pistole heraus und steckte sie in meine Umhängetasche. Es ist eine Davis .32 Halbautomatik mit einem 13,3 Zentimeter langen Rohr, geladen mit Winchester Silvertips. In den letzten drei Jahren habe ich mir jede Menge Stuss über diese Schusswaffe anhören müssen, von der es ständig heißt, sie sei billig und unzuverlässig – ein Urteil, das meine dauerhafte Zuneigung zu dem guten Stück nicht geschmälert hat. Sie ist klein und griffig, wiegt praktische 625 Gramm und liegt mir gut in der Hand. Ich glaubte zwar nicht, dass Richard oder Tommy mir tatsächlich auf den Pelz rücken würden, aber sicher konnte ich mir da nicht sein. Und genau das gehörte natürlich zum Wesen des Spiels, das sie spielten.

22

Es war kurz vor fünf, als ich auf der 101 in Richtung Norden fuhr. Das Nachmittagslicht war schon fast geschwunden. Nieselregen wirbelte durch den fließenden Verkehr wie Dampf, und die Scheibenwischer erzeugten an den Stellen, wo sich die Feuchtigkeit aufs Glas legte und wieder weggewischt wurde, einen fächerförmigen Schmierfilm. Die Dave Levine ist eine Einbahnstraße, die auf den Ortskern zuführt, und so war ich gezwungen, die

Ausfahrt Missile zu nehmen und links auf die Chapel einzubiegen. Ich bog ab und stieß an einem höher gelegenen Punkt auf die Straße, die ich von dort aus hinunterfuhr. Ich passierte Pacific Meadows zur Rechten und begann die absteigenden Hausnummern zu mustern. Das Haus, das ich suchte, lag nur einen Block entfernt. Ich fand einen Parkplatz auf der Straße und ging zu Fuß weiter, wobei ich gegen den Nieselregen die Schultern hochzog.

Das Haus war ein einfacher Steinquader mit insgesamt vier Wohneinheiten, zwei oben und zwei unten. In der Mitte führte eine Außentreppe in den ersten Stock. Wohnung 1 lag zu meiner Rechten und Wohnung 2 direkt gegenüber. Der Name Bart war mit dickem schwarzem Filzstift auf ein Schild geschrieben worden, das am Briefkasten von Wohnung 3 klebte. Ich stieg zehn Stufen hinauf und betrachtete die Fenster im ersten Stock. In mehreren Räumen auf der vorderen rechten Seite brannte Licht. Ich stieg ganz hinauf, klopfte an die Tür und wartete. Hinter mir, durch die Lücke zwischen den beiden Gebäudehälften, konnte ich sehen, wie der Regen die Straßenlampen wie mit Verbandsmull umhüllte. Ein Luftzug brauste durch die Lücke, und es war kalt.

»Wer ist da?«

»Ms. Bart?«

Ich hörte, wie sie die Sicherheitskette vorlegte. Dann öffnete sie die Tür einen Spalt weit. »Ja?«

»Entschuldigen Sie, dass ich Sie zu Hause störe. Mein Name ist Kinsey Millhone. Ich bin Privatdetektivin und arbeite für Dr. Purcells Exfrau. Kann ich Sie sprechen?«

»Ich weiß überhaupt nichts. Ich habe ihn seit Monaten nicht gesehen.«

»Sie wissen wahrscheinlich, dass seine Leiche im Brunswick Lake gefunden wurde?«

»Ich hab's gelesen. Was ist denn passiert? Das stand nämlich nicht in der Zeitung.«

»Wäre das wichtig für Sie?«

»Tja, ich glaube jedenfalls nicht, dass er Selbstmord begangen hat, falls Sie das beweisen möchten.«

»Zu dieser Ansicht neige ich auch, aber womöglich werden wir es nie erfahren. In der Zwischenzeit versuche ich die Ereignisse zu rekonstruieren, die sich vor seinem Tod abgespielt haben. Wissen Sie noch, wann Sie ihn das letzte Mal gesprochen haben?«

Sie antwortete nicht, doch ich las in ihren Augen, dass sie etwas zu sagen hatte.

Der Wind drehte sich, und ein Schleier dünnen Regens fegte mir seitlich gegen das Gesicht. Spontan sagte ich: »Könnte ich reinkommen? Hier draußen wird's langsam ziemlich frisch.«

»Woher soll ich wissen, dass Sie auch die sind, als die Sie sich ausgeben?«

Ich fasste in meine Handtasche und holte die Brieftasche heraus. Ich zog die Lizenz aus dem Fensterfach und reichte sie ihr durch den Türspalt. Sie studierte sie kurz, gab sie mir zurück und schloss die Tür, um die Kette loszumachen. Dann löste sie die Türverriegelung, um mich einzulassen.

Sowie ich drinnen war, wiederholte sie den gesamten Prozess in umgekehrter Reihenfolge. Ich streifte den Regenmantel ab, hängte ihn an einen Hutständer neben der Tür und sah mich rasch um. Die Einrichtung war eine seltsame Mischung aus altem Charme und Ärgernissen: Türbogen und Hartholzböden, schmale Fenster mit vergilbten Jalousien und ein klobig aussehender Wandheizkörper neben der Schlafzimmertür. Im Wohnzimmer prangte ein offener Kamin mit einem Gitter, wo ein teilweise verkohlter Holzscheit auf einem Aschehaufen lag. In der Wohnung war es nicht viel wärmer als draußen, aber wenigstens blies kein Wind. Durch einen Bogen an der Wand gegenüber konnte ich einen Streifen Badezimmerfliesen sehen, im Retrostil abwechselnd dunkelbraun und beige und vermutlich gelegt, als das Haus gebaut worden war. Ohne die Küche gesehen zu haben, wusste ich, dass moderne Annehmlichkeiten dort fehlten: keine Spülmaschine, keine Müllpresse, kein Müllschlucker. Der Herd wäre vermutlich ein Original, ein echter, alter O'Keefe and Merritt mit zwei Backöfen mit Glasfront und einer Garnitur zusammenpassender Salz- und Pfefferstreuer in einem Kästchen darüber. Frisch verchromt und komplett überholt würde der Herd ein Vermögen kosten, obwohl der eine Backofen nie richtig funktionieren und die trendige junge Frau, die ihn gekauft hatte, ohne das zu ahnen, ihr Brot zu kurz backen würde.

Tina bedeutete mir, dass ich mich auf einen grauen Polstersessel setzen könne, während sie zu ihrem Platz auf der Couch zurückkehrte. Sie war jünger, als ich erwartet hätte, nämlich Anfang vierzig, und derart leblos, dass ich mich fragte, ob sie unter Beruhigungsmitteln stand. Ihr Haar hatte die Farbe von Eichenholz, wie man es in alten Hartholzböden sieht. Sie trug einen Jogginganzug: eine graue Hose mit Zugband und eine dazu passende Jacke, unter deren offen stehendem Reißverschluss ein weißes T-Shirt zu sehen war. Die Schuhe hatte sie abgestreift. Die Form ihres Fußes zeichnete sich im Staub an den Sohlen ihrer dicken, weißen Baumwollsocken ab. Sie schien sich nicht entscheiden zu können, was sie mit den Händen anfangen sollte. Schließlich verschränkte sie die Arme und versteckte die Finger, als wollte sie sie vor Erfrierungen schützen. »Warum kommen Sie zu mir?«

»Letzten Montag war ich im St. Terry's und habe mit Penelope Delacorte gesprochen. Sie hat Ihren Namen erwähnt, also dachte ich, Sie könnten mir vielleicht ein paar offene Fragen beantworten. Darf ich Sie Tina nennen?«, fragte ich unvermittelt.

Sie hob beiläufig eine Schulter, was ich als Zustimmung auffasste. »Ich weiß, dass Sie und Mrs. Delacorte Pacific Meadows etwa zur gleichen Zeit verlassen haben. Sie meinte, die Auswahlmöglichkeiten seien hier sehr begrenzt, was Stellen in der Krankenpflege angeht. Haben Sie einen neuen Job gefunden?« Ich hoffte, es gelang mir, den Eindruck zu erwecken, dass ich ein langes, freundschaftliches Gespräch mit Ms. Delacorte geführt hatte – ganz im Gegensatz dazu, wie es wirklich gewesen war.

»Ich bin noch auf der Suche. Ich lebe von Arbeitslosengeld, solange ich Leistungen bekomme.« Ihre Augen waren blassgrau und ihre Art lustlos.

»Wie lange haben Sie in Pacific Meadows gearbeitet?«

»Fünfzehn Jahre.«

»Als was?«

»In der Verwaltung. Ich wurde als Bürokraft eingestellt und habe mich hochgearbeitet. Ich bin auf die Abendschule gegangen und habe schließlich mein Diplom gemacht.«

»In was?«

»Krankenhausverwaltung und -finanzierung, was beeindruckender klingt, als es ist. Ich habe mich immer wesentlich mehr für die buchhalterische Seite der Branche als fürs Management interessiert, daher war ich gern dort, wo ich war ... mehr oder weniger.«

»Darf ich Ihnen ein paar Fragen über Pacific Meadows stellen?«

»Sicher. Ich arbeite ja nicht mehr dort und habe nichts zu verbergen.«

»Wem hat das Anwesen vor Glazer und Broadus gehört?«

»Einer Firma namens Silver Age Enterprises. Den Namen des Besitzers wusste ich nie. Es könnte auch mehr als einer gewesen sein. Davor kam noch eine andere Firma namens Endeavor Group.«

Ich fasste in meine Handtasche, nahm ein kleines, spiralgebundenes Notizbuch heraus, in dessen Rücken ein Bleistift steckte, und notierte mir die beiden Namen. »Waren unter Silver Age dieselben Leute Besitzer und Betreiber des Hauses, oder wurden die beiden Funktionen getrennt gehalten?«

»Sie waren getrennt. Die Medicaid- und Medicare-Programme traten in den sechziger Jahren in Kraft, und in keinem von beiden waren nennenswerte Maßnahmen zur Verhinderung von Betrug vorgesehen. Die Vorschriften, dass Besitzer und Betreiber deutlich voneinander getrennt sein müssen, entstanden erst gegen Ende der siebziger Jahre, als der Kongress Gesetze verabschiedete, infolge deren Dezernate zur Betrugsprävention eingerichtet wurden – na, viel haben die ja nicht gebracht. Sie können sich gar nicht vorstellen, wie viele verschiedene Stellen diesen Kerlen auf den Fersen sind: das Büro des Generalinspekteurs, dann FBI, HHS, HCFA und MFCU – das sind die Abteilungen für Betrugsprävention von Medicare. Schreckt die Betrüger allerdings nicht ab. Schwindler lieben Regeln und Vorschriften. Jedes Mal, wenn man eine Barriere aufbaut, denken sie sich einen Weg aus, um sie zu umgehen. Eine der vielen Herausforderungen des Unternehmergeists«, fügte sie trocken hinzu. »Ich habe dreimal miterlebt, wie Pacific Meadows den Besitzer gewechselt hat, und bei jeder dieser Transaktionen hat sich der Preis nahezu verdoppelt.«

Ich machte mir eine weitere Notiz und überlegte, wie ich die genauen Zahlen herausfinden könnte. »Haben Sie für Endeavor oder für Silver Age gearbeitet?«

»Ehrlich gesagt glaube ich, dass Silver Age eine Tochtergesellschaft von Endeavor war. Die Chefin von Endeavor war eine Frau namens Peabody. Sie hat alle ihre privaten Ausgaben über unsere Verbindlichkeiten abgerechnet. Sie hat ihr Haus renoviert und es unter Pacific Meadows als ›Instandhaltung und Reparaturen‹ abgeschrieben. Oder sie hat sich zu Hause neue Vorhänge geleistet und dann behauptet, sie hätte in sämtlichen Patientenzimmern welche angebracht. Lebensmittel, Stromrechnungen, Reisen und Vergnügungen – sie hat keinen Trick ausgelassen.«

»Ist das nicht illegal?«

»Größtenteils schon. Manches war vermutlich legal, aber vieles war betrügerisch. Ich habe den Verwaltungsleiter auf ein paar Punkte angesprochen, aber er hat mehr oder weniger erklärt, ich solle mich um meinen eigenen Kram kümmern. Er meinte, der Steuerberater der Firma würde die Bücher regelmäßig prüfen, und es sei alles in Ordnung. Ich wusste, wenn ich auf meinen Einwänden bestanden hätte, wäre ich damals schon geflogen. Es kam mir einfacher vor, den Mund zu halten. Als Silver Age ans Ruder kam, hat eine Zeit lang jemand anders die Bücher geführt.

Der wurde dann gefeuert, und ich habe sie wieder übernommen. Damals ist wahrscheinlich einiges frisiert worden, aber ich habe nie herausgefunden, wer dahinter steckte.«

»Warum haben Sie nicht gekündigt und sich eine andere Stelle gesucht?«

»Ich habe die Arbeit geliebt.«

»Sie hätten die gleiche Arbeit auch woanders lieben können, oder nicht?«

»Stimmt, aber ich wurde stur. Ich dachte mir, eines Tages würden sie Schiffbruch erleiden, und dann könnte ich daneben stehen und zusehen und ihren Untergang vielleicht noch beschleunigen.«

»Hat sich irgendetwas geändert, als Dr. Purcell auf den Plan getreten ist?«

»In den ersten Monaten nicht. Dann bemerkte ich eine Zunahme der Belege für Sachen wie Krankenfahrten und Physiotherapie, mobile Röntgengeräte und Rollstühle. Ich fing an, mir Notizen zu machen, und dann habe ich einen Aktenvermerk an Mr. Harrington geschrieben, den Chef der Rechnungsabteilung von Genesis. Das war ein Fehler, wie sich später herausstellte, aber das war mir egal. Er hat es zwar nie explizit gesagt, aber ich bin mir sicher, dass ihm meine Bemühungen nicht recht waren, weil er dadurch in Verlegenheit kam.«

»Sie waren eine richtige Unruhestifterin.«

»Das will ich schwer hoffen.«

»Man hatte also schon vor der Buchprüfung etwas gegen Sie.«

Sie nickte und antwortete. »Und wie. Sie ließen ein bisschen Zeit verstreichen, und dann haben sie mich rausgeworfen. Dr. Purcell hat versucht zu intervenieren, aber er hatte keine Macht und wurde überstimmt. Penelope war empört und hat beleidigt gekündigt, was ihnen im Grunde zugute kam. Dadurch sah es so aus, als hätten wir Dreck am Stecken und Genesis würde für Ordnung im Haus sorgen. Und sie hatten immer noch Dr. Purcell als Sündenbock, falls die Ermittlungen der MFCU weiter gehen sollten ...«

»Was sie ja auch taten.«

»Oh, allerdings. Sie hören auch nicht auf, bis sie die Schuldigen überführt haben.«

»Soweit ich mich erinnere, hat mir Joel erzählt, dass Genesis zu einer Gruppe namens Millenium Health Care gehört.«

»Schon, aber ich vermute, dass manche, wenn nicht alle dieser Firmen Scheinfirmen sind, die nur gegründet wurden, um zu verschleiern, wer die wahren Besitzer sind.«

»Wie soll das laufen?«

»Firma A, im Besitz von Mr. Smith, kauft ein Altenpflegeheim. Smith gründet eine Scheinfirma mit Führungskräften, die scheinbar nichts mit ihm zu tun haben. Seine Firma, A, verkauft die Einrichtung zu einem extrem überhöhten Preis an diese zweite Firma – die gleichfalls ihm gehört –, wodurch die Profite auf lukrative Weise in Veräußerungsgewinne umgewandelt werden …«

»Die zu einem niedrigeren Steuersatz veranschlagt werden«, warf ich ein.

»Genau. Die zweite Firma kann den aufgeblähten Wert der neu gekauften Einrichtung als Sicherheit für neue Kredite nutzen. Unterdessen kommt Schwindelfirma C daher und pachtet Haus und Gelände mit enorm gesteigerten Mieteinnahmen vom ›neuen‹ Besitzer.«

Ich hielt eine Hand in die Höhe. »Einen Moment bitte.« Ich ließ mir alles chronologisch noch einmal durch den Kopf gehen und versuchte, darauf zu kommen, was mich hatte stutzen lassen, während sie mir die Abläufe geschildert hatte. Es war nichts gewesen, was sie gesagt hatte, sondern etwas, was ich mich fragte, seit ich vor ihrer Tür angelangt war. »Dr. Purcell hat Pacific Meadows an dem Abend, als er verschwunden ist, um neun Uhr verlassen. Ist er vielleicht zufällig noch bei Ihnen vorbeigekommen, um ein bisschen zu plaudern?«

Sie schwieg so lange, dass ich schon fürchtete, sie werde mir überhaupt nicht antworten. »Ja.«

»Worüber?«

»Er hat mir erzählt, dass er einen Termin beim FBI habe. Er glaubte zu wissen, was vor sich ging und wer dahinter steckte, nämlich Harvey und Joel.«

»Aber diese beiden wären doch nicht in Gefahr gewesen, oder? Ich meine, nach allem, was ich gehört habe, hatten sie mit dem Alltagsgeschäft in Pacific Meadows nichts zu tun. Der eigentliche Schwindel muss von Genesis ausgegangen sein, da die Medicare-Schecks ja dorthin gesandt wurden.«

»Vielleicht war die Verbindung enger, als Sie glauben. Dr. Purcell muss gierig geworden sein, denn er fing an, Rechnungsposten abzusegnen, von denen er wusste, dass sie betrügerisch waren: unter anderem Röntgenuntersuchungen und Krankenfahrten. Vermutlich hat er dafür Bestechungsgelder angenommen. Das FBI hat ihn unter Druck gesetzt, und deshalb hat er eingewilligt, auszusagen.«

»Aber was hätte es für einen Sinn gehabt, ihn zum Schweigen zu bringen? Es muss doch jede Menge andere Leute geben, die über die Betrügereien Bescheid wussten. Sie zum Beispiel.«

»Ich habe nie irgendwelche Vollmachten besessen. Jetzt, wo er weg ist, können sie alles auf ihn schieben.«

»Hat er irgendjemand anders erzählt, was er wusste?«

»Zumindest hat er das nie erwähnt.«

»Aber warum ist er zu Ihnen gekommen? Soweit ich Sie verstanden habe, kannten Sie ihn doch gar nicht so gut.«

»Er wollte, dass ich ihm helfe. Er nahm an, dass ich nichts zu verlieren hätte.«

»Glauben Sie, er hat Joel und Harvey gesagt, was er vorhatte?«

»Wenn er klug war, nicht. Ich weiß, dass er an diesem Tag mit Joel zu Mittag gegessen hat, aber er hat mir weiter nichts darüber erzählt.«

»Ich verstehe das nicht. Wenn so viele Stellen im Einsatz waren, warum ist er dann nicht erwischt worden?«

Sie zuckte die Achseln. »Das meiste, was sie einreichen, ist legal, und dort, wo die Zahlen falsch sind, sieht alles andere gut aus. Sie führen Standarddiagnosen und Standardbehandlungen an. Sie passen auf, dass sie die Grenzen nicht in flagranter Weise überschreiten. Es ist, wie wenn man sich bei einem Wettrennen absichtlich zurückhält. Sie wissen, wie weit sie gehen können, bevor die Warnsignale aufleuchten.«

»Aber die Warnsignale haben aufgeleuchtet. Können Sie sich denken, warum?«

»Irgendjemand muss sich telefonisch beschwert haben, weil ich in meiner letzten Woche dort mit dem Buchprüfer gesprochen habe, und das meiste, was ich ihm sagte, hatte er bereits in seinen Akten.«

Die falschen Rechnungen für Klotilde mussten auch zu diesen Machenschaften gehören. »Ich habe einige Informationen, die nützlich sein könnten, und ich kann mir gern Anfang der Woche die Unterlagen ansehen, falls die Zeit reicht.«

»Das wäre gut. Ich spreche ihn bald wieder, dann kann ich es ihm ausrichten.«

»Noch etwas, das mir unklar ist: Warum sind sie das Risiko eingegangen, Rechnungen für bereits verstorbene Patienten auszustellen?«

»Passen Sie auf: Sie haben es mit kommunalen, einzelstaatlichen und bundesweiten Regierungsstellen zu tun. Werden Sie gefasst, sagen Sie ›hoppla‹ und geben das Geld zurück. Glauben Sie etwa, die Regierung würde wegen ein paar hundert Dollar an ›Irrtümern‹ eine Strafverfolgung einleiten?«

»Nein, wohl kaum. Was wissen Sie über Harvey Broadus und Schwester – wie heißt sie doch gleich? – Pepper Gray?«

»Er hat seine Frau Celine ihretwegen verlassen und ist dann wieder zu seiner Frau zurückgekehrt, habe ich gehört.«

Ich musterte sie aufmerksam und fragte mich, ob sie mir wohl die Frage beantworten würde, die mir gerade in den Sinn gekommen war. »Waren Sie diejenige, die sich telefonisch bei Medicare beschwert hat?«

»Das war jemand anders.«

»Wer?«

»Ich bin mir nicht sicher, aber ich vermute, sie war es.«

»Pepper?«

»Ja.«

»Pepper war diejenige, die sie verpfiffen hat?«

»Tja, überlegen Sie doch mal. Als Harvey ihre Beziehung abgebrochen hat, war sie in der idealen Position, um sie zu denunzieren. Mir ist aufgefallen, dass Peppers Name oder ihre Initialen am häufigsten auf Belegen für fragwürdige Sach- oder Dienstleistungen aufgetaucht sind. Vermutlich hat sie die Kontrollabschnitte vom Fußboden aufgesammelt. Warum hätte sie ihn weiterhin schützen sollen, nachdem er sie hat sitzen lassen?«

»Tja, also zurzeit sind sie jedenfalls ganz dicke.«

»Tatsächlich? Das wundert mich. Stellen Sie sich nur vor, in welcher Zwickmühle sie steckt, wenn er erfährt, was sie getan hat ...« Sie ließ den Gedanken in der Luft hängen, unterstrichen von einem kaum wahrnehmbaren Lächeln.

Auf dem Nachhauseweg hielt ich am Büro, um ein paar Karteikarten mitzunehmen. Ich hatte zwei frische Päckchen in der Schreibtischschublade und wollte die Notizen übertragen, die ich in mein Spiralheft gekritzelt hatte. Ich fuhr die Dave Levine bis zur Capillo hinunter und bog links ab. Als ich an der State Street vorbeikam, sah ich, dass die Innenstadt von Santa Teresa verlassen im Regen dalag. Es war nach achtzehn Uhr an einem Samstag, und die meisten Einzelhändler hatten geschlossen. Ihre Fenster waren erleuchtet, aber die Innenräume lagen im Dunkel und strahlten gerade genug Helligkeit aus, um wilde Einbrecherbanden abzuschrecken. Ich bog in die Einfahrt, die unter Lonnies Haus verlief, und parkte auf dem schmalen Parkplatz dahinter.

Ich stieg aus und schloss die Tür ab. Über die hintere Mauer hinweg konnte ich sehen, dass Licht aus dem Haus auf der anderen Seite der Gasse kam. Ich konnte es nicht lassen, einen Blick zu dem Büroraum hinüberzuwerfen, den ich vor erst einer Woche gemietet hatte. Der Parkplatz stand leer: keine Spur von Tommys Pick-up oder seinem kleinen roten Porsche. Die oberen Fensterläden auf der rechten Seite des zweistöckigen Gebäudes standen offen, aber die unteren waren zu. Ich sah einen Schatten durch das Licht gehen. Vielleicht zeigte Richard das Büro einem neuen Interessenten.

Ich wandte mich ab, da ich wusste, dass es für mich passé war. Was geschehen war, war geschehen, und es hatte keinen Sinn, nun Reuegefühle zu entwickeln. Ich schätzte mich glücklich, dass Mariah Talbot seinerzeit aufgetaucht war. Sonst wäre ich jetzt Mieterin bei zwei eiskalten Killern. Ich überquerte Lonnies Grundstück und stieg die Treppen zum zweiten Stock hinauf. Die Räume der Anwaltskanzlei waren erleuchtet, aber leer. Ich ging den stillen Innenkorridor entlang und schloss die Tür zu meinem Büro auf.

Ich trat an den Schreibtisch, zog die untere Schublade auf und nahm zwei Päckchen neue Karteikarten heraus, die noch in ihrer Cellophanhülle steckten. Ich machte eines auf und begann die Notizen zu übertragen. Die nächste Stunde fühlte ich mich sicher, in meine Arbeit vertieft. Um Viertel nach sieben schlang ich ein Gummiband um die Notizkarten und steckte sie zusammen mit dem ungeöffneten Päckchen ein.

Ich schloss das Büro ab, ging wieder hinaus und trottete die Treppe hinab. An der ersten Biegung spähte ich durch die Öffnung im Treppenschacht. Es ist kein Fenster im eigentlichen Sinne, sondern nur ein Schlitz von dreißig Zentimetern Breite und vielleicht sechzig Zentimetern Höhe, der zur Belüftung beitragen soll. Aus dem ersten Stock konnte ich ungehindert über die Gasse hinweg auf die Rückseite des Hevener-Hauses blicken. Jetzt stand die Hintertür weit offen. In dem Büro zur Rechten (das ich nach wie vor als meines betrachtete), waren die Fensterläden geöffnet worden. Es brannte Licht, doch das Fenster gab nur den Blick auf unbewohnten Raum frei. Etwas kam mir komisch vor, doch ich war mir nicht ganz sicher, was es war. Vielleicht war jemand kurz hinausgegangen und hatte aus Bequemlichkeit die Hintertür offen gelassen. Was auch immer es war, ich hatte nicht die Absicht, dort hinüberzugehen und herumzuschnüffeln.

Ich stieg die Treppe ganz hinab und überquerte den kleinen Parkplatz, bis ich an meinem Auto anlangte. Auf dem Nachhauseweg machte ich einen Abstecher zum Supermarkt und kaufte Toilettenpapier, Wein, Milch, Brot, Eier, Kleenex und einen großen Stapel gefrorene Fertigmahlzeiten. In meinem Viertel angekommen, sah ich mich gezwungen, anderthalb Blocks weit weg zu parken, was mich maßlos ärgerte. Mit der Tasche und zwei Tüten voller Lebensmittel war es ein Kampf, das Gartentor aufzuschließen. Auf halbem Weg über den Innenhof nahm ich eine schnelle Bewegung zu meiner Rechten wahr, und jemand trat aus der Dunkelheit. Ich machte einen Satz und konnte nur mit Mühe einen Schrei unterdrücken, während ich eine Einkaufstüte fallen ließ und die andere umklammerte. Vor mir stand Tommy Hevener mit den Händen in den Taschen seines Regenmantels. »Hey.«

»Verdammt noch mal! Lassen Sie das! Was wollen Sie hier?«

»Mit dir reden.«

»Ich will nicht reden. Und jetzt gehen Sie mir aus dem Weg.« Ich bückte mich, um meine Schlüssel aufzuheben. Eine Tüte war aufgerissen. Ich warf die Sachen nacheinander in die andere Tüte. Die Hälfte der Eier in der Schachtel war zerbrochen, und das Brot war platt gequetscht, nachdem ich voller Hast danach gegriffen hatte. Es war mir ein Rätsel, wie ich es mit den Sachen in den Armen in die Wohnung schaffen sollte. »Ach, was soll's«, sagte ich. Ich umfasste die Schlüssel und ging auf meine Tür zu, wohl wissend, dass Tommy sich mir in den Weg stellen würde. Er streckte einen Arm aus, legte die Hand flach auf die Tür und drängte seinen Körper gegen meinen.

Ich wandte das Gesicht ab und versuchte, den Körperkontakt zu vermeiden. »Lassen Sie mich in Ruhe.« Ich dachte an meine Pistole.

»Erst, wenn du mir sagst, was los ist.«

»Wenn Sie mir nicht aus dem Weg gehen, schreie ich.«

»Du schreist nicht«, murmelte er.

»HENRY!«

»Schh!«

»HENRY!«

Das Licht hinten an Henrys Haus ging an. Ich sah sein Gesicht in der Tür erscheinen.

»HILFE!«

»Miststück«, fauchte Tommy.

Henry kam mit einem Baseballschläger aus der Hintertür. Tommy warf ihm einen Blick zu und ging gemächlichen Schrittes davon, um seine Verachtung zu demonstrieren und zu zeigen, dass er sich nicht einschüchtern ließ. Henry kam im Eiltempo über den Innenhof, den Baseballschläger erhoben und mit so zorniger Miene, wie ich sie noch nie an ihm gesehen hatte. Ich konnte Tommys Absätze mit nachlassender Lautstärke den Gehsteig entlangklacken hören. »Was war das denn? Soll ich die Polizei rufen?«

»Nicht nötig. Bis die kommen, ist er verschwunden.«

»Hat er dir wehgetan?«

»Nein, aber er hat mir eine Heidenangst eingejagt.«

»Ich finde, du solltest den Vorfall der Polizei melden. Dann haben sie etwas in den Akten, für den Fall, dass er das noch mal macht.«

»Ich rede am Montag mit Jonah.«

»Tu mehr als nur reden. Dieser Kerl ist gefährlich. Du musst dir eine einstweilige Verfügung gegen ihn besorgen.«

»Weil die schon viel nützen wird. Ehrlich, mir fehlt nichts. Hilfst du mir, die Sachen reinzutragen?«

»Aber sicher. Mach die Tür auf, dann haben wir es in null Komma nichts geschafft.«

Der Sonntag zeichnete sich durch heftigen Regen und Düsternis aus. Ich verbrachte den Tag im Jogginganzug und mit besockten

Füßen unter einer Steppdecke auf dem Sofa. Ich las ein Taschenbuch aus und griff dann nach dem nächsten. Zwei hatte ich noch in Reserve, also war ich gut versorgt. Um fünf klingelte das Telefon. Ich hörte mir die Mitteilung auf Band an, da ich erst wissen wollte, wer es war, bevor ich mich meldete. Fiona. Ich war dermaßen erleichtert, dass ich sie fast ins Herz geschlossen hätte. »Entschuldigen Sie, dass ich gestern nach dem Gottesdienst nicht dazu gekommen bin, mit Ihnen zu sprechen«, sagte sie. »Blanche hat gestern am späten Nachmittag ihr Baby bekommen.«

»Ja? Herzlichen Glückwunsch. Was ist es denn?«

»Ein kleines Mädchen. Dreitausendvierhundert Gramm. Sie wollen sie Chloe nennen. Blanche hatte schon bei Dows Trauerfeier Wehen. Sie und Andrew haben den Empfang im Country Club ausfallen lassen und sind direkt ins St. Terry's gefahren. Es war nicht einmal Zeit, sie in den Kreißsaal zu bringen. Sie brachte das Kind auf einer Liege im Flur zur Welt.«

»Wow. Das war ja knapp. Und wie geht's ihr?«

»Gut. Die Kleine musste noch einen Tag wegen Gelbsucht in der Klinik bleiben, aber der Arzt meint anscheinend, dass das jetzt überstanden ist. Wir holen sie heute Nachmittag nach Hause. Ich habe Blanche angeboten, mich morgen um die Kinder zu kümmern, damit sie sich ein bisschen ausruhen kann. Wenn sie sich doch nur sterilisieren lassen und dem Ganzen ein Ende setzen würde. Sie kann doch nicht ein Kind nach dem anderen kriegen. Das ist ja lächerlich.«

»Sicher sind Sie froh, dass alles gut gegangen ist.«

»Offen gestanden rufe ich aus einem anderen Grund an. Als ich gestern Abend ins Krankenhaus gefahren bin, um Blanche zu besuchen, habe ich Crystals weißen Volvo in der Einfahrt eines Hauses in der Bay Street stehen sehen. Sie kennen ja die Gegend. Parkplätze sind Mangelware. Der Krankenhausparkplatz war voll, und ich musste um den Block fahren und mir eine Lücke suchen, sonst hätte ich den Volvo gar nicht gesehen. Natürlich war ich neugierig, deshalb bin ich heute Morgen noch mal hingefahren, und der Wagen stand immer noch da. Ich nehme an, Sie können herausfinden, wessen Haus das ist.«

»Sicher, kann ich machen. Geben Sie mir doch mal die Adresse.« Ich schrieb mit, während sie sie nannte, und fragte dann: »Warum interessiert Sie das?«

»Ich glaube, sie zeigt jetzt langsam ihr wahres Gesicht. Sie kennen doch das Gerücht über die Affäre mit ihrem Trainer, diesem Clint Augustine. Ich hatte es schon ganz vergessen, bis ich ihren Wagen sah, aber dann kam ich ins Grübeln. Was auch immer sie treibt, ich finde, man sollte der Sache nachgehen, meinen Sie nicht?«

»Vorausgesetzt, sie war es.«

»Auf dem Nummernschild stand riesengroß CRYSTAL.«

»Woher wollen Sie wissen, dass sie selbst mit dem Wagen unterwegs war? Es hätte auch sonstwer gewesen sein können.«

»Das bezweifle ich. Wer denn?«

»Ich weiß nicht, Rand oder Nica oder jemand vom Personal.«

»Das hat Melanie auch zu bedenken gegeben, obwohl ich nicht verstehe, warum Sie beide sich die Mühe machen, Crystal in Schutz zu nehmen. Ich habe Detective Paglia angerufen und ihm gesagt, dass Sie der Sache nachgehen würden. Wie ich ihm erklärt habe, ist das genau das, was die Polizei vom ersten Tag an hätte tun sollen.«

Bestimmt war ihr Detective Paglia für die Anregung dankbar.

Nach Beendigung des Gesprächs rief ich im Fitnessstudio an, wo Keith an den Apparat kam. Im Hintergrund konnte ich Kraftmaschinen klirren hören. Die sonntäglichen Unentwegten. »Hi, Keith. Hier ist Kinsey Millhone. Als ich letzte Woche da war, habe ich Sie doch nach Clint Augustine gefragt. Wissen Sie zufällig seine private Adresse und Telefonnummer? Ich habe mir überlegt, dass ein persönlicher Trainer zur Abwechslung mal ganz nett wäre.«

»Mal sehen, was ich habe. Moment bitte.« Ich hörte, wie er

eine Schublade aufzog und dann den abgewetzten Dreiloch-Ordner durchblätterte, den ich zu anderen Gelegenheiten schon gesehen hatte. »Ich weiß, dass sie hier irgendwo sein muss. Da ist sie ja.«

Ich notierte alles, was er mir diktierte. Dabei fiel mir auf, dass die Adresse die Gleiche war wie die der Glazers in Horton Ravine. »Wie aktuell ist denn das? Mir hat jemand erzählt, er würde in der Nähe vom St. Terry's in der Bay Street wohnen.«

»Glaub ich nicht. Zumindest habe ich das noch nie gehört.«

»Wann haben Sie ihn zuletzt gesprochen? Vielleicht ist er ja umgezogen.«

»Das ist schon Monate her. Vielleicht im Februar, März, die Drehe rum. Er ist regelmäßig hierher gekommen, etwa acht- oder zehnmal die Woche, aber vielleicht hat er ja mit seinen Klienten in ein anderes Studio gewechselt. Falls er nicht mehr im Geschäft ist, sagen Sie mir bitte Bescheid, dann kann ich seinen Namen aus den Büchern streichen. Ich kenne noch andere gute Trainer, falls er nicht mehr aktiv ist.«

»Gut. Vielen Dank auch.«

Ich zog das Kreuzundquer aus dem Regal und blätterte, bis ich die Bay Street gefunden hatte. Mit dem Finger fuhr ich die Hausnummern entlang, bis ich zu der betreffenden Adresse kam. Ich hatte gehofft, dass Fiona sich irrte, doch der eingetragene Teilnehmer hieß J. Augustine, obwohl die Telefonnummer eine andere war als die, die mir Keith genannt hatte. Ich wählte die von Keith angegebene Nummer und vernahm per Bandansage, dass der Anschluss nicht existierte. Wenig erstaunlich. Das musste Clints Telefonnummer gewesen sein, solange er im Gästehaus auf dem Anwesen der Glazers gelebt hatte. Keiths Informationen waren eindeutig überholt. Ich stellte das Verzeichnis wieder ins Regal. Nicht zu fassen, dass Crystal am Tag von Dows Trauerfeier Clint aufgesucht haben sollte. Ich griff erneut zum Telefon und wählte die Nummer des Hauses in der Bay Street.

Der Mann, der sich am anderen Ende meldete, hatte eine Art,

die ans Rüpelhafte grenzte. »Ja?« Seine Stimme war barsch und voller Ungeduld.

»Könnte ich Clint sprechen?«

»Er kann nicht ans Telefon kommen. Wer ist da?«

»Tut nichts zur Sache. Ich versuch's später noch mal.«

Das Haus in der Bay Street war ein alter viktorianischer Bau, der vermutlich Ende des neunzehnten Jahrhunderts errichtet worden war: zwei Etagen weißen Fachwerks mit einer breiten Veranda, die sich über die ganze Vorderseite erstreckte. In diesem Viertel waren viele Einfamilienhäuser zu medizinischen Dienstleistungszentren umfunktioniert worden, die der einen halben Block entfernt gelegenen Klinik zuarbeiteten. Crystals Volvo stand nicht in der Einfahrt. Ein weißer Lattenzaun umgab den Vorgarten, der klein, graslos und dicht mit Rosensträuchern bepflanzt war, die momentan zu Büscheln dorniger Zweige beschnitten waren. Ich konnte mir ausmalen, dass die Rosen in voller Blüte so schwer und süß wie ein Potpourri duften würden. Das Erdreich war dunkel getränkt vom Regen, der mittlerweile als zarter Schleier vom Himmel fiel.

Ich passierte das Haus, wendete an der Ecke und kehrte zurück. Dann parkte ich auf der anderen Straßenseite und richtete mich auf längeres Warten ein. Die Besuchszeit im St. Terry's begänne so richtig erst in einer Stunde, daher waren die Straßen nahezu menschenleer. Selbst von einem milchigen Regenvorhang abgeschirmt, kam ich mir noch auffällig vor, wie ich da ganz allein im Auto saß. Das hier war keine Überwachung – es war eher ein Einsatz im Kampf zwischen Dows Frauen. Ich wollte nicht an Crystal denken, deren Männergeschichten eine Abfolge von Katastrophen gewesen war. Von einem war sie geschwängert und offenbar anschließend mit dem Kind sitzen gelassen worden. Dann hatte sie einen Ehemann gehabt, der sie misshandelt hatte, und einen zweiten, der nach außen hin ach so ehrenwert gewirkt hatte, aber in Wirklichkeit zu viel trank und im Bett merkwürdige Wünsche äußerte. Clint war Anfang vierzig, ein attraktiver Mann, hünenhaft und gut gebaut. Er machte zwar keinen besonders intelligenten Eindruck, aber er bewies enorme Geduld mit seinen Klienten, deren Ringen um Fitness eifrig und kurzlebig zugleich war. Das letzte Mal, dass ich ihn bewusst gesehen hatte, war kurz nach Silvester gewesen, als ein neues Häuflein Bekehrter im Fitnessstudio eingetroffen war, nach den Sünden der Feiertage von einer Art Reuewahn besessen. Zu dieser Jahreszeit war seine Klientel buchstäblich immer am schwersten. Crystal hatte viel zu viel Klasse, um sich mit seinesgleichen abzugeben. Andererseits trennte sie jedoch lediglich eine Ehe von einem Dasein als Stripperin, und so kultiviert sie auch schien, war sie vermutlich nicht wesentlich klüger als er. Wie in allen anderen Bereichen suchen sich die Menschen letztendlich doch auch in der Liebe das eigene Niveau. Stets auf der Hut vor Tommy Hevener rückte ich den Rückspiegel zurecht. Nur weil ich ihn nicht sah, hieß das noch lange nicht, dass er nicht da war. Jedes Mal, wenn ich an ihn dachte, spürte ich einen Druck im Bauch.

Kurz vor halb sieben kam ich zu dem Schluss, dass Crystal nicht mehr auftauchen würde. Ich hatte den Wagen bereits angelassen, als ein weißer Volvo von der Missile her in die Straße einbog und in meine Richtung fuhr. Sie saß am Steuer.

23

Ich stellte den Motor ab, blieb sitzen und sah zu, wie sie abbremste und in die Einfahrt bog. Ich nahm meinen Schirm und stieg im selben Moment aus meinem Auto wie sie aus ihrem. Dies war eine der Gelegenheiten, wo mir eine direkte Frage als der beste Weg erschien. Ich würde auf der Suche nach der Wahrheit nicht hinter Büschen lauern oder über Fensterbretter spähen. »Crystal?«

Sie war bereits durchs Gartentor getreten und wandte sich nun um, um mich anzusehen. Sie trug einen Regen abweisenden Parka, Cowboystiefel, enge Jeans und einen schweren weißen Strickpulli aus Bändchengarn. Sie drückte sich einen Stapel ordentlich gebügelter Hemden an die Brust, um sie vor der Feuchtigkeit zu schützen. Sie war nur leicht geschminkt, und ihr blondes Haar war zu einem Knoten gebunden. Mit einer Hand auf dem Schnappschloss stand sie da, und ich sah ihr die Verwirrung an.

»Kann ich Sie kurz sprechen?«

Ihre Reaktion kam ein wenig verzögert. »Worüber?«

»Über Clint. Wir sind zufällig Mitglieder im selben Fitnessstudio.«

»Was wollen Sie?«

Ich schüttelte den Kopf. »Jemand hat Ihren Wagen hier gesehen und dachte, Sie würden vielleicht wieder auftauchen.«

Sie schloss die Augen und schlug sie wieder auf. »Fiona.«

Ich gab es nicht auf der Stelle zu, aber ich sah auch wenig Grund, es abzustreiten. Wozu auch? Sie wusste, dass ich für Fiona arbeitete, und wer sonst sollte ihr schon nachspionieren? »Vielleicht sollten Sie wissen, dass sie mit Detective Paglia gesprochen hat.«

»Scheiße. Sie muss ihre Nase aber auch in alles stecken. Was hat sie denn vor – bis ans Ende meiner Tage alle meine Schritte überwachen? Mich verfolgen lassen, damit sie mit dem Finger auf mich zeigen kann? Was ich mit meiner Zeit anfange, geht sie einen feuchten Dreck an.«

»He, Herzchen. Es war nicht meine Idee. Wenn Sie sauer sind, fechten Sie es mit ihr aus.«

»Oh, sicher.« Sie hielt inne, während sie um Beherrschung rang. Als sie weitersprach, klang ihre Stimme eher resigniert als wütend. »Verschwinden wir lieber aus dem Regen. Es ist doch albern, hier zu stehen, bis wir total durchnässt sind.«

Ich folgte ihr durch das Gartentor. Wir gingen die Vordertreppe hinauf und stellten uns in den Schutz der Veranda. Ich senkte meinen Schirm und schüttelte das Wasser ab.

»Es wäre vermutlich sinnlos, wenn Sie behaupten würden, Sie hätten mich heute nicht gesehen.«

»Mir gefällt es auch nicht besser als Ihnen.«

»Wissen Sie, die ganze Zeit, die ich mit Dow verheiratet war, hat sie sich die größte Mühe gegeben, mir das Leben zur Hölle zu machen. Wie viele Schweinereien soll ich mir eigentlich noch bieten lassen?«

»Sie ist nicht die Einzige, die das Gerücht mit Clint gehört hat.«

»Von wem hat sie es denn gehört? Sicher von Dana Glazer. Das ist vielleicht ein widerliches Miststück.«

»Die Leute reden eben über solche Dinge. Früher oder später musste es einfach herauskommen.«

»Ach, Herrgott noch mal. Wissen Sie was? Es gibt kein Gesetz, das mir verbietet, einen Freund zu besuchen, also gehen Sie doch zu ihr und sagen ihr, sie soll sich ins Knie ficken.« Sie winkte abfällig, wütend über sich selbst. »Streichen Sie das«, sagte sie. »Warum noch Öl ins Feuer gießen? Clint war mein Trainer. Wir haben Krafttraining gemacht. Ende der Aussage. Zwischen uns war nie etwas Sexuelles. Fragen Sie ihn, wenn Sie mir nicht glauben. Ich warte gerne hier draußen.«

»Was würde das schon beweisen? Sicher ist er ein Kavalier, der genießt und schweigt.«

»Haben Sie denn keine männlichen Freunde? Muss alles, was sich zwischen einer Frau und einem Mann abspielt, sexuell sein?«

»Ich habe nicht behauptet, dass Sie irgendetwas Unrechtes getan hätten. Ich sage Ihnen nur, welchen Eindruck es macht. Es wurde eben getratscht. Fiona hat Ihren Wagen gestern hier gesehen, und heute sind Sie wieder da.«

Sie starrte mich kurz an und schien dann eine Entscheidung zu treffen. »Möchten Sie nicht mit hereinkommen? Dann kann ich Sie richtig miteinander bekannt machen.«

»Warum sollte ich?«

»Warum nicht? Jetzt sind Sie schon da. Übrigens habe ich

Dows Pass gefunden, als ich seine Kleider sortiert habe. Er steckte noch in der Brusttasche des Mantels, den er getragen hat, als wir letzten Herbst nach Europa geflogen sind.«

»Tja, damit bleibt eine Frage weniger. Sind das seine?«, fragte ich und wies auf die Hemden.

»Ist doch besser, wenn noch jemand einen Nutzen daran hat.«

Sie schloss die Haustür auf, wie ich bemerkte, mit einem Schlüssel von ihrem eigenen Bund. Sie stieß die Tür auf und trat beiseite, damit ich an ihr vorbei ins Haus gehen konnte. Ich weiß nicht, warum ich verlegen war, aber ich war es.

Das Wohnzimmer war wie ein altmodischer Salon eingerichtet, mit einem Sofa mit geschwungener Rückenlehne, mehreren Tischchen und ein paar Queen-Anne-Stühlen. Auf jedem Möbelstück lag ein handgehäkeltes Deckchen, das vor Schmutz und Fettflecken schützen sollte. Es gab eine Standuhr und massenhaft Nippes. Milchglas, Cranberry-Glas, Steubenglas, Lladró, gerahmte Fotos von lange verstorbenen Familienmitgliedern. Crystal würdigte den Raum kaum eines Blickes, sondern ging den Flur entlang und durch die Küche auf eine verglaste Veranda. Clint saß in einem Fernsehsessel und sah in den Garten hinaus. Sie legte den Hemdenstapel auf ein kleines Holztischchen neben ihn und gab ihm einen flüchtigen Kuss auf den Kopf. »Ich habe dir ein paar Hemden mitgebracht und eine Bekannte. Erinnerst du dich an Kinsey? Sie ist Mitglied in deinem Fitnessstudio.«

Zuerst dachte ich: Das ist nicht Clint, Irrtum, das muss jemand anders sein. Doch er war es. An was für einem Gebrechen er auch litt, er war jedenfalls völlig zusammengesunken. Er litt an Kontrakturen in den Händen und einer so ausgeprägten Muskelschwäche, dass er den Kopf kaum bewegen konnte. Er hatte massiv an Gewicht verloren. Seine Augenhöhlen waren geschwollen und rot-lila verfärbt, als hätte man ihm Boxhiebe versetzt. An Stirn und Unterarmen waren Hautschäden zu erkennen. Alles andere blendete ich aus. Durchs Fenster konnte ich einen stämmigen alten Mann im Garten arbeiten sehen. Er war gerade dabei, ein paar Ranken festzubinden. Vermutlich war es Clints Vater, der Mann, der sich am Telefon gemeldet hatte.

Crystal sagte gerade: »Wir sind uns zufällig begegnet, und sie hat nach dir gefragt.«

»Wie geht's?«, sagte ich und kam mir wie ein Vollidiot vor. Es ging ihm eindeutig schlecht, und das womöglich für immer.

»Clint hat eine systemische Bindegewebskrankheit namens Dermatomyositis. Sehr schlimm in seinem Fall. Es könnte eine Autoimmunreaktion sein, aber das weiß niemand so genau. Es zieht sich schon seit – wann? – Ende Januar hin, stimmt's?« Sie richtete ihre Kommentare an ihn, als erwarte sie Bestätigung. »Die Ärzte hatten gehofft, es werde sich eine Besserung einstellen, und da schien es ratsam, dass er sich zurückzieht.«

»Hatte er deshalb das Gästehaus der Glazers gemietet?«

»Genau. Ich wollte ihn in der Nähe haben, damit ich mich um ihn kümmern kann. Nachdem der Mietvertrag auslief, schien es das Beste zu sein, ihn eine Zeit lang bei seinen Eltern einzuquartieren.« Sie beugte sich näher zu ihm. »Wo ist denn deine Mutter? Ist sie weggegangen?«

Clints Antwort kam genuschelt, doch sie schien ihn zu verstehen, vermutlich, weil sie seine ungenauer werdenden Sprachlaute in den letzten zehn Monaten verfolgt hatte.

»Warum haben Sie den Leuten nicht gesagt, was los ist?«

»Clint hat mich gebeten, es nicht zu tun, und ich habe seine Bitte respektiert. Wo Sie jetzt ohnehin herumschnüffeln, wollen Sie da noch was anderes wissen?«

»Ich werde es Fiona sagen müssen.«

»Natürlich«, sagte sie. »Dafür bezahlt sie Sie ja. Es wundert mich, dass Sie es überhaupt erwähnen.«

»Es könnte sehr viel dazu beitragen, sie Ihnen vom Hals zu schaffen.«

Crystal lächelte Clint zu, der sie mit hundeartiger Ergebenheit ansah. »Die Katze ist aus dem Sack«, erklärte sie. »Kannst du dich noch an Dows Exfrau erinnern? Sie hat endlich rausgekriegt, dass wir eine heiße Liebesaffäre miteinander haben. Kinsey hat uns in flagranti erwischt.«

Ich merkte, wie ich rot wurde. Clint schien den Witz amüsant zu finden, und ich konnte kaum etwas dagegen einwenden. Deshalb sagte ich: »Ich sollte jetzt wahrscheinlich gehen.«

»Gut. Er wird müde, wenn wir Besuch haben. Ich bringe Sie an die Tür.«

Ich spürte, wie ein spröder Zorn von ihr ausging, als sie mich begleitete. Ich wusste, dass sie sich über mein Eindringen sowohl in ihre als auch in seine Privatsphäre ärgerte. »Hören Sie, es tut mir Leid.«

»Vergessen Sie's.«

»Wusste Dow Bescheid?«

»Vielleicht hat es ihm jemand anders gesagt. Ich jedenfalls nicht. Die Leute glauben immer am liebsten das Schlimmste. Das ist das Teuflische daran«, sagte sie.

Der Verkehr auf dem Freeway schlich im Schneckentempo dahin, und es hatten sich Kolonnen gebildet, da offenbar weiter vorn ein Unfall geschehen war. Ich fuhr durch den Ort nach Hause, um dem Stau auszuweichen. Sämtliche Straßenlampen brannten, und die Straßen glänzten im Dauerregen wie Lackleder. In meinem Viertel waren die Häuser hell erleuchtet. Ich fand einen Parkplatz direkt vor Henrys Haus. Dafür war ich dankbar, weil es mir ersparte, einen halben Block weit durch Pfützen patschen zu müssen. Ich trat durch das quietschende Tor und um die Hausecke. Henrys Küchenlicht war aus. Wahrscheinlich saß er drüben bei Rosie's, wo ich mich in Kürze zu ihm gesellen würde.

Ich schloss die Tür auf und trat ein. Als ich die Tür hinter mir schließen wollte, donnerte jemand von draußen dagegen und schleuderte mich in die Wohnung hinein. Meine Umhängetasche klatschte auf den Boden, und ich sah meinen Schlüsselbund davonfliegen und auf dem Teppich landen. Ich fiel bäuchlings zu Boden und konnte gerade noch instinktiv die Hände ausstrecken, um mich abzufangen. Ich kam unten auf und rollte mich herum, da packte mich Tommy Hevener schon an den Haaren, zog mich hoch und zerrte mich nach hinten. Ich stolperte gegen ihn, und er setzte sich abrupt hin und presste mich auf seine Knie. Ich lag nun umgedreht wie eine Schildkröte auf dem Rücken und suchte von dort aus nach einem Angriffspunkt. Sein Regenmantel war völlig verknäult, bot ihm aber genug Schutz, um einen Schlag von mir zu vereiteln.

Er würgte mich mit einer Hand, während er mir die Finger der anderen ums Gesicht quetschte und sie mir so brutal in den Kiefer bohrte, dass er mir den Mund aufdrückte. Dann hielt er sein Gesicht vor meines. Ich konnte seinen Atem an meinem Mund spüren. »Henry hat dir den Namen eines Juweliers in L.A. genannt. Zufälligerweise gibt's den aber gar nicht. Also was sollte das Ganze?«

Die Tür schwang erneut auf und knallte gegen die Wand. Ich schrie auf und rollte die Augen in die entsprechende Richtung. Richard stand in seinem schwarzen Regenmantel in der Tür. Er schloss die Tür hinter sich und sah unbeteiligt zu, während Tommy seinen Griff verstärkte.

»Gib mir eine Antwort.«

»Ich weiß es nicht. Ich hatte nie etwas mit ihm zu tun. Irgendjemand hat Henry von ihm erzählt. Er hat es nur weitergegeben. Sie waren ja dabei.«

»Nein.« Er schüttelte meinen Kopf und benutzte die Haare als Hebel.

Ich krallte mich in seine Hand und versuchte seine Finger zu lösen. Der Schmerz war unerträglich. »Lassen Sie doch los. Das ist alles. Mehr war nicht. Ich habe den Typ nie angerufen, das schwöre ich.«

»Erzähl mir, dass du den Safe nicht gefunden und dich selbst bedient hast.«

»Welchen Safe?«

»Den verdammten Safe im Büro. Stell dich nicht dumm. Du

weißt genau, was ich meine. Du bist eingebrochen. Du hast uns beklaut, und wir wollen die Sachen wiederhaben.«

»Welche Sachen? Ich weiß nicht mal, wovon Sie reden.«

»Lass sie los«, sagte Richard.

Tommy rührte sich nicht. Sein Griff in meinen Haaren war so fest, dass ich glaubte, er werde mir ein Stück Kopfhaut herausreißen. Ich konnte den Kopf nicht bewegen. Mir war fast schlecht vor Angst. Was hatte Mariah getan? Hatte sie mich reingelegt?

»Tommy«, sagte Richard.

Widerwillig löste Tommy seinen Griff. Ich drehte mich auf die Seite und rollte mich von ihm weg. Dann stützte ich mich auf Hände und Knie und schüttelte den Kopf aus, während ich um Atem rang. »Ich weiß überhaupt nichts über einen Safe. Ich habe ihn nie gesehen.« Ich fuhr mir mit einer Hand an die Kehle und versuchte Luft hindurchzusaugen. »Ich müsste doch völlig bescheuert sein, um dort einzubrechen. Ich habe ja noch einen Schlüssel. Er hängt an meinem Schlüsselbund.«

Ich tastete über den Teppich nach meinen Schlüsseln und hielt sie ihm hin. »Sehen Sie sich das an. Überlegen Sie mal. Wenn ich es gewesen wäre, hätte ich das Haus doch wieder abgesperrt, damit Sie nichts merken. Warum soll ich alles offen stehen lassen und die Aufmerksamkeit auf den Einbruch lenken?«

»Woher wissen Sie, dass die Tür offen gelassen wurde?«, fragte Richard. Er wirkte ruhiger als Tommy, aber nicht weniger gefährlich. Er nahm den Schlüsselbund und suchte nach dem Büroschlüssel, den er anschließend herausdrehte. Die anderen Schlüssel warf er Tommy zu. Ich richtete meine Antwort an beide, indem ich vom einen zum anderen blickte.

»Weil mein Büro gleich gegenüber liegt. Auf der anderen Seite der Gasse.« Richard schwieg, und ich plapperte einfach weiter. »Ich sage die Wahrheit. Gestern Abend bin ich kurz im Büro gewesen. Dann habe ich über die Gasse geschaut und gesehen, dass die Tür offen stand.«

»Um wie viel Uhr?«

»Gegen sieben, glaube ich. Irgendwann um den Dreh.«

»Warum hast du nicht die Bullen gerufen?«, fragte Tommy.

»Ich dachte, es sei Richard, und er würde jemandem die Räume zeigen.«

Tommy saß mit angezogenen Knien da und schüttelte den Kopf. »Herrje. Du hast ja keine Ahnung, wie viel Ärger wir haben. Mein Gott, alles ist weg. Jeder verfluchte ...«

»Halt's Maul, Tommy. Das braucht sie nicht zu wissen. Schaffen wir sie lieber hier raus, bevor noch jemand kommt.«

»Es tut mir Leid, wenn Ihre Wertsachen gestohlen wurden, aber ich war es nicht. Ich schwöre es.«

»Ach, was soll's, wir sind ohnehin geliefert. Erledigt. Es ist aus.«

»Hör jetzt auf«, sagte Richard und zerrte mich in die Höhe. »Du nimmst sie. Ich fahre.«

»*Ich* fahre. Es ist mein Wagen.«

»Okay.« Richard schloss seine Arme um mich und quetschte mir meine an den Körper. Er hob mich hoch und schleppte mich zur Tür, indem er mich halb zerrte und halb trug.

Ich klammerte mich lange genug an den Türrahmen, um die Füße auf den Boden zu bringen. Ich drückte die Knie durch und zwang ihn so, stehen zu bleiben. »Lassen Sie mich meine Tasche mitnehmen«, sagte ich und gestikulierte dabei. Ich kam mir vor wie ein Kind, das um seinen Teddybär bettelt. Tommy bückte sich und hob meine Umhängetasche auf. Er nahm eine kurze Durchsuchung vor, indem er ihren Inhalt abtastete. Er fand die Davis, sah nach, ob sie geladen war, und steckte sie ein. Die Tasche warf er beiseite. Diese Hoffnung war dahin. Ich warf einen Blick zurück und sah ihn die Lampen ausmachen und die Tür schließen, bevor er sich zu uns in den Innenhof gesellte.

Sein Pick-up parkte um die Ecke. Richard hielt mich am linken Arm fest. Seine Finger gruben sich so tief in mein Fleisch, dass ich wusste, ich würde blaue Flecken bekommen. Die beiden drängten sich dicht an mich und marschierten so geschlossen, dass ich gezwungen war, mitzugehen. Was würden sie wohl mit mir anstellen – mich vergewaltigen, verstümmeln und ermorden? Was hätte das für einen Sinn? Wenn sie mich in ihr Haus verschleppten, konnte ich mir die Seele aus dem Leib brüllen, und kein Mensch würde mich hören.

Wir kamen am Wagen an. Richard öffnete die Beifahrertür, klappte den Sitz nach vorn und stieß mich in den engen Raum hinter den Sitzen, nicht ohne mir dabei den Kopf gegen den Rahmen zu schlagen.

»Hey!«, rief ich. Langsam wurde ich wütend. Immerhin konnte ich mir kurz den Kopf reiben, während ich mich in den Fußraum quetschte. Tommy stieg auf der Fahrerseite ein. Die beiden Türen knallten kurz hintereinander zu wie Gewehrschüsse. Tommy rammte den Schlüssel in die Zündung, und der Motor sprang an. Er fuhr mit derart quietschenden Reifen an, dass vermutlich eine kleine Gummispur auf dem Asphalt zurückblieb. Ich klammerte mich an die Rückenlehne und versuchte, die Situation einzuschätzen.

Fürs Erste war ich in Sicherheit. Tommy war zu sehr mit Fahren beschäftigt, um auf mich zu achten, und Richard hatte nicht genug Bewegungsfreiheit, um sich umzudrehen und weitere Misshandlungen zu verabreichen. Der Regen prasselte auf die Windschutzscheibe. Tommy stellte die Scheibenwischer an.

»Wo hatten Sie denn den Safe?«, fragte ich. »Die Räume kamen mir ziemlich leer vor.«

Tommy antwortete: »Im Boden des Wandschranks, unter dem Teppichboden.«

»Stellen Sie sich nicht dumm.« Richard war genervt.

»Wie viele Personen außer Ihnen wussten davon?«

»Niemand«, antwortete Tommy.

Richard schnaubte. »Was soll das werden, ein Fernsehquiz? Hören Sie bloß auf.«

»Wer hat ihn denn als Letzter geöffnet?«

»Herrgott, Tommy, das ist doch Lug und Trug. Kaufst du ihr den Schwindel etwa ab?«

»Er. Wir hatten etwas, das wir verkaufen wollten. Er ist am Freitag den ganzen Weg nach Los Angeles gefahren, und dann gab's diesen Kerl nicht. Er dachte, ich hätte ihn übers Ohr gehauen, und war stinksauer.«

»Wann kam er zurück? War es spät?«

»Nein, es war nicht spät«, fauchte Richard wütend. »Es war fünf Uhr. Ich bin rüber ins Büro gegangen und habe das Teil wieder in den Safe gelegt.«

»Und alles andere war noch an Ort und Stelle?«

»Natürlich. Halten Sie jetzt endlich Ihre verdammte Klappe?«

»Vielleicht hat jemand Sie mit den Sachen gesehen und ist Ihnen auf dem Nachhauseweg gefolgt. Wenn derjenige gesehen hat, wo der Safe versteckt war, könnte er gewartet haben, bis Sie weg sind, und Sie dann beklaut haben.«

»Ich habe gesagt, Sie sollen den Mund halten!« Er hob den linken Arm, drehte sich auf dem Sitz um und schlug mir mit dem Handrücken ins Gesicht. Der Hieb besaß zwar nicht viel Wucht, tat aber saumäßig weh. Ich merkte, wie mir Tränen in den Augen brannten. Ich legte mir eine Hand auf die Nase und hoffte, dass er sie mir nicht gebrochen hatte. Fühlte sich nicht so an.

»Hey!«, rief Tommy. »Lass den Scheiß.«

»Wer hat dich denn zum Chef ernannt?«

»Lass sie gefälligst in Ruhe.«

»Warum? Weil du sie vögelst?«

»Tut er nicht!« Welche Frau lässt sich schon vorhalten, mit einem Kerl ins Bett zu gehen, den sie kaum ertragen kann? Einen Moment lang herrschte Schweigen. Dann sagte ich: »Und wie hat der Einbrecher den Safe aufbekommen? Wurde er aufgebohrt?«

»Sie wollen wohl nicht die Klappe halten, was?«

Die Frage fand ich gut, aber ich hielt den Mund und lehnte mich vom Vordersitz weg, außer Reichweite. Der Raum, in dem ich kauerte, war klein, eng und mit kratzigem Billigteppich ausgelegt. In der Hoffnung, eine Waffe zu finden – einen Schraubenschlüssel oder Schraubenzieher –, tastete ich herum, fand aber nichts. Ich befühlte die Ränder des Fußraums und schloss die Finger um einen Kugelschreiber. Ich hielt ihn zwar nicht für besonders effektiv, aber andererseits, warum nicht? Ich umklammerte den Stift mit der Faust und fragte mich, was passieren würde, wenn ich ihn Richard ins Ohr rammte.

Die Fahrt zum Haus dauerte sieben Minuten in Höchstgeschwindigkeit auf den regennassen Straßen, die sich durch Horton Ravine zogen. Ich hielt mich mit aller Kraft fest, während mich die Kurven erst in die eine und dann in die andere Richtung warfen. Als Tommy die Einfahrt hinauffuhr, griff er nach der Fernbedienung für die beiden Garagentüren und drückte einen Knopf. Die Doppeltür rechts begann sich zu öffnen, und Licht ging an. Er fuhr hinein, kam abrupt zum Stehen und zog die Handbremse. Der Stellplatz daneben war leer. Tommys roter Porsche stand in der übernächsten Parkbucht, hinter ihm ein zweiter Porsche, ein glänzendes schwarzes Modell, das vermutlich Richard gehörte.

Richard machte die Tür auf und stieg aus. Die Wagentür ließ er offen. Direkt vor der Küchentür standen zwei große Mülltonnen, in die sie wohl ihre Abfälle warfen. Darüber konnte ich eine Reihe von Knöpfen an der Wand sehen. Ich dachte, er würde auf einen davon drücken, um die Garagentür herabsinken zu lassen, doch er spähte auf die Ladefläche des Pick-ups. Dann machte er den Werkzeugkasten auf und durchwühlte dessen Inhalt. Ich taxierte den Abstand, aber ich würde nicht genug Zeit haben, um mich vorzulehnen, die Tür zuzuziehen und sie zu verriegeln, bevor er sich auf mich stürzte. Ich wandte mich an Tommy. »Sie waren doch gestern Abend bei mir vorm Haus. Ich habe jemanden in Ihrem Büro gesehen, als ich auf dem Heimweg kurz dort Halt gemacht habe. Sie hätten nicht erst etwas stehlen und dann so kurz danach vor meiner Wohnung auftauchen können.«

Er wandte sich um und sah mich an. »Was?«

»Wenn Sie es nicht waren, dann war er es. Wer sonst kannte die Kombination? Doch nur Sie beide, oder?«

Richard kam mit einem Strick zurück. »Sie hat niemand gefragt. Und jetzt raus da.«

»Tommy, überlegen Sie doch mal. Bitte.«

Tommy saß einen Moment lang schweigend da. Dann stieg er aus und ging vorn um den Pick-up herum zur Beifahrerseite. »Richard, was machen wir denn da? Das ist doch bescheuert. Wir hätten sie dort lassen sollen, wo sie war. Sie weiß rein gar nichts.«

Richard würdigte ihn kaum eines Blickes. »Halt du dich raus. Ich kümmere mich darum.«

»Wer hat dich denn zum Chef ernannt? Was zum Teufel willst du denn damit?«

»Ich fessle sie, und dann prügle ich so lange auf sie ein, bis sie uns sagt, wo sie das Zeug versteckt hat.«

»Du denkst nicht mehr klar.«

»Wer hat dich denn gefragt?«, gab Richard zurück. »Ich habe dir doch gesagt, du sollst nicht mit ihr rummachen. Das ist alles deine Schuld.«

»Ach, wirklich? Jetzt ist es auf einmal meine Schuld«, sagte Tommy. Sein Ärger war verflogen, und nun zeichnete sich etwas Neues auf seiner Miene ab. Er steckte eine Hand in die Manteltasche. Ich wusste, dass er die Pistole in eine der beiden Taschen gesteckt hatte, aber ich wusste nicht mehr, in welche. »Du weißt genau, dass sie nicht ganz Unrecht hat. Ich weiß, wo ich gestern Abend war, und ich kann es wegen ihr beweisen. Woher soll ich wissen, dass du den Safe nicht selbst ausgeräumt hast?«

Richard schnaubte. »Warum sollte ich das tun? Ich habe ja niemanden, an den ich das Zeug verhökern könnte, falls du dich erinnerst.«

»Das sagst du jetzt. Vielleicht hast du ja auch alles nach L.A. mitgenommen, als du am Freitag gefahren bist. Womöglich hast du alles verkauft und das Geld behalten. Dann hättest du hierher zurückkommen und alles so hingedreht haben können, dass es aussah wie ein Einbruch. Ich habe nur dein Wort dafür, dass du alles wieder dort hingelegt hast, wo es war. Ich habe den

Schmuck nicht mehr gesehen, nachdem du zurückgekommen bist.«

»Das ist doch Schwachsinn.«

»Ich sag dir mal, was Schwachsinn ist: Der Safe wurde nicht aufgebohrt. Jemand wusste die verdammte Kombination. Es gibt nur zwei Leute, die sie kannten: du und ich. Ich weiß, dass ich es nicht war, also bleibst nur du übrig.«

»Leck mich doch am Arsch«, zischte Richard. Er hob die Hand über die Rückenlehne, damit er nach mir greifen konnte. Ich beugte mich vor, schwang in hohem Bogen den Kugelschreiber und stach damit fest auf seinen Handrücken ein. Richard jaulte vor Wut. Er versuchte, mich zu packen, aber ich kroch schnell zurück auf die andere Seite des Pick-ups. Wutentbrannt klappte er den Sitz vor und wollte mich herauszerren. Ich nahm alle Kraft zusammen und trat zweimal nach seiner Hand. Ich erwischte ihn gut mit dem Hacken meines Joggingschuhs und quetschte drei seiner Finger ein.

»Scheiße!« Er zog seine Hand weg und warf Tommy einen wütenden Blick zu. »Herrgott, Tommy. Hilf mir doch mal.«

»Beantworte meine Frage.«

»Sei doch kein Idiot. Ich habe nichts genommen. Und jetzt lass sie uns hier rausschaffen.«

»Du und ich waren die Einzigen, die die Kombination wussten. Auf diesen Einbrecherstuss ist doch gepfiffen. Es gab keinen Einbrecher.«

Richard knallte die Beifahrertür zu. »Pass auf, du Arsch. Ich sage dir die Wahrheit. Ich war es nicht. Kapiert? Das würde ich dir nicht antun, aber du würdest es mir antun, weil du es schon mal gemacht hast. Also woher soll ich wissen, dass du es nicht warst?«

»Ich habe den Safe nicht aufgemacht. Das warst du, Richard. Du wolltest unbedingt allein nach L.A. fahren. Der Schmuck ist jetzt weg, du –«

Richard hechtete nach vorn und packte Tommy am Jackett. Er

zog ihn vor und versetzte ihm einen heftigen Stoß. Tommy kam ins Stolpern, fand dann aber das Gleichgewicht wieder und ging auf ihn los. Ich sah Richards Faust herausschießen und auf Tommys Mund treffen. Tommy ging zu Boden und fiel rückwärts in die beiden Plastikmülltonnen, die auseinander flogen wie Bowlingpins. Ich bückte mich, fasste seitlich um den Sitz herum und suchte nach dem Hebel, der die Rückenlehne löste. Ich spürte, wie die Verriegelung nachgab, und öffnete die Tür auf der Fahrerseite. Gebückt kroch ich durch die Lücke und schlich in derselben Haltung vor zum Kotflügel. Ich konnte das beängstigende Geräusch von Fleisch auf Fleisch hören und ein Grunzen, als jemand einen schweren Schlag verpasst bekam. Ich hob den Kopf. Tommy kam schwerfällig auf die Beine und versuchte, meine Davis aus der Tasche seines Regenmantels zu befreien. Die Beine schienen unter ihm nachzugeben, und er ging in die Knie. Aus seiner Nase lief Blut. Er stöhnte und sah benebelt zu seinem Bruder auf. Richard trat nach ihm. Dann bückte er sich und wand die Pistole aus Tommys zähem Griff. Er trat zurück und zielte mit der Davis auf seinen Bruder. Fast träge hob Tommy eine Hand und sagte: »Ach, Richie, nicht.«

Richard schoss. Die Kugel bohrte sich in Tommys Brust, doch es dauerte eine Weile, bis Blut kam.

Richard blickte ausdruckslos auf den Körper seines Bruders herab und stieß ihn mit dem Fuß an. »Geschieht dir recht, du kleiner Scheißkerl. Mach mir bloß keinen Vorwurf.«

Er warf die Pistole beiseite. Ich hörte sie über den Garagenboden klappern und unter den Pick-up schlittern. Er drückte den Knopf, der die andere Garagentür öffnete. Scheinbar völlig gelassen ging er um den roten Porsche herum zum schwarzen und stieg ein. Dann ließ er den Wagen an und legte den Rückwärtsgang ein. Mit jaulendem Motor fuhr er rückwärts aus der Garage und die Einfahrt hinab.

Auf Händen und Füßen kroch ich um die Schnauze des Pickups. Ich robbte zu Tommy hinüber und fühlte seinen Puls, doch er war tot. Vor mir lag die Pistole. Ich wollte sie gerade aufheben, ließ dann aber die Finger davon. Meine Hand zuckte so abrupt zurück wie die eines Piloten, der eine Landung abbricht. Auf keinen Fall würde ich die Fingerabdrücke verwischen, die Richard auf der Waffe hinterlassen hatte. Ich stand auf und trat durch die Hintertür, die ich hinter mir verriegelte, bevor ich zum Telefon ging. Ich fror vor Angst, weil ich fürchtete, Richard werde zurückkommen und auf mich losgehen.

Ich wählte 911 und berichtete der Frau vom Polizeinotruf von der Schießerei. Ich erklärte, wer der Schütze war, nannte ihr seinen Namen, beschrieb seinen Porsche und buchstabierte dessen Nummer, H-E-V-E-N-E-R-1. Ich gab ihr die Adresse in Horton Ravine und wiederholte alles noch einmal. Sie bat mich, am Tatort zu bleiben, bis die Polizei einträfe. »Sicher«, sagte ich und legte auf. Dann rief ich Lonnie an.

24

Um Mitternacht kam ich endlich ins Bett. Die Detectives Paglia und Odessa trafen kurz nach Lonnie bei den Heveners ein, und zumindest *taten* sie so, als hätten sie Mitgefühl, während sie mit mir die Ereignisse besprachen, die zu Tommys Tod geführt hatten. Sie betrachteten mich als Zeugin, nicht als Verdächtige, was ihren Umgang mit mir massiv beeinflusste. Lonnie beobachtete sie trotzdem mit Argusaugen und trat jedes Mal zum Schutz meiner Rechte ein, wenn er fand, sie hätten im Zuge des Verhörs die Grenze überschritten. Die Untersuchung des Tatorts dauerte eine halbe Ewigkeit: Fingerabdrücke, Zeichnungen und Fotos und dazu die endlose Erzählschleife, in der ich alles wieder und wieder bis in die kleinste Einzelheit darlegte. Die Davis wurde als Beweisstück eingetütet und etikettiert. Vermutlich würde es ein Jahr dauern, bis ich die Waffe wiedersah. Richard Hevener wurde binnen einer Stunde gefasst, als er in südlicher Richtung auf der 101 fuhr, auf dem Weg nach Los Angeles. Nach wie vor hielt ich es für entfernt möglich, dass er den Schmuck an sich genommen hatte, aber überzeugt war ich davon nicht. Lonnie fuhr mich schließlich heim.

Am Montagmorgen sparte ich mir erst den Dauerlauf und dann das Training im Fitnessstudio. Ich fühlte mich steif und gerädert, und mein ganzer Körper war ein Flickwerk aus Blutergüssen. Auch emotional kam ich mir wie geprügelt vor. Ich fuhr zum Büro und drehte mehrere Runden, bis ich schließlich fast sechs Blocks weiter eine Parklücke fand. Ich humpelte den Weg zurück und fuhr mit dem Aufzug nach oben. Als ich die Kanzlei betrat, saß Jeniffer an ihrem Schreibtisch und trug eine letzte Schicht Nagellack auf ihre Fingernägel auf. Ausnahmsweise schienen Ida Ruth und Jill einmal kein Interesse daran zu haben, sie zu bespitzeln. Ich traf die zwei an, wie sie im Flur miteinander plauderten. Bei meinem Anblick verstummten sie und bedachten mich mit mitfühlenden Blicken. Jill sagte: »Hinten gibt's Kaffee. Soll ich dir einen Becher bringen?«

»Das wäre schön.«

Ich ging in mein Büro und wählte Fionas Nummer. Als sie sich meldete, wechselten wir die üblichen Floskeln. Ich nahm an, dass sie nichts von der Schießerei gehört hatte, weil sie sie nicht erwähnte. Vielleicht war es ihr aber auch egal. Bei ihr war das durchaus denkbar.

Im Hintergrund konnte ich hören, wie Metall klirrte, Stühle über den Boden scharrten und vereinzelte Schreie ertönten: Blanches vier ungebärdige Kinder verbrachten den Tag bei der Oma. Wegen Fionas nackter Zementböden klang es wie auf einer Rollschuhbahn oder in einem Autoscooter. Ich sagte: »Ich kann Ihnen die Frage nach der Person beantworten, die in dem Haus an der Bay Street lebt. Es ist Clint Augustines Vater, und Clint wohnt bei ihm ...«

»Ich habe Ihnen ja gesagt, dass die beiden eine Affäre haben.«

»Tja, nicht ganz.«

Jill kam herein und stellte mir einen Becher Kaffee auf den Schreibtisch. Ich warf ihr ein Küsschen zu und fuhr dann fort, Fiona Clints Leiden zu beschreiben, das ich ihr namentlich nannte. Ich hatte Dermatomyositis in dem *Merck-Handbuch* nachgeschlagen, das bei mir auf dem Schreibtisch steht. Alles in allem nichts Angenehmes, und speziell Clints Symptome schienen besonders schlimm zu sein. »Ich vermute, dass er im vergangenen Jahr außer Stande war, eine sexuelle Beziehung oder überhaupt eine Beziehung einzugehen.« Es war mir eine Erleichterung, über etwas anderes zu reden als den Vorabend.

Fionas Reaktion kam widerwillig. »Vielleicht habe ich sie falsch eingeschätzt.«

»Schwer zu sagen«, sagte ich, da ich nicht darauf herumreiten wollte.

»Was ist mit dem fehlenden Geld?«

»Darum kümmern sich inzwischen die Cops, also überlasse ich das ihnen. Die Zeit, die ich dafür eingesetzt habe, berechne ich Ihnen nicht.«

Offenbar gelang es ihr, ihre Enttäuschung abzuschütteln. »Tja, dann ist die Sache damit erledigt. Wenn Sie möchten, können Sie ausrechnen, was ich Ihnen schulde und es vom Rest des Vorschusses abziehen. Ein Abschlussbericht ist nicht nötig. Dieser Anruf reicht.«

»Klar, kann ich machen. Ich schicke Ihnen dann heute Nachmittag mit der Post einen Scheck.«

Sie zögerte einen Augenblick. Dann fragte sie: »Sie könnten mir das Geld nicht vielleicht in bar vorbeibringen?«

»Doch, sicher. Kein Problem. Ich kann heute Nachmittag zu Ihnen kommen.«

Eine Stunde lang saß ich am Schreibtisch und bereinigte und ordnete meine Unterlagen. Eigentlich hatte ich keine Lust zu arbeiten, doch die gedankenlose Tätigkeit löste meine Beklommenheit ein wenig. Schließlich griff ich zum Telefon und wählte 713, die Vorwahl für die Umgebung von Houston, Texas, und dann 555–1212, die Nummer der dortigen Auskunft. Als sich eine Telefonistin meldete, bat ich sie um die Nummer des Sheriffbüros in dem Landkreis, wo Hatchet lag. Sie gab sie mir, und ich schrieb sie auf. Ich ließ die Notiz auf dem Schreibtisch liegen, während ich die Unterlagen heraussuchte, die mir Mariah gegeben hatte. Ich blätterte die Zeitungsausschnitte durch, bis ich den Namen des Sheriffs fand, der den Mordfall Hevener bearbeitet hatte. Zuerst versuchte ich es noch einmal unter Mariahs Nummer, wo ich dieselbe Bandansage zu hören bekam wie zuvor. »Hallo, hier spricht Mariah Talbot. Sie sind verbunden mit dem Büro der Guardian Casualty Insurance in Houston, Texas ...« Ich drückte auf die Gabel. Jeder kann eine Bandansage auf einem Anrufbeantworter hinterlassen. Und jeder kann sich einen Stoß Visitenkarten drucken lassen.

Ich wählte die Nummer in Texas und bat, mit Sheriff Hollis Cayo verbunden zu werden. Ich stellte mich vor und sagte ihm, woher ich anrief. »Ich interessiere mich für zwei Morde, bei denen Sie 1983 ermittelt haben. Es geht um Brenda und Jared Hevener.«

»An die kann ich mich erinnern«, antwortete er. »Das waren zwei anständige Menschen, die etwas Besseres verdient gehabt hätten. Wie kann ich Ihnen helfen?«

»Ich habe ein paar Neuigkeiten für Sie. Tommy Hevener kam gestern Abend ums Leben. Sein Bruder hat ihn bei einem heftigen Streit erschossen.«

Einen Moment lang herrschte Schweigen, während er die Mitteilung verarbeitete. »Ich kann nicht behaupten, dass mich das erstaunt. Ich hoffe, Sie wollen mir nicht sagen, dass Richard hierher unterwegs ist.«

»Nein, nein. Die Polizei hat ihn festgenommen und hier ins Bezirksgefängnis gesteckt. Soweit ich weiß, ist er pleite, also wird wahrscheinlich ein Pflichtverteidiger den Fall übernehmen«, sagte ich. »Eines wollte ich noch wissen. Wurde Casey Stonehart je gefasst?«

»Nein, Ma'am. Er ist verschwunden, und zwar direkt nach den Morden – vermutlich auch das Werk der beiden Jungs. Wir vermuten, dass er tot ist, aber das werden wir womöglich nie erfahren. Texas ist groß. Da gibt's jede Menge Land für unmarkierte Gräber.«

»Ich habe erfahren, dass Brenda Heveners Schwester und die Guardian Casualty Insurance Klage erheben wollen. Haben Sie davon gehört?«

»Ja, Ma'am. Ich glaube, sie sind gerade dabei, Informationen zu sammeln. Wofür interessieren Sie sich?«

»Vor einer Woche ist eine Versicherungsdetektivin in mein Büro gekommen, und ich wollte wissen, ob Sie sie kennen. Sie heißt Mariah Talbot.«

Ich konnte das Schmunzeln in seiner Stimme hören. »Ja, die kennen wir. ›Mariah, der Paria.‹ Einsfünfundsiebzig groß, dreiundsechzig Kilo schwer, sechsundzwanzig Jahre alt. Blaue Augen und früh ergrautes Haar.«

»Tja, freut mich, das von Ihnen zu hören. Ich hatte schon zu glauben begonnen, dass sie sich unter falscher Identität vorgestellt hätte. Wie lange arbeitet sie denn schon für die Guardian Casualty?«

»Ich habe nicht gesagt, dass sie das tut. In Wirklichkeit ist Talbot der Name von Caseys älterem Bruder. Er hat noch einen anderen namens Flynn. Ich glaube, irgendwo dazwischen gibt's noch zwei Brüder, aber das sind zumindest die beiden, mit denen ich zu tun hatte. Auf jeden Fall ist die ganze Familie kriminell. Rein in den Knast, raus aus dem Knast – nichts als ein Haufen Soziopathen.«

Ich merkte, wie ich die Augen verdrehte. »Und was hat sie mit denen zu tun?«

»Sie ist Caseys Schwester. Mariah Stonehart. Das einzige Mädchen.«

»Ah«, sagte ich.

Nachdem wir aufgelegt hatten, ließ ich mein kleines Köpfchen auf den Tisch sinken. Ich hätte es eigentlich wissen sollen, aber man musste ihr zugute halten, dass sie gerissen war.

Um halb elf ging ich zum Gerichtsgebäude hinüber, um aufgrund der Angaben von Tina Bart nach Unterlagen zu suchen. Ich nahm an, dass es mich trösten würde, wenn ich mich in endlosen, banalen Papierbergen vergrub, wo die Aussichten auf Gewalt und Betrug auf ein Minimum reduziert waren. Außerdem war ich ehrlich neugierig auf Glazers Geschäfte, insbesondere seine Verbindung zu Genesis Financial Management Services. Der Buchprüfer von MFCU würde vermutlich die drei größeren Firmen unter die Lupe nehmen, von denen ich gehört hatte – Millennium Health Care, Silver Age und die Endeavor Group. Irgendwie hatte ich das Gefühl, hinter Joel Glazer und seinem Partner Harvey Broadus formierte sich langsam eine Lawine.

Ich begann mit der Steuerbehörde im Kreisverwaltungsamt, wo ich mir die Vermögenssteuerunterlagen von Pacific Meadows ansah. Wie erwartet waren Glazer und Broadus als Eigentümer aufgeführt. Unter ihren jeweiligen Namen suchte ich nach weiterem Besitz, der auf sie eingetragen war, und machte eine Liste davon. Dann verließ ich die Steuerbehörde und ging hinüber ins Grundbuchamt. Dort waren die Unterlagen nach dem Veräußerer- und Erwerberindex sortiert, also denen, die verkaufen, und denen, die kaufen. Ich verbrachte eine Stunde damit, mich durch Immobilienverkäufe, Übertragungsurkunden, treuhänderische Grundstücksübertragungen, Steuergrundpfandrechte, Grundstücksüberlassungsurkunden und Rückübertragungen von Grundbesitz zu arbeiten. Tina Bart hatte Recht gehabt. Gebäude und Grundstück von Pacific Meadows hatten in den letzten zehn Jahren dreimal den Besitzer gewechselt, und jeder Verkauf hatte einen massiven Preisanstieg bedeutet. 1970 war das Anwesen für $485 000 an eine Maureen Peabody verkauft worden. Sie hatte es wiederum 1974 für satte $775 000 an die Endeavor Group verkauft. 1976 wurde die Immobilie für $1 500 000 an Silver Age veräußert, um schließlich 1980 von Glazers und Broadus' Firma

Century Comprehensive für atemberaubende drei Millionen Dollar erstanden zu werden. Indem ich die auf der Übertragungsurkunde vermerkte Grunderwerbssteuer hochrechnete, fand ich heraus, dass der momentane Schätzwert bei $ 2 700 000 lag.

Ich ging über die Straße zur Stadtbibliothek und begann auf der Suche nach Maureen Peabody die Stadtadressbücher in chronologisch absteigender Reihenfolge durchzugehen. Indem ich zwischen dem Adressbuch und dem Kreuzundquer abwechselte, fand ich heraus, dass sie die Witwe eines Mannes namens Sanford Peabody war, der von 1952 bis zu seinem Tod im Jahr 1976 bei der Santa Teresa City Bank gearbeitet hatte. Vermutlich hatte Maureen das Geld, das sie aus seinem Nachlass geerbt hatte, dazu benutzt, um das Pflegeheim zu kaufen.

Auf eine vage Ahnung hin kehrte ich ins Gerichtsgebäude zurück und studierte dort im Standesamt die Eheschließungen der Jahre 1976 und 1977. Im Februar 1977 fand ich eine Heiratsurkunde auf die Namen Maureen Peabody und Frederick Glazer. Bei beiden war es die zweite Ehe. Sie war damals siebenundfünfzig und er zweiundsechzig. Es dauerte nicht lange, bis ich herausfand, dass Maureen Joel Glazers Stiefmutter war. Ich war mir hundertprozentig sicher, dass Maureens Name sowohl bei Endeavor als auch bei Silver Age in der Geschäftsleitung wiederzufinden wäre. Die einzige offene Frage war nun noch, wem Genesis gehörte, die Betreibergesellschaft von Pacific Meadows. Ich fand die Firma unter den Anträgen auf Führung eines fiktiven Firmennamens. Als Besitzerin der Genesis Financial Management Services war Dana Jaffe eingetragen. Die Postadresse war in Santa Maria. Als Privatadresse hatte sie das Haus in Perdido angegeben, wo sie in der Zeit gewohnt hatte, als ich nach Wendell Jaffe suchte. Wahrscheinlich hatte Joel Glazer sie dazu überredet, den Antrag vor ihrer Heirat einzureichen. Dessen Bedeutung mag sie verstanden haben oder auch nicht. Oberflächlich betrachtet, schien Genesis separat und ohne Verbindung zu Pacific Meadows zu agieren. In Wirklichkeit stand Glazer hinter beiden Unternehmen, was ihn in die ideale Lage versetzte, die Einkünfte aus sämtlichen gefälschten Erstattungsanträgen einstreichen zu können. Ich war froh, dass ich nicht dabei sein würde, wenn Dana erfuhr, dass sie bereits zum zweiten Mal einen Betrüger geheiratet hatte. Sie war stocksauer gewesen, als ich mitgeholfen hatte, ihren Sohn hinter Gitter zu bringen. Wie würde sie erst reagieren, wenn sie auf ihr Leben in Horton Ravine verzichten müsste?

Ich verließ das Gerichtsgebäude und blinzelte angesichts des diesigen Lichts, als käme ich aus einem dunklen Kino. Ich sah auf die Uhr. Es war fast Mittag, und ich war neugierig darauf, wie sich die polizeilichen Ermittlungen entwickelten. Ich zog die zwei Stunden Arbeit ab, die Fiona genehmigt hatte, ging zur Bank und hob die restlichen 975 Dollar ab, die ich ihr schuldete. Ich überquerte die Anaconda und ging die Floresta entlang zu dem Durchgang, wo der Arcade-Sandwich-Imbiss lag. Das Selbstbedienungsfenster war geöffnet, aber sie schienen fast keine Kundschaft zu haben. Die Picknicktische und -bänke waren viel zu nass, um benutzt zu werden. Als ich an dem Fenster vorüberging, sah ich Odessa drinnen mutterseelenallein an einem der kleinen Marmortischchen sitzen. Abgesehen von ihm war das Lokal leer, obwohl das schmuddelige Café auf der anderen Straßenseite vor Menschen überquoll. Ich winkte, ging hinein und setzte mich auf den Drahtgitterstuhl ihm gegenüber.

»Wie geht's?«, fragte er.

»Ich hab schon Schlimmeres mitgemacht. Ich dachte, Sie würden sich heute nur etwas holen und an Ihrem Schreibtisch essen.«

»Zu deprimierend. Ich brauche Licht. Leuchtstoffröhren treiben mich noch in den Selbstmord.« Er kämpfte sich auch heute durch einen papierverpackten Hamburger, der umgeben von Pommes auf einem roten Plastiktablett lag.

»Wenigstens essen Sie gut.«

Odessa lächelte. Die feuchte Luft hatte seinen ohnehin schon widerspenstigen dunklen Haaren zu einem gekräuselten Heiligenschein verholfen. Jede Frau stünde an seiner Stelle am Rande der Verzweiflung und hätte bereits unzählige Haarsprays, Gels, Schaumfestiger und Anti-Kräusel-Produkte ausprobiert. Paglia hatte die Lösung gefunden: Er hatte sich den Schädel kahl rasiert. Odessa wies auf die Pommes und erwartete allen Ernstes, dass ich mir einen nahm.

Ich schüttelte den Kopf. »Nein danke. Ich habe gerade in öffentlichen Unterlagen herumgeschnüffelt. Anscheinend haben Dr. Purcells Arbeitgeber Medicare systematisch beschwindelt und versucht, ihm die Schuld in die Schuhe zu schieben.«

»Sie meinen Glazer?«

»Und Harvey Broadus. Purcell war ihnen auf die Schliche gekommen und hatte einen Termin mit dem FBI vereinbart. Wer weiß, wie weit die beiden zu gehen bereit waren, um ihn am Auspacken zu hindern. Was sagt denn der Leichenbeschauer?«

»Er hat Schmauchspuren an seiner rechten Schläfe gefunden. Viele Anhaltspunkte hatte er ja nicht, aber er meint, es sieht eher nach einem Einschuss mit nahem Kontakt aus als nach einer richtigen Kontaktwunde. Das heißt, die Pistole wurde ihm aus nächster Nähe an den Kopf gehalten, aber nicht direkt auf die Haut aufgesetzt. Purcell hätte es auch selbst getan haben können, wenn sein Abzugsarm zwanzig Zentimeter länger wäre. Sie sind noch einmal hinausgefahren, um die Gegend um den Stausee abzusuchen, aber bis jetzt haben sie die Kugel nicht gefunden. Ich glaube, sie werden die Suche noch ausweiten. Es könnte auch sein, dass er woanders erschossen wurde und man dann das Auto weggefahren hat.«

»Das wäre ganz schön heikel, was? Mit ihm hinterm Steuer?«

»Das hat Jonah auch keine Ruhe gelassen. Sie kennen ihn ja. Er ist wegen der Decke ins Nachdenken gekommen, die Purcell über sich liegen hatte. Mohair, blassgrün. Er hat Crystal gefragt, und sie hat gesagt, es sei ein Geschenk von ihr gewesen. Vor einem Jahr hat sie ihm ein Notfallset für Pannen zusammengestellt, falls er jemals unterwegs liegen bliebe: ein paar Snacks, eine Taschenlampe, Mineralwasser und einen Verbandskasten. Das Ganze bewahrte er im Kofferraum seines Wagens auf. Die Decke gehörte dazu. Jonah glaubt, der Mörder hätte sie vielleicht über den Toten gebreitet und sich dann auf dessen Schoß gesetzt, um ihn dorthin zu fahren, wo wir den Wagen schließlich gefunden haben. Die Decke diente in diesem Fall dazu, den Täter vor Blutflecken auf den Kleidern zu schützen.«

»Tja, das ist aber ganz schön kaltblütig. Würde das Mohair denn keine Fasern auf der Hose des Mörders hinterlassen?«

»Sicher. Und auch Blutspuren, aber es war ja mehr als genug Zeit, um die Beweismittel verschwinden zu lassen.«

Ich schnappte mir einen Pommes, tunkte ihn in Ketchup und legte ihn wieder hin. »Ich habe gestern Abend mit Crystal gesprochen. Sie hat seinen Pass in einem Mantel gefunden, den er auf ihrer letzten Auslandsreise anhatte. Was ist eigentlich mit Paulie? Was hat man über sie herausgefunden?«

»Jonah hat mich gebeten, der Sache nachzugehen, nachdem Sie mit ihm gesprochen haben. Das erste Mal ist sie mit dreizehn festgenommen worden. Die Großmutter dachte, jemand hätte ihr Auto gestohlen, und hat die Polizei angerufen. Es stellte sich heraus, dass Paulie es genommen hatte. Sie wurde außerdem einmal wegen Herumtreiberei und einmal wegen groben Unfugs festgenommen. Sie ist ein Mädchen mit zu viel Freizeit und zu wenig Aufsicht.«

»Sie und Leila garantieren für Ärger.«

»Momentan ermitteln wir noch. Wir haben jemanden in Leilas Schule geschickt, um herauszufinden, ob die Tage, an denen sie nicht im Internat war, den Tagen entsprechen, an denen Geld von diesem Bankautomaten abgehoben wurde. Wenn die Schülerinnen das Wochenende irgendwo anders verbringen wollen als zu Hause, brauchen sie eine Erlaubnis von einem Elternteil oder Vormund und außerdem die Zustimmung der Person, die sie besuchen wollen. Es sieht jetzt schon so aus, als hätte Leila es geschafft, alle Seiten gegeneinander auszuspielen. Gar nicht so leicht. Die Internatsleitung kennt zwar sämtliche Tricks, aber sie ist schlau. Wir haben uns per richterlicher Anordnung die Bankauszüge und die Unterlagen besorgt, die Purcell in seinem Postfach hatte. Der Staatsanwalt und ein Bewährungshelfer sprechen jetzt gerade mit dem Richter. Wir hoffen, die Sache heute Nachmittag abschließen zu können.«

»Da ist noch etwas anderes. Neulich bin ich in dem Haus in Horton Ravine gewesen. Leila hatte das Internat ohne Erlaubnis verlassen. Crystal hat einen Wutanfall bekommen und mir gestattet, Leilas Zimmer zu durchsuchen. Sie hat eine verschlossene Metallkassette unter der Matratze versteckt. Vermutlich ist Marihuana drin, aber es könnte auch das fehlende Geld sein. Womöglich hat sie vor, mit Paulie durchzubrennen. Es wäre vielleicht nicht schlecht, wenn Sie die beiden im Auge behalten würden.«

»Das können wir machen«, sagte er.

Um Viertel nach eins kam ich ins Büro zurück. Der Regen wurde wieder heftiger, und ich hatte ihn gründlich satt. Eine seltsame Depression hatte sich im Zuge der Schießerei über mich gesenkt, begleitet von dem damit einhergehenden Adrenalinstoß. Der anschließende Absturz war durch mein Gespräch mit Odessa noch beschleunigt worden. Ich beneidete sie um die Jagd – Jonah Robb, Odessa und Jim Paglia. Purcell war ermordet worden, und selbst wenn sie der Antwort auf die Frage, wer ihn umgebracht hatte, vielleicht noch nicht näher gekommen waren, so steckten sie doch mitten in der Arbeit.

Ich setzte mich an den Schreibtisch und starrte die Blätter meines falschen Ficus an. Über die halbe Breite des Zimmers hinweg wirkte der darauf liegende Staub wie eine dünne Schicht Körperpuder. Eines Tages würde ich das gute Stück aber wirklich abwischen müssen. Ich drehte mich auf meinem Stuhl hin und her und nahm einen Bleistift in die Hand. Dann zeichnete ich ein Kästchen auf meine Schreibtischunterlage.

Den Rest des Nachmittags verbrachte ich damit, all das zu erledigen, was ich die ganze letzte Woche aufgeschoben hatte. Ich tippte die Informationen, die ich über Genesis in Erfahrung gebracht hatte, machte Kopien von Klotildes Rechnungen und hängte so viel von ihrer Akte an, wie ich für sinnvoll hielt. Ich hoffte, niemand würde mich fragen, wie ich zu den ärztlichen Daten gekommen war. Während ich da am Gerät stand, die Originale einlegte und das Licht des Kopierers vor und zurück gleiten sah, dachte ich über Fionas Bitte nach, ihr die 975 Dollar in bar zu bringen. Wahrscheinlich gab es eine einfache Erklärung dafür. Ich nahm nicht an, dass sie ernsthaft fürchtete, ein Scheck von mir sei nicht gedeckt, also musste es etwas anderes sein. Das Bild, das mir immer wieder vor Augen kam, war ihr unkrautbewachsenes Anwesen auf dem Hügel. Ich sah die Diele ihres Hauses mit ihrem Dekor aus Schutzverkleidungen und permanenten Gerüsten förmlich vor mir.

Außerdem grübelte ich über die grüne Mohairdecke nach, die Crystal Dow geschenkt hatte, und darüber, dass jemand auf seinem Schoß gesessen hatte, nachdem er erschossen worden war. Weit würde man so nicht fahren wollen. Jedenfalls nicht auf öffentlichen Straßen, wo ein Fußgänger oder ein Fahrer auf der Nebenspur womöglich genau im falschen Moment herübersah und einen in der Umarmung des Toten erspähte. Als Mörder hätte man den Stausee im Auge – und wie schön es wäre, wenn sowohl der Tote als auch das Auto von der Bildfläche verschwänden. Jonah hatte vermutet, dass der Mörder einen dummen Fehler gemacht und die Position des Felsblocks falsch eingeschätzt habe, der den Wagen daran hinderte, ganz unterzugehen. Aber was, wenn das Gegenteil zutraf? Vielleicht *wollte* ja der Mörder, dass der Wagen gefunden wurde. Wenn Dows Tod wie ein Selbstmord aussehen sollte, dann war der zugrunde liegende Irrtum vielleicht genau umgekehrt. Der Mörder wusste, dass der Felsblock dort war, und dachte, das Auto wäre zu sehen, sobald es Tag würde. Stattdessen drehte sich das Fahrzeug ein klein wenig und sank zu tief, um ohne weiteres entdeckt werden zu können.

Erst am späten Nachmittag zog ich die unterste Schublade auf, holte das Telefonbuch heraus und schlug in den Gelben Seiten unter »Malerbetriebe« nach. Es musste etwa hundert geben, eine Spalte nach der anderen, manche von ihnen mit Anzeigen in Kästen, andere mit eingängigen Sprüchen: MALEN SIE NICHT DEN TEUFEL AN DIE WAND – LASSEN SIE CHARLIES ENGEL RAN. CHARLIE CORNER & SÖHNE. MALERFACHBETRIEB. Vor meinem geistigen Auge sah ich die Familie Corner vor mir, wie sie allesamt um den Küchentisch saßen, einen Schnaps nach dem anderen kippten und sich Slogans ausdachten, um das Werbebudget niedrig zu halten.

Ich fing mit den *A*s an und fuhr mit dem Finger die Namen entlang, bis ich den fand, den ich auf dem Schild vor Fionas Haus gelesen hatte. Eine einzige Druckzeile. RALPH TRIPLET, COLGATE. Keine Straßenangabe. Ich notierte mir die Telefonnummer. Fiona kam mir genau wie der Typ vor, der einen Einzelkämpfer engagierte, jemanden, der den Auftrag zu dringend brauchte, um mit ihr zu streiten. Sämtliche auffälligen halb- und ganzseitigen Anzeigen hatte sie übergangen.

Ich wählte die Nummer von Ralph Triplet. Eigentlich wollte ich mir ein Märchen ausdenken, aber mir fiel keines ein.

Das Telefon wurde nach dem ersten Klingeln abgenommen. »Ralph Triplet, Malerbetrieb.«

»Hi, Mr. Triplet«, sagte ich. »Mein Name ist Kinsey Millhone. Ich habe gerade einen Auftrag für Fiona Purcell in der Old Reservoir Road erledigt …«

»Hoffentlich haben Sie Ihr Geld im Voraus bekommen.«

»Deshalb rufe ich ja an. Zahlt sie etwa unpünktlich?«

»Eher überhaupt nicht. Haben Sie ihr Haus gesehen? Überall Weiß. Eigentlich sollte man annehmen, dass das ganz einfach wäre, aber wir haben inzwischen sechs Schattierungen durch. Alles von Frost über Alabaster und Eierschale bis zu Auster. Nichts hat ihr gepasst. Wenn ich eine halbe Wand angestrichen hatte, wollte sie schon etwas anderes. Zu grün, meinte sie zum Beispiel.

Oder ich sollte das Pink rausnehmen. Dabei bin ich wochenlang nicht bezahlt worden. Der Architekt hat sich schon ein Pfändungsrecht auf das Anwesen eintragen lassen, und ich drohe mit dem Gleichen. Inzwischen habe ich es endlich geschafft, ihre Kreditwürdigkeit abzuklopfen. Das hätte ich sofort tun sollen, aber woher hätte ich das schon wissen sollen? Sie zieht eine überzeugende Show ab, aber in Wirklichkeit benutzt sie die eine Kreditkarte, um die Schulden auf der anderen zu bezahlen. Wie sagten Sie noch mal, war Ihr Name?«

»Tut nichts zur Sache«, sagte ich und legte auf.

Ich zog ein von einem Gummiring zusammengehaltenes Päckchen Karteikarten heraus. Diesmal fügte ich nichts hinzu. Ich schaute die Karten nur durch und studierte die Informationen, die ich in der letzten Woche gesammelt hatte, vor allem die Angaben über Dows letzten Tag. Ganz nebenbei hatte Mrs. Stegler eine Kleinigkeit verlauten lassen, die angesichts von allem anderen, was ich seither erfahren hatte, meine Aufmerksamkeit erregte. Sie hatte gesagt, dass Fiona vorbeigekommen sei, als Dow beim Mittagessen gewesen war. Sie hatte in seinem Büro gewartet und war schließlich wieder gegangen, hatte ihm aber eine Nachricht hinterlassen. Ich war selbst schon in diesem Büro gewesen und wusste, wie leicht sie die Schreibtischschublade aufziehen und seine Pistole hätte entwenden können.

Als ich in der zunehmenden Dämmerung die Old Reservoir Road hinauffuhr, merkte ich, dass ich mich in einem Zustand latenter Anspannung befand. Das einzige äußere Anzeichen meiner Unruhe war, dass ich für den derzeitigen Straßenzustand – nämlich nass, nass und nochmals nass – ein bisschen zu schnell in die Kurven ging. Ich hatte eine Idee, eine Eingebung, die ich überprüfen musste, bevor ich Jonah Robb anrief. Ich bog links in die Straße ein, die neben Fionas Anwesen verlief, und fuhr auf den Parkplatz hinter ihrem Haus.

Ich ging ums Haus herum zur Vorderseite und klingelte. Sie

ließ sich reichlich Zeit, bis sie an die Tür kam. Ich starrte auf den Brunswick Lake hinaus. In dem nachlassenden Licht wirkte die Wasserfläche wie Quecksilber. Elf Tage war es her, seit ich zum ersten Mal an diesem Fleck gestanden und den gleichen weiten Ausblick betrachtet hatte. Das steil ansteigende Grundstück war nun ein Märchenland aus kniehohem Unkraut: Fuchsschwanzgras, wilder Hafer und Roggen wogten im darüber wehenden Wind. Wenn noch mehr Regen fiel, würde der bereits aufgeweichte Abhang auf die Straße hinabrutschen.

Hinter mir ging die Tür auf. Sogar wenn sie auf ihre Enkel aufpasste, steckte Fiona noch in einem schwarzen Wollkostüm mit dicken Schulterpolstern und schmaler Wespentaille. Revers und Manschetten waren mit falschem Leopardenfell abgesetzt. Die Haare verbarg sie unter einem dazu passenden Turban mit Leopardenmuster. Gloria Swanson hätte ihr nicht das Wasser reichen können. Ich hielt ihr den Umschlag hin. »Ich habe für Ihre Unterlagen eine Rechnung beigefügt. Ich hoffe, es macht Ihnen nichts aus, mir den Erhalt des Bargelds zu quittieren.«

»Natürlich nicht. Kommen Sie doch rein.«

Ich trat in die Diele. Im Flur stand ein Dreirad, und der Boden war mit dem gleichen Kinderkram übersät, den ich bei Blanche im Haus gesehen hatte: Tinkertoys, Bauklötze, ein Söckchen, zerbrochene Kekse, Buntstifte. Die Kinder hatten aus den Schutzbehängen des Malers ein riesiges Zelt gebaut, indem sie sie über sämtliche Wohnzimmerstühle gebreitet hatten. Ich konnte sehen und hören, wie sie darunter herumtollten und immer wieder dieses schrille, künstliche Kichern anstimmten, das als Vorspiel zu fürchterlichem Stunk erklingt.

Fiona kritzelte ihre Unterschrift auf die Quittung. Ihre Fingernägel waren dunkelrot. Dazu trug sie Lippenstift im gleichen Ton. Ein Lippenstiftfleck saß auf ihren oberen Schneidezähnen. Es wirkte seltsam, wie ein heftiger Anfall von Zahnfleischbluten. Ich riss den Durchschlag heraus und reichte ihn ihr.

»Wie geht's Blanche?«

»Gut. Wenigstens hatte sie heute Nachmittag Ruhe und Frieden. Andrew holt die Kinder nach dem Abendessen ab – vorausgesetzt wir leben so lange.«

»Darf ich mal die Toilette benutzen?«

»Es ist eine gleich neben der Küche. Sie wissen ja den Weg.«

»Bin gleich wieder da.«

Fiona kehrte ins Wohnzimmer zurück, und ich hörte, wie sie Anordnungen zum Aufräumen erteilte. Die Kinder schienen sogar geneigt, mitzumachen.

Ich ging durch die Küche und schloss die Tür auf, die in die für drei Autos gebaute Garage führte. Draußen war es dunkel, und der weite Raum war düster. Auf dem nächstgelegenen Platz parkte ein BMW, doch die anderen beiden waren leer. Sie hatte mir gesagt, dass sie Dow bei seinen Besuchen immer gebeten hatte, in die Garage zu fahren, damit die Nachbarn nicht tratschten. Ich schaltete das Deckenlicht ein, aber das brachte auch nicht viel.

Ich nahm die Taschenlampe aus meiner Umhängetasche und ging zur Wand gegenüber. Ich stellte mir vor, ich säße in Dows silbernem Mercedes. Dann blickte ich nach rechts und taxierte die Bahn einer Kugel, die vom Beifahrersitz aus abgefeuert wurde und sich durch den Kopf des Fahrers, durchs Autofenster und in die Wand bohrte. Ungefähr hier, mutmaßte ich. Ich hätte darauf gewettet, dass sie sich nicht die Mühe gemacht hatte, die Kugel aus der Wand zu holen. Sie hatte genug weiße Farbe zur Hand gehabt, um sämtliche Beweise für das, was sie getan hatte, zu übertünchen. Wer käme schon auf die Idee, überhaupt hier nachzusehen? Die Cops mit ihren Metalldetektoren suchten ja nur den Hügel bis zur Straße ab.

Im Schein der unzulänglichen Deckenbirne wirkte die Wand glatt. Ich fuhr mit der Hand leicht über den Anstrich und erwartete dabei, das leicht unregelmäßige Muster einer Gipsfüllung zu ertasten. Die Wand war unbeschädigt. Nirgends eine Unebenheit. Ich leuchtete im schiefen Winkel darauf, da ich hoffte, dass sich dadurch eine raue Stelle in der Oberfläche abheben würde, doch es fand sich keinerlei Hinweis darauf, dass Dow hier erschossen worden war, bevor der Wagen weggefahren wurde. Keine Glassplitter, keine Ölflecken auf dem Fußboden, wo sein Auto geparkt hatte. Verblüfft stand ich da. Am liebsten hätte ich vor Enttäuschung laut geheult. Es musste doch stimmen. Ich war mir so sicher gewesen.

Die Tür zur Küche ging auf, und Fiona erschien. Sie stand da und starrte mich an. »Ich habe mich schon gefragt, wo Sie geblieben sind.«

Ich erwiderte ihren Blick. Mein Mund war auf einmal trocken, und ich suchte verzweifelt nach einer Erklärung, die mein Benehmen rechtfertigen würde.

»Detective Paglia war vorhin schon da und hat genau das Gleiche getan. Er hat die Wände nach einer stecken gebliebenen Kugel abgesucht und keine gefunden.«

»Fiona, es tut mir Leid.«

»Das kann ich mir denken.« Sie schwieg einen Moment. »Nur eine Frage: Wenn ich Dowan tatsächlich umgebracht hätte, warum in aller Welt hätte ich Sie dann engagieren sollen?«

Ich spürte, wie meine Wangen heiß wurden, aber ich wusste, dass ich ihr die Wahrheit schuldig war. »Ich dachte, für Sie sei es dringend notwendig, dass die Leiche gefunden wird, damit Sie die Versicherungssumme kassieren können. Dadurch, dass Sie mich engagiert haben, wirken Sie über alle Zweifel erhaben.«

Ihr Blick war vernichtend, doch sie hob nicht einmal die Stimme. »Sie sind eine sehr arrogante junge Frau. Und jetzt verlassen Sie mein Haus.«

Sie verschwand und zog mit lautem Knall die Tür hinter sich zu.

Ich ging hinaus, stieg in mein Auto und fuhr den Hügel hinab, während mir vor Scham und Verlegenheit ganz schwindlig war. Was hatte ich schon für eine Entschuldigung? Ich hatte mich in ihr getäuscht. Ich hatte mich in Crystal und Clint Augustine getäuscht. Und ich hatte mich in Mariah getäuscht, die mich zum Narren gehalten hatte. An der Kreuzung bog ich links ab. Ich war gerade einen Block weit gekommen, als ich eine vertraute Gestalt mit ausgestrecktem Daumen rückwärts die Straße entlanggehen sah. Paulie in Jeans, Wanderstiefeln und derselben schwarzen Lederjacke, in der ich sie zuvor schon gesehen hatte. Es war übrigens Leder von guter Qualität, und ich fragte mich, ob sie und Leila die Jacke mit einem Teil der gestohlenen Dreißigtausend bezahlt hatten.

Ich bremste ab und hielt am Straßenrand, während sie eilig herbeigelaufen kam. Als sie am Wagen anlangte, stieß ich ihr die Beifahrertür auf. »Steig ein. Willst du zu Leila?«

»Ja. Sie ist im Strandhaus.« Sie stieg ein und schlug die Tür zu. Sie roch nach Marihuana und Zigaretten. Ihre Haare waren braun und hätten glänzen können, wenn sie sie öfter gewaschen hätte. Zwischen den einzelnen Strähnen glitzerten Regentropfen wie Pailletten. Sie sah unkonventionell aus, und ihre großen, dunkelbraunen Augen hatten etwas Faszinierendes. »Sie können mich in der Stadt absetzen. Von dort aus ist es kein Problem, jemanden zu finden, der mich mitnimmt.«

»Ich kann dich hinfahren. Etwas Luftveränderung tut mir gut«, sagte ich. Ich wartete auf eine Lücke im Verkehr und fuhr wieder auf die Straße. »Du kannst von Glück sagen, dass ich vorbeigekommen bin. Ich bin nur selten in dieser Gegend. Warst du bei Lloyd?«

»Ja, aber er war weg, und ich konnte den Schlüssel nicht finden. Ich wollte nicht in der Kälte auf ihn warten. Haben Sie nicht auch die Schnauze voll von diesem Scheißregen?«

Das überhörte ich. »Ihr seid befreundet?«

»Sozusagen, wegen Leila eben.«

»Wie sie es wohl verkraftet, wenn er nach Las Vegas zieht? Glaubst du, er wird ihr fehlen?«

»Und wie. Sie war echt fertig, als sie es gehört hat.«

»Ist sie schon wieder im Internat?«

»Erst am Mittwoch. Ihre Mutter fährt sie hin.«

»Tja, vielleicht kann sie Lloyd ja mal besuchen, wenn er sich dort eingerichtet hat«, sagte ich. »Er meinte, er fährt in zwei Tagen schon.«

»So um den Dreh. Ich will versuchen, ihn zu überreden, dass er mich mitnimmt.«

»Du würdest von hier weggehen?«

»Ja, klar. Das Kaff ist mir doch scheißegal.«

»Hast du denn nicht deine Familie hier?«

»Nur Grandma, und die kümmert das nicht. Bei ihr darf ich alles, was ich will.«

Ich sah zu ihr hinüber. »Bist du überhaupt schon mal in Las Vegas *gewesen*?«

»Einmal, mit sechs Jahren.« Ein Lächeln zog über ihr Gesicht, und ihre Miene wurde lebhaft. »Wir haben im Flamingo gewohnt. Meine Schwester und ich sind im Pool geschwommen und haben so viel Krabbencocktail gefuttert, dass sie ins Gebüsch gekotzt hat. Als es dunkel war, sind wir rumgeschlichen und haben sämtliche Drinks ausgeschlürft, die die Leute auf den Tischen haben stehen lassen. Echt geil. Wir haben uns aufgeführt wie die Irren. Wir konnten kaum noch gerade gehen.«

»Ich wusste nicht, dass du eine Schwester hast.«

»Seitdem habe ich weder sie noch meine Mutter wieder gesehen.«

Das machte mich zwar neugierig, aber ich hatte bereits eine Menge Fragen gestellt, und ich wollte nicht, dass sie das Gefühl bekäme, ich würde sie aushorchen – obwohl ich natürlich genau das tat.

»Mir würde die Hitze schwer zu schaffen machen.«

»Ich mag das. Ich wette, dass es mich auch im Sommer kein bisschen stören würde. Ich könnte ohne weiteres dort leben. Ist doch lässig.«

»Aber du könntest Geldprobleme kriegen.«

»Überhaupt nicht. Ich habe jede Menge Kohle.« Ich hörte, wie sie ins Zögern kam und über ihren Ausrutscher sinnierte. Sie hatte mir eindeutig mehr verraten, als ihr recht war. »Ich könnte bestimmt vor einem der großen Casinos die Autos parken. Irgendwas, das gute Trinkgelder bringt. Ich kenne einen Typen, der sagt, als Parkplatzhilfe kann man bis zu hundert Dollar am Tag verdienen.«

»Ich dachte, du wärst erst sechzehn.«

»Alle sagen, ich sehe älter aus. Und ich habe einen gefälschten Führerschein, in dem steht, dass ich schon über achtzehn bin. Das prüft kein Mensch nach. Solange man zur Arbeit kommt, ist denen das doch schnuppe.« Sie hielt sich für mit allen Wassern gewaschen, aber ihre Vorstellungen von der Arbeitswelt beruhten auf reinem Wunschdenken ihrerseits. »Glauben Sie etwa, ich könnte nicht auf mich selbst aufpassen?«

»Doch, sicher.«

»Ich komme bestens alleine klar. Das bin ich ja inzwischen gewohnt. Die Hälfte der Zeit lebe ich sowieso auf der Straße, also lieber dort als hier. Vielleicht besorgt sich Lloyd ja eine Wohnung, und ich kann bei ihm einziehen.«

»Hältst du das für angebracht?«

Sie warf mir einen indignierten Blick zu. »Ich *bumse* den Typen ja nicht. Er ist nur ein Freund von mir.«

»Und was macht Leila, wenn du weggehst? Ich dachte, ihr zwei wärt unzertrennlich.« Was ich wirklich dachte, war, wie leicht es für Lloyd wäre, sich die beiden Mädchen ins Auto zu packen, bevor er den Staat verließ. Ich glaubte nicht, dass Paulie ohne Leila irgendwohin gehen würde. Ich sah sie an und beobachtete, wie sie um eine Antwort rang.

»Das ist ihr Problem. Ihr fällt schon was ein.«

Wir kamen vor Crystals Strandhaus an. Ich bog in die gekieste Einfahrt, und Paulie stieg aus. Ich nahm nicht an, dass sich Crystal über ihren Besuch freuen würde, aber wahrscheinlich wäre sie höflich. Ich vermutete, dass Leila und Paulie, unzertrennlich wie sie waren, in den nächsten Stunden gemeinsam hinter Gittern landen würden. Aus wär's mit Vegas und Paulies sagenhafter Karriere als Autoparkerin.

Ich ließ den Motor laufen und wartete, bis Paulie geklingelt hatte. Mir fiel auf, dass auf dem ZU VERKAUFEN-Schild vor dem Nebenhaus jetzt ein Aufkleber mit der Aufschrift VERKAUFEN prangte. Crystal kam an die Tür. Wenn sie etwas gegen Paulies Anwesenheit einzuwenden hatte, so schien sie es für sich zu behalten. Vielleicht war Leila in Paulies Gegenwart umgänglicher. Crystal erblickte meinen Wagen und winkte. Ich erwiderte das Winken und fuhr rückwärts aus der Einfahrt. Dabei strichen meine Scheinwerfer über die überdachte Autoabstellfläche, auf der ich den Volvo und das Cabrio stehen sehen konnte. Die ganz links gelegene Lücke war leer, und ich nahm an, dass dort immer Dow seinen Wagen abgestellt hatte. Ein winziger Stromstoß durchzuckte mich. Ich bog in die Paloma Lane ein, fuhr einen halben Block weit und hielt dann am Straßenrand an. Ich stieg aus und ging die paar Schritte zum Haus zurück. Als ich die Einfahrt betrat, knirschten meine Schritte auf dem Kies, wie wenn jemand einen Mund voll Eis zerkaut.

Crystal hatte die Haustür wieder geschlossen, und um mich herum war es dunkel. Ich roch das Meer und hörte das Rauschen der Wellen. Die Ruhe war wie Nektar, der durch die stille Nachtluft zieht. Der Regen hatte den schweren Duft von Seetang, Kiefernzweigen und Einsamkeit zurückgelassen. Ich kann beschwören, dass sogar die Dunkelheit einen eigenen Geruch besaß. *Zeig Mut zur Dummheit,* sagte ich zu mir selbst. *Manche Leute halten dich ohnehin schon für dumm, also was spielt es noch für eine Rolle?*

Wie bei Fiona postierte ich mich an einen Fleck, der in etwa dem Fahrersitz des Mercedes entsprach, wenn Dow den Wagen an jenem Abend dort abgestellt hätte, wenn er an diesem Abend dort geparkt hätte. Vielleicht hatte ihm Crystal sexuelle Pikanterien versprochen und ihm die bevorstehenden Wonnen in so leuchtenden Farben geschildert, dass er seinen geplanten Besuch bei Fiona hatte sausen lassen und zu seiner Frau nach Hause gefahren war. Er musste sich vorgestellt haben, wie sie in einem dünnen Negligé zu ihm herauskäme ... in irgendetwas Durchsichtigem ... einem zarten, seidigen Stoff, den die Meeresbrise kokett beiseite wehen und so ihre Beine zum Vorschein bringen würde. Crystal wusste, wie sie ihren Körper möglichst effektvoll einsetzen konnte. Die .375er Magnum hätte sie sich schon bei einer früheren Gelegenheit angeeignet haben können. Sie hatte der Polizei gesagt, Dow hätte die Waffe in seinem Schreibtisch im Büro oder im Handschuhfach seines Wagens aufbewahrt. Sie hatte Zugang zu beidem, vor allem wenn sie mit Griffith zu Besuch ins Pflegeheim kam. Selbst wenn sie in Jogginganzug und Laufschuhen erschien, brauchte sie nur die Wagentür zu öffnen, sich über den Sitz zu beugen und ihn so zart wie mit einem Kuss umzubringen. Die Leiche zum Stausee hinaufzufahren war ein schönes Beispiel für Irreführung – das Risiko, auf der Straße gesehen zu werden, bedeutete ihr offenbar weniger als die Gelegenheit, Fiona in Bedrängnis zu bringen. Angesichts der Geldsumme, die Fiona zu erwarten hatte, würde die Polizei selbstverständlich die Möglichkeit verfolgen, dass sie ihn ermordet hatte.

Ich blickte nach links und taxierte die Flugbahn einer Kugel, die in diese Richtung flog. Wenn ein Schuss aus einer Charter Arms .357 Magnum abgegeben worden und über den Beifahrersitz und durch den Kopf des braven Doktors gegangen war, bestand die zwangsläufige Folge darin, dass die Kugel weiter geflogen war, das Autofenster zertrümmert, drei weitere Meter zurückgelegt und sich in die Holzverkleidung des Nachbarhauses gebohrt hatte.

Ich überquerte das unregelmäßig bewachsene Rasenstück zwischen der Abstellfläche und dem nächsten Gebäude. Früher war es womöglich einmal eine frei stehende Garage gewesen, doch jetzt schloss es ans Nebenhaus an und war zu einem Gästeflügel oder einem Fernsehzimmer umgebaut worden. Ich nahm die Taschenlampe heraus und schaltete sie ein. Dann schob ich die Büsche beiseite und ließ den Strahl über die groben Schindeln wandern. Das Einschussloch war groß und hing wie eine schwarze Spinne an der Seite des Hauses.

Über die gekieste Fläche kehrte ich wieder zu Crystals Haustür zurück und klingelte. Einen Moment später machte sie auf, mit einer Miene, als könnte ich jemand sein, der für einen wohltätigen Zweck sammelt oder hausieren geht. »Ach, mit Ihnen habe ich gar nicht gerechnet. Was gibt's denn?«

»Darf ich mal bei Ihnen telefonieren?«

Sie schaute verständnislos, trat aber beiseite und ließ mich ein. Sie war barfuß, trug Joggingklamotten und hatte die Haare auf dem Kopf zusammengesteckt. Sie spähte hinaus. »Wo ist denn Ihr Auto?«

»Es steht auf der Straße. Der Motor hat ausgesetzt, und ich muss irgendwie nach Hause kommen.«

»Ich kann Sie fahren«, sagte sie. »Warten Sie kurz, ich muss nur die Autoschlüssel holen.«

»Nein, nein. Bitte. Ich möchte Ihnen keine Umstände machen. Ein guter Freund von mir, der sich mit Autos auskennt, wohnt ganz in der Nähe. Ich frage ihn einfach, ob er sich die Sache mal anschaut. Vielleicht kriegt er es an Ort und Stelle hin, dann kann ich selbst weiterfahren.«

»Tja, wenn es nicht klappt, kann ich Sie ja immer noch heimbringen.«

Von oben konnte ich das Dröhnen von Musik hören, die mit voll aufgedrehter Lautstärke lief. Ich malte mir aus, wie Paulie und Leila ihre Flucht planten. Ich hoffte schwer, dass die Polizei käme, bevor sie ihren »Auszug« in die Tat umsetzten. Wo Rand sich aufhielt, wusste ich nicht. Vielleicht war er im Badezimmer und machte Griffith bettfertig.

Sie führte mich ins Arbeitszimmer und blieb in der Tür stehen, während ich mich an den Schreibtisch setzte. Ich lächelte ihr kurz zu und sagte in der Hoffnung, sie würde gehen: »Es dauert nicht lange.« Dann nahm ich den Hörer ab und wählte Jonahs Privatnummer. Wenn Camilla abnahm, war ich geliefert. Bei anderen Gelegenheiten hatte sie einfach den Hörer auf den Tisch gelegt und war weggegangen, ohne Jonah zu sagen, dass ich ihn sprechen wollte. Am anderen Ende wurde abgenommen. »Jonah Robb.«

»Ach, hallo. Ich bin's.«

»Kinsey?« Er klang erstaunt, was völlig verständlich war.

»Ja, genau.«

»Was ist denn los?«

»Ich bin in Crystals Strandhaus. Ich habe ein kleines Problem und wäre froh, wenn du mal einen Blick darauf werfen könntest.«

»Na gut«, sagte er vorsichtig. »Das könnte ich vielleicht machen. Worum handelt es sich?«

»Kein Problem. Ich kann warten. Passt es dir überhaupt? Wenn nicht, kann ich auch Vince anrufen.«

»Na ja, weißt du, ich bin gerade mit etwas beschäftigt. Ist es wichtig?«

»Ja, und wie. Hast du die Adresse?«

»Ich kenne das Haus. Bist du in Bedrängnis?«

»Bis jetzt nicht, aber das kann noch kommen. Wir sehen uns ja dann gleich. Vielen Dank. Ist echt nett von dir.«

Ich legte auf, und als ich wieder hochsah, hatte sich Anica zu Crystal in den Türrahmen gesellt. Die beiden standen dicht beieinander, Crystal vorn und Anica ein Stückchen weiter hinten. Anicas Hand lag auf Crystals Arm, und auf einmal begriff ich, was ich die ganze Zeit vor Augen gehabt hatte. »Gibt es ein Problem?«, fragte Anica.

»Eigentlich nicht. Ich warte auf einen Freund, der mir hilft. Ich hatte ein bisschen Ärger mit dem Auto. Er kommt gleich.«

»Oh. Tja, dann könnten Sie doch ein Glas Chardonnay mit uns trinken, solange Sie warten.«

»Das könnte ich.«

Ich folgte ihnen hinaus auf die Terrasse. Wir saßen im Dunkeln, nur wir drei, tranken Wein, plauderten und hörten zu, wie die Brandung an den Strand schlug, bis Jonah eintraf.

Zwei Tage später erhielt ich mit der Post folgende Mitteilung:

> *Kinsey,*
>
> *tut mir Leid, dass ich Ihnen das antun musste, aber ich hatte keine andere Wahl. Wissen Sie, was der Unterschied zwischen uns ist? Sie sind im Prinzip anständig und haben ein Gewissen. Ich nicht.*
>
> *Mariah Stonehart*

Danksagung

Die Autorin möchte folgenden Personen für ihre unschätzbare Hilfe danken: Steven Humphrey; Captain Ed Aasted (i. R.) und Sergeant Brian Abbott von der Polizei Santa Barbara; Melinda Johnson; Jamie Raney, Rechtsanwältin; Sam Eaton, Rechtsanwalt; Lynn McLaren, Privatdetektivin; E. Robert Jones, Doktor der Zahnmedizin; Hildy Hoffman vom Bürgermeisteramt Santa Barbara; Dr. Robert Failing, forensischer Pathologe (i. R.); Judy Crippen; Tracy Brown; Norm Arnold; Sheila Harker; Lynn Lazaro, und Joyce Tevenan, diplomierte Krankenschwestern; Leslie Minschke, regionale Krankenversicherungsbehörde; Ron Shenkman von Ron Shenkman & Associates; Lorna Backus, Bezirksstandesamt Santa Barbara; John Hunt von CompuVision und Jamie Clark.

Ein besonderer Dank gebührt Alan Cates, dem Direktor des kalifornischen Amtes für die Verhinderung von Betrug an Krankenversicherungen.

VON SUE GRAFTON
SIND BISHER FOLGENDE KINSEY-MILLHONE-ROMANE
ERSCHIENEN:

Nichts zu verlieren [A wie Alibi]. Roman (42657/5374)
In aller Stille [B wie Bruch]. Roman (42658/5467)
Abgrundtief [C wie Callahan]. Roman (42659)
Ruhelos [D wie Drohung]. Roman (43701)
Kleine Geschenke [E wie Eigentum]. Roman (43702)
Sie kannte ihn flüchtig [F wie Fälschung]. Roman (44854)
Hoher Einsatz [G wie Galgenfrist]. Roman (44855)
Stille Wasser. Roman (43358) · *(›J‹ is for Judgement)*
Frau in der Nacht [K wie Käuflich]. Roman (42638)
Letzte Ehre [L wie Leichtsinn]. Roman (41586)
Goldgrube [M wie Missgunst]. Roman (44394)
Kopf in der Schlinge [N wie Niedertracht]. Roman (44889)
Gefährliche Briefe [O wie Opfer]. Roman (41653)